日本古典文学史の課題と方法

漢詩 和歌 物語から説話 唱導へ

伊井春樹先生御退官
記念論集刊行会 編

和泉書院

伊井春樹先生近影

序文

私が国文学研究資料館から大阪大学へ赴任したのは一九八四年（昭和五十九年）の四月、二〇〇四年三月に定年退職を迎える。一年前に併任として東京と大阪とを往復していたので、大阪大学とのかかわりは二十一年間となる。非常勤講師として大学院の授業を担当した経験はあるものの、本格的な指導となると、私には未知のことだけに、当初きわめて不安な思いであった。どのようにすれば、大学院生を自立した研究者として育成していけるのか、またしばらく教育の現場から離れて過ごしていただけに、学部生の指導など、すべてが手探り状態だった。自らの研究と学生の教育、それは私にとってたえずつきまとう、すべての大学人がそうであるように、きわめて困難な課題でもあった。

初めは大学院生の数も二、三人にすぎなく、個々人から話を聞くことに務め、研究会を作って読書会を発足させた。それと形として残す必用があると、大阪大学古代中世文学研究会の名のもとに「会報」を創刊した。ワープロ印刷をコピーしただけの数ページのもので、大阪大学の出身者で、大学に在職している方にお願いして研究余滴を書いてもらった。第一号は赴任した翌年の六月、第二号は十月に出したものの、「会報」はこれで終刊とした。雑誌を作る方向に転換したためで、その準備期間と費用が必用であったことによる。それと読書会も古代中世文学研究発表会へと発展的に解消し、第一回の発表会は一九八七年四月に催している。その直前の三月に創刊したのが、「詞林」であった。

現在は印刷技術の革新はめざましく、比較的容易に印刷物や雑誌を発刊できるとはいえ、当時は一六ビットのパソコンが出始めたばかりで、プリンターは二四ドット、レーザプリンターは手に入れることなど夢にも考えられなかった。院生の研究成果を知ってもらうためには、とにかく雑誌の創刊が必用であるとの強い思いから、執筆者個々人に原稿を入力させ、私が編集し、大阪城公園近くの、パソコンメーカーのショールームに展示してあるレーザプリンターを使用させてもらってできたのが創刊号であった。「詞林」は現在三十四号、十八年間の成果であり、土曜日の研究発表会はすでに百五十回をはるかに越える。そのほか、研究論集も編纂しようと、『古代中世文学研究論集』は第三集まで、研究会の名のもとに「古代中世文学資料研究叢書」も発刊してきた。このような一連の研究活動も、院生や、それぞれの分野で活躍するようになった修了した人たちの努力による。

かねて私の定年を機会に論文集を出したいとの希望があり、これは断っても避けられないと、提案を甘受することにした。研究会発足当初のメンバーはすでに研究世界で中堅として活躍しており、近年の若い世代にいたるまで、さまざまな研究分野の院生が集まってきていたのだと思うと、私の大阪大学の存在証明としてことば通り感無量である。その上、同僚の方々にも玉稿をいただき、まったく恐縮している。二年前には、私の還暦の誕生日にあわせて『古代中世文学研究論集』第三集を贈呈してもらった。それに続いてこのように、日本古典文学史の課題と方法を探るに足る様々な分野にわたって論考を集めていただいたことは、まさに研究者冥利に尽きるといえよう。原稿を寄せていただき、編集の実務を担当してくださった方々に感謝の意を表したい。私は大阪大学から去ることになるが、今後は外から見守りたく思うし、それぞれの発展を願っている。また、これまで研究会の多くの出版物とともに、本書の出版もこころよくお引き受け下さった和泉書院社主廣橋研三氏に心から御礼を申し上げる。

二〇〇二年十一月

伊井春樹

目次

【説話・唱導・芸能】

漢詩・和歌

天皇と文壇

――平安前期の公的文学に関する諸問題――

滝川幸司

はじめに

ある文学史テキストは、『古今和歌集』が勅撰されたことを、「平安朝の和歌は、古今集によって社会的に漢詩文と並ぶ位置を獲得したのであり、わが国の文化がそれまでの大きな中国文化の影響から脱して、ここに独自の世界を確立した(1)」と記す。これは、現在でも一般的に認められている見解だと思われるが、ここでいわれる「社会的」「位置」とは具体的に何を意味するのであろうか。当時の社会が、天皇を頂点としている以上、天皇の命令によって編纂される勅撰和歌集が社会的に位置を得たことは理解できる。天皇の命令ということは、国家の側が要求する歌集ということになる。そうした文学を公的文学と定義すれば、平安前期においては、和歌と漢詩文があり、当初は漢詩文が公的文学としての位置を占めていたのが、『古今和歌集』の成立によって、その場所に和歌が入り込んでくる、というのが前記テキストの見解であり、通説なのであろう。けれども、和歌の公的文学としての地位が漢詩文と同等であったのかとなると、疑問が残る。

漢詩文が公的文学としての地位を得ていたのは、その当時が、中国に範を取った律令体制を基準としており、体制そのものは変容・解体していきつつも、原則として中国的要素が公的・政治的に必要とされていたからである。

しかし、その体制の中にいかに漢詩文が組み込まれているか、という点に関しては、従来具体的な検討がなされていないように思われる。そして、そのことが検証されないまま、『古今和歌集』勅撰の意義が説かれることになり、結局、『古今和歌集』の公的地位・意義についても、具体性を欠く議論が行われてしまっているようである。和歌が公的に認められた結果、当時の社会において、また、漢詩文との比較において、公的文学としていかような実質を持つのかが、不明確なままであるように思われるのである。

公的文学とは、天皇を頂点に置く国家の側が要求する文学である。そして、天皇を中心としてそれら文学を作成する人々の集団を文壇と名付ければ、公的文学生成の場は、天皇が頂点にあり、天皇のもとに人々（＝官人）が集まる、天皇の文壇である。その中にいかに漢詩文が存在するのか、いかに和歌が位置付けられるのか。そのことを考察するための一階梯として、本稿では、公的文学という視点から、平安前期を主として見ていく。それは、政治と文学という視点からは、避けることのできない事象が見られるからである。

一　先行研究に見る公的文学の変遷――「文章経国」の時代とそれ以後――

1、「文章経国」の理念

天皇を中心とする文学の場といえば、平安初期のいわゆる国風暗黒時代が想起されるが、嵯峨天皇によって領導され、『凌雲集』『文華秀麗集』『経国集』という三漢詩集に結実するこの時代は、『凌雲集』序に引かれる魏文帝曹丕の「文章は経国の大業」というスローガンによって政治と文学（漢詩文）が緊密に結びついた時代として知られている。

文壇という視点で見れば、まさに天皇が中心に位置を占めている。三漢詩集を紐解けば容易に確認できるが、嵯峨天皇を中心として、応制・奉和という方法によって、天皇と臣下とが結びついた時代であった。

この時代については、小島憲之氏の一連の研究が必須であるが、小島氏は、「文章は経国の大業、不朽の盛事」というスローガンについて様々に考察を加えている。氏は、このスローガンの二面性に着目し、「経国の大業」＝対策文、「不朽の盛事」＝詩賦という関係を指摘する。本稿の趣旨からいえば、「文章」がいかに「経国」と関わるかが焦点となるが、氏は、「「経国」のための「あや」は対策文がこれに最もふさわしい(2)」と述べ、「経国」と対策文の関係を強調している。

しかし、小島氏は、対策文のみが「経国」の理念を負うとは考えていない。対策文は、政治問題を扱う文章であり、「あや」が必要である。しかし、文章道を終え、官界への出身するための官吏登用試験で作られる文章でもある。国家経営に直結するかといえば、疑問が残ろう。氏が、「弘仁・天長期に於ける「文章経国」の時代理念は、借用物であり、実際には、君主唱和、上下を挙げて漢風《あや》によつて作詩することに本意があつたかと思はれる(3)」と述べるように、「文章経国」とは、嵯峨天皇ら君臣が「あや」の世界に遊ぶための理念であり、彼らの政治家としての立場が「経国」の問題を導入させたのである。政治家が詩文を作るための思想的根拠として選択されたのであり、詩作そのものには、実質的に国を経営する力はなく、嵯峨天皇らが詩文を制作したのは、「異国文学の愛好」のためである。単なる「愛好」では問題があるから、「文章経国」という理念を表に掲げたということになる。小島氏の見解をまとめればこのようになろう(4)。

結局、「文章経国」とは、嵯峨天皇を中心とした君臣が、詩賦を作ることを保証する理念として理解するべきなのであろうし、そのような理解がこれまでなされてきたように思われる。当時の官人たちが、国家経営に腐心しながら、君臣唱和の奢侈的文遊という反律令的行為を行うという矛盾を論じて、「しかしその一箇の詩人の中に具有された律令官人と宮廷詩人とは相矛盾する存在である。その矛盾する二面が一詩人の中に共有され得たのはなぜか。それを説明するものは文章経国思想であろう(5)」という後藤昭雄氏の論述も同様な指摘を含む。鈴木日出男氏が、

「嵯峨天皇の時代においては、華美秀麗の詩賦の制作そのものが、政道に連なるものとして重要視されるのである。それは政治の権勢的な側面ではなく、あくまでも理念としての政治を意味する」(6)と述べるのも同じ方向での理解であろう。鈴木氏は、この「理念」としての側面をさらに推し進め、当時の詩に、贈答唱和の形式が圧倒的であることから、「嵯峨文学圏とは、そのような詩の制作によって連帯感を高めあう詩人の集団で」あると述べている。嵯峨天皇を中心として、理想世界を志向しあうことで連帯感を高め、しかも実際に天皇と唱和贈答を交わしたか否かに関わらないという点において、さらなる観念的連帯感が見出される、というのである。鈴木氏はこの理念の背景として、天皇親政の時代であったことも勘案し、九世紀末からの摂関体制形成期以後、嵯峨朝のような観念的連帯感が姿を消してしまうと論じている。

これらの見解では、「文章経国」の理念は、必ずしも「文章」がそのまま「経国」に結びつく思想とは考えられていないようである。このことは、「文章経国」思想を理解する上で念頭に置くべき視点であろう。嵯峨天皇が政治の中心におり、且つ、その嵯峨が文学の中心にもいたからこそ、成り立ち得たスローガンであったといえる。そして、嵯峨の周囲には、藤原冬嗣、良岑安世ら、国家経営に腐心する公卿らも詩人として登場していたし、例えば、『凌雲集』における多治比清貞は、従八位上播磨権少掾という卑官でありながら、嵯峨の命によって、その詩に奉和している。公卿から卑官の官人まで君臣唱和の世界に取り込まれているのである。嵯峨とともに彼らは、「文章」と「経国」という実質的には矛盾してしまいかねない要素を「文章は経国の大業」という理念によって統一し、嵯峨を中心とした観念的世界を作り上げ、共有していたのであった。

2、「文章経国」以後

天皇親政であったからこそ、嵯峨文学圏は観念的世界の共有として成立する。それは、その中心である嵯峨が親政を行っているから、「文章経国」という理念は可能なのだということになる。そうであれば、嵯峨の崩御及び摂関体制の確立はその世界の消滅をもたらさざるを得ない。

小島氏は、「嵯峨・淳和を始めとして此等の主要な官人詩人の逝去と共に、承和期に溯る前代、弘仁・天長の『文章経国』の国家的スローガンは、漸次希薄へと向かふ」(7)と、「文章経国」の時代を、嵯峨淳和等勅撰三漢詩集作者の死によって区切っている。このことは、「文章経国」を理念とした時代が、嵯峨朝において一回的に起こったという評価にも繋がる。(8)

小島氏は、また、「文章経国」以後について次のように述べている。(9)

あたかもその頃、中唐の俗間にまでも喧伝されてゐた白詩の伝来を見る。……、篁や春道などの詩人の一部は承和期の前期、承和四年(837)ごろに於て、早くも白詩を摂取した。……、篁・春道の詩にみる如く、白詩の摂取の成果は、在来の勅撰詩集に比して一般に個性的心情的なものを含み、在来の詩風を多少なりとも新しい方向に向かはしめた。……、結局のところ、承和期は白詩の影の交差期に当り、これと前後して詩史の時代を大別することができるであらう。

小島氏は、「文章経国」のスローガンが、その担い手達の逝去と相俟って衰退していき、それと交差するように、白詩の影響下「個性的心情的」詩が詠まれるようになる、と指摘している。「文章経国」という政治的理念を揚言した時代から、個人的な感懐を詠む時代への変遷と理解できるであろう。

この見取り図をさらに推し進めたのが、藤原克己氏である。藤原氏は、「文章経国」から「詩言志」へという文学史を描く。(10)

詩人無用論の攻撃に対し、道真らはもはや曹丕の「文章経国之大業」を楯にとって答えようとはしていない。かつての文章経国の理念による詩人の公的保証は今や空論に等しく、詩人の存在理由は詩人であるというそのことの内にしかないということは、すでに篁においても切実に自覚されていたはずなのである。この時道真らがみずからの詩の拠り所としたのが、大曾根氏も指摘したように、『毛詩』大序（『文選』巻四十五）の「詩は志の之く所なり。心に在るを志と為し、言に発するを詩と為す」や『尚書』舜典の「詩は志を言ふ」であったことは、『古今集』序の和歌観に継承されてゆくものとしても見逃せない意味がある。……、仁明朝承和期の時代の変化を経て詩人達が詩を「私的に自らの心を慰める糧」とする傾向が深まっていった時、いわば文章経国の観念的粉飾が剝落してゆくなかで、「詩言志」という詩の大切な本義が輝き出したのであった。だから道真らが、詩人の存在理由は詩人たるそのことのうちにしかないという切実な自覚のなかで、改めてこれを主体的に選び取ったのである。……、詩的感動が「物」に触れて生ずるという説明は、「詩者志之所之也」の『毛詩正義』の注にも「感物而動、乃呼為志」などと見えるし、……、要するにこれは、溯れば『礼記』楽記の「人心の動く、物の之をして然らしむるなり」にゆきつく所の、中国詩論においては格別珍しからぬものであるが、いま道真らの詩作においては形式的ではない意味があった。それは、既に述べたように、勅撰三集時代の詩とは異なって実人生裡の風物や人事に触発された感度を歌おうとする姿勢に関わっているからである。

藤原氏は、詩作の拠り所が、嵯峨朝の「文章は経国の大業」という政治的スローガンから、詩の本義としての「詩言志」に立ち返ったのだと論じる。菅原道真らはそれを切実に主体的に選び取ったというのである。「文章経国」という極めて政治性の強い姿勢から、純粋な文学創作者としての姿勢へと変化していったということであろう。「詩言志」は、大曾根章介氏が[11]、菅原道真の作品の表現から、道真の詩想として論じたもので、藤原氏は、それを承和期の白詩摂取と絡めつつ、「文章経国」という政治的なスローガンが効力を失い、承和の変、応天門の変を経て摂関政治が形成されるに従って、詩人達が政治の中枢から排除されていき、個人的な感懐を歌う存在となっていく過程を辿るのである。
小島氏によって先鞭を付けられ、藤原氏によって進められたこのような見方は、現在通説となっているように思われる。

嵯峨天皇御代にはこのような価値観（引用者注、『凌雲集』序文の「文章は経国の大業、不朽の盛事」）を基盤として、頻繁に詩作が行われた。……、すなわち、嵯峨天皇を中心とした嵯峨文学圏は、天皇を中心とし、親王・公卿から地下に至るまで、そのような詩の制作を通じて連帯を高め合う一つの共同体であったと考えられるのである。

摂関体制が進むにつれ、藤原北家の勢力が台頭してくるとともに政治理念と政治権勢の乖離は明確化し、現実と理想を繫ぎとめる紐帯は失われる。漢詩文の教養は、その実質を失い、嵯峨文学圏のような観念的な連帯はほとんど姿を消す。漢詩文の衰微に入れ替わりに和歌文学が次第に勢力を持ってくる……(12)

これは、必ずしも平安前期の漢詩文を主として論じるものではないが、それだけに通説として、小島氏、鈴木氏、藤原氏の論が浸透していることを示すものといえよう。藤原氏のいわれる「詩言志」についての言及はないものの、嵯峨を中心とする世界と、その世界が摂関体制の形成とともに失われていく過程は、基本的に、小島氏、鈴木氏、藤原氏の描く図式である。

二　公的文学への視角――「文章経国」以後――

1、宮廷詩宴について

平安前期の公的文学について、殊に「文章経国」の理念と、その時代が終わり、詩文及び詩人が政治の場から排除されていく過程を、先学の見解を辿りながら見てきた。

通説となっているこの見取り図は、勅撰三漢詩集という総集からおのおの詩人個人の別集へ、また、『古今和歌集』の成立へ、という作品集の側から見ても対応している。だから、嵯峨朝以後、天皇親政から摂関体制形成という動きに連動して、漢詩文が公的な場から退き、和歌の地位が上昇していくのだといえば、この当時の認識を誤るように思われる。

嵯峨朝の「文章経国」の理念については、おおむね観念的であると指摘されている。それは、嵯峨を中心とした君臣による文遊が、直接的には国家経営に結びつかないからであり、「文章」と「経国」は、理念として、観念としてしか結びつくしかないということである。

鈴木氏がいうように、嵯峨の親政下であるから、そして、その嵯峨が好文であったから、「文章経国」という理念による詩作は可能だったのである。そしてそれは、小島氏の言葉を借りれば「うはすべりで過大な空言」[13]でもあった。藤原氏が、「文章経国の観念的粉飾」[14]といわれることは、まったく首肯される認識である。

「文章経国」の時代は、嵯峨天皇の崩御により終焉を迎える。そしてそれは、嵯峨を中心としていたがために、その中心を失った文壇が解体することを意味する。期を一にするかのような『白氏文集』の渡来や詩人の政治の場からの排除は、詩人達に個人的感懐の詩（＝藤原氏がいうところの「詩言志」）を詠ませることになった、というのが諸氏の描く文学史の見取り図であろう。

嵯峨の崩御によって、嵯峨朝特有の「文章経国」の時代が終焉を迎えるという認識に対して異論を唱えるつもりはない。しかし、天皇を中心とした文学（＝漢詩文）世界の解体をも意味したということであれば、承伏しかねる。

正史を紐解けば、内宴・重陽宴を初めとした詩宴が毎年恒例に行われていることが確認できる。例えば、重陽宴は嵯峨朝でも開かれており、『凌雲集』以下勅撰漢詩集に、その作品も伝わるが、それ以後の時代でも同じように作品は作られたことであろう。延喜式部式下には、当日に召すべき「文人」の規定が見えるし、正史を閲しても、毎年のように「文人」が召されているのだから、詩作が行われているのは確実である。この重陽宴は、天皇主催である以上、天皇も参加する。そして天皇の命によって「文人」は詩を賦すのである。このことは、内宴でも同様である。

嵯峨が崩御しても、その後を嗣ぐ仁明以降、宮廷詩宴、特に、内宴・重陽宴といった年中行事の中で作詩は恒常的に行われている。そこでは、天皇が場を提供し、詩人が賦詩を行うのである。こうした場は、一条朝辺まで存在し続けるのであり、[15]これは、嵯峨天皇を中心とした文壇とは形を変えた、天皇の文壇と呼ぶことができる。

内宴や重陽宴では、応制詩が中心となる。天皇の命令によっての詩作である。この点は、嵯峨が中心となっていた君臣唱和とは、性質が異なるように思われる。君臣唱和という方法、それは、『文華秀麗集』序文の「君唱へ臣和す」という文言が象徴しているように、天皇が詩を賦し、それに対して臣下が応える、奉和の形式こそが有効であろう。事実、『文華秀麗集』では、応制詩よりも奉和詩の方が圧倒的に多く見出せる。この奉和詩群こそが、嵯峨文学圏を特徴付けると思われるが、宮廷詩宴においては、ほとんど見出せない。

君臣唱和（＝奉和詩）が、天皇の作が先にあり、それに応じて臣下の作があるという点においても、天皇自身が作詩の起点となっているが、宮廷詩宴においては、天皇の命令によって詩作が行われるが、天皇が詩作を行うことは必ずしもない。儀式書等に見える作詩次第を見ても、天皇の作は最後にあるのが通例であり、その点からも天皇の作品が臣下らの詩の起点になることはない。宮廷詩宴では、天皇が場を主催してはいるが、自らの詩によって領導する立場ではないのである。この点、同じく天皇が中心となるとはいえ、嵯峨文学圏とは相違がある。[16]

ともあれ、嵯峨文学圏が消滅した後、個人的感懐を詠む「詩言志」の世界に移行してしまうわけではないのである。確かに、嵯峨朝のように公卿層の詩人が多くいるということはない。しかし、それは、公的文学としての漢詩文が後退することを意味するわけでもないし、天皇の文壇から漢詩が排除されるわけでもない。宮廷詩宴という場が存在し続けているからである。

2、「文章経国」から「詩言志」へ

上述したように、内宴・重陽宴は、年中行事として毎年行われていることが確認できるのであるが、このことは、嵯峨文学圏が、嵯峨の崩御とともに消滅してしまったことと、多分に趣が異なるように思われる。

例えば、清和朝を見てみよう。清和朝は、摂関体制が確立する時期でもあるが、その清和朝でも、天皇主催の詩宴は、二十五回開かれている。清和天皇は「書伝を読むを好む」（『日本三代実録』元慶四年十二月四日条）とあることからも、漢詩文の能力は備わっていたと思われるが、嵯峨のように文壇を領導する姿勢は見えない。その清和朝においても、このように宮廷詩宴は開かれているし、また、続く陽成朝においても同様である。陽成天皇に関しては、和歌の才能は知られるが、漢詩文については知られるところがない。

このことは、天皇自身が好文であるか否かに関わらず、宮廷詩宴は開かれていくということである。既に、史家からも指摘があるように、恒例に行われる儀式とは、天皇を頂点とした身分秩序を視覚的にも確認させ、天皇との結びつきを強める政事の場としてある。(17)だから、これらは必ず開かれなければならず、天皇が好文であるか否かに関係しないのである。(18)つまり、文芸としての詩文作成を目的とするのではなく、政事の一環としての詩文作成を目的とする場として内宴や重陽宴などの宮廷詩宴は存在するのである。

このように宮廷詩宴の存在を意義付けてくると、藤原氏が描く、「文章経国」から「詩言志」へという展開はいかように考えるべきなのか。

私見によれば、「詩言志」もまた宮廷詩宴に由来する。藤原氏は、菅原道真の作品に見える「詩言志」について、先蹤を小野篁に認めつつ、文章経国の理念が剝落していく中で、「詩人の存在理由は詩人たるそのうちにしかないという切実な自覚のなかで、改めてこれを主体的に選び取った」[19]というが、しかし、藤原氏が根拠とする道真の「詩言志」は、多く宮廷詩宴での詩序に見える表現なのであった。[20]藤原氏は、この当時の詩を「「私的に自らの心を慰める糧」とする傾向が深まっていった」と評しており、それを「詩言志」と関連づけるのであるが、宮廷詩宴での詩は、「私的に自らの心を慰める糧」とはいえない。「詩言志」は、宮廷詩宴でこそ発言されているのである。

「文章経国」から「詩言志」へという展開は、藤原氏のように理解するのではなく、君臣唱和による観念的連帯感生成のための詩作から、政事の一環として組み込まれた詩作への移行と見るべきなのである。

「文章経国」の時代以後にこそ、公的文学生成の場は確立した。嵯峨を中心とした君臣唱和の時代とは趣を異にするが、宮廷詩宴は政事に組み込まれており、その意味で、「文章経国」の時代以上に、公的文学としての性格を強めているといってよいだろう。

このように考えてくると、和歌の地位についても問題が生じる。

そもそも、『古今和歌集』以前において、和歌に宮廷詩宴のごとき公的な場が与えられたことはなかった。このことについては、詳細を述べる余裕がないが[21]、『古今和歌集』成立以後も、和歌は漢詩文の下位にある。和歌会が宮廷詩宴の次第を模倣するのは、和歌会次第が公的な規定を持たないからだと考えられるし[22]、晴儀歌合の典型とされる天徳内裏歌合も、公的とはいい難いものであった。[23]

天皇が中心となる文学生成の場は、宮廷詩宴が軸となる。先学が描く公的文学の見取り図ではその視点が欠けているように思う。もちろん、通説ような見取り図が描かれるのも、宮廷詩宴及びそこで作られた詩への低い評価が影響していようし[24]、宮廷詩宴での作品そのものが資料的に恵まれていないということもあろう。しかし、公的文学を考える上で宮廷詩宴の存在は欠くことのできないもので、今後さらなる検討が必要である。[25]

三 〈公宴〉と〈密宴〉——天皇の文壇に関する諸問題——

1、〈公宴〉と〈密宴〉—「侍宴」という語をめぐって—

平安前期の公的文学は、宮廷詩宴が軸となると考えられるが、宮廷詩宴とひとしなみいっても、すべてが常に同等に公的ではないという問題が、実はある。ここでは、その点に考察を加えながら、平安前期の公的文学の概略を述べる。

『朝野群載』（巻十三・書詩体・帝王）には、詩宴での題の書式が記されるが、「公宴の時、必ず侍宴の字を書く也。臨時の密宴これを書かず」とあり、「臨時の密宴」では「侍宴」の字は書かず、「侍宴」と書かれる詩宴とは区別がある。「公宴」と「密宴」の相違ということになるのだが、例えば、『菅家文草』の中で、宮廷詩宴で詠まれた詩で、詩題に「侍宴」（あるいは「侍＋（宴名）」）と書かれるのは以下の通りである。

8九日侍宴、同賦鴻雁来賓、各探一字、得葦、応製
10重陽侍宴、賦景美秋稼、応製
27早春侍内宴、同賦無物不逢春、応製
40九日侍宴、賦山人献茱萸杖、応製
48九日侍宴、同賦喜晴、応製
56九日侍宴、同賦天錫難老、応製
66早春侍宴仁寿殿、同賦春雪映早梅、応製
70九日侍宴、同賦紅蘭受露、応製
71九日侍宴、同賦吹華酒、応製
77早春侍宴仁寿殿、同賦認春、応製

79早春侍宴仁寿殿、同賦春暖、応製
83早春侍内宴、賦聴早鶯、応製
85早春侍内宴、同賦雨中花、応製
99九日侍宴。各分一字、応製〈探得芝〉
124九日侍宴、観賜群臣菊花、応製
144重陽日、侍宴紫宸殿、同賦玉燭歌、応製〈六韻已上成〉
173九月九日、侍宴、応製〈聖暦仁和、以和爲韻〉
328九日侍宴、同賦仙潭菊。各分一字、応製〈探得祉字〉
348九日侍宴、群臣献寿、応製
364早春侍内宴、同賦開春樂、応製
379重陽節侍宴、同賦天浄識賓鴻、応製
428重陽侍宴、同賦秋日懸清光、応製
435九日侍宴、同賦菊花催晩酔、応製
440早春侍宴、同賦殿前梅花、応製
442九日侍宴、観群臣挿茱萸、応製
448重陽侍宴、同賦菊有五美、各分一字、応製〈探得仙字〉
460九日侍宴、同賦菊散一叢金、応製
468早春侍内宴、同賦香風詞、応製
472九日侍宴、同賦寒露凝、応制

518九日侍宴、重陽細雨賦、応製〈以秋徳在陰為韻、依次用〉

これらはすべて、内宴と重陽宴である。[26] このことは『田氏家集』でも同様で、天皇が主催した詩宴は他にもあるが、「侍宴」の語が用いられるのは、この二つのみであり、区別があるということになる。

内宴・重陽宴だけに「侍宴」と記されるのは、この二つがそれだけ特殊であったことを意味するが、何が特殊であったのか。それは、この二つの詩宴のみが、公事として認識されていたからだと思われる。仁和元年に藤原基経によって献上された『年中行事障子』には、一年間に行われる公事が記載されているが、[27] 詩宴としては、内宴と重陽宴だけが掲載されているのである。この二つは、だから、詩宴の中でも公事と位置付けられるのであり、他の詩宴と区別されるのである。仁明・文徳朝以後、宮廷詩宴は、内宴・重陽宴にほぼ限られるのであり、『年中行事障子』に記載されるのも当然といえる。

要するに、宮廷詩宴としてすべてが同等の地位があるのではないということである。公事である内宴と重陽宴にしても、内宴が天皇の常の御在所である仁寿殿で開かれることを原則とするのに対し、重陽宴は、紫宸殿という儀式の場で開催され、自ずと地位の差があるのだから、公事以外の詩宴においてはいうまでもない。『朝野群載』の言葉を借りれば、宮廷詩宴には、「公宴」と「臨時の密宴」の二種類があることになる。従来この点について慎重ではなかったように思われる。ここでは、内宴・重陽宴などの公事としての詩宴を〈公宴〉と呼び、[28] それ以外の「臨時の密宴」を〈密宴〉と呼び、分けてとらえることとする。

なお、献詩者について附言すると、〈公宴〉での献詩者は「文人」として規定される。[29] 内宴では、「儒士幷びに文章得業生・蔵人所に候す文章生・諸司に在る旧文章生の才学傑出せる者一両、但し内記例に依りてこれに預る」(『撰集秘記』所引『清涼記』)と、重陽宴では、「応に召すべき文人は、前二日に、省、文章生幷びに諸司官人の文を属るに堪ふる者を簡定せよ」(『延喜式』式部下)と、文章道出身者を中心に彼らが就く官職から「文人」が召されていた。そして、彼ら文人には、延喜大蔵式にも見えるように、国家の側から禄の支給もあり、天皇や貴族達が個人的に禄を与えているのではないということからも、公的な身分・資格が与えられているといえよう。彼らは公的な立場で詩作を行っているのである。

〈公宴〉に関しては、国の側からの規定があり、政事の一環としてある以上、毎年支障がなければ必ず開かなければならない。史料を見ていけば、仁明・文徳朝以後、少なくとも醍醐朝までは、原則として毎年開催されていることが確認できる。

しかし、〈密宴〉はそうではない。〈密宴〉には、殊更に開催の規定はない。天皇の興趣によって開かれるといってよいだろう。その意味で、〈公宴〉とは異なり、遊戯的・文芸的性格を持つといえる。

宇多朝は、それ以前の時代の宮廷詩宴が〈公宴〉に収斂していたのに対して、〈密宴〉が頻繁に行われた時代であるが、三月三日、七月七日など、機会をとらえて宇多が詩宴を開いている。しかもそこで献詩を行うのは、専門的な詩人もいるものの、多くは宇多の近臣・近親であり、必ずしも詩に堪能な官人ではない。例えば、寛平元年九月某日に開かれた残菊宴（『日本紀略』、『雑言奉和』）では、詩人の参加も見るが、それ以上に、源堪、藤原定国、藤原孝快ら蔵人、あるいは、定国、公緒ら宇多更衣の兄妹といった、近臣・近親が詩を献じており、しかも彼らは、詩文に堪能とはいえない人物でもあった。寛平二年三月三日宴（『日本紀略』、『年中行事抄』三月三日）でも蔵人から献詩者が選ばれている。(30)

宇多朝においては、つまり、専門的な詩人よりも、宇多との私的な関係から献詩者が選ばれており、〈公宴〉とは違い、私的関係者により構成される〈密宴〉が頻繁に行われた時代なのである。このことは逆にいえば、宇多の意志によって詩宴が開かれているともいえ、その意味では、嵯峨を中心とした世界に近いが、嵯峨の周囲には、詩に堪能な官人が、身分の高下を問わず、直接的に、あるいは間接的に集まっていたのであるが、宇多の周囲は、詩に堪能とはいえない、近臣・近親が集まっていたのであった。

続く醍醐朝においては、宇多朝以前に文壇の性格は回帰している。〈公宴〉の開催が通例となり、〈密宴〉も開かれはするものの回数は減るし、宇多朝とは異なり〈公宴〉に準じた参加者が集まる。宇多朝以前と同様の状況になるのである。宇多朝はそれほどに特異な時代だといえるのであるが、ともあれ、仁明・文徳朝以後、醍醐朝までは、原則として〈公宴〉が開かれていくのである。

2、村上朝の文壇(1)─〈公宴〉の再興─

醍醐朝までは原則として〈公宴〉が開かれると述べたが、それは、醍醐の崩御後、〈公宴〉が開かれなくなる事態が生じるからである。但しそれは、〈公宴〉が存在意義を失ったからではない。

醍醐天皇は、延長八年九月二十二日に譲位、同月二十九日に崩御した。そのため九月は忌月となり、「延長九年以後、康保以往、御忌月に依りてこれを停む」(『撰集秘記』)と、重陽宴が停止されたのである。朱雀朝以後、重陽宴が開かれなくなり、「詞人才子、漸く吟詠の声を呑み、詩境文場、已に寂寞の地と為」った(「停九日宴十月行詔」『本朝文粋』巻二・46)。朱雀朝では結局一度も重陽宴は開かれていない。同じ〈公宴〉とはいっても、重陽宴は、紫宸殿という儀式の場で行われており、格としても内宴を上回っていた。その重陽宴が停止されることになってしまったのである。

内宴は、朱雀朝以後村上朝初期でも開かれていたが、天暦八年正月に村上の母・穏子が崩御したため、翌天暦九年以後、正月内宴は停止されている。

つまり、醍醐の崩御、穏子の崩御によって、〈公宴〉である内宴と重陽宴は双方ともに停止されてしまうことになったのである。朱雀朝から村上朝にかけて、天皇の文壇の政事的機能が果たされなくなったということになる。

しかし、村上朝天暦四年、重陽宴を改めて、十月五日に残菊宴として開くこととなった（『吏部王記』、「停九日宴十月行詔」前掲）。また、内宴についても、正月開催であったのを、二月にずらして開くようにしている（『年中行事抄』）。すなわち、内宴・重陽宴が、ともに停止の危機にあったのが村上朝なのであるが、両者を開催月をずらすことによって存続させたのである。

このことは、公事としての〈公宴〉の機能が有効であったことを示していよう。存在意義がなければ再興もなされまい。

さらに、村上朝では、それまで〈密宴〉として開かれていた花宴が公事化されている。花宴といえば、嵯峨朝の花宴が想起されるが、嵯峨朝の花宴は、『年中行事障子』に記載されないことからも、仁和以前には廃絶されていたらしく、また、村上朝に公事化された花宴が桜を観賞する詩宴であったのと異なり、嵯峨朝の花宴では梅や桃が詩に詠まれる点からも、性質を異にする詩宴と考えられる(31)。

嵯峨朝の花宴が廃絶した後、宇多朝辺から、清涼殿の桜を観賞する詩宴がしばしば開かれ、醍醐朝にも引き継がれた。これらは、〈公宴〉とはいえず、〈密宴〉であったが、村上朝に入ると、『新儀式』において儀式文が明記され、公事化する。

村上朝は、穏子・醍醐の崩御による内宴・重陽宴の停止によって、それ以後〈公宴〉が開かれなくなる可能性のある時代であったが、内宴を二月にずらし、重陽宴を十月残菊宴として開催することによって、〈公宴〉を開き続けたのである。このことは、〈公宴〉の機能が村上朝においても有効であり期待されていたことを物語ろう。さらにこれら二つに加えて、花宴を公事化することによって、〈公宴〉をさらに強固にしたともいえる。

村上朝は、〈公宴〉の再興期と位置付けられ、天皇の文壇が、醍醐の崩御後停滞していた状況を打破した時代だと考えることができよう。

3、村上朝の文壇(2)―突出する〈密宴〉―

しかし、村上朝の文壇はそう単純にとらえることができない側面もある。それは、〈密宴〉の頻出である。例えば応和年間を見てみよう。

応和元年三月三日 「御燈。廃務。御遊。題云、花水落桃源」(『日本紀略』)
応和元年三月五日 「天皇御釣台、召文人、有桜花宴。花光水上浮、召擬文章生於池中嶋奉試。題、流鶯遠和琴〈勅題也〉」(『日本紀略』)
応和元年閏三月十一日「於釣殿有藤花宴、船楽」(『日本紀略』)
応和元年七月七日 「御製、別路動雲衣」(『日本紀略』)
応和元年十月十五日 「御製、寒葉随風散」(『日本紀略』)
応和元年十月三十日 「御製、松経霜後貞」(『日本紀略』)
応和元年十一月九日 「今日、御製、池辺初雪」(『日本紀略』)
応和二年二月二十一日「内宴。題云、風柳散軽糸」(『日本紀略』)
応和二年三月三日 「命侍臣令献詩。題云、仙桃夾岸開」(『日本紀略』)
応和二年四月十一日 「令侍臣賦夢吐白鳳詩」(『日本紀略』)
応和二年五月十二日 「令侍臣賦詩。題云、五月水声寒」(『日本紀略』)
応和二年七月七日 「令侍臣賦詩。題云、織女渡天河」(『日本紀略』)
応和二年八月十三日 「令侍臣賦詩。以秋色寄高樹為題」(『日本紀略』)
応和二年十月五日 「残菊宴」(『日本紀略』)
応和三年二月三日 「御製、庭花暁欲開」(『日本紀略』)

応和三年三月八日　　　　「御製、風来花自舞」（『日本紀略』）
応和三年四月二十六日「御製、風雲夏景新」（『日本紀略』）
応和三年五月五日　　　「御製、採菖蒲詩」（『日本紀略』）
応和三年十月四日　　　「御製、菊花色浅深、無風葉自飛」（『日本紀略』）

内宴・残菊宴なども開かれているが、〈密宴〉が突出していることは一目瞭然である。しかも、御製の存在を語る資料も多く、村上の好文によって詩宴が開かれたと思われる。こうした状況は、応和年間に限ることではない。

そもそも〈公宴〉とは政事の一環としてあった。そして、醍醐朝以前、宇多朝を除いて天皇主催の詩宴が〈公宴〉に収斂していたのは、儀式としての〈公宴〉の機能が期待されていたからであった。天皇の文壇とはまさしく政事の一環として存在するのであり、それが志向されていたのである。それに対して〈密宴〉は、天皇の興趣によって開かれる臨時の詩宴であり、公事としての機能は果たされない。村上朝における〈密宴〉の数多の開催は、天皇の文壇に、政事の一環としてではなく、文学集団としての側面が強まっていることを示そう。

同様の状況は、宇多朝においても見えた。但し、宇多朝では、詩人ではない人物に献詩をさせていたことからも、文芸性という面での評価には疑問が残るが、村上朝は、天皇が頻繁に詩を賦している点からも、天皇自身が詩作に重きを置いており、宇多朝とはその点で異なるように思われる。

つまり、村上朝は、〈公宴〉の機能が期待されていた以上に、村上の好文によって、〈密宴〉が頻繁に開催された時代なのである。

それに加え、村上朝において公事化された花宴にも問題がある。花宴という名称が、〈公宴〉以外の詩宴でも使われていることはその一つであるが、例えば、内宴という名称は、本来、内々の宴を示す普通名詞であったが、天長期以後正月二十日辺に行われる詩宴として固定し、仁明朝以後公事化してからは、内宴といえば、原則として仁寿殿で正月二十日辺に開かれる詩宴を指すようになり、それ以外の詩宴をいうことはない。それほどに、内宴という名称は、〈公宴〉としての拘束力が強かったということでもあろうし、天皇主催の公的文学生成の場としての権威があったといえる。

しかし、花宴は、公事化された後も〈公宴〉以外にもその名称が使われている。康保二年三月五日の花宴には、「康保二年花宴記」という記録も残るが（『袋草紙』）、これは、「古詩を詠じ新歌を誦す」（『河海抄』）というもので、〈公宴〉としての花宴とは異なる。また、天暦三年三月十一日には、「太上天皇二条院に於て花宴有り」（『日本紀略』）と、朱雀上皇が花宴を開いており、天皇主催以外でも花宴という名称が使われている。内宴などではあり得ない事態である。

また、内宴や重陽宴では、内教坊が奏楽を行っているが、花宴では、楽所の管絃者が奏楽を行う。楽所の奏楽は、私的な場でなされることが主である。花宴はかなり私的な要素を含むといえよう。

そのことを象徴する例として、応和元年の花宴をあげよう。

> 五日戊戌。天皇、釣台に御す。文人を召す。桜花宴有り。花光水上浮。擬文章生を池中の嶋に召して試を奉ぜしむ。題、流鶯遠和琴〈勅題也〉、又笙歌の興有り。文時序を献ず。□□講師と為る。文人四位五人、五位十四人、諸司六位四人、文章得業生二人、文章生三人、擬文章生廿人、学生二人。延喜十六年九月廿八日朱雀院に行幸せし例に准ふ也。
>
> （『日本紀略』応和元年三月）

ここでは「桜花宴」と記されるが、『扶桑略記』の同日条に「冷泉院釣殿に於て花宴有り」と、また『小右記』寛仁二年十月廿二日条に「文台紙筆預じめ置くは、応和元年冷泉院花宴の例歟」とあることにより「花宴」として扱うが、この時は冷泉院で行われている。清涼殿で行うという原則からいえば、規定からはずれていると考えざるを得ない。また、擬文章生試も行われており、〈公宴〉の花宴とは別個だと理解すべきかもしれないが、冷泉院で行われたのは、村上天皇が、前年天徳四年九月二十三日の内裏焼亡によって同年十一月四日に冷泉院に遷御していたためである（『日本紀略』）と考えられるし、この時の詩序が『本朝文粋』に残るが、「暮春侍宴冷泉院池亭、同賦花光水上浮、応製」（『本朝文粋』巻十・300）と、「侍宴」と記されている以上、この花宴も〈公宴〉であるとすべきであろう。

しかし、内裏焼亡によって冷泉院で行われたとはいえ、同時に擬文章生試が行われており、また、この擬文章生試も放島試であって、「風流韻事」[32]の性格が強い。この花宴は、〈公宴〉を志向してはいるものの、遊戯的な性格を持っているといわざるを得ない。

花宴は、村上朝に〈公宴〉として成立した儀式である。それが内宴や重陽宴のような権威を持たず、〈公宴〉を志向しながら、応和元年の花宴のように、遊戯的な性格を帯びていたのである。

このことは、村上朝において、〈公宴〉以外に頻繁に〈密宴〉が開かれることと、根を同じくしていよう。村上朝の文壇は、〈公宴〉を復活させる意識も見えるものの、〈密宴〉が頻繁に開かれ、村上朝に公事化された花宴自体も、〈密宴〉的性格を持っていた。村上朝は、〈公宴〉と〈密宴〉が混在してはいるものの、〈密宴〉を志向しているといえる。天皇が私的興趣によって開く〈密宴〉が大きく位置を占めているのである。

4、一条朝へ

村上朝に続く冷泉朝では、重陽宴の復活（『日本紀略』安和元年八月二十二日）、内宴の正月開催が決定されるが[33]、しかし、実際に開催されたわけではない。復興された安和元年でも重陽宴は平座として天皇の出御なく行われており、それ以後も停止されるか、開かれても平座である。内宴についても、円融朝天禄三年に開催されているが、それ以後ほとんど停止されたままである。

このような状況で一条朝に到るのだが、一条朝では、〈公宴〉の解体・終焉を迎える。

重陽宴は平安前期において最も格の高い〈公宴〉であったが、一条朝になるとほとんど開かれなくなる。平座形式で開かれるのが通例になり、天皇の出御がない形で臣下は菊酒を賜る。そして、平座が終わった後、天皇の御前に公卿らが集まり、詩会が開かれる。そして、その詩会と同時に、内御書所での詩会が開かれるのである。天皇の御前には地下人は原則として参上できず、参加者は殿上人のみとなる。地下人は、内御書所に集まり、御前と同題で詩を献上していた(34)。

元来の重陽宴であれば、殿上・地下を問わず「文人」として同じ空間＝紫宸殿にいたのが、一条朝では、殿上と地下とに分かれるのである。御前での詩会は、同じ九月九日という日付を持つが、〈公宴〉とは呼べない。

なお、「侍宴」という語も興味深い様相を見せる。

寛弘二年九月九日の重陽宴も平座の形で行われ、その後御前で詩会が開かれた（『日本紀略』、『権記』、『小右記』）。その時の作品が『江吏部集』に残るが、詩題は、「七言重陽侍宴清涼殿、同賦菊是花聖賢、応製詩一首〈以情為韻幷序〉」と記される。「侍宴」という語が使われている。「侍宴」は、〈公宴〉で使用される言葉であった。しかし、この時の詩宴は、〈公宴〉としての重陽宴ではなく、御前詩会＝〈密宴〉である。他にも、一条朝では、長保二年十月十七日の庚申詩宴（『権記』、『江吏部集』下・鳥部）や寛弘三年三月四日の東三条第行幸詩宴（『御堂関白記』、『本朝麗藻』上・11）でも、「侍宴」の語が使われている。一条朝では、〈密宴〉に「侍宴」の語が使われることになるのである。

一条朝では、内宴・花宴が開かれなくなり、ついには、〈公宴〉として最も地位の高い重陽宴も、〈密宴〉へと解体していく。「侍宴」という語が、〈公宴〉ではない詩宴で使われるのも、こうした様相と連動していると考えられる。このことは、既に村上朝に胚胎していたが、一条朝において顕在化したといえる。一条朝は、〈公宴〉ではなく〈密宴〉が開かれる時代となったのである。そのことは、天皇の文壇が、政事から離れて文学集団としての性格を強めたということでもあろう。

ここに、〈公宴〉を軸とした、政事の一環としての天皇の文壇は終焉を迎えることになるのである。

おわりに

〈公宴〉と〈密宴〉という視点で、天皇の文壇の変容を追ってきた。政事的公事的紐帯を持つ文壇から、詩文作成そのものへの興趣を主にする文壇、天皇と私的に結びつく文壇への変容と理解できよう。

これらの詩宴は、実作があまり残らないこともあり、考察されることが少なかった。しかし、宮廷詩宴、殊に〈公宴〉は、平安初期から連綿と続いているのであり、相応の地位と意義があった。〈公宴〉の存在が、漢詩文に社会的地位を与えていた根拠となっていたろうし、政事に組み込まれる詩宴という場を持つからこそ、漢詩文は公的文学として第一義の地位を確保していたともいえるのである。

本稿においては、その展開・変容・終焉の概略を述べるに留まったが、様相を具体的に辿ること、また詩文の表現、詩人達の意識については、今後の課題である。

注

（1）「平安朝和歌の成立―古今集成立まで」（『大学セミナー　日本文学史概説　古典編』有精堂・昭和五十一年）。

（2）小島憲之氏「「文章経国」の論」（『国風暗黒時代の文学　中（上）』塙書房・昭和四十八年）。

（3）小島氏「「文章経国」の論」（前掲著）。

（4）もっとも小島氏は、後年には、文章経国のスローガンは、経国性よりも、永遠性に重点があると見解を修正している。小島氏「古今集への道―『白詩圏文学』の誕生―」（文学43―8・昭和五十年八月）。
（5）後藤昭雄氏「宮廷詩人と律令官人と―嵯峨朝文壇の基盤―」（『平安朝漢文学論考』桜楓社・昭和五十六年、昭和五十四年初出）。
（6）鈴木日出男氏「嵯峨文学圏」（『古代和歌史論』東京大学出版会・平成二年、昭和四十八年初出）。
（7）小島氏「仁明承和期前後」（前掲著）。
（8）藤原克己氏「文章経国思想から詩言志へ」（『菅原道真と平安朝漢文学』東京大学出版会・平成十三年、昭和五十五年初出）。

勅撰三集時代の文章経国思想において、その主たる関心が詩にあったことはいうまでもないが、当時の詩の唯美的内容や文事の奢侈的性格を考え合わせれば、この思想は極めて抽象的観念的なものであったと言わざるをえない。……、この文章経国思想なるものは、勅撰三集時代というまさに一回的な時代の恵まれた諸条件を集約的に物語っていた。……、ことに経国と唯美的文華との矛盾をも、その抽象性のゆえに相即せしめうる理念として、文章経国思想はいかにもこの時代に似つかわしかったのである。

（9）小島氏「仁明承和期前後」（前掲著）。
（10）藤原氏「文章経国思想から詩言志へ」（前掲著）。
（11）大曾根章介氏「菅原道真―詩人と鴻儒―」（『日本漢文学論集　第二巻』汲古書院・平成十年、昭和四十八年初出）。
（12）浅尾広良氏「嵯峨朝復古の桐壺帝」（『論叢　源氏物語2　歴史との往還』新典社・平成十二年）。
（13）小島氏「「文章経国」の論」（前掲著）。
（14）藤原氏「文章経国思想から詩言志へ」（前掲著）。
（15）拙稿「「風月」考―公宴詩会との関わりにおいて―」（語文66・平成八年七月）、「一条朝文壇の形成―重陽宴の変容を通して―」（『古代中世文学研究論集　第一集』和泉書院・平成八年十月）など。なお、内宴個別の変遷については、拙稿「内宴考」（詞林18・平成七年十月）を参照。

(16) 奉和と応制の性格の差異については、小島氏「弘仁期文学より承和期文学へ—嵯峨天皇をめぐる応制・奉和の詩について（一）—」（国語国文33—2・昭和四十一年二月）参照。小島氏は、奉和詩が応制詩と比べて私的要素を含むことも論じている。留意すべきである。
(17) 本稿で用いる「政事」という語は、国家運営のための実務などを含めた具体的な行為を指している。
(18) 喜田新六氏「王朝儀式の源流とその意義」（『令制下における君臣上下の秩序について』皇學館大學出版部・昭和四十七年、昭和三十年初出）など。
(19) 藤原氏「文章経国思想から詩言志へ」（前掲著）。
(20) 拙稿「詩臣としての菅原道真」（詞林22・平成九年十月）、「菅原道真の「言志」」（『菅原道真論集』勉誠出版・平成十五年）。なおこれらの拙稿では、道真が、宮廷詩宴での賦詩にこそ自らの詩臣としての存在意義を見出していたことを述べている。参照されたい。
(21) 拙稿「宇多・醍醐朝の歌壇と和歌の動向」（『古今和歌集研究集成1　古今和歌集の生成と本質』風間書房・平成十六年）参照。
(22) 拙稿「儀式と和歌—公宴詩会との関わりにおいて—」（中古文学59・平成九年五月）。
(23) 拙稿「儀式の場と和歌の地位—天徳内裏歌合をめぐって—」（『和歌を歴史から読む』笠間書院・平成十四年）。
(24) 大曾根章介氏「菅原道真—詩人と鴻儒—」（前掲著）。
　公宴詩会の際の兼題擬作の詩が本義を外れたものであり、たとえ彫心鏤骨して麗句を配し衆人の賞讃を得たとしても、真の詩から遠く離れたものであることは明らかであろう。
(25) なお、宮廷の、文学作成を主とする行事については、既に和歌史の側から考察がある。橋本不美男氏は、『王朝和歌史の研究』（笠間書院・昭和四十七年）第二章「宮廷と和歌」において、「公式の場における、主催者たる天皇の、あるいはその応制の詩歌を、宮廷詩と意義付けて」、桓武朝から村上朝まで、その「宮廷詩」の状況を概観している。橋本氏は和歌史の問題として論じるのだが、氏自身も指摘するように、和歌が公式の場に登場するのも、漢詩文に付随してのことで、まずは、宮廷詩宴の状況を考察することが肝要となろう。

(26) この他、詩題以外でも「侍宴」の語が用いられているが、それも内宴や重陽宴を指す。なお、『凌雲集』では、三月三日・九月九日の節では、詩題に「侍宴」が用いられている。『文華秀麗集』では「侍宴」の語は見えない。『凌雲集』では、行事の中で侍宴応制（応詔）がなされていたのに、嵯峨朝の様相を端的に表すと評価される『文華秀麗集』でそれが見えないのは、行事の中での応制という形ではなく、君臣唱和の奉和詩こそが作られるということを示していよう。年中行事は基本的には、天皇の意志に関わらず行われるものだが、君臣唱和という天皇の詠作とそれに対する奉和詩であれば、天皇の意志が意味を持つことになろう。この点も嵯峨朝の特質をよく表しているように思われる。

(27) 古瀬奈津子氏「平安時代の「儀式」と天皇」（『日本古代儀式と王権』吉川弘文館・平成十年、昭和六十一年初出）。

(28) なお、資料に見える「公宴」という語は、〈密宴〉を指す場合もある。拙稿「宇多朝の文壇」（奈良大学紀要30・平成十四年三月）参照。従って、公事としての詩宴を〈公宴〉と呼ぶのは正確ではなく、「侍宴」と呼ぶ選択肢もあるが、『朝野群載』で「侍宴」の語と関連して用いられていること、「密宴」と対照的な語であることから、〈公宴〉で示す。〈〉を付しているのは、資料中に見られる「公宴」と区別するためである。了承されたい。

(29) 「文人」については、工藤重矩氏「平安朝における「文人」について」（『平安朝律令社会の文学』ぺりかん社・平成五年、昭和五十七年初出）参照。

(30) 宇多朝の文壇の詳細は、拙稿「宇多朝の文壇」（前掲）参照。

(31) 以下、花宴については、拙稿「花宴考」（詞林21・平成九年四月）参照。

(32) 桃裕行氏「平安時代後期の学制の衰頽と家学の発生」（『上代学制の研究〔修訂版〕』思文閣出版・平成六年）、大曾根章介氏「「放島試」考―官韻について―」（『日本漢文学論集　第一巻』汲古書院・平成十年、昭和五十四年初出）。

(33) 渡辺直彦氏「「蔵人式」管見」（『日本古代官位制度の基礎的研究　増訂版』吉川弘文館・昭和五十三年、昭和四十八年初出）によれば、前記安和元年八月二十二日に内宴も正月に復されたという。

(34) 詳細は、拙稿「一条朝文壇の形成―重陽宴の変容を通して―」（前掲）参照。

日本古代漢詩集成のこれまでとこれから

――付『日本詩紀拾遺』補正――

後藤昭雄

一

表題の「古代」は便宜的に平安朝末までをいう。

日本における漢詩の制作は、『懐風藻』の序によれば、七世紀後半の近江朝に始まり、以後、近代に至るまで、途絶えることなく営々と行なわれてきた。したがって、古代に限っても、膨大な数の作品が生み出されたはずである。それらは詩巻として書き留められ、詩集としてまとめられた。そのことは『本朝書籍目録』「詩家」、あるいは『日本詩紀』別集付載の「詩家書目」(1)に著録する総集、秀句撰、別集等に見ることができるが、それらのうちの多くは失われていて、現存するのは本来存在した作品のなかのほんの一部にしか過ぎない。

これら遺存する古代の漢詩を蒐集する仕事は、禅林詩文全盛の中世を経たのち、近世に至って、本朝詩史へ関心が向けられるようになった時代思潮のもとで行われることになる。その一つの頂点が『日本詩紀』であるが、その前にいくつかの先蹤があった。すなわち次のような詩集が編纂されている。

本朝一人一首　林鵞峰　寛文五年（一六六五）

本朝詩英　野間三竹　寛文九年（一六六九）

歴朝詩纂 松平頼寛 宝暦六年（一七五六）序

『本朝一人一首』(2)は書名のとおり、詩人一人につき一首を挙げて、その詩の批評や作者の伝記を付すものである。対象は近江朝から近世初期に及ぶが、十巻のうち巻七と巻十の一部が鎌倉以後の作品である（ただし禅林詩は採録しない）ほかは古代詩で、平安朝詩の割合が大きい。

なお、序文によれば、鵞峰の父羅山が『本朝詩選』を編んだが、明暦の大火（一六五七年）で焼失したという。書名からも『本朝一人一首』の先蹤となる集であったと思われ、本朝漢詩回顧の思潮が譲成されていく先導をなすものであったと思われる。

『本朝詩英』は五巻。奈良時代から戦国時代までを対象として秀作を選録したものであるが、多くは平安朝詩である。詩体によって分類している(3)

『歴朝詩纂』。上代から編纂時までの詩を集成することを企図した壮大、大部な総集であったが未刊に終わった。平安末を区切りにして大きく前編と後編に分け、これを古詩、律詩、絶句という詩体で分類している。序に一百巻とあり、前編が二十巻、後編が八十巻である。ただし後編は、八十巻の総目は作成され、編首に付されているが、現存するのは十三巻までで、全体としては三十三巻が伝存している。

本書は『日本詩紀』に最も近似する。まず、基本的な性格として、網羅、集成を意図している点である。『本朝一人一首』は書名が示すように各人の代表作を挙げるもの、『本朝詩英』は選録であり、目指すところが大きく相違する。ほかに、平安末期の保元・平治を画期と見なすこと、天皇、皇親を別にしてそれらの詩篇を首巻に置くことも『日本詩紀』と共通する。『歴朝詩纂』の名は『日本詩紀』の「凡例」に一再ならず挙げられており、本書が『日本詩紀』編纂に当たっての最も直接的な先例であったことは間違いない。

この『歴朝詩纂』においては、前編二十巻が〈日本古代漢詩集成〉に該当する。

こうした時代の趨勢を承けて、天明六年（一七八六）、市河寛斎（一七四九～一八二〇）によって『日本詩紀』が編纂された。

『日本詩紀』は我が国で漢詩の制作が始まった近江朝から保元・平治―平安朝末までに作られた漢詩をすべて収集することを目的に編纂された一大詩集である。本集五十巻、外集一巻、別集一巻から成るが、本集に七世紀後半から十二世紀末までの詩が網羅されている。(4) 首集に天皇皇親の作を一括して置くが、以下は作者ごとにまとめて時代の古いものから順に配列されている。したがって本書は日本古代漢詩を俯瞰するのには恰好の文献である。

本書は刊行後、編者によって増補訂正が加えられ、さらにのち若林友堯によって校訂増補が行われた。明治になって、これらを底本として国書刊行会から活字本が出版され（四十四年、一九一一）、長年に亙って流布本として利用されてきたが、近年、テキストの刊行が相い継いだ。

一つに、叢書「詞華集日本漢詩」の一冊として、市河寛斎浄書本である内閣文庫蔵本が影印本として公刊された。解題、佐野正巳。汲古書院、一九八三年。

次いで、後述する『日本詩紀拾遺』の出版に合わせて、前記の国書刊行会本が新たに校訂を加えて復刊された。編・解説、後藤昭雄。吉川弘文館、二〇〇〇年。

さらに最近新しいテキストが提示された。高島要氏編の『日本詩紀』の総索引が公刊され（勉誠出版、二〇〇三年）、学界に大きな恩恵を与えるものとなったが、その「本文編」として出されたものである。内閣文庫蔵本を底本として、石川県立図書館蔵川口文庫本ほか三本によって校訂したものである。

論述を近世に戻して、『日本詩紀』と並ぶ大きな集成事業がもう一つなされていた。『［本朝］詩集』の編纂である。この資料は私は実見していないので、この詩集に論及した唯一の論文である飯田瑞穂氏の論述（注（4）論文）に全面的に拠って、要点を摘記しておこう。

この詩集は、徳川光圀によって『大日本史』を補う目的で企てられ、水戸彰考館の史臣によって編纂された『本朝詩文集』の詩篇の部である。すなわち新訂増補国史大系の一巻として公刊されて周知の『本朝文集』と一具をなすものである。

本集の編纂事情を語るものとして、「文集詩集を上《たてまつ》る疏」が残っているが、それによれば、事業は延宝四年（一六七六）に開始され、文集が四年で完成し、引き続いて詩集の編纂が命じられ、これは二年で完成した。その後、遺漏を補って、貞享三年（一六八六）八月、光圀に呈上された。文集詩集合わせて九十巻、作者は九六九人、作品数は文は一八四七編、詩は六七五四首であった。

詩集は彰考館文庫に現存しており、四一冊、作者七五〇人、詩七一六五首である。以上であるが、本集は室町末までを対象とするものであるから、古代漢詩としてはどれだけの作品を採録しているかは今は未詳であるが、『日本詩紀』を凌駕するであろう規模の詩集が、これに先立って編纂されていたのである。

二

『日本詩紀』以後、同様の意図で古代漢詩の集成を行ったものは、私が編んだ『日本詩紀拾遺』（吉川弘文館、二〇〇〇年）である。編集の意図を「あとがき」に次のように述べた。

『日本詩紀』は近世中期の漢詩人、市河寛斎が平安時代末までに我が国で作られた漢詩をすべて蒐集しようとした漢詩集で、古代中古の詩人あるいはその詩作を俯瞰するのに、はなはだ重宝な書物である。しかし、その採録には遺漏もあり、またそれ以上に、その書の成立から現在に至るまでには二百年余の歳月が経過しており、その間、多くの漢詩文資料が新たに発見され、あるいは公にされている。（中略―資料名を列挙）こうした情況のもとで、私は『日本詩紀』の拾遺作業を思い立ち、大学の紀要に連載した。本書は拾遺というその目的から、増訂本である、前記の明治四十四年、国書刊行会発行の活字本を基にして、その拾遺を図った。

第一部と第二部に分け、前者には『日本詩紀』に既出の作者の詩を、後者にはこれまでまったく詩が採録されていなかった作者の詩を収めた。採録した作者・作品数は次のとおりである。第一部、作者一二三人、詩三二九首、句三〇八句。第二部、作者は三八六人と、氏だけで名を欠くもの、官職で書かれていて具体的に氏名を比定できないものなど一一人、詩四〇一首、句三一八句である。(5)

三

『日本詩紀拾遺』は『日本詩紀』以後における日本古代漢詩集成の一つの区切りであったが、なお残された問題もあり、拾遺、集成作業は今後も引き続いてなされなければならないことである。

『日本詩紀拾遺』に対しては三者の書評・紹介が出た(6)が、そのなかでもすでに提言がなされている。『国文学解釈と鑑賞』65巻8号（二〇〇〇年）で堀川貴司氏は「……が今後の（われわれ後進の）課題の一つであろう。また『拾遺』本文の信頼性を『日本詩紀』に及ぼすことも。」と述べている。省略した前者については次に述べるが、後者にいう「『拾遺』本文の信頼性を『日本詩紀』に及ぼすこと」に関しては、第一節で言及した高島要『日本詩紀本文と総索引』本文篇がそれに応える一例となっている。

一つは、先に述べたが、索引の底本として新たに諸本をもって校訂した本文が作成、提示されたことである。

もう一つは、『日本詩紀』の誤りが正されていることである。『日本詩紀拾遺』は『日本詩紀』に漏れた詩を拾うことを主眼としていて、『日本詩紀』が含み持つ誤りを正すことまでには及んでいない(7)。高島氏は「解説」のなかでそれを行っている。たとえば中国詩を本朝詩と誤って取り入れているもの、本来作者Aの詩であるのを間違ってBの詩としているもの、出典注記の誤りなどが指摘されている。

先の引用で省略した個所で堀川氏が今後の課題の一つと述べていることは、前述の、飯田氏が早くに存在を明らかにしていた彰考館蔵の『詩集』のことである。膨大な資料が陽の目を見ずに埋もれているわけであり、是非とも調査が必要である。

また、未紹介資料を発掘する地道な努力も続けていかなければならないが、『日本歴史』六三三号（二〇〇一年）の「書評」で、住吉朋彦氏は「未刊の古記録類等に新たな遺文を求め得る可能性」を挙げている。これに関連して付言しておくと、以前から心に懸けていることであるが、増補史料大成『中右記』七（臨川書店、一九六五年）の口絵に『中右記抄出』が掲げられているが、その解説に次の記述がある。

この書一巻、巻子本にて、詩集の裏に記されたものである。詩集には康平三年二月三十日条に、題者藤文章博士、対山唯愛花、康和元年閏九月二十一日条には、秋夜同賦、探得円字などの文字が見え、作者の中には大皇太后宮大夫源師頼、安芸権守源敦経等々の名が見えて居る。無題詩集に似て居るところがあるが、さうでも無い。

これから直ちに思い至るのは『中右記部類紙背漢詩』である。しかし現在公刊されている巻(8)には右の記述に該当する詩は含まれていない。別の巻と見なければならない。どこかに秘蔵されているのだろう。

近い将来、公刊されるはずの漢詩資料がある。一つに『内宴記』である。平成十五年度中世文学会春季大会における、佐藤道生氏の発表「保元三年『内宴記』の発見」の発表資料によれば、国文学研究資料館蔵（田安徳川家寄託資料）の『内宴記』は保元三年（一一五八）の内宴の記録であるが、これに藤原忠通以下一八人の作者の詩が引載されている。

もう一つは冷泉家時雨亭文庫蔵の『和漢兼作集』である。同叢書（朝日新聞社刊）の「第五期内容見本」に第六期の予定書目が挙げられているが、(補注)『和漢兼作集』が入っている。現行本のテキストである書陵部蔵本は下巻を欠いている。時雨亭文庫本が下巻を保持していれば多くの詩が収められているはずである。

四

『日本詩紀拾遺』刊行後も佚詩の収集に目を配っているが、これまでに気付いたもの数首を取りあげ、その文学史的意義などについて述べておこう。

1　早良《さわら》親王の別伝というべき「大安寺崇道天皇御院八島両処記文」(9)に親王の詩一首が記録されている。早良親王は光仁天皇の子で、桓武天皇の同母弟である。初め出家して大安寺、東大寺に居住したが、天応元年（七八一）桓武の即位に伴って皇太弟となる。『本朝皇胤紹運録』によれば、この時三十二歳とあるから、天平勝宝二年（七五〇）の生まれとなる。延暦四年（七八五）九月、藤原種継暗殺事件に関与したとして淡路に流されるが、途中自ら食を絶って亡くなった。

「両処記文」はこの早良親王に関する、独自の記事をも有する記録であるが、次のような記事がある。種継暗殺事件で拘束されて後のことである。

　於㆓埼(ママ)唐律寺㆒令㆑居㆓小室㆒、国(固)以守衛。七日七夜、水槳[漿カ]不㆑通、而即配㆓流於淡路㆒。乗㆑船下向、梶原寺前、召㆓取筆㆒御㆓製作文㆒。世路多是冷、栄石(ママ)復無常、二三我弟子、別後会西方。即以㆓十月十七日㆒、海上薨。

淡路に流される途中、梶原寺の前で詩を賦したという。

『日本紀略』（延暦四年九月二十八日）では、これに当たるところは次のように記述されている。

是日、皇太子自二内裏一帰二於東宮一。即日戌時、出二置乙訓寺一。是後、太子不二自飲食一、積十余日。遣二宮内卿石川垣守等一、駕レ船移二送淡路一。比レ至二高瀬橋頭一、已絶。載レ屍至二淡路一葬云々。

「両処記文」とは細部で違いがあるが、『日本紀略』では親王は高瀬橋の辺りで絶命したという。高瀬橋は『行基年譜』天平十三年記に「高瀬大橋在二島下郡高瀬里一」と見え、現在は大阪府守口市。一方、先の梶原寺は大阪府高槻市で、今にその地名を伝える梶原に寺跡が推定されている。[10] 梶原寺が高瀬橋より上流であるから、そこで詩を作ったとして矛盾はしない。

改めて詩を挙げる。

世路多是冷　世路は多く是れ冷《すさま》じ
栄石（ママ）復無常　栄名もまた無常なり
二三我弟子　二三の我が弟子
別後会西方　別れし後西方に会せん

辞世の詩ということになる。第二句の「栄名」は原文は「栄石」であるが、誤写と見て、『校刊美術史料』の注記に従い改めた。[11] 名声の意。結句の「西方」は西方浄土、死を覚悟して側近にかく言ったということになる。

早良親王の詩作というのはこれまで知られていなかった。早良は、生年は先述の『本朝皇胤紹運録』に従うと七五〇年で、没年は七八五年である。既知の詩人と比較すると、淡海三船（七二一～七八五）、石上宅嗣（七二九～七八一）に二、三十年後れ、賀陽豊年（七五一～八一五）と同世代ということになるが、この時期の詩として現存するものははなはだ少ない。その意味で、悲劇的な最後を遂げた皇太子の辞世というその内容と共に小品ながら貴重な一首である。

こうした作詩能力を早良親王が獲得した文学的環境を考えてみると、先に名を挙げた淡海三船との交渉が考えられてくる。三船は宅嗣と共に「文人の首《かしら》」と並称される（『続日本紀』天応元年六月辛亥）、奈良朝後期を代表する文人であったが、その三船と早良とが南都大安寺を場として交わりを持っていたことが明らかにされている。[12] 詳細はその先行研究に述べられているので、ここではその端的な例として、三船の現存する数少ない著作の一つである「大安寺碑文」は、早良親王の依嘱を受けての制作であることを指摘しておくに止めておこう。

早良と三船の交渉を考慮することは、先引の詩の表現を理解するうえでも有効なことである。それは結句の「西方に会せん」という措辞に関わってである。たとえば平安後期の詩とすれば何ら異とするに足りないこの措辞も、八世紀半ばの詠詩においては一考の要がある。当代に生きた早良において、西方浄土を希求する信仰が懐抱されていたことをもの語るものだからである。

このことに関しても、三船との交渉をその背景として考えることができる。

近年、遺存が明らかになった『延暦僧録』の淡海居士伝（淡海三船伝）佚文の、新出部分には、次のような記述が含まれている。[13]

　無量寿国者、風生㆑珠、禁聡苦空、水激全流、波挨常示。居士、摂㆑心念誦、願㆑生㆓安楽㆒。

無量寿国は極楽浄土。以下はその描写であるが、誤写が推測され、よく読めない。ただ、いま必要なのは「居士」以下の一文である。

　居士は心を摂《おさ》めて念誦し、安楽に生まれむことを願ふ。

三船は一心に念仏を唱え、安楽国土つまり浄土に生まれ変わることを願っていたという。三船が浄土信仰を懐いていたことが知られるが、この三船との交わりのなかで、その影響を受けて早良親王の思念が形成されたのではなかっただろうか。

2（ア）　空海伝の一つ、『弘法大師行化記』に、したがって空海に関係するが、佚詩二首（うち一つは一聯のみ）が引用されている。

一つは惟良春道の詩である。『行化記』の一本である名古屋の宝生院真福寺文庫蔵『弘法大師行化記』裏書（『弘法大師伝全集』第二、ピタカ、一九七七年復刻版。初版は一九三四年）に引用されている。

惟良春道詩云

和下海上人贈二瑠璃念仏珠滋中使一之作上

見此瑠璃色　此の瑠璃の色を見るに

知老道者情　老いたる道者の情を知る

携来持誦処　持誦の処に携へ来たらば

心仏念中生　心仏念中に生ぜん

惟良春道は生没年未詳であるが、『経国集』巻十の目録に「近江少掾従八位上」とあり、『経国集』成立の天長四年（八二七）にはこの官位に在った。『続日本後紀』承和十一年（八四四）三月二十七日条が史料所見の下限で、春道はこの日、従五位上に昇叙されている。

春道は勅撰三集の一つ、『経国集』の詩人であるが、この時代の詩が現れることは稀であり、まずは、この詩は平安初頭期詩人の佚詩として貴重である。

内容のうえでも興味を惹かれる。

詩題は「海上人の「瑠璃の念仏珠を滋中使に贈る」の作に和す」。海上人が「瑠璃の念仏珠を滋中使に贈る」という題で詠んだ詩があって、これに和したものであるが、海上人とは春道の生存時期から考えて、空海（七七四～八三五）である。空海を「海上人」と称することは仲雄王の「海上人に謁す」（『凌雲集』）、嵯峨天皇の「海上人を哭す」（『高野大師御広伝』）の例がある。

空海は瑠璃の念珠を滋中使に贈った。中使とは宮中からの使者。天皇の使として空海の許へ手紙あるいは品物を届けたのであろう。その使者としての労に対する謝意として、空海は念珠を贈ったものと推測される。

中使を遣したのは、空海の没年は承和二年（八三五）であるから、淳和天皇（在位八二三〜八三三）、仁明天皇（在位八三三〜）も可能性としてはありうるが、空海との関係を考えると、嵯峨天皇と考えて間違いないであろう。

空海と嵯峨天皇との間には緊密な交渉があった。勅撰三集の詩人のうち、空海が最も密接な交渉を持ったのは嵯峨天皇である。[14]そのことは、先に「海上人」の用例として挙げたが、嵯峨天皇に「海上人を哭す」という詩があることにもすでにうかがわれる。天皇は空海の死に際して悼詩を詠んでいるのである。ほかには『凌雲集』に天皇の「綿を贈りて空法師に寄す」と題された詩があり、空海は「百屯の綿また七言詩を恩賜せらるるに謝し奉る詩」（『性霊集』巻三）を詠んで、これに答えている。また『経国集』巻十には、嵯峨の「海公と茶を飲み、山に帰るを送る」がある。数年を隔てて相会い、茶を飲み親しく語り合ったのちに高雄に帰る空海を見送る、というもので、二人の交渉の有り様を推し測ることのできる佳作である。さらに、空海の詩文集『性霊集』巻三・四に収められた表には、空海が中国から持ち帰った詩文、書跡、文房具、屏風、あるいは空海自身の書などを献上するに当たって、これに添えたものが多くある。その多くは天皇側からの要求によるものであるが、両者の間には、こうした文物の贈受を通しての密接な交渉もあった。

以上のことから、中使は嵯峨天皇からのそれと考える。

「滋中使」は誰に比定できるか。「滋」は滋野《しげの》氏であろう。『文華秀麗集』所収詩の題に「滋内史の秋月歌に和す」（桑原腹赤）、「滋内史の使を奉じて遠行し野焼を観るの作に和す」（巨勢識人）の例がある。「内史」は内記の唐名。滋中使としてまず考えられるのはこの滋内使、すなわち滋野貞主である。

滋野貞主（七八五〜八五二）は『経国集』の編者の一人で、かつ序者であり、嵯峨天皇によって主導された当代の詩壇の主要な一人であった。三四首の詩が残るが、多くは嵯峨御製への奉和詩である。また貞主の詩に嵯峨が和したものもある。さらに、空海と貞主との交渉も唱和詩によって知られる。空海の「秋日神泉苑を観る」（『性霊集』巻一）と貞主の「海和尚の「秋日神泉苑を観る」の作に和す」（『経国集』巻十三）である。

これらのことから、滋中使として滋野貞主がすぐに想起されるのであるが、なお他の人物である可能性もある。一人は貞主の弟の貞雄である。『三代実録』貞観元年十二月二十二日条の卒伝に次の記述がある。

幼くして大学に遊び、頗る詞賦に閑《なら》ふ。……、嵯峨天皇、貞雄を徴《め》して近侍せしめ、恩寵稍《すこぶ》る密なり。

嵯峨に近侍していたという。中使となるにふさわしい。

また善永がある。『経国集』巻十の目録には「蔭子無位」とあって、集成立の天長四年（八二七）にはこの身分で、若年に過ぎるかとも思われるが、その『経国集』所収詩には嵯峨天皇に対する応製詩、奉和詩があり、注目されるのは、春道の詩に対する和詩、「惟逸人春道の「秋日病に華厳山寺の精舎に臥す」の作に和す」（『経国集』巻十）があって、春道との交渉が知られることである。

滋中使は上述の三人のうちの誰かであろう。

詩について。第二句の「道者」は仏道の修行者のことである。先には空海を「海上人」と称する例として挙げた仲雄王の「海上人に謁す」（『凌雲集』）に、

道者良雖衆　道者は良《まこと》に衆《おお》しといへども
勝会不易遇　勝会は遇ひ易からず
寝興思馬鳴　寝興に馬鳴《めみょう》を思ひ
俯仰謁龍樹　俯仰して龍樹に謁す

とあり、空海にも用例がある。「南山中に新羅の道者の過ぎらる」（『経国集』巻十）に、

新羅道者幽尋意　新羅の道者幽尋の意

持錫飛来恰如神　錫を持ちて飛来すること恰《あたか》も神の如し

とある。春道の詩では空海を指していうが、「老いたる」という。空海は承和二年（八三五）、六十二歳で没している。ほかに制作年次を推定する手がかりはないが、この語のあることから、五十代、すなわち天長以後（八二四～）の作であろうか。とすれば嵯峨は退位して上皇である。

（イ）同じく『弘法大師行化記』の一本、東寺観智院蔵『大師行化記』上巻（『弘法大師伝全集』第二巻）に次の記事がある。

裏云

橘贈納言送然和尚南岳詩曰

臨岐拝別尤慙愧

三教指帰注未成

先年海和尚撰三教指帰、去元慶七年、然和尚請余作之注、予奔波劇務、成此注、今日便、

これも裏書に書かれているものである。

第一行。橘贈納言の「送然和尚南岳詩」、詩題と考えられる「　」の中は、このままでは読めない。「南岳」の上に「帰（還）」などの誤脱が推測される。（ア）で、空海と嵯峨天皇との交渉をもの語るものとして挙げた嵯峨の詩の題に、「与二海公一飲レ茶、送レ帰レ山」（『経国集』）があった。補って訓読すると、「橘贈納言の「然和尚の南岳に帰るを送る詩」に曰ふ」となる。

橘贈納言は橘広相《ひろみ》（八三七〜八九〇）である。のちの陽成天皇の東宮時の学士、式部大輔、蔵人頭、文章博士などを歴任して、参議、正四位上に至り、寛平二年に没するが、中納言、従三位を追贈され、橘贈納言と称される。家集八巻があったというが伝わらず、わずかな詩句が残るのみである。

詩は文学史に新たな事実を付け加える重要な内容を持っている。空海の著作『三教指帰』およびその注に関してである。

本文を訓読する。

岐に臨んで拝別せんとして尤も慙愧す

三教指帰注未だ成らず

先年、海和尚、三教指帰を撰す。去る元慶七年、然和尚、余に之《これ》の注を作ることを請ふ。予、劇務に奔波す。此の注を成すこと、今日便残るのは一聯のみである。その後の一字下げの部分は作者が付した自注である。このように詩句に自注を付すことは、白居易詩に倣って菅原道真の詩あたりから行われるようになった方法であるが(15)、元慶七年（八八三）から数年後の作と考えられるこの詩は、その早い例の一つとなる。この自注は途中で切れていて終りの部分は読みがたい。

詩題に戻って、一つ一つを検証していこう。

「然和尚」、この名は自注にも出てきて、彼は広相に『三教指帰』の注の作成を依頼したという。空海の弟子と考えられる。それと元慶七年という年次から考えて、然和尚は真然であろう。

真然は俗姓は佐伯氏で空海の甥に当たる。出家して空海について学び、真雅に灌頂を受ける。承和元年（八三四）、空海から金剛峯寺を付嘱され、師の没後はその経営に尽力した。元慶三年（八七九）には東寺別当となり、のち東寺長者、僧正に至る。寛平三年（八九一）九月十一日没する。この時の年齢に諸説あって、生年は明確でない。

「南岳」は高野山をいう。その例として、空海の「山に入る興」（『性霊集』巻一）は高野山での生活の興趣を詠んだ雑言詩であるが、その一聯に、

南山松石看不厭　南山の松石は看れども厭《あ》かず
南嶽清流憐不已　南嶽の清流は憐れみて已《や》まず

とある。ほかに、この詩にも見える「南山」また「南峰」の語でも呼ばれている。先述のように、真然は空海から金剛峯寺を托されてその経営に努める一方で、東寺の別当、そして長者にも任ぜられていた。高野山と平安京とを往来していたはずである。このことを考えると、先に述べたように、詩題は「帰」の誤脱があると見て、「然和尚の南岳に帰るを送る」としてよいであろう。

次いで詩句について。

「臨岐」の岐は別れ道。

後句の「三教指帰注未だ成らず」を説明するのが後の自注である。広相は真然から師空海の著『三教指帰』の注を書くことを依頼された。しかしそれは成らなかった。理由は広相が激務に忙殺されていたことによるという。「奔波」は奔走すること。「劇務に奔波す」に類似した表現が道真の詩に見える。「野大夫を傷む」（『菅家後集』）に「紀相公は応に劇務に煩ふならむ」、「路に白頭翁に遇ふ」（『菅家文草』巻三）に「適《たまたま》明府に逢ふ　安を氏と為す、昼夜に奔波して郷里を巡る」とある。元慶七年は広相が参議に任ぜられる前の年である。右大弁、勘解由長官で、八年にはさらに文章博士を兼ねた。

この後句とその自注は注目すべき事実を語っている。橘広相は真然から『三教指帰』の注を作ることを依頼されたというのである。このことの持つ文学史的意義はいくつかある。

まず、こうした事実はこれまで全く知られていなかったことである。

そうして、未完に終わったとはいえ、元慶七年という時点で、『三教指帰』注の作成が企てられたことは、現存の『三教指帰』注の成立時と比べて、飛び抜けて早いものとなる。

また、この詩は、自注の書き振りから、元慶七年から数年の後に詠まれたものと考えられるが、これは後代の文献で『三教指帰』の書名を書き記した最も早いものでもある。

そうしてこのことは、いま議論のある『三教指帰』は偽撰か否かという問題にも一石を投ずるものとなる。

『三教指帰』の古注として現存するのは三種であるが、最も早く成立したのは成安《じょうあん》注である。その最善本である大谷大学蔵本、『三教指帰注集』[16]は序文を備えているが、寛治二年（一〇八八）に作られたことが明記されている。

次いでは敦光《あつみつ》注―『三教勘注抄』である。その一本、霊友会蔵勝賢本に、表紙裏に、

此注都有二六巻一、敦光朝臣依二宗観上人勧一注レ之云々。予一見次、少々抄二出之一了。為レ観二初学人一也。

沙門勝賢

という書き入れがある。[17]この注は僧宗観の勧めで敦光が作ったものという。敦光は明衡の子で、文章博士、藤原頼長の侍読などを務めた平安後期の代表的儒者であるが、今ここに論じているこの佚詩を引く『弘法大師行化記』の一本の著者にほかならない。

三番目が覚明《かくみょう》注である。覚明[18]は平安末・鎌倉初めに活躍した特異な人物で、出家して信阿また信救と名乗り、のち覚明と改めた。『和漢朗詠集私注』『新楽府略意』等の著作がある。その『三教指帰』注、いわゆる覚明注は、成立時も明確でなく、覚明の作とすることに慎重な意見[19]もあるが、敦光注の引用があることから、これに後れることは疑いない。

以上のとおりで、現存する『三教指帰』の古注釈としては成安注が最も古いものであるが、その述作は、十一世紀も終りに近い寛治二年である。これに対し、この詩は、実にそれより二百年も早く、『三教指帰』の注釈が作ら

れようとしたことを語っている。まことに貴重な証言といわなければならない。幻の〈広相注〉は僧の依頼を承けて儒者が執筆するという点で、基本的性格は、現存古注のなかでは、敦光注にいちばん近い。周知のように『三教指帰』にはおびただしい数の外典も典故として用いられていることから、敦光注に関して、学儒である敦光が作者であることはその注にふさわしいと評されることもある[20]が、それはそのまま〈広相注〉にも当てはまるはずのものであった。

『三教指帰』は、たとえば日本古典文学大系に収められているように、空海の著作のうちで、主要な、かつ有名な作品であるが、また『聾瞽指帰』があり、これは空海の真筆として書跡としても尊重されている。両者の関係については、『聾瞽指帰』が初稿であり、のちにこれを一部改めたのが『三教指帰』であるというのが一般的理解であったが、近年『三教指帰』は後代の偽作であるという説[21]が提出された。これには反論[22]が出され、『三教指帰』の真偽につき両説があるという情況にあるが、この佚詩はこの問題にも関わってくるのである。論争に加わるのが本稿の目的ではないが、この問題に関してこの詩が有する意義については述べておかなければならない。

偽撰説は『三教指帰』は十世紀中葉に作られたものとして、その外的要因について次のように論じる。空海伝のうち、寛平七年（八九五）成立の『贈大僧正空海和上伝記』は『三教指帰』について全く触れていないが、長保四年（一〇〇二）撰述の『弘法大師伝』には『御遺告』を引用して「三教指帰三巻」に言及している。この『御遺告』は『空海僧都伝』を基とした偽作とされているが、その成立は安和二年（九六九）の写本のあることからそれ以前となる。『御遺告』の制作に示されるような祖師顕彰の動向の一環として、『三教指帰』も同時期に作られたものであろう。

要約すればこのようになるが、こうした主張のなかに、この佚詩を置くとどうなるか。

この詩は元慶七年（八八三）から数年後の時点で、「先年、海和尚、三教指帰を撰す」と明言し、前述の『贈大僧正空海和上伝記』成立の寛平七年に先立つ元慶七年に、空海の高弟である真然から、その書の注釈作成の依頼があったことを書き留めている。偽撰説のうち、少くとも上述のような外部徴証に基づいて成立時期を主張する論拠は失われたのではなかろうか。

3　摂津（現大阪府高槻市）にかつて存在した金龍寺の縁起、『摂州金龍寺縁起』に僧千観（九一八～九八三）と源為憲（九四一～一〇一一）との贈答詩が引用されている。

『金龍寺縁起』については、最近、湯谷祐三氏によって学会で研究発表が行なわれ、その一部は論文として公表された。(23) それによれば、早稲田大学図書館教林文庫所蔵の写本が唯一の伝本であり、成立は十三世紀中頃と考えられる。金龍寺を中興した千観の行実を編年的に記した、彼の伝記集成といえるものである。

千観は天台宗園城寺系の学僧である。内供奉十禅師となったが、のち退隠し、箕面《みのお》観音院、また金龍寺に止住した。『法華三宗相対抄』『十願発心記』ほかの少なからぬ著作がある。詩としては『別本和漢兼作集』所収の一聯が知られていた。

贈答詩はそれぞれに序が付されている。

まず千観の詩である。

余、昔、有時発十種願。為恋古賢之旧蹤、為救至愚之新罪者也。爰源澄才子、抽希代之心而発誓、振命世之名而飛文。褒讃之詞、只在余之十願、親近之志、遠期余之多生。見其文章則陶潜之体在眼、観其義理則摩詰之談徹肝。不堪感吟、聊呈蕪詞云尓。

余、昔、時有りて十種の願を発す。古賢の旧蹤を恋ふるがため、至愚の新罪を救はむがためのものなり。爰《ここ》に源澄《げんちょう》才子、希代の心を抽《ぬき》んでて誓ひを発し、命世の名を振るひて文を飛ばす。褒讃の詞は只《ただ》余が十願に在り、親近の志は遠く余が多生を期す。其の文章を見れば、則ち陶潜の体眼に在り、其の義理を観れば、則ち摩詰の談肝に徹す。感吟に堪へず、聊《いささ》か蕪詞を呈すと尓《しか》云ふ。

沙門釈千観

讃文一巻漸沈吟　讃文一巻漸く沈吟す
玉韻鏗鏘直可金　玉韻鏗鏘として直《あたい》金なるべし
句々断腸神不静　句々腸を断ちて神静かならず
行々催感涙無禁　行々感を催さしめて涙禁ずることなし
菩提道遠艱難思　菩提の道は遠し艱難の思ひ
生死海深老少心　生死の海は深し老少の心
君若出塵完此誓　君若《も》し塵を出でて此の誓ひを完うせば
定聞西界世雄音　定めて西界世雄《せおう》の音を聞かむ

まず序の記述について。

「十種の願」のことは千観の伝として最も早い慶滋保胤の『日本往生極楽記』の千観伝にも、

闍梨夢みらく、人有り語りて曰はく、「信心是れ深し。あに極楽上品の蓮を隔てむや。善根無量なり。定めて弥勒下生の暁を期せむ」と。闍梨八事を以て徒衆を誡め、十願を発して群生を導けり。

と見える。千観はこの十願について、自ら発願の由来と字句の解釈を記述した『十願発心記』を書いており、大津市の叡山文庫ほかに現存する。[24] その奥書に、

于レ時応和二年仲春、略述二其意一、貽二之後輩一。日本国天台沙門釈千観、於二摂州箕面山観音院一記レ之。

とあり、著作年次が明記されている。応和二年は九六二年。「十願」も当然のこととしてこの『十願発心記』に引

用されているが、その執筆も同じ応和二年のこととなろう。

ここで千観は「昔」と言っているが、この贈答詩は次の為憲の詩序の記述から、天禄二年（九七一）の作であるから、十年以前ということになる。

源澄才子は源為憲で、源澄はその学生としての字《あざな》である。「爰に源澄才子」以下は、為憲が千観の作った十願を読んで、これを称賛する偈（次に引く為憲の詩の序には「随喜十願之偈」という）を作ったことをいう。この偈は『金龍寺縁起』に引用されている。その偈を目にして、千観は、その表現は陶淵明の文章のようで、説かれている道理は維摩詰のようだと称え、感激に堪えず詩を賦すという。

詩の第六句の「生死の海」は、人間の生死についての迷いの大きさを海に喩える。空海の『三教指帰』所収の「生死海賦」が想起される。第八句の「世雄」は仏をいう。

この詩に対して、為憲も詩を以って答えた。同じく序を付す。

天禄二年秋、為憲著随喜十願之偈。分作二本、一本奉千闍梨、一本自持手中。闍梨愍我故、納受此偈、即作結緑〔縁〕詩句。価直百千両金。而以与之。弟子一見生歓喜之心、二見動感歎之心、三見知因果之心。僕優息不過塵区火宅之中、談話不過愚痴遊戯之客。常歎、送生於草露、遺悔於宝山。適作十誓願之讃歎、遥為三菩提之因縁。寔得善知識也。幸甚々々。今立愚昧之志、亦呈禅座者、於意云何。我有本願、願生君成仏之世界、為一弟子、譬猶身子目連言於釈迦也。一念不退、三宝応知。欲重宣此義、而継韻作之云尓。

天禄二年の秋、為憲、随喜十願の偈を著《あらわ》す。分かちて二本と作し、一本は千闍梨に奉り、一本は自ら手中に持す。闍梨、我を愍れむ故に、此の偈を納受し、即ち結縁の詩句を作る。価は百千両金に直《あた》る。而して以つて之を与ふ。弟子一たび見て歓喜の心を生じ、二たび見て感歎の心を動かし、三たび見て因果の心を知る。僕、優息するは塵区火宅の中に過ぎず、談話するは愚痴遊戯の客に過ぎず。常に歎く、生を草露に送り、悔を宝山に遺すことを。適《たまたま》十誓願の讃歎を作りて、遥かに三菩提の因縁と為す。寔《まこと》に善知識を得たるなり。幸甚幸甚。今愚昧の志を立て、亦《また》禅座に呈するは、意に於いて云何《いかん》。我に本願有り、願はくは君が成仏の世界に生じて、一弟子と為り、譬《たと》えばなほ身子目連の釈迦に言《もう》すがごとくならんことを。一念不退、三宝応に知るべし。重ねて此の義を宣べんと欲し、韻を継ぎて之を作ると尓云ふ。

学生為憲

慈悲佳句任恣吟　慈悲の佳句任恣《ほしいまま》に吟ず
一継孫家擲地金　一に継ぐ孫家擲地の金
帰願化城蹤遠過　願を化城に帰して蹤遠く過ぎ
結縁朽宅戯先禁　縁を朽宅に結んで戯れ先づ禁ず
君終他界明行足　君は終《つい》に他界の明行足なり
我亦此生初発心　我は亦此の生の初発心なり
看取大師甚深誓　看取す大師の甚深の誓ひ
娑婆再似遇観音　娑婆再び観音に遇ひたるが似《ごと》し

まず序について。

「随喜十願の偈」また「十誓願の讃歎」は先述の千観が作った十願を称える偈である。その制作が天禄二年（九七一）であることが明記されている。「結縁の詩句」は先に読んだ千観の詩である。

なお、この文章は末尾に「尓云」の語が置かれていることから、詩序ということになるが、序の文章としては異例である。たとえば「幸甚幸甚」という語句が用いられているが、これはもっぱら書簡に用いられる語で、詩序に使われることは決してない。また自称として「為憲」「弟子」「僕」「我」の四種が用いられているのも違和感を抱かせる。

次いで詩。

第一句の「慈悲の佳句」は先の千観の詩をいう。第二句の「孫家擲地の金」は『世説新語』文学篇（『晋書』孫綽伝にも）に見える、孫綽が「天台山賦」（『文選』）を作った時に、范栄期に向かって自信のほどを示して言った「卿《けい》、試みに地に擲《なげう》たば、要《かなら》ず金石の声を作さん」に基づき、詩文の秀逸をいう。第二聯は『法華経』の「化城喩品」と「比喩品」に見える逸話を踏まえる。第五句の「明行足」は仏の呼び名の一つである。

4　『和漢兼作集』の古筆切に佚詩一聯がある。田中登編『平成新修古筆資料集』第二集（思文閣出版、二〇〇三年）所収の八四「二条為道　六半切」に書かれている。

古松不記年　前参議藤原俊憲

山経豈載託根日　墳典未詳傾蓋時

『日本詩紀拾遺』では一五〇頁に補うべきものである。

前述（第三節）の高島要『日本詩紀本文と総索引』本文編「解説」（三五七頁）に、『天喜詩合』所収の藤原隆方の「松月夜涼生」詩一首が『日本詩紀』に漏れていることが指摘されている。『日本詩紀拾遺』も拾っていない。

五

拙編『日本詩紀拾遺』の補訂。

まず、大きな誤りが五つある（「追記」参照）。

一一頁上、大江朝綱の詩として「僧綱牒紙背」所収の「[仲]秋釈奠聴講左伝同賦学後入政」一首をあげているが、これを一二頁上の大江維時の項へ移す（朝綱と維時とを混同したことによる錯誤）。

三二頁上、「（七夕）」題の「曾随織女渡天河　記得雲間第一歌」を削除する。これは劉禹錫の「聴旧宮中楽人穆氏唱歌」（『劉禹錫集』巻二十五）の一聯である（北山円正氏教示）。これに関連して「引用書目」六頁および二五三頁上の「続新撰朗詠集」を削除する。

三九頁下、「重以奉呈門下侍郎」一首を一九一頁下、慶命の項へ移す（出典『小野僧正請雨行法賀雨詩』の理解を誤ったことによる）。

一〇一頁下、菅野惟肖の項をすべて削除。この詩は『日本詩紀』（一三三頁上）に採録されている。これに関連して二一五頁下の「惟肖（菅野）」を削除。

その他の補訂。

四五頁、藤原敦宗の項に、

北野聖廟講法花経

徳輝暫隠知非実　応似霊山秋日円

（教家摘句）

を補う。この詩は『日本詩紀』では無名氏の作とするが（四五三頁下）、敦宗の詩であることについては、後藤昭雄「永承五年北野聖廟法華講詩」（『平安朝漢文文献の研究』吉川弘文館、一九九三年）参照（北山円正氏教示）。

五四頁上、「三月三日同賦勧酔是桃花」の第五句、外飲応催粧媚暁→卯（佐藤道生氏教示）。

一〇二頁上、「山明望松雪」の第四句、塵尾斜傾帯玉陰→麈。

一一四頁下、「奉和坂将軍……」の第四句、年□幾度世門人の□は空格にする。

一六一頁下、「弥陀嶺上……」の句の前行に詩題として、「〈藤貢士宗友恋恩容、詣其(為隆)墳墓、落数行之涙、詠一句之詩曰〉」を補う。
二二七頁上、於室泊即事……八五、→四。
二三一頁下、講釈迦仏……八四、→五。
二三二頁下、講仏舎利……八四、→五。
二三四頁上、秋色満江湖……八四、→五。
二四二頁下、虫上狭渡上古寺……八五、→四。
二四七頁下、尚歯会……「一二四」を削除。
二五五頁下、第1行、八四、→五。

注

（1） また川口久雄『平安朝日本漢文学史の研究』（明治書院、一九五九年）付載「修訂詩家書目」も参照。
（2） 近年、新日本古典文学大系の一冊として刊行された。小島憲之校注。一九九四年。
（3） 次に述べる『歴朝詩纂』とともに「詞華集日本漢詩」1（汲古書院、一九八三年）に影印として収められている。
（4） 作者四二八人、詩三二〇四首、句五二七句。飯田瑞穂「『本朝文集』」（『国史大系書目解題』上巻、吉川弘文館、一九七一年）註（62）。
（5） たとえば『類聚句題抄』所収の詩のような律詩中の二聯のみの抄出も一首と数えた。次の「句」は二句一聯で残るものであるが、一句だけのものも若干ある。
（6） 本文で後述するもの以外に『文学』隔月刊一巻三号（二〇〇〇年）、揖斐高執筆。なお三者とも、同時に復刊された『日本詩紀』も対象としている。
（7） わずかの句については正した。

（8）巻五・七・九・十・十八は図書寮叢刊『平安鎌倉未刊詩集』（明治書院、一九七二年）に、巻二十八は後藤昭雄『平安朝漢文文献の研究』（吉川弘文館、一九九三年）に所収。
（9）『醍醐寺本諸寺縁起集』（藤田経世編『校刊美術史料寺院編』上、中央公論美術出版、一九七二年）および大日本仏教全書、第一一八冊所収。いま前者による。なお、崇道天皇は早良親王の追号。
（10）日本歴史地名大系『大阪府の地名』（平凡社、一九八六年）。
（11）大日本仏教全書本は「栄花」とする。
（12）山本幸男「早良親王と淡海三船―奈良末期の大安寺をめぐる人々―」（『高野山大学密教文化研究所紀要』別冊1、『弘法大師の思想とその展開』、一九九九年）。
（13）後藤昭雄「『延暦僧録』「淡海居士伝」佚文」（前出『平安朝漢文文献の研究』）参照。
（14）後藤昭雄「勅撰詩集作者との交流」（『国文学解釈と鑑賞』66巻5号「特集弘法大師空海」、二〇〇一年）。
（15）後藤昭雄「菅原道真と白居易―詩の注記と『菅原文草』の編纂―」（白居易研究講座第三巻『日本における受容（韻文篇）』、勉誠社、一九九三年）
（16）佐藤義寛『三教指帰注集の研究』（大谷大学、一九九二年）参照。
（17）太田次男・稲谷祐宣「平安末写三教指帰敦光注について―解題と翻印」（『史学』41巻1号、一九七八年）参照。
（18）最新の人物論として仁木夏実「信阿小考―東大寺図書館蔵『遁世述懐抄』所収漢詩を中心に」（『国語と国文学』79巻4号、二〇〇二年）がある。
（19）太田次男「釈信救とその著作について―附『新楽府略意二種』の翻印―」（『旧鈔本を中心とする白氏文集本文の研究』下、勉誠社、一九九七年。初出は一九六六年）
（20）太田次男「尊経閣文庫蔵三教勘注抄について」（『成田山仏教研究所紀要』5号、一九八〇年）
（21）河内照円「『三教指帰』偽撰説の提示」（『大谷大学研究年報』45集、一九九四年）。
（22）太田次男「東寺宝菩提院三密蔵三教勘注抄巻五［鎌倉初］写本について―附・本文の翻印―」（『成田山仏教研究所紀要』22号、一九九九年）、大柴慎一郎「『三教指帰』真作説」（『密教文化』二〇四号、二〇〇〇年）。

（23）「早稲田大学図書館教林文庫蔵『摂州金龍寺縁起』について―院政期・鎌倉期の説話集における千観―」（中世文学会平成十一年度秋季大会、一九九九年十月三十一日）、「早稲田大学図書館教林文庫蔵『摂州金龍寺縁起』について―中世の説話集における千観」（『名古屋大学国語国文学』87、二〇〇〇年）。この資料は湯谷氏の教示によって知った。千観と為憲の贈答詩は上記発表資料に翻刻が示されているが、氏による縁起全文の公刊に先立って本稿に引用することについて、氏の承引を得た。また原本書影による本文の確認についても便宜を与えられた。これらの湯谷氏のご好意に感謝の意を表する。

（24）佐藤哲英『叡山浄土教の研究』（百華苑、一九七九年）に影印と訓読が収められている。

（補注）「第六期内容見本」も公刊され、「書目略解」がある。

（追記） 一二三頁下、「禁庭催勝遊」一首を削除する（この詩は高倉天皇の作。仁木夏実氏教示）

屏風歌研究の回顧と展望
――研究・「滝」という題材の検討――

田島智子

一　回顧

近年、屏風歌研究はようやく活発化してきた。その状況についてはすでに、

○　武田早苗「研究　現状と展望　I屏風歌」『屏風歌と歌合』（和歌文学論集5）風間書房　平成7・9

において、詳細かつ的確な紹介が行われている。そこで本稿では、重複を避けてなるべく近年の成果を取り上げるとともに、紙面の都合もあるため、筆者が関心を持っている分野を中心に振り返ってみる。

（一）　詩歌資料の収集・整理

屏風歌・屏風詩の資料は、私家集・勅撰集・私撰集・古筆切などに散在した状態で、今日に伝わっている。それらを収集・整理して、屏風ごとにどのような詩歌が詠まれたのかを特定していく作業が不可欠である。そのもっとも早いものは、

○　家永三郎『上代倭絵年表』座右宝刊行会　昭和17　同『上代倭絵年表改訂版』墨水書房　昭和41

である。当時収集できる屏風歌すべてについて整理しておられ、屏風歌研究の基本的文献となった。その後、各屏

風について詩歌を整理・分析する研究が盛んになり、筆者も次のような整理を試みている。

○　拙稿「長能と長保元年彰子入内屏風歌――雲葉集八八五番・後拾遺集四七番をめぐって――」『古代中世文学研究論集』第一集　伊井春樹編　和泉書院　平成8・10

○　拙稿「寛仁二年頼通大饗屏風詩歌の整理――古筆切の再検討を中心に――」『前田富祺先生退官記念論集　日本語日本文学の研究』　前田富祺先生退官記念論集刊行会編　平成13・3

前者は、長保元年彰子入内屏風における専門歌人による屏風歌を代作した可能性を指摘したもの、後者はすでに伊井春樹氏、後藤昭雄氏によって整理された寛仁二年頼通大饗屏風詩歌に修正を加えたものである。このような個別の研究の蓄積によって、かなり収集・整理が進んできたと言えよう。しかし、個別の研究のままでは基礎資料として使いづらい。左記のような全体をまとめる試みは、ありがたい成果である。

○　藤田一尊「平安朝屏風歌の史的考察――十世紀前半の動向と特徴――」『日本文学研究』33号　平成6・1

○　同「平安朝屏風歌の史的考察――十世紀後半の動向と特徴――」同32号　平成5・2

○　同「平安朝屏風歌の史的考察――十世紀における名所絵屏風の展開――」同36号　平成9・2

○　同「平安朝屏風歌の史的考察――屏風歌作例年表・改訂版（十一世紀中葉まで）――」（私家版）

(二)　本質論

屏風歌の本質はどこにあるかについては、いろいろな方面から論じられてきたが、主として、絵に詠み合わせるものである屏風歌が他の歌とどのような点で違うのかという、表現面での特質が問題にされてきた。最近では、

○　内田順子「絵と詩――屏風歌以前――」『国語国文』69巻9号　平成12・9

○　同「絵と歌と書と――『古今集』における屏風歌の問題――」『国語国文』71巻10号　平成14・10

が、絵画と詩との関係、仮名の書との関係から、屏風歌の成立を論じている。

しかし、屏風歌が社会の中でどのように位置づけられていたか、どのような役割を担っていたのかという社会的な側面からの研究も必要である。この方面への考察としては、

○　川村裕子「道長・頼通時代の屏風歌」『屏風歌と歌合』（和歌文学論集5）風間書房　平成7・9

があり、拾遺集時代における公卿による屏風歌詠作を、藤原道長の文治政策の一環と位置づけておられる。筆者も、

○　拙稿「道長と屏風歌――長保三年東三条院詮子四十賀屏風を中心に――」『和歌文学研究』72号　平成8・6

○　拙稿「道長の題材選択――寛仁二年頼通大饗屏風「臨時客」と「大饗」――」『日本文学史論―島津忠夫先生古希記念論集―』島津忠夫先生古稀記念論集刊行会　世界思想社　平成9・9

○　拙稿「『心吉きこと無』き屏風歌――寛仁二年頼通大饗屏風の道長詠をめぐって――」『王朝文学の変質と変容』片桐洋一編　和泉書院　平成13・11

によって、道長が政治的・文化的に貴族社会を掌握するために、屏風歌を利用していった状況を明らかにしている。さらにさかのぼった古今集時代・後撰集時代についても、

○　拙稿「屏風歌注文主の変化――古今集時代・後撰集時代について――」『中古文学』69号　平成14・5

によって、そもそも皇族との関連が密接であった屏風歌が、臣下の間にも広がりを見せたことを指摘した。

(三)　表現論

屏風歌の表現については、従来歌人ごとに個別に論じられることが多かった。その状況については、前述の武田早苗「研究　現状と展望　I屏風歌」に詳しい。近年では歌人ごとだけでなく、時代を通じての特色を明らかにする動きも出てきた。そのような試みとして次の論がある。

○ 西山秀人「後撰集時代の屛風歌」『屛風歌と歌合』（和歌文学論集5）風間書房 平成7・9

は、後撰集時代の屛風歌歌人について表現の工夫を指摘し、さらにグループごとの表現の差異も指摘している。

○ 拙稿「古今集時代から後撰集時代への屛風歌の変化――子日をめぐって――」『古代中世文学研究論集』第三集 伊井春樹編 和泉書院 平成13・1

は、古今集時代には絵と深く関わった詠み方だったのが、後撰集時代には何を詠んでいるかを明白に示すようになると述べている。

○ 拙稿「屛風歌の題材の変遷――「松」・「鶴」・「藤」・「竹」をめぐって――」『埴生野』（四天王寺国際仏教大学）創刊号 平成14・3

は、題材の好みがより漢詩文離れし、季節感のある題材が好まれていく様を指摘している。

（四） 実態

実態の中でもっとも問題とされてきたのは制作法であるが、これについては、前述の武田早苗「研究 現状と展望 Ⅰ屛風歌」が紹介するように、ある程度の意見の一致を見た段階にある。その他の面に着手したものとして、

○ 拙稿「物語中の屛風・障子」『講座 平安文学論究』第13輯 風間書房 平成10・10

がある。色紙型が押された屛風・障子という建具について『宇津保物語』『源氏物語』『狭衣物語』を調査し、時代が下るにつれ、屛風が減り障子が増える状況を指摘している。

二 展望

次に、現在どのような研究が望まれているかについて述べてみたい。

(一) 詩歌資料の整理・分析

各屏風についての研究が進んできたとはいえ、これまでの研究は、比較的まとまった形で歌が残っており、制作事情も明らかにしやすい屏風に集中してきた。そうでなければ論文として成立しにくいということがあり、仕方のない現状ではある。だが現存の屏風歌資料には、断片的なもの、制作事情がわからないものがとても多い。それらをも何とか整理する必要がある。幸い、今日、私家集全釈叢書(風間書房)・私家集注釈叢刊(貴重本刊行会)をはじめとする私家集の注釈書が続々刊行され、断片的な屏風歌についても、いちおうの考証が加えられつつある。最終的には、それらの研究を集大成するような形で、全体を提示することが望まれる。とくに望まれるのは、コンピューターによって閲覧・検索できる状態での資料提供である。これが実現すれば、今後の屏風歌研究に大きく貢献することであろう。

(二) 本質論

現在、表現面での特質や社会的な位置づけについては、ある程度の成果を見ている。次には文学史的な位置づけを考えていくべきであろう。歌合や定数歌との関わりはこれまでにも論じられてきたが、まだ十分とはいえない。また、他の文学作品にも目を向けて、たとえば物語中に描かれる屏風歌について、実際の屏風歌との違いなどについて考察を加えていくと、面白い結果が得られるのではないか。

(三) 表現論

時代を通じての特色を研究する際には、前述の西山論文や拙稿もそうなのであるが、題材ごとに分析する手法が有効である。しかし、現在ではまだ各題材について整理・分析をしようという動きが希薄である。各題材について、次の視点からの考察が望まれる。

題材の同定……詞書がないために、何を詠んだものか明らかになっていない屏風歌がある。それらについて、題材を同定していく作業が必要である。

漢詩文からの影響……屏風歌の題材選択とその表現には、漢詩文からの影響が見られる。題材ごとにその関連を明らかにする必要がある。

他の歌からの影響……屏風歌を詠む際に、歌人たちは『万葉集』をはじめとする様々な和歌の表現を取り入れている。題材ごとにその関連を明らかにする必要がある。

題材選択の意義……屏風歌にはある程度固定化した題材が用いられた。それらは、季節の景物であったり、年中行事であったり、名所歌枕であったりする。では、なぜそのような題材が選ばれたのか、それを屏風に描くことにどのような意義があったのかを、考察する必要がある。

(四) 実態

屏風・障子の実態については、まだまだ解明されない部分が多い。たとえば前述拙稿「物語中の屏風・障子」では、屏風の減少と障子の増加が、屏風歌流行の終焉とどう関わるのか、十分な考察を行っていない。また、屏風に歌を押す場合と押さない場合の違いについては、まだ研究が及んでいない。屏風歌の流行期であっても、すべての屏風に歌が押されたわけではない。和歌資料がたまたま残っていない場合もあろうが、盛大に行事が行われた記録があるのに歌が一首も残されていない場合には、はじめから屏風歌が詠まれなかったと考えた方がよいだろう。どのような場合に屏風歌が詠まれるのかという実態についても、調査・研究が待たれるところである。

三　「滝」という題材の検討

（一）漢詩文的世界

一　回顧の（三）表現論で述べたように、拙稿「屏風歌の題材の変遷――「松」・「鶴」・「藤」・「竹」をめぐって――」において、後撰集時代には、題材の好みが漢詩文離れをし、季節感のあるものに傾いていったことを指摘した。今一度「滝」という題材を例として、後撰集時代の傾向を確認したい。「滝」は前掲論文で、後撰集時代に使用回数が18回から4回に減少したと指摘した。前掲論文では、使用回数を数える際に、名所屏風を除外したり、他の景物と組み合わされている場合を除外したりしていたのだが、今回はすべての例を数えてみた。その結果は次のとおりである。

古今集時代　22例　→　後撰集時代　11例　→　拾遺集時代　1例

「滝」を題材とすることは、後撰集時代には半減し、拾遺集時代にはごくわずかになっている。なぜ、「滝」の人気はこうも落ちてしまったのであろうか。

「滝」は『万葉集』にも詠まれている題材である。しかし、屏風に「滝」の絵が描かれた背景には、漢詩文世界の影響が大きい。「滝」（漢詩文では「瀑（曝）布」「飛泉」）は、先学の指摘[1]があるように、題画詩によく取り上げられる光景であった。再度確認すると、次のごとくである。

遊二天台山一賦

赤城霞起而建レ標　瀑布飛流以界レ道（『文選』孫綽）

清涼殿画壁山水歌(2)
嶺上流泉①聴無レ響　潺湲触レ石落二渓隈一（『経国集』巻十四・嵯峨天皇）

前者は中国の例で、天台山を図に描かせそれを見て作ったという賦であり、後者は本朝の例で、清涼殿の壁に描かれた山水画を見て作った詩である。その延長線上に大和絵屛風の題材として、「滝」が描かれたと思われる。

また、「滝」は、詩題となることもしばしばであり、日本の漢詩文でも次のような例を見出すことが出来る。

冷泉院各賦二一物一、得二曝布水一。(3)応製。一首。
兼山傑出院中険　②一道長泉曳レ布開
驚鶴偏随飛勢至　③連珠全逐逆流頽（『文華秀麗集』桑原腹赤）

七言。和下良将軍題二瀑布下蘭若一簡二清大夫一之作上一首
伝聞蘭若無二人到一　瀑布高流過二反転一
④湧珠飛釜分二万壑一　連波灑落成二一川一（『経国集』巻十・源弘）

観二曝布水一
銀河倒瀉落長空　⑤恰似三霜紈颺二晩風一
⑥清濺寒声図不得　将聞二十八言中（『菅家文草』巻三）

時代は下るが、『千載佳句』で部類としても立てられ、次のような詩が収載されている。

瀑布泉
晴日碧空雲脚断　⑦一条如練掛山尖（『千載佳句』劉禹錫）

このように「滝」という題材が、日本の漢詩文に定着していた様子がうかがえる。

さらに、表現面でも漢詩文と屛風歌には類似する発想が多い。たとえば、波線部①「聴くに響き無し」は、絵に

描かれているゆえに音がしないという発想であるが、屏風歌にもある。具体例は後述する。波線部⑥「清らに濺《そそ》く寒《さ》ゆる声は図《うつ》すこと得ず」も、清らかで寒げな滝の音を絵に描くことは不可能だとしており、実際の滝と描いた滝の違いに着目することは、漢詩文によくあったようである。

波線部③・④「連なる珠」「湧きいづる珠」のように、滝の飛沫を珠に見立てることも、屏風歌に多い。波線部②「一道の長泉布を曳きて開く」や波線部⑤「恰も霜なす紈《しらきぬ》の晩の風に颺《あが》るに似たり」、波線部⑦「一条の練《ねりぎぬ》の如く山尖に掛かる」は、滝を布にたとえている。屏風歌では、布ではなく糸・筋と見立てる歌が詠まれているのだが、かなり近い発想と言えよう。

このように「滝」という屏風歌の題材は、漢詩文世界に密接な関わりを持つものであった。屏風歌において「滝」を詠むことが少なくなったということは、漢詩文的な題材が好まれなくなったということであろう。前述拙稿「屏風歌の題材の変遷――「松」・「鶴」・「藤」・「竹」をめぐって――」で指摘した現象が、「滝」という題材についても、見られるのである。

(二)「滝」の詠み方の概観

では、季節感についてはどうだろうか。前述拙稿で「松」と「藤」という題材を検討した結果、後撰集時代にはより季節感のある題材が好まれたという結論を得た。「滝」についても検討してみよう。そもそも「滝」は季節感のある題材ではない。たとえば三代集について「滝」の歌がどの部立てに入れられているかを見ると、次のごとくである。

［表1　三代集における「滝」の歌］

	春	夏	秋	冬	雑春	雑秋	計	その他の部立て	総計
古今集	1首	0	0	0			1首	16首	17首
後撰集	0	0	0	1首			1首	10首	11首
拾遺集	1首	0	0	2首（うち1首は屏風歌）	2首（2首とも屏風歌）	0	5首（うち3首は屏風歌）	8首（うち1首は屏風歌）	13首

四季（『拾遺集』は雑春、雑秋も含む）の部立てに入っている「滝」の歌は、ごくわずかであり、ほとんどがその他の部立てに入っている。「滝」が一般的に、季節感のある題材ではなかったことが確認できる。

しかし、その中でも『拾遺集』では比較的、四季の歌が多くなっている。その原因は、屏風歌にある。表の（　）で示したように、『拾遺集』の四季入集歌5首のうち、3首までが屏風歌である。『拾遺集』は、よく知られていることだが、多数の屏風歌が入集していることに特色がある。『拾遺集』入集の屏風歌が、『拾遺集』の四季に関わる「滝」の歌を増やしていたわけである。ということは、屏風歌は他の歌よりも、「滝」という題材を四季と関わらせて詠む傾向が、強いのではないだろうか。

その予想が当たっているか、検討してみよう。［表2］は、「滝」の屏風歌を、季節に関連しているかどうかで分け、さらにパターンによって分類したものである。屏風歌では同一場面に複数の歌が詠まれることがあるため、何首ではなく、何例と数えている。なお、拾遺集時代については、わずか1例しかなく、しかもその1例が下の句しかわからないため、考察からは除外している。[4]

［表2　「滝」の屏風歌］

		古今集時代	後撰集時代
季節に関連	春	氷解く　4例	霞　1例
	夏	0	藤　1例 涼み　1例
	秋	紅葉　4例	紅葉　1例 筏　1例
	冬	0	雪　1例
計		8例	6例
季節に無関係		糸・玉　8例 雲　3例 尽きず　2例 音　1例	糸・玉　4例 音　1例
計		14例	5例
総計		22例	11例

表で示したとおり、屏風歌は三代集に比べて、季節に関連付けた歌がかなり多い。予想どおりだったわけである。さらに表をよくみると、古今集時代と後撰集時代で違いがあることに気付く。総計が、古今集時代には22例あったものが、後撰集時代には11例へと半減したことは前述したが、それだけではない。古今集時代には、季節に無関係な詠み方が14例もあり、季節に関連付けた詠み方8例よりもかなり多い。詠み方のパターンも季節に無関係な方が豊富である。それに対し後撰集時代は、季節に無関係5例、季節に関連6例となっている。劇的な変化ではないが、相対的にみると、後撰集時代には季節に関連付けることが多くなっている。詠み方のパターンも季節に関連付ける方が豊富である。

　古今集時代から後撰集時代にかけて、全体数が減少しながらも、四季に関連付けることの比重が増え、詠み方のパターンも充実化するという変化が起きている。この現象に、どのような意味があるのだろうか。

（三） 季節に無関係な詠み方

具体的な様相をパターンごとに検討してみよう。古今集時代には、季節に無関係な詠み方が主流であったので、そちらから取り上げる。

《滝を糸・玉に見立てる》

古今集時代にもっとも多く詠まれたのは《滝を糸・玉に見立てる》であり8例ある。もっとも早い例を挙げよう。

【延喜十四年（九一四）十一月十九日勧子内親王裳著屏風】

いかにして数をしらまし落滝つたきのみをよりぬくる白玉（貫之集Ⅰ・三三）[5]

（他に、貫之集Ⅰ・五二、貫之集Ⅰ・六三、貫之集Ⅰ・九四、貫之集Ⅰ・一七八、貫之集Ⅰ・二〇〇、貫之集Ⅰ・二四六、貫之集Ⅰ・三一一）

このような詠み方は前述したように漢詩文にあり、延喜五年（九〇五）成立の『古今集』にも、

さだときのみこのをばのよそぢの賀を大井にてしける日よめる

亀の尾の山のいはねをとめておつるたきの白玉千世のかずかも（古今集・賀・三五〇・紀惟岳）

ひえの山なるおとはのたきを見てよめる

おちたぎつたきのみなかみとしつもりおいにけらしなくろきすぢなし（古今集・雑上・九二八・壬生忠岑）

とある。「滝」の詠み方としてはすでに一般的だったのであり、屏風歌はそれを取り入れたのである。

後撰集時代にもこのパターンは次のように引き継がれており、後撰集時代ではもっとも多い。

【天暦十一年（九五七）四月二十二日坊城右大臣藤原師輔五十賀屏風――中宮安子より――】

滝あるところに

山たかみおちくるたきの白いとは虚にみたるゝたまかとそ見（元真集・二一一）

（他に頼基集・一一、忠見集II・六六、長能集II・七二）

しかし、4例に半減している。古今集時代にもっとも多い詠み方が、後撰集時代にも多く引き継がれたのは、ごく自然なことだと思われる。だが、半減している事実は、この詠み方があまり好まれなくなったことも示している。

《滝を雲と見まがう》

次に古今集時代に多い詠み方は《滝を雲と見まがう》であり、3例ある。

【延喜十三年（九一三）十月十四日満子四十賀屏風――清貫より――】

たきのもとに人あり

みなかみとむへもいひけり雲ゐよりおちくることもみゆるたきかな（伊勢集I・六七）

（他に貫之集I・三四五、西本願寺本貫之集・二四〇）(6)

屏風歌以前にも次のような類歌を見出すことができる。

弓削皇子遊二吉野一時御歌一首

滝上之《タキノウヘノ》　三船乃山尓《ミフネノヤマニ》　居雲乃《ヰルクモノ》　常将有等《ツネニアラムト》　和我不念久尓《ワガオモハナクニ》（万葉集・巻三・二四二）

おなじたき［ひえの山なるおとはのたき］をよめる

風ふけど所もさらぬ白雲はよをへておつる水にぞ有りける（古今集・雑上・九二九・躬恒）

ただし、万葉歌は滝の上にかかる雲という光景が似ているのみであり、滝と雲を見紛うという発想はない。だが、『古今集』躬恒歌で知られるように、『古今集』成立頃にはその発想が和歌に詠まれている。それが、屏風歌に取り入れられたのである。

しかし、後撰集時代にはこのパターンが見出せなくなる。代わりに現れるのが《**春、霞がたなびく滝**》である。

【不明屏風】

かすみたてるやまより、たきおつ
みなかみのわくにかすみのたなひくははるのくるかもたきのしらいと（忠見集Ⅰ・五二）
滝の水上にたなびいているものが、雲のかわりに春の霞になっている。表現面でも、初句の波線部「みなかみ」は、《滝を雲と見まがう》の伊勢集Ⅰ六七番歌を参考にしている。言わば《滝を雲と見まがう》が、変形して受け継がれていると言えようか。しかも、春という季節に関連づけていることが注意される。

《尽きず流れる滝》

古今集時代に2例見られる。

【延長四年（九二六）九月二十八日宇多法皇六十賀屏風】

たきの水
思ふこと滝にあらなんなかれてもつきせぬ物とやすくたのまん（貫之集Ⅰ・一九二）

【不明屏風】

屏風に滝おちたる所
限なく心をおとす滝つせはきにつたはりてなかれこそすれ（伊勢集Ⅱ・四八七）

「滝」の永続性を主眼にした詠み方である。類歌は他に見出せないのだが、「滝」以外の題材ならば屏風歌に、
はらへてもはらふる水のつきせねばわすられかたき恋にさりける（貫之集西本願寺本・二四七）
一とせに一夜と思へとたなはたのあひみん秋の限なきかな（貫之集Ⅰ・三九五）
のような歌がある。永続性を詠むことは屏風歌の特色の一つであるので、そのような詠み方を応用したのであろう。
しかし、このいかにも屏風歌的なパターンは、後撰集時代には引き継がれることはなかった。

《聞こえない滝の音》

古今集時代に1例ある。

【嘉祥三年（八五〇）三月～天安二年（八五八）文徳天皇御時屏風】

たむらの御時に女房のさぶらひにて御屏風のゑ御覧じけるに、たきおちたりける所おもしろし、これを題にてうたよめとさぶらふ人におほせられければよめる

おもひせく心の内のたきなれやおつとは見れどおとのきこえぬ（古今集・九三〇・三条の町）

響いているはずの音が聞こえないことが主眼となっているのだが、この発想がすでに漢詩文にあったことは、前述したとおりである。さらに、寛平三年（八九一）頃成立の寛平御時菊合に、

おほゐのとなせのきく、しろかねをよりてたきにおとしたり、いとたかくよりおつれどこゑもせず

たきつせはただけふばかりおとなせそきくひとはなにおもひもぞます（寛平御時菊合・四）

という歌が見出せる。州浜の作り物に合わせて詠んだ歌であり、絵に詠み合わせる屏風歌と近い性質の歌である。絵や作り物の「滝」に対して、音が聞こえないことを詠むのは、定着したパターンであったと思われる。

この詠み方は後撰集時代にも引き継がれ、

【天元元年（九七八）附載絵】

あとたえていりにし日よりよしの山たきのをとにも人のきこえぬ（中務集Ⅱ・九九）

という歌を見出すことができる。

以上のように、季節に無関係な詠み方4パターンについて検討してみると、古今集時代に、漢詩文や他の歌の発想を取り入れて「滝」の屏風歌を詠んでいた様子がうかがえる。だが、その詠み方は後撰集時代にあまり引き継がれていない。後撰集時代には季節に無関係な詠み方は好まれなくなるのである。その一方、1例だけではあるが、古今集時代の《滝を雲と見まがう》が、後撰集時代には《春、霞がたなびく滝》に変形させられていた。後撰集時

代が、季節感のあるものを求めていたことを示す例と言えよう。

（四）季節に関連付けた詠み方

では、季節に関連付けた詠み方はどうだろうか。［表2］で示したように、古今集時代には《初春、氷が解ける滝》と《秋、紅葉とともに落ちる滝》しかなかった。

《初春、氷が解ける滝》

古今集時代に4例ある。もっとも早い例を一つ挙げると、次のとおりである。

【延喜十五年（九一五）春斎院恭子内親王屛風】

延喜十五年の春さいゐんの御屛風のわか、うちのおほせによりてたてまつる、をんなともたきのほとりにいたりてあるはなかれおつる花をみあるはてをひたしてみつにあそへる　春

春くれは滝のしら糸いかなれは（や）むすへとも猶あはにとくらん[7]（貫之集Ⅰ・四四）

（他に貫之集Ⅰ・二七九、拾遺集・一〇〇三・右近、貫之集Ⅰ・四八七）

春が来たために凍っていた滝が解けたことを主眼にして詠んでいる。類歌を屛風歌以外に求めてみると、寛平御時中宮歌合に、

春霞たつひの風のいとなれや滝のをとけて玉とみだるる（寛平御時中宮歌合・二）

氷とくはるたちくらしみよしののよしののたきのこゑまさるなり（同・五）

という歌が見出せる。この歌合は成立経緯がよくわからず、これらが歌合歌である確証はないのだが、《初春、氷が解ける滝》は、古今集当時に定着していた詠み方だったと思われる。

しかし、後撰集時代にはこのパターンが見出せなくなり、代わりに《冬、雪にとじられる滝》という変形が現れ

る。

【応和元年（九六一）十二月十七日朱雀院若宮昌子内親王裳著屛風】

たかやまにゆきふれるところ

たきのいとはみなとぢつらんよしのやまゆきのたかさにおとをかへつゝ（中務集Ⅰ・五三）

古今集時代には初春に氷が解ける滝が詠まれていたが、後撰集時代にはその前に起こったはずの光景、すなわち冬に滝が凍って音が変わってしまった様子が詠まれている。ただし、このような詠み方は、屛風歌以外にも、

［題しらず］

氷こそ今はすらしもみよしのの山のたきつせこゑもきこえず（後撰集・冬・四七七・読人不知）

と見出せるので、屛風歌独自の詠み方ではなかったらしい。ともあれ、後撰集時代には、古今集時代のパターンをそのまま引き継ぐことなく、変形した詠み方を取り入れたのである。

《秋、紅葉とともに落ちる滝》

古今集時代に4例ある。もっとも早い例は、

【延喜十四年（九一四）十一月十九日勧子内親王裳著屛風】

吹風にちりぬと思ふ紅葉ゝのなかるゝたきのともにおつらん（貫之集Ⅰ・四三）

（他に貫之集Ⅰ・一〇三、貫之集Ⅰ・二一五、貫之集Ⅰ・五〇六）

である。このような詠み方は、屛風歌以前にも見出せる。寛平四年（八九二）頃成立の是貞親王家歌合に、

山がはのたきつせしばしよどまなむあきのもみぢのいろとめて見む（是貞親王家歌合・五〇）

とあり、屛風歌がこれに学んだことが推定される。

後撰集時代にも、1例だけだが、

【応和元年（九六一）十二月十七日朱雀院若宮昌子内親王裳著屏風】

たきおちたるこゝろ

紅葉ゝのおちそはりぬる滝つせは秋のふかさそそこにみえける（信明集Ⅰ・一二三）(8)

とあり、引き継がれていることがわかる。しかし、同時に《秋、筏がくだる滝》という変形も現れている。

【永観二年（九八四）太政大臣頼忠家障子】

七月、いかたにのりてたきくたす

いかたおろすそまやまかはもみつすめりちとせをさしてゆけはなりけり（元輔集Ⅲ・一一九）

筏に乗って滝をくだっていく光景である。この場合の「滝」は急流という意味であろう。「筏」という景物は、

【正暦元年〜長徳元年粟田山庄障子】

大井に、いかたくたす、紅葉みる人あり

大井河いかたのさほもさすまなくにしきにみゆるなみのうへ哉（恵慶集・一九二）

のように、紅葉の中を下っていく様子が描かれるものであった。《秋、筏がくだる滝》の歌の場合も、詞書に「七月」とあるので、紅葉も描かれていたと思われる。しかし、古今集時代のような紅葉との取り合わせには満足せず、筏と組み合わせたのである。

以上のように、古今集時代には、《初春、氷が解ける滝》《秋、紅葉とともに落ちる滝》という季節に関連付けた詠み方があった。用例数も4例と比較的多く、古今集時代に定着した詠み方であったと考えられる。しかし、後撰集時代になると、季節に無関係な詠み方同様、あまり引き継がれていない。その代わり、やはり変形させた詠み方が現れている。

（五）《夏、藤が咲きかかる滝》の出現

さらに、後撰集時代には、新たに《夏、藤が咲きかかる滝》《夏、滝のもとでの涼み》という詠み方も出現する。まず、前者について検討してみよう。

【永延二年（九八八）三月二十五日東三条関白兼家六十賀屏風】

　なん殿にたひゝとやすめり、ふちの花さけり、すまのうら、さきにたきおちたり

たきのうへにかゝるふちなみゝるとてやむかしのひとのいへゐせりけむ（能宣集Ⅰ・四六六）

この屏風は全体に歌枕を描いたいわゆる名所屏風であり、「須磨の浦」という場面に対し「藤」と「滝」が取り合わされている。『能宣集注釈』[9]も指摘していることだが、通常「須磨の浦」という歌枕は、そのような景物と取り合わせるものではない。また、「滝」と「藤」の取り合わせも、他に見られない珍しいものである。[10]

漢詩文の世界では、滝と藤の組み合わせは見受けられる。全唐詩に、[11]

　初（一作和）夏日幽荘　盧照鄰

聞有高蹤客、耿介坐幽荘。林壑人事少、風煙鳥路長。
瀑水含秋氣、垂藤引夏涼。苗深全覆隴、荷上半侵塘。
釣渚青鳧沒、村田白鷺翔。知君振奇藻、還嗣海隅芳。

という例を見出すことができる。しかし、漢詩文の例は多くはなく、日本の漢詩文では見出し得ていない。漢詩文の影響を云々するほどではない。

それよりも詞書にあるように、「藤」と「滝」が同時に描かれていたことが、この歌を生み出したのではないだろうか。たとえば次の例は、古今集時代に描かれた屏風の一部である。

【延喜十六年（九一六）斎院宣子内親王屏風】

池のほとりにさける藤のもとに女とものあそひて花のかけを見たる
藤の花色ふかけれやかけみれは池の水さへこむらさきなる（貫之集Ⅰ・六二）
たきのほとりに人きて見る
なかれよる滝の糸こそよはからしぬけとみたれて落るしら玉（貫之集Ⅰ・六三）
うみのほとりにおひたる松のほとりにみちゆく人のやすみたる所
幾世へしいそへの松そむかしより立よる波や数はしるらん（貫之集Ⅰ・六四）

屏風の絵として、池のほとりの「藤」、人が見ている「滝」、海のほとりの「松」が、連続して描かれていたらしい。
他にも、同様の屏風絵を以下のごとく三例見出すことができる。

【延喜十七年（九一七）中務宮敦慶親王屏風】
たきあるところ
松のをとことにしらふる山風は滝のいとをやすけて引らん（貫之集Ⅰ・九四）
池のほとりに藤の花ある所
池水にさきたる藤の風ふけば波のうへにたつ浪かとぞみる（貫之集Ⅰ・九五）

【延長四年（九二六）八月二十四日清貫民部卿六十賀屏風】
人舟にのりて藤の花見たる所
折つみてはやこきかくれ藤の花春はふかくそ色はみえける（貫之集Ⅰ・一七七）
をんなとものたき見たる所
いとゝさへ見えてなかゝる滝なれはたゆへくもあらすぬける白玉（貫之集Ⅰ・一七八）
松のもとよりいつみのなかれたる所

松のねにいつるいつみの水なれはおなしきものをたえしとそ思（貫之集Ⅰ・一七九）

【延長四年（九二六）九月九月二十八日宇多法皇六十賀屏風】

松にかゝれるふち

松風のふかんかきりはうちはへてたゆへくもあらすさける藤浪（貫之集Ⅰ・一九一）

たきの水

思ふこと滝にあらなんなかれてもつきせぬ物とやすくたのまん（貫之集Ⅰ・一九二）

いはほ

松風はふけとふかねとしら波のよする岩ほそ久しかりけり（貫之集Ⅰ・一九三）

いずれも、「藤」「滝」「松」が連続して描かれており、屏風絵において定番の描き方だったと考えられる。《夏、藤が咲きかかる滝》という新しい詠み方は、そのような定番の絵から、「滝」と「藤」をそのまま詠むことによって生まれたと説明できる。

（六）《夏、滝のもとでの涼み》の出現と「涼み」「六月祓」「泉」の変化

次に、《夏、滝のもとでの涼み》について考えてみよう。

【正暦元年（九九〇）～長徳元年（九九五）粟田山庄障子(12)】

夏、ぬのひきのたきみる人あり

なつころもすゝみかてらにたちもきむちひろさらせるぬのひきのたき（恵慶集・一八七）

という歌である。名所屏風の中の「布引の滝を見る人」という場面である。

このような、滝で「涼む」ことを詠んだ歌も、きわめて珍しい。拾遺集時代より後にようやく、

水辺涼風

山川のもとよりおつるたきつせも岩間の風はかくぞ涼しき（能因集・二五四）

という例が見える程度である。

しかし、漢詩文に目をやると、次のような例がある。全唐詩に、

欒城白鶴寺　沈佺期

碧海開龍藏、青雲起雁堂。潮聲迎（一作應）法鼓、雨氣溼天香。

樹接前山暗、溪承瀑水涼。無言謪居遠、清淨得空王。

白雲溪　吳鞏

山徑人修篁、深林蔽日光。夏雲生嶂遠、瀑水引溪長。

秀跡逢皆勝、清芬坐轉涼。回看玉樽夕、歸路賞前忘。

とあり、また日本の漢詩文でも、

避ニ熱風巌上一　逐ニ涼瀑飛漿一（『遍照発揮性霊集』巻一・遊山暮仙詩）

とある。このような漢詩文に由来したとも考えられる。

しかし、この「滝」の歌にかぎらず、後撰集時代の屏風歌には「涼む」歌が増えている。まず「涼み」という題材を検討すると、古今集時代には、

【延長二年（九二四）五月中宮穏子屏風】

六月すゞみする所

夏衣うすきかひなし秋までは木の下風もやますふかなん（貫之集Ⅰ・一五〇）

という1例のみであった。だが、後撰集時代には、

【永祚二年（九九〇）六月以前絵】

六月すゝみしたるところ

すゝみたるこゝろをくみていはしみつなにこのほとはぬるまさらなむ（元輔集Ⅲ・一五八）

【康保四年（九六七）〜安和二年（九六九）冷泉院御時屏風】

六月、すゝみせるところに

みつさむくかせもすゝしきわかやとはなつといふことをしらてこそふれ（兼盛集Ⅱ・五七）

【正暦二年（九九一）以前内裏障子】

御さうしのゑに、夏、女のかつらの木のかけにすゝむところ

夏なれとなつともしらてすくす哉月のかつらのかけにかくれて（恵慶集・一六一）

という3例のほかに、詞書はないが、歌の内容から判断して、

【天暦十一年（九五七）四月二十二日右大臣藤原師輔五十賀屏風――頭中将伊尹より――】

夏よもすゝしかりけり山かはゝなみのそこにやあきはやとれる（清正集・二二）

という歌も、「涼み」が題材であると考えられる。「涼み」という題材を取り上げることが、後撰集時代に増加したことが確認できる。

これだけではない。他の題材においても、後撰集時代になると「涼む」ことを詠むことが増えるのである。まず、「六月祓」という題材で、次のような変化が起きている。古今集時代は、

【延喜六年（九〇六）内裏屏風】

みなつきはらへ

みそきする河のせみれはから衣ひもゆふくれに波そ立ける（貫之集Ⅰ・一一）

と、「みそぎ」という表現が端的に示すように、祓そのものが詠まれることがもっぱらであった。ところが、後撰集時代には、

【天暦十一年（九五七）師輔五十賀屏風か】

はらへ

かはなみのたちかへりつゝみそきしてちよのみかけにすゝしからなむ（元輔集Ⅲ・六七）

【天慶九年（九四六）〜天徳二年（九五八）天暦御時屏風】

夏の日はすゝしかりけり河風にはらふる事もかくやなるらん（兼盛集Ⅰ・一九八）

【天慶九年（九四六）〜康保四年（九六七）天暦御時屏風】

六月、はらへする所

河かせの吹くるかけにふきくつしはらふる事そ涼しかりける（兼盛集Ⅰ・一四七）

【康保四年（九六七）〜安和二年（九六九）冷泉院御時屏風】

河つらにはらへする所

河風の涼しからすはみな月の祓はかりにものうからまし（兼盛集Ⅰ・一六二）

と、「涼しさ」を詠む例が続出する。

さらに「泉」という題材では、古今集時代には1例しか見出せないのみか、(13)その詠み方は、

【延長四年（九二六）八月二十四日清貫民部卿六十賀屏風】

松のもとよりいつみのなかれたる所

松のねにいつるいつみの水なれはおなしきものをたえしとそ思（貫之集Ⅰ・一七九）

と、「水が絶えない」ことを詠んでいるにすぎなかった。ところが、後撰集時代になると、

【康保二年（九六五）八月二十七日村上天皇第四皇子為平親王第八皇女輔子内親王元服裳著屏風】
人の家のいつみのつらにて
やまのゐをかつむすひつゝ夏ころもひもうちとけてすゝむころかな（順集Ⅰ・五九）
いつみ
したくゝるみつにあきこそかよふらしむすふいつみのてさへすゝしき（中務集Ⅰ・四〇）
【永観二年（九八四）太政大臣頼忠家障子】
六月、いつみあるいへに、うへきのもとにさけのむ人ゝゝ
いはまわけゆくみつさむみなかるれはこのした風もすゝしかりけり（元輔集Ⅲ・一一八）

と、「涼む」ことを詠むようになる。

以上のように、後撰集時代には題材として「涼み」を取り上げることが増えるのみならず、「六月祓」「泉」という題材においても、涼む光景が詠まれるようになる。考えてみれば、これらはほとんど水辺の景である。つまり、水辺の景全般について、涼むことを詠む動きが屏風歌全体に起こっていた。「滝」という題材に涼むことを詠んだのも、その動きのひとつだったと考えられる。

（七）おわりに

古今集時代の主流は、季節に無関係な詠み方であった。用例数も多く、そのパターンもさまざまであった。一方、季節に関連付ける詠み方は、用例数も少なく、パターンも限定されていた。「滝」はそもそも季節感のある題材ではない。季節に無関係な詠み方が主流であったのは、当然と言えよう。かえって、季節に関連付ける詠み方が普通の歌よりも多いところに、屏風歌らしさが見受けられる。

後撰集時代になると、いっそう季節感を求めるようになる。その方法として、一つには、《春、霞がたなびく滝》《冬、雪にとじられる滝》《秋、筏がくだる滝》のように、古今集時代のパターンを変形させることがあった。もう一つには、《夏、藤が咲きかかる滝》《夏、滝のもとでの涼み》のように、新しい詠み方を生み出すということがあった。それは、「藤」「滝」「松」を連続させる定番の屏風絵や、水辺の景に「涼む」ことを詠む屏風歌の全体的な動きを、反映させた詠み方であった。むろん、漢詩文の影響の可能性も忘れてはならない。だが、屏風絵や屏風歌全体の動きの方が屏風歌歌人には身近であった。直接的にはこちらの影響が大であったと考えられよう。

いずれにしろ、後撰集時代にはあれこれと工夫して季節感あふれる詠み方にしたものと思われる。しかし、それらはいずれも固定化するほど繰り返されることはない。一度きりの試みなのである。思い返せば、古今集時代に季節に関連する詠み方として《初春、氷が解ける滝》《秋、紅葉とともに落ちる滝》が定着していたのに、後撰集時代にはさほど引き継がれていなかった。季節感のみが求められていたのであれば、すでに定着している詠み方を繰り返せばよかったはずだが、そうはしていない。求められていたのは、季節感があり、なおかつ何らかの新しさもある詠み方だったのである。「滝」という一つの題材を検討した結果にすぎないが、屏風歌は、そのような方向性を持って変化していったのである。

注

(1) 川口久雄氏「我が国における題画文学の展開」(『日本文学史論考』昭和53・9)、蔵中しのぶ氏「題画詩の発生――嵯峨天皇正倉院御物屏風沽却と『天台山』の文学――」(国語と国文学　昭和63・12)などの指摘による。

(2) 小島憲之氏『上代日本文学と中国文学　下』(塙書房　昭和40)第二章一七四二頁に、山水画を鑑賞しての詩作は唐詩人の模倣である旨のご指摘があり、さらに李白の「當塗趙炎少府粉圖山水歌」との表現の類似のご指摘がある。

（3）注（1）の蔵中氏論文は、この詩を含めて「澗底松」「水中影」の三詩群を、『経国集』の例に先立つ本朝最初期の題画詩であると、提唱しておられる。

（4）左記の歌であるが、杉谷寿郎氏「〈資料〉紙撚切（道済集）」（『講座平安文学論究』第一輯　風間書房　昭和59・9）、近藤みゆき氏「一条朝期名所絵屏風の一様相――源道済集所載『寛弘五年七月或所屏風』と藤原道兼の粟田山荘障子絵詩歌について――」（千葉大学教養部研究報告A―24　平成3・12）の指摘に従い、「籬島」を詠んだ歌の上の句と「布引の滝」を詠んだ下の句が、続けて書写されたものとみる。

【寛弘五年（一〇〇八）七月屏風】

籬島有柴舟折藤花所

むらさきの風そふきける藤の花そらよりおつるぬのひきのたき（道済集・一九六）

（5）勅撰集は『新編国歌大観』、私家集は『私家集大成』による。

（6）田中登編『校訂　貫之集』（和泉書院　昭和62）では三五七番。

（7）貫之集I・四八七「水なかにありこそしけれ春立て氷とくれはおつるしら玉」という歌は、詞書に場面説明がなく、歌中にも「滝」という表現がないため、従来「滝」を詠んだものとは認識されてこなかったが、「春立つ」「氷とく」「しら玉」という表現からみて、初春の氷が解ける滝を詠んだものと考えられる。

（8）中務にも同じ屏風の歌としてほぼ同じ歌がある。どちらの詠作かは不明である。

やりみつに紅葉なかる

もみちはのをちつもりぬるたき水にあきのふかさそゝこにみえける（中務集II・六六）

（9）『能宣集注釈』校注・訳者　増田繁夫　貴重本刊行会　平成7・10

（10）次のような「滝」と「藤」を取り合わせたかと思われる歌がある。

泉大将四十賀の屏風に

にこりなきゝよたきかはのきよけれはそこよりさくと見ゆるふちなみ（忠岑I・三〇）

しかし、「清滝川」が川であって滝ではないので、前例にはならない。

水まさるときはふぢなみ山河のたきならねばやおとの絶えせぬ」（古今和歌六帖・九六一）

この歌は『古今和歌六帖』一七三八番に重複しており、そちらでは「ふちなみ」ではなく「ふちなる」であり、やはり前例にはならない。

（11）全唐詩の検索には「寒泉」というインターネット上のデータベースを利用させていただいた。

（12）この障子には漢詩も付されていたが、この場面の詩には「涼」は詠まれていない。（『江吏部集』「早夏観曝布泉粟田障子十五首中其五」）

（13）【延喜十八年（九一八）承香殿女御源和子屏風】

かはのほとりの松

松をのみときはと思へ（に）はよとゝもになかゝる水（すいつみ）も緑なりけり（貫之集Ⅰ・一一八）

という歌があり、傍書に「いつみ」とあるが、詞書から考えて「泉」を詠んだものではないと考える。

「古歌」の再生ということ

佐藤明浩

一　類歌の問題をめぐって

『夫木和歌抄』九に「長承三年（一一三四）六月為忠朝臣家歌合、夜思瞿麦」の歌として、次の三首が収められている。

夜もすがら哀とぞ思ふその原やひとりふせ屋のとこなつの花（三四七〇・藤原道経）[1]

露けさは思ひこそやれわぎもこが独ふしみのとこなつの花（三四七一・よみ人しらず）

旅ねする人にしらるるなつかしき伏見のさとのとこなつの花（三四七二・源淳国）

これに続く「永久四年（一一一六）五月顕輔卿家歌合、瞿麦」の二首にも類似した表現が用いられている。

うらやましなづさふ人やたれならんふしみのさとの常夏の花（三四七三・藤原為忠）

よがれせで露もおかすな君とわがふしみのさとのとこ夏の花（三四七四・法性寺入道関白家淡路）

稿者は「「近頃の歌」との類似をめぐって—平安後期～鎌倉初期の意識—」（島津忠夫編『和歌史の構想』和泉書院　一九九〇年三月）において、院政期を中心とする歌合判詞などを手がかりとして、こうした類歌、類同表現に関する当時の認識を明らかにしようと試みた。また、拙稿「『為忠家両度百首』に関する考察—歌作の場の問題を中心に—」

(『語文』〈大阪大学〉五七　一九九一年一〇月)では、同じ詠作機会に類歌、類同表現がみられる事例として『為忠家両度百首』を取り上げて検討し、参加歌人たちが歌を作る場を共有しているとの推測を交えつつ、考察を加えた。後者は、井上宗雄氏の「為忠百首を読んでいると、若干の歌人の間に下相談?があったとしか考えられない歌がある」(『平安後期歌人伝の研究 増補版』笠間書院　一九八八年一〇月、補注六二六頁)という指摘、『堀河百首』について共通する問題を扱った竹下豊氏による「『堀河百首』の成立事情とその一性格—堀河百首研究(一)—」(『女子大文学国文篇』三六　一九八五年)以下の諸論考に示唆を受けたものでもある。

上記の拙稿での検討をとおして、あらためて意識せざるをえなくなったのが、定家歌論、とくに本歌取りに関するそれの相対化ということであった。前掲の歌や『堀河百首』『為忠家両度百首』のほか、院政期の諸作には、『近代秀歌』『詠歌大概』にみえる近代の人が詠み出した表現を一句たりとも用いるべきでないとする定家の考えに反する例が少なくない。のみならず、新古今時代における古歌摂取の様相も、すでに多くの指摘があるように、定家の示した規範に収まるものばかりでない。稿者も、藤原家隆の作につき、古歌摂取の具体的様相の一端を探ったことがある(島津忠夫編著『新古今和歌集を学ぶ人のために』〈世界思想社　一九九六年三月〉所収「藤原家隆」)。類歌、類同表現、さらには本歌取り問題について、定家の言説にとらわれすぎない視点から、それらの連続性に留意しつつ、具体的様相とその背景をとらえる必要性を感じている。(2)

類歌に関する問題は、院政期のみならず、和歌史を貫いて存在する。鈴木日出男『古代和歌史論』(東京大学出版会　一九九〇年一〇月)は、『万葉集』の歌々における類同現象を検討し、類同の言葉は「古代的な集団性に保証されながら、各個人の詠歌を容易ならしめるための発想形式として、人々に積極的に共有されていたもの」とみている。また、「『古今集』以来の和歌の表現においては、共通の類型性をもつことを重んじ、そのうえに個々の表現を実現するという方法によっていた」とし、「そうした類型が存在することによって人々はかえって詠歌に参加しやすくなっていた」と述べられ、共通の類型が宮廷社会での人間連帯を可能ならしめていることが指摘されている。ここでの「類型」は「歌言葉」を念頭に置いたもので、類同表現よりも広い意味であるが、類歌について考える上でも、示唆的である。片桐洋一『古今和歌集の研究』(明治書院 一九九一年一一月)では、古今集時代における、複数の歌が共通する歌句をもつ事例を指摘し、「どれがどれによったということではなく、一人がおもしろい歌語を使ったり目を奪うような巧みな表現をすると、すぐそれが共通のものとなり、その表現を利用し、その歌と重ね合わせたおもしろみをねらうのである」と述べている(III・四「古今集歌壇と歌語」)。同氏『古今集以後』(笠間書院 二〇〇〇年一〇月)に収められる『後撰集』の本性を明らかにした諸論において、『後撰集』と『古今集』の歌、『後撰集』内部の歌どうしで一致する歌句を有する事例を取り上げ、『後撰集』の歌が「人口に膾炙した『既成の表現』を好んで用いる傾向があるという性格」をもっていることを指摘し、その「本歌取」の具体的様相を詳述している。さらに「『古今集』と『後撰集』の和歌重出現象」は「当時の和歌の伝承の実態をそのまま反映した『異伝』に発し、その異伝が和歌の制作・享受・伝承の各段階において発生するものである」という指摘は、本稿における後の検討とも関わり、とりわけ重要である。稿者の関心によって、部分的に摘記したにすぎないが、こうした論究は、院政期以降の問題を考えるにあたっても、多くの示唆を与えてくれる。従来、三代集時代の類歌の問題と新古今時代の本歌取りの問題とは、質の異なるものとして別個に扱われるむきがあったように思われる。それは相当の理由のあることであろうが、一方、各期の連続性やそれらに通底する認識などにも着目する必要があろう。

さて、当の院政期の類同表現に関する認識については、山田洋嗣「院政期の類同詠に関する諸問題―「歌めく」詠と「めづらしき」詠との間をめぐって」(和歌文学論集7『歌論の展開』風間書房 一九九五年三月)に、歌合判詞の言説を中心とした詳しい分析がある。山田氏は、「歌めく」ことと「めづらしき節」を求めることは背反的関係にあるが、その両者の間に置かれた歌人たちが、既存の「節」をなぞることで「うためく」類同詠が生まれる一方、

「めづらしき節」がひろく同時代の感性に訴えるものであった場合、多くの追随者をみてまた類同詠がもたらされることを指摘している。

それでは、当時の人たちにとって「歌めく」すなわち和歌らしいとはどのような存在で、どのように実感されたのだろうか。また、類同表現を生ぜしめる節とは、どのような性格を有しているのだろうか。たいへん大雑把な言い方になるが、和歌の歴史をふり返れば、同じような表現が繰り返し紡ぎ出されながら、しかも、長く現役の文学として命を保ち続けてきたという、奇跡的様相をみることができる。和歌らしさのありようや類同表現が生ずる背景を解明することは、その奇跡の秘密に迫る手がかりを与えてくれるはずである。

二　「古歌」に関する問題提起

あまりに大きい課題に及んでしまったが、ここでは、それに近づく試みとして、具体的な問題を提起しておく。

承暦二年（一〇七八）「内裏歌合」十一番「鹿」右の、

霧ふかき山のをのへにたつ鹿は声ばかりにや友をしるらむ(3)

という公実の歌に対し、左方の実政から「この歌はちかきふるうたなり」と難が出されたことが判詞から知られる。作者公実が「『こゑばかりこそ人に知らるれ』といふと、とものゆくかたをしるといふ事、ことごとなり」と反論していることからも、実政は、永承五年（一〇五〇）「祐子内親王家歌合」十三番「鹿」左（勝）、

秋霧のはれせぬみねにたつ鹿は声ばかりこそ人にしらるれ（典侍）

との類似を問題にしていたらしいことが知られる。この例については、前掲の拙稿（一九九〇年）にも取り上げ、「ちかきふるうた」の「ちかき」は時間的距離を示し（両歌合の隔たりは二十数年）、「ふるうた」は必ずしも昔の歌の意ではなく、既存の歌とでも解すべきであることを指摘しておいた。しかし、問題は残っている。「この歌は」

「ふるうた」と言われていること、すなわち、過去の歌合で詠まれた「秋霧は」ではなく、今臨んでいる歌合で出された右歌を指して「ふるうた」と断じていることである。ここは「この歌、近き古歌にかはらず」とでもあるべきところを、このように言った（あるいは記された）のだと言ってしまえばそれまでであるが、しかし、「かはらず」や「似たり」などとなっておらず、言葉のつながりのうえからは、ただ今詠み出された歌（新歌）を指して「ふるうた」と言っているという点を重要視したい。歌合判詞に現れる「ふるうた」等に関しては、鳥井千佳子氏の口頭発表「歌合判詞の「ふるき歌」をめぐって」（和歌文学会第四十八回大会　二〇〇二年一〇月）があり、発表資料には院政期の歌合における「ふるきうた」「ふるうた」「ふること」等の例が一覧されてもいる。それによっても明らかなように、「ふるうた」「ふること」は、普通、過去に作られた歌を指している。しかし、稿者のみるところ、ただ今詠み出された歌を「古歌なり」と断じている例も、一再ならず現れる。同じ「ふるうた」という語が、過去の詠作を指す場合もあれば、ただ今詠み出された歌を指す場合もある。これは、一体どういうことなのだろうか。

前掲の山田論文では、この「近きふるうたなり」のほか、「……にかはらざめるは」「古言に心も言葉もたがはぬ」「いくばくもたがはず」などの歌合判詞で示される『同じ』という評は必ずしも『詞』の完全な一致を意味しない」ことを指摘し、これらが同一詠であるかのような印象を与えるのは、「趣向と結構の一致による」のだとする。そして、「ある程度の『詞』を共通する同じ趣向の詠は小異はあっても同一歌とみなされるととらえるべきであろう」と述べている。これを参考にしつつ、ここでは、なぜ字句の異なる詠が同一歌とみなされてしまうのか、その背景を「古歌」のありようにこだわって探っていくことにする。

歌合判詞についての分析は、別稿を用意しているので(4)、そちらを合わせてご覧いただければ幸いである。ただし歌合判詞そのものの検討では解決しきれない部分が残るのも事実で、本稿では、やや巨視的な視点から、この問題の背景を探ってみたい。

この「古歌」の問題を考えるうえで、渡部泰明「古来風躰抄における万葉集 メタテキストとしての抄出」(院政期文化論集二『言説とテキスト学』森話社 二〇〇二年一二月)からは、多くのことを教えられる。渡部論文は、『古来風躰抄』のなかで「古歌誦詠」の事実が重視されていることに注目し、『万葉集』の抄出歌にも古歌として詠じられた歌が少なからずあることを指摘している。そして、「類歌」から「引歌」「本歌取り」の問題へと言及する。本稿の問題意識からすると、「そもそも抄出という行為そのものが、古歌を今に呼び返す作業にほかならない。古歌を引用することで、今この場を意義づけようとするのである」と渡部氏が述べているのは、きわめて示唆的である。この「古歌を今に呼び返す」こと、いわば「古歌」を再生させる行為は、さまざまな場に現れる。以下、それらに注目しながら検討をすすめていく。

三 「古歌」の再生をめぐって

『源氏物語』若紫巻に、源氏が二条院に引き取った幼い若君(紫の上)に手習などを教える場面がある。「やがて本にとおぼすにや、手習、絵などさまざまに書きつつ見せたてまつり給ふ」(新日本古典文学大系『源氏物語』一・一九六頁)と、源氏が筆をとって、そのまま手本になるような文字や絵を書く。そこで若君が目をとめたのが、「武蔵野といへばかこたれぬ」と紫の紙に書かれた、「墨つきのいとことなる」一枚であった。『古今和歌六帖』五「むらさき」に載る、

知らねども武蔵野といへばかこたれぬよしやそこそは紫のゆゑ(三五〇七)

の歌句である。この歌に言寄せて、源氏は、その側に小さく、

ねは見ねどあはれとぞ思ふ武蔵野の露分けわぶる草のゆかりを

と書く。そして、まだ上手に書けないと言う若君にも勧めて、一首書かせる。

かこつべきゆゑを知らねばおぼつかないかなる草のゆかりなるらん

この場面は、「紫のゆかり」をめぐる表現を通して、源氏の心中における紫の上と藤壺の結びつきが示唆されており、物語の構想や方法を考えるうえで鍵になるところでもあろうが、それとは別の関心から、王朝貴族の生活の一齣がある程度に典型化されて描出されているとみることも許されるであろう。

ここでは、次の点に注意したい。一つは、源氏の書いた「武蔵野といへばかこたれぬ」の古歌、およびこの歌の背景にあると諸注の指摘する「紫のひともとゆゑに武蔵野の草はみながらあはれとぞ見る」(古今集・雑上・八六七・読人しらず)を前提とし、あるいは、それらと対応するように、源氏と若君の新たな歌が作りだされている点である。「紫の紙」に「墨つきのいとことなる」さまに書いたのは、紙の色といい、字の書きぶりといい、特に目立つように仕組んだ源氏の演出であったとも思われ、紙の色は前掲の古今集歌の内容をも示唆している。そのようにして、若君が注目させられた古歌には源氏の心情が投影されていたのである。そして、若君の書きつけた歌の前半「かこつべきゆゑを知らねば」は、直接的には、源氏の新作ではなく、この古歌のほうに対応している。古歌も新作と同様に折に触れて人の心情を表出するために用いられていること、古歌を書きつけることと新しい歌の詠出とが連接していること、また、古歌と新歌が呼応する関係に置かれていることなどが、ここから知られる。

もう一つ注意されるのは、手習を通して古歌を学ぶことと歌の詠みようを習得することが密接に関わっているらしいことが窺われる点である。これについては、後述する。

『源氏物語』において、手習に古歌を書きつける場面は、他にも一再ならず現れる。たとえば、初音巻で、新年に源氏が明石の君のもとを訪れる場面。源氏は「手習どものみだれうちとけたる」ものを目にする。そこには「あはれなるふることども」が書かれており、それに交じって、

めづらしや花のねぐらに木づたひて谷のふる巣をとへる鶯

という、明石の君の自作もみえる。また、「咲ける岡べに家しあれば」と、書きつけられた古歌の一節も示されている。これは、

梅の花さけるをかべに家しあればともしくもあらず鶯の声（古今和歌六帖・六・うぐひす・四三八五）

という、『万葉集』十にも所収の歌である。少し前には、離れて暮らす実子の姫君からはじめて返歌を得たことが記されているが、その折の心情が、「めづらしや」の自作にも、「咲ける岡べに家しあれば」の古歌にも投影されているのである。

若菜上では、女三の宮が六条院に迎えられた後、憂愁の思いを抱く紫の上の様子が、

女君、硯をひきよせて、

目に近く移ればかはる世の中を行すゑとほくたのみけるかな

ふることなど書きまぜ給を（新大系三・二四一頁）

と描かれる。紫の上の自作「目に近く」を目にした源氏は、

命こそ絶ゆとも絶えめさだめなき世の常ならぬ中の契を

と詠む。この少し後にも、

手習などするにも、おのづからふることも、もの思はしき筋にのみ書かるるを、さらば我身には思ふことありけり、と身ながらぞおぼし知らるる。（新大系三・二五八頁）

と、手習の古歌に心をやる紫の上の姿が描かれる。こうした「うちとけたりつる御手習」には、

身に近く秋やきぬらん見るままに青葉の山もうつろひにけり

という、紫の上の自作も書きつけられていた。これに目をとめた源氏は、

水鳥の青葉は色もかはらぬを萩の下こそけしきことなれ

と書き添えている。鈴木日出男氏は、

後者の歌（稿者注：紫の上の「身にちかく」）については次の万葉歌がふまえられているが、それには『古今六帖』に多くの類歌がある。

秋の露は移しにありけり水鳥の青羽の山の色づく見れば　（万葉巻8・一五四三　三原王）
白露は移しなりけり水鳥の音羽の山の色づく見れば　（古今六帖　第一「八月」）
白露は移しなりけり〔以下同前〕　（古今六帖　第二「山」）
紅葉する秋は来にけり〔以下同前〕　（古今六帖　第三「水鳥」）

右の『古今六帖』の三首は、万葉歌の伝承による流伝の諸相とみられる。（中略）紫上の心やりの手習歌は、このような伝承古歌を基盤に詠まれているのである。　（『古代和歌史論』三七六頁）

と述べており、また、源氏の「水鳥の」もこうした「一連の古歌に導かれ」たとしている（同書・八九四頁）。こうした手習の歌が古歌の表現を基盤として詠まれているという指摘は、まことに示唆に富んでいる。さらに想像を逞しくするならば、紫の上が手習に書きつけていた古歌にここで言及されている歌が含まれていたと想定してみたくもなる。いずれにせよ、その折の心情を映す古歌に交じって自作が書きつけられている点が注意される。古歌を書きつけることと、新しい歌を作ることが、極めて近い意味合いを持っていることが確認されるのである。

手習に古歌が書きつけられるほかに、古歌が口にのぼせられる場面も『源氏物語』に現れる。伊井春樹「『源氏物語』における引歌表現の効用」（『源氏物語研究集成　第九巻』風間書房　二〇〇〇年九月。『源氏物語論とその研究世界』〈風間書房　二〇〇二年一一月〉所収）では、主として人物造型との関わりから、物語中の「古歌」のはたらきについて、多角的に論じられている中で、古歌を「誦ず」「口ずさぶ」「ひとりごつ」「ほのめかす」などとある場合のありようが指摘されている。ここでは、「誦ず」の一例である、総角巻冒頭、八の宮の一周忌の準備に、薫が宇治を訪れる場面をみておく。法要のために用意された「みやうがうの糸」にちなんで、薫は「わが涙をば玉にぬかなん」と「伊勢の御」の歌を口ずさむ。『伊勢集』にみえる、

よりあはせてなくらん声を糸にしてわが涙をば玉にぬかなん（伊勢Ⅰ四八三、伊勢Ⅱ三三、伊勢Ⅲ三二）(5)

の歌である。この歌は、中宮温子の没後、「御わざの組の糸」を用意したのにちなんだ作で、状況の共通する悲しみの歌を薫が誦しているわけである。文中には、「げにふることぞ人の心をのぶるたよりなりける」と、古歌が折にかなった心情表現となるときの存在感を自覚しているごとき言葉のあることも注意されよう。

以上、物語中の場面ばかりを問題にしてきたが、現実の和歌に目を転じておこう。『後撰集』と『古今集』の間にみられる和歌の重出について、前述のごとく、片桐洋一『古今集以後』では、単なる過誤ではなく、撰集の資料段階での異伝を反映している場合のあることが明らかにされている。たとえば、『後撰集』恋二の、

おほつぶねに物のたうびつかはしけるをさらにききいれざりければつかはしける貞元のみこ

おほかたはなぞやわが名の惜しからん昔のつまと人にかたらむ（六三三）

返し　　おほつぶね

人はいさ我はなき名のをしければ昔も今もしらずとをいはん（六三四）

という贈答歌の返歌「人はいさ我はなき名の」は、『古今集』恋三の「題しらず」の歌群に、全く同じ歌句で在原元方の作として収載されている。「おほつぶね」なる女性は、在原棟梁の娘、在原元方の妹とかんがえられている。この重出について、片桐氏は、「在原棟梁の娘で元方の妹と思われるおほつぶねのために兄の元方が代作したものを『古今集』が『題しらず』として採択した」とみるよりも、「『古今集』の題しらず歌をここに利用して一つの歌物語に作り上げられていたものを『後撰集』が資料にした」蓋然性が高いとしている。この見解に従うならば、『後撰集』の形は、貞元親王の歌に対して、おほつぶねが、その切り返しとしてふさわしい、兄の旧作をもって返

歌にあてたことに端を発するものとみることができる。このように、『後撰集』と『古今集』の間に和歌が重出する現象には、『古今集』の古歌をそのまま贈答に用いたことに起因している場合があるとみられるのである。

重出歌の問題に関連して、やはり片桐氏が取り上げている次のような例が、ここでも注目される。『後撰集』恋六にみられる、

あひしりて侍りける人のもとにひさしうまからざりければ、「忘草なにをかたねと思ひしは」といふことをいひつかはしたりければ　　よみ人しらず

忘草名をもゆゆしみかりにてもおふてふやどはゆきてだに見じ（一〇五〇）

返し

うきことのしげきやどには忘草うゑてだにみじ秋ぞわびしき（一〇五一）

では、女が「忘草なにをかたねと」の古歌を男に遣わしたところ、男が「忘草名をもゆゆしみ」の歌で応酬し、さらに女が「うきことの」の歌を返している。久しく訪れのない男に女が言い遣った「忘草なにをかたねと思ひしは」は、『古今集』恋五（八〇二）に素性法師の作として収載されている歌で、下句は「つれなき人の心なりけり」である。詞書には「寛平御時御屏風」に書きつけた歌であるという。もともと屏風歌であった古歌を、女がその時の状況に符合する歌として男に遣わしたのである。

上記のような例から、少なくともこの時代において、贈答の際に状況に見合った古歌を用いることが普通に行われていたことを窺い知ることができると思う。その際に、古歌を言い遣るのは、新しく歌を作ることとほとんど等価である場合のあったこと、古歌と新歌とが贈答の体をなして対等に向きあうことがあったことを確認しておきたい。

私家集にも目を向けてみる。『延喜御集』に「醍醐のみかど、まだ位におはしましける時、御めのとの宣旨君に

色ゆるさせたまふとて」の詞書を伴って収載されている、

思ふにはしのぶることぞまけにける色にはいでじとおもひし物を（三五）

は、『古今集』恋一に「題しらず」「読人しらず」としてみえる歌である。この場合も、醍醐天皇が状況に合う古歌を転用した可能性を考えることができる。事実であったかどうかはともかく、少なくとも、醍醐天皇について「思ふには」の古歌を口にのぼせたという伝が生じていたことは認められるであろう。また、『一条摂政御集』に載る、

ちかひてもなほ思ふにはまけぬべしたがため惜しき命ならねば（一〇三）

は、『後撰集』恋四に「よしふるの朝臣に、さらにあはじとちかごとをして、又のあしたにつかはしける」の詞書を伴う「蔵内侍」の作としてみえる。やはり、古歌の利用の可能性が考えられるところである。なお、片桐洋一氏は、「ちかひても」の後撰集歌について、前掲「思ふには」の古今集歌の「本歌取り」であることを指摘している。「おもふにはまけぬべし」は古今集歌の「思ふには」「まけにける」に拠っているとみられるわけである。加えて、『伊勢物語』六十五段には、「在原なりける男」の歌として、

思ふにはしのぶることぞまけにけるあふにしかへばさもあらばあれ

と、先の古今集歌と上句が一致する詠が現れる。古今集歌の異伝を取り込んで、あるいは、古今集歌の歌句を一部改変して、当該章段が構成されたということなのであろう。「思ふにはしのぶることぞまけにける」が、流行をかもすような、当時の人々をひきつける表現であったことが知られ、類歌の生じる事情の一端が窺われる。

してみると、第一節に触れたような片桐氏の注目する後撰集歌などにみられる既成の和歌表現の利用と、上にみた古歌そのままの再生との距離は、さほど遠くないことが推測される。『後撰集』春上の、

題しらず　（よみ人しらず）

霞立つかすがののべのわかなにもなり見てしかな人もつむやと（八）

と第二句途中以下が一致する歌が、『古今集』十九・雑体・誹諧歌に「寛平御時きさいの宮の歌合のうた」の詞書のもと、藤原興風の作として収載されている。

春霞たなびくのべのわかなにもなり見てしかな人もつむやと（一〇三一）

両者の関係についてはさまざまに推測することが可能であるが、『古今集』の古歌をある人が折に触れて用いた結果『後撰集』の伝が生じたと想定した場合、古歌の一部を状況に合わせて意図的に改変して詠じたとも、言葉の異同にはさほどこだわらず古歌を詠じたとも、あるいは、もともと古歌をそのまま詠じたのが伝えられる間に多少歌句が変わって異伝が生じたとも考えうるのである。こうした諸事情を客観的に弁別することはほとんど不可能であろうし、むしろここでは、そうした事情どうしが隣り合うような存在であったであろうことに留意しておきたい。

さて、一方では、古歌の歌句の一部を意図的に変えて用いることのあったことも事実である。その典型として、次のような例が想起される。『枕草子』「清涼殿の丑寅のすみの」の段（増田繁夫校注・和泉古典叢書・一三頁以下）に、中宮定子が思い浮かぶ古歌を書くように求めたとき、清少納言が、

年経ればよはひは老いぬしかはあれど花をし見れば物思ひもなし（古今集・春上・五二・藤原良房）

の第四句を変えて、「君をし見れば」と「書きなし」、中宮の賞賛を得たことが記されている。定子は、清少納言の行為を、「円融院の御時に」父道隆が、「しほの満ついつもの浦のいつもいつも君をば深く思ふはやわが」の歌の末を「頼むはやわが」と書いて賞賛されたことに引き当ててもいる。状況に応じて古歌の一部を変えて用いることが絶大な効果を発揮すると認識されていたことが知られる。同章段では、続いて定子が女房たちに『古今集』の歌の本（上の句）を言って末（下の句）を答えさせる試問をしたことが書かれ、さらに、「村上の御時」、女御芳子の父藤原師尹が「古今の歌二十巻を皆うかべさせ給ふを、御学問にはせさせ給へ」と訓育していたことを知った帝が、女御に古今集歌の試問をしたところ、ことごとく誤りなく答えたエピソードが語られる。折にかなった古歌を臨機

応変に用いるには、古歌を暗誦して蓄えておくことが前提となるが、そうしたつながりから、古今集歌についての試問の話題が記されたものであろう。古歌を暗誦することと折に触れて古歌を利用することが表裏の関係にあることが自覚されていたらしいことに注意しておきたい。

古歌の暗誦が女子の教育において重要視されていたさまが窺われるのであるが、女子教育に関して、ここで、もう一度、『源氏物語』に目を注いでおく。後藤祥子「手習いの歌」(『講座 源氏物語の世界 第九集』有斐閣 一九八四年一〇月)には「『手習い』はもとより運筆練習の謂いだが、幼童のそれは別として成人男女のそれは一種独特の意味を持った。練習の筆先がいつかお手本をはなれて、自分でも気付こうとしなかった心の奥の思いをおのずから紡ぎ出すありさまを、たとえば紫の上にも見ることができた」と述べられている。紫の上の例とは、前に取り上げた若菜上の場面である。とくに、後藤論文で考察の対象となっている浮舟の手習歌は、単なる運筆練習を離れて、心情表出の手段として特別の意義を有しており、物語研究の課題として注目されている。一方、前に触れた若紫巻の手習などは、本来的な運筆練習の意味合いが強く、女子教育の一環ととらえることができる。

そのような手習の際、たとえば、梅枝巻に現れる草子、歌集も手本となったであろう。源氏は明石の姫君の入内をひかえて準備に余念がない。その一環として、「草子の箱に入るべき草子どもの、やがて本にもし給ふべきをえらせ給ふ」と、そのまま手本にもなるような能筆の草子を用意する。一方で、源氏は、兵部卿の宮、夕霧、柏木などに草子の執筆を依頼し、自らも草子を書いている。

古きことどもなど思ひすまし給ひて、御心のゆくかぎり、草《さう》のもただのも女手も、いみじう書きつくし給ふ。御前に、人しげからず、女房二三人ばかり、墨などすらせ給て、ゆゑある古き集の歌など、いかにぞやなど選りいで給ふに、くちをしからぬかぎりさぶらふ。(新大系三・一六二頁)

源氏は「古きこと(古歌)ども」を「ゆゑある古き集」から心得ある女房たちと相談しつつ選んでいったとあり、

結果として、私撰集的な歌集が出来上がることになるであろう。あるいは、平安私家集にままみられる私撰集的なものが混入しているとされる部分の原型などを、こうした歌集に重ねてみることができるかもしれない。古歌を集めてアンソロジーを編むことは、古歌それぞれに新しい位置取りを与える行為であり、その意味で、古歌が再生されているということができる。さて、姫君たちは、伝来の本にせよ、このような新しく作られた本にせよ、歌集を手本として運筆を練習していく。前掲の若紫巻の場合は、源氏が即席に作った、草子にまでは体裁の整っていない手本であったのであろうが、意味合いは同じである。手本の古歌を書き写すことも、じつは、古歌一首、一首を再生させる作業であり、古歌を記憶し、暗誦することにもつながるであろう。前に言及した『枕草子』「清涼殿の丑寅のすみの」の段には、中宮定子の古今集歌試問を記したなかに「中にも、古今あまた書き写しなどする人は、皆もおぼえぬべきことぞかし」とあった。歌を書き写すことと記憶することは密接に関係することが認識されていたのである。そうして、自家薬籠中のものとなった古歌は、折に触れて書きつけられ、若菜上の紫の上にみられるように、時々の心境をあらわにする具となる場合もあったのであろう。

　橋姫巻には、八の宮が姫君たちを教育するさまが描かれる。そこで、大君が書いた、

　　いかでかく巣立ちけるぞと思ふにもうき水鳥の契をぞしる

について、「よからねど、その折はいとあはれなりけり。手は、生ひさきみえて、まだよくも続け給はぬほど也」と語られている。歌は上手でないものの、折に触れて心を打つ、筆跡は、この先の上達が予想されるが、まだ十分に連綿体にはなっていない段階であると、語り手が評しているのであるが、ここでは詠歌の熟達度と運筆の習得の度合いとが合わせてコメントされているところに注意しておきたい。伊藤博「玉鬘十帖への一視角—和歌注記をめぐって—」（『中央大学文学部紀要　文学科』六五　一九九〇年二月。『源氏物語の基底と創造』〈武蔵野書院　一九九四年一〇月〉所収）では、作中の和歌に説明や注記のある場合について総合的に論じられている。そこから、筆跡や書風

等についての批評を伴う例が、和歌に説明や注記がある場合の過半を占めていることが知られる。和歌についてコメントが付される場合、歌の内容や出来ばえが筆跡や書風と合わせて評されることが多いのである。このことは、当時、贈答歌などでは、内容や表現のみならず、用いる料紙や筆跡も含めて総合的に価値判断されたであろうことを示している。それはまた、手習に古歌を書きつけることが、運筆を学ぶとともに、歌の詠みようを身につけることにもなったであろうことと、表裏をなすのではなかろうか。

手習に和歌を書き写す。それは、文字の書きようの習得であるとともに、和歌の風体を体得する機会でもあったであろう。そして、それ自体が和歌を再生させる行為でもあった。繰り返し書いた歌は、記憶の内にとどまりもする。それが、折に触れて取り出され、書きつけられたり、誦されたりする。あるいは、それと隣り合わせのようなかたちで、既成の表現を利用して自作がものされることもある。そのような体験の積み重ねが、人を一人前の歌詠みにしていくのでもあろう。こうした、「古歌」にまつわるいくつかの行為―古歌をもとに新しい歌が作られることも含めて―の連続性に、注目しておきたいのである。

院政期以降、「古歌」をめぐる様相はどのようになるであろうか。たとえば、鴨長明『無名抄』に次のような記事がある。

或人、女のもとより文をえたり。その文に歌二首あり。「これ、返してたまはせよ」とあつらへ侍るを見れば、この歌二首ながら古今の恋の歌なり。返しをすべきにもあらず。いかがせましと思ひめぐらして、其いはまほしき心にかなへるふる歌二首をなん教へ書かせて侍りし。この事を、ある古き人に語り侍りしかば、「いみじき事なり。昔の色ごのみ、わざとも好みてしけるわざなり。知らぬを推し計らひたるが往事にかなひて、優なる事なり」となん感じ侍りし。

（日本古典文学大系『歌論集 能楽論集』五九頁）

先にみてきたような古歌を用いたやり取りを、「昔」「往事」に行われていたこととする、「ある古き人」の認識は正しいのであろうし、『後撰集』の頃とは時代的な隔たりのあることもみてとれる。一方、鎌倉時代に至っても、そうした古歌の用い方が全く忘れ去られてしまったわけではない点にも注意しておきたい。

前掲の渡部泰明氏の論考で中心的に取り上げられている、次の『古来風躰抄』の記述は、とくに注目される。上巻末尾近くに、「万葉集にいへる歌どものなかに」として、

初春の初子の今日の玉ばはき手にとるからにゆらく玉の緒

が引かれる。続いて、「俊頼の朝臣の口伝」（俊頼髄脳）から、京極御息所（藤原褒子）に関する話を長々と引用している。その後半は、いわゆる志賀寺上人説話である。京極御息所が志賀寺に参拝した折、御息所を目にした志賀寺の老法師は、その姿に心を奪われ、後に御息所のところに出向いて見参を請う。初めは相手にされなかったものの、心中の思いを訴え、結局、京極御息所に再びまみることをえた老法師は、「その御手をしばしたまはらん」と願う。すると、「申すにしたがひて御手をさしいだしたまへりけるを、わが額にあてて、よろづもおぼえず泣きいりて、かの『手にとるからに』といふ歌をよみかけ申して」（冷泉家時雨亭叢書・八八オ）、すなわち前掲「初春の」の歌を詠み、感涙にむせぶ。これに対して御息所は、

よしさらばまことの道にしるべしてわれをいざなへゆらくたまのを

と歌を返す。『俊頼髄脳』などには、「はつはるの」の歌が万葉集巻二十にある一方で、志賀寺の老法師が詠んだとする話が伝わることについて、不審が述べられている。また、万葉集にも、この歌を含む部分がある本と無い本が存することから、万葉集の伝本論にも発展していく話題である。

さて、この問題について、『古来風体抄』の著者俊成は、次のような解答を出している。

この事をおもふたまふるは、この歌は、たとひ万葉集にあるにてもなきにても、いかにも昔の歌にこそ侍るめれ。それを、古き歌をもいまある事のそのことにかなひたるときは、詠じいづる事はあることにや。この志賀

の聖、いま詠めるならば、「手にとるからに」といはん事はしかありとも、その参りたりけん日、もし春の初めの初子の日にしもあらずは、玉ばはきにことによそふべしともおぼえずやあらん。なかなかさやうの聖などの、この古き歌を知りて、「手にとるからに」と言はんれうに思ひ出でて、言ひ出でたらんは、玉ばはきもいますこしをかしくもやあるべからん。

「初春の」の歌は『万葉集』にあるにせよ無いにせよ、昔の歌であって、それを志賀寺の老法師が折りを得て詠じたのだ、すなわち、俊成はこれを古歌の再生であったととらえているのである。そうであるとすると、志賀寺の老法師が古歌を詠じたのに対して、御息所が返歌として新しい歌を詠んでいることになる。ここでも、古歌を詠ずることと新しい歌を作ることが、同じ水準に置かれていることに注意しておきたい。

ところで、俊成は「右大臣家百首」の「初恋」題で、

しるしあれといはひぞ初むる玉ばはきとる手ばかりの契なりとも

と詠んでいる。一見して、「初春の」の歌に拠っている、さらには志賀寺上人の話を踏まえていると思われるのであるが、その関係のあり方を、もう少し仔細に観察してみたい。前掲の俊成のコメントから、この時に志賀の聖が「初春の」の歌を作って詠んだのだとすると、それが「春の初めの子の日」でもなければ適合しない、そうではなくて、聖が「手にとるからに」と言うために、知っていた古歌を思い出して詠じたとみるほうがよいと考えていたことがわかる。思うに、俊成は、「初春の」の歌を、初子の日に玉箒を目の前にして作られたという限定された事情から解放し、「玉ばはき」が「手にとる」の序詞として機能する歌に転じた、聖の手際に感じ入ったのではないだろうか。「なかなかさやうの聖などの、この古き歌を知りて……玉ばはきもいますこしをかしくもやあるべからん」というあたりに、そうした気息が窺われると思うのである。古歌を新たな状況の中で再生させる、そのありようが注視されているというべきであろう。「しるしあれと」の俊成詠も、「玉ばはき」を「とる手」を導く序詞と

して用いている。俊成のこの歌は、志賀寺上人の話を踏まえているというよりも、志賀寺の聖が古歌を用いた手法に共感し、その手際に倣って作られたとみるほうがより適切であると考える。志賀寺の聖による古歌の再生には、古歌そのままの転用でありながら、たとえば、清少納言が「君をし見れば」と一語を変えつつ古歌を再生した見事さに通じるものをみることができ、俊成の関心もそのあたりにあったと推察されるのである。

『古来風躰抄』では、これに続けて、『万葉集』十二と『伊勢物語』二十三段にみえる「君があたりみつつををらん生駒山雲なかくしそ雨はふるとも」、『万葉集』十二と『伊勢物語』十四段にみえる「なかなかに人とあらずはかひこにもならましものをたまのをばかり」（伊勢物語は二〜四句「恋に死なずはくわこにぞなるべかりける」）、そして、『万葉集』十六、『古今集』仮名序と『大和物語』にみえる「あさかやまかげさへみゆる山の井のあさくは人を思ふものかは」（万葉集は下句「あさきこころをわがおもはなくに」）の例を掲げ、それぞれの関係についていくつかの可能性を指摘したうえで、「いかにもふるきうたを折ふしにつけてかなへる事によみいづるもある事なるべし」と述べている。俊成の姿勢は、渡部論文に「詠歌する行為の事実性をできるかぎり確保しようとする」とあるとおりで、古歌が再生される場に俊成が極めて深い関心をもっていたことが窺われる。

『古来風体抄』の記事や、前掲の長明『無名抄』において、古歌再生のありようがあらためて認識されなおしていることから、当時にあっては、折に触れて古歌を詠ずる行為が『後撰集』の時代ほどには自然なものと受け取られていなかったらしいと推測される。しかし、それはすっかり忘れ去られているのでもなかった。次のような例も注意される。『沙石集』には、はじめ和歌を否定的にとらえていた恵心僧都が、弟子の児が「手に結ぶ水に宿れる月かげのあるかなきかの世にもすむかな」の歌、あるいは「世の中を何にたとへん朝ぼらけこぎゆく船の跡の白波」の歌を「詠ずる」のを聞いて、歌を好むようになったとの話が収められており（五本ノ十三「学生の歌好みたる事」）、「先の歌は貫之が歌、後の歌は満誓が歌なり。折に古歌を詠じたるにこそ」と記されている。(6) 古歌再生の場が生き生きとかたどられているのであり、中世に入っても、古歌再生の持つ力は十分認識されていたものと思しい。

先に問題にした歌合判詞にみえる「古歌なり」の課題にかえってみよう。いわゆる院政期には、歌合や定数歌など題詠の機会が多くなる。そこでは、与えられた題に見合う新しい歌を作って提示することが求められる。そうでありながら、一方、日常的な詠歌の場では、古歌を再生させることと新しく歌を作ることとが隣り合わせに接しているようなありようも続いていたのではなかろうか。そうした中で、古歌の再生と新歌の創作との間に生ずる緊張関係が顕現してきた時期でもあるのであろう。歌合判詞の「古歌なり」には、隣り合わせにありながら、しかも緊張が生じている古歌再生と新作との関係が反映していると考えられる。

応徳三年(一〇八六)「通宗女子達歌合」九番「恋」左歌、

人しれぬ思ひに年のへぬるかないきのをたえばさてややみなむ

について、通俊の判に「『人しれぬ思ひに年へぬ』といへること、いひふるしたるなり。『われのみしるは』などいひつべくこそ。歌めきたるはふることなればにや」と言う。「われのみしるは」とは、『拾遺抄』恋上にみえる、藤原実頼の歌、

人しれぬ思ひは年をへにけれど我のみしるはかひなかりけり(二四〇)

である。「人しれぬ思ひに年へぬ」と聞くと、「われのみしるは」の古歌が頭の中で再生されてしまい、それによって新歌の新しみが押しやられてしまう。そして、結果的には、古歌そのものが詠み上げられたのとさして変わらない印象しか残らないことになる。これまで観察してきた事柄を勘案すると、「『われのみしるは』などいひつべくこそ」という言に、そのような機微を透かし見ることができるであろう。

新歌を指して「古歌なり」と断じる場合も、同様に考えることができる。新しく作られた歌を聞いたり読んだりしたとき、表現の類同性によって、記憶の中にある既知の歌(古歌)が呼び起こされ、頭の中で再生されてしまう

ことがある。その古歌の存在感が強い場合には、新歌の表現がそれに塗り込められてしまって、結果的には、古歌そのものが再生されたのと大差のない印象を残すことになる。そのような場合に、新歌を指して「古歌なり」と断じる発言が出てくるのではないだろうか。逆に言えば、そのような「古歌なり」に、当時の人たちの和歌に対する認識が投影しているのであり、私たちがそれに近づくための格好の手がかりを与えてくれていると思うのである。

以上述べ来たった事柄、とくに俊成が古歌の再生に深い関心を寄せていたらしいことなどは、本歌取りの方法の問題につながっていく。合わせて検討すべきであるが、すでにかなり紙幅を費やしたので、これについては別の機会を期したい。

注

(1) 歌集からの引用は、とくに断らない限り、『新編国歌大観』(角川書店)に拠る。ただし、表記は私意によって改めたところがある(他の引用についても同様)。

(2) 近時の本歌取り研究では、定家歌論を出発点や規準に置かず、相対化したうえで論じていると見受けられるものも少なくない。浅田徹「近代秀歌と詠歌大概―「歌論書」とは何か―」(『講座 平安文学論究 第十五輯』風間書房 二〇〇一年二月)は、定家歌論書のテクスト自体の質を明らかにする試みで、従来になかった両書の像が提示されている。

(3) 歌合からの引用は、萩谷朴『平安朝歌合大成〔増補新訂〕』(同朋舎出版)による。

(4) 「歌合判詞における「古歌なり」をめぐって」(『語文』八〇・八一 二〇〇四年二月)。

(5) 私家集からの引用は私家集大成(明治書院)に拠る。

(6) 「こぎゆく船の跡の白波」の件は、『袋草子』上・雑談にもみえる。また、同話は『長明文字鏁』「手に結ぶ水」の項にも記されている。

画題を端緒とした五山文学研究の可能性

――「郭子儀」関係画題をめぐって――

中本　大

はじめに

本邦中世漢文学、就中、「五山文学」と称される分野の研究者は少なく、その業績数も他の領域に比して多いとは言えないだろう。他方、だからこそ研究対象は未だ無限に存在し、研究方法を開拓する余地も充分過ぎるほど残されているのである。

そうした中、学界に対して五山文学研究の必要性を訴え、その重要性を喚起し続けてきたのが朝倉尚である。朝倉は安良岡康作や中川徳之助・蔭木英雄らの問題提起を充分に尊重し、それに対する解答以上の成果を世に示してきた。当然、その前には玉村竹二を中心とする東京大学資料編纂所による資料の公刊があり、『五山文学新集』を始めとするテキストが整備され、禅僧の作品群が研究対象として身近なものになったという好機があったことを忘れてはならない。しかし、それでもなお国文学界では敬遠され、中国文学界では亜流として無視され、史学研究者の後塵を拝する状況が続いていたことは覆いようのない事実であった。こうした状況の中、まさに獅子奮迅の活躍を続けてきたのが朝倉であった。その功績を三冊の著書を辿ることで振り返ってみよう。

第一冊目の『禅林の文学』（一九八五・清文堂）では五山詩の題材検討を手がかりに五山文壇の特殊性――大陸文

学の何を学び、何処に本邦禅林文壇の個性を見出そうと悪戦苦闘していたか——を明らかにするという手法を徹底し、第二冊『就山永崇・宗山等貴——禅林の貴族化の様相』（一九九〇・清文堂）では逆に視点を人物に集中し、伝記研究を通して室町時代中期文壇の特質を端的に描き出すことに成功した。更に、五山を中心として室町時代文学史の全体像を描くことが可能であり、妥当であることを提起したのも重要であった。この著書によって五山禅林とは決して自閉的な空間ではなく、禅僧は異なる位相や文化領域とも盛んに徴逐していたことが改めて確認されたのである。

前二冊に継ぐ第三冊『抄物の世界と禅林の文学　中華若木詩抄・湯山聯句鈔の基礎的研究』（一九九六・清文堂）は朝倉の方法論が確固たるものになったことを示す名著となった。この論考では何にもまして「作品を読む」という姿勢が明確に打ち出されている。その上で、資料や禅僧の伝記に対峙し、「聯句」を軸とした文学史を紡ぎ出していくのである。

こうした朝倉の真摯な姿勢は後続の研究者によって継承され、更なる展開を見せることとなる。堀川貴司は「瀟湘八景」という素材研究から出発し、室町期の五山文学にとどまらず、院政期文壇や江戸漢詩までに及ぶ幅広い対象に目を配り、その中で五山文壇に関する優れた業績を発表し続けている。特に、現存しないと考えられてきた『新選集』・『新編集』の所在を明らかにした功績は大きく、これを機に、五山禅林における総集研究は進展を見せることになったのである。(1)

また、岩山泰三による楊貴妃・王昭君関係詩題をはじめとする丁寧な作品研究、(2)朝倉和による絶海中津詩の読解等、(3)今後の進展を予感させる研究は着実に萌芽しているのである。

一方、現在までの五山文学研究を支えてきた最大の功労者は柳田征司である。国語学者である柳田は、寿岳章子らを嚆矢とする抄物を用いた中世語の研究者として知られるものの、国文学界に残した足跡も偉大で、講説資料の紹介、その原典の精緻な調査報告は、「抄物研究会」を組織し、「抄物の研究」を公刊するという地道な活動を継続しつつ、余人を以って代え難い成果を示してきたと言える。その業績を集大成した著書『室町時代語資料としての抄物の研究』（一九九八・武蔵野書院）の公刊で、そのほぼ全貌が示されたのは望外の喜びであった。

禅僧が実際に手に取り、書き込みをし、講義を行った典籍を契機とした精緻な調査は、住吉朋彦に引き継がれ、韻書を中心に禅林文学の基盤となった内典・外典の研究整備が進んでいる(4)。こうした作業には時間と労力が不可欠で、一朝一夕に進展するものではない。しかし、その成果が新たな作品解釈を生み出す源泉となることは銘記しなければならない。

さて、国文学・国語学の領域以外で五山禅林文学――五山禅僧の残した詩文作品――に注目し、研究対象として広く利用していたのが美術史研究者であった。特に「漢画系」と分類される室町水墨画の研究者にとって、画題の宝庫とも言える禅僧の作品群は魅力的だったのである。高橋範子や救仁郷秀明・渡辺雄二らの臆することなく資料を活用しようとする姿勢は評価すべきではあるものの、採択すべき作品に偏りがあったり、事実誤認や解釈の誤りがあったりと、日本美術史学・国文学研究者の双方が満足できる活況を呈し得ないという憾みがあった(5)。双方が問題を共有できる場を確保することは急務だったのである。「画題」を主題とした研究の重要性を提起する所以である。

五山僧は多くの絵画作品に賛詩を寄せるのみならず、作品が生み出される場に立ち会うことや、作品の鑑定を依頼される機会がしばしばあった(6)。当然、画賛詩はそれのみでも充分、文学的資質を評価することの可能な作品ではあるものの、同一の画面を構成した絵画作品を踏まえることで、更に別次元の感興に近づくことも可能になるはずである。その理解の一助となるものとして、顕彰すべき資料の一つが『後素集』である。

近世初期の元和年間に成立した本邦初の画題集成『後素集』の編者は狩野一渓重長。豊臣家御用絵師であった。

斯書には数多くの漢画系画題が分類、掲出されており、典拠となった故事や構図の解説が短文で記載されている。体裁の類似する他の画論書は思い浮かばないものの、やはり近世初期の成立で、漢故事を出典とする連歌寄合の解説書『連集良材』の記述方法と近似することは注目される。

さて、本稿の目的は『後素集』の成立に五山僧が深く関与したであろうことを証明しようというのではない。『後素集』成立前後の近世初期、室町時代禅林文壇もその集成に深く寄与したであろう漢画系画題がどのように解釈され、いかなる評価を得ていたのかを知るためには、五山文壇を理解することが不可欠であることを提唱するところこそが主眼である。

本論では、如上の問題を踏まえ、五山文学研究の新たな可能性を模索すべく、「画題」を端緒に、禅僧の詩文世界を解明しようとするものである。なお、美術史の立場から画題を追求、実作例を検討し、『後素集』の有用性を称揚し続けてきた研究者に北野良枝がいる(7)。本稿でも北野の説に多く拠りながら、国文学の立場から画題について検討したいと考えている。

一

郭子儀という武将がいた。中国唐代、玄宗皇帝の治世、勃発した安禄山・史思明の乱が平定されたのはその胆力の為せる業であった。以来、英雄として人々の尊崇を集め、中書令（宰相）に任ぜられること二十余年、汾陽王に封ぜられ、位、人臣を極めた人物である。一族の八子七婿はすべて高位高官に昇り、末永く繁栄したことから、中国では現在も新春を彩る年画の題材にされるなど、吉祥画題として広く知られている。明代万暦年間刊行の『三才図会』人物六巻に掲載される図像でよく知られていよう。

本邦で郭子儀を描いた図像としては、円山応挙（一七三三〜一七九五）の作例が著名である。三井文庫に蔵される「郭子儀祝賀図」は一族に囲まれた子儀を中心とする郭家の繁栄を描いたものである。また、兵庫県城崎郡香住町の大乗寺を彩る襖絵には、大きな芭蕉の葉が印象的に配され、孫たちであろう七人の唐子に囲まれつつ柔和な表情で佇む老翁、郭子儀の姿が描き出されている。応挙晩年の傑作の一つとして、特によく知られた作例である。その後もこのモチーフは、近代の鈴木華邨に至るまで、円山派に学んだ一門の画家に受け継がれており、古典として受容、確立していたことが知られる。

画題としての「郭子儀」はどのように確立していったのであろうか。中国での状況を概観するため、『歴代題画詩類』を検索すると、巻五十三「古像類」に、郝経（元）作「唐十臣像歌」及び趙秉文（金）作「汾陽王像」の二首が見えるのみである。(8)「古蹟類」や「故実類」の各部には採録されていないのである。「郭子儀」関係の画題は、清代以前の中国において、多彩に展開していたわけではなかったのである。

日本ではどうだったのであろうか。意外なことに『後素集』では「郭子儀」の立項はおろか、言及すらされていないのである。『歴代題画詩類』とは異なり、『後素集』には「武士」の部門があるにもかかわらず、である。「武士」部で採録されるのは、孫武・卞荘子・韓信・彭越・漢三傑・馬援・蜀漢三傑・漢四相・唐四相・武将十哲・伯顔相如のみで、「唐四相」・「武将十哲」にも郭子儀の名は含まれない。また、応挙以前の狩野派歴代を溯っても、郭子儀を画題とした作例は容易には見出せないのである。羅山・春斎・春徳の林家三人によって編まれた内閣文庫蔵『三十六将賛』（『武仙』）には三十六歌仙に倣った図像が付されるものの、描かれる郭子儀は個性に乏しい。なお『武仙』と彦根城博物館所蔵、狩野常信筆『武仙手鑑』との関係については稿を改めて考証したい。江戸幕府の御用絵師で狩野宗家、中橋狩野家の直系、狩野祐清英信（一七六三没）の作に「郭子儀・山水図」三幅対（智積院蔵）があり、その次世代で木挽町狩野家の伊川院栄信にも「郭子儀・花鳥図」三幅対があるので、狩野派の画囊に収められていたことは知られるものの、特に粉本として広く用いられた形跡はない。近世の絵手本類にも類例を見出し得ないのである。四条派の祖、松村呉春（一七五二〜一八一一）の作と伝えられる祇園祭鶏鉾の懸装品、「郭子儀」図水引の下絵があるものの、これも応挙の影響と考えるべきであろう。

近世初期の画人、狩野一渓重長にとって、否、近世初期の知識人にとって、郭子儀とはどのような存在だったのであろうか。本来ならば記載されていても一向、不審ではない「郭子儀」が、なぜ『後素集』に採られていないのか。その理由の一端を探るべく、本邦近世以前の画題確定に大きな影響を果したであろう五山禅林の動向を中心に、「郭子儀」像の受容と定着の様を確認することとしたい。

二

本邦禅林に入門した学僧が初めて郭子儀の名にふれたのは『三体詩』講説を通じてであったと思われる。(9)『三体詩』には趙嘏作「経汾陽旧宅」という、郭子儀を題材とした七絶が収められている。以下に掲出する。

経汾陽旧宅

門前不改旧山河　破虜曾軽馬伏波
今日独経歌舞地　古槐疎冷夕陽多

汾陽王、郭子儀の旧蹟を訪ねた際の感懐を述べたものである。郭子儀について月舟寿桂の講義を聞書きしたとされる『三体詩幻雲抄』(10)では古注・増註を踏まえ、『排韻氏族大全』（以下『排韻』と略称）、次いで宋の洪邁の『容斎続筆』巻第十三「郭令公」を引用している。

容斎続筆十三、唐人功名富貴之盛、未有出郭汾陽之右者、然至其女孫、為憲宗正妃、歴五朝母天下、終以不得志於宣宗而死、自是支冑不復振、及本朝慶暦四年、訪求厥後、僅得裔孫、元亨於布衣中、以為永興軍助教云々、且《ママ》以二十四考中書令之門、而需一助教以為栄、吁亦浅矣、乃知世禄不朽、如春秋諸国、至数百年者後代不易得也。

伝記を概観し、その功名富貴の盛んなることを称揚している。『翰林五鳳集』に収められた唯一の郭子儀賛である九鼎竺重の作もやはり『三体詩』の措辞を踏まえ、老後の感懐を述べる表現となっている。(11)

賛郭子儀

蜀日西沈落日斜　是翁百戦巻胡沙　帰来裂地汾陽府　勅賜天閑獅子花

（巻第六十「支那人名部」）

一方、『韻府群玉』の抄物『玉塵抄』巻七・「支」韻、「儀」字・人名に挙げられた「郭子儀」の記述は以下の通りである。(12)

郭子― 唐人――唐ノ粛宗代宗ノ二代ニツカエタソ、安禄山史思明ガ乱ヲ平テ中書ノ位ニ二十四年イタソ子ガ八人ムコガ七人アツタソ孫エムイテ数ヲシラヌソ此ラガキテ物ヲ云エハエシライデウナツイタマデソ汾陽王ニナサレタソ八十五デ死タソ三体ノ上ニ汾陽旧宅ノ詩アリ古槐疎冷夕陽多ト作タソ古槐深巷暮蟬愁トモ作タソ

『排韻氏族大全』の大略を記した後、結びで『三体詩』に言及している。その影響力の大きさを改めて確認できるのである。

一方、『三体詩』とならんで本邦五山禅林の初学向けの典籍として必読であった中国元代の学僧、大訢笑隠の別集『蒲室集』でも郭子儀の故事が引かれているのは重要である。「疏」の第二作、元僧、東嶼徳海（冷泉主人）の霊隠寺住持に際する山門疏「東嶼和尚住霊隠行宣政院疏」に次の対句が見える。

二十四考中書之貴、孰擬清高　二十四考の中書の貴、孰か清高に擬せん

千五百人知識之尊、式瞻光采　千五百人の知識の尊、式て光采を瞻る

永禄年間、相国寺の学僧、仁如集尭が行った講義を東福寺の月渓聖澄が聞書した抄物『蒲室抄』（花園大学付属図書館今津文庫蔵）ではこの部分に次のような注釈を施している。

二十四―信仲ノ時分マテ尚書舜典ヲ以テ云ホドニ、未決、近世十八史ノ注本渡テ子儀ガ注ニキラリト見タリ

とし、十五世紀中葉、東福寺の信仲明篤が講義していた時には、未だ詳らかではなかった「二十四考」の解釈は、近年、『十八史略』の校注本が新たに齎されたことで、郭子儀に比定するものであることが判明したことを述べた後、子儀の伝記に言及していくのである。ただし、ここで引用されたのは『十八史略』ではなく、『三体詩幻雲抄』と同じく『排韻氏族大全』であった。

二十四孝（ママ）―排韻、郭氏カ処ニ二十四孝（ママ）中書郭子儀唐ノ粛宗ノ代ノ朝、平安氏之乱ヲ、功居ス人臣ノ第一、以身繫天下安危ニ者ノ、二十年、校中書令孝（ママ）二十四、八子云々、代宗呼テ為メ大臣ト、而不名、徳宗賜号尚父ト、封汾陽郡ノ王、年八十五メ薨ス、謚忠武、八子之内、一女ハ為憲宗ノ后ト

二十四孝（ママ）ノコトハ抄ニミヘタリ、是ハ郭子儀ガコト也、昔唐ノ世、郭汾陽トモ云也、是モ宰相也、中書令ノ官ニナリテ二十四年イタ也、貴人ナレハ二十四年マデ中書令トナリテイタガ、抄ニアル密庵ノ賛ニ希叟ノスルモ坡カ託ニツクル、二十四孝（ママ）ノコトハ皆ナ冷泉主人ノコトヲ云ゾ、冷泉ハコノ霊隠トアル也、コノ東嶼モ霊隠ヘ入寺スルホドニ此ノコトヲ云タゾ也……中略……二十四孝（ママ）ノ貴人ノ郭子儀ガ清高ヲバナニタル人ニ比擬セウズラウゾ也……後略

『蒲室集』の講説も本邦禅僧が郭子儀を知る契機だったのである。『蒲室集』を既に自家薬籠中に収めていた仁如は、この故事を自作の詩文に用いている。別集である『鏤氷集』所収、天文二十四（一五五五）年新春の試筆詩には次の措辞が見える。(13)

人如自伝出唐余　年少名高登第初　堪記冷泉亭上主　何須二四考中書

（「依芳胤少年試筆韻 梅熟軒瑞汀房」）

傍線部、試筆詩を呈した芳胤少年の優れた才覚を、前掲、郭子儀に喩えられた冷泉主人、東嶼和尚に重ねて賛美するための文飾であった。

さて、『蒲室集』のこの一文は、意外な誤解を生むことになる。郭子儀が『全相二十四孝詩選』の作者に擬せられるようになるのである。徳田進氏がその著書『孝子説話集の研究　中世編』で、五山僧を中心に、郭子儀作者説が醸成されたであろうことを推定されたのは、まさに卓見であった。[14]

『全相二十四孝詩選』作者と郭子儀を繋ぐ背景に、『蒲室抄』の講説者である仁如集尭を中心とする室町時代末期の禅僧の世界があることを示す徴証の一つが絵巻『尭舜』（中野幸一氏蔵）の次の記述である。[15]

されはくはくしきかつくれる二十四かうの詩にもたいくとして春に田かへすさうふんくとしてくさをくさきる鳥とつくれり又さんのことはにいはくかうしんかうきふしてひんてんにあふくしゆん日てらす事今におく万ねんてうしうかううんすしんせいのとくそんかつちくれをうつれきさんの田ともしるされけり

文中、「くはくしきかつくれる」として『全相二十四孝詩選』所収の「大舜」から冒頭の二句を引用した後、「さんのことは」として引用するのは、既に拙稿で論じたように、永禄九（一五六六）年、三好長逸の依頼によって製作された仁如集尭作の七言絶句なのである。[16] 永禄年間の五山僧の活動が様々な文化領域に影響を与えていたことは言うまでもないが、賛詩製作の二年後、永禄十一（一五六八）年七月十六日に開始された仁如の『蒲室集』講義もその誤認に関与した可能性を否定できないのである。もちろん、郭子儀作者説は仁如によって喧伝されたと言うのではない。郭子儀を『全相二十四孝詩選』作者に擬したのは、単に同姓である「郭居敬」と混同したためではなく、郭子儀伝中の、二十四年間、中書令を在任し、その「考査」が毎年、最優等であったことを意味する「校中書令考二十四」という文辞を正しく理解できなかったことが最大の要因だったのである。その伝播に郭子儀を講じた五山文壇の影響を想定してみるのは、必ずしも見当違いではあるまい。

三

一方、本邦禅林において、郭子儀と絵画を関係させる独自の理解が存したことを確認したい。『中華若木詩抄』中巻に江西龍派作の次の七絶が収められている。[17] 江西（一三七四～一四四六）は前掲、『翰林五鳳集』に唯一収録される「賛郭子儀」詩の作者である九鼎とも同時代人である。

郭熙秋山平遠　　江西

家譜汾陽不習兵　　家譜汾陽兵を習わず
丹青待詔鬢星星　　丹青詔を待って鬢星星
空将秋晩小平遠　　空しく秋晩の小平遠を将って
写上鸞台十二屏　　写して鸞台十二屏に上す

宋代の画人、郭熙の描いた「秋山平遠」図への賛詩、抄者の如月寿印は次のように解説している。

郭熙ハ画カキ也。秋山平遠ハ画也。平遠ハ、野山ゾ。一二ノ句、郭熙ハサル家也。サリトテハ名家也。家譜ハ、系図也。唐ノ汾陽王郭子儀ガ子孫也。ソレナラバ、合戦ヲシテ天下ヲ中興シテコソ本意ナルベキニ、一向ニ兵事ヲバ不習也。用ニモ立ヌ丹青ヲ学テ、画者ノ名ヲ得タリ。天下ヘ画者ヲ以テ御目ニ懸カリテ、「イマチツト待ツベシ。似合ノ官ニナサンズル」ト仰セラルヽホドニ、詔ノ下ルヲ待テ堪忍スルゾ。サレドモ、シカ〱ト思召シ擬ウコトモナケレバ、待詔間ニ年寄リ、鬢星ゝトナルゾ。星ゝハ、白クナルカタゾ。三四ノ句、丹青ヲ以テ待詔スルハ、近比汾陽ノ子孫ニハ似合ワヌコトゾ。汾陽ノ孫ナラバ、叶ワヌマデモ合戦ヲ心掛ケテ、九夷・八蛮ニ至ルマデ切リ靡カスベキト思フベキコトナルニ、ヤウ〱秋晩ノ小平遠ヲ十二屏風ニカイテ上セテ、天子ノ御扶持ヲ受ケント云ゾ。マヅハ小キ器用カナ。カヽル名人ノ子孫ニモアノヤウナル無器用者モアルカ。空ノ字、妙也。ナンノ用ニモ立タヌコトゾ。十二屏風ハ、六曲ノ屏風一双ヲ云乎。鸞台ハ、唐ノ百官志ニ門下省ヲ云ゾトアルゾ。

興味深い視点である。惟肖得巌が「趙昌花草郭熙山」（「無画扇」詩七絶）と感嘆したように、本邦禅林でもよく知られ、『君台観左右帳記』でも上品に分類される名手、郭熙を先祖である子儀に比して「用ニモ立ヌ丹青ヲ学テ」、「汾陽ノ子孫ニハ似合ワヌコトゾ」や「マヅハ小キ器用カナ」「カヽル名人ノ子孫ニモアノヤウナル無器用者モアルカ」と酷評するのである。『宣和画譜』（巻十一・山水二）を始めとする中国の画論書で、同姓の郭熙と郭子儀の血縁関係を特筆するものは見出せない。『玉塵抄』「支」韻所収、「郭熙」項の解説も以下の通りである。

郭―、工画山水、宣和画譜ノ甲集ニ熙カ伝アリ、宋ノ者ナリ、谷詩ニモ熙ガ画ノ詩アリ、河陽県ノ者ナリ、御書院芸学ノ官ニカツタソ、画ハカリト心エタソ御書ノ奉行ノ官ニナサレタソ、学芸ニ達シタソ四季山ノ詩アリ、春ノ山ハ艶冶ニシテ笑カ如ソ、夏ノ山ハアラ水ノタルヤウナソ、滴ガ如ナソ、秋ノ山ハ明ニアサヤカニ浄ソ、装カ如ナソ、ツネニハ妝トアルガ、コ、ニ本アリ、装トアリ、装ハタビヨソヲイトヨムソ、写本ナリ、妝ノ字ヲチガエタカ冬ノ山ハ惨淡トシテイタウダナリアリ、アワウモノウイナリ、ソモノクサウテ睡タ如ナソ、熙ガ子アリ、郭思ト云タソ此モ画ニ工ナソ

すなわち、『宣和画譜』に拠りながら、著名な画論「林泉高致」の「山水訓」を解説し、子息の郭思に言及するのみである。「郭熙秋山平遠」七絶における郭子儀への言及は、江西独自の解釈、眼目であったと思われる。殊更に武人としての資質に言及するこの詩の成立事情について、朝倉尚氏が武家の関与する詩会での詠作であった可能性を提言されるのも、江西の独自性を裏付けるものと言えるであろう[18]。つまり、武人としての郭子儀を称揚することは、室町幕府と緊密な関係を結んでいた五山禅林にとって「好ましい配慮」だったと考えられるのである。

画人、郭熙を通じて郭子儀が認知される機会が文壇には存在した。これは画壇との接点にもなり得る、あるいは画壇との接点がもたらした理解だったとも忖度できるのである。

四

本邦禅林において、初学向けの文献でもある『三体詩』や『蒲室集』の注釈とともに認知されたであろう郭子儀の伝記や逸話は、「二十四孝」の全盛に伴い、一部誤って伝えられはしたものの、仁如以後の室町時代末期から近世初期にかけて、結局、幅広い周知や理解を周囲にもたらすものにはなり得なかった。その状況を端的に確認するための材料となるのが、『隔蓂記』でも言及され、鳳林承章も属していた相国寺友社周辺での成立が想定される人名録『名葉集』(個人蔵。『名庸集』とも)における「郭子儀」の項目である。

○ 郭子儀

○ 郭子儀、唐粛代朝平安史之乱、功居人臣第一、以身繫天下安危者、二十年校中書令考二十四、八子七婿皆貴顕、諸孫数十不能尽識至問安但頷之而已、富貴寿考哀栄終始人臣之路无鈌焉、代宗呼為大臣而不名、徳宗賜号尚父、封郡王、年八十五薨、謚忠武　排二十四考中書○郭子儀弟男七人、同日拝官云々、子儀謝表云、同日而拝前古来未聞、青紫照庭冠蓋成里　同

引用文献は『排韻氏族大全』のみで、禅林での理解を超える新たな見解は示されていないのである。確かに『排韻』を通じての理解が五山禅林において一般的であったことは間違いない。先に挙げた抄物での引用以外でも、例えば万里集九が自作の「跋屏風之詩、不記其姓氏」(『梅花無尽蔵』巻第六)で「李吉甫、郭子儀、天子不名」と記し、皇帝が敢えて郭子儀の名を呼ばず、ただ親しく「大臣」と呼んで敬した『排韻』の文辞を引用しているのもその証左である。

一方、江西が注目した郭熙についても、『後素集』「画公」部では、

　郭熙画木図
郭熙唐人《（ママ）》、諸木絵ニカク体ナリ

と記すのみで、特筆すべき内容は見られない。五山で培われた郭子儀をめぐる言説は、近世初期、新たな理解を生み出す源泉にはならなかったのである。

五山と決別した儒者、林羅山は、郭子儀について次の賛詩を残している。御書院番を勤めた阿部政重の依頼で、同じ唐代の武将である李靖・李光弼とともに三幅対の中央に描かれたのが郭子儀であった。

　郭子儀
唐室股肱兼爪牙　汾陽忠義有誰加　若非單騎見囘鶻　天下何通同軌車
（『羅山先生詩集』巻六十八・「図画」）

羅山は終始、郭子儀の武将としての名声のみの注目し、夷狄を破り、天下統一に貢献した忠義、功績の大なることを賛嘆するのみである。

武人の誉れとしての郭子儀の称揚は顕著である。『国華集』の「氏比氏」部には、

△裴度字中立威誉徳業比郭子儀云々

とあり、唐の憲宗帝時代の宰相、裴度の比喩として郭子儀が用いられることを記している。

おわりに

室町時代、主に『排韻氏族大全』を通じて理解された郭子儀の伝記は、江西詩に見られるように、その武人としての資質を称揚することが主体で、一族の繁栄をもたらした吉祥図の面影はほとんど看取できなかった。それは近

世初期の儒者、林羅山にあってもほぼ同じ状況であったと考えられる。『太平広記』巻十九に見られる、七夕の夜、天女に邂逅し、将来の成功と長寿を約束された（出典『神仙感遇伝』）、という逸話などはほとんど知られていなかったと考えられる。

近世中期以降、郭子儀が画題として確立するためには、版本を中心とする帯図本の中国からの齎来が不可欠であったと考えられる。新渡の吉祥図、いわゆる「嘉慶図」や「家慶図」と称される画題の受容が、狩野祐清英信以来の、大勢の孫に囲まれる老翁の姿の郭子儀像を定着させたのであろう。あるいは他の画題との混同——一例を挙げれば、中国において戯嬰（遊戯する童子たち）とともに頻繁に描かれるのは鐘馗である。台湾故宮博物院に蔵される「夏景戯嬰」図（伝元人）の右端に描かれる唐子は荷葉を高く掲げている（図録『迎歳集福—院蔵鐘馗名画特展—』・一九九七・所収）。応挙の作例との類似が注目されるのである——も想定する必要もあるだろう。

日本において郭子儀は周知の偉人であった。しかし画題としては新奇な人物であった。今後は中国において、『列仙全伝』・『三才図会』・『仙仏奇踪』・『日記故事』以降、明代の帯図本の中で、郭子儀がどのように描かれていたかが問題となろう。それは今後の課題とし、ここでは本邦室町時代から近世初期にかけての郭子儀像の確立を概観して、稿を閉じたい。

注

（1） 瀟湘八景については『瀟湘八景　詩歌と絵画に見る日本化の様相』（臨川書店　二〇〇二・五）を参照。『新選集』・『新編集』については、「『錦繡段』小考」（『愛知県立大学　説林』46　一九九八・三）、「『錦繡段』小考（続）」（『愛知県立大学　説林』47　一九九九・三）、「『錦繡段』小考（その三）」（『日本漢学研究』3　二〇〇一・三）を参照。

（2）「五山詩における楊貴妃像――題画詩と『後素集』――」（「国文学研究」131　二〇〇〇・六）、「一休の王昭君像」（北京日本学研究中心「日本学研究」11　二〇〇二・六）等参照。

（3）朝倉和には多くの絶海中津関係の論考があるものの、最も重要なものは「絶海中津『蕉堅藁』の作品配列について」であろう。「古代中世国文学」15に掲載されて以来、その考察は現在まで続いている（～18（二〇〇二・十二））。

（4）「〔元〕刊本系『古今韻会挙要』伝本解題――本邦中世期漢学研究のための――」（「日本漢学研究」1　一九九七・十一）、「『韻府群玉』版本考（一）～（三）」（「斯道文庫論集」35～37）等参照。

（5）高橋「正木美術館本「瀟湘八景詩軸」について」（「羽衣国文」11　一九九八・三）、救仁郷「日本における蘇軾像――東京国立博物館保管の模本を中心とする資料紹介――」（「ミュージアム」494　一九九二・五）、「日本における蘇軾像（二）――中世における画題展開――」（「ミュージアム」545　一九九六・十二）、渡邊「聚光院方丈襖絵成立についての一考察」（「美術史」144　一九九八・三）等。

（6）拙稿「「七賢図」という「画題」」（「論究日本文学」74　二〇〇一・六）

（7）「狩野山雪筆「十雪図屛風」の作画契機について」（「國華」1272　二〇〇一・十）等参照。

（8）『歴代題画詩類』の本文は四庫全書本（四庫文学総集選刊・上海古籍出版社）に拠る。

（9）本文は『三体詩幻雲抄』所載の文辞にしたがった。

（10）抄物大系（勉誠社・一九七七）所収本文に拠る。

（11）大日本仏教全書所収本文に拠る。

（12）抄物大系（勉誠社・一九七二）所収本文に拠る。

（13）東京大学史料編纂所蔵謄写本に拠る。なお『蕉窓夜話』には信仲が製した次の一聯が掲載される。即ち「郭令二十四孝（ママ）之功。文光㆓青簡㆒。渭叟三千六百之釣《筒歟》。雨暗㆓緑簑㆒。」で、その注に「サテ郭令―トカヽレタソ。郭子儀ソ」と記されている。『蒲室疏』が郭子儀を知る契機となったことを示す証左となろう。

（14）『孝子説話集の研究　中世篇』第二章第二節「全相二十四孝詩選の作者」参照。

（15）奈良絵本絵巻集（早稲田大学出版部　一九八八）所収本文に拠る。

（16）拙稿「永禄九年の二つの「二十四孝」賛」（「大阪大学 語文」68 一九九七・五）参照

（17）新日本古典文学大系『中華若木詩抄・湯山聯句鈔』（岩波書店・一九九五）に拠る。

（18）新日本古典文学大系『中華若木詩抄・湯山聯句鈔』脚注参照。

随心院門跡と歌書

海野圭介

一

京都の南方、現在の区画で言えば京都市山科区と伏見区とが接する小野の地に位置する真言宗善通寺派大本山随心院は、東密二流の一、小野流の祖仁海の開基と伝える真言宗の古刹である。平安中期に仁海によって小野の地に創建された道場は、はじめ牛皮山曼荼羅寺と号されたというが、これには、仁海が、夢中に母が牛に転生したことを知り、その牛を探し出して慈しみ、牛の死後は、その皮に両界曼荼羅を画き祀ったという伝承が伝わる。(1) 第五世増俊の代に、曼荼羅寺の子院として随心院が建立され、寛喜元年(1229)、第七世親厳の時には、後堀河天皇より随心院に門跡号が与えられた。以降、随心院が曼荼羅寺を領掌し、東密小野流の根本道場の位置を占めるに至る。以来、摂家子弟の入室が重なるが、応仁の乱に際しその兵火にかかり、寺域は灰燼に帰した。随心院の寺域が小野の地に再建されたのは、慶長四年(1599)、第二十二世増孝の代のことであり、現在、同所で目にすることのできる堂舎も、それ以後の建造にかかる。

随心院に伝領される経巻・聖教類については、夙に、吉沢義則氏『點本書目』(岩波書店 昭6・11)、中田祝夫氏『古點本の国語学的研究 総論篇』(大日本雄弁会講談社 昭29・5)に若干の訓点資料についての記載が見えるが、その全容は長らく明らかにされてはいなかった。[2] 近年に至り、長岡京市教育委員会による文書類の調査[3]と、沼本克明氏を中心とした随心院聖教類綜合調査団による悉皆調査（昭和六十二年より平成五年）が行われ、後者の調査により収蔵資料全点の調査と函架番号の添付を伴う整理が行われた。その概要については、蓮生善隆氏監修・随心院聖教類綜合調査団編『随心院聖教類の研究』（汲古書院 平7・5）に詳しく、併せて重要典籍類の影印と解題が備わる。同書は、現時点における随心院の歴史と伝収する聖教に関する最も詳細な報告書[4]であるが、主として国語学研究に益する典籍類を中心として纏められているため、同書の記述に漏れた中にも文学研究の観点からすれば注目される資料も少なくはない。本稿では、随心院に伝存する文学関係の諸資料のうち、主として和歌に関わる典籍・文書類を採り挙げ、それらの資料的意義について報告を行うこととしたい。

二

『随心院聖教類の研究』の冒頭に掲げられた「総説」（築島裕氏・月本雅幸氏担当）によれば、随心院に現蔵される典籍・文書類は、その総数凡そ五千点。平安時代の写本四十一点、鎌倉・南北朝時代の写本約三百点、室町・桃山時代の写本約五百点、残りの約八割が江戸期の書写・版行にかかるという（由緒の古い寺院であるにも拘わらず、平安・鎌倉期の写本が少ないのは、応仁の乱の戦禍を蒙ったためであろうとの指摘がある）。また、書写内容から見れば、当然ながら密教関係が大半を占めるが、中に若干の漢籍・歌書・連歌書・物語なども伝来している。これらについては、既に『随心院聖教類の研究』所収の「随心院経蔵聖教類概説　文学資料」（近藤泰弘氏・徳永良次氏担当）にその概略の報告がある。同概説において、随心院に収蔵される典籍総数約五千点のうち文学関係の和書は凡そ百点余りで、比率としては高くはないものの、東寺・高山寺・石山寺などの悉皆調査が行われている諸寺院に伝存する文学関係資料、特に韻文関係の資料は少なく、そうした諸寺院との比較の上で見ると、随心院伝来の文学関係資料の残存率は特異であることが指摘されており、「門跡寺院であって、文学に親しんでいた皇族や公卿とつながりがあったこと」や「小町伝説の地という土地柄」[5]が、多くの文学資料を伝えた理由であろうと推測されている。

確かに、随心院に現蔵される歌書類の中には、随心院が一条家、九条家といった摂家の子弟を迎える門跡寺院であったため、そうした環境の中で求められ伝えられたと推測されるものが認められる。後掲**表2**に示すように、それらの殆どは室町末から江戸中期頃にかけての書写であるが、摂家門跡としての随心院の交友関係とその文事を今に伝える貴重な遺品と言える。[6]無論、摂家との直接的な関係を証明する手段のない典籍も多いのであるが、そうした典籍類の中にも、他に伝存稀なる注目に値する典籍が含まれている。[7]

次節以降、こうした、随心院の歴史を考える上で貴重な摂家関係本と、随心院伝来の稀本の二点に分けて報告を行うが、それに先立ち、まずは随心院門跡の出自を確認しておくこととしたい。随心院門跡の関連系図を挙げれば次頁**表1**のようになる。[8]

鎌倉以降、室町期にかけての随心院へは、長らく一条家の子弟の入室が続くが、その末期に至り、九条政基の兄である政忠男の忠厳の入室以来、兼孝男の増孝（天正十七年1589—寛永二十一年（正保元年）1644・五十六歳）、幸家男の栄厳（元和八年1622—寛文四年1664・四十三歳）、兼晴の弟の俊海（寛永七年1630—天和二年1662・三十三歳）、輔実男の尭厳（享保二年1717—天明七年1787・七十一歳）、尚実猶子の増護（二条治孝男）、尚忠男の忠善と九条家関係の子弟の入室が続く。[9]随心院に現蔵する歌書類には、数量こそ多くはないものの、こうした九条家との深い繋がり、とくに書写年代から幸家・道房父子により増孝、或いは栄厳に伝えられたと推定される汎九条家本とも言うべき一群がある。幸いにも、道房には日記（『通房公記』（宮内庁書陵部・東京大学史料編纂所等蔵）が残されており、その記述から道房と増孝・栄厳との親密な交際が窺われ、状況証拠的ではあるが先の推測を支える。[10]

現在までに披見し得た歌書類は**表2**の通りである。これらの他に、仏書の紙背や数葉の残簡などの形で伝わり、

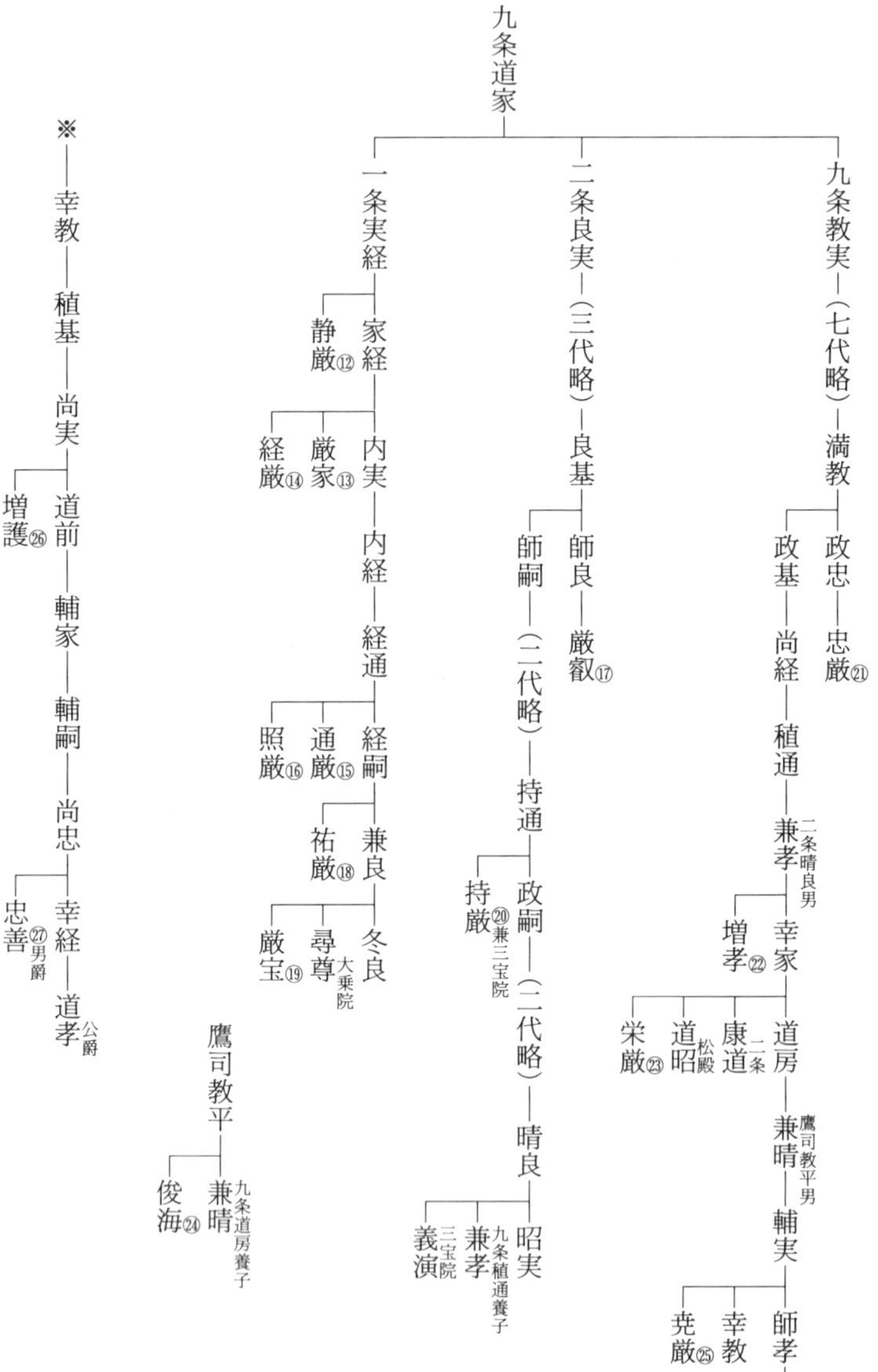

表1　九条家・二条家・一条家と随心院門跡

＊「師孝」下の※は左方上部「※―幸教」以下へ続く。⑫〜㉗は、『諸門跡伝』により仁海を初とした際の随心院門跡の記載順。

表2 随心院蔵和歌・連歌関連書目

函	号	書名	書写／刊行年代	写／刊	装丁	員数	備考
002	034-04	即身成仏秘密観念	〔鎌倉末南北朝〕	写本	巻子	1	紙背：未詳和歌断簡
002	034-05	秘奥集	〔鎌倉末南北朝〕	写本	巻子	1	紙背：中臣祐殖百首〔南北朝期〕写断簡
002	035-01	伝受記	〔鎌倉後期〕	写本	巻子	1	紙背：袖中抄〔鎌倉中期〕写断簡
002	035-02	無言雑秘心灌頂	〔鎌倉後期〕	写本	巻子	1	百人一首を書写した紙で裏打
002	035-10	阿弥陀決定往生秘印	〔鎌倉末南北朝〕	写本	巻子	1	紙背：中臣祐殖百首〔南北朝期〕写断簡
005	070	連歌之指合	〔江戸前期〕	写本	袋綴	1	137-09新歌聞書と同筆
005	093	〔未詳聖教〕断簡	〔室町後期〕頃	写本	続紙	1	紙背：歌書目録〔室町後期〕頃写
007	022	建保六年八月十三日中殿御会記	〔江戸初〕	写本	続紙	2	元巻子カ？　九条家本中殿御会和歌の写
007	109	和漢朗詠集残簡	〔江戸中期〕	写本	竪紙	2	巻子本の未調整カ？
007	117	〔増孝和歌懐紙〕	〔江戸初〕	写本	竪紙	1	増孝自筆
018	011	坊中御会	〔江戸中期〕	写本	仮綴	1	享保十九年(1734)九月九日坊中御会
036	064	〔和歌詠草〕	〔江戸中期〕	写本	竪紙	1	詠者未詳
036	065	和漢朗詠集残簡	〔江戸後期〕	写本	竪紙	1	巻子本の未調整カ？
036	070	〔和歌詠草〕	〔江戸後期〕	写本	竪紙	1	詠者未詳
074	013	後撰和歌集	〔江戸後期〕	刊本	袋綴	1	小本厚冊
074	014	拾遺和歌集	〔江戸中期〕	刊本	袋綴	1	小本厚冊
074	015	金葉和歌集	〔江戸中期〕	刊本	袋綴	1	小本厚冊
074	016	詞花和歌集	〔江戸中期〕	刊本	袋綴	1	小本厚冊
074	017	千載和歌集	〔江戸中期〕	刊本	袋綴	1	小本厚冊
119	002	増補和歌題林抄	安永6年(1777)	刊本	袋綴	10	刊記「須原屋義兵衛」「北村四郎兵衛」

137	003	匠材集　四	〔江戸前期〕	刊本	仮綴	1	150-12・153-04の僚巻
137	004	六家連歌抄　上	〔江戸初〕	写本	袋綴	1	
137	005	〔俊海和歌集〕	寛文2年(1662)	写本	袋綴	1	随心院門跡俊海の家集カ？
137	008	新撰朗詠集巻下	寛永8年(1631)	刊本	袋綴	1	刊記「杉田良庵玄与」
137	009	新歌聞書	〔江戸前期〕	写本	仮綴	1	005-093連歌之指合と同筆
137	011	十五番歌合	〔江戸中期〕カ	写本	袋綴	1	虫歌合
137	012	三十六人歌合	〔江戸中期〕	写本	袋綴	1	
137	013	歌会集	〔江戸初〕	写本	仮綴	1	内題下「寛永廿年(1643)十一月九日御會始」
137	014	御会和歌	〔江戸初〕	写本	袋綴	1	「寛永十六年(1639)正月廿八日」の年紀あり
137	015	逍遙院歌合	〔江戸初〕	写本	袋綴	1	
137	016	手尓波	〔江戸前期〕	写本	袋綴	1	
137	017	六家連歌抄出　上	〔江戸前期〕	写本	袋綴	1	
139	001	八代集抄　拾遺	延宝7年(1679)	刊本	袋綴	6	無刊記
145	003	新続古今和歌集	正保4年(1647)	刊本	袋綴	4	刊記「吉田四郎右衛門尉」
145	004	新古今和歌集	貞享2年(1685)	刊本	袋綴	2	刊記「田中庄兵衛」
145	005	和漢朗詠集	寛文12年(1672)	刊本	袋綴	2	無刊記
145	006	和漢朗詠集	〔江戸前期〕	刊本	袋綴	1	巻上のみ　無刊記
147	001	秋題廿首和歌幷冬題十首和歌	〔江戸初〕	写本	袋綴	1	『宝治百首』秋・冬部
147	002	後撰和歌集	寛永21年(1644)	写本	袋綴	2	九条道房筆
147	003	続後撰和歌集	〔江戸初頃〕カ	刊本	袋綴	2	無刊記
147	005	宗牧抜書	元和元年(1615)	写本	袋綴	1	宗康筆
147	007	後鳥羽院御集	〔江戸初〕	写本	袋綴	1	

147	008	続三十首和歌	〔江戸初〕	写本	袋綴	1	
147	009	逍遙院実隆和歌集	〔江戸初〕	写本	袋綴	1	
147	010	享保十九年六月廿五日聖廟法楽和歌	〔江戸中期〕	写本	仮綴	1	
147	011	享保廿年三月三日公宴詩歌當座御會	〔江戸中期〕	写本	仮綴	1	
147	012	連歌新式	〔江戸初頃〕カ	刊本	袋綴	1	無刊記
147	013	拾遺愚草員外雑歌下	〔江戸後期頃〕カ	刊本	袋綴	1	無刊記
147	019	挙白集	慶安3年(1650)	刊本	袋綴	8	
147	020	右京大夫家集	寛永21年(1644)	刊本	袋綴	1	刊記「中野道也」
150	001	訳和和歌集	〔室町末〕	写本	袋綴	2	
150	002	愚問賢注	〔江戸初〕	写本	袋綴	1	
150	003	詞林三知抄	寛永2年(1625)	写本	袋綴	1	
150	005	制詞并分別指南抄	〔室町末〕カ	写本	列帖装	1	
150	006	拾遺和歌集	〔室町末〕カ	写本	列帖装	1	糸切、一部散逸
150	007	十二月花鳥和哥題等	〔江戸初〕	写本	袋綴	1	
150	009	旭雅大僧正御一代の歌集	〔明治期〕	写本	袋綴	1	随心院門跡旭雅の家集
150	012	匠材集　一	〔江戸中期〕	刊本	袋綴	1	137-03・153-04の僚巻
150	013	千載和歌集	〔江戸中期〕カ	刊本	袋綴	1	無刊記
150	014	藻塩草	〔江戸初頃〕カ	刊本	袋綴	10	無刊記
150	016	六家集	〔江戸初頃〕カ	刊本	袋綴	4	無刊記
153	004	匠材集	〔江戸中期〕	刊本	袋綴	1	137-03・150-12の僚巻
155	011	峯殿詠哥集	〔江戸前期〕	写本	袋綴	1	
別置		古今和歌集抄出	〔南北朝期〕頃	写本	軸装	1	伝後醍醐天皇筆切　箱書によれば栄厳の所持

その存在に未だ気付かないものも存するとも思われるが、現存の枠を大きくはずれることはないと思われる。

三

随心院に現蔵する歌書類の中には、九条家との関係の上で将来された典籍群がある。点数はさほど多くはないが、摂家門跡としての随心院の歴史を考える上で欠くことの出来ない貴重な遺品であるとともに、中世後期~近世前期の公家社会と寺院との交流、寺院への関与といった公家社会の中における寺院の意義を考える上でも興味深い資料と言える。便宜上、〔一〕九条道房書写識語本、〔二〕九条家旧蔵本同筆本、〔三〕他の九条家関係本の三点に分けて記すこととする。

〔一〕九条道房書写識語本

九条道房（慶長十四年1609―正保四年1647・三十九歳）は、江戸初期の九条家当主。はじめ忠象、寛永八年（1631）道房と改名。元和元年（1615）従三位。寛永九年（1632）正二位内大臣。寛永十七年（1640）右大臣。寛永十九年（1642）左大臣。正保四年（1647）摂政。次掲の『後撰集』は巻尾に道房の花押が副えられており、九条家より随心院へと贈られたと考えられる。

『後撰和歌集』（第147函2号） 寛永二十一年（1644）写 二冊

袋綴。打曇表紙（27.2×20.8㎝）、外題なし（両冊共、左肩に題簽剝落の跡）。料紙、楮紙。第一冊・墨付72丁・首尾遊紙なし、第二冊・墨付92丁・首尾遊紙なし。毎半葉12行、和歌一首1行書、字面高さ約24.0㎝。内題「後撰集和歌集巻第一（~廿）」。

奥書・識語類は次の通り。

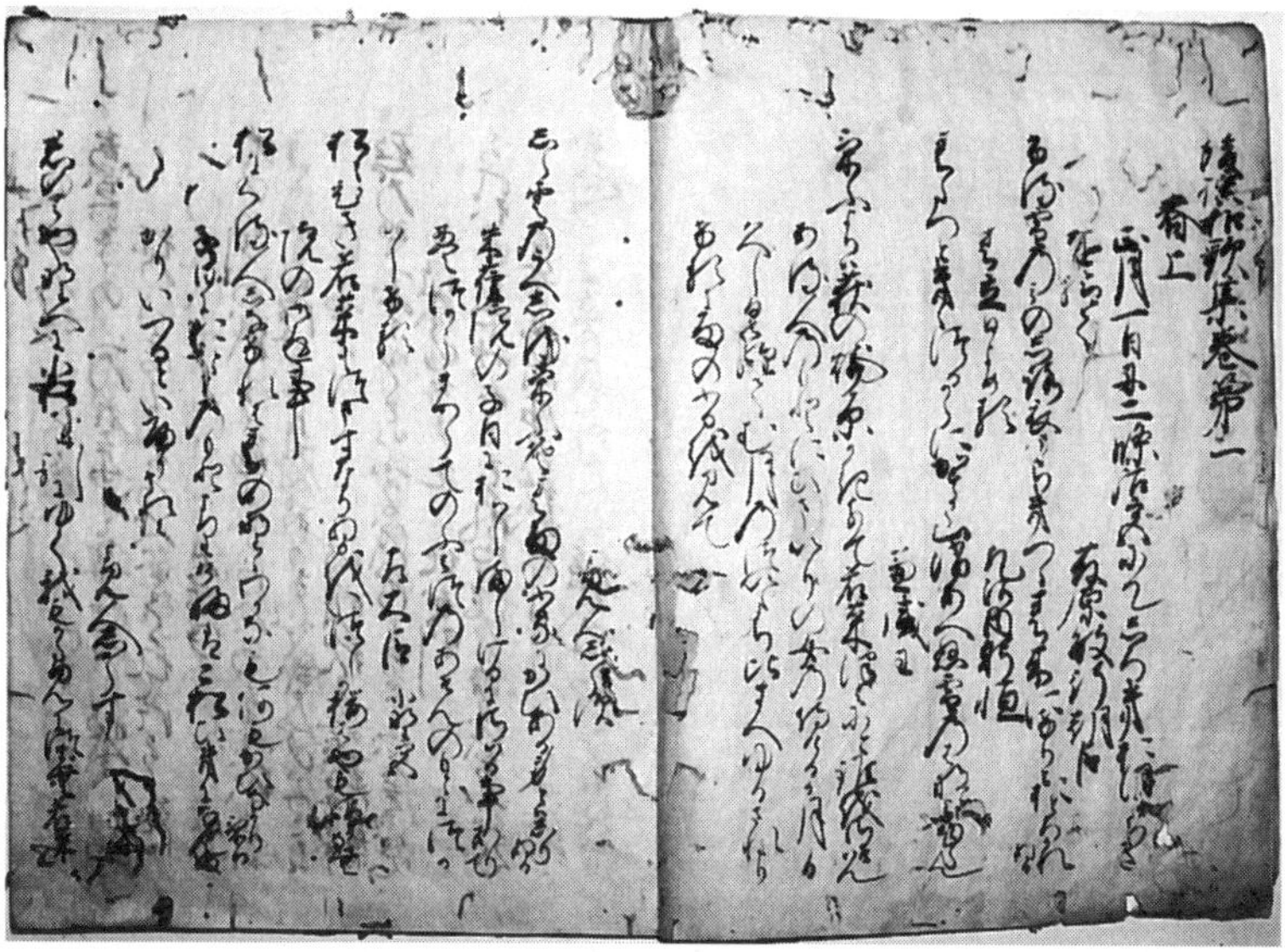

図 1　後撰和歌集（第 147 函 2 号）上冊巻首

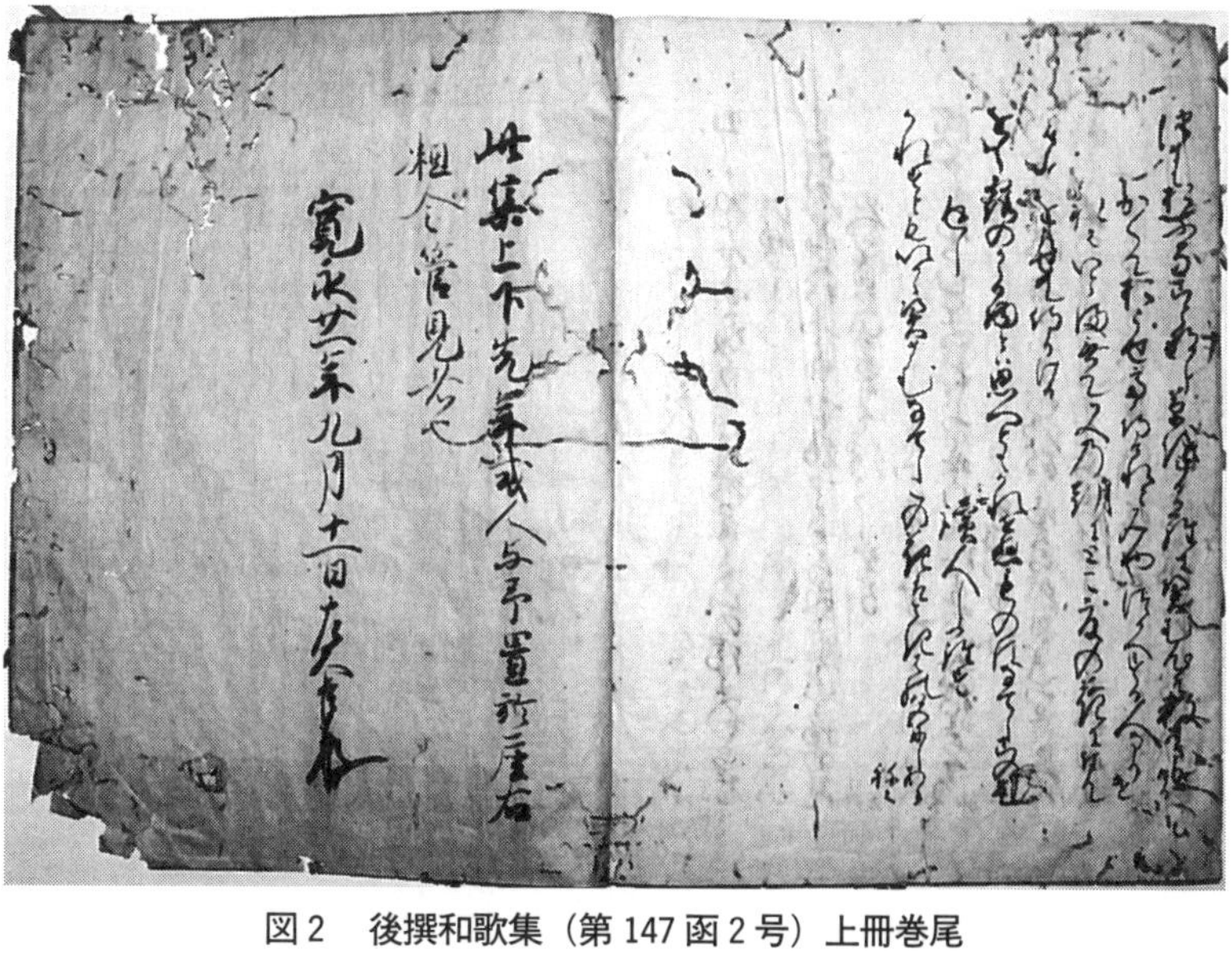

図 2　後撰和歌集（第 147 函 2 号）上冊巻尾

此集上下先年或人与予置於座右／粗令管見者也
寛永廿一年九月十一日　左大臣〔花押〕　（第一冊）
此集上下先年或人与予置于座右／粗令管見者也
寛永廿一年九月十一日　左大臣〔花押〕　（第二冊）

用字、漢字・平仮名。印記なし。図1・2参照。

随心院本には本奥書の類が記されないため、系統の確認には本文の比較が求められるが、瞥見するに流布本である天福二年定家本の本文とは異なり、単に天福本の奥書を欠くのではない(11)。承久三年定家本に書き入れられる清輔本との校合を持ち、承久本の本文を伝えると思われるが、現在知られている承久本諸本自体にかなりの異文が散見し、また、本書自体にも本文の乱れが予測される箇所が存するため、系統の確定にはなお精査の要を残す。

識語に記される「左大臣」は、九条道房。付記される花押も九条家文書所収の花押(12)に一致する。識語に記される年紀の寛永二十一年（1644）九月十一日の約二ヶ月前にあたる七月二十一日には、兼孝（天文二十二年1553—寛永十三1636・八十四歳）男で道房の叔父にあたる増孝が没しており、道房の弟にあたる栄厳が法脈を嗣いでいる。道房の日記である『道房公記』には、栄厳の受戒に関わり腐心する道房の様子が書き留められ、また、頻繁に道房を訪れる栄厳の様子も記されるなど懇意な間柄であったと思われる。委細は未詳ながら、この『後撰和歌集』は道房から栄厳へと贈られたと推測される(13)。

〔二〕九条家旧蔵本同筆本

先の『後撰和歌集』のように識語に九条家関係者の書写を明記しないが、九条家に代々伝わり昭和に入ってから売立にかけられ諸所に散在することとなった諸典籍(14)のうちの何種類かに共通する特徴的な筆跡を示す写本と同一の筆跡で書写された典籍があり、九条家関係者の関与が想定される。

『秋題廿首和歌并冬題十首和歌』（第147函1号）　〔江戸初〕写　一冊

袋綴。紺色表紙（27.0×19.6㎝）、左肩打付書「秋題廿首和歌并冬題十首和歌」。料紙、楮紙。墨付52丁・首遊紙なし・尾遊紙1丁。毎半葉12行、和歌一首1行書、字面高さ約25.0㎝。内題「秋廿首」。奥書・識語等なし。用字、漢字・平仮名。印記なし。表紙右下に「随心院」、墨付1丁表右下に「栂」の墨書有り。図3参照。

本書の表紙左肩には標記の通りの外題が記されるが、書写内容は、『宝治百首』の秋・冬部に相当する。『宝治百首』には、所収歌人数や集成方法を異にする数種類の伝本が報告されているが、随心院本は、詠進者四十名、歌題毎に和歌を部類した部類本である。安井久善氏『宝治二年院百首とその研究』（笠間書院 昭46・11）により他の伝本と対照すると、同書に影印される宮内庁書陵部蔵『宝治御百首』と、一二八七番歌を欠脱する点や、一丁の行数、集付の有無といった書写形態も一致し、両書が深い関係にあることが知られる。書陵部本は三冊本で、上冊に春部・夏部、中冊に秋部・冬部、下冊に恋部・雑部を収めるが、随心院本は、その中冊に相当する部分のみが伝わる零本と考えられる。なお、安井氏前掲書には、樋口芳麻呂氏蔵曼殊院旧蔵本も書陵部本に酷似する書写態度であることが指摘されており、これら三本は密接な関係にあると考えられる。

『後鳥羽院御集』（第147函7号）　〔江戸初〕写　一冊

袋綴。薄茶色表紙（26.5×19.7㎝）、左肩打付書「正治二年庚申御製」。料紙、楮紙。墨付102丁・首尾遊紙なし。毎半葉12行、和歌一首1行書、字面高さ約23.5㎝。扉題「後鳥羽院御製集」、内題「正治二年八月御百首人々多詠之」。

奥書・識語類は次の通り。

本云

應長元年十一月書写之。

用字、漢字・平仮名。印記なし。表紙外題下に「但御製ハ後鳥羽院御製治定也／土御門院之御即位ハ建久九年戊午三月三日也同十年己未四月／廿四日改元依御代始為正治元年也」の墨書。また、表紙右下に「随心院」、扉右下に「栂」の墨書有り。図4参照。

田村柳壹氏『後鳥羽院とその周辺』（笠間書院 平10・11）所収の「『後鳥羽院御集』の伝本と成立―伝本分類の再検討ならびに資料性の吟味を中心として―」によれば、『後鳥羽院御集』の伝本は、四類に類別できるが、本書は、そのうちの第一類にあたる。第一類は、早くより承応二年版本系と呼ばれてきた流布本の系統であるが、田村氏論により、同系統が原形本と称すべき伝本群であること、本文状態から見れば、宮内庁書陵部蔵智仁親王筆桂宮本『後鳥羽院御集』（511・17）が優位性を示す善本であることが確認された。桂宮本には、末尾に「應長元年十一月書写之／一校了」の識語を記すが、これは、本書が、「本云」として記す識語と同文である。田村氏の指摘に従い両書の本文の特徴を比較しても、桂宮本と本書とは類似している。しかしながら、田村氏が桂宮本の優位性を述べる理由としても示された特徴のうち、上巻部分の識語にあたる「本云／以小宰相局本〈家隆卿自筆／端書本〉書写之／已上御本奥書也／一校了」の一文が本書には記されず、また、田村氏が桂宮本の特有歌と呼ばれた次の二首（他本では欠脱し、空白となる）を持たない。

1113b 時鳥軒のたちはな匂ふかにえやしのはれぬをちかへる声

1534b うかりける人のこゝろのあさねかみなにいたつらにみたれそめけん

桂宮本との対比の上での今後の検討が俟たれる。

『逍遥院実隆和歌集』（第147函9号） 〔江戸初〕写 一冊

袋綴。薄茶色表紙（27.2×20.0㎝）、左肩打付書「逍遥院實隆和歌集」。料紙、楮紙。墨付110丁・首遊紙なし・尾遊紙2丁。毎半葉12行、和歌一首1行書、字面高さ約23.0㎝。内題なし。奥書・識語等なし。用字、漢字・平仮名。印記

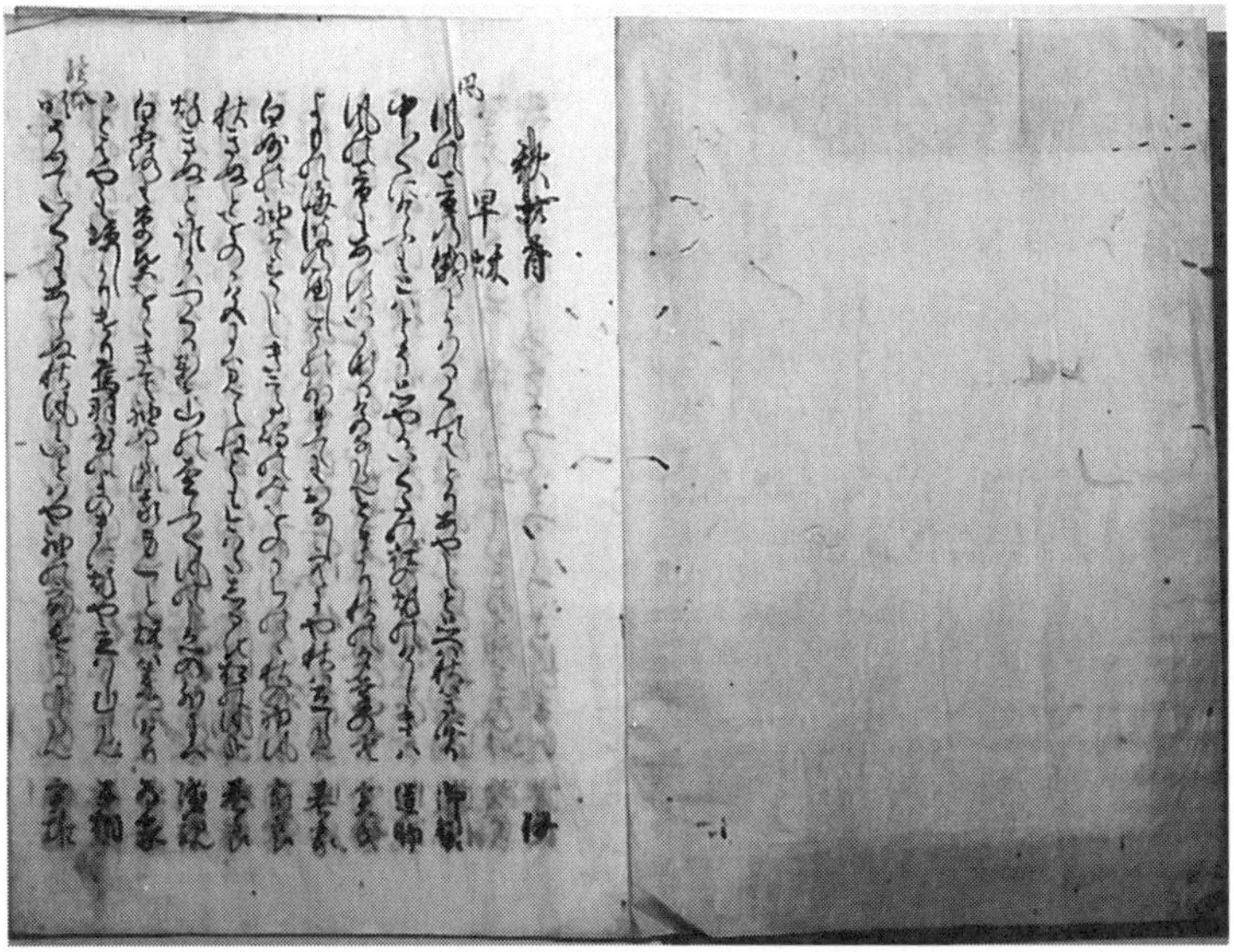

図3　『秋題廿首和歌幷冬題十首和歌』（第 147 函 1 号）

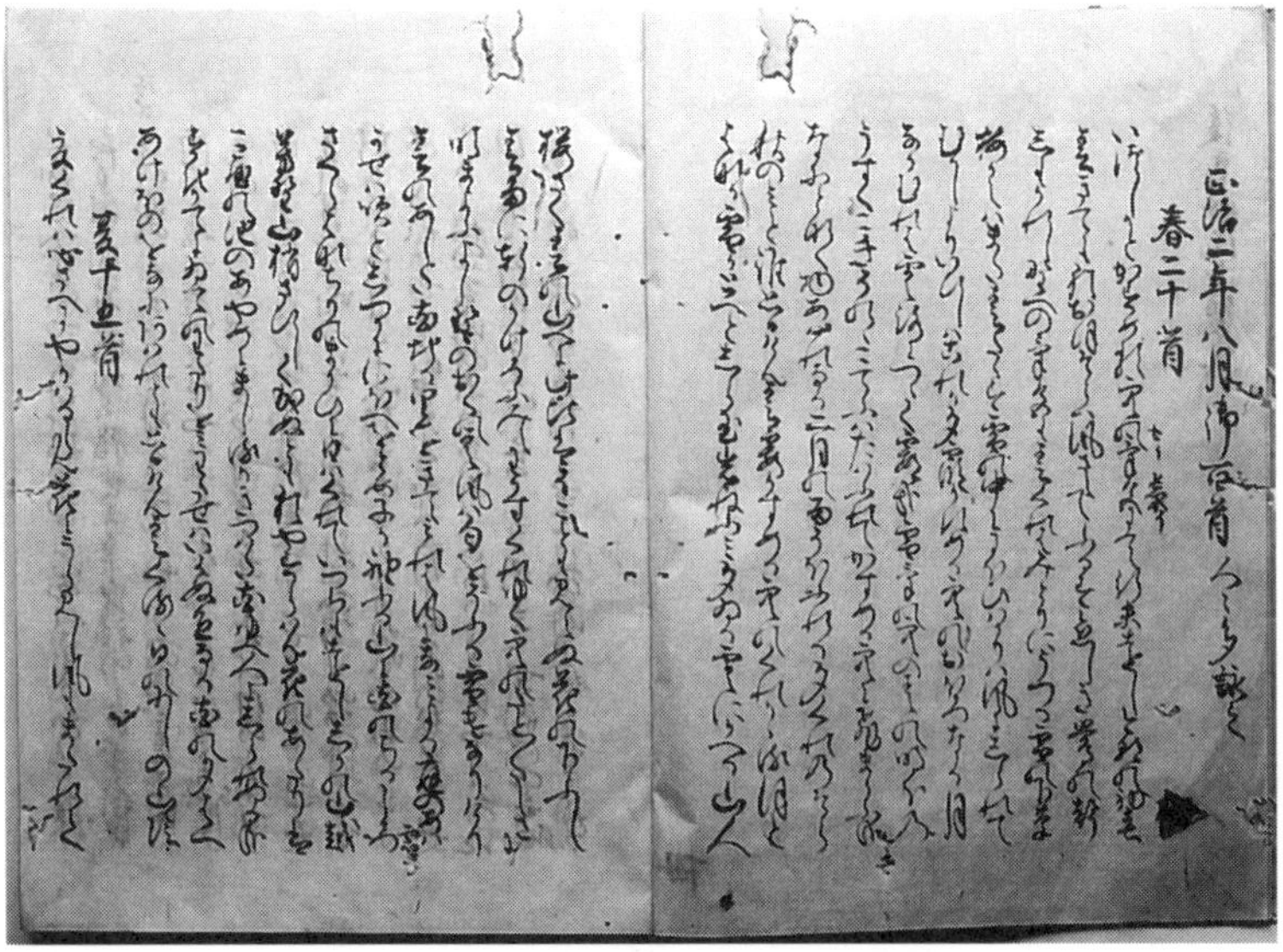

図4　『後鳥羽院御集』（第 147 函 7 号）

なし。表紙右下に「随心院」、墨付1丁表右下に「栂」の墨書有り。図5参照。

三条西実隆の家集は、伊藤敬氏「「雪玉集」定数歌考」(苫小牧工業高等専門学校紀要1 昭41・3)、同氏「室町後期歌書誌―実隆・基綱・済継・統秋・宗祇・通堅―」(同4 昭44・3)に詳細に述べられるように、所収歌を異にする数種が伝わっており、夫々の成立事情・過程も複雑である。随心院本は、冒頭に、以下のような定数歌を配置し、後に部類歌を置いている。

「夏日詠百首和歌」(自永正三年三月三日至五月七日、後柏原院点)、「詠百首和歌」(肖柏点)、「永正十年三月禁裏着到」、「両卿百首」(明応七年六月六日)春日法楽・春日若宮法楽)、「百首」(永正二年八月廿四日)、「詠源氏物語巻々和歌」(天文二年十一月))、「三十首和歌」、「詠三十首和歌」(享禄五年正月春日社法楽)、「詠三十首和歌」(聖廟法楽)、「報贈細江漁叟唱三十首和歌」、「(二十首和歌)」、「二十首和歌」(住吉法楽)、「永正九年正月詠十首和歌」、「詠十首和歌」、「永正十年正月詠十首和歌」、「詠十首和歌」(住吉法楽)、「十首和歌」(水無瀬法楽)、「詠十首和歌」(住吉奉納)、以下部類。

右記の『秋題廿首和歌幷冬題十首和歌』『後鳥羽院御集』と『逍遥院実隆和歌集』の前半部分は筆跡を同じくし、江戸初頃に一括して書写されたと推定される。三点に共通する筆跡は、一見して即、異風と見えるものではなく、江戸初頃に多く認められる書風に似通うが、「の(能)」「な(奈)」「あ(安)」等の文字に特徴的な癖が見受けられる。全体を見比べても、現在、九条家旧蔵本として知られている数種の歌書、物語と同筆と考えられる。

これらの筆跡に注目されたのは、池田利夫氏「祖形本『浜松中納言物語』の写し手は誰―『とりかえばや』と『恋路ゆかしき大将』と」(鶴見大学紀要38 平13・3)で、国文学研究資料館寄託金子家本(九条家旧蔵)『恋路ゆかしき大将』、同『我身にたどる姫君』、国文学研究資料館蔵初雁文庫本『とりかえばや』、鶴見大学図書館蔵『浜松中納言物語』、早稲田大学図書館蔵『歌合集』、天理図書館蔵九条家旧蔵本『源承和歌口伝』、京都大学附属図書館蔵

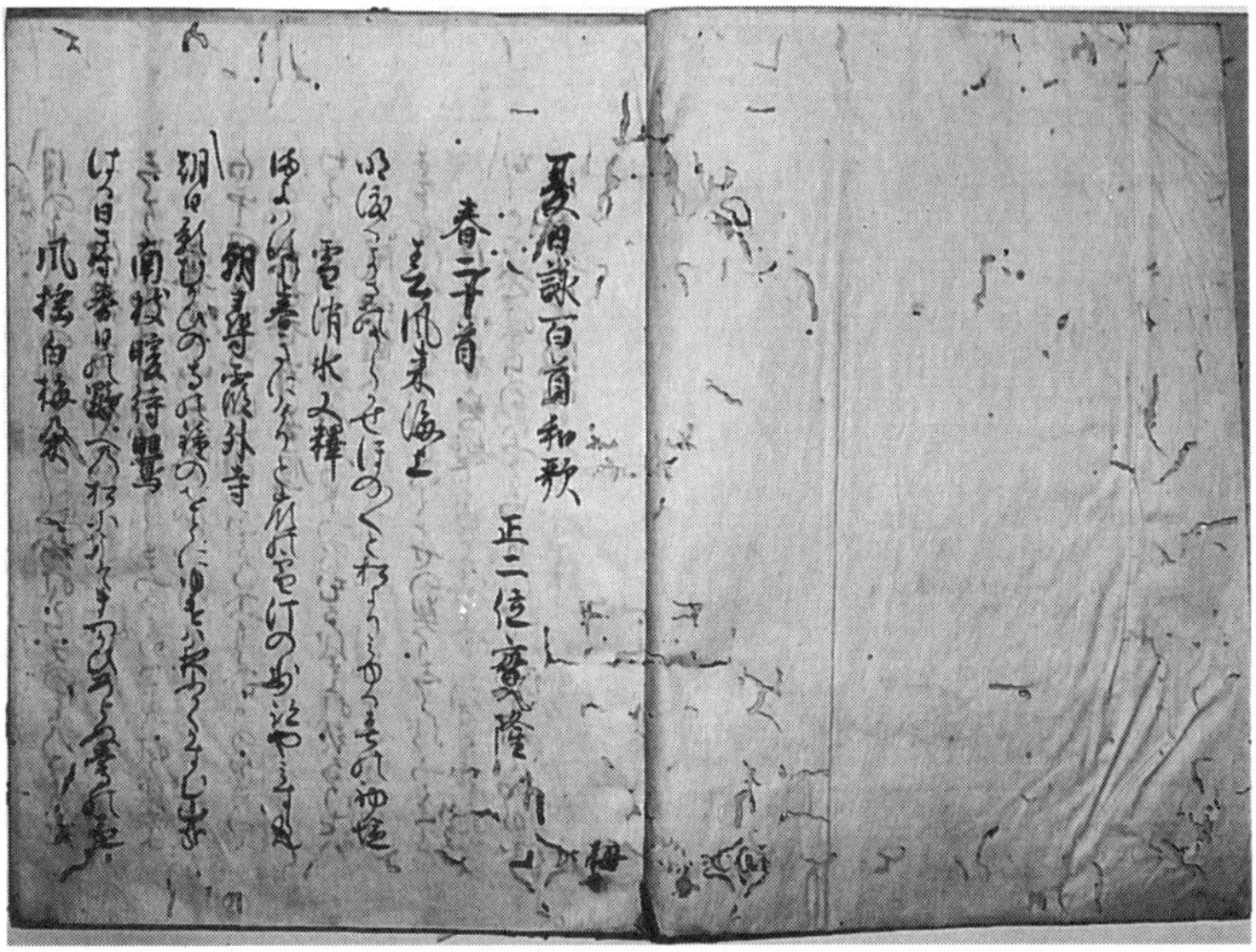

図５　『逍遥院実隆和歌集』（第 147 函９号）

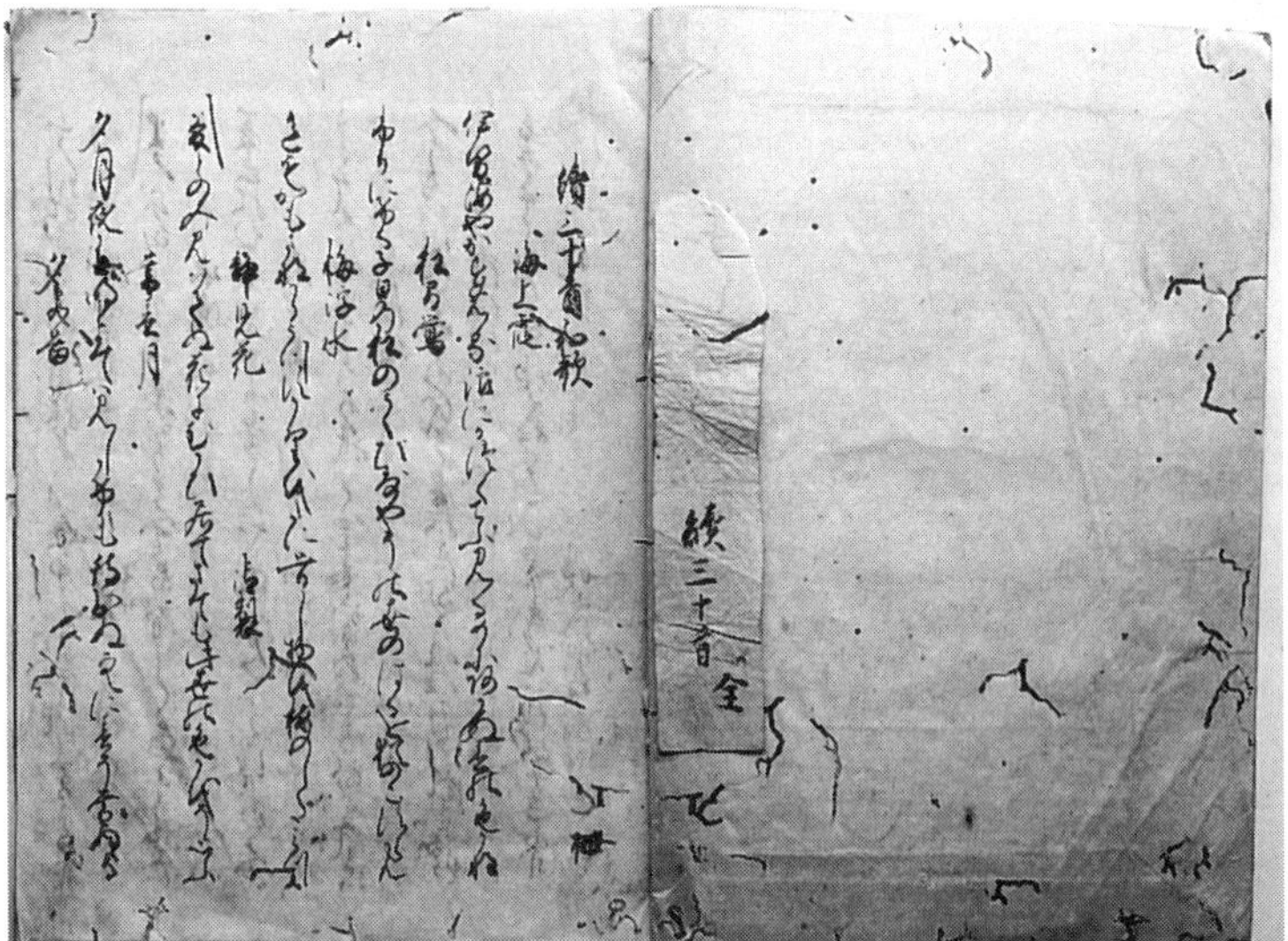

図６　『続三十首』（第 147 函８号）

中院文庫本『古今序抄』の計七点が筆跡を同じくすることが指摘されている。その後、池田氏への情報提供者であった石澤一志氏により、実践女子大学図書館蔵山岸文庫本『歌合集』、早稲田大学図書館蔵『歌合集』も共に同筆であることが、同氏「九条家旧蔵『歌合集』について―池田利夫氏「祖形本『浜松中納言物語』の写し手は誰」続貂」(国文鶴見36 平14・3)によって確認されている。右記の諸書は、何れも長らく九条家に伝えられ近年流出したものであるが、随心院に蔵される三点は、これらとは異なり、推定書写年代の江戸初(寛永末頃カ?)を隔てない頃に、先の『後撰和歌集』と同様、九条幸家・道房父子から、増孝・栄厳へと贈られたと考えてほぼ誤りはないように思われる。

池田氏・石澤氏が、これらの筆跡に注目したのは、『恋路ゆかしき大将』、『浜松中納言物語』(池田氏の所謂祖形本)、『源承和歌口伝』といった稀本が同一の書写者の手になるということへの関心によるところが大きい。これらの筆跡は、先に示した九条道房筆『後撰和歌集』に似通うが、『恋路ゆかしき大将』等の九条家旧蔵本に特徴的な書癖が『後撰集』には認められず(書写年代の差によるのか、或いは全くの別筆か?)、比較資料の少ない現時点では同筆とは断定できない。なお、随心院伝来の三点は、共に表紙に「随心院」、巻首に「栂」の墨書があり、書写者、または伝領者に関わる重要な記載と思われるが、これも現時点では、その何れも人物の特定ができていない。後考を俟ちたい。

また、この三点と同じく表紙・巻首に「随心院」「栂」の墨書を持つ本に、他に左記の『続三十首』がある。

『続三十首』(第147函8号) 〔江戸初〕写 一冊

袋綴。薄茶色表紙(27.1×19.8㎝)、中央打付書「續三十首　全」。料紙、楮紙。墨付68丁・首尾遊紙なし。毎半葉12行、和歌一首1行書、字面高さ約24.5㎝。内題「續三十首和歌」。

奥書・識語等は左記の通り。

寛永四年六月廿二日書之。（46丁裏・「詠五十首和歌」（慶長十年十一月）末尾）
用字、漢字・平仮名。印記なし。表紙右下に「随心院」、墨付1丁表右下に「栂」の墨書有り。図6参照。
本書の表紙左肩には右記の通りの外題が記されるが、書写内容は、続歌や百首和歌、五十首和歌等の集成である。冒頭から順に、「續三十首和歌」（永正九年四月後柏原院・冷泉為広・姉小路基綱詠、三条西実隆点）、「五十首和歌」（姉小路基綱）、「五十首（和歌）」、「三十首（和歌）」、「詠百首和歌」（細川幽斎）、「（五十首和歌）」、「詠百首和歌」（中院通勝）、「詠五十首和歌」（慶長十年十一月）、「千首和歌抜書」、「（続歌抜書）」（中院通勝）、「（五十首和歌）」を収める。この『続三十首』は、先の『後鳥羽院御集』、『逍遥院実隆和歌集』と同じ薄茶色の表紙で仕立てられ、表紙右下に「随心院」、巻首に「栂」の墨書がある。筆跡は、『後鳥羽院御集』等とは異なるものの、『逍遥院実隆和歌集』後半部の筆跡に酷似しており、ほぼ同時期の書写が想定される。九条家関係の典籍である確証はないものの、関連する資料として記しておきたい。

〔三〕他の九条家関係本

以下の諸書は、九条家周辺との直接的な関係は認められないものの、その書写内容から、恐らく九条家より伝えられたと考えて誤りないと思われる。

『新歌聞書』（第137函9号）　〔江戸初〕写　一冊

袋綴。青灰色表紙（25.0×18.0㎝）、外題なし（表紙中央に題簽剝落の跡）。料紙、薄様。墨付、4丁・首遊紙1丁・中遊紙1丁・尾遊紙なし。毎半葉24行、和歌一首1行書、字面高さ約19.0㎝。目録題「新歌聞書目録」。内題「新歌聞書」。奥書・識語等なし。用字、漢字・平仮名。印記なし。図7参照。
巻首に「道基」と墨書。この「道基」は、松殿道昭（慶長十九年1614—正保三年1646・三十二歳）と推測される。道昭

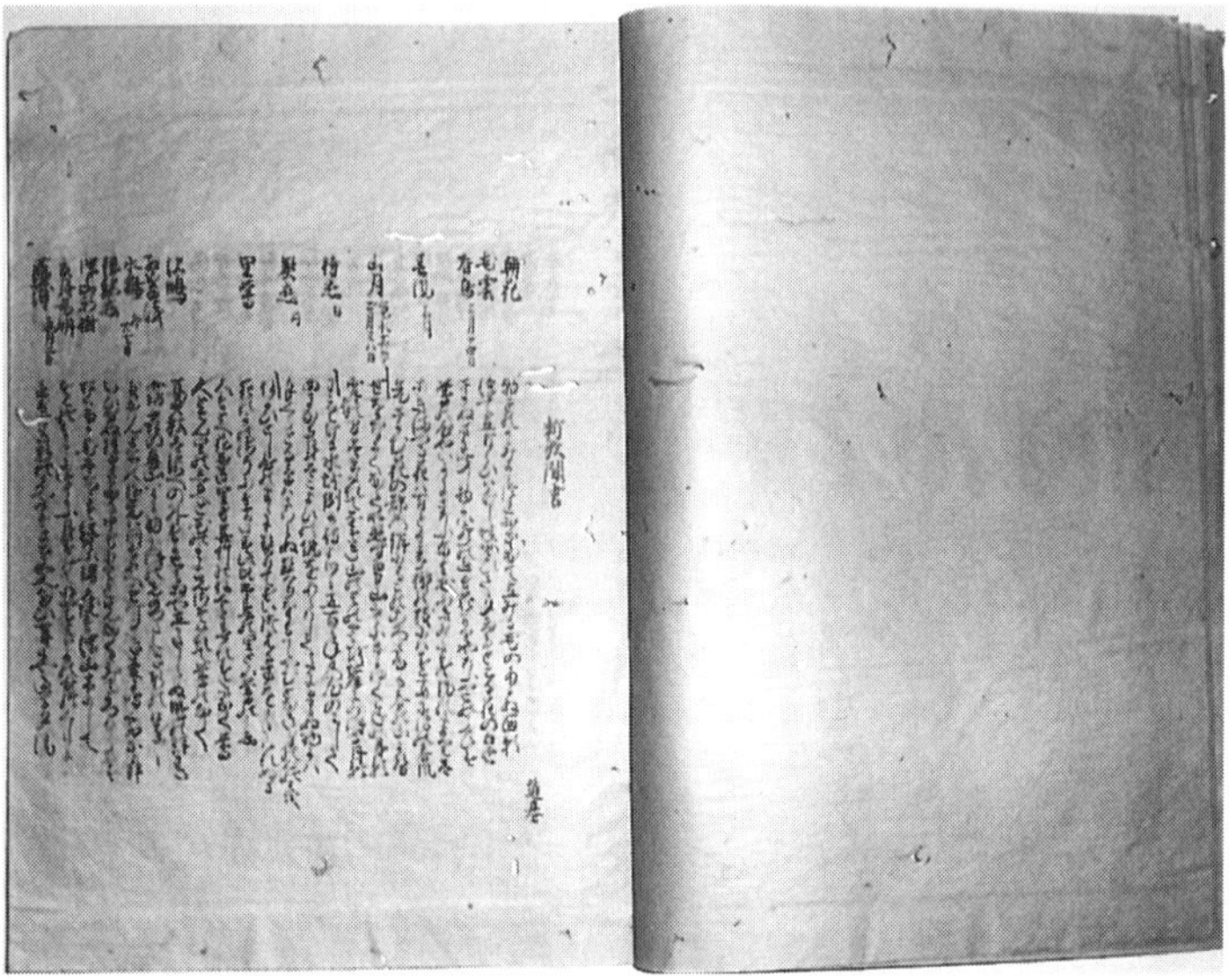

図7 『新歌聞書』(第137函9号)

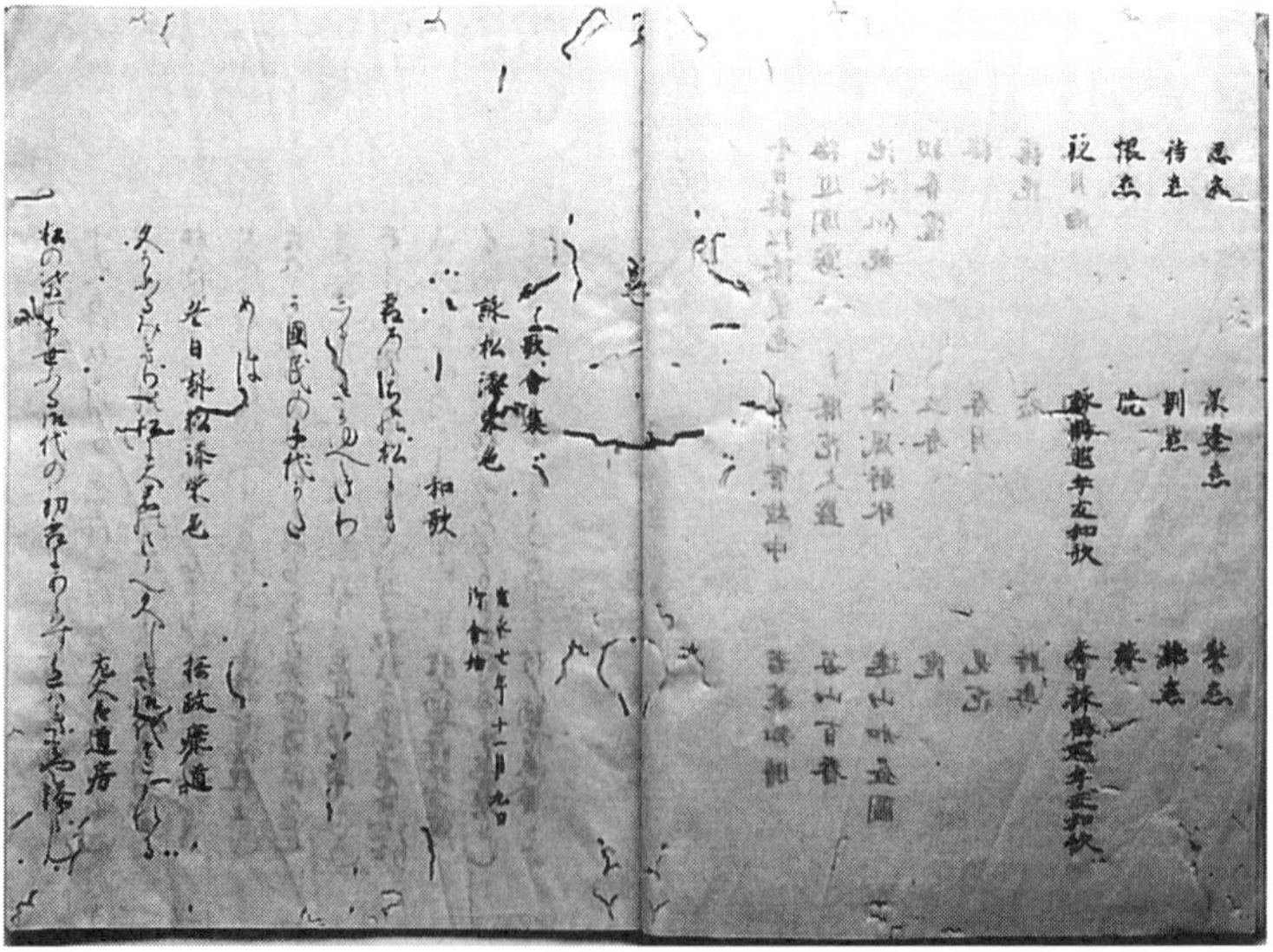

図8 『歌會集』(第137函13号)

は、九条幸家男。九条道房、随心院栄厳とは兄弟にあたる。はじめ道基。寛永二十一年（1644）の補任まで「道基」、二十二年以降は「道昭」と記され、この頃改名したか。『新歌聞書』には、「道基」と記されるため、寛永二十二年以前に成ったと思われる。中に記される歌題に「寛永十六年正月廿八日」「寛十九五廿九」等の墨書が認められ、これらの記載も上記の推定と矛盾しない。

なお、『連歌之指合』（第5函70号）も本書と同筆で書写されており、共に道基自筆であるならば、同書も九条家関係者により随心院へと伝えられたこととなるが、現時点では比較対象となる道基の筆跡を見出せていない。

『歌會集』（第137函13号）　〔江戸初〕写　一冊

袋綴。青灰色表紙（27.6×20.5㎝）、外題なし（表紙中央に題簽剝落の跡）。料紙、楮紙。墨付、7丁・首遊紙1丁・尾遊紙9丁。毎半葉11行、和歌一首1行書、字面高さ約21.0㎝。内題「歌會集」（巻首）、「仙洞御會」（墨付9丁裏）。奥書・識語類なし。用字、漢字・平仮名。印記なし。図8参照。

本書は、内題にあるように「歌會集」「仙洞御會」の二点を合写する。「歌會集」は、内題下に「寛永廿年十一月九日御會始」とあり、同年の歌会始であることが知られる。同年十一月御会は、後光明天皇の代始御会であり、本書は、御製、二条康道詠、九条道房詠をはじめ、総計五十一名の詠作を記す。道房は、時に左大臣、同御会では御製読師を務めている。

「仙洞御会」は、御製、烏丸光広、中院道村、九条道房の四名の詠作を記す。委細は未詳ながら、本書も九条道房との関係で随心院へと伝えられたと推測される。

『建保六年八月十三日中殿御会和歌』残簡（第7函22号）　〔江戸初〕頃写　二紙

巻子本残簡（第一紙36.5×48.4㎝、第二紙36.5×45.5㎝）。料紙、薄様（総裏打）。外題なし。墨付2紙、第一紙10行、第二紙11行書。字面高さ約33.5㎝。内題「建保六年八月十三日壬子」。奥書・識語類は残欠のため未詳。用字、漢字。印記なし。

現在は二紙のみの残簡。巻子に仕立てようとしたものの未調整に終わったか。現存以外の箇所は他文書類に混入の可能性も残るが、現時点では見出していない。大ぶりの薄様紙に書写されており、全面に裏打を施している。書写内容は、九条家本『建保六年八月十三日中殿御会和歌』の冒頭部から「……右近衛中将藤原朝臣家 従三位」迄にあたる。九条家旧蔵本と字配も一致し、九条家本の転写を試みたと推測される。

四

随心院に伝収される歌書類のうち、伝来を知る具体的な手掛かりを持たない歌書類の中にも、書写内容の面から注目される典籍がある。先の随心院聖教類綜合調査団による調査で見出された鎌倉中期頃の書写にかかる『袖中抄』残簡については、既に、山本真吾氏「随心院蔵袖中抄巻第一解説並びに影印・翻刻」(『鎌倉時代語研究13』平2・10、後に『随心院聖教類の研究』へ再録)に影印・翻刻を付載した報告がなされているが、それ以外にも次に示すような稀本が伝来している。本文内容とその意義等については紙幅を割いた更なる検討が求められようが、それらについては本文の翻刻と共に別稿を用意することとし、ここでは書誌等の基礎的情報につき記すこととしたい。

『〔歌書目録〕』残簡(未詳聖教残簡紙背)(第5函93号) 〔室町中期頃〕写 一紙

巻子本残簡(15.0×52.3㎝)。料紙、楮紙。墨付2紙。薄墨で界線を引く。第1紙10行、第2紙11行。奥書・識語類なし。用字、漢字。印記なし。全文は、次の通り(紙継を「で示した)。

新古今集目録一帖 古

續後撰目録一帖

後拾遺抄二巻 同抄

時代不同哥合一帖
後撰集一帖　拾遺集
瓊玉集一帖　常葉
弁内侍日記一帖　伊〔勢〕
大和物語一帖
　　重
仙洞御會二帖　詩哥合
百首詩哥合一帖　中務
亀山仙洞御會二巻　影供
新古今續古今二代竟宴
百番哥合一巻　長哥
遠嶋御哥合一巻　京
仙洞十番御會一巻　住
三十六人影一巻　松浦
八幡宮奉納和哥一帖
古今和哥六帖　関東
萬代和哥集六帖　鉤
尚歯會和歌一巻

書籍目録が書写されていた料紙を天地中央で切断し、翻して聖教（書写内容は未詳）を書写する。従って、現装では、本目録は紙背にあたる。僅か二紙のみの残簡であり成立事情を窺う手掛かりもないが、当該部分に列記されるのは歌書類であり、歌書目録の残簡と考えておきたい。記される歌書類の配列は規則性に乏しく、『代集』や『和歌色葉』に所収されるような累代の歌書類を列記した規範的な目録とは考え難く、また、中程に記される「重」は函名を指すと思われ(15)、実際に所蔵された典籍類の目録であったと思われる。書目には、「弁内侍日記一帖」等の稀本を含む相当量の歌書が記載されていたと推測され、一寺院に収蔵された歌書類の書目とは考え難い。鎌倉期以来の一条家、九条家といった摂関家と随心院との関係を考慮すると、そうした摂関家の蔵書目録の一部であったかとも思われるが、詳細は未詳とせざるを得ない。

『〔中臣祐殖百首〕』残簡 〔南北朝期〕写 二軸

『〔中臣祐殖百首〕』と仮題する本書は、次掲の二軸の真言聖教の紙背に書写された和歌の残簡からなる。

『秘奥集』（第2函34号—5） 〔南北朝期〕写 一軸

続紙（軸棒なし）。巻出は本文共紙、左肩打付書「秘奥集」。第2紙は15.5×49.5㎝、但し一紙ごとの法量は不定。料紙、楮紙。紙数13枚。行数・第2紙21行。奥書は次掲の通り。

治承三年（1179）三月之比籠
居或山里徒然之餘集
随聞随見秘曲名秘奥
抄之更不可他散而已
　山隠比丘雅西

印記なし。用字、漢字（表面）、漢字・平仮名（紙背）。紙背に和歌あり。

『阿弥陀決定往生秘印』（第2函第35号—10） 〔南北朝期〕写 一軸

続紙（軸棒なし）。巻出は素紙（15.7×17.9㎝）、左肩打付書「一　阿弥陀決定往生秘印」。第２紙は15.7×4.9㎝、但し一紙ごとの法量は不定。料紙、楮紙。紙数３枚。奥書は次掲の通り。

治承四年（1180）十一月於西
光院奉傳受畢
如此口決等上古以来雖
不注紙上為令廃亡
注記之　　雅西

印記なし。用字、漢字（表面）、漢字・平仮名（紙背）。紙背に和歌あり。

右二点の真言聖教の書写に際し、料紙を翻し天地の中央で裁断し小巻に仕立て直されたため、紙背に書写されていた和歌は二分されており、うち現存では上半部の大部分を佚する。紙背の冒頭部分にあたる『秘奥集』紙背の末尾に、「春日執行正預正五位下中臣連祐殖」と位署が付され、その上部には、恐らく「哥」字と思われる字画の一部が残存しており、欠損部分には、「詠百首和哥」等の端作が記されていたと推測される。配列を勘案すると現存の紙続順にほぼ百首が伝わり、元来は百首懐紙であったと思われる。

中臣祐殖は、建治元年（1275）生まれ。春日社正預・中臣祐茂（正治元年1199―文永六年1269）の孫にあたり、同・中臣祐親（仁治元年1240―元亨二年1332）の三男。家名は、千鳥。正和五年（1316）に春日社権預となり、暦応三年（1340）に中臣祐敏の後を継ぎ春日社正預に転じ、康永元年（1342）には春日社若宮神主を兼任する。掃部頭。観応三年（1352）三月二十四日没。七十八歳。『続千載集』『風雅集』『新千載集』『新拾遺集』『新続古今集』に各一首入集。また、小倉実教撰『藤葉集』に三首入集。

先述のように現存部分に伝わるのは殆どが歌句の一部（第二・四・五句）のみであるが、中に『風雅集』以下の四勅撰集への入集歌に一致する歌句が認められ、それらの撰集資料であった可能性がある。詳細は、別稿(「語文」80・81合併号 平16・2)に譲るが、国立歴史民俗博物館蔵『中臣祐茂百首』[16]と共に鎌倉期〜南北朝期の南都における文芸活動の一端を窺う貴重な資料と言える。

『峯殿詠哥集』(第155函11号) 〔江戸前期〕写 一冊

袋綴。紺色表紙(27.3×20.5cm)、外題なし(表紙中央に題簽剝落の跡)。但し、中に剝落した題簽(金泥で水辺を描く金切箔押)が挟み込まれており、「峯殿詠哥集 全」とある。料紙、楮紙。墨付33丁、尾遊紙3丁。毎半葉10行、和歌一首2行書、字面高さ約24.5cm。扉題「峯殿詠哥集」(左肩打付書)。内題「峯殿詠哥集」。奥書・識語類なし。用字、漢字・平仮名。印記なし。途中に錯簡あり。

本書は、「峯殿」と称された九条道家の和歌を集めた他撰の家集である。『私家集伝本書目』(明治書院 昭40・10)にも立項されず他に伝存を聞かない孤本であるが、収載される和歌は総て勅撰和歌集や『夫木和歌抄』等に含まれる既知のものであり、それらの資料に基づき道家歌の集成を図ったものと思われる。

道家の新出和歌を含まない二次的選集ではあるものの、この『峯殿詠哥集』が注目されるのは、本書が随心院に伝収されている点にある。随心院が、室町末から江戸初にかけて九条家との絆を深めていったことについては先述したが、そうした九条家の基盤を確立させたのは、他ならぬ道家であった。[17]九条家文書・二〇二二号「九条兼孝書状案」[18]には、「去年冬随心院事相達淵底候、先祖光明峯殿被帰真言宗、小野六流之内伝受随心院法流、則於東寺被遂灌頂」と、道家が随心院の法流を受けた旨の記載が見え、随心院側にとっても九条家との関係の上で自身のアイデンティティーを語るのに重要な人物であった。本書の成立事情を伝える資料は現時点では見出せず、詳細は関連資料の出現を俟たなければならないが、恐らく、本書の書写年代と推定される江戸前期をさほど遡らない時期に九条家或いは随心院周辺で撰集されたと推測される。全文を「詞林」34号(和泉書院 平15・9)に翻刻し解説を付した。併せて参照願いたい。

『訳和和歌集』（第150函1号）　〔室町末〕写　二冊

袋綴。現装は、毘沙門繋空押丹色表紙（26.7×18.8㎝）、外題なし（上冊）、左肩墨流文様題簽「譯和倭歌集　下」（下冊）。但し、現表紙に貼付られる現在の見返が元表紙であったと思われ、見返裏に「譯和集　乾　持主金蓮坊良忠之」（上冊）、「譯和集　坤　持主金蓮坊良忠之」（下冊）の墨書がある。料紙、楮紙。上冊、墨付69丁、首遊紙2丁、尾遊紙1丁。下冊、墨付70丁、首遊紙2丁、尾遊紙なし。毎半葉10行、和歌一首1行書、字面高さ約23.5㎝。序題「譯和々歌集序」、内題「譯和々歌集」（上冊）、「譯和集下」（下冊）。

奥書・識語類は次の通り（改行は「／」で示した）。

求主暁海」

右此譯倭々集者實海法印諸集見／出注給。乍去變々不可然也。此寫本當地／厩橋細井玄修所持之本也。天文年中實／海法印武州河越就乱入厩橋地御移／之時分彼与玄修出合有御一覧加除。誠／々正本也。彼實海御真筆奥書如斯。

予所編緝之譯和々歌集之中法華部歌／可加注之由任於檀命應厥所請于時梗齋(?)／玄修有寫模之悃望。仍書両巻授与之畢。

于時天文癸巳（1533）佛生前一日法印實海印判有

是于時天正三年（1575）乙卯於有小奄見合申候。乍／恐二宮玉蔵院法印慶春奉頼上下共書／之。為上求菩提下化衆生也。厩橋於八幡宮金蓮坊。良忠求之。」（上冊識語）

右此譯倭々集者實海法印諸集見分／注給。乍去變々シテ不可然也。此寫本當地厩橋／細井玄修所持之本也。天文年中實海法印／武州河越就乱入厩橋地御移之時分彼与／玄修出合御一覧砌加除。誠々正本也。彼實海」御真筆ニ奥書如斯。

予所編緝之譯和々歌集之中法華部歌／可加注之由任於檀命應厥。所請于時梗齋(?)玄修有寫模之悃望。仍書両巻授与之畢。

于時天文癸巳(1533)佛生前一日法印實海判レ印有

是ヲ于時天正三年(1575)乙卯於有小奄見合申候。乍／恐ニ宮玉蔵院法印慶春奉頼上下共ニ」書之。為上求菩提下化衆生也。厩橋於八幡／宮金蓮坊。良忠求之。

求主暁海」(下冊識語)

用字、漢字・平仮名。印記なし。

『訳和和歌集』は、法華経に関わる釈経歌を類聚し注釈を付した私撰集である。天台僧実海の撰になる。同集については、毛利みのり氏「法華経歌集類聚の方法—訳和歌集について」(女子大文学44 平5・3)により、諸伝本の紹介と基本的性格が明らかにされ、その後、辻勝美・那須陽一郎氏「日本大学所蔵『訳和和歌集』〈翻刻〉(上・下)」(語文111・112 平13・12、14・3)により日本大学図書館蔵本(室町後期写・上巻のみ)の翻刻がなされ、内野優子氏「慶安五年刊『訳和和歌集』翻刻と解題 付校異(一)～(三)」(文献探求39～41 平13・3～15・3)により、慶安五年刊本の翻刻と内閣文庫蔵林羅山旧蔵本(江戸初写)との対校が継続されるなど、資料整備が進められている。

随心院本は、識語に天文二年(1533)に実海真筆本を転写するに至る経緯が記されるが、これは他本には見えず、『訳和和歌集』の成立と流伝を考える上で注目すべき記事と言える。[19] また、本書自体も、天正三年(1575)の書写識語を有し、上下を完備する写本としては現時点で最古写本である。本書の本文の状態は、従来、比較的古い時期の書写であり『訳和和歌集』の主要伝本として注目されてきた内閣文庫蔵林羅山旧蔵本や天理図書館蔵本等と比較しても更に良好な状態にあり、本書との対校により、内閣文庫本にかなりの誤謬があることも知られる点は貴重である。本文の翻刻と共に別稿を用意しており、詳細はそれに譲ることとしたい。

五

以上、現在までに披見し得た随心院に所蔵される主として和歌・連歌等に関わる典籍の一覧を示し、注目される典籍類については、やや詳細な報告を行った。摂家よりの入室が続いた随心院には、室町を遡る時期より多くの文芸に関わる典籍類が伝収されていったことが予想されるが、応仁の乱による被害を被ったためか文芸関係の典籍類に限れば室町末を遡るものは残念ながら極少数である。尤も、室町末以降の書写にかかるものであっても古書目等は見出せておらず、当時伝えられた典籍類のうちのどの程度が現存するのかも不明であるが、既述のごとく現在伝収される典籍類にも、その伝来や書写内容から注目される貴重なものが多く、また、そうした典籍類の存在自体が、近世文化の中での門跡寺院の位置や意義につき考える材料となるように思われる。[20] また、随心院蔵書には、三条西家・中院家といった室町末から江戸初にかけて多くの歌人を輩出した和歌の家の人々との交流を予測させる資料も伝わり、そうした交友も、九条家との関連や摂家門跡としての立場からも当然想定され得るが、現時点では確証は得ていない。そうした諸資料については、個々の報告と共に今後の課題としたい。

注

（1）『古事談』第三、『密宗血脈抄』等。但し、『古事談』には牛皮を剝ぎ曼陀羅に仕立てる話は見えない。

（2）但し、随心院には、明治十年作成の『書籍目録』（第84函3号）一冊が伝わり、聖教函の一部に、「昭和四年八月二十二日・二十五・二十六日」、「昭和十三年八月」、「昭和十四年三月三十日」、「昭和二十五年」などの貼紙が認められ、数度に亘って調査が行われていたことが知られる。

（3）長岡京市役所秘書広報課市史編さん係「随心院文書調査の概要」（平3・6）、京都府立総合資料館歴史資料課「随心院文書編年目録・随心院記録編年目録」（資料館紀要22 平6・3）。また、『長岡京市史 資料編 二』（長岡京市役所 平4・3）に、随心院文書（一部）の写真の掲載と翻刻がある。

（4）他に随心院に関わる書籍に、玉島實雅氏『随心院史略 弘法大師御遠諱記念』（随心院 昭和13・11）があり、また、蓮生善隆・角野康夫氏『京の古寺から21 随心院』（淡交社 平10・1）には随心院境内の近影がある。

（5）随心院には、小町化粧井戸等の小野小町伝承に関わる遺構があり、『都名所図絵』（安永9年(1780)刊）等にも「小野」の地名から想起された小野小町に関わる伝承が伝わる。

（6）近世初期の禁裏・幕府に対する門跡の地位と位置については、杣田善雄氏「近世の門跡」（『岩波講座 日本通史11 近世1』岩波書店 平5・12）に詳しく、摂家門跡としての随心院の位置についても触れられている。

（7）随心院の近隣の醍醐寺三宝院には、ほぼ同時期に九条兼孝弟の義演があり、歌書類をも含む多くの典籍類書書写している。それらについては、奥田勲氏「義演准后と醍醐寺聖教について」（醍醐寺文化財研究所研究紀要 昭61・3）、同氏「義演手沢本及び版本類について」（醍醐寺文化財研究所研究紀要13 平5・12）に詳しい。

（8）『諸門跡譜』（群書類従5所収）、宮内庁書陵部蔵『諸門跡伝』（271・409）、同蔵『諸門跡伝』（柳・823）、『長岡京市史 本文編 一』（長岡京市役所 平8・3）第七章第三節・第八章第二節（担当・田中倫子氏）等を参照し作成。

（9）この間の随心院と九条家との関係については、『長岡京市史 本文編 一』（長岡京市役所 平8・3）第七章第三節・第八章第二節（担当・田中倫子氏）に詳しい。

（10）例えば、寛永二十一年(1644)六月四日条に「随心院僧正違例云々」と記されて以降、病床にあった増孝を頻繁に見舞った記録が記されており、同年七月二十一日の逝去後もその伝が詳細に記されている。また、増孝の病臥に伴い、随心院流の法流を栄厳に伝えるための準備が進められていたが、そうした事柄についても道房の関与と配慮が詳細に記録されている。

（11）『後撰集』の本文と系統については、大坂女子大学国文学研究室『後撰和歌集総索引』（大坂女子大学 昭40・12）、杉谷寿郎氏『後撰和歌集諸本の研究』（笠間書院　昭46・3）を参照した。
（12）『図書寮叢刊　九条家文書　六』（昭51・2）一二八頁33番、『同七』（昭52・3）一二八頁33の花押。
（13）なお、随心院には、同年十二月十二日に九条幸家（天正十四年1586―寛文五年1665・八十歳）が書写した、随心院流の血脈をも含む『歓心法門集』（第6函7号）なる一書も蔵されており、幸家・道房共に、随心院への関与が認められる。
（14）九条家本の売り立てについては、反町茂雄氏『一古書肆の思い出1・3』（平凡社　昭61・1、63・3）に詳しい。
（15）寺院における経函や聖教函の整理に比較的多く目にする『千字文』の配列では「重」字は、六十二番目にあたる。同字が『千字文』に従う配列を示すならば、少なくとも六十二箱以上を揃えた大部な蔵書の目録であると考えられるのであるが、「重大事」の意の「重」等、他の意味で用いられた可能性も残る。
（16）『日本名筆叢刊　春日若宮神主祐茂百首和歌』（二玄社　昭57・2）に影印と解説（古谷稔氏）がある。
（17）飯倉晴武氏「九条家領の成立と道家惣処分状について」（書陵部紀要29　昭52・3　後に、『日本中世の政治と史料』吉川弘文館　平15・6所収）。
（18）『図書寮叢刊　九条家文書　六』（昭51・2）三三二頁。
（19）この点については、既に『随心院聖教類の研究』に言及がある。
（20）既に報告のある、曼殊院（国語国文47―1　昭53・1、同51―2　昭57・2、同52―9　昭58・9、等）、聖護院（日下幸男氏『近世前期聖護院門跡の文事―付旧蔵書目録』）（私家版　平4・11）、等）、妙法院（村山修一氏『皇族寺院変革史―天台宗妙法院門跡の歴史』塙書房　平12・10、等）等の諸門跡に所蔵される典籍群についても、それら資料自体の意義の追求と共に、近世文化史上における門跡の文学活動の意義についても考察が進められている。

［付記］　貴重な典籍・文書類の調査と紹介をお許し頂きました随心院当局、執事亀谷英央師、亀谷壽一師、また、御教示賜りました月本雅幸氏、お世話になりました随心院の皆様に記して御礼申し上げます。

「天文廿二年二月廿七日興福寺東門院家歌会」をめぐって

川崎佐知子

一　展望

過日、平成十四年度中世文学会春季大会（第九十二回大会、於慶應義塾大学）において、公開シンポジウム「中世文学と相承―南都における学芸―」が開催された。音楽・説話、文献・書誌、謡曲、宗教など、中世の最重要課題たる諸問題につき、それぞれ気鋭の講師陣により最先端の研究段階が示されたのであった(1)。とりわけ、副題に「南都」が掲げられたために、衆目を集めることとなったということを記しておきたい。およそ、これまでの日本文学研究では、南都を対象に体系的な論を構築する試み自体、あまり多くはなかったのではないだろうか。その意味で、このシンポジウムが果たした役割は、大きかったように思われる。

シンポジウムに臨むにあたり、司会兼パネラーの磯水絵氏は、つぎのような前提を定めたという(2)。

…この時にはシンポジウムに臨んで持論を展開する以前に、今回の論点「相承」をどうとらえて話すのかということを明らかにするという申し合せがなされた。そして、話の舞台である中世の南都とは、つまり興福寺のことと換言してもよい情況にあったことを周知することが確認された。

中世南都とは、すなわち、興福寺のことである、と。いうまでもなく、パネラーの一人、武井和人氏の論も、この共通の認識のもとに展開されたのである。シンポジウム後の発表となる武井氏の論考は、二篇。一篇は、和書の相承をめぐり、南都の機能に言及した論である。[3]『一条兼良の書誌的研究』（増訂版　おうふう　平成十二年）の著書をはじめとする数々の成果で知られる氏が、南都下向中の一条兼良を取り巻く古典籍的環境を念頭に、光明院実暁と十市遠忠の古典籍書写と蒐集の様を分析したものである。考察を経て、武井氏は、つぎのように結んでいる。

> 典籍の相承とは、第一義的には人を介してなされるもの、この当たり前の鉄則を、いま一度われわれ研究者は、個々の古典籍の研究において、思ひおこす必要があらうと思ふのだ。またこの観点から、南都に住した人々の血縁的繋がりなり、学派的繋がりを経として、京洛と南都との古典籍の往還を、微視的かつ巨視的に考察する必要もあると思ふ。

氏は、書籍の現存状況、あるいは、奥書、識語等から断片的にうかがえる継承や人的交流の様相の向こうに、興福寺文化圏の存在を見据えている。そうした視点を保ちつつ、諸資料に対峙することこそが、最善の方法なのであろう。中世南都研究の指標として尊重すべき見解といえるだろう。

武井氏のいまひとつの論考は、矢野環氏との共著の形で公表された。[4] 内容は、『習見聴諺集』（いわゆる『実暁記』）の書誌と伝来の問題である。『習見聴諺集』とは、興福寺院家のひとつ、光明院院主実暁が、自ら見聞した書物の一部や言説等を書き留め、集成した書である。従来、自筆本の転写である尊経閣文庫蔵本と、尊経閣文庫蔵本の謄写本たる東京大学史料編纂所蔵本とが専ら利用されてきたのだが、武井氏は、美術史、芸能史、歴史などの分野ですでに周知であった実暁自筆本（興福寺、天理大学附属天理図書館蔵）を、あらためて紹介したのである。なお、時期を同じくして、興福寺旧蔵書の所在状況に関する調査報告が刊行された。[5] 天理大学附属天理図書館蔵『二条家旧記目録』を翻刻、紹介した幡鎌一弘氏論考は、『習見聴諺集』が、光明院断絶後、興福寺一乗院坊官二条家所蔵となるに至った経緯に触れている。[6]

『習見聴諺集』の特色は、武井氏も言及した『二中暦』をはじめとする稀覯書の類が、多数筆写されている点にある。はやくに井上宗雄氏が注目したように、同書には、当時、南都で行われていた歌会、連歌会が記録されており、歌壇史研究の見地からも、必見資料であるといえる。(7) 歌壇史・連歌史の研究において、中世南都は、主要な一地方歌壇として目されてきた。にもかかわらず、同時代の関連資料は、決して多くは見いだされていない。こうした現状を鑑みれば、『習見聴諺集』そのものを詳細に分析することが、今後の課題となってこよう。

二 「天文廿二年二月廿七日興福寺東門院家歌会」

「天文廿二年二月廿七日興福寺東門院家歌会」は、『習見聴諺集』巻六本に収載される。(8) 天文二十二年（一五五三）二月二十七日に、興福寺の院家、東門院において興行された一続歌会である。以下に、興福寺蔵本の該当部分を翻刻する。本文は、尊経閣文庫蔵本と対校して、異同がないことを確認している。

天文廿二年癸丑二月廿七日於東門院家一続興行之短釈写之

初春霞　覚誉

あさまたきたてる霞はきえかてのゆきのうちにも春をしれとや

梅薫風　岩松

いつくとか立えもかすむ梅花色香もかせの情ならすや

春月　空実

いつるよりなかむるに猶ふくるまてかすむもあかぬ月の影かな

初花　光尊

かきりあれは花の下ひも今朝ははや心も春にとけてみゆらむ

松間花　実暁
陰ふかみをのつからなる松の垣かせてふ風を花に隔てゝ

盛花　訓憲
ゆくゑなく心そまよふたかまやま花より花につゝくしら雲

惜花　公寛
桜花移ふ色のなかりせは春の行末もおしまさらまし

庭落花　俊尊
風ふれてつもれる花の色香こそしゐてみるへき庭の木本

言始恋　盛芸
露はかりかゝる情といひそめむ身をはつかしのもりの下草

忍恋　俊盛
しのふともいはぬおもひのくるしきになにと涙のむねにせくらむ

見恋　師清
おも影はほのみしまえによる波をあたにもかくる袖のうへかな

祈会恋　藤高
住吉やいのるしるしのふかきえにかゝりそめけるゆふくれの浪

契恋　登辰
いかならむちきるもあやな言葉の行ゑをしらぬ人の心は

稀恋　縁実

稀にしも逢すはたえね玉の緒のかゝるや露の言葉のするゑ
　恨恋　　永兼
おほかたにうらむとはかりたもふらんことにふれたる袖のなみたを
　暁雲　　光寛
八重たつも一すち残る横雲のなかはかくせる月は晨明
　海眺望　　賢広
興津浪かせも長閑に浦々の霞の海にうかふつり舟
　懐旧　　正云
浅茅生のむかしをとへはありし世をかたるはかりの松のこゑかな
　山家夢　　実政
風すさむ深山かくれの柴の戸にむすひもあへぬ夢路なりけり
　社頭祝　　覚慶
みつかきやしらゆふかゝる松の葉の塵うせぬ代よ猶ゆたかなれ
天文廿二年二月廿七日
同日当座
　山花　　空実
わけいりてそれとこそみれ白雲のかゝれる山は今朝のはつ華
　華露　　岩松
しつかなる軒はの花に朝露のえたもとをゝにをきそまとへる

尋花　訓憲
心あての花のよそめはそれならて又こそたとれ三輪の山陰
霞花　永兼
にほはすは花とやは見む遠方のかすむ木するゑをさそふ春風
朝華　俊盛
明そむるこすのと山のしら雲の花に匂へる庭の春風
夕花　光寛
花の雲いさよふ嶺の夕附日うつろひそむる春風そふく
軒花　実政
よそにのみ見しよりも猶一しほの軒はの花にたちそうかるゝ
庭花　正云
下とくる雪かとそみる岩かきの花よりつたふ庭のやり水
甃花　俊尊
春毎の花のにほひやまさるらむうへそふからにかけの木ふかき
曙花　実暁
つらからむのちをはしらすあけほのゝ露にかつちる花そめかれぬ
折花　登辰
こゝろなき名にやたつらん折かさす花にうき身をわすれはつとも
見花　盛芸

見ても又みても名こりのいかならん色香たへなる花の面影

遠華　賢広

あけほのゝ雲も霞も一しほに花の色そふ遠方の山

河花　公寛

なかれくるその水上のいかならんかせにかたよる花の白浪

思花　師清

朝な夕なこゝろをつくす思ひねのまくらの夢も花をこそ見れ

里華　光尊

さく花のにほひをさそふ朝かせにしられぬ里も春とこそなれ

天文廿二年二月廿七日当座

天文廿二癸丑卯月七日頓写之文字賦等為後学大綱如正文写之者也無覚東書様在之以朱注之了

本歌会の興行は、天文二十二年（一五五三）二月二十七日である。詠者のうちに「実暁」とあるのは、『習見聴諺集』の記主光明院実暁であろう。はじめに、「天文廿二年癸丑二月廿七日於東門院家一続興行之短釈写之」とあり、末尾にも、「天文廿二癸丑卯月七日頓写之、文字賦等為後学大綱如正文写之者也、無覚東書様在之、以朱注之了」とあるため、本歌会が、『習見聴諺集』に記載されることとなった経緯は明白である。天文二十二年（一五五三）二月二十七日に、自ら参会した光明院実暁が、同年四月七日、その短冊を、可能な限り忠実に書き写したのである。なお、尊経閣文庫蔵本の巻六本の表紙にある目録では、本歌会を「東院興行短冊」と記すが、「東門院家」が正しいと思われる。[9]

三 歌会の構成

歌会が興行された当時の「東門院」院主は、現時点では不明である。『興福寺院家伝』には、東門院院主として、北畠政具男の孝縁僧正が記されており、さらに、東門院は、孝縁の弟子、孝憲の代において断絶したか、とある。(10)また、永島福太郎氏は、東門院の相承に触れ、

孝縁の資には晴具男具親が入室したが、天正四年俗兄具教の生害後還俗して家督につき、具親の息が児として東門院にあつたが、これも還俗し東門院は廃絶した。

とする。(11)孝縁は、天文十六年(一五四七)に六十六歳で没したとされるので、(12)天文二十二年(一五五三)当時の院主は、あるいは孝憲かとも考えられる。ただし、「天文廿二年二月廿七日興福寺東門院家歌会」の詠者のなかには、それらしき名前は見いだせない。

巻頭の覚誉、巻軸の覚慶は、ともに一乗院門跡である。覚誉(天文二十二年当時四十八歳)は、近衛尚通男。母は徳大寺実淳女である。覚慶(のち還俗して足利義昭、天文二十二年当時十七歳)は、足利義清男。近衛尚通女を母に持つ。(13)そのほかの詠者に、喜多院空実(当時五十九歳)(14)、修南院光尊(当時五十二歳)(15)、光明院実暁(当時三十七歳)(16)、願信房実政、行懃房俊尊、吉祥院行賢房俊盛、巡泉法橋光寛等(17)、興福寺の院家院主・学侶がならぶ。これにより、本歌会は、興福寺の僧侶を中心とする構成であったと確認できる。

ただし、右以外の詠者のうち数名は、興福寺の僧侶ではないことを指摘できる。たとえば、題「見恋」、当座題「思花」を詠じた西師清は、春日社社家である。(18)歌会当時は、従四位下刑部大輔。天正九年(一五八一)に新権神主となり、天正十年(一五八二)六月十一日に、六十一歳で没している。天文二十二年(一五五三)には三十二歳である。題「懐旧」、当座題「庭花」を詠んだ大東正云は、奈良在住時代の連歌師紹巴が、連歌の師と仰いだ人物

とされる。正云は、春日社家の大東氏庶流の町衆で、海老屋の祖であるという。天文二十四年（一五五五）五月十四日『正云古人一廻山何百韻』（発句作者は紹巴）が伝わるため、歌会のときの年齢は不詳だが、すくなくとも最晩年であったということはできよう。[19] さらに、題「祈会恋」の藤高は、龍田の人と思われる。天文二十二年（一五五三）、称名院三条西公条は、紹巴と宗見を伴い、南都から吉野や高野山をめぐった（『吉野詣記』）。同年三月には、龍田に立ち寄り、「落花随風」、「名所春曙」の二首を詠じた。『習見聴諺集』巻六本には、その折の懐紙次第が書写されており、そこに、立田の子息「藤満丸」と、その兄「藤高」の名を見いだすのである。[20] 以上のように、本歌会の構成は、興福寺の門跡、院家などに、春日社の神官、奈良の町衆などであったと考えられる。

室町末期前後の南都歌壇は、興福寺・春日社を中心とするという。[21] 本歌会についても、詠者に興福寺僧侶が多いため、従来の定義に逸脱するものではない。高貴な出自が多い院家の院主にくわえて、春日社社家、町衆に至るまで、比較的広範囲におよぶ階層が同座する事実は、南都における文化的水準が高かったことの証左となろう。ただし、決して無秩序であったわけではない。「天文廿二年二月廿七日興福寺東門院家歌会」は、探題を旨とする続歌興行であった。しかしながら、巻頭・巻軸に一乗院門跡をいただくなど、その配列には、何らかの意図が働いていることを看取できる。まずは、本歌会の背景としての歌壇的環境を確かめる必要があろう。

四　喜多院空実

「天文廿二年二月廿七日興福寺東門院家歌会」は、二十首題に対し、当座は十六首である。当座に名前の見あたらないのは、一乗院の覚誉、覚慶のほか、藤高と縁実である。この四名は、おそらく、短冊のみの出詠だったと思われる。さて、当座の巻頭と巻軸は、喜多院空実と修南院光尊である。したがって、一乗院覚慶と覚誉を除いては、一座において、この両名が、比較的重い立場にあったと察せられる。修南院光尊に関しては、『習見聴諺集』に記される光明院実暁が見聞した事柄や文献などの典拠の多くに関与が認められるため、注意を要する。(22) ここでは、もう一方の喜多院空実に注目したい。『習見聴諺集』には、喜多院空実による和歌に関する言説が、いくつか書き記されている。

①一　毎夕待恋
あさちうや露の思はん身をしれは心にはらふ夕くれもうし
是はいかなる作意そと東門院より喜多院へ被尋了云々返事に君か
こむとおもひ道芝なとやらの露をはらひて待とも不参候間露もいかゝ
おもはんそとの作意歟然者又心にはらふのこと葉聞かたし
又道芝をは道のほとりのさゝなとの露をもさすかははらはすして心に
はらひて待たるやうの作意歟難定候由被申云々円清刑部卿擬講伝説也

②一巻頭の歌をはいかにも大様に大によむへしと也
又軸の歌をはちとくたけて目のまへにさしつめ
たる様にていさゝ祝言の意をよむへし　祝言と
なくとも不吉なる言葉をは不可詠之云々　ちるかる〳〵
とのやうなることは嫌云々　天文廿二年癸丑二廿七東門院ニテ喜多院空実被申

（『習見聴諺集』巻六本）

①は、「毎夕待恋」歌の作意を、東門院院主が、喜多院空実に問うたものである。②は、喜多院空実が、巻頭歌、巻軸歌の読み様を説いた言葉である。とりわけ、②は、傍線部の「天文廿二年癸丑二廿七」という日付と「東門院ニテ」から、「天文廿二年二月廿七日興福寺東門院家歌会」での聞書と判明する。その場に居合わせた光明院実暁が、東門院と喜多院空実との対話を直接耳にし、書き控えておいたのであろう。このような口舌が、とくに書き残され

た理由が問題となるだろう。これは、記主である光明院実暁はもちろん、当時の南都歌壇全体に、歌人としての喜多院空実を尊重する風潮があったためと解せるのではないだろうか。

徳大寺実淳の次男である喜多院空実は、奈良に伝わる古今伝受に関わりが深い。永島福太郎氏は(23)、

宗祇から三条西実隆・細川幽斎へと続く本流は御所伝授と称せられ、宗祇から牡丹花肖柏に伝へられたものは堺伝授、肖柏から饅頭屋宗二に伝へられたものは奈良伝授といはれる。此処では奈良伝授を対象とするが、奈良には堺からの伝流とは他の一流があつた。春日社家辰市氏に古今伝授が伝るのであるが、その相承次第によると、宗祇から徳大寺実淳と三条西実隆に授けられ、実淳からその次男で興福寺別当となつた喜多院空実に伝はり、空実から東地井祐範に至り、祐範から祐長、祐長から中東時康、時康から祐用に至つて居る。祐用は元禄時代の辰市家の人で相承次第を書いてゐる。

とし、南都に、「奈良伝授」のほか、いまひとつの伝流が存在したとする。右に指摘される相承次第は、つぎのとおりである。

古今集相承之次第者、二條家之伝来奥義悉東野州常縁伝授之、従常縁伝宗祇法師、宗祇法師伝徳大寺大(太)政大臣実淳公與西三條内大臣実隆公逍遥院、従実淳公伝興福寺喜多院僧正空実、空実僧正者即相国之次男也、殊依有和歌之風骨所伝之也、従空実僧正予曾祖父従三位宮内太輔祐範に伝給へり、自祐範伝其子祐長、祐長及末期、家嗣年齢未満四十歳故、幸外甥大中臣時康[中東]年満四拾、殊哥道深志之器故、従祐長仮伝時康、後(互伝)約祐長子孫、而(然)祐長之嫡子祐言並祐言之嫡子祐元不幸而早世矣、予祐言之二子也、依之時康臨死予未満年四十故、已無可伝無之、依之不得已時康伝嫡子時眞、自時眞予又受其伝、於是家蔵之秘抄悉披之、予更雖無和哥之風骨、伝得如此大道之奥義、誠祖先之洪恵、恐猶有余者也、爰桑門還了法師翫和歌甚篤実、(而)也尤老其技、予年来通朋友之志矣、依之古今伝受之事乞願頻深、当集伝授之儀ハ異他重事、家伝之外更雖不許(伝)譲他、今還了法師感和哥修練之功、且

応懇切之志《求索》、以各別之儀二條家之奥義家伝之切紙悉所令伝授也、此外仮勿艸卒、仍相承之証文如件、

　　元禄十七甲申年二月十六日

　　　還了御房

（『辰市祐用古今集伝授状』〈辰市家第四四〉）(24)

傍線部の喜多院空実が伝授したという「従三位宮内太輔祐範」は、春日社社家の東地井祐範である。(25)室町末期から近世初期にかけての文化人である。祐長は、祐範の養子で、のちに辰市家を嗣ぐ人物である。(26)近世期、春日社家に伝えられた一流とは、東地井祐範から祐長へ、祐長から中東時康、さらに、その嫡男、時眞を経て、辰市祐用に至るものであったわけだが、(27)これが、徳大寺実淳男である喜多院空実を介している点が肝要である。すくなくとも、室町末期以降の南都では、喜多院空実は、歌学の権威と見なされていたといえるのではないだろうか。(28)「天文廿二年二月廿七日興福寺東門院家歌会」興行の背景となる歌壇の様相を把握するためには、喜多院空実を基軸とした視点が必須となるように思われる。

五　『二条宴乗記』より

「天文廿二年二月廿七日興福寺東門院家歌会」に比較的近い時期の記録に、『二条宴乗記』がある。『二条宴乗記』は、一乗院門跡の坊官で、三綱職丹波寺主、会所目代の二条宴乗の日記である。現在、天理大学附属天理図書館と興福寺に、永禄十二年（一五六九）正月から六月までと、永禄十三（元亀元）年（一五七〇）、元亀二年（一五七一）の二年分、天正二年（一五七四）正月から八月まで、および、年月不詳の四十二枚分が存すると報告されている。(29)同記については、近衛前久男の尊政が、一乗院に入室しているつながりから、近衛家の動向を知りうる史料としての評価がなされたが、(30)一方で、紹巴時代の興福寺衆徒による連歌会の状況を探る根幹史料ともされている。(31)二条宴乗は、すでに知られている百韻や千句の類に名前をとどめる連歌作者であるし、たとえば、『二条宴乗記』に「北

大」で頻出する、近衛家諸大夫北小路大膳大夫大江俊直も、「江三位」として、紹巴などと同座する人物である。(32)したがって、『二条宴乗記』に和歌、連歌に関する記述が多いのは、風雅を好む環境にあった記主自身の関心によると考えられる。

『二条宴乗記』には、喜多院空実に言及する記事も多く見られる。

①廿一日　天晴、春日講延引、御乳人各へクチラ汁御振舞、大酒、夕、悪草を給、四時ヨリ雨少こほるゝ、喜多院殿御会哥を安し申候、〈略〉

②廿五日　天晴、喜多院殿、御哥会三首伺ニ参、八時より祗候可申由、昨夕古市より禅教房被渡也、田中東殿も暮而被上、サウサクノ用意、窪田より鯉一、鯰三、法眼へ出間、藤甚へ遣也、

残花

〽心あてに分そのほれ白雲の山より奥に花やのこると
そふ程と心にのこる花の色やたえぬこと葉の花と成らむ

躑躅

おられしと岩かき高く咲躑躅いく代の春の色をそふらん
〽うき草の花ならなくに岩躑躅波のまに〳〵咲出る哉

恨恋

〽浅からぬ恨にまさる涙川流の末のゐやはせかるゝ
もろともにうらみあひたるねや戸のはかなくあくる空はかなしも
如此二首つゝさた候て伺、てんをあそはし候か可然由也、又当座有、

苗代

〽せき入し苗代水の一筋にみとりも深く成にける哉
苗代の方あらしなる山かけは水行まゝの心なるらし

御哥過而饂飩《ウントン》にて御酒参、すい物独活《ウト》也、頭役宮内《トウチヰン》太輔殿、我等もクシを給、八番也、然者当月よりなれは、十一月廿五日頭役、暮而罷帰、
（『二条宴乗記』永禄十三年三月）

①と②は、喜多院殿による月次歌会の記事である。「喜多院殿」は、当時七十六歳の喜多院空実を指すと思われる。①には、記主二条宴乗が、予め告げられた歌題「残花」、「躑躅」、「恨恋」を思案する様子が描かれている。②では、用意した各二首につき、喜多院空実に伺いを立てている。

右の如く、『二条宴乗記』には、喜多院空実が、月例で歌会や連歌会を催していた様子が記録されている。いずれの場合にも、二条宴乗は、苦心して詠み出した和歌や発句を、喜多院空実のもとに持参して点を乞うなどしている。宴乗にとっての喜多院空実は、和歌や連歌における師匠であったということができよう。このように、喜多院空実に指導を仰ぐのは、二条宴乗一人ではなかったらしい。右の会の頭役は、ゴシックにした「宮内太輔殿」である。右傍の「トウチヰン」は、「東地井（とぢい）」と解せるため、「宮内太輔殿」は、春日社社家の東地井祐範（当時、二十九歳）と考えてよいだろう。東地井祐範は、前に掲げた古今伝授の相承次第で、喜多院空実から古今伝授を受けた人物であった。右は、日常的な指導の具体例であるわけである。また、傍線部のように、宴乗も、クジで八番を引きあて、十一月二十五日の頭役となったと記されることから、すくなくとも、数名が、喜多院空実の月次歌会に参加していたと推測できる。

では、ほかに、どのような人物が、喜多院空実のもとに出入りしていたのだろうか。

③廿四日、天晴、四手井出羽連哥へ罷出、□返仕、粥過而、北大へ京都へ明日人を被上候、又実相坊八幡へ被帰ニ参、談合申候処ニ先へ法眼被参、方瓶被持、酒有処へ参、一給、急連哥へ罷帰、連衆、宗治、又六、池田

豊後御出、藤坊、我等、執筆秀顕房、毎年廿五日ニ興行被申候処、明日喜院御哥御会ニ連衆指合付、今日へ被取越者也、入相時分ニ罷帰、

（『二条宴乗記』元亀二年正月）

③は、四手井出羽守殿の連歌の記事である。破線部にあるように、「喜院」（喜多院空実）の月次歌会と重なったために、会の日程が変更されたとある。傍線部に記された連衆は、宗治、又六、池田豊後、藤坊、宴乗、秀顕房の六名であるが、彼らは、喜多院の月次歌会にも参加する予定であったらしい。このうち、『連歌総目録』で名前を確認できる人物は、「宗治」と「又六（利盛）」である。宗治は、『顕伝明名録』に角寺（海龍王寺）僧と注記される。慶長三年（一五九八）八月十四日に、紹巴を招いて何木百韻を興行している。『松屋会記』によると、天正十六年（一五八八）十一月十三日に、中坊井上源五、松屋源三郎久政を招いて、茶会を催している。[33] 又六は、林宗二男の利盛である。『明翰抄』巻第九の「宗祐」項に、「南都連哥師塩瀬宗二子利盛法名」とある。[34]

④廿八日、雨下、修南院へ北大礼ニ御出、肴用意候て進之也、学侶へ薪粮米不可調由候て状を付、喜多院御連哥明日御沙汰付可有出座由候て、**宮内大輔殿**より捻を給、北大於御出□者□可参候て御返事申候、やかて一順給也、

六勾目也　旅枕いつくの草にむすふらん

都の空の夜さむにそなる　宴乗

如此、重而書状記、宮太迄進之也、夕、北大御局ニて雑談有、芹を酒にていり、御酒有、夜更罷帰、

⑤廿九日、天晴、喜院連哥へ罷出、北大御供候て参、夜入、初夜時分ニ帰也、八勾其沙汰発句

猶かすめ松のみきりの豊の春　喜

雪間長閑になひくくれ竹　□根（祐根カ）

鶯の鳴音にさそふ日のいてゝ　俊直

人数、喜院・西・若宮神主・大膳・□・宮内大輔・□・宗治・宴乗・昌佐此分也、
（『二条宴乗記』永禄十二年正月）

④・⑤は、永禄十二年（一五六九）正月二十九日、喜多院における連歌の記事である。会の前日、出座を促す文が、ゴシックの宮内大輔殿（東地井祐範）より届けられ、ほどなく、一巡が廻ってきたという。⑤に、発句（喜多院空実）・脇（千鳥祐根）・第三（北小路俊直）と、連衆が記されている。破損が甚だしいため、判読は困難だが、喜多院のほか、西（西師清か）、若宮神主（千鳥祐根）、大膳（北小路俊直）、宮内大輔（東地井祐範）、宗治、宴乗（二条宴乗）、昌佐が一座したようである。

連衆の「西」は、春日社社家の西という意ととれようか。『二条宴乗記』元亀二年（一五七一）四月二十五日条に、

廿五日、天晴、修南院殿、春日ニ御参籠、今日、北大御供候て見廻可申通、昨夕申請候処ニ、一折御興行之由候て、以清尊御音信旁々候之間参、修南院殿発句

十かへりの花か卯月の松庭　仙

松屋ニ御参籠、唐卯花盛にて候、社家西出座、一籠、双瓶ツ、持参、夜入罷帰、夜、ヰナ光し、大雨下、

とある。傍線部が、修南院光尊の興行に出座したという春日社社家の「西」である。「天文廿二年二月廿七日興福寺東門院家歌会」に出詠している西師清を指すか。(35)「若宮神主」は、春日社若宮神主、千鳥祐根である（当時四十四歳）。(36)永禄七年（一五六四）三月十五日に、蒔絵文台披露のため何人百韻を興行（連衆に、紹巴・祐根・宴乗・宗治・全佐・秀安・喜多院空実・栄甚・心前・昌佐・重時・祐範・成弘・利成・和広・正順）するなど、連歌作者として名高い人物である。(37)『二条宴乗記』においても、永禄十三年（一五七〇）四月十七日に、喜多院空実の発句をいただいて、連歌を興行した旨が見いだせる。宴乗のほか、北小路俊直、高天都（高天信濃都維那寛貞）、尊蔵院らが出座

している。

十四日、天霄、〈略〉

若宮神主殿より使有、十七日ニ、喜多院殿へ連哥御興行、喜院御発句由候、可参旨承也、〈略〉

十七日、天晴、若宮神主殿連哥興行、北大、高天都、尊蔵院同道候て参、七時ニ果、

（『二条宴乗記』永禄十三年四月）

また、「大膳」は、永禄十二年（一五六九）当時四十一歳の北小路俊直である。[38] 昌佐は、興福寺龍雲院住の僧侶とされている。[39]

『二条宴乗記』には、二条宴乗が関わった和歌や連歌の会が、多数記録されている。当時の南都の日常が、文運盛んな状況にあったことは確実である。同時に、天正四年（一五七六）、八十二歳で没する喜多院空実は、その晩年、歌壇・連歌壇を主導する立場にあったこともうかがい知れる。『二条宴乗記』の現存伝本は、永禄から元亀にかけての数年分に限られており、本稿でとりあげた「天文廿二年二月廿七日興福寺東門院家歌会」の興行時とは、二十年近い懸隔がある。したがって、歌会当時における南都歌壇の様子を、明解に示すことはかなわないのであるが、この時代に、喜多院空実という注目すべき歌人が存し、その後の南都の歌壇・連歌壇の活況に、少なからぬ影響を与えていたことを指摘しておきたいと思う。

注

（1）このシンポジウムの成果は、平成十五年六月刊行の『中世文学』第四十八号にまとめられている。司会兼講師の磯水絵氏による「中世文学と相承―南都における学芸」、および、講師の永村眞氏「中世寺院における相承」、武井和人氏「室町後期南都における和書の相承―一条兼良・実暁・十市遠忠をめぐって―」、三宅晶子氏「一条兼良と金春禅

竹」。

（2）前掲注（1）磯水絵氏論考。

（3）前掲注（1）武井和人氏論考。

（4）武井和人氏・矢野環氏「『習見聴諺集』攷―その書誌と伝来―」（『埼玉大学紀要』第三十八巻第一号　平成十四年）。

（5）『興福寺旧蔵史料の所在調査・目録作成および研究』（平成10年度～平成13年度科学研究費補助金（基盤研究（B）（1））研究成果報告書、研究代表者上島享氏、平成十四年三月）。

（6）前掲注（5）所載の幡鎌一弘氏「興福寺坊官家の史料目録―「二条家旧記目録」の紹介と解説ノート―」。

（7）井上宗雄氏『中世歌壇史の研究　室町後期』（改訂新版　明治書院　昭和六十二年）。

（8）「天文廿二年二月廿七日興福寺東門院家歌会」は、前掲注（7）井上宗雄氏著書に言及があり、また、同本所載の「室町後期歌書伝本書目稿」にも紹介されている。

（9）前掲注（8）井上宗雄氏「室町後期歌書伝本書目稿」に、指摘がある。

（10）『大日本仏教全書124興福寺叢書二』。

（11）永島福太郎氏『奈良文化の伝流』（中央公論社　昭和十九年）。

（12）富貴原章信氏『日本中世唯識仏教史』（大東出版社　昭和五十年）の、つぎの「孝縁」に関する記述を参照した。

東門院は前の孝祐の後、しばらく中断し、さらにその後に孝縁がある。政具の子という。政具は北畠親房、五代の孫である（分脈）。永正十七年、四十のとき三会の講師をつとめ、ここに定一記には東門院とある。享徳二年、別当に任ぜられ、天文十六年、六十六をもって没したというから、一四八二―一五四七の人で、前の孝祐より六十余の年少である。孝縁は足利末期の人である。

東門院は応永年間に再興されたが、その後しばらく中絶し、さらに足利末期まで相続されたのである。前期の如く東門院もまた一乗院の門徒である。興福寺院家伝によれば、東門院は孝縁の弟子、孝憲に至って断絶歟という。

(13) 『諸門跡譜』、および、前掲注(12)富貴原章信氏著書に、

覚誉

禅閣尚通の子という。尚通は近衛家の十四代目である。天文五年、三十一のとき三会の講師をつとめ、ここに定一記には一乗院という。その翌年に別当に任ぜられ、定一記には天文十七年まで、その名が見られる。滅年は不明であるが、その後まもなく没したであろう。してみると覚誉は一五〇六―一五四八頃の人で、前の良誉より三十一の年少である。

覚慶

太閤禎定の養子、万松院、贈左大臣、足利義晴の子という。その母は前の尚通の女というから(分脈)、前の覚誉は覚慶の叔父となる。永禄六年、三会の竪義となったが、定一記はその翌年をもって終っているから、覚慶が何年に講師をつとめたか、不明である。覚慶は一五三七の出生であるから、前の覚誉より三十一の年少である。覚慶の次に尊政があったという。

とあるのを参照した。

(14) 前掲注(12)富貴原章信氏著書に、

太政大臣実淳(徳大寺)の子という。天文三年、四十のとき三会の講師をつとめ、ここに定一記には喜多院とある。永禄六年、別当に任ぜられ、天正四年、八十二をもって没したというから(多聞院日記)、一四九五―一五七六の人で、前の空覚より四十四の年少である。そしてその晩年は足利時代をすぎて、戦国時代に入るのである。なお多聞院日記によれば、空実の次に空慶という人があったという。

また、前掲注(11)永島福太郎氏著書は、喜多院の相承を、つぎのように説明する。

喜多院は正しくは北院であり、その成立は古く、興福寺に於て本院と称せられたと伝へられている。のち門跡の成立と共に一乗院門下となつた。而して喜多院は、第十四代別当空晴少僧都の創めたもので、始めはその種姓を論じなかつたが、のち良家の入院するところとなつたものである。空晴の後、真喜・林懐・永昭、その俗弟源真と凡人が相承してから、暫くその系譜を紛失して居るので数代の事蹟は不明であるが、弘安頃に太政大臣徳大寺

実基男公信が入院してから、公孝男実寿、公晴男実晴、実時男空昭、公俊男空俊、公有男空覚、実淳男空実と徳大寺家の相承するところとなつた。空実が寂したのが天正四年十月の事で、是より先空実の室には、久我晴通男空辰が入つたが、空辰は不義を働き逃散して仕舞つてゐたので、空実の危篤に臨んで菊亭公彦男空慶を迎へてその嗣とした。即ちこれより他家を交へるに至つたのである。然してこの空慶の代に朱印制が確立せられ、この院家は主として権別当職に補せられたので、門跡に次して諸院家の上に位し、門跡と同様に別判物を以て院領を宛行はれた。これ後世この院が本院と称せられたとする所以であらう。なほ空慶の後には、西園寺実晴男空誉、三條実秀男空隆、久我通名男空尊、広幡豊忠男真晴、三條実顕男有雅、三條実起男有真、同空晃に至り、維新と共に空晃は還俗して堂上格に列せられ、鹿園氏を冒し、のち華族に列せられた。これを要するに喜多院家は中世に於ては徳大寺家の管領するところであつたのである。

とあるのを参照した。

(15) 前掲注(12)富貴原章信氏著書に、

修南院には前の光慶の弟子に光尊があった。光尊は贈内大臣守光の養子、権中納言宣親の子というから、東院兼範は義兄あって、尊卑分脈によれば、その母は本願寺蓮如の女であるという。天文八年、三十八のとき三会の講師をつとめ、ここに定一記には修南院とある。永禄十一年、別当に任ぜられたが、その滅年など不明である。その出生は一五〇二であるから、前の光慶より四十七の年少である。

興福寺院家伝によれば、弘治二年、一乗院の覚慶、大乗院の尋憲などの師範になるという。また天文五年、院家の一宇が焼亡、文箱七十余がなくなった。これは天文元年、一揆のときの焼けのこりであるという。

とあるのを参照した。

(16) 前掲注(12)富貴原章信氏著書に、

権大納言季孝（菊亭家）の子という。天文十八年、三十三のとき三会の講師をつとめ、ここに定一記には光明院とある。元亀元年、別当に任ぜられたが、その滅年など不明である。その出生は一五一七であるから、前の実憲より二十九の年少であって、その時代はすでに足利末期である。なお興福寺院家伝によれば、実暁の代には院の領地が次第に減少して、自然に院家は断絶したという。

とあるのを参照した。なお、『二条宴乗記』（元亀二年）には、「権別当光明院」とある。また、右の富貴原章信氏著書が不明とした実暁の没年月日は、『二条宴乗記』天正二年六月晦日条に、「光明院殿死去」とあるため、天正二年（一五七四）六月三十日と判明する。

(17) それぞれの院号・房号は、『習見聴諺集』のほかの箇所、前掲注(12)富貴原章信氏著書、『多聞院日記』などから特定した。

(18) 大東延篤氏『新修春日社社司補任記』（春日宮本会　昭和四十七年）に、「大中臣師清」として、

師清　もろきよ（西）師順男　新権神主正四位下　刑部大輔

大永七年七月七日叙従五位下、任刑部大輔、天文十年十二月十五日叙従五位上、十四年正月叙正五位下、十七年正月十三日叙従四位下、廿四年正月廿六日叙従四位上、永禄六年八月七日叙正四位下、天正九年七月廿八日補任新権神主、関白一條内基公、家政任権神主替、氏人一﨟也、十年二月七日於移殿遂神拝、自松屋出立、四種御神供備進之、大社祝正預祐磯、神主時宣未拝賀之故也、若宮神主彼神主祐根、天正十年六月十一日卒去六十一歳治二年、

とある。

(19) 拙稿「里村紹巴と奈良連歌—『狭衣物語』享受研究の一助として—」（『待兼山論叢』第三十四号文学篇　平成十二年十二月）。

(20) 牧野和夫氏「室町期南都学芸の一端—釈栄甚『太子伝金玉抄』所引朗注・源注を通して—」（『実践国文学』第四十四号）、鶴崎裕雄氏「三条西公条『吉野詣記』と太子信仰—信貴山・八尾勝軍寺・四天王寺ほか—」（『帝塚山学院短期大学研究年報』第四十号　平成三年）を参照。

(21) 前掲注(7)井上宗雄氏著書。

(22) 前掲注(1)武井和人氏論考に取り上げられている『二中暦』は、その一例である。

(23) 永島福太郎氏『中世文芸の源流』（河原書店　昭和二十三年）。同氏の前掲注(11)著書にも、同様の指摘がある。

(24)『春日神社文書』第三（春日大社社務所　昭和十七年）所収「辰市家文書」による。
(25)東地井祐範については、前掲注(23)永島福太郎氏著書、前掲(7)井上宗雄氏著書、木藤才蔵氏『連歌史論考』下（改訂新版　明治書院　平成五年）で論じられている。前掲注(19)拙稿でも触れている。春日社正預で、従三位宮内権大輔。元和九年（一六二三）閏八月一日に、八十二歳で没（『新修春日社社司補任記』春日宮本会　昭和四十七年）。
(26)辰市祐長は、中東時広男。はじめ東地井祐範養子となるが、辰市家断絶を嘆いた祐範が、祐長を以て辰市家を嗣がせたという（『新修春日社社司補任記』、『春日社司祐範記』）。明暦二年（一六五六）七月十四日、六十五歳で没。
(27)前掲注(18)『新修春日社社司補任記』によれば、中東時康は貞享二年（一六八五）十月八日（七十五歳）没、中東時眞は享保四年（一七一九）六月四日（七十七歳）没、辰市祐用は享保五年（一七二〇）九月三日（六十六歳）没。
(28)前掲注(4)武井和人氏・矢野環氏論考で、武井和人氏は、『思文閣古書資料叢書―小特集某名家旧蔵コレクション―第百七十九号』（平成十四年八月）所載の喜多院空実自筆三十首和歌に触れ、喜多院空実を「16世紀南都歌壇を考究する上では、逸し得ぬ人物」と評価している。
(29)『ビブリア』52〜54号と60号・62号に、翻刻がある。なお、本稿では、翻刻と写真版を校合して引用した。
(30)橋本政宣氏『近世公家社会の研究』（吉川弘文館　平成十四年）。
(31)石川真弘氏「興福寺関係連歌年表（稿）―紹巴時代―」（『大谷女子大国文』第十八号　昭和六十三年三月）。
(32)『連歌総目録』（明治書院　平成九年）による。
(33)宗治については、前掲注(25)木藤才蔵氏著書に考察されている。前掲注(19)拙稿でも、若干言及した。
(34)林宗二男利盛については、前掲注(25)木藤才蔵氏著書に指摘がある。
(35)ただし、⑤の「西・若宮神主」を、前掲注(29)『ビブリア』所載の翻刻、および、前掲注(31)石川真弘氏論考では、「西の宮神主」とする。翻刻については、検討の余地がある。
(36)千鳥祐根に関しては、前掲注(18)『新修春日社社司補任記』に、次のようにある。
　祐根　すけもと（千鳥）祐資一男　若宮神主　従四位上

天文十七年正月廿七日補任若宮神主廿三歳関白藤原房通公、祐資死闕替、十八年二月五日於移殿遂神拝、自大宿所出立之、大社祝師神主家賢、若宮祝師権神主師重勤仕之、正預祐恩未拝賀故也、二十二年十月六日叙従五位上、文亀四年六月廿七日叙従四位上、天正十六年五月廿三日卒去六十三歳治四十一年、墓碑現存

(37) 前掲注(32)『連歌総目録』による。

(38) 北小路俊直の年齢は、『地下家伝』（覆刻日本古典全集　現代思潮社　昭和五十三年）の「文禄三年十二月廿四日薨六十五歳」という記述に基づいて算出した。

(39) 前掲注(25)木藤才蔵氏著書による。『多聞院日記』天正六年（一五七八）七月廿日条に、「昌佐死了」と見える。

［附記］ 末筆ながら、貴重な資料の閲覧をお許しいただいた諸機関に、御礼申し上げます。また、『習見聴諺集』の翻刻引用につきましては、興福寺よりご高配をたまわりました。記して深謝し申し上げます。

物語・日記

本院侍従の歌語り
――道綱母を取り巻く文壇――

堤　和博

第一章　『蜻蛉日記』形成の謎――研究史と回顧――

第一章には、「日本文学史の課題」を明らかにするために、自身の研究テーマに沿った回顧を書けと言われている。その際、「問題意識、出発点を見据え」てなどの条件が付いているので、そちらから書く。私が現在研究している事柄に関して最初に持った問題意識（それが問題意識と言えるようなものだとして）は、『蜻蛉日記』のようなものがなぜ道綱母に書けたのか、であったとでも端的に言うより外ない。というのも、時に教養部の頃で、明確には思い出せないからである。また、思い出せたとしても、纏まりのないものであったに違いなく、そのままここに書いても理解されないであろう。そこで、後に勉強を進めるにつれ、自分の当初の問題意識を纏まりよく述べるとこうなるのかと思えた先学の発言を幾つか引かせて貰う。しかしそれは、研究史に関する知識等も得てきてから当初の茫洋とした問題意識を振り返り、自分はこんな問題意識を元来持っていたと思いこんでしまった結果であると思う。自分の過去を美化、過大評価しているものと思う。

それはともかく、最初に挙げたいのは、「たしかに蜻蛉日記は土左日記の正当な後継者ではない。しかし正当以上の後継者である。」という木村正中氏(1)の至言である。私も、なるほど『蜻蛉日記』は「正当以上」であるが、そうなりえた理由を考えたいなどと思ったのである。また、本書の統一テーマのキーワードを使って換言すれば、『蜻蛉日記』は日本文学史を正当に受け継いでいない、正当以上に受け継いでいるとまで言えるのではないかと、これは今になって思うのである。

次に挙げたいのは水野隆氏の論考である。[2] 氏は、小学館『日本古典文学全集』(木村正中・伊牟田経久氏、一九七三年三月)の解説の一節(103頁10〜12行目)を引用し、その中の「内的真実」という言葉に注目しながら、「そのように『蜻蛉日記』という作品の創造全体を作者の極めて主体的な内的真実に係わる文学的営為として位置づけた場合、それは当時の文学の一般的情況と比べて斬新なものであるだけに、道綱母はいったいいつどのようにしてそうした文学の方法を確立して行ったのであろうかという疑問が生じる。それは文学史的な問題とも係わるものであるが、今ここで考えているのは、道綱母個人の作家的成長過程の問題としてのそれである。」と疑問提示した上で、「作家的成長過程とそれを支えていた文学的基盤について再検討」し、「文学的基盤」として「敢えて極論すれば、道綱母はいわば師輔一族の女性たち専属の専門歌人であった」という面を指摘する。私も同様の「疑問」(傍線部)を持ったつもりなのだが、傍線部の前後のような分析ができていたはずはない。

このように水野氏の言葉を借りれば道綱母が「文学の方法を確立して行」けた謎にもともとは興味を抱いていたのであるが、卒業論文に取りかかる頃には、石原昭平氏のような問題意識[3]も頭に擡げ始めてきていたように思う。「蜻蛉日記の作者が、日記執筆の形成に関してどんな作品を想い浮べたか、という問題は散文発達史の上ではなはだ重要な問題だ(中略)この問題は本来、日記自体から、日記執筆の形成についての他の作品からの影響をみることができるなら、そうした方法がもっとも望ましいであろう。」と考える氏は、古物語、土佐日記、私家集、為平親王の北野子の日遊覧日記(『道綱母集』4)[4]等を挙げ、特に子の日遊覧日記に関して、「彼は公的な行事紀行であり、蜻蛉日記は私的な身の上の日記だから直接的影響はみられない。しかし、夫の兼家の世界を通して、大嘗会・

白馬節会・相撲節会等の宮廷行事も多く垣間見ることが多かったであろうから、後年の回想日記に有形無形のかたちでこの日記の描写、形態などが脳裡にきざまれていただろうことは想像にかたくない。」と述べ、また、「康保元年の為平親王子の日の日記にみる歌物語的要素を考え、さらに『大和物語』『一条摂政御集』『伊勢物語』『平中物語』などの歌物語、あるいは『後撰集』恋の部、『古今六帖』第五・雑思など読んでゆくと、『蜻蛉日記』が冒頭部をはじめとして、歌物語風の傾向をもつことが確認されるのである。」とも述べている。直接的ではないが何らかの作品との影響関係をみ、さらに同時代作品との同傾向性に問題点を見出そうとしているわけである。

それで、卒業論文で取り上げたのは、石原氏も言及した『一条摂政御集』冒頭の歌物語的部分（41番まで。以下この部分を、「とよかげ」の部と呼ぶ）であった。「とよかげ」の部を取り上げたのは、端的に言うと、『蜻蛉日記』に直接取りかかる前に、関連作品からおさえておこうと思ったからであるが、問題意識という面からすると、道綱母に『蜻蛉日記』がなぜ書けたのかというものから、道綱母の周囲の文壇の状況を見極めるところに移っていったのである。もう少し言えば、『蜻蛉日記』と同傾向を持つ同時代作品との相互の関連性を見つけ出したいという考えに移っていったのである。ただし、石原氏のように「散文発達史の上」でという問題意識までは持ち得ていなかったと思う。いずれにせよ、道綱母の夫兼家の実兄伊尹の作で、しかも自己の実体験を題材にしていると考えられる「とよかげ」の部は、『蜻蛉日記』を考察するにあたって看過できない作品だという思いが強かったことだけは確かである。

結局「とよかげ」の部については、八つに分かれる歌群ごとの特色や序跋にあたる部分のあり方の検討などから、前半部と後半部に分けられること、前半部の各歌群にはそれぞれテーマが設定されているなど様々な技巧が凝らされているのに対し、後半部には技巧がみられず、未定稿だと想定されることなどを指摘した(5)。

大学院に進み、作者不明ながら同じく兼家の実兄である兼通が男主人公の『本院侍従集』も取り上げ、歌の配列に時間的虚構が施されていること、虚構の狙いの一つには兼通を惨めな人物に描くことが考えられること、よって、『本院侍従集』の作者は兼通側の人物だとは考えられないことなどを指摘できた。(6)

結果として、両作品と『蜻蛉日記』との関連性を具体的に云々できる成果は得られず、(7)それが今も課題として残っているわけで、次章以降、方法の模索や今後の展望を書くところで改めて触れたい。

次に、「周囲の研究状況も述べよ」という本章のもう一つの条件にも添うべく、道綱母を取り巻く文壇の状況を視野に入れている先学の説に少し言及しておきたい。といっても、とても書き尽くせないほどの研究が蓄積しており、若き日の私が特に刺激を受けた、宮崎荘平氏と守屋省吾氏の論に限らせていただきたい。(8)

宮崎氏は、(9)「女流日記文学の初発的性格を有する『土左日記』から、名実ともに女流の日記作品たる『蜻蛉日記』への筋道を辿る」試みとして、「時間的配列の形態を有し、内容的にも家集的世界を越えているかにみえる『本院侍従集』や『伊勢集』が、女流日記文学とのかかわりを問われている。」と言う。しかし、両作品は「歌物語の世界を志向する作品」などに過ぎず、「歌物語的作品や私家集のうちの特異ないくつかの作品が、模索しつつ志向した女流日記文学への道がさきにあり、それを収斂するかたちで『蜻蛉日記』が成り立ったとするのはすでに常識であろう。が、それは史的視野からの展望であって、先蹤作品による『蜻蛉日記』への直接的影響を意味するわけではない。文学伝統とか時代の胎動とか言うべきものに限られよう。いかに先駆的先導的な作品が先行していたからとて、道綱母とその作品に内面的な力と志向性とがなかったならば『蜻蛉日記』は生成し展開できるはずのなかったことは自明の論理である。」として、むしろ筋道に断絶をみる（その他『多武峯少将物語』等にも触れるが省略）。

さらに、「日記作品形成の要因」に外的・内的の二つの契機を考え、「外的契機とは、さきにも触れたところの、文学伝統とか時代の胎動とかいうべきもの、散文精神の史的発達というがごとき事象、作者に直接かかわる歴史的事件・事実などである。これに対して内的契機とは、作者の内在的欲求に根ざすもので、作者と作品とを内側からつき動かしていく生命力とでも称すべき内なる力なのである。」と説明し、「文学作品通有の一般的な」「外的契機」ではなく「内的契機こそ、日記作品固有のものであって、しかも日記作品個々を貫流する内面的属性とみとめられるものである。」と主張する。そして『蜻蛉日記』については、「書き記すことによって、ものはかなき内情を表出して己れを解き放つこと、そこにしか道綱母のいのちの転生はあり得なかった。自己解放のために切なるその内情を書き綴り表出しなければならない、とする道綱母の意志と欲求とが『蜻蛉日記』の形成を導く内的契機となっている」と言い、さらに道綱母が内的契機を獲得しえたのは、「己れの内情を凝視できるたしかな眼と、内情の深さ重さを知覚することのできる人一倍強力な感受性とが備わっていたから」だとする。

守屋氏[10]は、「個別的な人生観に裏打ちされつつ、一つの人生を全体的に描き出すといった日記文学の方法」を獲得した『蜻蛉日記』は、「現象的に見るかぎりでは、きわめて偶発的作品である」とし、「土佐日記から蜻蛉日記への断層を埋め、蜻蛉日記の突然変異性を多少なりとも緩和すること」を目指すところから出発、結局道綱母自身の私家集編纂が『蜻蛉日記』上巻形成の「文学的準備運動」になったと想定する。そして私家集編纂の「自律的必然性」が、歌人として自負を持っていながら歌合等で活躍する機会を持てない不満足感であり、「他律的要因」が、「とよかげ」の部や『本院侍従集』の存在からうかがえる兼家からの私家集編纂の要請であったとも想定する。[11]また、同時に「私家集自纂という営為がいかにして質的転換を遂げて、蜻蛉日記の形成をみるに至ったか」という次の段階の問題を提起している。

第二章　『蜻蛉日記』形成の謎——研究史と展望——

本章では、「方法を模索するために、現状の分析や今後の展望」を書け、具体的には「自分の関心に引き付けて、これまで何が問題になってきたかを整理し、現在残っている問題点や、追求していきたい問題点を分析せよ」と言われている。が、『蜻蛉日記』の研究は底知れず深く、前章で言及した先学の諸説から通説が生まれたわけではなく、先学の問題意識は現在でも課題として生きている。そこで、前章の諸説を整理することで、これまでの問題を整理し、併せて現在残っている問題を分析したことにしたい。また、その整理の上に立って、私なりにどこに問題点を置いているのかを述べて、今後追求していく問題点の分析としたい。整理すべき問題点と、分析すべき問題点が混淆するかも知れないが、以上を現状の分析として、今後の展望に繫げたい。

前章で言及した先学の諸説の問題意識を強いて一文に纏めると、「『蜻蛉日記』が、文学史を発展的に継承して、あるいは、当時の文壇から飛躍的に抜け出て形成された経緯の究明」ということになろうか。そのうち、これも強いて分別すると、実線部に力点を置くのが石原氏で、波線部に力点を置くのが水野・宮崎・守屋の三氏と言えようか。

まず、実線部に力点を置けば、どちらかと言うと一般的な状況の分析に傾くだろうが、いかに状況分析して『蜻蛉日記』に繫げるかは個々の視点の持ち方によるので問題は多岐にわたる。その点石原氏の特徴は、『蜻蛉日記』の歌物語性に注目して文学史・文壇を分析、「散文発達史の上」での流れをおさえようとしたところにあった。一方波線部に力点を置くと、道綱母の置かれた個別的状況や個人的な資質に注目することになり、こちらも問題は多岐にわたる。水野氏は道綱母の「作家的成長過程とそれを支えていた文学的基盤」に着目、宮崎氏は『蜻蛉日記』形成を導いた「内的契機」に着目したわけである。（ちなみに、私の言う「文学史」「当時の文壇」からの要因を「外的契機」と呼ぶが、「内的契機」の方をより重要視している。）そして、守屋氏は、「自律的必然性」と「他律的要因」とが道綱母の私家集編纂を齎し、それが『蜻蛉日記』形成の「文学的準備運動」になったとするのである。

以上のように、『蜻蛉日記』形成に照射を当てた問題は多彩に展開してきたが、水野・宮崎・守屋氏のように道綱母の個別的状況や個人的資質に注目した分析を目指すのが、研究の趨勢になっているようで、それはここで触れられなかった人達の研究を含めても言えることだと思う。

改めてこのように整理してみると、私の最初の問題意識も「『蜻蛉日記』が、形成された経緯の究明」であったということになるが、当初は、力点を置くのは実線部なのか波線部なのか、そんな区別も付かない漠とした意識であった。それが、卒業論文以来問題意識はやや移行し、石原氏に近くなったわけだが、その時には『蜻蛉日記』そのものに拘るより、とりあえず、「文学史」「当時の文壇」、特に後者の状況を見極めようとの考えになったのである。とはいうものの、できれば『蜻蛉日記』との関連性を見つけようとしたのも事実である。そこで具体的には、「とよかげ」の部や『本院侍従集』のあり方を探ったのであるが、それらの研究は、二作品の作品分析研究としてはある程度の成果を挙げられたと自分でも思っているが、『蜻蛉日記』との関連を云々できるまでには至らなかったのは前述の通りである。今ではっきり言って、具体的関連性を指摘するのはなかなか難しいと思っている。しかし、石原氏も述べていたように、直接的とまでは言えなくても文学史や文壇との関係を想定指摘することは無理だとも言い切れず、作家としての道綱母あるいは『蜻蛉日記』が生まれてきた背景として、追求し続けなくてはならない研究テーマであるし、また、『蜻蛉日記』が及ぼした影響という観点からも重要だと思っている。かといって、今までと同じ作品を同じようにみていたのでは進歩がない。できれば新しい作品を視野に入れたいが、それも新資料の出現を待たなくてはならない。従って、従来からも言及されてきた作品を掘り下げていく作業を続けることになるのである。

そこで「具体的に論を展開」する次章で取り扱うのは、今は論述の便宜上作品と言ったが、本院侍従を女主人公とした歌語りなどである。本院侍従と言えば『本院侍従集』が有名だが、彼女の和歌あるいは彼女に関わる和歌は勿論他にもある。『一条摂政御集』の他撰部分（42番以降。以下、単に他撰部と呼ぶ）にも多くみられ、それらは本院侍従と伊尹に纏わる歌語りであったと思われる。また、他撰部の152〜164番を占める「別本本院侍従集」と仮称されている部分も目立つ。それらをみていくことにより、本院侍従と彼女を取り巻く文壇を洗い直し、道綱母を取り巻く「当時の文壇」の実態解明の一部としたいのである。[12]

第三章―1　『一条摂政御集』にある本院侍従の歌語り

他撰部の構成を考えると（末尾の193 194番は『拾遺集』からの補入なので除外）119番と120番の間に切れ目があるのが明白になっていて、他撰部はそこを境に二分されて、前半部・後半部などと呼ばれることが多い。[13] しかし、後半部には「別本本院侍従集」（152〜164番）があり、その前後の120〜151番と165〜192番の二つの部分は、それぞれ性格を異にする歌語りを集積していて、性格の違いはそれぞれが集積している歌語りが制作された場の違いを反映していると考えられる。よって、後半部は三つに細分して把握する方がよく、結局他撰部は四分されるのである（42〜119番、120〜151番、152〜164番、165〜192番）。[14] 165〜192番を除く部分に本院侍従関連の歌語りと思われるものも幾つかあるので、「別本本院侍従集」も併せて、それらの特徴等をまずは順次指摘していきたい。

98〜100番[15]

たれとしらず。人とものゝたまふに、やりどをたてゝいりたまひぬれば

98　あぢきなやこひてふ山はしげくともひとのいるにやわがまどふべき

たちたまひにけり。をんな、いしとかはらとをつゝみて

99　わがなかはこれとこれとになりにけりたのむとうきといづれまされり

かへし、本院にこそ

100　これはこれいしといしとのなかはなかたのむはあはれうきはわりなし

98～100番が一連の歌群であるのは間違いない。だが、相手の女が本院侍従であることについては、そのことを強調的に推測している注記的言辞がある（波線部）もののなお確認が必要である。というのも、この注記的言辞は、『一条摂政御集注釈』等の指摘通り、他撰部の成立過程のどの段階かで付け加えられたものと思われ、98～100番は元来、98番詞書冒頭が示すように、誰かわからない女との贈答としてものされたとみられるからである。

そこで注目されるのが、女に対する敬語（実線部）である。他撰部では女に敬語がないのが原則で、本院女御慶子（42番）と伊尹の北の方恵子女王（65番）に対するものを除けば、後にも引く117番の「ゆるいたまたりける」など、伊尹の発言を引いた部分にあるだけである。[16] 117番の場合、女に直接発言したための敬語使用とも考えられるが、同じ伊尹の発言でも、「おほやけどころさわがし。いでよ」（124番）などの例もあるので、117番での敬語使用はやはり相手の女によるものであろう。そして117番を含む一連の相手の女が実は本院侍従なのである。本院侍従は『本院侍従集』の序文によると（『本院侍従集』では実名を出さないが）兼通・安子兄妹の従姉妹にあたるので、二人の兄の伊尹の従姉妹でもある。もしそうなら、彼女にも敬語が用いられて不思議はない。ちなみに、『本院侍従集』では序文の一箇所でだけ女に対する敬語がある（この件後述）。つまり他撰部の女の中で伊尹と恋愛関係になかった慶子と北の方恵子を除いて敬語が使われる可能性があるのは、本院侍従ぐらいなのである。98～100番の相手も本院侍従である可能性が高いと思う。

加えて、波線部の注記的言辞である。注を付けた人は誰だか知る由もないが、我々よりはるかに伊尹達について詳しかったであろうから、現在からは推測もできない理由で相手の女が「本院」だと察しがついたのであろう。敬語表現と併せ、98～100番の相手を本院侍従とする状況証拠としてよいと思う。[17]

次に98～100番の特徴の指摘に移る。まず、同じく敬語使用をもとに『一条摂政御集注釈』が98番詞書冒頭の「たれとしらず」に対して付けた「特定の人物が脳裏にはあったのだが、わざと名を伏せたのであろう。」という注が想起される。この注の蓋然性が高くなるとともに、「特定の人物」とは本院侍従であることになるからである。つまり、98〜100番は相手が本院侍従であるとわかっていながら、わざと名を隠して構成されたのである。それを後に何者かが本院侍従であると推測したわけである。

次に98番及び99番詞書に注目したい。歌集の詞書は普通一文で構成される（換言すれば、途中で句点は付かない）が、他撰部についても同様で、後に触れる「別本本院侍従集」中を除く他撰部にある二文の詞書（三文以上はない）は、93番に「つごもりにまかでぬ。正月二日、おとゞ」、101番に「はやうのことなるべし。きたのかたとゑじたまて、『さらにこじ』とちかごととして、ものどもはらひなどして、ふつかばかりありて」というのがあるぐらいであるのが目を引く。そんな中、98番、99番詞書はともに二文でできている（二文目はともに途中で切れて歌に続く形だが）のが特徴的である。また99番についてはさらに、一文目の「たちたまひにけり。」が、話の展開に言及するものとなっており、98番詞書の一文目「たれとしらず。」が作者に対する注記的言辞であるのと対照的である。すると、99番詞書の一文目「たちたまひにけり。」は98番歌をうたいおわっての伊尹の行為を示す98番の後書で、次の女の行為を示す「をんな……」の一文だけが99番詞書とみるべきかも知れない。[18] 後書とみても他撰部には後書も数少なく、やはり話の展開に触れているのは、85番の「かへしはなくて、ようさりおはしたりけり。」だけなのである。またあるいは、ここでは詞書・後書の区別意識はないのかも知れない。例えば、83番詞書は「とみて、たちておはして、ようさりもておはしたる。」となっていて、82番歌を「とみて」で受けながら83番歌に続いていっており、82番後書と83番詞書の役割を同時に果たしている。[19] 99番詞書部分も83番詞書に似ているのである。[20]

他撰部の他の詞書との比較から99番詞書の特徴が浮き彫りになったと思うが、このようなものは和歌集の詞書・後書というより、物語的な叙述に近いと言えよう。実際物語的な「とよかげ」の部には同様のものが枚挙に遑がない程ある。一例として18番後書から19番詞書部分を挙げておく。

つゝむ人あるをりにて、かへりごともなかりけり。
おきな、つねにうらみて、「人にはいはずいはみがた」といへりければ、女

このように特に99番詞書に物語的要素を含み持つ98〜100番であるが、先に指摘した相手の女の名を出さないのも「とよかげ」の部でみられた方法と共通する。98〜100番は「とよかげ」の部とそっくりとまでは勿論言えないが、他撰部にあって「とよかげ」の部に似た様相を示しているのである。

さてその98〜100番は、おそらく本院侍従の側で、本院侍従に敬語を使う女房によって纏められたものではなかったかとも考えるのである。それと関連して指摘しておきたいのが、遣り戸を隔てているという98〜100番の場面である。『一条摂政御集注釈』は『山槐記』等を引きながら宮中特に藤壺にも遣り戸があったことを指摘している。そこで思い起こすのが、『本院侍従集』の冒頭付近の場面である。『本院侍従集』の女主人公は序文で藤壺で仕えていることが示され、11番で「本院」に退出している。その途中の6番詞書は次のごとくである。

男にやりどをいささかあけて物いひけるに、ひとこともつつましうおぼえて、「むねいたし。やきいし《焼石》あてむ」
とて入りにければ、男わびていにけり。又のあしたに

つまり藤壺の遣り戸が場面となっている。そうすると、98〜100番の場面も藤壺の遣り戸ではないか。女が男を拒否して遣り戸より中に入り、男が立ち去るという状況までも似ている。論述がだんだん臆測に傾いてきたので、この問題はまた後に纏めて触れるとして、次の歌群に移りたい。

115〜118番

本院のじゞうのきみのもとにおはしそめて、あか月に、ほとゝぎすのころにや。
115　あかつきになりやしぬらんほとゝぎすなきぬばかりもおもほゆるかな

をんな

116 ふたしへにおもへばくるしなつのよのあくてふ事なわれにきかせそ

まだあひそめたまはでとしへたまたりけるに、「せちにまちてゆるいたまたりける。にはかなること」ゝのたまへば、をんな

117 いにしへはゝしのしたにもちぎりおきてなをつたへてもながさずやきみ

をとこの御返し

118 そはされどゝらへどころのありければはしゝたならでながれざりきと

115〜118番の相手の女は、115番詞書の冒頭と続きぐあいからみて、本院侍従とみなしてよかろう。(21) この中では何より、117・118番の贈答と115・116番の贈答で時間が逆行しているのが注目される。すなわち、前者が新枕の時であるのに対し、後者が関係をもち始めてからしばらくの頃と思われるのである。順序が入れ替わっているのは、何らかの意図によるとも思えるが、それはうかがい知れない。

ところで、時間の逆行は歌物語にはままある形(22)で、(長くなるので引用は避けるが)例えば『大和物語』八十九段にもみられ、それについて飯塚浩氏(23)は次のように述べている。

続き方がスムーズではないこの段の展開の仕方には、どのような成立過程の構造があったのだろう。

それはたとえば、次のような語らいの場を想定してみるとわかりやすいだろう。ある語らいの場で、(中略)仲のさめつつある男女の話が、二人の歌を含みながら語り出される。するとそばにいただれかが、冷淡になっているその男がかって女のもとにしげく通った時には、このように短い夜をなげいていたくらいだったと、その女の身になって、歌を詠みあげて語り継ぐ(中略)。この語りに動かされてか、さらにさかのぼって二人の出会いの頃の男の切実なまでの愛の告白の歌と、女のまるで取り合わない返しの歌とを、それぞれの心になっ

てうたいあげ、もち出す。はじめのころはこのように、男の側の一方的な言い寄りであったのに、と言わんばかりに（中略）。そして、その男の求愛が女によって受け入れられ、その男女の気持になり、二人の燃えつきるばかりの愛の賛歌をうたいあげる（中略）。というように、この語りは、連想が連想を呼び、幾人かのその場の人々によって創造的に展開されてゆく、〈歌語り創造の場〉でのいぶきを伝えるものではないだろうか。

飯塚氏の想定しているのは傍線部のような場であるが、115〜118番は、伊尹と本院侍従の時時の遣り取りを知っている人達が、それを披露し合うような場で形作られたものではないだろうか。つまり、誰かが新枕後の贈答（115 116番）を語ったのを受けて、また別の誰かが新枕の時の贈答（117 118番）を語るみたいなことがあったのではないか。それが最終的に115〜118番の形になったのかも知れない。そしてその語りの主体となったのは、二人が関係を持っていた場の周辺の人達、すなわち本院侍従の周辺の人達であった蓋然性が高いであろう。

115〜118番についてはもう一点細かなことながら、118番詞書で伊尹を「をとこ」と呼んでいるのが気に掛かる。他撰部で伊尹を指す語は「おとゞ」がほとんどで、例外はこの118番と65番の「おほんとの」だけなのである。「おほんとの」は「おとゞ」同様尊称とみられるので、「をとこ」だけが異質である。

これについては、片桐洋一氏の『小野宮殿集』に関する論述(24)が参考になる。氏は、詞書で「男」「女」という「三人称」を用いる私家集を「物語的家集」とし、『小野宮殿集』のうち、「男」「女」が多い1〜67番までを『おとこ』を主人公に据えた物語的家集の部分」とみなすが、一方で、

「女御にきこえはじめ給とて」（一番詞書）のように、歌の作者である小野宮殿（藤原実頼）に敬語が付された書き方が、「おとこやいかにきこえ給へりけむ、女」（九番詞書）や「おとこの御はらからに、又かの女御の御はらからすみ給ときゝて」（二三番歌詞書）「女やいかゞきこえたまひけむ」（五〇番詞書）のように、「おとこ」や「女」という主語がついている場合においても変らないということである。「おとゞ」とか「女御」と言わ

ずに「おとこ」「女」と記しているのに、敬語の「給ふ」や「御」がつくのは第三人称的詞書として不徹底ではないか。

と言い、その不徹底さを「物語的家集としての不徹底さ」の一つに数えている。115～118番も「をとこ」という呼称がありながら、伊尹に敬語を用いる不徹底な物語化がなされた結果とは言えまいか。なお、片桐氏によると、「とよかげ」の部・『本院侍従集』・『伊勢集』冒頭部が不徹底さのみられない物語的家集になる。(25)115～118番について一応纏めると、この歌群は、物語的家集としての要素も持っていると言え、もとは本院侍従の周辺の人達の歌語りであった可能性があるということになる。

146～151番

たえぐ\になり給て、この御むまのはなれてきたるを、つながせてあはれがるに、たづねに人のきたれば、むまのいろなるかみにかきて、をにゆひつけて

146 つれぐ\にながむるやどのにはたづみすまぬにみゆるかげもありけり

いとほどへて、しのぶぐさのかれたるにさして、おとゞ

147 ふゆさむみねさへかれにしゝのぶぐさもゆるはるべは我のみぞしる

返し

148 もえいでむはるをまつとてしのぶぐさゆきのしたにもねやはかれする

ふたとせ許ありて、をとこいできたるに、をりうかゞはせて、つかはしける。

149 いにしへのゝ中のをぎし心あらばこよひ許はそよとこたへよ

かへし

150　そよとしもなにかこたへむあきかぜになびくを花をみてもしりなんりむじのまつりのつかひにてわたりたまふに、ちかければものきこゆれど、えきゝつけでおはしぬればおひてきこゆる。

151　すりごろもきたる今日だにゆふだすきかけはなれてもいぬるきみかな

これまでみな本院の

146〜151番も相手が本院侍従であることを確認しておく必要がある。151番は『新勅撰集』巻十五・恋五・1014番に「本院侍従」歌として採られていて本院侍従作とみられる[26]が、150番までの相手も本院侍従であるとの確証は得られないからである。が、その可能性が大であると、主として詞書のありようから考えるのである。

まず、146番の詞書には、①場面が女の住処である、②比較的詳しく状況説明されている、③動詞「来」が二つあり（実線部）女の立場からの叙述とみられる[27]、④引用しなかった145番以前も含めて前後に馬が出てこないのに「この御むま」とある（波線部）、などの特徴があり、それらを勘案すると146番は女の側で女の立場に立って纏められていた資料の途中からが、そのままこの位置に挿入されたものに思えるのである[28]。つまり、詞書冒頭の「たえぐ〵になり給て」は、145番とは別の女の立場から伊尹との関係について言っていることになるのである[29]。

147148番詞書には特徴はないが、147番の書きようからみて146番の続きの贈答であろうか。

149150番の贈答も前の続きのような書き方になっているが、ここには149番詞書が活用語「つかはしける」で終わっているという特徴がある。他撰部の詞書は注記的言辞を含む場合を除けば、ほとんどが「に」「ば」「て」などの助詞で終わっていて、活用語で終わる詞書は珍しく、「別本本院侍従集」中と「東宮にさぶらひける人」との贈答歌群（注19参照）を除けば、109122175183番にあるのみである。ところで、149番の場合、「つかはしける」となっているのは、146番とは一転、男の立場からの記述のようである。

151番詞書の末尾も活用語である一方、女の立場からの叙述になっているようで、『一条摂政御集注釈』も「臨時の祭の使でお通りになった折、私のところから近いので」（傍点は、引用者）云々と訳している。

加えて、151番後書も勿論見逃せない。この後書に関しては従来から、「これまで」というのがどこからなのかわからず、あるいは152番から「別本本院侍従集」になるので「これより……」の誤りかなどとの疑問が出され、定まった解釈がない。しかし、146番の前に切れ目があり、147番と149番の詞書がそれぞれ前の歌を受けているように書かれていて、しかも146番と151番が女の立場での記述なのに149番が男の立場からの記述になっていることからすると、146番からを指して149 150番も含めて皆本院侍従との贈答である、というより、本院侍従側からの資料によることをわざわざ示しているのではなかろうか。やや強引な解釈かも知れないが、直後に「別本本院侍従集」があるので「これより」とあったのを「これまで」と誤ったとみるのは不自然だ。逆ならあり得るかも知れないが。「これまで」のままで解釈するとすれば、以上のような解釈が成り立ちうると思うのである。(30)

次にこれらの歌の特徴の指摘に移るところであるが、既にそれは指摘済みである。結局146～151番は、151番はほぼ確実に、それ以外も本院侍従側で纏められたものである可能性が高いことを強調しておきたい。

152～164番（「別本本院侍従集」）

ほどへて、「そなたにつゝむ事ありてなん」とて、くるまをたまへり。つゝましけれど、さすがにいく。れいよりもなまめかしうてまちたまへりけり。みるにもよろづに思ふことあり。よぶかきほどに、くるまよす。「れいはかくやは。思ふ人あるべし」とおもふに、くるまにのるほど、せきもあへずなかるゝに

152 たちかへる心つくしのあしわけのきしにまされるそでのうらかな

起てかどあくるに、山のはに月のいりかゝるに、いとあはれにかなしうおぼえて

153 つきかげのいりくるやどのあをやぎはかぜのよるさへみゆる物かな

こひしきにおもひみだれて、はしにゐてきけば、おぼろのかたに、「みかさの山[31]」とうたふ。いとめでたうおぼゆ。

154 やまびこのきかくにものもいはなくにあやしくそらにまどふなるかな

けしきのいとかはりゆくをいみじうなげくに、前さいやかれるけぶりにゆきのちりかゝるを

155 火ざくらの花かとぞみるわがやどののやくけぶりにまがふゆきをば

うぐひすのなくこゑ

156 はつこゑはけさぞきゝつるうぐひすのなかではすぎぬはなのもとにて

つれ〴〵にこひしきまゝに、かゞみのめぐりに、さくら、やまぶきをりたてゝ、みづどりなどするゐて思。

157 おもかげにみつゝをゝらん花のいろをかゞみのいけにうつしうへては

山もくもゝかゝり、いとおもしろきをながめて

158 くもゐにもなりにけるかなはるやまのかすみたちいでゝほどやへぬらん

あめしめ《づ》〴〵とふりて、はしにながめて

159 かしはぎのもりはゝるかになりぬるをなにのしづくにぬるゝそでなり

はなはまだしくて、うぐひすのなくを

160 ちらねどもおそきをまつにうぐひすはゝるのゆるびもなき心地する

むめをゝりて、まくらにおきてねたるよ、こひしき人のゆめにみえて、うちおどろかれて、はなのい

とかうばしきに

161 ゆめにだにたもとゝくとはみえざりつあやしくにほふまくらがみかな

あめうちふりて、ものいとあはれなり。

162 はるさめにうてなさだめぬうぐひすのわぶらんよりもまさるそでかな

またのあしたに、ゝわたづみしたり。いとあはれにて

163 にはたづみゆくかたしらぬものおもひにはかなきあはのきえぬべきかな

又

164 みづのうへにあめかきまぜてふるゆきのとまりがたきをわがみともがな

最後に取り上げる「別本本院侍従集」については、古く鈴木棠三氏[32]が「歌の詞書は侍従自身の心懐を吐露したものであつて、恐らく編輯者は一指をも加へることなく、其爲に元の姿を傳へてゐるものと思はれる。」と述べた通り、本院侍従作の日記的作品とみなされる。作者が本院侍従である根拠としては、158番、163番が『新勅撰集』巻二・春下・121番、巻十二・恋二・717番に、それぞれ「本院侍従」作として採られていることが挙げられる[33]。ここではまた詞書に注目して、日記的たる所以を再確認しておきたい。

まず、先に他撰部で珍しいと指摘した複数の文を含む詞書と活用語で終わる詞書が三例ずつ（152 154 163番、154 157 162番）存在するのが目につく。152番詞書にいたっては、実に六つの文で構成されている。また、154 157 162番は末尾の活用語が終止形であるという特徴も備えている。これは物語に近い文体で、他撰部では他に81番と85番（ともに、「東宮にさぶらひける人」との歌群に属す。注19参照）の二つしかない。しかも「別本本院侍従集」の例はこれらとも大きな相違がある。というのは、これらの末尾はそれぞれ「ものにかきたまふ」と「はこのうへにかく」であり、直後に歌がくることを十分に予想させる言辞になっている。対して「別本本院侍従集」の三例の終わり方は、直後に

歌がくることを必ずしも予想させない。強いて言えば、157番が次に「思」いの内容を歌で示すのかと思わせる程度である。これらなどは歌集の詞書よりも日記や物語の文章に近いものだと言えるであろう。(34)「別本本院侍従集」が女流仮名日記のごとくみえるのは、先に引用した鈴木棠三氏の指摘に加えて、以上のようなことも関連していると思う。

なお、「別本本院侍従集」について考えるには、直前の151番後書にも言及しておかなくてはならないが、146～151番のところで述べたことより、これと「別本本院侍従集」との関連はないと考える。

第三章―2　本院侍従の歌語りと道綱母

他撰部には他にも本院侍従関連の歌があるが、歌語り・歌物語的要素がうかがえるのはだいたい以上かと思うので、まとめに入り、歌語り・歌物語的要素を齎したと繰り返し述べてきた本院侍従の周辺の人物達の果たした役割について再確認したい。そこで、『本院侍従集』末尾に目を移す。他撰部に彼女らは顔を出さないのだが、『本院侍従集』の末尾には出てくるからである。

　とあれば、「まづおぼすらんことこそおぼゆれ」とて、御かたのごたちのいひやる。

37　初秋の花の心をほどもなくうつろふ色といかにみるらむ

　　男返し

38　時わかず垣ほにおふる撫子はうつろふ秋の程もしらぬを

　　又かへし

39　色かはる萩の下葉もあるものをいかでか秋をしらずといふらん

　　といひやる。（後略）

今、改めて『本院侍従集』の末尾をみてみると、『本院侍従集』を纏めた彼女らが最後に自分達（傍線部）と兼通の贈答を付け足しのように加えたとも思えてくるのである。勿論それは単なる付け足しではなく、効果を狙った上での付け足しであったであろう。[35]

　また女主人公を「御かた」とするのも見逃せない。先にも触れた通り『本院侍従集』では女に対して敬語が用いられないのが普通だが、序文で一箇所だけ「藤つぼにぞさぶらひ給ひける」とある。『本院侍従集』を纏めた人達は、女には敬語を用いないのを原則としながら、序文でだけ本来の身分意識が出たものと考えられるわけだが、最後でも自分達自身が登場する際に本院侍従を「御方」と呼んだとすれば理解しやすい。やはり『本院侍従集』の編者は本院侍従側の人物と考えられるのである。

　すると、女には敬語を用いないのが普通の他撰部の中で98番で女に敬語が用いられていたのは、やはり女が本院侍従であったからだと思えてくるのである。『本院侍従集』を纏めた人達は、98〜100番のもとの歌語りも担っていて、そこでは本来の身分意識が出てしまったと思えるのである。

　98〜100番と言えば、伊尹と本院侍従の関係の発端が描かれており、それは『本院侍従集』に描かれる兼通と本院侍従の関係の発端と場面状況が似ているのであった。しかも、98〜100番も『本院侍従集』も本院侍従側で纏められたものだとすれば、関係の発端の部分は、互いに張り合うように、あるいは逆に協力し合うように広まっていったのではないかとも思うのである。誰かが伊尹または兼通と本院侍従との恋の発端を語ると、また誰かがそれを意識しながらもう一人との恋の発端を語るというぐあいにである。伊尹・兼通兄弟と本院侍従の三角関係は有名で、特に兼通との関係継続中に伊尹が本院侍従を連れ出す事件は、「とよかげ」の部の31 32番と『本院侍従集』28〜30番に描かれている。関係の発端も最終的には『本院侍従集』と98〜100番に描かれたのではないか。[36]もっとも、「とよかげ」の部は、最終的には伊尹が纏めたと考えられるという違いはある。

やはりもとは本院侍従側で纏められたのではないかとの可能性を指摘しておいた115～118番と146～151番についても、98～100番の例を鑑みると、その可能性が高いと考えるのである。

次に他撰部の42～119番の部分の成立と本院侍従側の関係について言及したい。以上は他撰部の成立に関して言えば、資料の出所が本院侍従側と考えられる例であるが、実は119番とその後書からすると、42～119番が本院侍従側の編纂であった可能性もなきにしもあらずなのである。ここで119番とその後書についてみておきたい。

119　ふるさとはなに事もなしものおもひのそふのこほりにはなぞちりにし

おはしたるに、「ひごろはなに事か」ときこゆるに

このおとゞはいみじきいろこのみにて、「よろづの人のこさじ」とたはれありきたまへど、のきてあくひとなく、あはれにのみおもひきこゆるが、たぞ《れ》。

119番後書は42～119番の部分全体の跋文にあたる文であるが、『一条摂政御集注釈』は補注(十三)「一一九の後書をめぐって」の項で、119番後書が女性の立場から書かれていることと、119番詞書も調子が女性の立場から書かれているように思われることを根拠に、「あえて臆説を言えば」と断った上で、119番の女性が42～119番の編纂者ではないかと疑っている。つまり、「最後のとじめに顔を出し、伊尹の色好みと女たちの讃仰ぶりを述べ、最後に『(よろづの女は)あはれにのみおもひきこゆる』が、この女は一体『たれぞ』とみずからとぼけて記したのだと考えたいのである。」と言うのである。

ところで、118番までは本院侍従との贈答であるが、『一条摂政御集注釈』は119番の相手の女は本院侍従とは別人と考えているらしい。(37) しかし、119番の相手の女は118番までに引き続き本院侍従だとは考えられないであろうか。まず、『一条摂政御集注釈』も言う通り、詞書は女の立場で書かれ、かつ場面が女の住処であり、よって女の周辺で纏められたものと思えるが、このようなものは146番など本院侍従の歌には例がみられるのである。また、42～44番

すなわち42〜119番の部分の冒頭も本院侍従との贈答であるので、冒頭・末尾に本院侍従が出てくることになる。[38]

とすれば、『一条摂政御集注釈』の考えと併せると、42〜119番の編纂者は本院侍従だということになる。しかし、先に述べた98〜100番にみられる状況なども併せ考えると、本院侍従本人とみるより、その近くの人だという可能性の方が高いと思うのである。それは、『一条摂政御集』他撰部の編纂時期を考えても言えることだと思う。[39]

そうすると、「別本本院侍従集」が他撰部にあるのも、竄入など偶然の結果ではなく、本院侍従側の人物が他撰部の編纂にも関わっていた結果だとも考えられるのである。

さて最後に問題を道綱母に戻す。第二章で述べた通り、私が関心を持つ問題を集約的に纏めると、「『蜻蛉日記』が、文学史を発展的に継承して、あるいは、当時の文壇から飛躍的に抜け出て形成された経緯の究明」となる。そして、実線部か波線部のどちらかに力点を置くという観点から研究の方向を二つに分けると、実線部からの流れをみるのには否定的で、波線部に力点を置いて道綱母の個別的状況・個人的資質を重要視しようとする傾向が強い中、私は実線部からの流れに拘りたい気持ちがあるのである。ところで、実線部からの流れに否定的な従来の研究で、「別本本院侍従集」に目配りするものがあるであろうか。確かに「別本本院侍従集」は短くてしかも断片だと思われるので、取り上げるのは難しく危険でさえもある。また、本院侍従は「宮仕へ女房」であり、道綱母は典型的な「家の女性」[40]であるという大きな違いもある。しかし、本院侍従と道綱母はともに師輔の息子を取り巻く位置にあり、かたや波乱に富んだ人生を送ったらしく、かたや人生に苦悩していた。そんな二人がともに自己の心情を吐露する作品を残しているのである。「別本本院侍従集」は、『蜻蛉日記』形成にあたって看過できない作品だと思う。あるいは、逆に『蜻蛉日記』(現在ある形ではなく、現在ある形になっていく過程のそれかも知れないが)が「別本本院侍従集」に影響を与えたのかも知れない。「当時の文壇」のあり方を見極める上でも、もっと踏み込んだ検討が必要ではないか。

このように考えると、「別本本院侍従集」以外の本院侍従関連の歌語りの存在も看過できない。本院侍従が、歌才豊かな男性にもてる華やかな女性であったとの認識は従来からも持たれていたと思うが、本稿での指摘からすると、伊尹あるいは兼通を巡る歌語りの面でもかなり目立った存在であったと思わなくてはならない。道綱母も兼家を通じてそれらを耳にする（直接兼家から聞かなくとも、兼家の従者から道綱母の従者に漏れてくることもあろう）機会も多かったのではないか。すると、『蜻蛉日記』を執筆するにあたって、あるいは『蜻蛉日記』のもととなった私家集ないしは私家集的なメモなどをなすにあたって、必ずや意識したものと思う。守屋氏や山口氏が考えるように、『蜻蛉日記』が「とよかげ」の部や『本院侍従集』の存在を意識する兼家からの要請によって書かれたとすればなおさらである。そもそも兼家が意識するものの中には、本院侍従と兄達との歌語りも含まれていたのではないか。

そういうふうな文学的状況と『蜻蛉日記』との関連性の追求をさらに続けたいのである。

大学二、三回生の時に読んだ『一冊の講座蜻蛉日記』の中に渡辺秀夫氏の「道綱母をめぐる文化圏」がある。その中で氏は、「道綱母の周辺に、こうした歌稿を編集して自己の生の遍歴を再構成する自伝的文学行為を一再となく見出せることに注意しておこう。」と言いつつ、（道綱母が）「特定の文学サロンやその運動に積極的に関与する姿勢は希薄で、むしろそうした諸種の〈文化圏〉の周延にあってみずからの世界を個的に醸成していたというのが穏当なところであろう。」と結論する。氏の認識の大筋に異論はないのであるが、「諸種の〈文化圏〉」に直接触れることがなくても、「諸種の〈文化圏〉」から輩出した作品を目にする機会があれば、「みずからの世界を醸成」するのがいくら「個的に」であっても、少なくとも間接的な影響は受けたと考えるのである。結局やはり石原氏の問題意識にかえるようである。

注

（1）「日記文学の成立とその意義」（『国文学解釈と鑑賞』28巻1号・至文堂・一九六三年一月）。後、『中古文学論集〈第一巻〉中古日記文学論 中古文学の諸相』（おうふう・二〇〇二年三月）所収。なお、木村氏の言葉は、「貫之はその正統な後継者を持たなかった」という石川徹氏（「土佐日記に於ける虚構の意義」『古代小説史稿』刀江書院・一九五八年五月）の言葉を受けている。

（2）「道綱母の文学基盤について」（『文化女子大学室蘭短期大学研究紀要』4・一九八〇年三月）。傍線は、引用者。

（3）「『蜻蛉日記』上巻の歌物語性―大和物語を軸として―」（『帝京大学文学部紀要国語国文学』12・一九八〇年一〇月）。同様の試みは、「蜻蛉日記の成立」（『一冊の講座蜻蛉日記日本の古典文学1』有精堂・一九八一年四月）及び「『蜻蛉日記』の構造」（『女流日記文学講座第二巻蜻蛉日記』勉誠社・一九九〇年六月）の「二　歌物語の世界―上巻」でもみられる。後者がより詳しい。なお、石原氏は「道綱母披見の日記―子の日の日記と蜻蛉日記の形成について―」（『平安朝文学研究』2巻3号・一九六七年四月）の中で、「記録的叙述法こそ、子の日の日記の如きものによって体得され、心情的抒情は、歌物語・私家集の和歌的なものによって醸成されたもの」とも指摘している。

（4）本稿において和歌の引用・番号は『一条摂政御集』を除いて『新編国歌大観』により、引用には私に句読点、鉤括弧、傍線等を付す。なお、勅撰和歌集名は『後撰集』などとする。

（5）「『一条摂政御集』論―「とよかげ」の部の特質―」（『詞林』2・一九八七年一一月）

（6）「『本院侍従集』考―配列に施された虚構を中心として―」（『詞林』14・一九九三年一〇月）

（7）「『本院侍従集』の時間的虚構については、「『蜻蛉日記』下巻の物語的手法とその限界―夢と養女迎えの記事―」（『言語文化研究徳島大学総合科学部』6・一九九九年二月）で指摘した『蜻蛉日記』下巻における物語的手法と、直接的影響関係とは言えないまでも、何か通じるものがあるのではないかと思っている。具体的には別稿を期したい。

（8）以下に挙げたものの他、既に名前を出した木村正中氏や秋山虔氏、上村悦子氏、柿本奨氏の一連の論考など、本来なら挙げるべきものが数多いが、紙幅の都合上挙げられない。

（9）『平安女流日記文学の研究』（笠間書院・一九七二年一〇月）。引用は「I　女流日記文学序説　二　女流日記文学の特質とその形成」より。

(10)『蜻蛉日記形成論』(笠間書院・一九七五年九月)。引用は「I　序論」及び「II　道綱母における私家集纂集の自律的必然性」より。同様の考えは、「『蜻蛉日記』前史―家集から日記形成への素描―」(『女流日記文学講座第二巻蜻蛉日記』注3参照)でも述べられており、さらに、『日記文学事典』(勉誠出版・二〇〇〇年二月)の「蜻蛉日記」の項、【成立事情と家集】にも纏められている。

(11)今西祐一郎氏新日本古典文学大系『土佐日記 蜻蛉日記 紫式部日記 更級日記』(岩波書店・一九八九年一一月)等も兼家の要請説をとっている。また、山口博氏『王朝歌壇の研究 村上冷泉円融朝篇』(桜楓社・一九六七年一〇月)は、師輔の兄弟によって私家集が隆盛になり物語化の途を辿り始めたのが「藤原氏の社会的経済的地位の上昇、すなわち摂関制の確立と期を同じくして」いる点や『後撰集』が九条家の私撰集めいた性格を持つ点に注目し、「藤原氏私家集隆盛の先駆となった実頼・師輔・師氏三人の集は、決して純粋な文学的衝動のみより編纂されたのではなく、その成立の底に、骨肉相喰むと言われた藤原政権の醜い争いと反目のあった事、彼ら権門にあって私家集は後撰集と共に、その権力表示と微妙な関係にあった事を忘れてはならない。」と指摘する。そして『蜻蛉日記』上巻の「成立において兼家の果した役割りとして、資料提供、執筆時における歌創作、流布、という面を考え」、『蜻蛉日記』上巻に「権力表示」のための兼家私家集としての性格をみている。山口氏の考えと守屋氏の「他律的要因」は重なる面があろう。なお、守屋氏は「『蜻蛉日記』前史―家集から日記形成への素描―」(注10参照)で、「今西氏の見解も、山口氏と同様、兼家が希求した形あるものをただちに『蜻蛉日記』上巻に結びつけているのであり、論者のごとく兼家が道綱母との関係において期待、希求したものは『蜻蛉日記』形成に至る前過程として家集を想定する点において考えを異にする。」と述べている。

(12)『蜻蛉日記』と他作品の関係を取り扱った拙稿「『蜻蛉日記』上巻の最初の引歌表現―いかにして網代の氷魚にこと問はむ―」(伊井春樹氏編『古代中世文学研究論集第一集』和泉書院・一九九六年一〇月)があるが、これは、道綱母が先行文学作品の一節をいわば受容した問題を論じたもので、本稿で跡付けている研究の流れとは、違った流れに位置づけている。

(13)平安文学輪読会『一条摂政御集注釈』(一九六七年一一月・塙書房)等参照。なお、以下『一条摂政御集注釈』というのは、同著のことである。

(14) 拙稿「『一条摂政御集』の他撰部についての一考察—詞書を中心として—」(『詞林』8・一九九〇年一〇月)参照。

(15) 『一条摂政御集』からの引用は、孤本お茶の水図書館成簣堂文庫蔵伝西行筆本により、私に句読点、濁点等を付したが、伝西行筆本につき、筆者が実際に見たのは、一九三七年松かけ会発行の複製本の一九五八年再販本である。その際、伝西行筆本はかなり読みづらい字体であるので、『私家集大成』・『新編国歌大観』・『一条摂政御集注釈』等の翻刻を参考にした。なお、伝西行筆本では、「たまふ」のウ音便形は、「う」を標記しない形(「たまて」など)になっている。

(16) 183番詞書にも、伊尹の発言を引いた部分に女に対する敬語がある。

たちたまて、りんじのまつりに、「しらぬくるまか」とて、ゆきのふるに、うちよりたまて、「これはらひたまへ」とあれば、いとゝくきこゆる。

183 なにゝてかうちもはらはむきみこふとなみだにそではくちにしものを

この場合はやや複雑である。まず、詞書を素直に読めば、伊尹は見知らぬ女だと思って語りかけているので、そのための敬語使用かと思われる。ところが、183番と同じ際の歌と思われる歌が151番にあり、これが後に述べる通り、本院侍従の歌なのである。すると、183番も伊尹は最初知らない女だと思ったが実は知っている女であったらしくとれるので、相手の女は本院侍従だと思われる。その関係で敬語があるのかも知れない。なお、183番と151番の関連については、『一条摂政御集注釈』参照。

(17) この注記的言辞が付けられた根拠も99番の敬語表現ではないかとも思われる。というのも、他撰部にある女に関する他の注記的言辞が付けられた根拠はだいたいわかる。例えば、家族関係についてのもの(49番「ないしのかんのとのに、御いもうと」など)、歌の内容から類推したもの(64番「かへし、あだなぞたちける」など)、伝聞によるもの(121番「をんな、のちのよのたかまつのないしとぞ」など)、というぐあいにである。また、113番「本院のにや、『じゞうのきみへ』、とあり。」は、「じゞうのきみ」という語から本院侍従のことではないかと類推しているのが明らかである。一方、「本院にこそ」の根拠は、即座にはわかりかねる。伊尹の妻・恋人達の中で敬意を払わなければならないのは恵子と本院侍従だけで、98〜100番の場合の詞書に描かれた状況を考えれば、恵子だとは思えず、よって、「本院にこそ」とした可能性もあると思う。

(18) 犬養廉氏新日本古典文学大系『平安私家集』(岩波書店・一九九四年一二月)は「たちたまひにけり。」を98番後書として本文をたてている。なお、以下『平安私家集』というのは、同著のことである。

(19) 83 85 93番に特徴的な詞書と後書が近接しているが、ともに「東宮にさぶらひける人」を相手とする一連の歌群(81〜95番)に含まれる。この歌群には、後にも言及することがある。

(20) 「たちたまひにけり。」について『一条摂政御集注釈』は「『とてたちたまひけり』の意に解した。この集では歌のあとの詞書に『とて』とか『と』のような歌をうける形をあらわさぬようである。」と注している。『平安私家集』も「『とてたちたまひにけり』の意。」とする。

(21) 次に引用する113 114番も、一見本院侍従との贈答のようで、そうすると113〜118番が一連の歌群になるかも知れない。

　本院のにや、「じゞうのきみへ」、とあり。

113　すこしだにいふはいふにもあらねばやいふにもあかぬこゝちのみするをんな

114　ひとりぬるとこになみだのうきぬればいしのまくらもうきぬべきかな

しかし、『一条摂政御集注釈』が114番の語釈の欄で「この歌は、前の歌との関連が見られない。脱落があるか。」と言っている通りであり、114番については本院侍従歌とも言い切れない。いずれにせよ、115番詞書冒頭に改めて本院侍従の名が出ているので、ここに切れ目があると考えられる。誤脱を含むと思われる113 114番は考察の対象から外さざるを得ない。

(22) 『本院侍従集』にもみられ、注6論文で詳述した。

(23) 「歌語りとその場序説—伝承と創造—」(『平安文学研究』65・一九八一年六月)。傍線は、引用者。

(24) 「冷泉家時雨亭文庫蔵『小野宮殿集』の構成と成立」(関西大学国文学会『国文学』78・一九九九年三月)

(25) 『小野宮殿集』同様物語化の跡がみられる『九条右大臣集』でも、師輔を「との」と呼んで敬語を付すのが多い中、

4 32番詞書に「をとこ」がみられる。
(26) 『一条摂政御集注釈』は補注(十三)「一条摂政御集の伝本」で、現存『一条摂政御集』以外の「伊尹集」を定家が保持していた可能性を指摘している。それでは151番の作者が本院侍従とわかる書き方がなされていたのであろう。
(27) 「きたる」と「きたれ」とあるので、カ変動詞「く」にラ変型助動詞「たり」の接続したものか、「来至る」の転と一般に言われているラ行四段動詞「きたる」か分別し難い。ここでは、築島裕氏『平安時代の漢文訓読語につきての研究』(一九六三年三月・東京大学出版会)が、動詞「きたる」は平安時代には漢文訓読系にのみもっぱら使用され、和文では用いられなかったと言うのに従った。なお、たとえ動詞「きたる」であっても、私の論旨には影響しない。
(28) 注14論文、7頁あたりで詳述した。
(29) 後に触れる「別本本院侍従集」も「ほどへて……」で始まっており、前の部分が切れて途中からであろう。
(30) 151番後書については、やはり注14論文の3及び7頁あたりで言及している。
(31) 「おぼろのかたにみかさの山」が歌等の一句かも知れないが、三角洋一氏は『歌語り・歌物語事典』(雨海博洋・神作光一・中田武司氏編、一九九七年二月・勉誠社)「一条摂政御集」で、「慶事か公事の近いころ、「声たかく三笠の山ぞ呼ばふなる天の下こそ楽しかるらし」(『拾遺集』賀・仲算。『和漢朗詠集』雑・祝には初句「よろづよと」)とうたう伊尹の声を聞きつけて、侍従が心をまどわした挿話であろう。」と指摘する。
(32) 「一條攝政御集の研究」(『文学』3巻6号・一九三五年六月)。なお、鈴木氏は140番台の半ばあたりからをも本院侍従の作だと考えていると思われる。
(33) 『新勅撰集』121、717番の詞書は、158、163番の詞書とは内容が違い、現行『一条摂政御集』以外が採歌材料になったと思われ、それに作者名があったのであろう。なお、注26参照。
(34) このあたりの検討は、山口博氏「元良親王集の物語性」(『平安文学研究』25・一九六〇年一一月)に負うところが大きい。氏は『元良親王集』が物語的である要素を具体的に指摘するために詞書について検討し、複数の文でできている詞書や終止形ないしは係助詞の結びの連体形で終止する詞書(氏は「詞書が歌の直前で切れる終止法形式」と呼ぶ)の例を引用した後で、「此の様に本集の詞書は、歌より独立の趨勢がかなり強いのであるが、遂には詞書中に

『よめる』『聞ゆ』『遣りける』などの語を含まない、換言するなら、次に歌のくる事を明示しない場合が現われる。（中略）詞書と歌とが独立し、詞書が主で歌が従であるとさえ思われるのである。」などの特徴がある点に注目している。

(35)『本院侍従集』の構成及び編者については、第一章及び注6論文参照。

(36) 115116番の贈答も伊尹と本院侍従の関係が始まった頃に交わされたものであるが、116番の初句に関し稲賀敬二氏が「本院侍従―その生涯と集―」(『広島大学文学部紀要』36・一九七六年一二月)で、「伊尹との交渉がこうして深まった時、彼女は「ふたしへに思へば苦し」(116)と云っている。(中略)私は「ふたしへに」の表現が、伊尹・兼通の二人の愛にはさまれた彼女の立場をも含んでいるように思う。」と述べている。氏の推測があたっていれば、115116番の贈答も、兼通をも含んだ三角関係によるものとなる。

(37)『一条摂政御集注釈』は「一一九番の歌の作者の女」と言っているが、119番の作者は伊尹である。ちなみに、『平安私家集』も「たれぞ」を「一一九の作者は誰であろう。」と誤訳している。

(38) 120～151番の部分の末尾部分も本院侍従の歌と思われる。

(39) 他撰部の最終的な編纂時期に関しては、丸岡誠一氏「一条摂政御集成立私見」(『文学論藻』11・一九五八年五月)に詳しい。なお、42～119番の編者については、他の可能性も考えており、拙稿「歌語りから『とよかげ』の部へ―『一条摂政御集』の好古女関連歌を中心として―」(『語文』58・一九九二年四月)で論じた。

(40)「宮仕へ女房」「家の女性」は益田勝實氏「源氏物語の荷ひ手」(『日本文学史研究』11・一九五一年四月)の用語。

(41) 注11参照。

(42) 注3参照。

作り物語と作り物語

加藤昌嘉

いくたびも、「物語とは何か」「説話とは何か」「日記文学とは何か」「お伽草子とは何か」という問いが、発せられつづけて来た。術語の定義が問題なのではない。事は、我々の概念にかかわるのだ。「手近いありあわせ、持ち合わせのものでは、『源氏物語』はほんとうにはわからなくなつてしまつた時代になつているのです。いま急速に！」[1]とか、或いは、「われわれが、われわれ自身のおかれた状況に埋没することなく、そこから脱出するための方法を、どのように模索するかにかかってくる」[2]とか、或いは、「真の学問とはつねに一つの突破つまりbreak-throughであるはずだ」[3]とかいった評言が、今もなお重く谺する。

I　連結と合流

玉上琢弥『物語文学』(塙選書・一九六〇年)は、『竹取物語』『伊勢物語』から『源氏物語』に至る平安物語のありようを辿ったコンパクトな概論書であるが、氏の旧稿が踏まえられつつ、物語は如何なる存在としてあったか、また、それを如何に把捉すべきかが簡潔明瞭に説かれており、今なお我々の既成概念を揺さぶってやまない。その視座は、片桐洋一『源氏物語以前』(笠間書院・二〇〇一年)、藤井貞和『平安物語叙述論』(東京大学出版会・二〇〇一年)、稲賀敬二『源氏物語の研究　物語流通機構論』(笠間書院・一九九三年)、三谷栄一『物語文学史論　新訂版』(有精堂・一九六五年)などで示されたそれと繋がり重なってもゆくだろう。本節では、そこで取り挙げられた諸例を改めて俎上に載せてみたい。

「交野の少将」を招喚する『落窪物語』

作り物語はどのように作品世界を設えるか、という問いを立ててみたとき、『落窪物語』のありようは、洵に示唆深い。次に掲げたのは、巻一後半に存する会話文である。(適宜、句読点・濁点・鉤括弧を付した。表記はもとのまま。…は省略した箇所。以下同。)

「…まこと、此世のなかにはづかしきものとおぼえ給へる弁の少将のきみ、よ人は『かたのゝ少将』と申めるを、そのとのに、かのおとこ君の御かたに、少将と申すは、少納言がいとこに侍り。…」
(慶長大形本＝『おちくぼ　九条家本と別本草子　下』古典文庫　三八頁)

北の方(継母)のもとから遣わされている少納言という女房が、弁少将という男君について話しているくだり。これによると、世評の高い弁少将は、人々が「交野の少将」と呼んでいるらしいその人であり、また、弁少将邸に侍る少将という女房は、自分の従姉妹に当る、ということである。また、これに続く言によると、「交野の少将」は、落窪の姫君の不遇ぶりを聞いていたく興味を示し、「我いと思ふさまにおはすなるを、かならず御ふみつたへてんや」だの、「心にまかせでおはすらんよりは、わたくし物にてところにすませたてまつらん」だのと、求愛・庇護の意向を述べたということである。これを耳にした少将道頼は、悋気したのか、「かたのゝ少将をかたちよしとほめきかせたてまつりつるにこそ、みまうくなりぬれ」と非難をはじめ、「かれは、いとあやしき人のくせにて、ふみひとくだりやりつるが、はづるゝやうなければ、人のめ、帝の御めもたるぞかし。さて、身いたづらになりたるやうなるぞかし」とその性情をあげつらい、「京のうちに、女といふかぎりは、かたのゝ少将めでまどはぬなきこそ、いとうらやましけれ」と皮肉をいう。少将道頼は、「交野の少将」の一知人として、これに対抗心を燃やしているという態である。そして、巻二の冒頭になると、少納言は実際に、

少納言、かたのの少将のふみもてきたるに、かくもこもりたれば、あさましくくちおしうあはれにて、

(同右書　五三頁)

と、「交野の少将」からの懸想文を携え、落窪の姫君のもとへやって来るのであった。

いうまでもなく、「交野の少将」とは、平安物語の主人公名である。中世には既に散佚していたようで、その内容・形態がさまざまに論じられている作品であるが、[4]『枕草子』や『源氏物語』にその名が見えるとおり、「交野の少将」といえば、色好みで美貌の貴公子として人口に膾炙していたものと認められる。ただ、『落窪物語』の右のくだりに関しては、「その主人公の名を取って、ここでは弁少将のあだ名とする。」(柿本奨『落窪物語注釈』笠間書院・一九九一年)と考える向きもある。しかし、藤村潔「源氏物語に見る原拠のある構想」(『古代物語研究序説』笠間書院・一九七七年)が説くように、少将道頼をはじめ地の文までもが一貫して「交野の少将」と称しているところから見て、『落窪物語』は、先行する物語の主人公を、いわば隣人として再登場せしめていると捉えるべきだろう。『枕草子』「成信の中将は」の段における、

かたのゝ少将もどきたるおちくぼの少将などはおかし。

(『陽明叢書国書篇　枕草子・徒然草』思文閣　三一二頁)

という言は、そうした構成法を正しく理解してのものであると思しい。

「『落窪物語』は、すでにできあがっていた『交野少将物語』の世界と連続する形で、物語世界を構築していた」(片桐前掲書所収「平安時代物語の方法」)のであり、「交野少将物語の世界と落窪物語の世界とは、時と所を同じく

した一続きのものとなる」(玉上前掲書)のである。『落窪物語』は、先行物語の主人公を招喚し、その物語世界との連結を図っている、といえよう。ただ、結果的には、「交野の少将」が実体を伴った一人物として『落窪物語』に現出することはなかったし、また、その後、『落窪物語』の主人公が「交野の少将」側の物語に現出することもなかったようである。つまり、後発の物語のなかで一回限りの連結がなされただけであり、相互が合流するような物語が引き続いて作成されることはなかったということである。

連結と合流の末の『うつほ物語』

現存の『うつほ物語』は全二〇帖からなり、『源氏物語』に先行する長篇作り物語と認定されているが、その長篇という謂は、連結と合流によって成ったものを結果的に見てのものに他ならない。近年の『うつほ物語』校注書はいずれも、俊蔭巻を冒頭に据え、藤原の君巻、忠こそ巻、という順に諸巻を並べているが、これは、とりあえずの処置であって、成立の順序を踏まえているわけでもなければ、当時の享受のありように合致するわけでもない。この物語の成立については、小西甚一「俊蔭巻私見」(『国語国文』一九五四年一月)、同「宇津保物語の構成と成立過程」(『日本文学研究資料叢書　平安朝物語II』有精堂・一九七四年)や、野口元大『古代物語の構造』(有精堂・一九六九年)、片桐前掲書などに拠られたいが、かいつまんでいえば、俊蔭の漂流に始まる琴の奇瑞譚たる俊蔭巻と、あて宮求婚譚の劈頭をなす藤原の君巻、継子苛めと忠こその出家遁世を語る忠こそ巻は、生成当初は、それぞれに独立した物語であったと考えられるのである。それが、或る段階で、兼雅や忠こそを二作品三作品にまたがって登場させることで連結を果し、さらに、それらを承けた後続の巻々が作られたり、それら自身が増補改修を施されたりすることによって、次第に合流し、現在のような形へと増幅していったということである。その他、現存『うつほ物語』は、嵯峨の院巻と菊の宴巻の記事重複の問題や内侍の督巻の矛盾記事の問題など、さまざまな謎を懐孕しており、これまで多くの議論が重ねられて来たのだが、そうした研究の多くが、平安作り物語が如何ように作成され如何ように享受されたかという問題に向っていたことは、心に留めておきたい。

『うつほ物語』冒頭部三巻につき、片桐洋一「宇津保物語の構成―俊蔭の巻と嵯峨院、菊の宴両巻をめぐって―」(『国語国文』一九五四年六月)は、生成当初、それらは、直線的に順序づけられた「線《ライン》」の状態ではなく、それぞれが緩やかに括られる「集合《マッス》」の状態にあった、という概念呈示をしている。『うつほ物語』にせよ『源氏物語』にせよ、はじめは帖＝巻の単位で流布し、それらは順不同の集合体として纏まっていたに過ぎない、ともいえようか。『うつほ物語』や『源氏物語』の諸巻すべてに順列番号を付し時間軸に沿って直線化するというのは、そもそも平安物語のありように齟齬することなのだ。西本香子「『うつほ物語』の生長力―物語の二つの発端から―」(『古代中世文学論考7』新典社・二〇〇二年)には、「もとよりこの物語は巻相互の結びつきが稀薄で」「全体的完成度の点では拙劣の感がぬぐえない」という言があるのだけれども、もとより、巻相互を滑らかに承接せしめ全巻を鞏固な完成体に見せんとする創作意識が、『うつほ物語』に、『源氏物語』に、或いは『狭衣物語』に、『我身にたどる姫君』に、『恋路ゆかしき大将』にあったろうか。

II　組み換えつづける

いうまでもなく、物語同士の接触は、『落窪物語』や『うつほ物語』の一部だけで起ったわけではない。現在、散佚して伝わらない平安前期の作り物語のなかにも、さらに流動的に連結や合流をなしていたものが、いくつも存在していたと思しい。

『源氏物語』蜻蛉巻の物語絵

『源氏物語』蜻蛉巻の後半に、次のような一節がある。多くの注釈書が底本とする大島本によって掲出してみよう。（・は朱による句読点を表す。［ ］内は補入された語。傍記は省略した。以下同。）

あまたおかしきゐともおほく・大宮もたてまつらせ給へり・大将殿うちまさりて・おかしきともあつめて・まいらせ給・せりかはの大将の・とを君の女一の宮・思かけたる秋のゆふ暮に思わひて・いてゝ・いきたるかたおかしうかきたるを・いとよく思よせらる［か］しかはかりおほしなひく人のあらましかはと・思ふ身そくちおしき

荻の葉に露ふきむすふ秋風も夕へそわきて身にはしみけるとかきてもそへまほしくおほせと・

（『大島本源氏物語10』角川書店　二八四頁）

薫の所望を受け、女一宮およびその母大宮（明石中宮）から、女二宮のもとへ、さまざまの絵と消息が贈られて来るくだり。女二宮を正妻に得ながらもその異母姉女一宮を想ってやまぬ薫は、ようやく彼女の手跡に触れることが叶い、歓喜する。とともに薫は、己の想いは秘めたまま、御礼かたがたさらに素晴しい絵を女一宮に献上しつつ、独り思いにふけるのであった。

右の傍線部分を、新編日本古典文学全集は、「芹川《せりかは》の大将のとほ君の、女一の宮思ひかけたる秋の夕暮に、」と整定している。「とを君」を「とほ君」に改めている点(5)については、今は措く。問題にしたいのは、その解釈である。薫が女一宮に贈った物語の絵は、いったい如何なるものであったのか。新編日本古典文学全集は、「とほ君の、」と読点を打ち、「芹川の大将の物語のとほ君が女一の宮に懸想している、その秋の夕暮に、」という現代語訳を供している（傍点ももとのまま）。他の注釈書、例えば日本古典全書・新潮日本古典集成・新日本古典文学大系を見ても、解釈はこれと変りない。通説では、〝『せりかはの大将』という物語の登場人物「とを君」が、「女一の宮」に懸想をした…〃と解されているのである。

しかるに、玉上琢弥「昔物語の構成」（『源氏物語評釈別巻1　源氏物語研究』角川書店・一九六六年）は、それとは全く異なる解釈を呈示している。氏は、平安前期の作り物語のありようを考察するなかで、蜻蛉巻のこの一節に触れ、『更級日記』の記述などを根拠に、「せりかは」と「とを君」はそれぞれ物語名であることを確認しつつ、〃『せりかは』という物語の登場人物「大将」が、『とを君』という物語の登場人物「女一の宮」に懸想をした…〃と解すべきだというのである。思えば、この場面で、薫大将は、自身の恋心を透かし見せつつ女一宮に絵を贈っているわけだから、「大将」を主語、「女一の宮」を対象語と考える方が、対応関係からいっても妥当であろう。そうでありながら、現在、この解釈を採っているのは、玉上琢弥『源氏物語評釈』とそれを基にした角川ソフィア文庫だけのようである。近年は、新編日本古典文学全集や新日本古典文学大系が広く流布しているだけに、改めて、玉上論文の蓋然性と可能性が検討されねばならないように思う。

『せりかは』と『とを君』

『更級日記』には、作者が伯母からさまざまな物語を貰うくだりに、次のような記述がある。（□の箇所は空白になっており、右に「中将」と傍記されている。）

源氏の五十余巻、ひつにいりながら、ざい□・とをぎみ・せり河・しらゝ・あさうづなどいふ物がたりども、ひとふくろとりいれて、えてかへる心地のうれしさぞ、いみじきや。

（『御物更級日記　藤原定家筆』笠間書院　四九頁）

玉上論文は、これを根拠にして「『とをぎみ』『せり河』は二編の短編物語であった」といっているわけだが、現在では、その他にもいくつかの傍証を挙げることが出来る。

物語は、すみよし、うつほのるい、とのうつり、くにうつりはにくし。とを君、月待をんな。こまのは、くひものまうくる所にくき。むもれ木、かはほりの宮。

（『堺本枕草子　斑山文庫本』古典文庫　三五頁〜）

『枕草子』「物語は」の段であるが、《三巻本》《能因本》《前田本》には見えないものの、《堺本》には右のようにあって、(6)「とを君」が、物語名としてあったことがわかる。

ただ、その一方で、藤原定家による物語秀歌撰『後百番歌合（拾遺百番歌合）』を見ると、その九番に、

左　せりかはの大将のとをぎみの秋のゆふべにおもひわびたるところかきたるゑを見て

おぎのはにつゆふきむすぶ秋かぜも
ゆふべぞわきて身にはしみける

（『日本古典文学影印叢刊　物語二百番歌合・風葉和歌集桂切』貴重本刊行会　一四三頁）

とあって、定家が蜻蛉巻の一節を要約引用するさいには、〃『せりかはの大将』という物語の登場人物「とを君」が、秋の夕べに思い煩っている……〃と解していたことが窺われる。また、北村季吟の『湖月抄』や山本春正の『絵入源氏物語』でも、「せり川の大将のとを君の・」という読点が付してあり、日本古典全書や新潮日本古典集成や新編日本古典文学全集や新日本古典文学大系がなした解釈も、故なしとはしない。

しかし、これら現代の諸注釈書が底本とする大島本の本文を、再度よく見てみたい（前掲）。大島本は、「せりかはの大将の・とを君の女一の宮・」と読点を打っているので、朱点が施された段階では、玉上論文と同じ理解がなされていたはずである。新編日本古典文学全集はさておき、少なくとも新日本古典文学大系は、大島本そのものに堆積する読みの歴史まで重視するむね標榜しているのだから、大島本の朱点を尊重した解釈をすべきであったと思われる。また、その他の『源氏物語』諸本のなかにも、この解釈を支えるものがある。

大将殿うちまさりてをかしきゑともあつめて・まいらせ給・せり川の大将・とを君の女一宮思ひかけたる秋の夕くれに思わひ・出ていきたるすかたをかきたる・

（『高松宮御蔵河内本源氏物語』臨川書店　四九ウ）

右は、高松宮本蜻蛉巻の当該部分である。見られるとおり、これには、「せり川の大将」の下に助詞「の」がない。よって、〝『せりかは』という物語の「大将」が、『とを君』という物語の「女一の宮」に懸想をした…〟としか解釈できない。ちなみに、陽明本や国冬本でも、同じく、「大将」の下に、助詞「の」はない。

……と、ここまで、主語の採り方に拘泥して来たが、むしろ、玉上論文の意義は、『A』という物語の主人公と、『B』という物語の主人公とが接触する、という事象を、研究史上はじめて概念化したところにこそある。前節で検討した『落窪物語』の連結操作も『うつほ物語』の合流現象も、この発想なくしては解明し得なかったろう。ただ、玉上論文は、「とほ君が前でせり川が後に出来たのであるとすれば、『とほ君物語』に出てくる女一の宮に、大将である人が思いをかけた話をかいたものが、『せり川物語』と題されたわけである」といい、逆に「『せり川物語』がさきなら、その物語の中に出ていた大将と女一の宮とのことをかいたものを、どういう意味でか、『とほ君物語』とよんだわけで」といっている。つまり、後発の物語が先行の物語の登場人物を招喚するような連作形態――前節で述べた『落窪物語』型の連結――が想定されているわけだが、果して、それだけなのであろうか。「大将」が登場する『せりかは』が存在し、またそれとは別に、「女一の宮」が登場する『とを君』が存在し、さらに、双方の登場人物が、新たなる物語『P』のなかで接触を持つ形態――前節で述べた『うつほ物語』型の合流――も、考慮すべきではないか。その『P』は、『せりかは』の巻二もしくは『とを君』の巻二として享受された可能性もあろう。或いは、『せりかは』『とを君』『P』が巻一・巻二・巻三のごとくに認識され、纏めて『Q』という物語名で呼ばれた可能性もあろう。或いは、『せりかは』『とを君』『P』……という「集合《マッス》」が『せりかは』もしくは『とを君』と称された可能性もあろう。或いはまた、その合流は、『源氏物語』蜻蛉巻のなかだけで仮構的になされたという可能性さえあろう。

「交野の少将」「隠れ簑の中将」と『狛野の物語』

以上のように玉上論文の概念を敷衍してみると、次に掲げる資料は、さらに意義深く見られるに相違ない。一九七〇年代に公にされた、ノートルダム清心女子大学蔵『光源氏物語抄（異本紫明抄）』である。作品そのものとしては、夙に、宮内庁書陵部蔵本が知られており、翻刻も刊行されていたものの（『未刊国文古註釈大系10』清文堂・一九三八年）、巻一（桐壺〜夕顔巻）を欠いていた。それが、ノートルダム清心女子大学蔵本には備わっており、そこに、瞠目すべき記述が存在していたのである。

かたのゝ少将は、かくれみのゝ中将のあに也。但、かくれみのは、中将の時にあらば、かくれみのゝ東宮亮といはれし人也。こまのゝ物語のはじめの巻也。かたのゝ少将も中将の時の事なれども、物語のやう、みなかやうにとりなしてかけり。かた野は、少将の時もありとみゆる所は侍也。

（『ノートルダム清心女子大学古典叢書　紫明抄1』福武書店　三九オ）

『源氏物語』帚木巻の「…かたのゝ少将にはわらはれ給けんかし…」に付された注のうち、末尾に「西円釈」と記されたものの冒頭部分である（傍記は省略した）。「交野の少将」の物語も「隠れ蓑の中将」の物語も『狛野の物語』も現存しておらず、他の文献からその内容を推測するしかなかっただけに、三物語に連絡があるという右の記載は、洵に衝撃的であった。これによると、「交野の少将」と「隠れ蓑の中将」は兄弟の関係にあり、そのことは『狛野の物語』のなかで語られているというのだ。また、右の注に引きつづいては、「其詞云」として、

大納言、御はらへし給はんとて、御かた〴〵きんだちひきつれて、

（同右書　三九ウ）

と、当該物語からの長大な引用が始まっていて、第一級の資料となっている。しかし、さて、それが、何からの引用であるのか、判断が難しい。

　この新出資料および西円については、既に、稲賀敬二「「交野の少将」と「隠れ蓑の中将」は果して兄弟か―黒川本「光源氏物語抄」の資料を中心に―」（『源氏物語の研究　物語流通機構論』笠間書院・一九九三年）、および、中野幸一「交野の少将・隠簑・狛野の物語をめぐっての試論」（上村悦子編『論叢王朝文学』笠間書院・一九七八年）が紹介と考証を行っており、詳細はそれに譲りたいのだが、『交野の少将』『隠れ蓑』『狛野の物語』がどういう包括関係にあったかという点で、両氏の解釈はいささか異なっている。波線部「こまのゝ物語のはじめの巻也」とあったのは、〝「交野の少将（現中将）」と「隠れ蓑の中将（現東宮亮）」が兄弟として設定されるのが『狛野の物語』初巻である〟という意味だと判断できよう。そして、稲賀論文は、『狛野の物語』は巻一・巻二…とつづく作品としてあり、かつそれ以前に『交野の少将』『隠れ蓑』が存在していたことを認めつつ、文献によっては、『交野の少将』と『狛野の物語』を巻の扱いにして『交野』と総称する立場や、そこに『隠れ蓑』を含めたり含めなかったりする立場があったことを検討しながら、むしろ『狛野の物語』は『隠れ蓑』に包括されていただろうという見解を打ち出している。一方、中野論文は、『交野の少将』は『狛野の物語』初巻の別称であり、以降、『狛野の物語』はさらに巻二・巻三…と成長をつづけ、それとは別に、『隠れ蓑』は独立して成長したであろうという見解を打ち出している。つまり、右の「大納言、御はらへ…」という長い引用は、稲賀論文によれば、『狛野の物語』初巻、すなわち、それを含み込む『隠れ蓑』からの引用ということになろうし、中野論文によれば、『狛野の物語』初巻、すなわち、『交野の少将』からの引用ということになろう。にもかかわらず、室城秀之「「物語」を作る―うつほ・落窪」（『岩波講座日本文学史2　九・一〇世紀の文学』岩波書店・一九九六年）では、「この引用された本文について、稲賀敬二は『隠蓑』ないし『狛野の物語』、中野幸一は『交野の少将』と解しているが、「狛野の物語の初めの巻なり」とあるのは、この物語の本文が『狛野の物語』からの引用であることをいうものだろう。」と、両論文の趣旨を汲み取らぬ要約がなされている。それほど、三作品の関係は錯雑とし、両論文の概念は難解だったということだろうか。

まず、「交野の少将」の物語（ア）が存在し、また一方で、「隠れ蓑の中将」の物語（イ）が存在し、そして、その主人公たちを招喚する形で『狛野の物語』初巻（ウ）が作られ、引きつづき、『狛野の物語』の巻二（エ）・巻三（オ）・巻四（カ）…が作られた、という生成の推移は認め得る。ただ、アとウが同一物なのか、アがウに吸収されたのか、それとも、ア・イはウ・エ・オ・カとは別に独立性を保っていたのか、ア・イ・ウおよびエ・オ・カを総括して『狛野の物語』と称したのか、イおよびイの続篇とウ・エ・オ・カを包括する見方があったのか、アには補巻か別伝がありそのいずれかをウと称したのか……等々、それこそ無限に、概念の組み換えを迫られるような気がする。思えば、『うつほ物語』楼の上上巻には、

ちぶ卿は、うつをのまきに見えたり。

（『うつほ物語の総合研究1　本文編　下』九三九頁）

という文辞があった。この物語群が二〇帖に垂んとするに及んでもなお、「うつほ」という名詞は、現在の俊蔭巻（就中、俊蔭女と仲忠が山中の洞穴＝うつほで暮すくだり）を示し呼ぶ巻名であったことを証する資料である。現在俊蔭巻と呼ばれるもの（もしくはそれに近いもの）は、生成当初は、『うつほ』という一個の物語であっただろう。それが、連結と合流をくり返すにつれ、次第に「うつほ」という巻として認識され、さらに、全帖を包括する総称ともなっていったのだろう。同様に、「交野」もしくは「交野の少将」、「隠れ蓑」、「狛野」という名詞は、或る文献においては巻名（物語の一部）として用いられ、或る文献においては物語の総称として用いられているように見える。いや、Xなる物語一帖が存在した場合、それは、単独で一つの『X物語』と認識されたであろうし、また時に

は、大きな物語『Y』の一部分「X巻」にもなり得たに違いなく、のみならず同時に、それとは別の物語『Z』の一部分になる可能性さえあり、時には、その『Y』が『X』と総称されることもあり得たろう。「集合《マッス》」は、流れ動き、組み換えをつづけていたことだろう。

短篇作り物語の合流現象を喩えて、玉上論文は、「四方に触手を伸ば」す「原生動物」のようだといっている。まるで、ドゥルーズ＋ガタリの「Rhizome リゾーム＝地下茎」のようだ。まさに、「Agencement アジャンスマン＝編成・アレンジメント」だ。[7] リゾームは、中心なく、際限なく、拡散し、重合し、或いは囲い込み、或いは引き離す。作り物語なるものには、著作権はもとより、更新不能の完結性も、乗り入れ不可侵の独立性もなかったろう。それは、常に開かれてあり、作り手・読み手の営為によって、連鎖・編成を繰り返していたろう。

III　時間を引き継いで

玉上論文の末尾は、「昔物語と『源氏物語』のあいだには、大きな谷間が残されているように思われたので」「この不完全な一面観が」「谷間を埋める一茎の草ともなるならば、と思う。」と締め括られている。だが、ここまで辿り見たような作り物語の連結・合流は、平安前期特有の、古代的営為なのだろうか。[8]『源氏物語』以降、平安後期〜中世の作り物語において、そうした結び合い・乗り入れは、なされなかったのだろうか。

『源氏物語』第二部と連繫する『狭衣物語』

『狭衣物語』巻四、桜花咲きほこる斎院に、狭衣大将はじめ公達が集い合せ、蹴鞠に興じるくだりに、次のような一節がある。

御すの内なる人々、「まめ人の大将はおはせずやは侍りける」「さらばしも、はなのちるもおしからじかし」など、くちぐ〳〵いとたて〴〵まつらまほしげなるけはひどもなり。「そのいたうくんじたる名ざしこそ、よそへつべかめれ、こよなく見くらべ給はんがねたければ」とて、うちゑみ給へるあいぎやうは、はなのにほひよりもこよなうまさり給へり。はなのいたうちりかゝるをみ給ふ。「かうりたまかへつてあとなるはふかし」と忍びやかにくちすさび給て、かうらんにをしかゝり給へるまみ気色聲などは、かの「桜はよきて」とて花のしたにやすらひ給へりし御さまを、そのおりはおかしと見しかど、この御ありさまたぐひなげにぞ、なに事のおりにも見ゆる。

（『元和九年心也開板古活字本　狭衣物語　下』勉誠社　六四七頁〜）

蹴鞠に加わらぬ狭衣大将に対し、御簾の内の女房らは、「まめ人（まじめ男）の大将だって参加なさったではありませんか」などと水を向ける。これを受けて、狭衣大将は、「まめ人」なんていう卑称は私にぴったりでしょうが、でも蹴鞠の技量を比較されるのは憎らしいと、美しく微笑んで辞退し、飄姚と散りかかる桜を見る。その狭衣大将の容貌や声音は、「桜はよきて」といって花のもとに逡巡していた「かの」「御さま」と比べても、類なく素晴しく見えた、ということである。

夙に、紹巴の『狭衣下紐』が指摘し、日本古典全書や日本古典文学大系が注するとおり、右のくだり全体が、『源氏物語』若菜上巻における、六条院の蹴鞠の場面を踏まえている。「まめ人の大将」とは、すなわち、『源氏物語』の夕霧大将のことである。御簾の内の女房と狭衣大将は、実在の人物としてか有名な架空の人物としてか、ともに、「まめ人」夕霧を認知していることになろう。そして、問題となるのは、二重傍線部「…御さまを、そのおりはおかしと見しかど」である。「かの『桜はよきて』とて」とは、若菜上巻における柏木の言、

花みだりがはしくちるめりや。さくらはよきてこそ。

（『大島本源氏物語６』角川書店　二三六頁）

を引いたものである。地の文＝『狭衣物語』の語り手は、『源氏物語』の蹴鞠の折、「さくらはよきてこそ」と口にして「やすらひ」なさった柏木の「御さま」を実見した、というのだ。となると、御簾の内の女房たちも同じく、夕霧を、架空の人物としてでなく六条院で実際に姿を仰いだ方として引き合いに出したと捉えるのがよかろう。物語内の女房たちと『狭衣物語』の語り手は、ともに、『源氏物語』の夕霧や柏木と同じ時空に生きたことがあり、狭衣大将は、それら貴公子たちに比しても並びなく素晴しい、と賞讃されているわけである。物語世界の時間が、『源氏物語』第二部から『狭衣物語』へ、流れ、繋がっている、という態だ。堀口悟「狭衣物語」（『研究資料日本古典文学1　物語文学』明治書院・一九八三年）がいうように、「物語世界同士に、あたかも歴史的な時間が継続しているように設定した」ということである。(9)

もちろん、全巻にわたってこの連繋意識が貫かれているわけではないのだが、ここからさらに広がる『狭衣物語』の構成を論じたのが、後藤康文「もうひとりの薫―『狭衣物語』試論―」（『研究講座　狭衣物語の視界』新典社・一九九四年）であった。氏は、精緻な本文批評を行い、『狭衣物語』は、『源氏物語』第二部の時間を引き継ぎつつ宇治十帖と並立するかのような物語世界を構想し、狭衣大将を「もうひとりの薫」たる人物として設えてあるというむね述べている。また、今西祐一郎「『源氏物語』のゆくえ」（『源氏物語覚書』岩波書店・一九九八年）は、その発想を援用しながら、開かれてある『源氏物語』と、その別伝・続篇たろうとした後代物語について考察している。前述した『落窪物語』型の連結は、己の世界を、先行物語と横並びの同時空に置こうとするものであったが、『狭衣物語』型のそれは、己の世界を、先行物語の時空の後ろに置こうとするものである、といえよう。

故事としての平安物語

右のくだりにつき、新編日本古典文学全集『狭衣物語』は、如何なる発想に基づくのか、「歴史物語の語り手の口吻に似る」という注を付している（二三九頁）。世継が一七六年間の見聞を語る『大鏡』などが想定されているのだろうか。ただ、他作品の世界と己の世界を地続きにする連結の手法と、語りの場を設定して物語を進める『大鏡』の枠組みとは、次元が異なるのではないかと思われもする。

かような連繋の問題については、福田秀一「中世文学における源氏物語の影響」（『中世文学論考』明治書院・一九七五年）の整理が、たいへん参考になる。そこでは、『とはずがたり』が中心に据えられつつ、仮名日記や軍記物語などにおける『源氏物語』摂取のありようが、①「『源氏物語』の一場面を、あたかも一つの史実の如く見なし、それを引用・言及していると見られるもの」、②「主として表現の面で、時には発想の段階から、一定の形を「源氏」に仰いでいると見られるもの」、③「部分的な構想やモチーフを「源氏」に負っていると見られるもの」、④「ある程度まで全体の構想や主題に、「源氏」が影響していると認められるもの」という四種に分類されている。右の『狭衣物語』巻四の場合、相当に凝った仕組みの、①ということになろうか。『とはずがたり』の諸例や『平家物語』『太平記』の類例については福田論文に拠られたいが、その他に、①の好例と思しいものを、歴史物語および中世の作り物語から、任意に挙げてみよう。

みたてまつれば、御年は廿二三ばかりにて、御かたちとゝのほり、ふとりきよげに、色あいまことに白くめでたし。かの光源氏もかくや有けむと見奉る。

（『古典資料類聚24　梅沢本栄花物語1』勉誠社　三八八頁）

かの行平中納言、「関吹こゆる」といひけんは、うらよりおちなるべし、あはれに御らんじわたさる。源氏の大将の、「なくねにまがふ」との給けむうら波、いまもげに御袖にかゝる心ちするも、さまぐ〵御涙のもよほしなり。

（『龍門文庫善本叢刊2　増鏡』勉誠社　四九四頁）

心をやりて、「いふべき人はおもほえで」などはなちあげて、ほゆるやうにながめしに、源氏の御ためもくちおしく、「袖ふる事は」などながめあはせて、かみふりかけなどせしに、

（『我身にたどる姫君』巻六＝『鎌倉時代物語集成7』笠間書院　一九一頁）

更行まゝに笛のねすみのぼりて、さごろもの大将の、「光にゆかん天のはら」と吹すまし給けん笛の音も、是にはおよばじや。

（『苔の衣』夏巻＝同右書3　六一頁）

一つめは、『栄花物語』「浦々の別れ」における大宰府左遷直前の藤原伊周の様子、二つめは、『増鏡』「久米のさら山」における後醍醐帝隠岐遷幸の様子である。両者、須磨に流謫した光源氏になぞらえられているわけであるが、特に『増鏡』では在原行平と併置されており、あたかも史上の実在人物を想起しているかのような口吻である。また、『我身にたどる姫君』『苔の衣』においても、光源氏や狭衣大将の言動が過去の事実のように想起され、現在語っている人物との懸隔や優劣が云々されている。ただ、①「あたかも一つの史実の如く見なし」といっても、実際には、誰もが知る物語中の登場人物ということで引かれたのかも知れず、以下の例のように、その区別が判然としないものも多い。

それもや、たゞひとりすぐし給はんとすらん。さては、あて宮のたぐひならん。げに、さばかりすぐれたらんとは、たれかこと人のたぐはむ。

（『在明の別』巻一＝同右書1　三二〇頁）

かのうきふねのきみなどのやうに、われとは水のそこにもおもひしづむまじきを、いかにもしてしぬるくすりもがなとおもひなげき給ふに、

（『兵部卿物語』＝同右書5　三四頁）

書物としての平安物語

また、その一方で、明らかに、先行物語を、一作品として、一書物として扱っている作り物語もある。『木幡の時雨』『石清水物語』『恋路ゆかしき大将』などで、登場人物が、『伊勢物語』や『うつほ物語』や『源氏物語』の絵を眺め、それに自らの現況を重ねる、という場面は、その見やすい例だろう。思えば、『源氏物語』も、「かたのゝ少将にわらはれ給けむかし」と、先行物語の登場人物を隣人の如くに引きながら（帚木巻）、一方で、『竹取物語』『うつほ物語』を書物として持ち出してもいた（絵合巻）。以下に挙げたのは、平安末〜中世の作り物語のなかに登場する先行物語である。作品名＝書物名と認められる語に、傍線を付した。

うつほのものがたりの内侍のかみのひきけんなむふか《ママ》はし風のねも、かうはあらずやありけん、と思ひやらるゝに、

（『浜松中納言物語1　国立国会図書館蔵』笠間書院　一一九頁）

ねび行まゝに、光さしそふ心ちして、うつくしなどもおろかなり。御ぐしはたけに二尺あまりあまりて、くろううつくしふ、すそは五ゐの扇をひろげたる心ちして、いみじ。…光げんじの女三みや、むらさきのうへなども、かくやおはしましけん、とぞをしはからるゝに、

（『木幡の時雨』＝『鎌倉時代物語集成3』笠間書院　一九七頁）

ぐゐんじの物がたりのかほる大将も、みかどの御むすめをもちたてまつりながら、てならひの君ちかきほどにむかへんとはつくらせけり。ためしなかるべきにもあらぬを、まことにこの人などの、とりかくしたてまつるべきにあらず。いかなる人かとりつらんと、さごろものみちしばのひめぎみのやうなる事もやと、うづまさのほうしなどぞうたがはしけれど、

（『恋路ゆかしき大将』巻五＝同右書4　三四二頁）

さるは、この君の、あはくしく、いはでしのぶの宮の君めきて、よろづにうつろひやすくあだなるにもあらず、

（『浅茅が露』下巻＝同右書1　一三一頁）

いずれも、先行物語の登場人物を、現在語るところの人物や情況に比し、その類似や落差を強調するものである。右のように、先行物語を一書物として扱う立場と、前述した、先行物語の時空に連なろうとする立場とは、語りの位置取りが異なるように感じるのだけれども、ただ、右の例でいえば、書物名の部分を取り去るか、それを「かの」に置き換えるかすれば、先に①の好例として挙げた六例と、その口吻はほとんど変らない。思えば、福田論文の別の箇所では、①は、「「源氏」の一場面を、故事として引用・言及したもの」といい換えられてもいた。恐らく、それは、平安〜中世の諸作品が、楊貴妃や李夫人、張騫や養由基などを引く叙法に通じるだろう。つまり、平安物語の内容は、古典＝書物のなかに記し留められた事実であり、そうであるがゆえに、史実であろうと虚構であろうと、それは「故事」として把捉された、と目されるのである。実際、いずれの例も、作り物語・歴史物語・軍記物語・仮名日記に混在しており、枚挙に遑がない。確かに、お伽草子においては、『伊勢物語』『源氏物語』が衒学的に引かれるだけの例も多いが、少なくとも中世の作り物語においては、それらは書物であり、同時に、ほとんど故事と化していたと思しい。

それに比すると、やはり、語り手そのものに柏木の姿を見たといわしめる『狭衣物語』巻四の叙法は、確信犯的なまでに巧妙で類稀なものであったと、改めて感得される。が、こうした連繋法が空前絶後のものだったかというと、そういうわけでもない。

『源氏物語』と連繫する『夢の通ひ路物語』

南北朝もしくは室町期に成立したと見られている『夢の通ひ路物語』は、吉野の阿闍梨が巻物を手にすることになる冒頭部とそれを読み終えて以降の終結部のはざまで、物語の中核たる巻物の内容が展開するという、入れ子構造の作品である。一条中将（のち権大納言）は、京極大納言の三の君を恋慕し、結ばれるものの、心ならずも女二宮と結婚、一方、三の君は、一条中将の胤を宿しつつ梅壺女御として入内し、秘したままそれを三の皇子として出産する。結局、一条権大納言は懊悩のすえに死去、三の君も精神を病み出家を果す。……というのが巻物の内容であるが、それを読み終えた阿闍梨は、三の皇子が元服を迎えるのを待って巻物を渡し、真相を明かしつつ、出家を願う三の皇子を諫め留めるのであった。

その三の皇子が、己の出生の秘密を知り嘆く場面に、次のような一節がある。

むかしよりかゝる事有したためしや有と、弥、御がくもんなどし給ひて、文なども多く御覧ずれど、唐にはおさ〳〵世を納たる人さへおわすれど、我国と成ては、冷泉院のうへなんどより外もなし。それも、おなじ院の御子にこそおわしけれ、かく引たがへたる身や有と、くるしうおぼしめす。

（『古典研究会叢書　夢の通ひ路物語』汲古書院　七八六頁）

帝の子でない己が帝位を嘱望される身としてあることに煩悶し、先例を探そうとする三の皇子の姿が語られている。諸氏が指摘しているとおり、一条権大納言と三の君の逢瀬から三の皇子の成長に至るまで、「物語の本筋が、『源氏物語』の藤壺事件を模したことは明らか」（友久武文「夢の通ひ路物語」『日本古典文学大辞典6』岩波書店・一九八五年）であり、いうまでもなく、右のくだりは、『源氏物語』薄雲巻の、冷泉帝が出生の秘密を知る場面を襲っている。冷泉帝は、桐壺院の皇子でないながらも、光源氏から皇統の血は継承していたが、三の皇子はそれさえ引いていない、というのである。工藤進思郎「中世物語における『源氏物語』の摂取に関する一考察―『夢の通ひ路物語』の場合―」（『源氏物語の探究3』風間書房・一九七七年）は、表現や構想のかような踏襲を、一括して、「冷泉院の話を取り入れたもの」というだけなのだが、しかし、右の傍線部「我国と成ては、冷泉院のうへなんどより外もなし」には、明らかな時間継続意識があろう。三の皇子にとって、「冷泉院」は、「我国」に実在した帝であるのだ。

確かに、『夢の通ひ路物語』のなかには、「源氏物語こそゐんにおかしゆふすゞろなる事ぐさはあらね」「式部もあらまほしげに書つたへはべりつれ」（同右書　七二頁～）というように、書物としてのそれが云々されるところもあり、全巻を通じて『源氏物語』と地続きになっているとはいい難いのだが、少なくとも終結部（就中、三の皇子の意識）にあっては、『源氏物語』冷泉帝の御代から、物語世界の時間が、流れ、繋がっているという恰好である。『源氏物語』から数百年以上もの時を隔て、『今鏡』や『無名草子』やお伽草子が『源氏物語』を作られた書物として古典化していた時代にあっても、その一方に、『源氏物語』の作品内世界に後続せんとする作り物語があったことは、注目に値しよう。いや、平安物語の築いた時空は、現実の人間が生きる世界とは別に、いわばもう一つの現実＝可能世界としてなおも存在しつづけている、というべきだろうか。

以上、平安前期から中世末期に至る作り物語のいくつかを辿り眺め、それらが、先行の物語とどのように結び合い、どのように己の世界を構築しているかを、あらあら考察して来た。その他、『落窪物語』巻四の機能、『源氏物語』の帚木三帖・玉鬘十帖・匂宮三帖の成立、『堤中納言物語』の発生の源、『我身にたどる姫君』並びの巻の位置づけ、『雲隠六帖』『山路の露』『別本八重葎』と『源氏物語』の関係等については、触れ得なかった。また、説話と作り物語の懸隔、歴史物語それぞれの作り物語観、中世仮名日記と作り物語の密着度、お伽草子における衒学的引用等についても、論じ残した。すべて今後の課題とする。

注

（1）益田勝実「これからの源氏物語研究　絶望と絶望のその先と」（『解釈と鑑賞』一九六五年七月）

（2）広末保「序―芭蕉をどう読むか」（『芭蕉　俳諧の精神と方法』平凡社ライブラリー・一九九三年）

（3）西郷信綱「《解釈》についての覚え書き」（『古典の影　学問の危機について』平凡社ライブラリー・一九九五年）

（4）「交野の少将」の物語については、戦前から現代に至るまで多くの研究が積み重ねられている。後掲の稲賀敬二論文・中野幸一論文で引かれている諸論稿を参照されたい。なお、本稿の校正段階で、新美哲彦「『光源氏物語抄』所引「こまのゝものがたり」について」（『国語と国文学』二〇〇三年一〇月）を披見した。

（5）当該のくだりにつき、『河海抄』は、「古物語䟽水原抄云遠君歟云々或又十君云々……」という注を付している（『天理図書館善本叢書和書之部71　河海抄 伝兼良筆本2』八木書店　四七七頁）。新編日本古典文学全集など諸注釈書が、「とを」を「とほ」に改めているのは、この説によっているのだろうか。しかし、本稿で挙げた諸資料をはじめ、古写本は多く「とを」と表記しており、あえて「とほ」に改めるのは如何かと思われる。

（6）古注釈書『光源氏物語抄（異本紫明抄）』蛍巻に、

ものがたり《枕草子》は、すみよし、うつほのるい、くにゆづりはにくし。とほをきみ、月まつ女、こまのゝ物がたりのあは《まのくい物まうつる所にくき》れなる……

（『ノートルダム清心女子大学古典叢書　紫明抄4』福武書店　八三ウ）

という引用があり、《堺本》と近しい『枕草子』が挙がっていることも指摘しておきたい。なお、右では、「とほをきみ」と書かれているが、或る段階で、「とをきみ」に傍記された異文注記「ほ」が混入したか、「とほきみ」に傍記された異文注記「を」が混入したかのいずれかだろうと推測される。

（7）『千のプラトー』『カフカ』『機械状無意識』等を参照のこと。

（8）なお、玉上琢弥「源語成立攷―擱筆と下筆とについての一仮説―」（前掲書所収）は、上述の概念に基づいて『源氏物語』の生成を論じている。『源氏物語』の成立過程研究については、柳井滋＋藤井貞和＋鈴木日出男「執筆順序・後期挿入に関する諸説」（阿部秋生編『諸説一覧源氏物語』明治書院・一九七〇年）、鈴木一雄編『解釈と鑑賞

別冊　源氏物語Ⅰ成立論構想論』（至文堂・一九八二年）等を参照されたい。

（9）ちなみに、堀口論文は、「花の下にやすらひ給へりし（光源氏の）御さまを」と注し、また、藤村潔「狭衣物語の創造と源氏物語」（『古代物語研究序説』笠間書院・一九七七年）は、「夕霧の姿を現実に見た女房の一人によって物語られているということになっている」と説くが、いずれも「御さま」の部分を誤読しているように見受けられる。「かの『桜はよきて』とて」の直下なので、「御さま」は柏木の御様子という意味でしか理解できまい。

源氏物語の本文研究に関する諸問題

伊藤鉄也

《回顧と課題》

一 研究テーマに沿った回顧

私が『源氏物語』の本文について改めて整理する必要性を痛感したのは、修士論文を執筆する過程においてであった。今から二八年も前のことである。学部の学生時代には、『源氏物語』の本文異同と古注を確認しながら輪読を進めていた。本文の確認には、『源氏物語大成』(池田亀鑑編、中央公論社、昭和二八～三一年)を用いた。作品を読むためのテキストは、日本古典文学大系『源氏物語』(山岸徳平、岩波書店、昭和三三～三八年)である。本文異同を確認する中で、特に〈別本〉として分類されていた本文群に興味を持った。中でも、陽明文庫の『源氏物語』には特異な異同が多く、早くから注目していた。修士課程を修了する時期に、大学院で指導を受けていた山岸徳平氏の紹介状を手に陽明文庫へ赴いたのが、初めての本文確認の調査であった。そのすぐ後に、『陽明叢書国書篇第十六輯　源氏物語　翻刻・解説篇　全十六巻』(思文閣出版、昭和五四～五七年)が刊行された。各巻末に、担当者による解説がある。異本異文への対処方法を考える上で、今でも非常に有益なものとなっている。

『源氏物語』の本文は、その字数を見ても気が遠くなるほどに大量である。それを、いくつもの写本を翻刻し直して校合するのは、とにかく膨大な仕事である。必要性は感じながらも途方に暮れていたちょうどその頃、パーソナル・コンピュータというものが出現した。早速その技術を習得し、本文の整理と研究に活用することにした。その手法については、拙著『新・文学資料整理術 パソコン奮戦記』（桜楓社、昭和六一年）に詳しい。コンピュータを活用した古典文学作品の本文研究は、テキストのデータベース化の進展によって新たな展望が開けた。『データベース・平安朝日記文学資料集 和泉式部日記』（同朋舎、昭和六三年）・『同 蜻蛉日記』（同朋舎、平成三年）・『四本対照 和泉式部日記 校異と語彙索引』（和泉書院、平成三年）は、データベース化された本文を対象にした試行錯誤の産物である。

本文資料の整理方法にメドがついてから、『源氏物語別本集成 全一五巻』（伊井春樹・伊藤鉄也・小林茂美編、おうふう、平成元～一四年）を世に問うこととなった。これは、伊井春樹氏の強力な後押しがあって完結したものである。この『源氏物語別本集成』の事業がスタートした時期に、それまで未整理であった別本についての試論を『源氏物語受容論序説―別本・古注釈・折口信夫―』（桜楓社、平成二年）に収載して刊行した。対処方法のわからない別本というものと格闘した初期のものである。

二千円札が発行された時期に、『源氏物語の異本を読む―「鈴虫」の場合―』（臨川書店、平成一三年）をまとめた。これは、二千円札に取り上げられた「鈴虫」における本文異同を扱ったものである。「鈴虫」の国冬本には、五〇〇文字以上もの長さの長文異同があり、それだけではなくて数百文字の異同も何例か確認できる。しかし、この国冬本「鈴虫」は『源氏物語大成』に採択されていないために、これまでその実体が知られていなかったものである。いかに『源氏物語』の古写本の本文確認が後れているかを、このような形で問題提起したのである。

『源氏物語別本集成』の刊行を推進する中でまとめた論稿を中心とした『源氏物語本文の研究』（おうふう、平成一四年）は、大阪大学へ提出した学位申請論文が基盤となっている。ここでは、『源氏物語』の本文を〈河内本群〉

と〈別本群〉の二群に分けて、それぞれのグループの本文の特質を論じている。また、古写本の実体についても、詳細な事実確認を含めて報告している。

平成一六年秋より、『源氏物語別本集成』に収録できなかった本文資料を整理して、新たに『新源氏物語別本集成』として刊行することになっている。昭和六三年にスタートした『源氏物語別本集成』が全一五冊として完結したのは、平成一四年一〇月であった。その一五年間に、校合本文をデータベース化するための基礎資料作成として写本を読んだのは、ほとんどがボランティア参加の総勢八〇人というたくさんの方々であった。読んだ写本の数は三七六冊であるから、乱暴ではあるが五四巻の『源氏物語』七セット分に相当し、その字数は約三億三千万字であった。これを、第二巻までは二人が目を通し、第三巻からは三人が、時として四人が翻刻本文を確認したので、およそではあるが十億字を、この一五年間にみんなと一緒に読んだことになる。おまけに、翻刻をしながら『源氏物語別本集成』の校異には掲載しなかったものも一〇種類以上の巻にある。今にして思えば、気の遠くなる文字の翻刻をしたものである。そして、パソコンへの文字の入力を担当した者も、負けず劣らずひたすらキーをたたき続けた。さらには、版下の校正で目を酷使するというのも、きつい作業の日々であった。今後は、現在確認しうるすべての『源氏物語』の写本の本文を整理して翻刻するつもりである。その一つが『新源氏物語別本集成』である。これは、平成一六年初春に設立した〈NPO源氏物語の会〉が主体となっての有償ボランティア活動の一環として取り組んでいくことになっている。現存する『源氏物語』のすべての本文確認の行方は、次の世代の方々に託すことになる。世代を超えての、『源氏物語』の本文データを総整理する襷リレーは、今、始まったところである。

二　これまでの課題

現在、私が行なっているのは、文学研究の前段階の、いわば写本として紙に書かれた内容の確認調査である。文献学と言えば聞こえはいいが、今その方向は学的なところにはない。とにかく、書写されている文字列を翻字し、他の写本群の中の同類の冊子とその相違を比較検討する。そして、諸本間の位相を明らかにしていくことである。『源氏物語』諸本の分別を〈群〉という視点でグループ化を試みることによって、池田亀鑑氏以来の課題に取り組んでいるところである。

文学作品の形成と推敲について、少し確認しておきたいことがある。『源氏物語』の作者について、確証をもって特定できない現状にあると認識する私は、『源氏物語』が一個人の手になる作品だと決定しないほうがよいと考えている。物語作者のレベルで、推敲という過程を経ることによって、作者にとってよりよい本文で綴られた作品、異本が、目の前の写本の行間や欄外に発生する。これを繋ぎ合わせた字句が新たに写し取られた時点で、異文・異本といわれるものが成立することになる。このようにして本文が形成し、人の手を介して流布する。どこまでが個人としての物語作者の筆になるものであり、どこが書写者・筆写者などの手になるものかを識別することは不可能であろう。

『源氏物語大成』だけで本文について考えている内は、極端な異和感を持つことが少なかった。池田亀鑑氏の〈青表紙本・河内本・別本〉という、三系統論の枠内で異本異文を捉えていればよいからである。しかし、『源氏物語大成』に収録されていない写本を数種類も翻刻してみると、その本文の帰属先が『源氏物語大成』に求められないことに直面する。私が『源氏物語』の本文研究の後れを痛感する時である。それではどうすればいいかというと、今は翻刻本文を一種類でも一巻でも多く完成させ、それを比較検討できる形で提供することだと考えている。『源氏物語別本集成』が、まずはその成果といえよう。そして今、その続編となる『新源氏物語別本集成』の刊行準備が進んでいることは、前述のとおりである。今しばらくは、こうした地道な翻刻作業に終始せざるをえない。あと五年は、『源氏物語』の本文研究は準備期間だと、自分自身に言い聞かせている。

なお、『源氏物語』の本文に関する私案の提示にあたっては、大量の本文を処理するために情報処理のための文具を使用している。このことについても、少しふれておく。

諸本の本文異同の傾向をわかりやすく示す上で、これまで私は、二次元のグラフで諸本の位相を視覚化していた。いわゆる青表紙本を縦軸に、尾州家河内本を横軸に置いて、諸本の位相を二次元の空間にあらわすものである。諸本間の位置を決定するために、文節単位でその異同を判定し、同じか違うかで分別した後に、数値化して各写本のポイントを算出する。これは、対校本文をいわゆる大島青表紙本および尾州家河内本と比較することによって異同率を計算し、二次元グラフ上に点として配置していくものであった。しかし、そこにも限界がある。今は、諸伝本の総当りリーグ戦の結果を自由に見比べられるように、棒グラフで視覚化を試みたものに移行している。具体的には、拙稿「別本について」(『国文学解釈と鑑賞別冊　源氏物語の鑑賞と基礎知識　29　花散里』、監修鈴木一雄・編集秋山虔／室伏信助、至文堂、平一五年)を参照願いたい。これにより、校合に用いた写本一本ごとに、他本との違いが位相として見られるようになった。本文異同を数値化するための工程については、拙著『『源氏物語』の異本を読む―「鈴虫」の場合―』・『源氏物語本文の研究』および、「文部省科学研究費補助金　平成十年度　研究成果報告書「源氏物語古写本における異本間の位相に関する研究」(http://www.nijl.ac.jp/~t.ito/HTML/kaken98/1236.html)」で公開している。

本文の異同を処理する文房具(ツール)としては、大内英範氏作成の異文校合ツール「kogetsu」(湖月)と、諸本総当りツール「kakai」(河海)の二つがある。これは、実用性の高い小道具である。その詳細は、「源氏物語本文資料整理の方法」(大内英範『情報知識学会誌　第13巻2号』平成一五年)を参照されたい。

本文の異同傾向をグラフ化することは、あくまでも本文の位相のおおよそを知るための便宜的なものである。諸本の本文を読み解くことが、とにかく最優先である。本文異同の傾向を物語内部から検証することが、今はもっとも重要な課題である。

《方法の模索》

一 本文研究の現状

近年の『源氏物語』の本文に関する研究を総括したものに、前掲『国文学解釈と鑑賞別冊 源氏物語の鑑賞と基礎知識29 花散里』がある。その中の「源氏物語をどう読むか ―本文と現代語訳―」と題する特集は、次の項目立てで成っている。

●源氏物語の現代語訳 ―その限界をどう考えるか― 秋山 虔
●「谷崎源氏」と呼ばれるもの 伊吹 和子
●『源氏物語』の諸本
青表紙本の展望 室伏 信助
河内本について 加藤 洋介
別本について 伊藤 鉄也
断簡 ―小さな窓から眺めた『源氏物語』― 高田 信敬
版本について 清水婦久子
絵巻について 木谷眞理子
●異同をどう読むか
「若紫」巻／「紅葉賀」巻／「明石」巻／
「鈴虫」巻／「竹河」巻／「総角」巻 松原／大口／丸山

今後、『源氏物語』の本文について言及する場合には、この特集に目を通しておく必要がある。この中の「青表紙本の展望」で室伏信助氏は、「いま青表紙本の概念が大きく変わろうとしている。」（一九六頁）と語り出しておられる。そのような意識は、まだ『源氏物語』を研究する者の間で広く共有されてはいない。しかし、この『源氏物語』の本文に対する自覚は、少しずつではあるが芽生えてきている。室伏氏のことばは、『源氏物語』の本文研究が動き出したことを象徴的に示すものだと言えよう。

二　本文分別に関する私案の提示と展望

『源氏物語』の本文については、まだまだ研究が後れていることは、再三述べてきたところである。ここでは、これまでに到達した私案を整理して、今後の展望の一助としたい。以下では、前掲拙稿「別本について」をもとにして述べていく。

池田亀鑑氏は、『源氏物語』の本文を〈青表紙本〉〈河内本〉〈別本〉の三系統に分類された。以来、六〇年以上が経った。この間、阿部秋生氏が『源氏物語の本文』（岩波書店、昭和六一年）などを通して、〈青表紙本とは何か〉という問題提起をされた。次の阿部氏のことばは拙稿諸論で引くことが多い。ここでも引用して、その意味することを共有し、再確認しておきたい。

定家の証本の書本が古伝本諸本の一本であるならば、これを「別本」としなければならない。その別本の忠実な書写本は、これまた「別本」であるのが当然である。つまり、青表紙本は別本でなければならないという奇妙なことになる。（中略）本文に即して『源氏物語』の現存諸本を分類するならば、青表紙本とは、河内本・別本と対立して、諸本を三分する名称ではなく、別本四類中の第一類、河内本成立以前の古伝本の中をさらに細分する時の名称で、別本第一類、古伝本系別本の中の青表紙系別本となる。従って、別本と相対する本文は河内本だけということになる。（中略）平安時代書写の伝本の系統の諸本を別本第一類、古伝本系別本とするならば、青表紙原本の書本はその中の一本である。（『源氏物語の本文』一〇六頁〜一〇八頁）

とにかく、本文の再検討が叫ばれるだけで、特に目に見える形での収穫はなかった。これは、池田亀鑑氏が〈別本〉とされたものに対しても、同じことが言える。そのような状況の中で、私案である〈河内本群〉と〈別本群〉という二群に分別するものは、とりあえずのスタートの姿勢を示したものだと理解していただければと思っている。

私は、『源氏物語』の本文研究における〈本文系統論〉というものに対して、大いに疑問を抱いている。従来の池田亀鑑氏による、いわゆる青表紙本というものを大前提にして本文のありようを考えていたのでは、『源氏物語』の本文の実相は捉えきれない。今は、少しでも多くの本文を翻刻し、そしてその内容を読むことが求められている時期だと思っている。

『源氏物語』の本文内容は、〈群〉と捉えて再出発すべきである。これまでは、〈青表紙本・河内本・別本〉という三分類がなされていた。しかし、『源氏物語大成　校異篇』の本文資料は昭和一三年までのものであり、それ以降に確認されたものが、今は容易に読めるものが数多くある。当面は、伝えられて来ている物語本文の内容を〈群〉という視点で分別することが、本文を再検討する上では有効な方法になる。そのような視点で翻刻作業を進めてきたところ、おおよそ八割の一致点を共有することが多い写本群の中で、二つのグループ分けが可能であることがわかった。それを、〈河内本群〉〈別本群〉と呼ぶことにしている。〈河内本群〉とは、尾州家河内本を中核とする本文群である。そして、それ以外のすべてを〈別本群〉とするのである。今後は、この〈別本群〉を丹念に調べて読み解くことによって、これら諸本の位相が解明できると言えよう。

もっとも、私案の〈河内本群〉と〈別本群〉にしても、その大前提である〈河内本とは何か〉という問題は解決してはいない。『源氏物語』の本文に関する問題は、まだまだ緒に就いたばかりというのが現状である。池田亀鑑氏に頼っていた『源氏物語』の本文研究は、ようやく新たな模索を開始したところである。活字化された校訂本文、いわゆる流布本だけを読んで考察するに留まることなく、今自分が読んでいる『源氏物語』の本文の素性は何なのか、というところに意識を割いて、後れに後れている本文研究を意識した作品の読みを展開していきたいものである。

三　これまでの成果

私案としての〈河内本群〉と〈別本群〉という二群分別は、阿部秋生氏の論を受けての具体的な本文検証作業とも言える。以下に、私がこれまでに得た諸本の分別案を整理しておく。これも、前掲拙稿「別本について」で報告したものである。ここに掲示したのはほんの一部分であり、作業と考察を進めている段階のものであることを、あらかじめご了解いただきたい。カッコ内には、その点に言及した拙著『源氏物語本文の研究』所収の論考名および、他の掲載誌名を明示した。

・第一一巻「花散里」

〈河内本群〉…［尾高］［麦阿］［正肖］

〈別本群〉……［陽御］［穂書伝］［絵首湖］［河鶴徹］［保日九京］［大国定伏］

（前掲拙稿「別本について」）

・第一四巻「澪標」

〈河内本群〉…［尾州家本・高松宮本・御物本］

〈別本群〉……［大島本］［穂久邇本・伏見本・三条西本］［前田家本・日大本・国冬本・保坂本］［陽明本・東大本］［麦生本・阿里莫本］［鶴見本］

（第二章第三節「別本本文の意義」）

・第三八巻「鈴虫」

〈河内本群〉…［尾州家本・為家本・俊成本・鳳来寺本・河内大島本・池田本・日大本・爲氏本・肖柏本・西下本・三条西本・高松宮本・大島本・横山本・伏見本・御物本］［首書・絵入・湖月抄］

〈別本群〉……［国冬本・絵巻詞書］［麦生本・阿里莫本・中山本・穂久邇本・言経本・保坂本］［陽明本・東大本］

（拙著『『源氏物語』の異本を読む―「鈴虫」の場合―』臨川書店、平成一三年、第二講第四節「諸本の位相解明をめざして」）

・第四一巻「幻」

〈河内本群〉…［尾州家本・大島本・言経本・国冬本］

〈別本群〉……［陽明本］［御物本・保坂本・中山本・東大本・麦生本・阿里莫本］

（第二章第五節「「幻」における〈河内本群〉と〈別本群〉の表現世界」）

・第五二巻「蜻蛉」

〈河内本群〉…［尾州家本・大島本・為明本・麦生本・阿里莫本・御物本］

〈別本群〉……［陽明本・保坂本・国冬本・高松宮本・ハーバード大学本］

（共著『本文研究　第6集』和泉書院、平成一六年、「蜻蛉巻における陽明本と保坂本の独自異文」）

物語の内容を読みながら本文を分別した結果は、おおよそ妥当なものになっていると思う。ただし、物語られる内容にこだわりを持てば、また別のグループ分けも可能であろう。それが、〈別本群〉のさらなる分別に向かうことになる。今後の本文読解が大いに期待できるところである。

四　書写時の恣意的な改変

従来、いわゆる青表紙本が本文の質では優位にあるとされてきた。それとは異なる本文を持つ写本については、物語本文を書写する過程で、書写時に書き換えられたものもあるという理解で処理されることが多かった。しかし、実際に書写本文を丹念に追っていくと、筆写者が書写過程で本文を改変していると思われるものは、今のところ一例も確認できていない。

次にあげる諸写本は、忠実な書写態度で親本が書写されていることが確認できている。ここにあげた写本は、特異な異同をみせるものとして考察する対象となったものである。

・第五巻「若紫」国冬本（第一章第三節「国冬本「若紫」における独自異文の考察」）
・　同右　　麦生本・阿里莫本（第一章第四節「源氏物語古写本における傍記異文の本行本文化について」）
・第一四巻「澪標」尾州家本・高松宮本・御物各筆本（第二章第二節「「澪標」における河内本本文の性格」）
・　同右　　鶴見本（第二章第三節「別本本文の意義」）
・第三三巻「藤裏葉」麦生本・阿里莫本（第一章第五節「古写本における重複書写丁について」）
・第三八巻「鈴虫」国冬本・言経本（第二章第四節「源氏物語別本群の長文異同」）
・第五二巻「蜻蛉」陽明本（『源氏物語の鑑賞と基礎知識28　蜻蛉』「蜻蛉巻の本文」）

書写にあたって、親本をどの程度忠実に筆写しているかは、今後とも留意して見ていきたい。『源氏物語』における本文の改変という問題は、諸写本の筆写のありようから見る限りでは、書写に伴って発生することは考えられないのが現状である。現在のところ、書写に伴う異文の発生として確認できたものは、傍記傍注の文字列が、本行本文の該当字句の直前に混入する場合のみである。筆写過程で、書写者によって物語本文が恣意的に改変もしくは補訂されることは、現存写本の書写状況からは考えにくいことのようである。

五 「蜻蛉」における本文異同

「蜻蛉」については、二編の拙稿で物語本文の詳細な検討を報告している。異文の多い陽明文庫本における書写態度を、写本におけるナゾリに着目して、その異文が親本から引き継いだものであり、書写過程における異文の発生ではないことを確認したのが、「蜻蛉巻の本文－陽明本の書写態度と不伝の校合本文－」（『国文学解釈と鑑賞別冊源氏物語の鑑賞と基礎知識28 蜻蛉』監修鈴木一雄・編集伊藤鉃也、至文堂、平一五年）である。陽明本の書写過程の確認と本文異同の検証を通して、それが親本を十分に尊重して書写されたものであり、新たな異文を生み出している痕跡は見いだせなかったことを確認した。また、この陽明本に校合傍記された補入や併記に見られる本文が、陽明本と近似しながらも幾分違った本文異同を見せることから、「蜻蛉」の写本がまだ他に存在しているということも明らかにした。

もう一つは、陽明本と近似する傾向にある保坂本をも視野に入れて、一〇文字以上の字句の有無を中心とした独自異文について検討した「蜻蛉巻における陽明本と保坂本の独自異文」（『本文研究 第6集』和泉書院、平成一六年）である。ここでは、陽明本と保坂本の近親性を確認すると共に、単に語句を削ったり補ったりしているのではなくて、一つの書承の中で文章が写し取られ、伝えられて来たものであることを論じた。ただし、ここで検討したような、少し長めの本文異同の理解は難しい。削除したのか補ったのかという問題に帰するのには、まだまだ本文検討の対象資料が少なすぎる。陽明本は不十分な段階の本文を伝流する写本である可能性がある、という結論に留めたゆえんである。

また、陽明本と保坂本が共に長文の異文を持っていたということは、陽明本と同じ傾向の本文がまだ他にもあったことを示している。陽明本が書写後の校合を経ても大きな修正がなかったと思われることから、陽明本が伝える本文は、書写者が勝手に削除改変した本文だとは言えないことも確認できた。

以上のことを踏まえて、以下では、「蜻蛉」における一〇文字以下の本文異同の検討を通して、本文の考察の整理としたい。

《課題からの一考察―「蜻蛉」の場合―》

一　五文字以上一〇文字以内の異同（陽明本の独自例―その一―）

陽明本が独自に五文字以上一〇文字以内の異同を示すものは、「蜻蛉」には二三例ある。ここでは、異同の顕著ないくつかを取り上げて検討を加える。本考察で校合対象となる一一種類の諸本の名称とその略号は、次の通りである。

陽　陽明本（陽明文庫蔵）
大　大島本（古代学協会蔵）
高　高松宮本（国立歴史民俗博物館蔵）
保　保坂本（東京国立博物館蔵）
国　国冬本（天理図書館蔵）
麦　麦生本（天理図書館蔵）
阿　阿里莫本（天理図書館蔵）
御　御物各筆本（東山御文庫蔵）
為　為明本（天理図書館蔵）
ハ　ハーバード大学本（ハーバード大学蔵）
尾　尾州家河内本（名古屋市蓬左文庫蔵）

流布本の引用本文は、『新編日本古典文学全集』（小学館）による。校異の掲示にあたってあげた四桁の数字は、『源氏物語別本集成　第一五巻』の文節番号である。また、写本の書写状態を可能な限り正確に例示するために、翻刻本文資料を引用するにあたっては、次の符号を用いた。

／（備考）　＝（傍書）　＋（補入）　$（ミセケチ）　&（ナゾリ）　△（不明）

浮舟の死を知った匂宮は、使者として時方を宇治へやる。その時方に侍従が次のように語るのである。

いとあさましく、思しもあへぬさまにて亡せたまひにたれば、いみじと言ふにも飽かず、夢のやうにて、誰も誰もまどひはべるよしを申させたまへ。（二〇五頁）

【校異】…0389　やうにて［陽］
やうにてたれも〱［大阿麦ハ御尾］
様にて誰も〱［高］
やうにてたれ〱も［為保］
やうにて誰も〱［国］

侍従は突然のことで、まるで悪夢のような出来事だと言う。そして、陽明本以外のすべてが「誰も〱」ということばを介して、浮舟を取り巻く人々の皆が途方に暮れていることを強調し、そのような事情を京の匂宮に伝えてくれと言うのであった。女主人の死を悲しみ動揺しているのが自分たちだけではなくて、ここにいる誰もがそうであるとするのが、諸本の語り口である。このような陽明本と諸本との位相は、次の例からも見て取れる。

浮舟が入水により亡くなったことを母君にどのように伝えるかを、侍従と右近が話し合っている場面である。

「さて亡せたまひけむ人を、とかく言ひ騒ぎて、いづくにもいづくにも、いかなる方になりたまひにけむと思し疑はんも、いとほしきこと」と言ひあはせて、（二一〇頁）

【校異】…0817　いひさわきて［陽］
いひさはきていつくにも〱［大阿麦保ハ御尾］
いひさはきていつこくにも〱［高］
いひさはきつゝいつくにも［為］
いひさはきていつこにも〱［国］

ここで、陽明本以外のすべては「いづく（こ）にも〱」がある本文を伝えている。この「いづく（こ）にも〱」は、母君をはじめとして浮舟の身を案じる誰もがということである。浮舟失踪が、多くの人々の関心の的であることを指している。人々の中における女主人公としての存在が確認され、周囲の状況を巻き込んで物語が展開されていくことが示されている。ここで「いづく（こ）にも〱」を欠く陽明本は、浮舟のことを相談している侍従と右近が、その気遣いの範囲が、雨の中を京から宇治までやってきた母親である中将君への対処に頭を悩ませているることに留まっている。短いことばの有無ではあるが、物語世界の広がりという点で、諸伝本間における相違が読み取れよう。

次は、薫がいかに立派であったかを語るところである。

いと恥づかしげにものものしげにて、なべてかやうになどもならしたまはぬ、人柄もやむごとなきに、（二四六頁）

【校異】…3958　はつかしけにて［陽］
はつかしけにもの〱しけにて［大尾］
はつかしくもの〱しけにて［阿麦］
はつかしけにもの〱しくて［保］

はつかしけにもの〳〵しけに［八］
はつかしけに物々しけにて［御］

諸本の「もの〳〵しけにて」を欠く陽明本は、薫が重々しい存在であることを語らない。薫の描写に関わる異同である。

次に列挙するのは、陽明本以外の諸本において、文意がわかりやすいように語句を補ったかと思われるものである。

【校異】…1863
なのめならす［陽］
なのめならすさま〳〵につけて［大高為国阿麦保御尾］
なのめならすさま〳〵に［八］

【校異】…2026
女きみ［陽］
女君このことの［大国ハ尾］
女君この事の［高阿御］
女きみこのことの［為］
女君此事の［麦］
おんな君はこのことの［保］

【校異】…3398
なけき［陽］
おもふ給へなけき［大国］
思給へなけき［高為阿御尾］
思給なけき［麦］

おもふたまへなけき［保］
おもひ給へなけき［ハ］

【校異】…3692
みやよりは［陽］
宮よりは右近かもとに［大高国阿ハ御尾］
宮よりはうこんかもとに［為］
宮は右近かもとに［麦］
宮よりはうこむかもとに［保］

【校異】…3883
かきたるも［陽］
かきものうちいひたるも［大ハ御尾］
かき物うちいひたる気はひも［高国］
かき物うちいひたるも［為阿麦］
かきものをうちいひたるも［保］

【校異】…4093
木丁［陽］
き丁なとはかり［大］
木丁なとはかり［高国御尾］
木丁はかり［為］
き丁はかり［阿麦］
き丁なとはかり／て&丁［保］
きちやうなとはかり［ハ］

【校異】…6150　たゝ［陽］
たゝかやうにてこそは［大為阿麦保ハ御尾］
たゝか様にてこそ［高］
たゝかやうにてこそ［国］

こうした例は、右以外にも多数指摘できる。

二　陽明本の独自例―その二―

薫が憧れる女一宮の妹である女二宮にも、女一宮と同じような姿をさせるところに、次のような異同がある。

御袴も昨日の同じく紅なり。御髪の多さ、裾などは劣りたまはねど、なほさまざまなるにや、似るべくもあらず。（二五二頁）

【校異】…4484　くれなゐなり／を&後な［陽］
くれなゐなり御くしの［大国阿保御尾］
紅なり御くしの［高］
くれないなり御くしの［為ハ］
くれなゐ也御くしの［麦］

【校異】…4485　おほきさなとは［陽］
おゝさすそなとは［大］
おほさすそなとは［高為国阿麦保ハ御尾］

女二宮の描写に関して、諸本が「御袴も昨日の同じく紅なり。御髪の多さ、裾などは劣りたまはねど」とするところを、陽明本では、「御袴も昨日の同じく紅なり。大きさなどは劣りたまはねど」となっている。陽明本は、女二宮の黒髪の豊かさやその髪の裾の風情についてまったく触れない。「大きさなどは劣りたまはねど」というのであるから、女二宮の背丈が女一宮に劣らないと言っている。髪の美しさではなくて、体の大きさで二人の女性を比較するのはどうであろうか。もし、陽明本における補訂に伴う本文の変更であれば、これは改悪といえるものである。そうではなくて、やはりここは、「大きさなどは劣りたまはねど」とあったものが「御髪の多さ、裾などは劣りたまはねど」と改訂されたと見た方が自然であろう。とすると、陽明本は現在我々が読む流布本以前の本文の姿を伝えているものである可能性を内在させた写本だ、ということになる。前記拙稿二編でも指摘したように、陽明本は、この物語の初期の本文のありようの一部を伺わせるものではないか、と思われる点が多い。

次は、明石の中宮のことばである。

内裏にては、近かりしにつけて、時々聞こえ通ひたまふめりしを、所どころになりたまひしをりに、とだえそめたまへるにこそあらめ。（二五四頁）

【校異】…4698　うちにては［陽］
うちにてはちかゝりしにつきて［大］
内にてはちかゝりしにつけて［高国阿麦］
うちにてはちかゝりしにつけて［為保ハ御尾］

ここで「近かりしにつけて」とあるのは、女一宮と女二宮とが宮中住まいの時に近かったことを言うものである。それが、女二宮が薫のもとに移ってからは、疎遠になったのである。陽明本以外は、二人の宮中での居住関係を含めての親密さを具体的に語って強調する表現となっている。

次のような異同もある。

律の調べは、あやしくをりにあふと聞こゆる声なれば、聞きにくくもあらねど、弾きはてたまはぬを、なかなかなりと心入れたる人は消えかへり思ふ。（二七二頁）

【校異】…6182　なか〳〵なりと［陽］
なか〳〵なりと心いれたる［大］
中々なりと心いれたる［高国保尾］
中々なりと心にいれたる［為］
中々なりと心いられたる［阿麦］
なか〳〵なりと心いれたる／い＋ら［ハ］
中々なりとこゝろいれたる［御］

御簾から差し出された琴を弾く薫である。薫が演奏を中断したので、「心入れたる人」が非常に残念がっている。この人は音楽に熱中するタイプの女房のようである。その女房の性格付けを、陽明本は欠いている。

三　陽明本と保坂本

陽明本と保坂本が共通する独自異文を持ち、五文字以上一〇文字以内の異同を示すものは次の通りである。

【校異】…1112　たれにも［陽］
たれにも〳〵［保］
たれにもしつやかに［大為阿麦ハ御尾］
誰にも〳〵しつやかに［高］
たれにも〳〵しつやかに［国］

【校異】…1565〜1568　われかく物おもふらむと［陽］
我かくものおもふらんと［保］
ナシ［大高為国阿麦尾ハ御］

【校異】…1577　心はつかし［陽］
こゝろはつかし［保］
ナシ［大高為国阿麦ハ御尾］

右の三例に見られるように、「しつやかに」「われかく物おもふらむと」「心はつかし」という語句の出入りに関して、陽明本と保坂本は、まったく同じ傾向を見せている。

また、現在確認を終えた「蜻蛉」の写本一一種類の本文を整理すると、陽明本と保坂本は近似する本文を伝えていることは明らかである。ただし、それぞれに独自異文があり、両本の関係は単純ではない。

以下、特徴的な例を列記する。

・陽明本と保坂本が「思にも」とするのに対して、諸本は「思にもあはれなり」となっている（2353）。「あはれなり」の有無に顕著な異同が見て取れる。

・陽明本と保坂本の「おほとかにことすくなにのみ」に対して、諸本は「ことすくなにおほおほとのみ」となっている（2387）。語句の転置転倒から、二つの群に伝本が分別できる。この類は、陽明本と保坂本が「はかなくあさましけれは」、諸本が「あさましうはかなけれは」という例からも確認できる（2593）。

・陽明本と保坂本は「かきりなし」であり、諸本は「いとふかし」とある（3067）。これなどは、まったく異なる語句で表現している例である。

・【校異】…4151〜4152　ひをにきりて［陽保］

ひをもちなから［大為阿麦尾御］
ひをもちて［高国］

右の例は、女一宮が氷を手にしている有名な場面である。陽明本と保坂本は「ひをにきりて」であり、諸本は「ひをもちなから」である。氷を「握る」のと「持つ」ことの違いに、描写の上で相違がみられる。こうした問題は、一巻における本文の異同を全体的に見ていく必要がある。異文に目を配ると、今後とも、いろいろな物語の読み方が可能になることであろう。

・【校異】…4253 うるさかりけりと［陽保］
しつくむつかしと［大高為国阿麦尾ハ御］
【校異】…4254 の給［陽大高為国阿麦尾］
のたまふ［保ハ御］

氷は持ちたくないと言う、女一宮のことばである。陽明本と保坂本の「うるさかりけり」に対して、諸本は「しつくむつかし」と言ったとある。陽明本と保坂本が「煩わしいから氷を持ちたくない」とし、諸本は「氷の雫が垂れて困る」と女一宮が言う。これも描写の異同として興味のあるところである。

おわりに

陽明本における独自異文を、前掲拙稿では一〇文字以上の場合、本稿ではそれ以下のものに分けて検討した。共に、陽明本は改変の手が入ったために生まれた異文を伝えているものではない、ということが確認できた。

また、保坂本は陽明本と近似する本文を持っていた。この二本間の違いについては、前掲拙稿を参照されたい。

ただし、前稿では示せなかったものとして、次の二例をここに紹介する。それは、保坂本だけが有する長文異同である。

【校異】…0740　めさましかりて［陽］
　めさましかりてともかくもせさせつらんなとうたかふこのうちにさやうのことしりて［保］

【校異】…2361　きこしめすも［陽］
　きこしめすさへうれしうおほさるゝも［保］
　きこしめす／す＋も［尾］

陽明本と付かず離れずの関係にある保坂本も含めて、従来の大島本一辺倒の『源氏物語』の受容からは脱する必要性を痛感している。陽明本と保坂本は、他の多くの巻においても特異な本文異同を見せる、興味深い写本である。二一世紀の『源氏物語』の研究は、大島本以外に、この陽明本や保坂本なども読まれる時代になると思っている。そして、新たな読みから、『源氏物語』の多様な位相が明らかになっていくことであろう。『源氏物語』の本文のありようを再確認しての研究は、今後が楽しみな研究テーマであると言えよう。

紫の上の実像
――愛と苦の生涯――

胡　秀敏

はじめに

『源氏物語』における紫の上をどう捉えるべきかについては、古くから関心の焦点の一つとして研究が重ねられてきた。研究史においてまず、池田亀鑑氏の「源氏物語の構成とその技法」(1)における紫の上論を挙げなければならない。それにおいて、結婚から六条院までの位置、発病と死、光源氏の出家などについて詳細な考察がなされ、紫の上は女主人公であり、光源氏終世の伴侶であったとの結論を下す。これに対して、松尾聡氏は、紫の上が真の女主人公となり得るのは女三宮の降嫁後ではないかと提言し、(2)やがてこれが「若菜」巻ないしは第二部の構想、構造論議へと結びついていくようになる。それにともない、紫の上は確固とした正妻の座についていたのかどうかも疑問視され、それは「朝顔」巻以降であり、あるいは明石の姫君を養女に引き取って正妻の座を獲得したなどと論じられていった。さらにゆかりのモチーフ、『伊勢物語』との関連、継子物語の系譜、嫉妬の問題、女三宮の降嫁による悲劇、紫の上の苦悩、紫の上の発病と死など、紫の上に関する研究テーマはますます複雑に絡みながら、より精緻な議論が展開されてきたのである。

そもそも紫の上が『源氏物語』の女主人公と見なされるのは、彼女が妻の一人として終生光源氏のそばにあり続けたと考えられるからである。確かに紫の上は六条院の「南の町」を与えられ、「春の御方」として称賛され、「藤裏葉」巻では明石の姫君の入内に付き添って宮中から退出した時、御輦車を許されるなど、女御に準ずる待遇を受けるまでとなった。しかし登場してから「若菜」巻までの紫の上像は、「単なる理想的愛妻としての側面が、主として紫の上の外側から叙され」(3)、紫の上自身の思いについて語ることはきわめて少なかった。また光源氏の様々な女性関係に対しても、紫の上の心中思惟はそれほど深刻なものではなく、彼女の内面が告白されるのは、六条院に女三宮が正妻として迎えられた「若菜」巻に至ってからである。そこに自らの立場の不安定さと光源氏の愛情の不徹底さに深刻に苦悩する紫の上像がはじめて浮かび上がってくる。紫の上の地位は光源氏の愛情によってのみ支えられるものであって、世の公認するものではなかったのである。しかもその唯一の支えである光源氏の愛情さえも決して一貫したものとは言い難い。以下、登場から「御法」巻までの紫の上の生涯の軌跡を辿り、そして「幻」における光源氏の回想を分析することによって、物語における紫の上の実像を迫ってみることにする。

一、紫の上の登場

周知のように、「帚木」「空蟬」「夕顔」の三帖は、緊密な構成のもとに執筆されており、そこで語られる雨夜の品定めは、中の品の女性を物語に導く役割を果たし、左馬頭の中の品重視論によって、光源氏はそれまで知らなかった中の品の女性への関心を向けるようになる。品定めの翌日、方違えと称して紀伊の守邸に赴いた光源氏は典型的な中の品の女性である空蟬と出会い、一度限りの契りを結んだ。続いて夕顔・末摘花の登場となるのであるが、空蟬の頑なな拒絶と夕顔の死によって、いずれも悲恋物語となった。この二人の中の品の女性との付き合いによって開眼させられた光源氏は、やがて藤壺ゆかりの若紫を引き取ることになる。そのような意味においては、雨夜の品定めにおける中の品重視論は帚木三帖に限らず「若紫」巻以降にも及び、その延長線上に登場したのが紫の上であった。

帚木三帖の物語において「空蟬」「夕顔」はその巻名に象徴されるように、はかない動植物の対照となっているが、それと同じようにこの両巻に登場する空蟬と朝顔姫君、夕顔と六条御息所も、中の品と上の品の女性がそれぞれ対照的に描かれている。(4) これは「若紫」巻以降の物語において、藤壺と紫の上との関係にも当てはまるのではないか。空蟬と夕顔は中の品として共通するが、光源氏に対して頑なに拒否する女と素直に靡く女である。一方、朝顔姫君と六条御息所はともに上の品ながら、光源氏に対して結婚を拒否しつづける女と、いったん身を許した後、光源氏の夜離れを人一倍嘆き沈む女である。この四人の女性との交渉はそれぞれの理由でいずれも不毛のものとなったが、中の品対上の品という構図になっていることは明らかである。同じことは藤壺と紫の上にも言えるのではないか。つまり、藤壺は光源氏と一度限りの逢瀬によって冷泉院まで生まれたが、父帝の妃であるため、到底結婚することは不可能である。一方、紫の上は一切の庇護を失った孤児同然の身でありながら、藤壺の血を引くことが光源氏の関心を引き寄せ、生涯彼のそばに据えられつづけた女性となったのである。

まず紫の上が発見されたのは、北山にある小柴垣をめぐらした簡素な僧坊である。そして紫の上の京の住まい、つまり彼女の生家と考えられる故按察使大納言邸は「木立いとものふりて、木暗く見えたる」(若紫310) 住まいであって、末摘花の荒れ果てた家と同じ状態であることが注目される。夕顔の住まいも「限なき月影、隙多かる板屋残りなく漏」れて、しかも「隣の家々、あやしき賤の男の声々」(夕顔229) もはっきり聞こえるみすぼらしい家である。雨夜の品定めで左馬頭が「世にありと人に知られず、さびしくあばれたらむ葎の門に、思ひの外にらうたげならん人の閉ぢられたらむこそ限りなくめづらしくはおぼえめ」(帚木136) と、「葎の門」の女性像を描いた。この論理に照らし合わせてみれば、紫の上はまさに小柴垣でめぐらされた簡素な家で心細げに暮らしている「らうたげ」な少女である。檜垣に囲まれた夕顔の住まいや蓬の生い茂る荒れ果てた末摘花の住まいと同じように、発見された場面やその住居の様子から、紫の上は「葎の門」の女性としてのイメージがかなり強い[5]と言えよう。

「若紫」巻の垣間見は、『伊勢物語』の影響ではあるものの、昔男は「いちはやきみやび」であるのに対して、光源氏は藤壺への思慕を背景とすることは明らかである。中でもとりわけ奇妙なのは光源氏が帰京した紫の上のもとを訪れて一夜を共にしたことである。

夜ひと夜風吹き荒るるに、「げにかうおはせざらましかば、いかに心細からまし。同じくはよろしきほどにおはしまさましかば」とささめきあへり。乳母は、うしろめたさに、いと近うさぶらふ。風すこし吹きやみたるに、夜深う出でたまふも、事あり顔なりや。(320)

霰のひどく降り頻る夜に、光源氏が京の住まいに戻った若紫のもとを訪れ、その「宿直」を口実に、彼女のいる「御帳のうち」に入って添い寝をしてしまう。この奇妙な行為は女房たちに「あやしう思ひの外」と怪訝される。相手が少女であるがゆえに、光源氏はあくまでも保護者としての振舞いにとどまったが、「夜深う出でたまふ」彼の行為に対して、「事あり顔なり」との草紙地は、あたかも女のもとを立ち去る男のように振る舞う[6]光源氏の心理を鋭くついたものである。このような異様な行為について、「結婚第一日目を光源氏が「演技」しているのだ[7]」と指摘されているが、一方ではあどけない少女と一夜をともに過ごした光源氏の行為は、常識では考えられないことであり、それ自体は異常な精神状態というほかはない。日夜恋い慕う藤壺の面影を宿した人であるからこそ、十歳ばかりの少女とこのような不可思議な一夜をともにすることができたのであろう。藤壺との再びの密会の希求が空しい結果になっただけに、彼の意識の内にはともに一夜を過ごしたのは若紫ではなく、これはまさに藤壺との「密会再現」とも言えるのではないか。

また、老受領の後妻である空蟬と親王の娘である紫の上との間には、一見したところ、何の関連性もないように思われる。しかし空蟬を自室に、若紫を自邸に引き取る光源氏の行動意識、空蟬と紫の上にまつわる描写の類似、女として扱われた時の両者の態度など、紫の上の姿に空蟬の精神に共通するものを見出すことができる。無関係に思われがちな空蟬と紫の上の運命とは実はきわめて類似したものがある。「初音」巻で尼となった空蟬は光源氏の二条院へ引き取られ、その辛酸に満ちた人生の回顧をするが、この思考方法は「若菜下」巻で半生を振り返って苦悩する紫の上の人生とも重なってくる。紫の上は中の品の空蟬と上の品の藤壺の要素を兼ね備えた女であるからこそ、二条院に引き取られて「わが心のままに取り直して見」ることが可能だったのである。藤壺への恋慕と中の品の典型である空蟬への執着という二つの軸の交錯するところに紫の上の登場の意義があり、そして、六条御息所と夕顔、朝顔姫君と空蟬との対照は短編仕立ての物語であるのに対し、藤壺と紫の上は物語全篇の流れにおいて構想され、造型されているのではないであろうか。

二、二条院の紫の上

光源氏が紫の上を二条院へ迎えたのは、彼女の境遇への同情と葵の上との冷たい関係のほかに、藤壺の面影を見出したことに重要な意味がある。そしてこれが長編物語の主要人物として存立させる重要な根拠でもある。世俗の常識に反した引き取りの申し出は奇矯な行動であったにしても、藤壺への限りない思慕が光源氏を紫の上へと駆り立てて、「ゆかり」としての造型もなされることになる。また紫の上を自邸に引き取ってその成長を見守るのも、藤壺の面影を求める行為による新しい男女の結びつきであり、手の届かない藤壺との交情を少女によって再現することでもあった。

二条院に引き取られた当初は、葵の上との密接な関わりにおいて描かれる一方、藤壺との密通、冷泉院の誕生、そこからくる満たされない思いを慰籍する役割としてようやく紫の上の存在が浮かび上がってくる。光源氏は二三日参内もせず、手習や和歌そして音楽を教えるなどして、少女に限りない愛情を注いだことは確かである。しかし、葵の上方の女房たちから「誰ならむ。いとめざましきことにもあるかな。今までその人とも聞こえず、さやうにまつはし、戯れなどすらんは、あてやかに心にくき人にはあらじ」（紅葉賀406）と蔑まれるように、対世間的には素姓不明で品のよくない女として二条院に隠されていたに過ぎない。当時の「紫上に対する光源氏の感情及び行動のすべてが、藤壺に対する満たされない思いから発しており(8)」、彼女は藤壺の「ゆかり」としてしかその存在理由がなかったのである。このような紫の上はあくまでも受身的な存在で、心情について語る部分もきわめて少なかった。そして光源氏は紫の上と表面では結婚の形態をとりながら、あくまでも親子関係を演じ続け、精神的には藤壺との絆を保つことが、初期の紫上との基本的な関係のあり方であると言えよう。

「葵」巻で正妻葵の上が亡くなり、それと交替するかのように紫の上との新枕が語られ、彼女は正妻としての地位を獲得したかのように見える。しかしこの新枕も、葵の上の死による喪失感がもたらした結果ではあり、同時に藤壺との関係がもはやこれ以上の進展が望めない状況が背景にあることも見逃してはならない。物語において葵の上の死までは、紫の上に関する記事のほとんどが、藤壺と葵の上に絡ませながら述べられており、三者の関わりが密接になっていることを示す。三条の宮に退出した藤壺に逢う機会を求めて光源氏は王命婦を責めるが、藤壺の固い拒絶でその願いも空しい結果になってしまった。もはやこれ以上密かにも逢うことのできなくなった藤壺への情愛の代償として、光源氏は必然的に紫の上に近づいていく。このように考えると、葵の上の死は紫の上との新枕を引き起こす契機ではあっても、それが直ちに紫の上の正妻としての座をもたらす因果関係とはなり得ない。光源氏の心にはかけがえのない理想の女性像として藤壺の面影が住み着き、「ゆかり」としての紫の上の姿はそれに重なるものでしかないのである。新枕によってあたかも光源氏は紫の上一人に思いを寄せるかのように見えるが、実はそれは束の間のものでしかなく、「賢木」巻に至って語られる、朧月夜君、朝顔姫君など、高貴な女性との関係の復活によってその愛は不安定なものであることを露呈してくる。

「賢木」巻は、六条御息所の伊勢下りが語られた後、桐壺院の逝去、藤壺の出家、朧月夜君との密会の露顕、須磨事件などと、複雑な構成となっている中、紫の上に関する記事はきわめて少ない。しかしその中でもっとも注目したいのは、紫の上の有様に関する次のような描写である。

西の対の姫君の御幸ひを、世人もめできこゆ。少納言なども、人知れず、故尼上の御祈りのしるしと見たてまつる。父親王も思ふさまに聞こえかはしたまふ。嫡腹の、限りなくと思すは、はかばかしうもえあらぬに、ねたげなること多くて、継母の北の方は、安からず思すべし。物語に、ことさらに作り出でたるやうなる御ありさまなり。（95～96）

と、紫の上の幸福な様子が世人に讃えられる。乳母少納言はこれは亡き祖母君のお祈りの賜物とひそかに思い、父宮も思いのまま手紙のやり取りをして娘の幸せを喜び、穏やかでないのは継母だけである。物語の世界は、桐壺院崩御の直後であり、朱雀院の即位にともない、右大臣家が実権を握る中で明らかに光源氏には不運の時代が訪れようとしているのである。そしてこの引用の直前に、桐壺院崩御後の政情が日増しに不利になってゆく中で、光源氏は「通ひたまひし所どころも、かたがたに絶えたまふこと」が強いられ、「軽々しき御忍び歩きも」（95）できなくなった状況が記述されている。にもかかわらず、わざわざ紫の上の幸福が描かれるのは「賢木」巻全体の内容からすれば、あまりにも唐突、かつ不自然だと言わざるを得ない。しかもここに示されている紫の上の幸福とは裏腹に、物語における自らの存在基盤に彼女のはじめて不安を感じた思いが記されている。藤壺との逢瀬が再び拒絶されて、心の乱れを鎮めるため雲林院に参籠する光源氏から贈られた「あさぢふの露のやどりに君をおきて四方のあらしぞ静心なき」の歌に対し、紫の上は「風吹けばまづぞみだるる色かはるあさぢが露にかかるささがに」（110）と返した。〝移り気なあなたを頼りにする私は、いつも不安におびえている〟との思いは、物語においてはじめて吐露した紫の上の心内にしては、「自分以外の女に対する思慕のために焦燥し動揺している夫の内面を鋭く察知し(9)」たものだと言えよう。

「賢木」巻ではこのように、自らの存在基盤に対する紫の上の不安が克明に描かれ、さらには「葵」巻と違って、上記のような状況の中で、むしろ権勢から疎遠された光源氏が朧月夜君、朝顔姫君など多数の女性との関係を復活させることになる。にもかかわらず、なぜ「西の対の姫君の御幸ひを、世人もめできこゆ」というふうに、あたかも紫の上の地位が安泰であるかのように描かれているのか。物語の世界において、葵の上はすでに亡くなり、六条御息所も娘の斎宮にともなって伊勢に去っていった。また光源氏の求愛に対する朝顔姫君の拒否の決意は依然として固く、光源氏を取り囲む女性たちがそれぞれ物語の舞台から姿を消していった。残りは「いわば若草の君一人なのである。「御さいはひ」とはそういう状態を言っているのだ」(10)という玉上琢彌氏の指摘された通りである。さらに藤壺が出家の身となり、そのため光源氏の愛情の対象は自然と日常をともにする紫の上に向けていくしかなかったし、「政情の変化による光源氏の行動の逼塞が、紫上の幸福を保証している」(11)という視点からすれば、この「御幸ひ」とはもはや何の内実も伴わない空虚なものだとしか言えない。

このような紫の上にもう一つ大きな試練が待ち受けていた。それは、光源氏の須磨・明石への退去にともなう明石の君との結婚、姫君の誕生である。受領出身の明石の君と皇孫の出自にある紫の上とは身分の違いこそあるものの、二人の結婚は入道の決めた正式なものであるうえに、姫君まで誕生したからには紫の上の存在基盤を一層不安なものにしていった。しかもこの明石の君との対立関係において、物語における光源氏と紫の上の構図に微妙な変化が見られることに注目したい。つまり、紫の上と光源氏とのつながりは彼の愛情のみによったものであって、いかなる状況の中でも、光源氏の愛情こそ紫の上を支える唯一の力なのである。しかし明石の君の出現に激しく嫉妬する紫の上に対して光源氏の次のような発言が注目される。

例の、心とけず見えたまへど、見知らぬやうにて、「なずらひならぬほどを思しくらぶるも、わるきわざなめ

り。我は我と思ひなしましたへ」と教へきこえたまふ。（松風412）

やがて京への移住が決まり、大井の山荘に迎えられた明石の君に、光源氏は深い愛情を注ぎ頻繁に通うようになる。心穏やかでない紫の上に対して「我は我と思ひなしたまへ」などと、光源氏がこれまでとは違って、愛情ではなく身分の優越感をもって説得しているのである。受領の娘である明石の君を相手に、皇孫である紫の上の出自は確かに優越してはいるが、しかし周知のように、物語における紫の上の存在価値は身分的優越より、光源氏の愛情そのものによってしか支えられていないのである。しかも後藤祥子氏の指摘された通り、「この時点で、明石の君に対する紫の上の優越性は、少なくとも対世間的には、何ら裏付けられてはいない」(12)。紫の上物語の理念からすれば、光源氏の真の愛情が不変のものでなければ、彼女の存在基盤も成り立たないはずである。

物語には幾度となく紫の上に愛の忠誠を誓う光源氏の姿が描かれたにもかかわらず、ここでは唐突にも優越性を持ち出して説得し、そうでなければ、嫉妬の苦しみから抜けられないという。見方を変えれば、紫の上より身分の高い女性が現れたら、当然それに譲らなければならないということにもなろう。事実、後に朝顔姫君への光源氏の執心や、女三宮の降嫁という現実に彼女は直面する。そして物語において、大井の邸を訪れるたびに、明石の君の美質に心惹かれる光源氏の姿が描かれ、「我は我と思ひなしたまへ」という彼の慰めの言葉は、紫の上の心底に宿る不安を解消することに、もはや何の力も持たない。むしろ光源氏の愛情も確固たるものではないことが、皮肉にも彼自身の言葉によって裏付けられていることになる。

このように、新枕が交わされる「葵」巻と、「御幸ひ」が世人に讃えられる「賢木」巻とを頂点に、二条院における紫の上が安定した地位を得たかのように見える。しかし新枕は藤壺との交情が困難な状況に陥り、また「御幸ひ」も藤壺を亡くした深い喪失感から必然的に紫の上に積極的な愛情が向けられるようになるという経緯があっただけに、紫の上の安泰は見せかけのものでしかなく、朝顔姫君や女三宮の登場によって彼女の地位が厳しく揺さぶられ、据え直されることになる。

三、六条院の紫の上

光源氏の栄華を象徴する六条院は春秋の御殿を中心に造られており、秋好中宮に秋の御殿を与え、紫の上が「春の町」を与えられ、「春の御方」と呼ばれる。新春を迎えるにあたって、紫の上の住む「春の町」は、「梅の香も御簾の内の匂ひに吹き紛ひて、生ける仏の御国」（初音137）と思われるほどの素晴らしい天地である。また、「何ごとにつけても、末遠き御契りを、あらまほしく聞こえかはしたまふ。今日は子の日なりけり。げに千年の春をかけて祝はむに、ことわりなる日なり」（同139）と、永遠の契りを誓い合うめでたい二人の姿が描かれ、六条院の春の光はまるで紫の上一人に集中しているかのようである。さらに、「藤裏葉」巻で「出でたまふ儀式のいとことによそほしく、御輦車などゆるされたまひて、女御の御ありさまに異ならぬ」（443）と、明石の姫君の入内に付き添って宮中から退出の際に、輦車が許されるなど、女御に準ずる待偶を受ける紫の上の栄光が語られ、彼女も六条院の女主人である地位に満足していたに違いない。しかしこれは紫の上の束の間の幸せであって、彼女には女三宮の降嫁という苛酷な試練が待ち受け、それによってやがて紫の上の立場は根底から揺さぶられることに至ったのである。

光源氏の準太上天皇の位は、新たな藤壺の「ゆかり」を求めると同時に、それにふさわしい「上の品」の女性選びとなり、女三宮の降嫁へと現実化していくのであるが、これは世間的にも紫の上は六条院女主人の座を譲り渡さなければならないことを意味していた。女三宮の降嫁後、不本意ながらも自ら宮との対面を申し入れた際、「我より上の人やはあるべき」（若菜上81）と、光源氏最愛の妻である実績を誇りに思いつつ、しかし朱雀院の内親王という高貴な女性に対し、「身のほどなるものはかなきさまを、見えおきたてまつりたるばかりこそあらめ」（同81）と、紫の上は物思いに耽ってばかりいる。自分は孤児同然で頼るべき後見もなく、光源氏の愛にすがるしか生きるすべのない身の上だけに、愛の不変を誓う光源氏に対して、紫の上は根底からの不信を抱かずにはいられない。それからは自分の内面を人に見せることなく、嫉妬を抑え不安な思いも胸に秘める女性へと変貌していった。この時点の物語における女三宮について、阿部秋生氏は「自身の不用意の故に、自ら紫の上の競争相手の地位を去ってしまった」と指摘され、女三宮の幼さに加え、その不用心な性格に呆れた光源氏は改めて紫の上の存在の大切さを思い知らされ「再び紫の上のもとに戻って来たのであった」[13]が、もはや病床に伏す身となった紫の上は失われた光源氏の愛情に対する信頼を取り戻す心理的余裕も、さらには妻の座を取り戻すことにも何の意欲もなく、自身の境遇のはかなさを見つめながら、ひたすら出家を願い、独り静かに死へと向かっていくのである。

「若菜上・下」巻は、女三宮の事件がもっとも印象的であることは周知の事実である。しかしそれが明石一族にかかわる巻としても重要な意義を有することを見過ごすことができない。女三宮の降嫁によって、六条院は紫の上の苦悩を焦点として全面的に変容されていくことになるが、紫の上の位置の不安定さを彼女自身に痛感させるのは、女三宮であるとともに、姫君の成長にともなう明石の君の存在の確かさでもあった。前述の明石の姫君入内の際、栄光の頂点にある紫の上に対する世人の羨望とは裏腹に、「人に譲るまじう、まことにかかる事もあらましかば」（藤裏葉442）と、紫の上は本当に実の子が女御として入内することがあるのであったらと悔しく思い、独り寂しさを噛みしめるほかなかったのである。このように、明石の君と紫の上とは身分が違うとはいえ、将来中宮になる姫君の実母だけに確実に光源氏との深い結びつきが生じ、女三宮は準太上天皇にふさわしい正妻として六条院の女主人の座に納まったのに対し、藤壺の「ゆかり」による光源氏の愛のみを頼りに生きてきた紫の上は、自分だけ苦悩を抱いて取り残されている現実を嘆かざるを得ない。そして朱雀院や今上帝への憚りとはいえ、「渡りたまふこと、やうやう等しきやうになりゆく」（若菜下169）光源氏を見ていると、紫の上は我が身に対する不安と出家への願望がつのるばかりである。

六条院春の御殿は「生ける仏の御国」と表現されるものの、そこには光源氏も明石の姫君も住んでおり、紫の上一人が栄える象徴の御殿ではなく、彼女は秋好中宮、その他の女性たちとともに光源氏の栄華を支える女性の一人にしか過ぎない存在になっていた。玉上琢彌氏が指摘されるように、「極楽の住人は、何の心配も不安もない」[14]心安らかなはずであるが、紫の上を取り囲む現実の状況からしては、六条院における彼女の生活は必ずしも「生ける仏の御国」と思われるほどの輝かしいものとは言い難い。紫の上の栄華の裏面において、明石の姫君の入内にともなう明石の君の地位上昇や、準太上天皇にふさわしい正妻として女三宮の降嫁などという、むしろ紫の上にとって厳しい試練に耐えなければならない憂愁を秘めた緊張の連続であった。

六条院の栄華を讃える女楽は、紫の上の意向によって実施されたとはいえ、実質的には女三宮の琴の技量を披露するためであった。しかも、そこでの序列は、演奏技術としても明石の君より下位に置かれ、もはや六条院において絶対的な優位者ではないことを彼女は目のあたりにする。光源氏への不信に加え、そのような疎外感、喪失感から紫の上は発病し、その容態が一進一退を繰り返し、二条院へ移ることになった。紫の上の二条院移転が、思いがけない女三宮と柏木の密通という悲劇を胚胎しているというのは、今日の一般的な認識となっている。しかし紫の上が人生の終幕の場を、身寄りのない少女時代に引き取られた二条院に選んだこと自体のもつ意味も極めて重要である。二条院へ移り住むのは病気療養のためとはいえ、実質的には女三宮の降嫁によって、紫の上は否応なしに華やかな六条院の舞台からの退場を意味し、彼女の本来あるべき立場に還元させられたことを示すことになる。二条院こそ紫の上の唯一帰るべき場所であって、彼女にとって、伊井春樹先生の指摘された通り、「六条院は安住の地ではなく、虚構にいろどられた仮の住まい」[15]なのであって、三十年に近い彼女の妻の座は、実は空虚なものでしかなかったのである。

二条院に移り住んだ後、いったん紫の上の息が絶えてしまった噂が世に流れると、人々は「かかる人のいとど世にながらへて、世の楽しびを尽くさば、かたはらの人苦しからむ。今こそ、二品の宮は、もとの御おぼえあらはれたまはめ。いとほしげにおされたりつる御おぼえを」（若菜下229）との感想を漏らす。女三宮の降嫁という厳しい現実に直面して、紫の上は自身の境遇のはかなさを思い知らされ、身の置き所のない煩悶に苛まれながら、表面的には動揺した素振りさえ見せず、六条院の調和した世界の栄華は彼女の自己抑制によって見事に保たれた。にもかかわらず、朱雀院皇女にふさわしい光源氏の寵愛を紫の上の死によってようやく受けられることになろうと、世間の目はむしろ女三宮の味方さえする。しかもこの世人の囁きから想起されるのは「紅葉賀」巻における葵の上方の女房たちの言葉である。光源氏が二条院に引き取られ女に外出を引き止められるのを噂に聞き、「さやうにまつはれし、戯れなどすらんは、あてやかに心にくき人にはあらじ」（406）と、紫の上のことを酷評し、本来葵の上が受けるべき光源氏の寵愛も彼女の存在によって妨げられたということを暗に仄めかしている。あれから三十数年、紫の上もさまざまな試練を乗り越えて光源氏最愛の妻としてそのそばにいつづけた。にもかかわらず、この「若菜下」巻での人々の思念と「紅葉賀」巻の女房たちの思いとが不思議に符合しているように、「紅葉賀」巻の時点からこれほど長く光源氏と生活をともにする実績を経てなお、紫の上の社会的地位は何も変わっていないことを意味しているではないか。そのような視点から考えると、「初音」巻に描かれる紫の上はまさにその栄華の残像に過ぎなく、「藤裏葉」の栄光の姿も一時的な虚像でしかなかった。対世間的には依然として公認が得られないまま、彼女にとって唯一安住の地である二条院へ戻るしかなかったのである。

四、光源氏の回想

「幻」巻は正月から十二月まで、四季の風物に寄せた歌を通じて紫の上を追悼する光源氏の姿が描かれている。冒頭近く、雪の降っている明け方に紫の上を失った悲しい気持ちを紛らわすため、光源氏は女房たちを相手に朝顔姫君、朧月夜君、明石の君など、紫の上を悲しませた過去の風流事を思い起こし、いまさらながら自分の思いやりのなさを悔やむに至ることが次のように記されている。

つれづれなるままに、いにしへの物語などしたまふをりをりもあり。なごりなき御聖心の深くなりゆくにつけても、さしもありはつまじかりける事につけつつ、中ごろもの恨めしう思したる気色の時々見えたまひしなどを思し出づるに、などて、たはぶれにても、またまめやかに心苦しきことにつけても、さやうなる心を見えたてまつりけん、人の深き心もいとよう見知りたまひながら、怨じはてたまふことはなかりしかど、一わたりづつは、いかならむとすらん、と思したりしに、すこしにても心を乱りたまひけむことのいとほしう悔しうおぼえたまふさま、胸よりもあまる心地したまふ（508～509）

これまでの人生の中で幾度となく紫の上を嘆かせたことがあり、それは一時的な遊び心にしても、或いは深刻に悩んだことにしても、今から思えば、どうしてあのような浮気心をお見せしたのであろうと、光源氏は身勝手な恋愛沙汰を一応は反省するものの、何事にも練れた気性であったから、心底から怨みとおすことはしなかった紫の上の立派な人柄に救われて安堵する。引用文中の「たはぶれ」は「大かたの風流」（『岷江入楚』）とあり、具体的にこれは「槿斎院朧月夜などの事」（『細流抄』）と指摘される。しかし現実には朝顔姫君に対する光源氏の懸想は姫君の一貫した拒絶によって紫の上の危機が避けられたのであって、決して光源氏の一時的な浮気ではなかったことは明らかである。たとえそれが「たはぶれ」事であっても、紫の上にとってはこれは裏切り以外の何物でもなかった。また、「まめやかに心くるしき」ことについては「女三宮なとの事なるへし」（『岷江入楚』）との見解が記される。紫の上は生涯にわたって光源氏の浮気に悩まされ続けた。中でもとくに女三宮の降嫁は紫の上にとってもっとも致命的な打撃だけに、その苦悩もいっそう深刻なものであった。しかし光源氏理想の女性として決して見苦しく取り乱すことは許されず、彼女はむしろ光源氏の立場に立って、女三宮を迎える準備に励むかのように振舞った。そのような紫の上は世間から称賛され、その素晴らしい資質に改めて思い知らされた光源氏の愛情はありしにまさることも確かである。しかしこれまでの恋愛遍歴について、「人の深き心もいとよう見知りたまひながら、怨じはてたまふことはなかりし」という光源氏の認識からは、紫の上の真実の苦悩を理解しているようにはとうてい読み取れない。紫の上は彼を許したわけではなく、その愛情を繋ぎ止めることができない自分の無力さに気づき、むしろ深い悲しみから口を閉ざすことになったのである。この表面的抑制的な態度とは裏腹の、紫の上の抱え込むはかり知れない真実の苦しみを、彼女の死後も光源氏がついに直視することはなかった。

光源氏はさらに回想を続け、「入道の宮の渡りはじめたまへりしほど、色にはさらに出だしたまはざりしかど、事にふれつつ、あぢきなのわざや、と思ひたまへりし気色のあはれなりし」(509)とあるように、朝顔姫君や朧月夜君の時に比べると、女三宮の降嫁が紫の上に与えた打撃の重さが思い知らされ、「あはれ」であったと追想されている。とくに雪の夜、涙で濡れた袖を懸命に隠しながら、穏やかに光源氏を迎え入れる紫の上のいじらしさが思い出され心が痛む。しかし、朝顔姫君や朧月夜君の時はもちろん、女三宮の降嫁の際も、生前の紫の上の苦しみに光源氏が真剣に目を向けることはなかった。「あぢきなのわざ」とは、これまで信頼してきた光源氏に裏切られた深い悲しみを表すもので、女三宮の降嫁を甘受せざるを得なかった我が宿命だと悟っただけに、紫の上は誰にも頼るべき者のいなくなった孤独さを嚙みしめ、その深刻な悩みは表にも出せなかった。そのような生前の紫の上の内心の絶望と恨みを光源氏がついに汲み取ることがなく、彼女の素晴らしさを絶賛したものの、その心の内を理解しようとしなかった以上、光源氏の反省も紫の上に対するいかなる称賛の言葉も空疎にしか響かないのであろう。

「若菜下」巻には、六条院の栄華を象徴する華やかな女楽が終了後、光源氏は過ぎ去った半生を回顧する中で紫の上の境涯に触れて次のように述べる。

君の御身には、かの一ふしの別れより、あなたこなた、もの思ひとて心乱りたまふばかりのことあらじとなん思ふ。后といひ、ましてそれより次々は、やむごとなき人といへど、みな必ずやすからぬもの思ひ添ふわざなり。高きまじらひにつけても心乱れ、人に争ふ思ひに絶えぬもやすげなきを、親の窓の内ながら過ぐしたまへるやうなる心やすきことはなし。その方、人にすぐれたりける宿世とは思し知るや。(198)

光源氏はわが人生を述懐しながら、須磨退去の際の別離を除いては、紫の上には深刻な悩みを与えていなかったはずだという。そして後宮の后たちの気苦労の多い日常に比べると、自分の慈しみの下で過ごした紫の上はむしろ「すぐれたりける宿世」だとする。さらに女三宮の降嫁についても、自分の愛情は以前にも増して深まったのだと述べたのに対して紫の上はただ、

のたまふやうに、ものはかなき身には過ぎにたるよそのおぼえはあらめど、心にたへぬもの嘆かしさのみうち添ふや、さはみづからの祈りなりける(198〜199)

と答えるだけで、多くは胸の内にしまい込んでしまう。光源氏が述懐の中で、紫の上に対する負い目は若い時に須磨の離別だけだと言い切るが、果たしてそうであろうか。現実としては、葵の上が亡くなった当初の紫の上は、都にある財産の管理を委ねられ、見事に留守を守り抜いたという意味においては、彼女はむしろ光源氏にとって唯一頼られる妻である証しでもあった。紫の上にとって須磨退去による別離は、物理的に離れることからの寂しさこそあったが、心理的にはむしろ二人の絆をいっそう強いものにしたとさえ言える。それに比べると、女三宮の降嫁は、物語における自らの存在価値を問い糾される、これまでにない深刻な事件だけに、その悲しみを独り胸の内に秘めるほかなすすべがなかった。それは逆に光源氏の目には「ものの心も深く知りたまふ」ような穏やかな紫の上の姿と映ったのであろう。しかし紫の上のすべてを知り尽くしたはずの光源氏にしては、あまりにも彼女の立場に無理解な態度であったと言わざるを得ない。

さて、光源氏に「人にすぐれたりける宿世」と決め付けられた以上、紫の上も「ものはかなき身には過ぎにたる

よそのおぼえ」だと受け止めざるを得なかった。しかし内心では世人の羨望とは裏腹に、人知れぬ憂愁ばかりを抱え込んでいる。そしてその憂愁が自らの生への支えになっているとの述懐に、小町谷照彦氏は「紫の上の自己の人生把握の独自性がある」とし、この紫の上の見識からすれば、彼女にとって「憂愁即人生なのであり、光源氏という他人の目が描き出した楽天的で安楽な人生の構図とはまったく対照的なものであった(16)」と指摘されている。さらに「心にたへぬもの嘆かしさ」が紫の上の人生のすべてであるとすれば、その「もの嘆かしさ」がなくなる時、すなわち玉上琢彌氏が言われたように、「それは生きる気力を失うとき(17)」である。胸に秘められている悲痛な思いはついに光源氏に理解されないまま、この世を去った紫の上の恨みはいかばかりだったのであろう。

周知のように、紫の上は藤壺の「ゆかり」として物語に登場し、光源氏によって理想的な女性に育てられた背後には、藤壺の影がつねに見え隠れする。「幻」巻は紫の上の死を悼む物語であるにもかかわらず、光源氏は藤壺を失った時の悲しみを思い起こして次のように語る。

「故后の宮の崩れたまへりし春なむ、花の色を見ても、まことに『心あらば』とおぼえし。それはおほかたの世につけて、をかしかりし御ありまさを幼くより見たてまつりしみて、さるとぢめの悲しさも人よりことにおぼえしなり。みづからとり分く心ざしにも、もののあはれはよらぬわざなり。(521)

光源氏が明石の君を相手に、昔からのもの思いの数々を語る中で、藤壺が亡くなった当初の悲しみを改めて思い起こす。紫の上と藤壺、この二人のどちらの死に対する悲しみがより深いかの問題はともかくとして、紫の上を追悼する場面になぜ藤壺への思いに言及しなければならないかは留意する必要がある。まず、藤壺を失った時の光源氏は「心あらば」とまで思うが、そのわけは、幼少の時に拝見したその美しさが深く心に刻んでいたため、彼女を失った時の悲しさも他人よりとくに強く思ったのであると説明する。また、自分だけでなく世間一般の人が見ても優雅である藤壺の様子であるから、「もののあはれ」という無常の悲しみも特別に深いものになろうと弁解する。

それに対して紫の上は、「幼きほどより生ほしたてし」経緯や、「もろともに老いぬる末の世にうち棄てられ」た悲しさは堪えがたいものであると、長年連れ添った伴侶に先立たれた寂しさを嚙みしめるものとして述べられている。紫の上を失った悲しさは一般論として語られるのに対し、藤壺の場合は、「もののあはれ」を感じるのはその人に特別な感情を持っているからではないと弁解しながらも、内心は「心あらば」と思うほど藤壺の死から受けた衝撃ははかり知れないものであった。

「幻」巻は月並みの風物とともに紫の上を失った光源氏の傷心を中心に展開されているにもかかわらず、光源氏が心の奥深くに秘められている藤壺への追慕を語ってしまったことは、いったい何を意味するのであろうか。ここに浮かび上がるのが「朝顔」巻末の記述である。「朝顔」巻に、光源氏が紫の上を相手に自分が関わってきた女性たちを批評し、藤壺にも言及したところ、その夜の夢に藤壺が光源氏をたいそう恨んでいる姿で現れ、「漏らさじとのたまひしかど、うき名の隠れなかりければ、恥づかしう。苦しき目を見るにつけても、つらくなむ」(485)と、光源氏との浮き名が世間に現れてしまうことを恥ずかしくも恨めしく思う。「幻」巻においても、秘密にしておかなければならない藤壺とのことであるにもかかわらず、彼女を失った悲しみを胸一つに抑え切れなくなって、うっかり語ってしまったにしても、光源氏にとって藤壺の死はこれだけ重いことであって、死後の藤壺も依然として彼の心に大きく存在していることの証左でもあろう。

「薄雲」巻において、死の直前に語った人生回顧の中で藤壺は「高き宿世、世の栄えも並ぶ人なく、心の中に飽かず思ふことも人にまさりける身」(435)と悟った。藤壺の人生は紫の上と同じく、光源氏との密接な関わりにおいて成り立っている。彼女は死の直前、現世では名実ともに無類のわが栄華ながらも、限りなく思い悩むことも一際まさる人生であったことを反芻している。「飽かず思ふこと」は、何を意味するものであろうか。まずは光源氏とのあるまじき恋、その結果としての皇子誕生を指していることはいうまでもない。具体的には「中途半端で満たされない気持、しばしば恋の人間関係として生殺しにあうような辛苦を表す」[18]ものと指摘されている。そして藤壺を捉えて離さない憂愁の内実は運命の残酷さであり、光源氏への思いを心の底に封じ込めるしかなかった無念さでもあった。光源氏への愛着を告白できないまま、この世を去った藤壺の恨みは深かったに違いないが、光源氏の夢に現れ、その恨みの一部を訴えることができたのはせめてもの慰めとなったのであろう。しかし「大空をかよふまぼろし夢にだに見えこぬ魂の行く方たづねよ」と光源氏が嘆くように、紫の上はその夢にさえ現れてこない。

「幻」巻で中将の君を相手に、光源氏はわが生涯を回顧して次のように述懐している。

この世につけては、飽かず思ふべきことをさをさあるまじう、高き身には生まれながら、また人よりことに口惜しき契りにもありけるかな、と思ふこと絶えず。(511)

光源氏は帝の子としてこの上なく高い身分に生まれながらも、一方世間の人と違って不本意な運命であったと思うことも絶えないという。この「口惜しき契り」はすでに指摘されたように、「若菜下」巻や「御法」巻に繰り広げられる光源氏の述懐と類似する表現になっている。具体的には幼くして母を失い、その母を慕う情から藤壺に対する罪深い恋慕の情が生まれ、その思いが遂げられなかった自分の生は残念な運命であった[19]ということを意味するのであろう。光源氏の「口惜しき契り」と藤壺の「飽かず思ふこと」を結び合わせて考えると、それぞれが相手に対する思いの遂げられなかった不本意な運命を嘆く二人の姿が明確に現れてくる。そしてこの二人の密接に絡まる人生述懐に対比して、「心に堪へぬもの嘆かしさ」という紫の上の苦悩を光源氏が決して共有し、理解していないのである。さらに光源氏の「高き身」と相応する藤壺の「高き宿世」に照らし合わせると、紫の上の「ものはかなき身」はむしろ生の基盤への不安を自ら認識したものとしていっそう浮き彫りにされてくる。光源氏は藤壺の面影を求めて物語の世界を歩き続けた。「口惜しき契り」と「飽かず思ふこと」に通底しているところに、二人だけが作り上げた心の世界があり、たとえ光源氏最愛の妻であると言えども、「ものはかなき身」である紫の上はこの二人の特別な世界に入ることが決して許されないのである。藤壺は光源氏にとって永遠の女性であって、そして「光源氏をも紫の上をも背後から動かしてゆく力なのである」[20]。その意味からも、紫の上を失った光源氏の傷心を中心に展開される「幻」巻において、わずかにしか触れられていない藤壺への思いではあるが、その重みがずっしりと迫ってくることを決して無視することはできないのである。

おわりに

紫の上の生涯は気高いまでの美しさを見せるものであった。にもかかわらず、その人生は苦悩に満ちたものであった。「生ける仏の御国」と称賛されるほど栄華の絶頂に達したかのように見えながら、それは藤壺ゆえの栄華であり、光源氏が藤壺の面影を追い続ける限り、その気持ちは時には朝顔姫君や明石の君、あるいは朧月夜に傾いていく。ついには女三宮を正妻に迎えるなど、光源氏が恋愛沙汰を繰り広げるたびに紫の上は孤立無援のわが身の上を嘆き、その生涯に心の安らぐ時はなかったと言ってよい。死の直前、紫の上は光源氏と明石の姫君を相手に、「おくと見るほどぞはかなきともすれば風にみだるる萩のうは露」という寂寥感に満ちた辞世の歌を残した。庭の秋草に置く露に託した思いとはいえ、紫の上の生涯を考え合わせる時、これは単なる眼前の光景を詠むに留まらず、彼女の人生縮図のようにも受け取ることができる。

紫の上はその全人生において、「我より上の人やはあるべき」という光源氏との愛の実績を自負する喜びを知りながらも、「心にたへぬもの嘆かしさ」を反芻せざるを得ない惨めさも存分に味わったはずである。藤壺が光源氏の恋愛遍歴の原点であり、その藤壺に対する思いが遂げられない光源氏の恨みは綿々として尽きることがない。そうである限り、紫の上は光源氏から永遠不変の愛を独占することが不可能である。かつての六条院の女主人として、一見華やかなように見える紫の上のこれまでの半生は実は空虚なものであるに過ぎなかった。光源氏の愛を繋ぎ止めたいと願いつつ、絶えず孤立無援の身の上を嘆くという愛と苦との間を彷徨する姿、これが紫の上の実像というべきなのであろう。

注

（1）池田亀鑑氏「源氏物語の構成とその技法」（『源氏物語研究』有精堂選書　昭和4・7）
（2）松尾　聡氏「紫上――一つのやや奇矯なる試論」（「解釈と鑑賞」昭和24　8号）
（3）今井久代氏「紫の上物語の主題と構造」（『源氏物語構造論――作中人物の動態をめぐって』風間書房　平成13・6）
（4）武田祐吉氏「源氏物語における対偶意識」（『国文学論究』第五十四集　昭和9・7）
（5）大塚修二氏「葎の門の女の物語――帚木巻から末摘花巻までの構成――」（『国学院大学大学院紀要』第五巻　昭和48）に詳細なご検討があり、参照されたい。
（6）日本古典文学全集『源氏物語』「若紫」の頭注四において「忍び歩きの女の家からは夜明け前のまだ暗い時刻に立ち帰るのが当時の習慣だから、さもそういう関係ができたように見えたのである」（320頁）との指摘がある。
（7）倉田　実氏「仮託された心情」（『紫の上造型論』新典社　昭和63・6）
（8）小島雪子氏「光源氏と紫の上――出会いから新枕まで――」（『文芸研究』東北大学　昭和61・1）
（9）石坂妙子氏「紫の上の悲劇性と藤壺」（『新大国語』第7巻　昭和56・9）
（10）玉上琢彌氏『源氏物語評釈』第二巻「賢木」537頁
（11）小島雪子氏「光源氏と紫上――『賢木』巻を中心として――」（『日本文芸論叢』第五巻　東北大学文学部国文研究室　昭和61・5）
（12）後藤祥子氏「愛執の構図」（『国文学』第16巻6月号　昭和46）
（13）阿部秋生氏「紫の上の出家」（『光源氏論　発心と出家』東京大学出版会　平成2・8）
（14）玉上琢彌氏『源氏物語評釈』第五巻「初音」157頁

（15） 伊井春樹氏「紫の上の悔恨と死――二条院から六条院へ、そして二条院へ――」（『源氏物語の視界3――〈光源氏と女君たち〉――』王朝物語研究会編　新典社　平成8・4）
（16） 小町谷照彦氏「紫の上の憂愁と発病――紫の上論（4）」（『講座源氏物語の世界』第六集　有斐閣　昭和56・12）
（17） 玉上琢彌氏『源氏物語評釈』第七巻「若菜下」381頁
（18） 鈴木日出男氏「光源氏の女君たち」（『源氏物語とその影響』研究と資料　古代文学論叢第六輯　武蔵野書院　昭和53・3）
（19） 玉上琢彌氏『源氏物語評釈』第九巻「幻」において「母を慕う情に発した藤壺の宮への思慕、彼の一生を決定した罪深い恋慕の情は「人より異に、口惜しき契りにもありけるかな、と、思ふこと絶えず」と回顧せられた彼の人生のはじまりであった」とある。（129頁）
（20） 清水好子氏（『源氏物語の女君』塙書房　昭和42・6）

付記 『源氏物語』本文の引用は、小学館日本古典文学全集本により、巻名と頁数を付したが、巻名が明らかな場合はこれを省略した。

〈物の怪〉の表現史
——『源氏物語』の物の怪論のための——

藤井由紀子

一　はじめに——〈物の怪〉研究の諸問題——

平安朝の文学、とりわけ『源氏物語』には、様々な物の怪が登場し、物語において重要な役割を果たすものも少なくない。「もし『源氏物語』にもののけの暗いけはひがなかつたとすれば、どうなるであらうか。『源氏物語』の魅力は半減すると思ふ」[1]という言、あるいは、「一条朝に深くはいって成立する『源氏物語』が「異界」を大胆に物語の動機づけとして、もののけども、つまり黒いやみの生き物たちをこれでもかこれでもかと跳梁させていることとは、ささやかな謎、考え続けてよいこととしてあろう」[2]という言などに端的に示されているように、物の怪という存在は、『源氏物語』の主題と深く結び付くところにあるのであり、その意義を探るべく、これまでに数多くの論稿が積み重ねられてきた。

しかしながら、改めてその研究史を眺めるとき、その前提となるべき「物の怪」という語自体の定義は、いまだ正確に行われておらず、研究者によってその捉え方に幅があることに気付かされる。今、代表的な定義をいくつかあげ[3]、問題点を確認しておきたい。

・物怪とは、たたりの一種である。古代人は、原因不明の病気にかかったり、原因不明の死に方をしたりした時に、それを何物かのたたりとして認定することがあった。（中略）人間のたたりの場合は、生霊と死霊の二つがあるが、いずれも怨恨をその発生要因としており、物怪と呼ばれている。（島内景二氏）(4)

・「物の怪」は元来は原始的な精霊の義があるが、正体不明のものや特定の人の霊が憑き、人に危害を加えるイメージが強い。源氏物語では六条御息所の物の怪に代表されるように、特に憑者側の苦悩が見据えられるなど、憑霊現象は、一夫多妻制や階層性による王朝社会の構造的矛盾や複雑な人間関係を抜きにしては、とうてい理解できぬ独自性を持つ。（藤本勝義氏）(5)

・『源氏物語』に跳梁するもののけどものかずはまことにおびただしい。ひっくるめてもののけという。大きく二種類に分けることができる。生き霊／死霊のたぐいと、その他の妖怪変化に分けられる。（中略）後者は、話題になる程度だ、といっても、きつね、こだま、おに、かみ、など種類が多く、……（藤井貞和氏）(6)

それぞれの考察目的の違いもあり、ここで無理に纏めるのも躊躇われるが、大まかに言えば、「物の怪」を「人に危害を与える霊的存在」とする基本点は一致していると言えよう。ただし、細かい点においては微妙な差異も見出せる。それは「物の怪」という語が何を指すのか、その範疇の定義に関わる点であり、具体的に指摘すれば、島内氏が様々な「怨恨」がある中で、「人間のたたり」のみを「物の怪」と定義しているのに対し、藤本氏は「正体不明のものや特定の人の霊」と、かなり大きな枠の中で「物の怪」という語の概念を規定しているのである。藤井氏の定義は、藤本氏とその枠組みにおいては共通しており、「きつね、こだま、おに、かみ」と、藤本氏の言う「正体不明のもの」をより具体的に提示した形となっている。

このように見てくれば、自ずとその問題点は浮かび上がってこよう。すなわち、「物の怪」とは一体何を指す語なのであろうか、という点である。藤本氏や藤井氏のように広範な対象をすべて「物の怪」という語に含めることは、安易に「物の怪」という枠を拡大することに繫がらないだろうかという危惧を抱く。また、島内氏の定義に従えば、「生霊と死霊」と「物の怪」はまったく同一のものとなってしまうのだが、はたしてその理解で十全なのであろうか。さらに言うならば、三つの定義において共通していた「物の怪＝人に危害を与える霊的存在」という前提さえ、従来改めて検討されることのなかったものなのである。今一度、その定義を考え直す必要があるだろう。

本稿は、以上の疑問点を出発点とし、従来あまりにも自明のこととして捉えられすぎてきた「物の怪」という存在を、特に『源氏物語』に至るまでの仮名文学の表現史に照らし合わせながら、再度考察し直し、正確に定義することによって、現行の物の怪論の修正をはかることを目的とする。(7)

二―一　物の怪語彙の再検討（1）――「病」と「物の怪」――

まず、『源氏物語』以前の文学作品に表れた「物の怪」の用例を見ておきたい。

①中興の近江の介がむすめ、もののけにわづらひて、浄蔵大徳を験者にしけるほどに、人とかくいひけり。なほしもはたあらざりけり。（『大和物語』一〇五段　三四四頁）

②かかるほどに、大将殿の宮あこ君、物の怪つきて、いたくわづらふ。とかくすれども、怠らず。この阿闍梨（＝忠こそ）につけ奉れば、かしこくして労りやめつ。（『うつほ物語』吹上下　二九六頁）

③日ごろもなやましうてしはぶきなどいたうせらるゝを、物怪にやあらん、加持もこゝろみむ、狭ばどころのわりなく暑きころなるを、例もものする山寺へのぼる。（『蜻蛉日記』上　六四頁）

『源氏物語』以前の仮名文学における「物の怪」の用例は、この三例ですべてである。「物の怪」が物語を動かす大きな要素となるのは、『源氏物語』以降のことであることが察せられるわけだが、ここで注目したいのは、いずれの用例も「わづらふ」「なやまし」などの語があることからわかるように、病気とかかわる文脈で「物の怪」が語られていることである。『枕草子』の有名な「病は、胸。もののけ。脚のけ。……」（一八三段）というくだりなども想起されよう。

国語学的な見地から「物の怪」語彙を整理された大野晋氏（単語調査は須山名保子氏による）は「怨霊は目に見えないのだから、その作用を外から認めるには、何かのしるし、目に見える手掛かりがなくてはならない。モノ（怨霊）は取りついた人を病で苦しめる。その症状は外から見える。そこで、その目に見える症状をモノノケといった。モノ（怨霊）ノ（助詞）ケ（兆候）という構成である。ケは「顕現」ということもできよう」とされ、また、「実例の上では、むしろモノノケという言葉によってモノ（怨霊）それ自体を表すことの方が多い」とされている。つまり、「モノノケとあったときは、モノ（怨霊）による症状という意味と、モノ（怨霊）そのものを指すことがある」のである。(8) 先にあげた三例は、①・③が前者に、②が後者にあたる用例ということになろう。

しかし、この二つの使い方は、決して分離しているものではない。後者の「モノ（怨霊）そのものを指す」ときでも、それは必ず病気と関連する文脈で使われるのである。たとえば、次にあげるのは『源氏物語』の用例で、紫上が危篤に陥った場面である。

さらば限りにこそはと思しはつるあさましさに、何ごとかはたぐひあらむ。源氏「さりとも物の怪のするにこそあらめ。いと、かく、ひたぶるにな騒ぎそ」としづめたまひて、いよいよいみじき願どもを立て添へさせたまふ。（若菜下　二二五頁）

ここに言う「物の怪」が「モノそのものを指す」のは明らかであろう。しかし、それは、単独でいきなり出現したのではなく、「さらば限りにこそは」という紫上の臨終に際して、光源氏によって類推されたものなのである。つまり、紫上の死という出来事が起こらなければ、「物の怪」という存在が表面化することはなかった。言い換えれば、「病」なくして「物の怪」は存在しえなかったのである。事実、『源氏物語』には、五十三例もの「物の怪」の用例があるが、(9) そのすべてが、病気・衰弱・死などの否定的な文脈の上で語られている。「物の怪」と「病」とは、不可分の存在なのである。そして、「物の怪」が憑いているから「病」が発動した、というのはあくまで結果論であり、物語の叙述に沿うならば、「病」があって「物の怪」の存在が確認される、という道筋が正しいことを確認しておきたい。

つまり、「物の怪」とは「病によって発見されるもの」であったということになる。当然のことのようであるが、従来の定義では、あまり重要視されていなかったところである。補足しておきたい。

二—二　物の怪語彙の再検討（2）——「生霊・死霊」「狐・木霊・鬼・神」と「物の怪」——

「物の怪」とは、本来、正体不明のものであった。たとえば、『源氏物語』に描かれた物の怪を辿り見ても、六条御息所の物の怪を除けば、ほとんどすべての物の怪が正体不明のままなのである。正体を特定するためには、僧や験者による加持祈禱が必要となる。以下にあげるのは、そのような加持祈禱によって、物の怪の正体が判明する場面である。

①　絵に、物の怪のつきたる女のみにくきかた描きたる後に、鬼になりたるもとの妻を、小法師のしばりたるかたを描きて、男は経読みて、物の怪せめたるところを見て、

亡き人にかごとをつけてわづらふもをのが心の鬼にやはあらぬ

（『紫式部集』・四四）

②今ハ昔、物ノ気病為ル所有ケリ。物託ノ女ニ物託テ云ク、「己ハ狐也。……」

（『今昔物語集』巻二七・四〇　一二三頁）

ここで注目したいのは、いずれの用例においても、「物の怪」とともに「鬼」「狐」という、先に見た藤井貞和氏の定義に登場した〈妖怪変化〉が描かれていることである。たしかに、一読しただけでは、同じ存在を「物の怪」／「鬼」「狐」と呼び分けているだけのようであり、藤井氏の見解に誤りはないようにも思われる。しかし、よ

り詳細にこの用例を検討するならば、そこには、明確な使い分けがなされていることに気付かされる。

①は、紫式部の物の怪観の投影された歌であるとされ、『源氏物語』の読みにも援用されることの多いものであるが、その解釈には諸説あり、今は深く立ち入らない(10)。注目すべきは、詞書である。これは、「物の怪」の憑いた現在の妻の後ろに、「鬼」となった前妻が描かれているという絵の説明をしたものであるが、この「鬼になりたるもとの妻」こそが、「物の怪」の正体であることは、諸説一致し動かない。つまり、「物の怪」という語が、病気(ここでは「女のみにくきかた」と表現されている)の原因となっている正体不明であるものを漠然と指しているのに対し、「鬼」は、具体的な姿として現れた「物の怪」の本体そのものを指しているのである。②の例でも同じことが言える。ここでは、「物託ノ女」つまり憑座に駆り出された「物ノ気」が、自分の正体を「狐」であると名乗っている。病気としての「物の怪」と、それを引き起こした本体である「狐」という構図である。「鬼」や「狐」は、「物の怪」そのものではない。「物の怪」という匿名性を帯びた存在が、より特定された形で「鬼」「狐」として顕現しているのである。

「鬼」「狐」などの存在は、たしかに、人に危害を与える霊的な存在であるが、しかし、それらが、「物の怪」という間接的な手段を取らずとも、直接人を襲ったり騙したりする話は、説話集などに数多く見出せるものである。必ずしも「物の怪」という病とだけ結びつくものではない。『源氏物語』においても、次のような例を見出すことができる。

森かと見ゆる木の下を、うとましげのわたりや、と見入れたるに、白き物のひろごりたるぞ見ゆる。「かれは何ぞ」と、立ちとまりて、灯を明くなして見れば、もののゐたる姿なり。僧「狐の変化したる。憎し。見あらはさむ」とて、一人はいますこし歩みよる。(中略)このもの怖ぢせぬ法師を寄せたれば、僧「鬼か、神か、狐か、木霊か。かばかりの天の下の験者のおはしますには、え隠れたてまつらじ。名のりたまへ。名のりたま

へ」と、衣をとりて引けば、顔をひき入れていよいよ泣く。（手習 二六九頁）

ここには、「鬼」「神」「狐」「木霊」と、藤井氏の言う〈妖怪変化〉が羅列されてはいるものの、「物の怪」なる語はひとつも見出せない。ここでの「鬼」や「狐」は、「白き物のひろがりたる」という正体不明のものの本体として類推されているのである。「鬼」や「狐」が、「物の怪」のみならず、様々な不可思議なものと結びつくものであることを如実に表していると言えよう。つまり、「鬼」「狐」と「物の怪」は、互換可能なまったく等しい存在としてあるのではなく、また、そのような妖怪変化の総称として「物の怪」という語があるのでもなく、「物の怪」という正体不明の存在の本体が、「鬼」「狐」である場合もあるというだけなのである。この場合の「物の怪」とは、「鬼」「狐」が人に危害を与える際の、ひとつの手段・媒介でしかない。

同じことが「霊」[11]についても言える。

陰陽師なども、多くは、女の霊《りやう》とのみ占ひ申しければ、さることもやと思せど、さらに物の怪のあらはれ出で来るもなきに、……（柏木 二八三頁）

病の床にある柏木に憑いている「物の怪」の正体が、「女の霊」と占われるくだりである。たしかに、「霊」は、「狐」や「鬼」と違い、人に危害を与える場合にとる手段が少ない。そのほとんどが「物の怪」として現れるのであって、『源氏物語』中の「霊」は、右の用例のように、「物の怪」と同じ文脈でしか用いられない。混同されやすいのはたしかだが、しかし、基本的な構図は「鬼」「狐」の場合と同じであって、正体不明の「物の怪」に対して、正体が判明した存在が「霊」ということになろう。それは、『源氏物語』に描かれた「霊」が、「女の霊」「故父大臣の御霊」（葵 二九頁）のように、必ず、特定の人物を指し示すような語を冠していることからもうかがわれる。「霊」とは、「物の怪」より狭義の概念であり、元の人物に近い存在として描かれているのである。「霊」は「物の怪」に較べれば、より人格的な存在であるとも言えようか。

以上のことから、「霊」「狐」「鬼」という存在は、必ずしも「物の怪」という存在と重なり合うものではないことがわかった。そこには厳密な使い分けがあったのである。たしかに、我々が死後の存在を表すのに一般的に使うのは「霊」という語であるし、現代語の「物の怪」は、「妖怪」や「幽霊」、さらには「神」までをも包括するような広い語義を持っているように思われる。しかし、古典文学を論じる際には、その使い分けに細心の注意を払う必要があることを、ここに喚起しておきたい。

本節で確認した「物の怪」をめぐる語彙の関連性を図示して整理しておく。

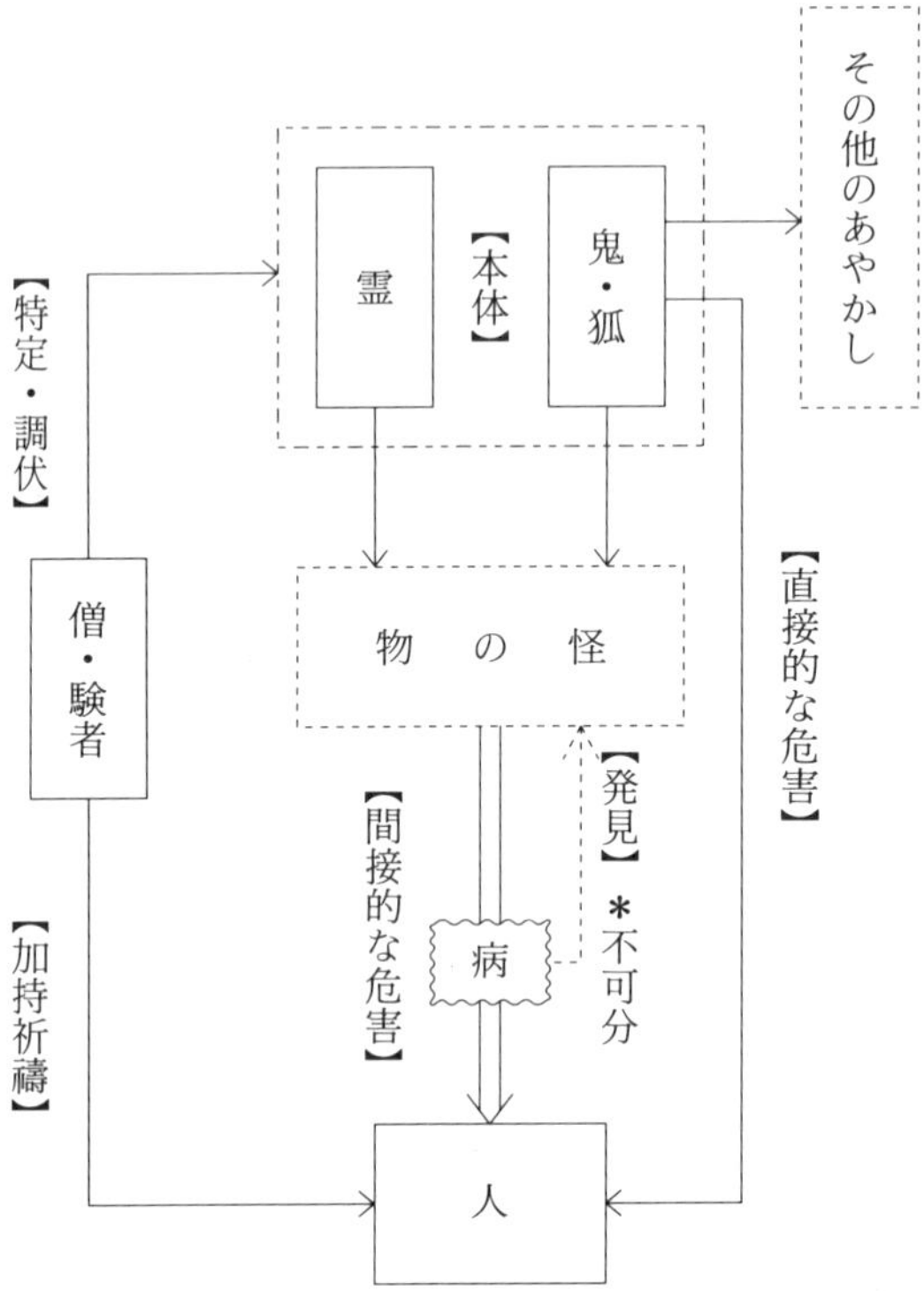

また、今見てきたことを、物語の叙述に従って、過程として示せば以下のようになろう。[12]

Ⅰある人物が病気になる

Ⅱその症状あるいは占いなどの結果から物の怪が原因であることが判明する

Ⅲ加持祈禱が行われる

（Ⅳ駆り出しに成功すると物の怪は姿を現し名乗りをする）

Ⅰ・Ⅱは「物の怪にわづらひたまひて」（宿木　三六四頁）と、一纏めにして記述されることも多い。また、駆り出しは失敗することも多く、Ⅳは記述されないことが多い。

さて、以上のことを前提として、『源氏物語』における具体的な「物の怪」を見ていくこととしたい。それは、葵巻における六条御息所の「物の怪」である。

三　葵巻の「物の怪」表現の再検討――「夢」と「物の怪」――

『源氏物語』に描かれる「物の怪」の中で、最も有名、かつ、その描写の克明さにおいても抜きん出ているのは、言うまでもなく、葵巻の六条御息所のそれである。よって、従来の「物の怪」研究では、六条御息所の「物の怪」をモデルケースとして、他の「物の怪」を論じることも少なくなかった。しかし、はたしてほんとうに、六条御息所の生霊は、他の「物の怪」を考える際の視座となりうるものなのであろうか。その描写を、今一度確認しておく必要があろう。御息所の「物の怪」が発動する始発の場面を見ていくこととする。

大殿（＝葵上）には、御物の怪いたう起こりていみじうわづらひたまふ。この（＝六条御息所の）御生霊、故父大臣の御霊など言ふものありと（御息所は）聞きたまふにつけて、……（葵　二九頁）

まず、最初は、葵上側の描写から始まる。ここに述べられているのは、「物の怪」とその「病」、そして、その本体が御息所の「生霊」か、故大臣の「霊」かという本体の推測、と、今まで検討してきた「物の怪」の定義から外れるところはひとつもない。しかし、続く文脈において、物語は、葵上側から御息所側へと視線をずらす。そこに描かれるのは、今まで見てきた「物の怪」の用例には一切描かれることのなかった「夢」という要素なのである。

……（御息所は）聞きたまふにつけて、思しつづくれば、身ひとつのうき嘆きよりほかに人をあしかれなど思ふ心もなけれど、もの思ひにあくがるなる魂は、さもやあらむと思し知らるることもあり。（中略）すこしうちまどろみたる夢にはかの姫君（＝葵上）と思しき人のいときよらにてある所に行きて、とかく引きまさぐり、現にも似ず、猛くいかきひたぶる心出で来て、うちかなぐるなど見えたまふこと度重なりけり。あな心うや、げに身を棄てて往にけむと、うつし心ならずおぼえたまふをりをりもあれば、……　（葵　二九頁）

御息所は、葵上と思しき女性を「うちかなぐる」夢を度々見、自身の魂が身を離れ、生霊と化していることを悟るのであった。

さて、このような「夢」と「物の怪」の結び付きは、たとえば、甘利忠彦氏が「神話の世界と物語に共通して異界との回路《メディア》として夢があり、この夢を媒介《メディア》として物の怪たちも物語世界に侵入する」[13]と論じるように、この葵巻の描写を基として、「物の怪」を論じる際の大前提のように考えられてきた。また、御息所の「もの思ひにあくがるなる魂は、さもやあらむ」という述懐から、〈遊離魂〉の現象も同じように、「遊離魂は、正に〈物の怪〉の姿である」[14]と捉えられている。しかしながら、今までに見てきた『源氏物語』以前の「物の怪」表現には、「夢」や〈遊離魂〉は、決して付随することがなかったものである。はたして、葵巻の独特な表現のみを基準として、他の「物の怪」をすべて理解してもよいのかどうか。なにより、「夢」や「魂」は、はたしてほんとうに「物の怪」と結びつくものなのかどうか。当該場面に描かれる「夢」と「魂」を、より詳細に検討していく必要があろう。

まず、「もの思ひにあくがるなる魂は、さもやあらむ」という御息所の述懐。これは、次にあげる『後拾遺和歌集』に載る和泉式部の歌と類似の発想であることは周知の通りである。

をとこにわすられて侍けるころきぶねにまゐりてみたらしがはにほたるのとび侍けるをみてよめる

和泉式部

ものおもへばさはのほたるをわがみよりあくがれにけるたま《も》かとぞみる

（巻二〇・雑六・一一六二）

ここで和泉式部が詠んだ和歌には、もちろん、「物の怪」との関わりは一切見られない。今は、それが、「をとこにわすられて侍けるころ」という、恋愛の文脈で詠まれたものであることを押さえておきたい。

また、実際に「物の怪」として光源氏の前に姿を現した御息所が詠む歌、「なげきわび空に乱るるわが魂を結びとどめよしたがひのつま」（葵　三三頁）は、次の『伊勢物語』を下敷きにしたものであることも通説となっているところであろう。

むかし、男、みそかに通ふ女ありけり。それがもとより、「今宵夢になむ見えたまひつる」といへりければ、男、

思ひあまりいでにし魂《いづる》のあるならむ夜ぶかく見えば魂結びせよ

（一一〇段　二二六頁）

ここでもまた、「物の怪」との関わりは見られない代わりに、やはり、「男、みそかに通ふ女ありけり」という状況の下で、恋愛譚の一部として〈遊離魂〉が使われていることに留意したい。

和歌において、「夢」における〈遊離魂〉を歌ったものは数多い。そして、それらは、ほとんどすべてが恋しい人を思うが故に身を離れる魂を歌っているのである。一例として『後撰和歌集』の歌をあげておく。

せうそこかよはしける女、おろかなるさまに見え侍りければ

こひてぬる夢ぢにかよふたましひのなるるかひなくうときみかな

（巻一二・恋四・八六八・よみ人しらず）

このように見てくると、「夢」と「魂」は、決して「物の怪」と結びつくものではなく、恋の歌として、好んで

和歌に詠まれた素材であることが見えてくるはずである。そして、それは、何も和歌に限ったことではなかった。次に、『うつほ物語』の用例を見よう。

・さて、行正が使に、宮あこ君、文書きて遣り給ふ、「この文は、のたまひつる人（＝あて宮）に見せ奉れど、御返りもなかんめれば。まろを、いかに、『憎し』と思ほさむ。……」と書きて遣りつ。行正、これを見て、袖を絞るばかり泣き濡らして、急ぎ帰りぬ。いとどしき魂静まる時なく思ひ嘆く。（嵯峨の院　一六九頁）

・仲忠、はた、「さも思すらむ」とも知らで、ただ藤壺（＝あて宮）にて物聞こえつるのみ思ほえて、「我、この御碁に勝たむ」とも思はず、魂はただ藤壺にてかうのみある心地して仕うまつりければ、一番に上勝ち給ひぬ。（内侍のかみ　四一三頁）

『うつほ物語』には、「魂（たま・たましひ）」「心魂」の用例が、全部で三十四例ある。そのうち三十二例までもが「沖つ白波」巻までの前半部に使われており、今あげた二例のように、〈遊離魂〉的な発想を以て、あて宮に対する報われない想いを抱く求婚者たちの心情を表すのに使われているのである。『源氏物語』以前の「夢」や「魂」は、すべて、恋愛の文脈において用いられているものであり、「物の怪」とは一切無関係であったことがわかるだろう。

つまり、「夢」や「魂」は、葵巻の表現によって初めて「物の怪」と結びついたものであったのである。そもそも、「生霊」自体が、それまでの文学作品には、ほとんど描かれることのなかったものであった。物の怪に憑かれる側ではなく、物の怪として憑く側の描写は、葵巻によって初めて獲得されたものであったのであり、そこに、物語は、「夢」と「魂」を用いることによって、恋の嘆きによって発動した「物の怪」という設定を巧みに織り込んだと言えよう。

しかしながら、その創意は葵巻独自のものであった。『源氏物語』においても、葵巻の用例を除けば、それ以外の「魂」に「物の怪」との結びつきを見てとることはできないのである。

①たづねゆくまぼろしもがなつてにても魂《たま》のありかをそこと知るべく　（桐壺　一一一頁）

②我ならぬ人は、まして見忍びてむや、わがかうて見馴れけるは、故親王（＝故常陸宮）のうしろめたしとたぐへおきたまひけむ魂《たましひ》のしるべなめりとぞ、思さるる。　（末摘花　三六九頁）

③常陸守《ひたちのかみ》「命の限りあるものなれば、惜しみとどめむべき方もなし。いかでか、この人（＝空蝉）の御ために残しおく魂《たましひ》もがな。わが子どもの心も知らぬを」とうしろめたう悲しきことに言ひ思へど、心にえとどめぬものにて、亡せぬ。　（関屋　三五四頁）

①は、亡き桐壺更衣を偲ぶ桐壺帝の歌、②は、末摘花と契った光源氏の感慨、③は、自身の死後の空蝉の身を案ずる常陸守の心境を表したものである。いずれも、死後の存在を「魂」と呼んでいることが見てとれよう。『源氏物語』において、「魂」は、恋愛の文脈で用いられることは少ない。多くは、今あげた用例のように、死後の存在を表すために用いられるのである。これは、西郷信綱氏が、「魂は個体に具有的なものではなく、外から人間の体のなかにはいってきた一種のマナーで、死後も肉体を離脱して生き残る霊的なもの」(15)と説かれるように、「魂」が、そもそも、人間の本体としてあったことを表していよう。だとすれば、「物の怪」の正体が人間である場合、その根源には「魂」の作用があってしかるべきなのかもしれない。しかし、前節で見た「霊」などとは異なり、「魂」という語が「物の怪」の正体を表すのに使われることはないのである。それは、先にあげた三例からわかるように、「魂」そのものにはプラスの評価もマイナスの評価もなく、生前のその人の人格の延長線上に位置付けられるものであるからであろう。「魂」とは、「物の怪」のように、人に危害を与えるような存在では決してない。それは、具体的な行動を伴うようなものではなく、むしろ、死後の存在そのものを表す語であり、「物の怪」や「霊」などとは位相の異なるものなのである。

『源氏物語』において、例外的に恋愛の文脈で用いられる「魂」、それは、葵巻の六条御息所以外には、柏木の女三宮への想いをめぐる言説に集中している。今、それらの用例をすべてあげておくこととしよう。

①女三宮《》あけぐれの空にうき身は消えななん夢なりけりと見てもやむべく

とはかなげにのたまふ声の、若くをかしげなるを、聞きさすやうにて出でぬる魂は、まことに身を離れてとまりぬる心地す。（若菜下　二二〇頁）

②柏木「あれ聞きたまへ。何の罪とも思しよらぬに、占ひよりけん女の霊こそ。まことにさる御執の身にそひたるならば、厭はしき身もひきかへ、やむごとなくこそなりぬべけれ。（中略）深き過ちもなきに、見あはせたてまつりし夕のほどより、やがてかき乱り、まどひそめにし魂の、身にも還らずなりにしを、かの院の内にあくがれ歩かば、結びとどめよ」など、いと弱げに、殻のやうなるさまして泣きみ笑ひみ語らひたまふ。（柏木　二八四頁）

③さてうちしめり、面痩せたまへらん（女三宮の）御さまの、面影に見たてまつる心地して思ひやられたまへば、げにあくがるらむ魂や行き通ふらんなど、いとどしき心地も乱るれば、……（柏木　二八五頁）

ここに描かれているのは、まさに〈遊離魂〉である。阿部好臣氏は、①の場面を「六条御息所の生霊の「なげきわび空に乱るるわが魂を結びとどめよしたがひのつま」といった状況にあと一歩という所である」と評し、②・③の場面については「この言葉のなかで、柏木自身が〈物の怪〉となった、すなわち六条御息所の「霊」と一体化しながら、〈物の怪〉そのものとして自立していった様相を見るべきであろう」と論じられ、柏木の物語を、「一言に纏めれば「物の怪誕生」の〈物語〉」として位置付けられた。(16) たしかに、柏木と女三宮の密通事件は、六条御息所の死霊の出現と連動しつつある。そこに御息所の「物の怪」の影響を考えることは見当外れの試みとは言えないであろうし、そもそも阿部氏の使われる「物の怪」なる語はたぶんに比喩的なニュアンスを含むものである。それでもなお、今、ここでこの論を批判したいのは、氏の言う「物の怪」の概念が、すべて、葵巻の記述によって規定されているという点にのみある。本文には、柏木自身が「物の怪」になったという記述はもちろんない。だとすれば、ここに描かれる〈遊離魂〉は、柏木の女三宮に対する恋慕の情を表すものとして、素直に解釈すべきものであろう。そして、この場面に一抹のゆゆしさが感じられるのは、〈遊離魂〉が「物の怪」と連動しているからでは決してなく、「魂」という人間の本体がその身を離れること自体に、死へと繋がる禍々しさがあったからに他ならない。たとえば、紫上の遺骸に対峙した夕霧は、「死に入る魂のやがてこの御殻にとまらなむ」（御法　四九六頁）という感慨を抱く。死んでいく魂がそのまま身体に留まってほしい、というこの述懐は、逆説的に、「魂」が、本来、死して初めてその身を離れるものであったことを表していよう。つまり、生きながら「魂」があくがれ出る〈遊離魂〉の現象それ自体に不吉さは付随していたのである。「魂結び」という呪的な行為が行われるようになったのもそのためであろう。事実、このときの柏木の様子は「殻のやうなるさま」と表現されているのであって、「魂」が身を離れて長期にわたることとの危険性を如実に表している。そして、それは結果として、柏木の死という結末と符合することになったのであった。そこに、柏木が「物の怪」となる必然性を読み取ることはできない。

このように見てくれば、従来の『源氏物語』の物の怪研究において、「夢」や〈遊離魂〉が視座とされていたことが、いかに危険なものであるかがわかるだろう。たしかに、六条御息所の生霊の存在は圧倒的である。それを外しては、『源氏物語』の物の怪研究は始まらないと言っても過言ではない。しかし、あくまでその存在が例外的なものであることを意識したうえで、ひとつひとつの用例を検討し直す必要があろう。(17)

四　おわりに

以上、「物の怪」と、「物の怪」周辺の語彙の整理を、『源氏物語』本文の検討に加え、それまでの表現史的な流れも視野に入れながら行ってきた。今、最初に見た「物の怪」の定義を糺し、新たな定義をするとするならば、次のようになろうか。

一、「物の怪」は、病と不可分の存在であり、病により発見される。

二、「生霊・死霊」や〈妖怪変化〉のたぐいは、「物の怪」の正体であることはあっても「物の怪」そのものではない。

三、「夢」や「魂」は、『源氏物語』葵巻の「物の怪」にのみ結び付くものであり、他の「物の怪」を考察する際には、有効な視座とはなりえない。

いずれも微細な点であり、現行の定義を糺すというよりはむしろ、それに付け加えるべき注意点ということになろうか。しかし、「物の怪」という存在は曖昧であるがゆえに、様々な解釈を許す可能性がある。むしろ、このような微細な点に拘ることこそが、明確な「物の怪」解釈へと繋がると信じたい。

注

(1) 臼田甚五郎「もののけの文学――『源氏物語』を軸として――」(『國學院雑誌』69-2 S43・4)
(2) 藤井貞和「異界と生活世界」(『源氏物語論』岩波書店 H12)
(3) 「物の怪」という語は、時代によってその語彙が異なると思われるため、その定義の対象を古典文学、特に『源氏物語』周辺に絞ってあるものを選んだ。
(4) 島内景二「物怪」(別冊国文学『古典文学基礎知識必携』学燈社 H3)
(5) 藤本勝義「源氏物語とものの け」(『国文学』H7・2)
(6) 藤井貞和「源氏物語に見る妖怪変化」(『源氏物語論』岩波書店 H12)
(7) なお、本稿では、基本的に、仮名文学における「物の怪」表現について検討する。漢文資料における「物恠」「邪気」「霊」など、仮名文学における「物の怪」に対応すると思われる語については、その関わりや互換性などになお検討の余地があり、稿を改めて論じたい。漢文資料における「物の怪」語彙については、以下の論考を参照されたい。
森正人「モノノケ・モノノサトシ・物恠・恠異―憑霊と怪異現象とにかかわる語誌―」(『国語国文学研究』27 H3・9)
藤本勝義「物の怪の史実・記録と源氏物語」(『源氏物語の〈物の怪〉』笠間書院 H6)

(8) 大野晋「「怨霊」というモノノ」(『源氏物語のもののあはれ』角川ソフィア文庫 H13)

(9) 『源氏物語』における「物の怪」の全用例に対する考察は、以下の論考に詳しい。
阿部俊子「源氏物語の「もののけ」(二)」(『学習院女子大学国語国文論集』7 S53・3)

(10) 次の論考に、諸説が纏められており至便である。
森正人「紫式部集の物の気表現」(『中古文学』65 H12・6)

(11) ここで検討する「霊」は、「りやう」「らう」と呉音で表記されているものである。これに対して、「れい」という漢音で発音される「霊」(『源氏物語』には用例なし)は、「物の怪」と同じ文脈で使われることはない。そこにはマイナス的イメージはなく、次の『うつほ物語』のように、子孫を見守る先祖の霊というプラスのイメージが付与されていて、明らかな使い分けが見られる。

俊蔭の朝臣の遺言、先の書には、「俊蔭、後侍らず。文書のことは、わづかなる女子知るべきにあらず。二、三代の間にも、後出でまうで来るまでは、異人見るべからず。その間、霊《れい》添ひて守る」と申したり。

(蔵開上 五二八頁)

(12) 小松和彦氏は、『枕草子』の用例などから、物の怪の調伏過程を八つの段階に分け分析している(「護法信仰論覚書―治療儀礼における「物怪」と「護法」―」(『憑霊信仰論』講談社学術文庫 H6))。私に纏めた調伏過程は、調伏の細かいシステムを明らかにすることは目的ではないため、調伏に至るまでの過程のポイントのみにしぼって示しているが、基本的に小松氏の物の怪調伏過程と異なる点はないことを申し添えておく。

(13) 甘利忠彦「物の怪・夢―見えないメディア・物語裏面史序論―」(『新物語研究1』有精堂 H5)

(14) 阿部好臣「物の怪誕生―柏木物語の本質―」(『新物語研究3』有精堂 H7)

(15) 西郷信綱「源氏物語の「もののけ」について」(『増補 詩の発生【新装版】―文学における原始・古代の意味―』未来社 H7・4)

(16) 前掲(14)論文

(17) その具体的考察として、拙稿「『源氏物語』魂の系譜―「夢」と「物の怪」を視座として―」(『古代中世文学論考 第一集』新典社 H10)を参照されたい。ただし、旧稿中の「物の怪」語彙の定義には問題があり、本稿を以て訂正することとしたい。

※『源氏物語』本文の引用は、日本古典文学全集『源氏物語』(小学館)に拠った。その他の作品については、以下の通り。

・『大和物語』『伊勢物語』……日本古典文学全集(小学館)
・『うつほ物語』……室城秀之編『うつほ物語 全』(おうふう)
・『蜻蛉日記』『紫式部集』……新日本古典文学大系(岩波書店)
・『今昔物語集』……新編日本古典文学全集(小学館)
・『後撰和歌集』『後拾遺和歌集』……新編国歌大観(角川書店)

源氏絵研究の問題点

――写本系統と版本系統の比較――

岩坪　健

書物を写本と版本とに分類するように、源氏物語を絵画化した源氏絵もまた、二つに大別される。すなわち土佐派などの絵師が描いた絵巻・画帖・屏風絵などの写本系統と、近世に刊行された版本の挿絵や錦絵などの版本系統である。両者は従来、あまり比較検討されず、それにより生じる問題も押さえながら、両系統の考察を試みる。

一、版本系統の分類

版本系統の源氏絵は江戸時代に数多く刊行され、その中から吉田幸一氏は一二件を選び、影印に詳細な解説を付けて出版された（1）。そのうち、他の作品の挿絵を転用している三件（①～③）を取り上げる。

①　無刊記本須原屋版（江戸版中本）『源氏小鏡』

当本の挿絵は、『源氏小鏡』を梗概化した『源氏鬢鏡』の図柄を流用していると、吉田氏は見抜かれた（注1の著書、上巻、三六八頁）。『源氏鬢鏡』の諸本は上方版と江戸版に分かれ（同書、三九一頁）、両者の図柄は同じでも描き方は異なり、江戸版の須原屋版『源氏小鏡』と一致するのは同じく江戸版『源氏鬢鏡』で、その画風は「師宣風（師宣自身か、さもなければその門弟に描かせたか）」（同書、三九〇頁）である。

② 延宝三年（一六七五）刊鶴屋版（江戸版大本）『源氏小鏡』

当本の挿絵は全部で四四図あり、それらは全て他の作品から転用しており、その内訳は次の通りであると、吉田氏は指摘された（同書、三六一頁）。

1、明暦三年（一六五七）版（上方版大版）『源氏小鏡』の利用、三一図。

2、慶安三年（一六五〇）山本春正跋「絵入源氏物語」の利用、二図。

3、「絵入源氏物語」の他巻の挿絵の流用、一図。

4、承応四年（一六五五）野々口立圃著・画『十帖源氏』の流用、一〇図。

しかしながら延宝三年版『源氏小鏡』の絵は、すべて三年前の寛文十二年（一六七二）に刊行された松会版（江戸版）『おさな源氏』（菱川師宣画）によると、田辺昌子氏は指摘された。私も調査した結果、二人を追加した末摘花の巻以外は、被彫かと思われるほど同じである。(2)

③ 万治二年（一六五九）刊書林堂版『十二源氏袖鏡』

当本の挿絵（全一一三図）も、多くは他書の転用であり、その内訳を吉田氏は次の三種類に分けられた（同書、三一三頁）。

1、山本春正跋「絵入源氏物語」の同巻同一場面挿絵の盗用、三八図。

2、同上「絵入源氏物語」の他巻の場面の挿絵の流用、五四図。

3、書林堂版新刻の挿絵、二一図。

ただし3の二一図のうち二〇図は、万治二年刊『住吉物語』の挿絵（全二〇図）を借用したと、久下裕利氏は指摘された。(3)

このほか久下氏は、次のような注意を促された。

万治三年（一六六〇）版『うつほ物語』の挿絵の一枚が、承応三年（一六五四）版『狭衣物語』からの盗用であった事実があるからで、版本の挿絵の考察にあたっては、『源氏物語』の絵入り版本ばかりではなく他の王朝物語の絵入り版本にも鋭く目を向ける必要があったのである。（注3の著書、一八四頁）。絵入り『うつほ物語』の版本には万治三年版のほか、延宝五年（一六七七）版があり、両者を見比べると全く一致しない。一方、延宝五年版は「絵入源氏物語」を利用しており、その指摘は管見に入らないが、本稿の主旨から外れるので詳しくは別稿に譲る。

二、源氏絵研究の問題点

源氏絵の研究は活発であり、専門書のみならず一般書も多く出版されているにもかかわらず、大きな問題を二つ抱えている。まずⅠでは国文と美学の分離、次にⅡでは逆に国宝『源氏物語絵巻』と他の源氏絵との不可分の関係について考察する。

Ⅰ、美術史学と国文学

源氏絵の研究は、美術史と国文の両分野でなされているが、その方法が異なることもあってか、両者の共同作業はあまりなく、意思の疎通はうまく図られていないのが現状である。この問題に関しては夙に久下裕利氏が、自著の「あとがき」に記しておられる。

〝源氏物語絵巻を読む〟という言挙げをわざわざするのは、従来の研究姿勢に問題があってのことである。つまり美術史家は絵巻をその描法や構図の点から、国文学畑の研究者は絵図よりも詞書に源氏物語本文との比較を通して関心が向けられていた。本来絵巻は詞書と絵図とが一体となってひとつの作品を形成しているはずなのに、研究が分離していたので、学際的な視点の欠落などという大げさなものなのではなく、全くの失態なのである。（注3の著書、二九一頁）

この問題を解決するため、以下、四種類の方法（A〜D）を導入する。

A、物語との照合

源氏絵の中には、物語の内容から逸脱した図様が定着して継承される場合もある。(4) とはいえ、一度は物語本文と照らし合わせることの必要性を、空蟬の巻を例に確認しておく。

光源氏が小君の手引きで紀伊守の邸宅に忍び込み、空蟬と軒端の荻が碁を打っているのを垣間見る場面は、当巻を代表する名場面として、古来たびたび描かれてきた。その図は土佐光吉筆源氏物語画帖（京都国立博物館蔵）にもあり、碁を打つ二人の女性のうち、いずれが空蟬であるかについては意見が分かれ、田口栄一氏は、

灯の下で、碁を打つ二人のうちいずれが空蟬であろうか。本文で、源氏は二人を見比べてあれこれと思案しているが、光吉もどちらが誰とはっきりわかるように描き分けてはいないようだ。(5)

と判断された。ただしこの解説では、源氏は二人を区別できず、それを光吉は絵で表現したかのように受け取れる。しかし物語では、

母屋の中柱にそばめる人やわが心かくると、まづ目とどめたまへば、

（母屋の中柱のところに横向きにいる人が、自分の思っている人かと、真っ先に目をおつけになると、）(6)

とあり、源氏は最初から見分けている。

一方、今西祐一郎氏は、「中央右の小柄な横顔が、源氏のお目当ての空蟬、左、軒端荻。(7)」とされ、そのように断定する理由は言及されていない。絵では、右側の女性は横向きで片手を出しており、左側の女性は斜め向きで手は

見えない。物語によると、空蟬は「そばめる人」で「頭つき細やかに小さき人」、軒端荻は「残る所なく見ゆ」（全体がまる見え）で「肥えて、そぞろかなる人」（肥った大柄の人）である。横顔に注目すると、今西氏の指摘通りである。

しかしながら気になるのは、手の描き方である。空蟬は碁を打っている間、「手つき痩せ痩せにて、いたうひき隠したtotal」（手つきもひどく痩せていて、しきりに袖を引っぱって隠しているらしい）であるから、片手を出している右の女性ではない。また碁を打ち終った後、軒端荻は「指をかがめて」（指を折って）数えており、それはまさに本図の右側の女性に合う。ただし空蟬は、「たとしへなく口覆ひてさやかにも見せねど」（すっかり袖で口もとを覆ってはっきりとも顔を見せないが）とあり、それは本図には描かれていないが、片手を出している点を重視すると、空蟬は左側の女性になり、今西氏の解説とは逆になる。

B、梗概書との照合

源氏物語は長編物語であり、全巻揃えられたのは、朝廷や幕府などの限られたごく一部の人々であったが、中世になると和歌・連歌を詠む際に源氏の知識が必要になったため、原作の梗概本や抄出本が盛んに作られるようになった。そのうちの一つ『紫塵愚抄』は、連歌師の宗祇が物語の中から情趣深い場面の本文を抜き出したもので、文明年間（一四六九〜八七）に成立した。(8) 一方、絵画にするのに適した部分を選出して解説を付けた資料も作成され、なかでも大阪女子大学附属図書館蔵『源氏物語絵詞』（以下『源氏絵詞』と略称す）は、選定箇所が他書より遥かに多く約二八〇にも及ぶ。(9) この二著を中野幸一氏は比較され、重なる箇所が多いと指摘された。

ことに和歌を含む場面の共通性が顕著に見られるが、これは一つには物語のクライマックスに和歌を含む場面が多いことによるものであろう。この二書は制作の意図目的の違う抄出本ではあるが、両者の場面選択の基底には、やはり大枠として享受層の好尚を認めるべきと思われる。また現存する「源氏絵」には一巻一図形式のものも多いが、そのほとんどの図柄が前二書の抄出場面に含まれることも、図柄の選定やその固定化、類型化を考える場合看過できないことであろう。(10)

その結果を踏まえて、

「源氏絵」の場面選定においても、それは『源氏物語』そのものからではなく、当時の読者が共有していた『源氏物語』の知識源としての抜抄本や梗概本によった場合も十分にありうることと思われる。(注10の著書、一六六頁)

と、説かれた。この論を以下、具体的に検証してみる。

例1、須磨の巻

須磨の侘び住まいで、光源氏が寝床で琴を弾くと、隣室で寝ていた供人たちも起きだし鼻をかんでいる図様を、土佐光則は描いている。この場面は他の絵師の作品には見出しがたい点に注目して、田口栄一氏は「光則の創案によるものかと思われる」(注5の著書、第48図の解説)と推測された。ただし光則自ら源氏物語を読み、この箇所を選んだと想定するよりも、この部分の文章は古来、名文の誉れ高く、『紫塵愚抄』にも『源氏絵詞』にも採られているので、光則もこの類の資料を参照して画題に選んだと見る方が、可能性は高いであろう。

例2、末摘花の巻

江戸時代前期に制作された源氏物語図屏風において、田口氏は次の疑問を投げ掛けられた。

常陸宮邸で一夜を過ごした源氏が、雪の朝、庭の橘の木の雪を随身に払わせるところで、五十四帖各一図を描いた屏風の「末摘花」の帖の場面である。このようなまったくなにげない情景が本文中から選びだされ、いつのまにか「末摘花」の帖を代表する場面の一つとなっていくのは、なぜであろうか。(注5の著書、第29図)

確かに物語でも、「橘の木の埋もれたる、御随身召して払はせたまふ。」という、ごくありふれた一文である。それに続く物語本文を見ると、「うらやみ顔に、松の木のおのれ起きかへりて、さとこぼるる雪も、名にたつ末のと見ゆるなどを」とあり、その箇所に対して、延宝元年（一六七三）に成立した『湖月抄』には、

うらやみかほに松の　面白詞也。橘の雪のはらはれたるうらやみ皃に、松のわれと枝のおきたる也。

と賞している。また『紫塵愚抄』にも、「橘の木の埋もれたる」から源氏の詠歌までが収められているし、『源氏絵詞』には源氏の歌のあたりからが引かれ、橘に関する物語本文はないのに、その説明文の中に、「庭のたちはなの雪を御随身にはらわせ給ふ松の雪のこほるゝとあり」と触れている。以上のことから推理すると、当場面は文章表現にも秀でた情緒ある光景として持て囃され、絵画化されたのであろう。(11)

例3、「槙の戸口」（明石の巻）

土佐光起（例1で取り上げた光則の子）筆源氏物語扇面にも珍しい場面がある。それは、源氏が明石の君の住まいを訪れて、簀子に上がった図で、「光起が、男女の出会う直前の景を選んで絵画化した、他に類例のない場面である。」と、田口氏は指摘された（注5の著書、第55図）。この箇所は注釈史では古くから有名で、定家が校訂した青表紙本源氏物語は、「月入れたる真木の戸口けしきばかりおし開けたり」であるのに対して、「けしきばかり」の箇所が河内本では「けしきことに」になっている。定家の曾孫にあたる冷泉為秀に師事した今川了俊は、自著の『師説自見集』において、河内本の「けしきことに」では、ことさら戸を開けたことになり余情が劣るとして、青表紙本を称揚しており、この一節を「源氏一の詞なりとそ定家卿は申されける」と記している。その定家の言葉は後に、一条兼良の『花鳥余情』にも引かれ、『湖月抄』にも収められた。

この箇所は連歌の世界でも知られるようになり、源氏物語関係の寄合の詞を巻別に二条良基が編集した『光源氏一部連歌寄合』(12)にも、「まきの戸口」とある。(13)そして『紫塵愚抄』にも引かれ、『源氏絵詞』にも「まきの戸口なん

とあるへし」と、わざわざ指示されている。光起もそのような資料を参照して、画題に選んだのであろう。

C、古注釈との照合

先の例3でも『師説自見集』などの古注釈を引用したが、今度は中世において論争の的になり、秘説にまでされた例を取り上げる。それは松風の巻を代表する名場面として、室町時代から盛んに描かれ、桃山時代に成立した土佐光吉筆源氏物語画帖（京都国立博物館蔵）にも見られ、田口氏の解説には、

画面は、小鷹狩をしていて遅参した公達の一人が、獲物の小鳥を荻の枝につけた物を土産としてさしだしたところ。もう一人の腕には隼が止まっている。なんということもないささやかな場面ではあるが、「松風」の代表的場面として描き継がれた。（注5の著書、第73図）

とあり、たしかに粗筋に関わる重大な出来事でもない。その絵に三田村雅子氏も同じ疑問を抱かれ、それにしても、なぜ物語の内容にとっては枝葉末節である「小鳥を荻の枝に差」す場面が重要なのだろうか。[14]

と問い掛けられ、その答えを飛鳥井雅有の『嵯峨の通ひ路』に見出された。その著書は、文永六年（一二六九）に雅有が嵯峨野に住む為家とその妻（阿仏尼）の元に二ヵ月余り通いつめて、源氏物語を伝授されたときの記録であり、そこに小鳥を荻の枝に付けて人に贈る記述が二箇所ある。要約すると、一件めは為家から松風の巻の講釈を受けた翌日、雅有が人から送られた小鳥を、昨日教わった通りに荻の枝に付けて、為家の元に自ら持参したこと、二件めは雅有が荻の枝に付けた小鳥を、ある人に届けたことである。二件とも源氏物語の世界を再現して、その演出に陶酔・感動していることを踏まえて、三田村氏は次のように推測された。

二度までも繰り返しこの趣向が強調されていることからも、飛鳥井雅有にとって、小鳥を荻に付ける趣向が、源氏物語の世界の中に入りこむための手段として、特別な意味を持つものとなったことがうかがわれる。

おそらくこの時の雅有の感激の体験が、嵯峨の通ひ路によって広められ、松風巻といえば「荻に付けた小鳥」という観念連合を生んだのである。

為家・阿仏尼に辞を低くして源氏物語を学んだ飛鳥井雅有は、やがて壮年に及ぶと、「いまの世には三のくらゐ藤原雅有なん、源氏のひじりなりける」（弘安源氏論義）とあるように、並ぶ者のない源氏物語学者との名声を確立し、飛鳥井流源氏学として後代に影響を及ぼしていった。（注14の著書、二四二頁）

右記の末尾に記された『弘安源氏論義』に注目したい。本書は歌合のように左右に分かれ、源氏物語の難題を論争した際の記録であり、そこでは通釈だけでは不十分で、準拠の考証が重視されたため、典拠となる故事・本説を開陳することが、勝敗を決める要因とされた。(15) よって「源氏のひじり」と絶賛された雅有は、その方面に優れていたと考えられ、その彼が「荻の枝」に感動したのは、まさにそれが難義だったからである。たとえば素寂は『紫明抄』において、荻に枝はないから物語本文の「おぎ」の「お」を削り「き」（木）とすべきだ、と主張する西円に反論して、舎兄にあたる親行が様々な例文を列挙して論破した記事を長々と引いている。親行の没年は不明だが、文永九年（一二七二）が最後の記録で、その年（推定年齢、八五歳）以後まもなく没したらしい。(16) また『紫明抄』の記事は、建長四年（一二五二）に成立して文永四年（一二六七）に加筆された『異本紫明抄』にも引かれている。すると親行と西円の論争は、雅有が為家・阿仏尼から伝受する以前に行なわれ、雅有の耳にも入っていたかもしれない。

そのほか弘安二年（一二七九）に、後深草院と亀山院が伏見津を訪れた際にも、荻の枝に付けた小鳥が献上され（「雲雀といふ小鳥を荻の枝につけたり」）、その是非について尋ねるため、後深草院が為兼（為家の孫、時に二六歳）を呼び出したことが、『増鏡』に記されている。(17) その記事から判断すると、当時は宮中でも話題になっていたらしい。

南北朝時代になると、四辻善成が『河海抄』にて『紫明抄』を引用して批評し、末尾に「此事、猶秘説あり」として答えを差し控え、『珊瑚秘抄』において、「日本記に木末と書て木のえたとよめり。此心によらは荻の末葉を云也」として別の見解を披露している。[18]

このほか南北朝時代に成立したと推定される『源氏小鏡』には、

小たかゝりして、こ鳥ともを、をきの枝につけたりとあるを、うるはしきをきと心得へからす。ちいさき木のえたと、心えへし。[19]

とあり、荻ではなく小木（をぎ）と解釈している。

以上の注釈史を押さえて当の源氏絵を見直すと、「なんということもないささやかな場面」ではあるが、親行が家の体面をかけて西円と論争し、為家・雅有が感激し、後深草院が為兼にわざわざ尋ね、善成が秘説集に収めたほどの秘事を描いた図様なのである。そのため『紫塵愚抄』や『源氏絵詞』にも採られ、当巻を代表する画題になったと言えよう。

D、絵入り版本との照合

源氏絵を写本系統（土佐派などの絵師による肉筆）と版本系統（近世に刊行された挿し絵）とに大別すると、本稿および本章の冒頭に述べたように、専ら美術史家は写本系統を、国文学者は版本系統を各々独自に手掛け、両分野の交流は活発ではない。たとえば十七世紀後半に制作された屏風絵の解説で、

右隻右は「桐壺」の帖、桐壺更衣が玉のような皇子（源氏）を抱いてはじめて参内し、帝の御前に進むところを描く。源氏絵の伝統的な図様にはない場面で、他には毛利家本屏風や絵入版本『源氏物語』慶安三年（一六五〇）版にみられ、ことに後者の人物姿態や構図に共通のものが認められるようである。[20]

のように、美術史家が版本を引き合いに出されるのは珍しいことで、注目に値する。

一方、国文学の分野ではようやく久下裕利氏が、明暦三年（一六五七）版『源氏小鏡』の挿し絵を、土佐派などの写本系統と比較考察され、

明暦大本『源氏小鏡』の挿絵は、その線描は稚拙だが、おおよその図様は土佐派の定型化された画面構図を踏襲しており、例外として挿絵師の恣意を認めたにしてもせいぜい六・七図で、具体的には空蟬、紅葉賀、賢木、野分、梅枝、御法、匂宮の各図様が挙げられよう。これらは現存作例に照らして部分的に特異な作意が施されている紅葉賀などと、野分図などの場面選択自体が現存作例や絵画化のいわばガイドブックである『絵詞』にも見出せないものとがある。（注3の著書、二〇四頁）

と、論じられた。[21]

今度は、逆に版本の図様を写本系統が参照したと推定される場合を考える。それに関しては、すでに吉田幸一氏・片桐洋一氏・清水婦久子氏などの論があり、まとめると、慶安三年（一六五〇）山本春正跋・画「源氏物語」[22]（『絵入源氏』と仮称す）や、承応四年（一六五五）野々口立圃画『十帖源氏』[23]の挿絵を元に制作された画帖・屏風絵などが報告されている。[24]その顰みに倣い、具体例を一つ取り上げる。それは光源氏が須磨の浦で嵐に遭遇した場面で、『紫塵愚抄』や『源氏絵詞』には採られているが、写本系統では珍しく、管見に及んだのは江戸時代中期に成立した岩佐勝友筆「源氏物語図屏風」（出光美術館蔵）[25]ぐらいである。当図には「須磨」と墨書された紙片が貼られ、須磨の巻と指示されており、それにより田口氏は、

三月朔日、勧める人があって、源氏が海辺で御禊をしていると、にわかに暴風雨が襲いかかった。雷が鳴り、稲妻が光るなかを退散する源氏主従の場面である。不吉なことの予兆のような忌むべきこうした光景を、岩佐勝友はあえて選び、人物に過剰なまでのアクチュアリティを与えている。従者に支えられ、泣きだしそうな顔をして逃げ惑う源氏のあられもない姿、さかまく波、そして躍動感あふれる雷神など、卓抜な描写力によって、

王朝物語のひとこまを当代風俗画に引き寄せた感のあるこの場面は、又兵衛派の面目躍如たるものがある。

と解説された。しかしながら右記によれば、一行は源氏の住居に帰るところなのに、絵では人々が屋外へ飛び出している。そこで当該箇所は明石の巻で、源氏の住む寝殿に続く廊屋に落雷して火災が発生したため、後方の建物に避難する光景ではなかろうか。それならば『絵入源氏』明石の巻に、よく似た図様がある（挿図1―1）。また野々口立圃画『十帖源氏』の挿絵では須磨の巻に逃げる人々（挿図1―2）、明石の巻に雷神を描き（挿図1―3）、両者を合成すると勝友筆のに似る。とりわけ従者たちの様子は相似しているので、勝友は版本の挿絵を参照したのではなかろうか。

（注5の著書、第51図）[26]

Ⅱ、国宝『源氏物語絵巻』と後世の源氏絵

源氏絵は、平安時代から現代に到るまで制作されているにもかかわらず、研究の対象は、現存する最古の作品である国宝『源氏物語絵巻』（以下、国宝『源氏絵巻』と称す）に集中している。そして他の源氏絵も、国宝『源氏絵巻』を基準にして評価する傾向がある。たとえば次の解説は、江戸時代初期に成立した土佐光則筆源氏物語画帖（徳川美術館蔵）の柏木の巻である。

外はうららかな春の風情であるというのに、今は亡き柏木の一条邸では、妻落葉の宮をはじめ、鈍色の喪服をつけた女たちがさびしく日を送っていた。そんなある日、夕霧が訪れた。本文では母屋の廂の間の席を設けてとあるが、この図では簀子の敷物に坐って、御簾越しに母御息所と対面、話をしているうちにあふれた涙をおしぬぐい、鼻をかむところを描く。国宝絵巻三図が、帖の中心的主題を正面から捉え、主人公たちの心情を深くえぐるように表出していたのに比べると、まさにその対極をいく感を禁じえず、場面選択の意識をまず問い

たいところであるが、ここでは触れない。満開の桜に柳が季節感を表わし、室内も御息所、落葉の宮、女房たちなどが説明的に配され、こまやかに描きだされている。（注5の著書、第142図）

右記で取り上げられた「国宝絵巻三図」とは、国宝『源氏絵巻』の当巻にある三図、すなわち朱雀院が女三の宮を見舞う場、夕霧が柏木を見舞う場、そして薫の五十日の祝いであり、いずれも登場人物の悲痛な心情が聞こえてきそうな名場面である。一方、光則筆のも物悲しい場面であるとはいえ、国宝絵巻三図に比べると、確かに右記の指摘通り迫力に欠け物足りない。

この論は一理あるが、国宝『源氏絵巻』との比較考察は注意を要する。というのは場面を選ぶ基準が両作品では異なるため、同等に比べると無理が生じ、時には意味をなさないからである。国宝『源氏絵巻』で、柏木から御法の五巻を担当したグループが選択した場面は、後世の源氏絵にはあまり見られないと、三田村雅子氏は指摘された（注14の著書、七五頁）。この孤立した独自の画面選択が生まれた背景として、三田村氏は制作事情を踏まえて、

国宝源氏物語絵巻とは、白河院と待賢門院の罪のドラマを傍らにあって見つめ続けるしかなかった側の諦念に満ちた物語なのである。（注14の著書、一三九頁）

と推測された。

では、後世の作品の場面設定の基準は何であろうか。清水好子氏は、『源氏絵詞』で選ばれた題材を考察され、中世から近世にかけての源氏絵は数量の上からも、題材とされる章段の上からも、実に多数が制作されたにもかかわらず、画面は案外平板で一様であり、三百に近い図様指定も、あらかた華やかな儀式宴遊か恋の場面の種々相に組み入れられてしまう。（注13の著書、二一七頁）

と述べられ、たとえば物怪が出る箇所は一例もなく、また死の場面も好まれていないと指摘された。その理由として氏は、図様指定の文章中に散見される仕立てに関した注意書き、たとえば「海人の参るていは小さきにはわろ

し」「いかほともあふきく書る也」「絵を大きく書ならば右と一所に書くへし」などに基づいて、本書の図様指定は挿絵ではないこと、そして

同時に多くの人の眼にふれる場合のものとして、より装飾的な立場から考案されていたと考えるべきである。それはますます文学的な読み方からは遠ざかることを意味する。したがって、不吉奇怪な場面より、めでたいもの、優艶風流なもの、華やかな儀式宴遊などが好まれたのは当然である。巻名出所の箇所はすべて採用されているが、薄雲、総角、蜻蛉の例外があるのもまたうなずける。（注13の著書、二一九頁）

と説かれた。このような好尚が生じた背景には、

特に『源氏物語』などの古典を主題とした色紙絵を貼り付けた画帖は、公武の貴紳の子女の婚礼調度のうち書棚を飾る重要なアイテムとして、また宮廷や幕府などにおける特別な行事の引出物などとして数多く制作された。(27)

という社会事情、また「桃の節句の雛屏風としての源氏絵(28)」という風習が考えられる。

そのため写本系統は原則として、画題が慶賀に相応しく、意匠が美麗であるという条件がつくため、図案が限定される。たとえば御法の巻を見ると、『絵入源氏』は二図あり、一つめは法華経供養の儀式で僧侶たちが立ち並んでいるところ（薪の行道か）、二つめは紫の上の臨終である。それに対して写本系統の多くは、『絵入源氏』と同じ供養の場を取り上げながら、満開の桜の下で陵王が舞われた光景を華麗に描いている。(29)そのほか『絵入源氏』には逆髪姿の物怪（夕顔・葵・若菜下）や太刀を抜く場面（紅葉賀）が描かれているが、写本系統にはそのような縁起の悪い図様は見当らない。

もっとも写本系統にも、まれに不吉な場面がある。たとえば『源氏絵詞』において、清水好子氏は、浮舟葬送の図（蜻蛉第一図）や夕顔の「しがい」を車に乗せるところ（夕顔第四図）は例外である。御法に、

夕霧が紫の上の死顔をのぞくのは野分より続く恋の意味の方が強いとすべきであろう。（注13の著書、二一六頁）

と述べられた。実際の作品においても、嵐（岩佐勝友筆、須磨の巻）や幽霊（横笛の巻）、また喪中（後述）や出家（手習の巻）の場面を描いたものはあるが、その種の題材は非常に珍しい。そのうえ描き方によっては、不吉な場面に見えない絵もある。たとえば近世初期に制作された賢木の巻の冊子の表紙絵（スペンサー・コレクション蔵）は、桐壺院が亡くなり四十九日も過ぎ、里邸に下がる藤壺を迎えに兄の兵部卿宮と源氏が参上した場面である。『源氏絵詞』には「源氏御ぶく」とあるが、表紙絵に描かれた人物はすべて喪服を着ず、泣く仕草もしないので、物語の内容を考えなければ、華やかな光景に見える。そこで『源氏絵詞』で清水好子氏が例外とされた浮舟や夕顔の亡骸を運ぶ図も、描き方によっては不吉な場面に見えないのである。

一方、土佐光則筆画帖の柏木の巻では、柏木を亡くした妻（落葉の宮）と女房たちは鈍色の喪服を着ているが、夕霧や御簾越しに対面している母御息所は喪服姿ではない。また『源氏絵詞』で「みやす所対面なきゐ給」と指示している通り、夕霧は涙にくれて鼻をかんでいるが、このような泣く仕草は写本系統では珍しい。そのほか涕泣の表現には、袖で顔を隠す仕草も用いられ、国宝『源氏絵巻』では柏木・御法の巻に見られるし、『源氏絵詞』の図様指定文にも散見される。ところが国宝『源氏絵巻』以外の写本系統では、その仕草はなかなか見出せない。たとえば桐壺の巻の野分の段を見ると、『絵入源氏』では靫負命婦を迎えた更衣の母が、袖を顔に押し当てているのに対して、土佐光則筆白描源氏物語画帖（フリア美術館蔵）では、母君は帝からの文を両手で持って読み、向い側に座る命婦は袖で口を覆うだけで、二人とも泣いているようには見えない。このように国宝『源氏絵巻』以外の写本系統では、泣いているとすぐ分かる描き方をしない方が普通である。

よって同じ場面でも、写本系統と『絵入源氏』では描き方が異なるのである。もう一例あげると、ハーヴァード大学美術館蔵「源氏物語画帖」は、土佐光信（一五二二年頃没）のグループが十五世紀後半から十六世紀前半頃までに制作したと想定されている(30)。その真木柱の巻は当巻を代表する場面で、夫の鬚黒に北の方が火取りの灰を浴びせるところであり、成原有貴氏の解説を抜粋する。

室町期の他の源氏絵では、北の方は、灰の入った器を右大将に向かって掲げ持つのみであり、本作品のように直接灰を浴びせかけてはいない。（中略）灰をかけられた右大将の方は、扇を翳しつつ逃れている。このような姿態は、近世の源氏絵には類例があるが、室町期の源氏絵の中には殆ど見られないものである。浄土寺蔵「源氏物語扇面貼交屏風」の同場面では、右大将は、灰の入った器を持つ北の方のそばにおり、庭を眺めている。逃れるような気配は全くない。（注30の雑誌、四六頁）

『絵入源氏』（挿図2）はハーヴァード大学本と同じで、鬚黒は片手を挙げて落ちかかる灰から逃げようとしている瞬間を描いている。ただし灰が落ちる箇所は異なり、肩（ハーヴァード大学本）よりも烏帽子（『絵入源氏』）の方が迫力が増す。このような図様が稀であるのは、前述した通り泣く仕草（袖で顔を隠したり鼻をかむ等）が写本系統では珍しいのと同じで、逃げ出す瞬間や落ちかかる灰まで描く動的な絵は不吉さの程度を強めるため、婚礼調度や引出物にはふさわしくないからであろう。他の作品の多くが、火取りを手に持ち灰を浴びせる直前の絵であるのは、その方が静的だからである。物語では鬚黒の背後から灰を掛けたとあり、ハーヴァード大学本や浄土寺本はその通りであるのに対して、火取りを持つ妻が夫と顔を見合わせている絵もあり（京都国立博物館蔵土佐光吉筆「手鑑」）、この構図では緊迫感が弱まる。さらに光吉の孫にあたる土佐光起の画帖では、床に置かれた火取りを挟んで夫婦が向かい合う配置をとるため、これでは北の方が異常な行為に走る以前に、玉鬘の元に出かける鬚黒と話し合い、健気にも夫の身支度を手伝うという哀れ深い光景に様変わりする。

このように同一場面における描き方の相違は、写本系統内にも見られ、その一例として夕霧の巻を取り上げる。

夕霧が読んでいる一条御息所の文を、落葉の宮からの恋文と勘違いした雲居雁が、夕霧の背後から忍び寄り文を奪い取ろうとする一瞬を、国宝『源氏絵巻』は見事に捉え、動きのある画面に仕立てている。当時の姫君にとって、立ち姿は不謹慎な挙措であるのに、国宝『源氏絵巻』の雲居雁は立ち上がり、[31]「あたかも猫のように、背を丸めて飛びかかる寸前の緊張の一瞬が見事に捉えられている」[32]。詞書には、「はゐよりてうしろよりとりたまひつ」とあるのに、そのように描かなかったのは、「雲居雁の右上からかぶさるような動勢」（注5の著書、第152図）を狙ったからであろう。

それに対して住吉具慶筆「源氏物語絵巻」（茶道文化研究所蔵）の雲居雁はにじり寄っており、この方が物語本文の「這ひ寄りて」に合うものの、国宝『源氏絵巻』の迫力には及ばず、「具慶のこの場面では、雲居雁が夕霧に戯れかかっているかのようにみえる。」（注32の著書、一五三頁）と評されるほどである。一方、土佐光則・光起親子の作品はまた異なり、手紙を奪った後、夕霧の巧みな言い訳に自省して茫然と立ちすくむ雲居雁を描いており、画面は静的である。

このように国宝『源氏絵巻』に描かれた立ち姿は、物語本文には合わないが、雲居雁の心情を鑑賞者に伝え、画面全体に緊迫感があふれる作用をもたらした。とはいえ、この画風は婚礼調度には似合わず、江戸時代になると静謐な佇まいに取って代り、華美が競われるようになると、同じ流派の中でも変化が見られるようになる。たとえば若菜下の巻で、土佐光則・光起親子の画帖を見比べると、図様はほぼ同じであるが、「光起本では池を遣り水の流れのように不定型にし、蓮も自然な形態を失って意匠化されている」（注5の著書、第135図）のように変化している。当図は、一命を取り戻した紫の上が源氏と共に庭の池に咲く蓮の花を見て、その葉に置く露を和歌に詠み合うという哀れ深い場面で、池の蓮が眼目であり、光則や『絵入源氏』は物語に忠実であるのに、光起が岸辺の曲線に変化をつけて州浜のようにし、蓮をデフォルメしたのは、物語の内容よりも見た目の美しさを優先したからであろう。

この傾向を推し進めていくと、

如慶のあたかもミニチュアセットを見るような画面は、この帖の中心テーマである二組の男女の愛の葛藤とは、もはやまったく無縁の世界であり、源氏絵の終焉の近いことを感じさせる。（注5の著書、第177図）

になる。これは総角の巻で、匂宮が宇治の中君と契りを結んだものの、なかなか会いに行けず、それを見て薫に言い寄られていた大君は、ますます薫との結婚を拒んでいた折、宇治川の紅葉見物と称して中君を訪れることを薫に勧められた匂宮が、宇治を訪れたところである。住吉如慶筆画帖では、屋根に紅葉を飾り立てて匂宮一行が乗った二艘の屋形舟を、室内にいる三人の女性が見ているという図様であるが、これでは三人のうちどれが大君・中君か分からないし、舟が二艘では焦点がぼやける。それに対して『絵入源氏』では見開き一面を使い、右側の丁に一艘の舟、左側の丁に二人の女性を配置し、姉妹と男君たちの対比を鮮やかに描き分けている（挿図3）。

国宝『源氏絵巻』ならば、姉妹の嘆きと薫・匂宮の意気込みが感じられる張り詰めた画面に仕上げたかもしれない。その基準で如慶の絵を見ると、「二組の男女の愛の葛藤とは、もはやまったく無縁の世界」と評されても仕方がない。けれども源氏絵が慶事の品に使われるようになった当時の習慣を踏まえると、国宝『源氏絵巻』よりも如慶の方が当世の嗜好に合い、歓迎されたであろう。それを考慮すると、あながち「源氏絵の終焉」と言い切れようか。当時の慣習を考慮せず、国宝『源氏絵巻』を基準にして後世の作品を評価するのは無理があると思われる。

三、写本系統と版本系統の比較

版本系統は江戸時代を通して多種多様であるが、本稿では挿し絵が最も多い『絵入源氏』（全二二六図）に限定して考察する。それと『源氏絵詞』の図様指定箇所（全二八三箇所）との一致度を吉田幸一氏は計算された結果、

○『絵入源氏』は、その約六〇％にあたる一三六図が『源氏絵詞』と一致する。

○『源氏絵詞』は、その約四八％にあたる一三六図が『絵入源氏』と一致する。という数字を導かれ、それに基づき、

春正は『源氏物語絵詞』とは無関係に、挿絵を描いたことは、ほぼ間違いないといえるだろう。それ故、『源氏物語絵詞』の書写は、堂上家の蔵書中にのみ伝わり、地下歌人や蒔絵師のような職人の見るところとはならなかったと思われる。（注1の著書、上巻、一九二頁）

と推測された。このように両著の図様選定箇所に齟齬を来した原因として、吉田氏は、

一は、絵師に注文して描かせる側の思惑と、現実に絵画化を試みる絵師の側との立場上の相違、あるいは、源氏学者や解読者の考えた図様化のイメージと、絵画化を具体化す絵師の観点に立ってのイメージとの相違に起因したのかも知れない、とも考えられようか。（同書、一九三頁）

のように、製作者の相違に注目された。

次いで清水婦久子氏は、物語本文との関係や制作意図の相違を考慮して、次のように述べられた。

「絵入源氏」の挿絵が目指したのは、『絵詞』の目指す「絵になる所」を描くことでも源氏絵の伝統でもなかった。源氏物語の文章そのものを尊重し、跋文で述べた通りに、歌や詞の優れた場面を選び、その文章に従って描くことだったのである。挿絵を見る読者は、その画面に描かれた景物や人物の様子、そして和歌表現に着目し、それが物語の文章に書かれたものであったことに気づく。春正は歌人として、挿絵の画面によって、源氏物語の文章や和歌の素晴らしさを読者に伝えようとしていたのではないだろうか。（注21の著書、二七頁）

このように『絵入源氏』の意図は『源氏絵詞』や写本系統と異なるが、今度は共通点を考察する。写本系統が『絵入源氏』を参照したと思われる例は前述したが（注24参照）、逆に山本春正は写本系統を参考にしたであろうか。これについては清水婦久子氏が、

春正程度の絵心と読解力があれば、いくつかの絵画資料を参照してさえいれば、あとは自力で独自の図を作り出すことは可能であったと思う。(注21の著書、四一六頁)

と述べておられる。それを場面設定と描き方の二点から確認しておく。

田口栄一氏が作成された「源氏絵帖別場面一覧」(注5の著書の巻末)で『絵入源氏』以前に成立した作品に限定すると、夢浮橋の巻は全部で三場面あり、それは『絵入源氏』の全三図と一致する。また花散里・紅梅の巻は『絵入源氏』には一図ずつあり、いずれも写本系統に同じ場面がある。類例は他にもあり、これは偶然の一致ではなく、春正が絵画資料(実際の作品のほか『源氏絵詞』類も含む)を参照したからであろう。

以上の例は場面のみを取り上げ、描き方までは考慮していない。そこで今度は、図様に注目する。ただし物語の内容に合う場合は、果して『絵入源氏』が写本系統を模倣したかどうか確認できないので、物語に記述がないか、あるいは物語の内容と食い違う箇所に絞ると、次の例は『絵入源氏』と写本系統で共通する。

1、鴻臚館の屋根は瓦、床は石造りである(桐壺の巻)。

2、髪を切り揃えてもらっている若紫は、碁盤の上に立っている(葵の巻)。(33)

3、源氏が野の宮にいる六条御息所を訪問したのは、物語では「九月七日ばかり」であるのに、描かれた月は十日か二十日頃のに見える(賢木の巻)。

4、夜、源氏が明石の君に会いに行くとき、供の中に褄折傘を持つ従者が一人、少年が一人おり、その少年は刀を背負うことが多い(明石の巻)。

5、雪転がしをする童女は三人いる(朝顔の巻)。

6、阿闍梨が「蕨、つくづくし、をかしき籠に入れて」届けた籠の数は、物語には指定されていないが、源氏絵では二つである(早蕨の巻)。

以上の例において、『絵入源氏』が写本系統と一致するのは偶然ではなく、やはり春正が絵画資料を見たからであろう。

しかしながら『絵入源氏』が写本系統と異なる箇所も多々あり、これまでにも場面は同じでも図様が異なる例として、泣く仕草や灰を掛ける行為を取り上げ、近世になると写本系統の画風が穏やかになるのは、婚礼道具などに使われたためと推測した。それ以外の例として、宇治橋の描き方の違いを問題にする。まず写本系統のは、どの絵も緩やかな太鼓橋で、『十帖源氏』（挿図4—1）や版本『栄花物語』のも同形である。[34] また清涼殿にある荒海の障子は、南側には手長・足長、北側には宇治川の網代が描かれており、現存するのは土佐光清（時に五一歳）の手になり、宇治橋は楕円形である。一方、『絵入源氏』は宇治十帖に三ケ所あり、いずれも川に平行して直線で、途中にベランダのように張り出した所がある（挿図4—2 3）。ちなみに最初の名所図会である安永九年（一七八〇）刊『都名所図会』に描かれた宇治橋も、『絵入源氏』のと同じである[35]（挿図4—4）。以上の資料から推測すると、絵画の世界では宇治橋は太鼓橋に描くという決まりがあったのに対して、『絵入源氏』は当時の実際の景物を写し取ったのであろう。ただし先に考察したように、『絵入源氏』には写本系統と描き方が同じ箇所が散見されるので、山本春正は宇治橋の型に嵌まった形態を知らずに実物を描いたというよりは、あえて前例に反発したのであろう。

それでは『絵入源氏』と写本系統とで場面設定が異なるのも、同じ理由であろうか。ただし不吉な場面を『絵入源氏』が取り上げ、写本系統が避けたのは前述したので除き、写本系統で各巻の代表的場面に限定すると、花宴・少女・玉鬘・横笛の巻の名場面は『絵入源氏』にはない。いずれも室町時代から継承され、山本春正は絵画資料を参照したはずなのに、これらの有名な箇所をなぜ採らなかったのか。その理由は三つ想定できる。一つめは宇治橋の描き方のように、あえて伝統に逆らった。二つめは春正が見た資料には、偶然その図はなかった。たとえば幻の巻の名場面は、源氏が手紙を焼くところであるが、『絵入源氏』にも『源氏絵詞』にも収められていない。三つめの理由を考えるに際しては、『源氏絵詞』の少女の巻の最終項が手掛りになる。当項に抜き出された物語本文は、秋好中宮が秋の花や紅葉を紫の上に贈る部分（a）であるのに、それに付けられた図様指示にはaの説明は僅かで、代りに源氏が造営した六条院の四つの町の描き方が詳しく記されている。『絵入源氏』はaを採らず、bを四面（第四六～四九丁の各表）も使って各町の庭を描いている。一方、写本系統の多くはaで、bを題材にしたものは見当らない。そこで仮に、春正も写本系統の絵師も『源氏絵詞』を用いたとしても、違う絵になるのである。

今後の源氏絵研究では、写本系統も版本系統も取り上げ、また他の物語絵も配慮する目配りが必要になる。そのほか物語本文のみならず、梗概書や古注釈も視野に入れなければならない。そして国宝『源氏物語絵巻』が、後世の作品とは描き方などを異にするように、各々の特徴を押さえながら比較考察する柔軟さが不可欠になろう。

注

（1）吉田幸一氏『絵入本源氏物語考　上・中・下』（『日本書誌学大系』五三）、青裳堂、昭和六二年。以下、小稿に引用した同氏の説は、すべて本書による。また、末尾に掲載した版本の挿図も同書による。

（2）田辺昌子氏「江戸の源氏絵―初期絵入本から浮世絵へ」の注6（吉井美弥子氏編『〈みやび〉異説―『源氏物語』という文化』所収、森話社、平成九年）。小稿「整版『源氏小鏡』（神戸親和女子大学附属図書館蔵　解題・翻刻）―付、『源氏小鏡』の挿し絵―」（『親和国文』36、平成一三年一二月）。

（3）久下裕利氏『源氏物語絵巻を読む―物語絵の視界』一八七頁、笠間書院、平成八年。

（4）秋山光和氏「室町時代の源氏絵扇面について―浄土寺蔵「源氏物語絵扇面散屏風」を中心に―」（『国華』一〇八八、昭和六〇年）、注2の小稿など。

（5）『豪華［源氏絵］の世界　源氏物語』（学習研究社、昭和六三年）。口絵解説は、田口栄一氏の担当。

（6）源氏物語の古文と現代語訳は、小学館の日本古典文学全集による。以下、同じ。
（7）今西祐一郎氏『京都国立博物館所蔵　源氏物語画帖　詞書翻字・図様解説』七頁、勉誠社、平成九年。
（8）『紫塵愚抄』は、中野幸一氏編『源氏物語古註釈叢刊』5（武蔵野書院、昭和五七年）に翻刻されている。
（9）『源氏絵詞』は、片桐洋一氏編『源氏物語絵詞』（大学堂書店、昭和五八年）に翻刻されている。
（10）中野幸一氏「『源氏物語』の享受と「源氏絵」」（『江戸名作画帖全集』V、一六四頁、駸々堂出版、平成五年）。ちなみに室町時代に制作された白描源氏物語絵巻は、「当時の『源氏物語』の梗概書中心の享受の形を、如実に反映しているといえよう。一種、絵入梗概書といってもよいかもしれない。」と、片桐弥生氏は指摘された（同氏「美術史における源氏物語」三一七頁、『源氏物語研究集成』14所収、風間書房、平成一二年）。
（11）ちなみに本屏風は桐壺の巻においても、「場面選択にはこの図のような他に例のない独自性がうかがわれ」（注5の著書、第5図）と解説されており、その箇所も『紫塵愚抄』『源氏絵詞』に採られている。
（12）本書は、岡見正雄氏『良基連歌論集』3（『古典文庫』92、昭和三〇年）に翻刻されている。
（13）寄合と源氏絵の関係については、夙に清水好子氏が述べておられる。
私の見た数種の梗概書類によれば、連歌制作に必要なりとして抄出した語彙はみなこの冊子（岩坪注、『源氏絵詞』を指す）の「絵能所」（岩坪注、「絵に能き所」の意）の内容と一致する。例えば桐壺にあげる「あつしく」「息もたへつつ苦しき」「やへむぐら」「すすむし」「文つくる」「初もとゆひ」などはそれぞれ帝更衣別れの場、野分、高麗人対面、元服の諸段にあたり、みな絵画化されているのである。（清水好子氏『源氏物語の文体と方法』二一八頁、東京大学出版会、昭和五五年）
（14）三谷邦明・三田村雅子氏『源氏物語絵巻の謎を読み解く』二四〇頁、角川書店、平成一〇年。
（15）小著『源氏物語古注釈の研究』三六九〜三七一頁、和泉書院、平成一一年。
（16）池田利夫氏『新訂　河内本源氏物語成立年譜攷』一五三頁、貴重本刊行会、昭和五五年。
（17）『増鏡』第十、老の波。この出来事を日本古典文学大系（三六四頁、時枝誠記・木藤才蔵氏校注、昭和四〇年）では弘安元年、講談社学術文庫（二六四頁、井上宗雄氏全訳注、昭和五八年）では弘安二年とする。

(18) このように『珊瑚秘抄』の秘説を『河海抄』に載せない仕組みを、二段階伝授と命名した。詳細は注15の小著、参照。ちなみに文亀三年(一五〇三)奥書のある持明院基春著『鷹経弁疑論』にも、「鳥ヲ木枝ニ付ル事」の条がある。
(19) 本文は、注2の小稿に翻刻した無刊記本による。
(20) 『日本屏風絵集成』5(講談社、昭和五四年)九五頁、田口栄一氏の解説。なお同じ図様が、出光美術館と富士美術館所蔵の源氏物語図屏風に見られ、いずれも桃山時代に制作された。
(21) 同じことが、清水婦久子氏『源氏物語版本の研究』(和泉書院、平成一五年)の四一五・四四九頁などに指摘されている。
(22) 承応三年(一六五四)本を初版とする吉田幸一氏の説に対して、初版は無刊記で慶安三年(一六五〇)冬から翌年秋の間に刊行されたと、清水婦久子氏は唱えられた(注21の著書、第一章)。
(23) 跋文の一節「老て二たひ児に成たるといふにや」が、著者の還暦を指すとすれば、立圃が還暦を迎えた承応三年(一六五四)に本書が成立したと、渡辺守邦氏は述べられ(『日本古典文学大辞典』「十帖源氏」の項)、吉田氏も同意された(注1の著書、上巻、四・二一二頁)。しかしながら還暦とは満六〇歳、数えで六一歳であり、一五九五年生れの立圃の還暦は承応四年になる。なお『十帖源氏』の初版は、万治四年(一六六一)刊本より古いと、吉田氏は判断された(同書、二一八頁)。
(24) 注21の著書、四六八・四七三頁に概説されている。
(25) 本屏風の解説を、出光美術館編『日本の絵画百選』一四六頁(昭和五八年一一月)より抜粋する。
　岩佐勝友については不明だが、ともあれ岩佐又兵衛工房の画人の手になることは疑いあるまい。画中人物の表現が又兵衛スタイルとはいえ、類型的であることから又兵衛より二〜三代後の画人であろうか。

ちなみに又兵衛の生没年は、一五七八〜一六五〇年である。
(26) 『絵本源氏物語』(貴重本刊行会、昭和六三年)所収のは、須磨の巻末と明石の巻頭の挿絵を誤って逆に置き、解説を付けている。詳細は注1の著書一五七頁、および注21の著書四九七頁、参照。
(27) 高松良幸氏「大阪青山短期大学蔵　住吉如慶筆『源氏物語画帖』について」(「大阪青山短大国文」14、平成一〇年三月）。

（28）内藤正人氏「出光美術館特別展『源氏絵と物語の絵画』「物語図屏風の繚乱」―進出の狩野興以筆「佐野渡図屏風」の紹介をかねて―」（『古美術』97、四一頁、平成三年一月）。

（29）田口栄一氏が調査された一六件のうち、陵王の絵は一〇件（注5の著書、三一五頁）、片桐弥生氏の調査では一八件中一二件に及ぶ（堺市博物館編『源氏物語の絵画』一二三頁、昭和六一年）。

（30）千野香織氏「ハーヴァード大学美術館蔵『源氏物語画帖』をめぐる諸問題」一四頁（『国華』一二二二、平成九年八月）。

（31）国宝『源氏絵巻』に描かれている女性は六十人ほどで、そのうち立っているのは雲居雁（夕霧の巻）と女三宮の女房（鈴虫の巻、第一図）の二人だけである（千野香織・河添房江・松井健児氏「王朝美術とジェンダー」、「源氏研究」1、一六五頁、平成八年四月）。

（32）『見ながら読む日本のこころ　源氏物語』一五五頁、田口栄一氏の解説、学習研究社、昭和六一年。

（33）これに関しては、注3の著書（一七一頁）、注21の著書（五三六頁）のほか、伊井春樹氏「『源氏綱目』の挿絵」（『講座平安文学論究』8、風間書房、平成四年）参照。

（34）刊行が承応年間（一六五二～五四）頃である（日本古典文学大系『栄花物語』上の解説、一二頁）ならば、『絵入源氏』と同じ頃になる。その挿絵が『絵入源氏』などと似ることは、注2の小稿で指摘した。

（35）『都名所図会』には、

三間水《さんのまのみづ》　山城の名水なり。瀬田の橋下、龍宮よりわき出る水、此所へ流来るなりと。又一説には、竹生嶋弁才天の社壇の下より流出るといふ。秀吉公伏見御在城の時、常に汲しめ給ふ。

とあり、竹村俊則氏編『日本名所風俗図会』8（角川書店、昭和五六年）の解説には、次のようにある。

三間水　宇治橋の南側欄干上流に面して二メートルばかり張り出したところがあり、むかし、橋の守護神（橋姫神）を祀っていた。その橋下の宇治川は最も深く、その水は清冷とされ、茶の湯に利用された。

（挿図１－１）『絵入源氏』明石の巻

（挿図１－２）『十帖源氏』須磨の巻

（挿図１－３）『十帖源氏』明石の巻

（挿図２）『絵入源氏』真木柱の巻

（挿図３）『絵入源氏』総角の巻

（挿図４－２）『絵入源氏』橋姫の巻

（挿図４－１）『十帖源氏』宿木の巻

（挿図４－３）『絵入源氏』宿木の巻

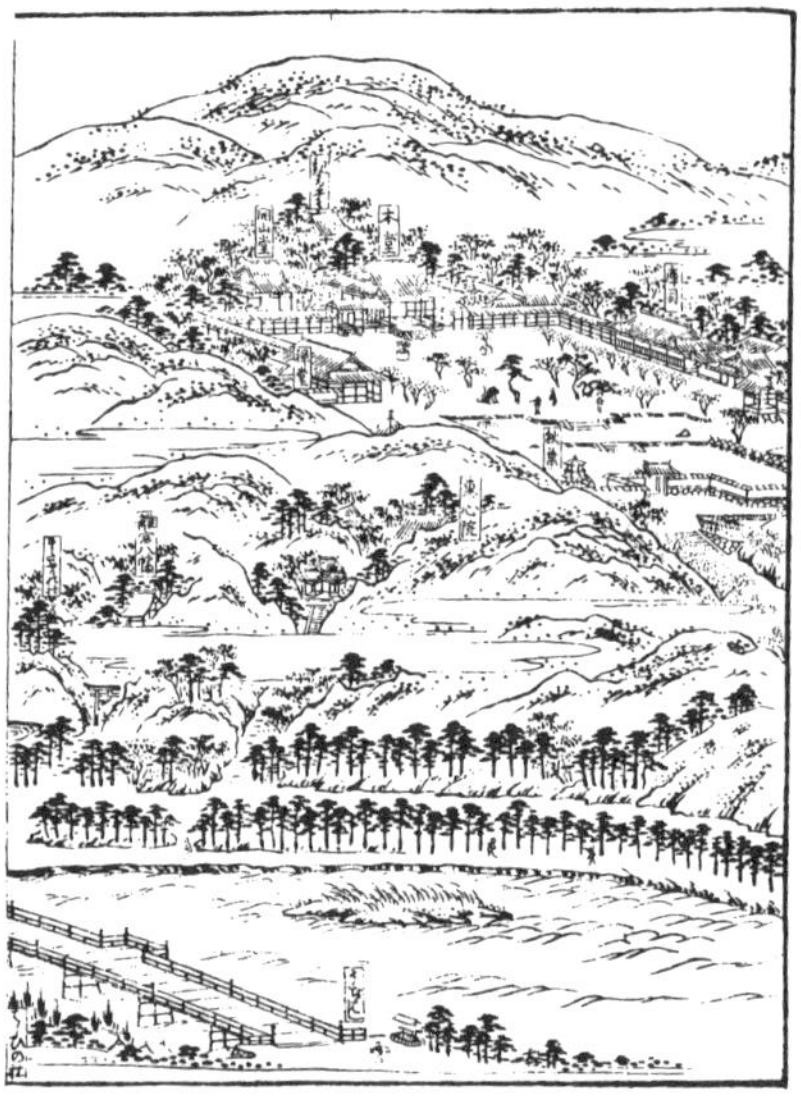

（挿図４－４）『都名所図会』
左下に見えるのが宇治橋

頼通の時代と『狭衣物語』

倉田　実

一　平安後期物語研究の現状と課題

平安時代の物語文学は、その頂点に『源氏物語』を据え、それ以前と以後とに分ける見取り図が定式化している。すなわち、『源氏物語』以前を「前期物語」または「平安前期の物語」、以後を「後期物語」「平安後期の物語」などとするわけであり、この区分の仕方は教科書的理解として今日まで踏襲されている。「前期物語」の場合は、さらに「作り物語（伝奇物語）」と「歌物語」とに区分され、それぞれに配される物語たちの個性は多様である。しかし、「後期物語」は、『源氏物語』の圧倒的な影響下に成立せざるを得なかったことにより、その模倣・亜流、そして、頽廃との評価で律することが支配的であった。ちなみに、高等学校などで副教材として使用される日本文学史の類などを見てみると、この点は如実である。任意に引用してみると、次のように「後期物語」は記述されている。

◇平安後期の物語　「源氏物語」の後、その影響を受けて多くの物語が書かれた。現存するものに「狭衣物語」「夜の寝覚」「浜松中納言物語」「とりかへばや物語」などがある。いずれも新しい趣向をねらって、筋立てに変化をつけたり、新奇な題材を扱うなど、さまざまな工夫を凝らしているものの、その多くは「源氏物語」の模倣にとどまり、質・量ともにそれを越える作品はみられない。全体的に、衰退していく貴族社会の世相を反映して、官能的、退廃的な傾向が顕著にみられる。

『高等学校　新選　日本文学史』（尚学図書、一九八四年一月）

源氏物語以後　物語は『源氏物語』によって頂点に達した後、『狭衣物語』『浜松中納言物語』『夜の寝覚』『とりかへばや物語』等が書かれた。これらは題材に趣向を凝らすなど、それぞれに見るべきところもあるが、圧倒的な『源氏物語』の影響下に成った模倣作という印象が強い。貴族社会の衰退を反映して退廃的な気分に流れ、官能描写などの技巧に意を用いる傾向が顕著である。

『精選日本文学史改訂版』（明治書院、一九九九年一月）

他の教材として使用される文学史の本も、多かれ少なかれ似たような記述となっており、「源氏物語の影響」「模倣」「退廃的」「衰退していく貴族社会」がキーワードとして必ず使用されているといっても過言ではない。この事態は、同一の原典からの「模倣」であることを予想させるが、その原典のさらなるもとは、藤岡作太郎『国文学全史平安朝篇』（明治三八年）に胚胎する貶価であったことは確実である。また、右の記述では、「その多くは」「全体的に」「これらは」として「後期物語」を一括する仕方が、当然のごとくに行なわれている。これが、公教育で使用される「模倣」された文学史の教材の内容なのである。

「後期物語」に対する、右のような理解や評価の仕方が、一社だけでなく多くに認められるということは、これが一般的常識になっていたことを示している。もっとも、日本古典文学全集『夜の寝覚』（一九七四年一〇月初版）の鈴木一雄氏による巻頭論文「後期物語文学の世界」などでは、右のような作品理解からは自由であるが、それでも「摂関貴族社会そのものも、すでに崩壊に近づいていた。頼通の半世紀にも及ぶ関白も、後半は地方の政治不安に苦悩し、晩年には後三条天皇の新政に逢着して、動揺を繰り返している」とする記述は認められるのであり、

「衰退していく貴族社会」と同調していよう。「衰退云々」については後に触れるが、ここでわざわざ高等学校の副教材を引用したのは、我々が「後期物語」の作品名に始めて接した時に与えられた理解の仕方であったはずだからである。こうした理解において、「後期物語」を読むことは、本物ではないもの、価値の少ないものを読むことになり、読むこと自体も価値のないこと、意味のないことになろう。「後期物語」を読み、研究するとは、まさにこうした暗黙の了解と少なからず拮抗していたはずなのである。したがって、「後期物語」の研究は、その出発において、因襲化し定式化した理解と対峙し、いかに空洞化するかの課題を背負っていたといえよう。出発自体が、祝福とは無縁であったのである。

また、一方では『源氏物語』を最高峰とする、動かしがたい絶対性のもと、文学史の構築はその頂点を見極めることに満足していたとおぼしい。だから、「前期物語」の研究は活性化していたし、「前期物語」から『源氏物語』への飛躍的な道筋も多様に論述されていた。頂点を見極めればよかったのである。そして、下降線をたどるとされた「後期物語」への関心は、少数の人たちを除いて、それほど保持されることはなかったのである。

「後期物語」は、評価の対象として近代以降において不遇であったが、個々の作品自体にも問題はあった。『狭衣物語』の場合は、夥しい異本群によって難儀な本文批判が避けて通れない障害として理解され、読みにかかわる研究は遅滞していた。『夜の寝覚』と『浜松中納言物語』とには完本がなく、前者は中間と末尾が、後者は首巻がそれぞれ欠巻であり、その部分を推定する作業が必要であった。全巻を読み通す満足感に欠けるのであり、欠巻部分にかかわる点についての言及性に確実性がないのである。『(今)とりかへばや』は改作本であり、改作された作品は、独創性に欠けると判断され、内容的にもまさに頽廃・汚穢を主題にしたと目されていた。現存する「後期物語」の長編作品は、いずれも内部評価にかかわりなく、その成立と伝来に問題があったのである。異本群・欠巻・改作本という作品自体にある問題点は現在のところ解決のしようがない。しかし、先に記したような因襲的な貶価を脱構築することは可能のようであり、それが現在の大きな課題となっていることは確かである。

今日では、これまでの研究の蓄積もあり、かつてのように「後期物語」を「模倣」「頽廃」で片付けることは、先に引用したような記述の世界を除いてなくなっている。しかし、不当な評価を跳ね返すだけのことができているかとなると、いささか頼りない感じがする。研究にあたる姿勢や態度として、「後期物語」を復権しようとするさらなる意欲や展望を持ち、その具体的な方法を模索することが必要であろう。そのためにも、まず作品の成立した時代を見極めていく作業は大切である。

「後期物語」の長編四作品のうち、『(今)とりかへばや』は、十二世紀後半以降の成立とする説が有力だが、他の三作品は、それより一世紀以前の、互いに近接した時代に成立している。『夜の寝覚』と『浜松中納言物語』の作者は、一〇〇八年生れの菅原孝標女説が有力である。彼女は『更級日記』で知られるように、一〇四二年から十年ほど宮仕に出ていたが、出仕先は、後朱雀帝嫄子中宮所生の祐子内親王家であった。また、『狭衣物語』の作者として有力な源頼国女は、祐子の同母妹禖子内親王（六条斎院）の乳母の宣旨であったとされている。[1]彼女の生年は未詳だが、後に触れる同母兄頼実が一〇一五年生まれなので、それ以降の近年に生まれたことは確かである。三作品の作者は、後一条帝（一〇一六年即位）・後朱雀帝（一〇三六年即位）から後冷泉帝（一〇四五年即位、一〇六八年没）にかけての同時代を生きていたのであり、同じ場に同席していた可能性もあるのである。なお、三作品と『(今)とりかへばや』とを「後期物語」として一括するには、時代の幅がありすぎることにも注意すべきであろう。

祐子と禖子の母嫄子中宮（父は敦康親王）は、頼通の養女となっていたが、早逝したために、姉妹は、頼通と隆姫が同居する高倉第に養われていた。『栄花物語』では、祐子を「高倉殿の一の宮とのみ人は聞えさす」（新全集「根合」巻三四八頁）としているように、禖子ともども頼通・隆姫夫妻の養女のようでもあった。したがって、この姉妹のもとに出仕していた作者たちは、広い意味で藤原摂関家の身内になる。孝標女は橘俊通と結婚しているが、橘氏は「橘氏是定」によって、氏の長者は藤原氏が担っており、両氏は同族的であった。作者たちは、九条流道長の系統となる藤原氏と身内関係にあったのは確かなのである。物語で語られる源氏や貴族たちの姿は、『源氏物語』に依拠した面はあったにしても、頼通周辺の身近な存在の反映であった可能性があるわけである。そして、作者たちの生きた時代において、貴族社会は衰退などしていなかった。

藤原氏の、道長において最高潮を迎えた摂関体制が下降線をたどることは確かである。しかし、少なくとも貴族社会が衰退したと見極める時点を、いつ頃にするかは問題である。道長と頼通では摂関のあり方が相違し、教通以降摂関体制は変容していくことは確かだが、それと貴族社会の衰退とは決して同義ではない。藤原氏の外戚を持たない後三条帝（一〇六八年即位）の御代になり、摂関家と対抗するために村上源氏などを盛んに登用し、天皇親政を計ったとする理解が通用して、そこに貴族社会の衰退を見出すことがこれまでであった。しかし、この見解については修正されつつある。そもそも、具平親王男師房を祖とする村上源氏は、藤原氏に位置付けられるのである。(2)師房の姉、隆姫は、頼通の正妻であり、師房は父の死去により幼少のころから隆姫のもとに養われ、後に頼通の養子になっている。成人してからは、道長室明子腹の尊子と結婚している。師房は、その子女たちとともに、二重三重に道長・頼通などと関係を結んでいるのである。この師房流と道長流の子孫たちが、後三条帝の時代においても台閣をほぼ独占していたのであり、摂関は、頼通が一〇一七年から一〇六七年まで勤めたのを受けて、弟の教通がなっていた。時代は、一〇五二年に末法第一年に突入し、末世意識は浸透していくが、それと貴族社会の衰退とは関係ないのである。三作品の成立した時代は、一条帝と道長の時代を懐古することはあっても、貴族社会はまだ衰退してはいなかったのである。確かに、荘園整理令が何度か出され、一〇五一年には前九年の役が起きており、地方には武士階級が台頭していた。しかし、中央の貴族たちが、これらの事象に貴族社会の衰退を見出していたかどうかは問題であろう。この後、白河院政期という巨大な権力構造が拓かれるが、貴族たちが疎外されたわけではなかった。第二次世界大戦まで、貴族社会は衰退しても存続したのである。

「影響」「模倣」と把握することは、作品を時代性から隔離し、そこにアナクロニズムを見出すだけである。また、適度の趣向や工夫を加え、『源氏物語』を模倣さえすれば、新たな物語が出来あがるというものではなかろう。「影響」「模倣」という観点にのみ縛られていては、何も見えてはこない。「後期物語」は、時代性との接点を失った、アナクロニズムの世界ではないのである。当代の歴史意識と決して無縁ではないはずであり、この時代性との接点を探ることが大切である。意外なことに、「後期物語」を歴史的に位置付ける論考は、やっと緒についたばかりであり、まだそれほどの蓄積はない。「後期物語」は、「衰退していく貴族社会の世相を反映」などしていないし、いわんやその「世相を反映して、官能的、退廃的な傾向」を持つものでもないのである。

二　頼通の時代

長編三作品は、頼通の時代の所産であった。そして、その時代状況と作品内容は決して無関係ではあり得ない。以下、『狭衣物語』を焦点化して、作品と時代性との接点をどこに探るかの見通しをつけておきたい。こうした見通しをつけることは、新たな作品論の方法を模索することになろう。

時代との接点は、多様な局面において『狭衣物語』から探り取れるようである。当代の社会的文化的な様々な制度は、作品に織りこまれている。天皇・上皇のあり方や政権状況などの政治的制度、受領階級や武士階級とかかわる地方制度、婚姻や養子などともかかわる家・家族制度、斎院斎宮や仏教・陰陽道などにかかわる宗教的制度、その他多様な社会的制度との接点が多少にかかわらず見出せると思われる。また、和歌史のありようは『狭衣物語』の表現世界と密接に連繫しており、音楽・美術・書道などの文学芸術にかかわる制度、そして、寝殿造とその庭園・年中行事・通過儀礼などの文化的制度も頼通の時代のありようとの連関性を保持しているはずである。

ここで、以上のような点について総体的に言及することは無理であり、また、その用意があるわけでもない。しかし、二、三の見通しだけは述べておかなくてはならないだろう。ここでは、政治的制度と、和歌史との関連にしぼって、僅かながら言及しておきたい。

天皇・上皇にかかわることは別稿(3)で扱ったので、政権状況に注目してみると、『狭衣物語』だからこそ見出せる点が指摘できる。『狭衣物語』には、物語頭初から堀川関白大臣と太政大臣が設定されているが、この事態は『源氏物語』では考えられないありようとなる。すなわち、史実では、太政大臣が摂関になり、その下位に左大臣が位置するのが通例であった。また、兼家と道隆の場合は、摂政だけに就いて、その下位に太政大臣の頼忠や為光がいる場合もあった。道長の場合は、摂関職や太政大臣を置かず、後一条帝の御代になるまで自身は長く左大臣であった。しかし、頼通の時代になると、寛仁二（一〇一八）年に、道長後を受けて頼通が摂政内大臣の首席に、左大臣顕光が次席となったが、寛仁五（一〇二一）年に、左大臣顕光死去を受けて、右大臣であった六十五歳の閑院公季が太政大臣として首席に、関白内大臣であった三十歳の頼通が関白左大臣になっている。次席の関白左大臣の嚆矢となったのであり、『公卿補任』には、「可列太政大臣下者」と記されている。政治の実権は頼通にあったことは確かだが、とにかく、首席の太政大臣がいて、次席に関白左大臣が座るという事態が起こったのである。この関係は、公季死去の長元二（一〇二九）年まで続き、その後は頼通が首席になっている。この次の例は、承暦四（一〇八〇）年になり、五十九歳の信長が太政大臣に、三十九歳の師実が関白左大臣になっている。しかし、信長には、『公卿補任』に「可列関白左大臣下者」とあり、公季とは逆になっている。この処遇に不満を持った信長の逸話が『古事談』にあるが、これは省略したい。

こうしてみると、『狭衣物語』は、太政大臣公季と関白左大臣頼通という史実に想到していたのかも知れないのである。『源氏物語』が成立したであろう寛弘年間（一〇〇四〜一〇一二年）まではありえなかった政権状況である。そうだとすると、堀河関白大臣との上下関係は不明だが、『狭衣物語』の太政大臣像もおのずと『源氏物語』とは違った相貌を見出せることになる。公季は、九条師輔流の最高齢者ゆえに太政大臣として待遇されたのであり、政治の実権は道長を背後にもつ頼通にあったことは確かで、対抗勢力でも批判勢力でもなかったろう。同じことは、『狭衣物語』の太政大臣にも当てはまるようである。この太政大臣も、堀川関白の対抗勢力とは思えないのである。何よりも次女は堀川関白室となった洞院の上であり、また、洞院の上が養女とした今姫君に、巻三になって入内騒動が持ちあがった時、太政大臣はその準備のために腰を曲げつつ堀川関白邸に出入りして準備にいそしんでいる。これは、堀川関白家に奉仕するさまであろう。堀川関白に対抗する意図はないのである。

境遇的に、公季には一女の義子が一条帝女御になっただけで、「帝、后、たたせたまはず」(新全集『大鏡』)であったが、『狭衣物語』の太政大臣は、長女が一条院后の宮であり、一条院在位中は外戚であった。その時のことは語られておらず、政治的な立場は不明であるが、外戚であったことや子女のあり方は公季と全く相違している。しかし、人物像としては、『大鏡』に語られる孫を鐘愛する好々爺ぶり(4)や道長政権下で生き延びている様は、物語の太政大臣に通じるところがあると思える。公季邸は閑院になるが、その位置は二条大路南、西洞院大路西であった。物語では、二条堀川に四町からなる堀川関白邸があり、洞院に住むのが太政大臣の娘洞院の上であった。閑院と洞院も、位置的に重なるのであり、名辞的類縁性も指摘できるのである。

『狭衣物語』の太政大臣については、堀川関白家に対立させて考えることが主流であったようである。『源氏物語』の光源氏と頭中将との対立図式が、そこに働いていたのかも知れない。しかし、頭中将が太政大臣になっても光源氏は准太上天皇であり、頭中将が官職において優位に立つことはなかった。『狭衣物語』は、源氏の堀川関白大臣と、藤原氏の太政大臣がいても、これは源氏と藤氏の対立図式ではなく、いずれも藤氏の太政大臣公季と関白左大臣頼通という関係性を当てはめた方が妥当な理解だと思えるのである。

堀川関白の素姓は、一世の源氏である。しかし、源氏で関白というこれまで例のなかった設定にされている。いったい、こうした設定がどうしてなされたのかも問題であろう。そこで、史実に源氏で関白になれた可能性を探ってみると、頼通の異姓養子となった源師房に行き当たる。

師房（幼名万寿宮）が頼通の養子になったことは確実である。『公卿補任』万寿元（一〇二四）年条に、「寛仁四正五従四位下（二世、天暦御後、年十一〈十三カ〉）、十二月廿六日賜源朝臣姓（元服日）、本名資定、同日改名」とあり、『左経記』寛仁四（一〇二〇）年十二月二十六日条に、「次参関白殿、故中務卿宮二男元服（関白殿養子也、今日改名字幷給経〈姓カ〉）」とある。万寿宮は、元服以前の寛仁四年正月五日に村上帝の二世、すなわち皇孫として従四位下に叙され、資定王と名告ったことになる。そして、資定王になった同年の十二月二十六日の元服で、臣籍降下して源師房となり、同時に子女に恵まれない頼通の異姓養子になったのである。十三歳であった。

師房は、頼通と養親子関係を形成することで、その後継者としての歩みを始めたことになる。師房は、一〇二四年十七歳で、道長室明子腹の尊子と結婚し（『小右記』）、同年九月の後一条帝高陽院行幸の賞で、従四位下から正四位下に越階し、さらに彰子還幸の賞で従三位に越階している（『小右記』）。坂本賞三氏[5]は、「頼通の養子源師房を頼通の後継者とするため道長女隆子と結婚させ、そして従四位下から一挙に従三位に叙したのであった」とされている。このままで行けば、師房は頼通の子として摂関に就く可能性があったのである。源氏の関白が誕生したかも知れなかったのである。しかし、知られるように、翌年の一〇二五年一月一〇日、頼通に実子通房が誕生する（『左経記』）。養子よりも実子であろう。また、源師房がいざ摂関に就くとなったら、藤氏内部の悶着は必然であろうが、それを回避することにもなる。師房の摂関は、ほんの一時の夢であったが、その可能性があったことは確実だと思われるのである。

師房は、六条斎院禖子内親王家の家司となり、多くの歌合を設営し経営したことが知られている。師房は、『狭衣物語』の作者圏内の人なのであり、禖子内親王家の重要な存在であった。その師房にあり得たかも知れない摂関が、堀川関白という源氏の関白を創造する契機の一つになっていた可能性があったと思われる。堀川関白は、頼通の時代だからこそあり得た想像力の賜物かも知れないのである。

源師房の場合は、その運命が頼通の養子となったことで切り開かれていた。いまだ実態は不分明で多様ながら、養子制度があったからこそ可能な運命であった。そして、この養子制度を物語展開の軸に据えたのが『狭衣物語』であった。養子縁組は、頼通の時代になって盛んになっていたし(6)、それ以前とは違う組み合わせの縁組も定着し始めていた。『源氏物語』にも様々な養子縁組が設定されていたことはすでに注意されているが(7)、『狭衣物語』にみられるものとは位相が違っている。位相の違いは、頼通の時代になった養子縁組のありようの反映である。養子制度については別稿(8)を用意しているが、『狭衣物語』に見られる顕著な事例は、同居する妻が、自身の縁者を養子女として迎えていることである。すなわち、堀川関白の正妻堀川の上が、姪の源氏の宮を養女とし、夫妻の膝下で同居、養育していることである。また、洞院の上も自身の判断で今姫君を養女にしている。この事態は、『源氏物語』には不在であった。『源氏物語』の場合は、継子関係が養子女関係に移行する形が基本であった。紫の上と明石の姫君の場合などである。この他、愛人の子を養女にする、孫を養子女にする、養子女の子を養子女にする、という形であった。源氏の宮や今姫君の例は、『源氏物語』にはなかったのであった。

関白の大臣と太政大臣の存在、源氏の関白、妻の養女との同居養育、これらの事態は頼通の時代の反映なのである。『狭衣物語』を頼通の時代に明確に位置付けてみることによって見えてくることは、この他、多様に存在していると思える。頼通の時代(9)がいかに『狭衣物語』の織りこまれているかをさらに追求していくことが必要なのである。

三　『伊勢集』からの引歌

頼通の時代の作品として位置づけることは、文学史的状況との接点を探ることでもある。『狭衣物語』は、周知のように引歌や歌語的表現を駆使、工夫して作品世界を形成させている。作品に凝らされる「工夫」「趣向」は、特に和歌史とかかわっているし、和歌史とかかわらないはずはない。和歌史とのかかわりをどのように分析していくのか、このことも問われる課題であろう。

頼通の時代は、歌合や歌会が盛んであった。その盛行も、『狭衣物語』とかかわっていたはずである。例えば、作者源頼国女の同母兄頼実が中心となった「和歌六人党」と呼ばれる歌人集団の活躍が知られるが、その歌会の拠点となった一つは、前章で触れた師房の邸であった(10)。頼国の父は頼光であり、その養女になった相模、あるいは能因法師などの指導を「和歌六人党」が受けていたとするのは通説である。こうした歌人集団の歌会は、新たな詠風や歌語を形成していたはずであるが、それらが『狭衣物語』の和歌的表現とかかわっていたのかどうかはいまだに検討されていない。作者とその周辺の人物などの研究は進んでいるが、物語表現との関連はいまだしである。六条斎院家の歌合での歌語が『狭衣物語』に引用されていることは明らかにされつつあるが(11)、同時代の和歌との交渉の実際は、早急に追求されるべき課題である。そして、それと同時に、古歌による引歌も併せて再検討する必要があろう。この検討も、当代の和歌史的状況を明らかにすることに繋がると思われるのである。以下、古歌による引歌が、具体的な歌集から引用されている例として『伊勢集』に注目し、伊勢の歌が、勅撰集ではなく『伊勢集』から引歌されていることを改めて整理していきたい。この作業も、当代に流布していた作品との交渉を裏付けることになると思われる。

現在までの『狭衣物語』の引歌研究は、三代集と『古今六帖』及び『源氏物語』から引用される率が高いことを明らかにしている。これ以外の出典は、主に私家集になるわけだが、個々の私家集とのかかわりについては、まだ明確にはされていない。当代に流布し、しばしば参照されたからこそ、その私家集から引用される場合もあったはずである。そうした私家集の一つとして指摘できるのが『伊勢集』である。

伊勢は当時において、少なくとも『狭衣物語』作者圏内で尊崇されていたと思われる。直接的な資料ではないが、『俊頼髄脳』に次のようにある。

能因法師は、歌をも、うがひして申し、草子などをも、手洗ひて取りもひろげける。ただ、うちするかと思ひけれど、讃岐の前司兼房と申しし人の、能因を、車のしりに乗せて、ものへまかりけるに、二条と、東の洞院とは、伊勢が家にてありけるに、子日の小松のありけるを、さきを結びて植ゑたりけるが、生ひつきて、まことに大きなる、松にてありしが、木末の見えければ、車のしりより、まどひおりければ、兼房の君、心も得ず、「いかなる事ぞ」と尋ねければ、「この松の木は、高名の、伊勢が結び松には候はずや。それが松をば、いかでか、車に乗りながらは過ぎ侍らむ」といひて、はるかに歩みのきて、木末の隠るる程になりてこそ、車には乗れりける。（全集『歌論集』二六二頁）

歌や歌書まで敬う能因法師の人柄にまつわる故事を語っているが、「二条と、東の洞院とは、伊勢が家」とする伝えが『狭衣物語』の時代にあったことを提示している。能因法師は、伊勢の家の前方に至った時、わざわざ車から降り、徒歩で通り過ぎている。能因法師が、いかに歌人伊勢とその事跡を尊崇していたかを語っている。現存『伊勢集』では、伊勢の親の家は「五条わたり」（一詞書）とされており、また、「伊勢が結び松」のことは見出せない。何らかの混線が想定されるし、伊勢のことではない可能性もあるが、この記載をそのまま信じれば、伊勢がいかに尊崇されていたかの資料となろう。能因法師は「和歌六人党」の指導者でもあった。

『伊勢集』は、『新勅撰集』に「伊勢集を書きて、人のもとにつかはすとてよめる／中務」（一二一二）とあり、娘が編纂したものであった。現在は、三類に分けられていて諸本の異同がはなはだしく、いつごろ成立したのかも定説はない。したがって、『狭衣物語』の作者がどの系統を見たのかは不明である。また、先の『俊頼髄脳』に記された「伊勢が結び松」のことは現存『伊勢集』には見出せないので、当時の形態も今日のものではない可能性もある。しかし、現存する本でしか考えられないので、とりあえず『伊勢集』は、『私家集大成』「伊勢III」（歌仙家集本）に拠って考えていきたい（引用に際して、表記は私に換えた）。

伊勢の実名と詠歌は、『源氏物語』でも登場していたが、『狭衣物語』も同じである。伊勢の名は、次のように語られているが、その箇所は、『伊勢集』からの引用とみる以外、現在のところ考えようがない。一品の宮が狭衣からの始めて後朝の文に対して、何も書かずに返した段である。

（女院）「この御返りは、かばかり聞こえさせたまはむに、さだ過ぎたらむはかたはなるべければなむ。ことさらばかり」と聞こえたまへば、（一品の宮は）なかなかいはけなからぬ御ほどは、よろづいとつつましげにいとほしき御気色なれど、（女院は）筆紙などなべてならぬを御几帳のうちに差し入れたまひて、「なほなほ」と聞こえさせたまへば、おぼしわびて、ただ引き結びて置かせたまへるを、つつみて出ださせたまひぬ。御使には、例のことなれば、世の常ならぬ女の装束に細長などにこそはあらめ。しがらみかくるさを鹿の心地して御前に参りたるもいとをかしくて、思ふさまなる御心どもなり。（狭衣は）「御返りいかならむ」と、「これさへ見劣りせむ」とわびしかりぬべければ、とみにも開けたまはぬを、「いと心もとなし」と母宮（堀川の上）おぼしたれば、ひろげたまへるに、ものも書かれざりける。「古代の懸想文の返り事は、伊勢がかかることをしける。げになかなかならむよりはいとよしかし」と、これにてぞ思ひましきこえさせたまひける。されど、「あな、おぼつかな」とてうち置きたまへるを、宮は、「忌みもこそすれ。ことになきわざもしたまへるかな」とて、ものしげにおぼしたり。

（集成・巻三・九六～九七頁）

当初から気まずい結婚になり、一品の宮は返書を、「ただ引き結びて置」くだけであった。それを受け取った狭衣はすぐに見ようともしなかったが、母の手前、開いてみると、「ものも書かれざりける」であった。狭衣の判断は、「古代の懸想文の返り事は、伊勢がかかることをしける。げになかなかならむよりはいとよしかし」であった。この箇所、西本願寺本（深川本）系の本には、「伊勢…」がなく、[12]「古代の懸想文の返り事は、かくぞしける」になっているが、このあたりに、諸注、『伊勢集』の次の部分を引いている。

家の近かりければ、立ち返りて男

翼なき鳥とならねば飛びさらずま近き江にも住まんとぞ思ふ（一九二）

この返事に、女、ただ紙を結びてやりたりければ

灘の海清き渚に浜千鳥ふみおく跡を波や消つらん（一九三）

右の箇所は、一九〇～二〇六番歌までの、ある男との一連の贈答歌が歌物語的な展開になっている部分に位置している。この男は、「近き江」に、近所の意の「近き縁」を響かせて、女に交誼を求めてきた。それに対して、女は何も書かずに結び紙だけを返して、拒絶したのであった。こうしたやり方をした伊勢の事例を探してみると、現在のところ右の部分しか見つからない。物語は、『伊勢集』の右の部分を参照したとしか考えられないのである。

この男は、いわゆる「伊勢日記」（一～三一番歌）にも登場していた平中を思わせる人物である。もし平中だとしたら、「この返事に、女、ただ紙を結びてやりたりければ」とされるような拒絶の仕方を思わせる、「伊勢日記」中にある「見つ」問答が想起される。

又、同じ女を言ふともなく、言はずともなく、年を経て呼ばふ男ありけり。返事もせざりければ、ここら年月に、「などか、見つとだにのたまはぬ」と言ひければ、「見つ」とぞ言ひたりける。それより、この女をば、「みつ」とぞつけたりける。

立ちかへりふみ行かざらば浜千鳥跡みつとだに君言はましや（一八）

女、返し

年経ぬること思はずは浜千鳥ふみとめてだに見すべきものか（一九）

夏のいと暑き日盛りに、同じ男の詠みたりける

夏の日の燃ゆる我が身の侘しさに水恋鳥の音をのみぞなく（二〇）

返事を貰えない男が、せめて「見た」とだけでもおっしゃってほしいと懇願したところ、「見た」とだけ言って遣したので、男は女を「みつ」とあだ名した。そして、「見た」と言ってくれたことを内容として贈歌していくことになる。この贈答歌の前に、先の一九二・一九三番歌などを置いてもおかしくはない内実となっている。手紙を「浜千鳥ふみ」に託して表現し、返事の有り無しが歌の内容になっていることなど共通性があろう。そして、この部分も『狭衣物語』で参照されていた可能性がある。二〇番歌「夏の日の燃ゆる我が身の侘しさに水恋鳥の音をのみぞなく」も引歌になっているからである。狭衣が源氏の宮に思慕の情を訴えてしまう前段である。

暑さのわりなきほどは、水恋鳥にも劣らず、心一つに焦がれたまふを知る人もなし。昼つ方、源氏の宮の御方に参りたまへれば、白き薄物の単衣着たまひて、いと赤き紙なる書を見たまふ。（巻一・四三頁）

狭衣の、源氏の宮思慕に苦しむ情が、夏の暑さに水を乞い求めて鳴くとされる「水恋鳥」に託されて語られている。「水恋鳥」は、『伊勢集』から『狭衣物語』までの時代で、『麗花集』（三八）と『夫木和歌抄』（一二九〇二）の同一歌を除いて、伊勢詠の他に用例は探せない。集成と新全集は、『伊勢集』歌を引歌としている。ただし、『平中物語』第二段には、『伊勢集』一八・二〇番歌と同内容の語りと歌が位置している。

又、この男の、懲りずまに言ひみ言はずみある人ぞありける。それぞ彼を憎しとは思ひ果てぬものから、返事もせざりければ、「この奉る文を見たまふものならば、たまはずとも、ただ見つ、とばかりはのたまへ」とぞ

言ひやりける。されば、「見つ」とぞ言ひやりける。男、やる。

夏の日に燃ゆる我が身の侘しさにみつにひとりの音をのみぞなく

（講談社学術文庫に拠る）

『平中物語』の方は、詞書が『伊勢集』一八番歌と同内容だが、二〇番歌につく形になっている。また、歌詞に異同があり、共に「見つ」が掛けられることは同じだが、「水恋鳥」ではなく、「みつにひとり」になっている。この異同からすると、『平中物語』ではなく、『伊勢集』が『狭衣物語』で引用されていることになろう。『狭衣物語』の作者は、『伊勢集』そのものを参照していた可能性が高いのである。この他、他の歌集ではなく、『伊勢集』に拠ったとしか思われない引歌を三首指摘することができる。

数ならぬ者はすきずきしきこと好まで、さりぬべからむ蔭の小草の、露よりほかに知る人もなきなど尋ね出でて、よすがともなれかし。

（巻一・五三頁）

引歌——深山木の蔭の小草は我なれや露しげけれど知る人のなき（四七六）

女二の宮への文を出さない理由を狭衣が堀川の上に語る段である。「蔭の小草」は、身分の高くない女性の比喩として使用されているが、狭衣としては飛鳥井の君が意識されていよう。傍線部の照応からみて引歌であることは確かであろう。Ⅰ類本では、「宮城野のかきのの草は…知る人もなし」の形になっているが、いずれの形にしても、この歌は後代の『新勅撰集』に入集しているだけであり、「蔭の小草」の用例は同時代まで他に見られない。この「蔭の小草」は、もう一度使用されている。

何ばかりすぐれたることも見えざりし蔭の小草の、種をしもとどめけむよなど、数ならずおぼし出づるにしも、いとど昔の秋のみ恋しくなりたまふ。

（巻三・一〇七頁）

狭衣が始めて飛鳥井の姫君を抱きあげた段である。ここの「蔭の小草」は、明確に飛鳥井の君であり、その「種」は飛鳥井の姫君である。巻一の段階では、『伊勢集』歌が引歌になっていた。そして、ここでは引歌に拠った歌語だけが引用されている。こうした場合、引歌として済ませるよりも、作中歌語引用として捉えた方がいいのであろう。飛鳥井の君を指示する「底の水屑」などの場合は作中歌引用だが、「蔭の小草」の場合は作中歌語引用なのである。この点は別に考えることにして、この段は、もう一首『伊勢集』を引用しているようである。後者の傍線部である。

　女郎花見るに心は慰までいとど昔の秋ぞ恋しき（七六）

この歌は、『古今六帖』（二九〇八）では作者表記がなく、『和漢朗詠集』（二八一）と『新古今集』（七八二）は実頼作になっている。この場合、いったいどの歌集から引用したのかという問題が生じる。『古今六帖』などからの引用とすれば、伊勢の歌を引いたのではなくなる。伊勢の歌は、十二首十五回引かれていると見られるが、三代集と『古今六帖』に入集している歌が多いのである。

　しかし、どの歌集から引用されたかは、解決できない問題になろう。また、一つに特定することに意味があるかどうかの問題もある。ただし、三代集や『古今六帖』のほかに引用された歌集を特定することに意味がないわけではない。

　実頼作との説もある先の歌は、狭衣が飛鳥井の姫君を抱きあげて詠んだ次の歌にも引歌となっている。

　忍ぶ草見るに心は慰さまで忘れがたみに漏る涙かな（巻三・一〇五頁）

同一歌が、後藤康文氏が指摘[13]するように、ここでは上の句の「見るに心は慰まで」が引かれ、先の箇所では下の句の「いとど昔の秋ぞ恋しき」が引かれている。近接した箇所で同一の歌が上の句と下の句に分けて引歌された例になるが、それだけこの歌の措辞が物語内容とかかわっていたからになる。

　同一の段で、同じ作者の歌が二首引歌され、さらに近接した箇所でそのうちの一首が上の句と下の句に分けて二度使用されたわけであるが、一首の「深山木の…」歌が『伊勢集』からの引用としか考えられない時、もう一首の

「女郎花…」歌も同書からの引用とすることは蓋然性があろう。もしそうだとすると、伊勢の歌というだけでなく、『伊勢集』が参照されたことを証明することにもなろう。

「水恋鳥」「蔭の小草」は、『狭衣物語』において重要な歌語として機能しており、前者は源氏の宮思慕に苦しむ狭衣の内面を、後者は飛鳥井の君の素姓を表象している。次に引用する、『伊勢集』に拠ったとしか思われない二番目の引歌も重要である。

御硯の筆を取りて、ありつる御文の端に、手習したまふやうにて、

「そよさらに頼むにもあらぬ小笹さへ末葉の雪の消えも果てぬよ

短き葦の節の間も」など書きすさみて見たまふにも、（巻二・二〇五頁）

引歌――難波潟短き葦の節の間も逢はでこのよを過ぐしてよとや（一五七）

東宮から源氏の宮に寄せられた文の端に、狭衣が手すさびした段である。狭衣が手習歌に付した「短き葦の節の間も」は、引歌であることが明示されている。この歌は、『新古今集』『百人秀歌』『百人一首』などで伊勢の歌として採られ、作者名なしで『近代秀歌』『詠歌大概』にも載せられているが、本来この歌は伊勢の作ではなかった。『伊勢集』に纂入され古歌群の一首であり、Ⅰ類本では四二九番歌になり、Ⅲ類本では四七三番歌にも重出している。しかし、当時すでに伊勢の歌としてあったのであり、『伊勢集』に拠って引歌されたとしか考えられない。著名な歌、伊勢の歌ということで、ここに置かれていよう。そして、この引歌は、「逢はでこのよを過ぐしてよとや」とする措辞を喚起させている。源氏の宮との逢瀬がないことに絶望的な狭衣の心情を際立たせているのである。

『伊勢集』に拠ったとしか思われない最後の引歌は、次の箇所に認められる。

（女二の宮が）腕を枕にて寝入らせたまへるに、御髪の久しくけづりなどもせさせたまはねど、つゆばかり迷ふ筋なく、つやつやとしてうちやられたるに、こぼれかからせたまへる色あひ、面つきなどの、かく久しき御悩

みに、つゆばかりも衰へず、いとどなまめかしく見えさせたまふを、大宮つくづくと見たてまつらせたまふに、「腕たゆきも知らせたまはぬにこそ」と心苦しう悲しくて、涙のほろほろとこぼれさせたまふ。

（巻二・一六一～二頁）

引歌――夜もすがら物思ふ時の頬杖は腕たるさぞ知られざりける（一七六）

皇太后宮が、女二の宮の懐妊に気付く直前の段である。引歌に関して、全書本が「引歌とすれば、詞章だけの引用」とし、集成本は「踏む表現か」としている。ここは「総角」巻の引用にもなっており、そこを参照すると引歌として認定した方がよさそうである。

姫宮、物思ふ時のわざと聞きし、うたた寝の御さまのいとらうたげにて、腕を枕にて寝たまへるに、御髪のたまりたるほどなど、あり難くうつくしげなるを見やりつつ、親の諫めし言の葉も、かへすがへす思ひ出でられたまひて悲しければ、「罪深かなる底にはよも沈みたまはじ。いづくにもいづくにも、おはすらむ方に迎へたまひてよ。かくいみじくもの思ふ身どもをうち棄てたまひて、夢にだに見えたまはぬよ」と思ひつづけたまふ。

（新全集・総角巻・三二〇～一頁）

引歌――たらちねの親の諫めしうたた寝は物思ふ時のわざにぞありける（拾遺・八九七・よみ人知らず）

「総角」巻が引用されていることは、点線部の照応で明確であろう。匂宮の訪れのなさに、中君が「物思ふ時のわざ」である「うたた寝」をしているのを大君が見出している段であり、中君の様子は引歌によって象られている。だから、ここには「腕を枕にて寝」ていても、「腕」のだるさは語られていない。こうした「総角」巻を『狭衣物語』は引用したわけだが、引歌まで同じにはしていない。そこまでするのは、単なる模倣である。引用しつつ、ずらしている。「物思ふ時」のあり方として、「うたた寝」ではなく、「腕」のだるさにずらしたのである。すなわち、引歌を換えたのだとみざるを得ない。巧妙な、手馴れた語りとなろうし、『狭衣物語』の面白さは、こうしたずらしを読み解くことにある。なお、『狭衣物語』も『伊勢集』も「腕…」の部分は異文が多いので、「腕たゆき」と「腕たるさ」の違いは、この場合不問にふしてもかまわないであろう。とにかく、『狭衣物語』は、「総角」巻をずらして、『伊勢集』歌を引用したのである。この歌は、『夫木和歌抄』にしか重出していない。

以上、伊勢の歌は『伊勢集』から引用された次第を確認してみた。この他に認められる伊勢の歌は、諸氏の指摘を参照すると、次の計十二首である。

①「水恋鳥」(巻一・四三頁)
　夏の日の燃ゆる我が身の侘しさに水恋鳥の音をのみぞ鳴く(二〇。平中物語・麗花集・夫木抄)
②「蔭の小草」(巻一・五三頁、巻三・一〇七頁)
　深山木の蔭の小草は我なれや露しげけれど知る人もなし(四七六。新勅撰)
③「跡なき水」(巻一・九七頁)
　待ち侘びて恋しくならば尋ぬべく跡なき水のうへならでゆけ(二一五。後撰)
④「腕たゆき」(巻二・一六二頁)
　夜もすがら物思ふ時の頰杖は腕たるさぞ知られざりける(一七六。夫木抄)
⑤「短き葦の節の間」(巻二・二〇五頁)
　難波潟短き葦の節の間も逢はでこのよを過ぐしてよとや(一五七・四七三。新古今・百人秀歌ほか)
⑥「見るに心は慰まで」(巻三・一〇七頁)・「いとど昔の秋」(巻三・一〇七頁)
　女郎花見るに心は慰までいとど昔の秋ぞ恋しき(七六。古今六帖・和漢朗詠・新古今)
⑦「浸れる松の深緑」(巻三・一三四頁)
　波にのみ浸れる松の深緑いくしほとかは知るべかるらむ(七〇。拾遺・拾遺抄・古今六帖・深養父集)

⑧「うたかたあはで我ぞ消ぬべき」（巻四・二三三頁）

思ひ川絶えず流るる水の泡のうたかた人にあはで消えめや（三〇四。後撰・古今六帖・ほか歌論書など）

⑨「月待たず・たどたどし」（巻四・二四七頁）・「月待つほど」（巻四・二五三頁）

夕されば道たとたどし月待ちて帰れ我が背子その間にも見む（四八〇。万葉・古今六帖・新勅撰）

⑩「限りある世の命」（巻四・三一六頁）

別れてはいつ逢ひ見むと思ふらん限りある世の命ともなし（三一八。後撰・古今六帖）

⑪「濡るる顔」（巻四・三二三頁）

あひにあひて物思ふ頃の我が袖は宿る月さへ濡るる顔なる（二一一。古今・後撰・古今六帖・ほか）

⑫「身を心ともせぬ」（巻四・三二五頁）

いなせとも言ひはなたれず憂きものは身を心ともせぬ世なりけり（一六。後撰・ほか）

こうして一覧してみると、改めて伊勢歌引用の多さが認識できる。また、物語展開にからむ重要な歌語の一端が伊勢歌に拠っていることに気付かされる。先に検討した以外の歌は、『伊勢集』からの引用なのか、三代集や『古今六帖』からの引用なのか、決定不能である。しかし、『伊勢集』が物語作者に参照されていたことは以上の検討で確かと思われるので、たとえ三代集からの引用であったとしても、伊勢の作であることは意識されていたことと思われる。人口の膾炙していた古歌ということではなく、伊勢の歌として、あるいは、伊勢の歌だから採られていたと判断されるのである。『夜の寝覚』と『浜松中納言物語』には、『平安後期物語引歌索引』（新典社、一九九〇年四月）に拠れば、伊勢の歌は、「玉だれの明くるも知らで寝しものを夢にも見じと思ひけるかな」（五四）が共通して引かれているだけである。伊勢歌の引用の多さは、『狭衣物語』を特徴づけるのである。

伊勢は、恋歌も数多くよんだ宮廷女房歌人であり、当代の歌人や物語作者たちには、尊崇すべき先達であったこと思われる。『栄花物語』でも伊勢や伊勢歌への言及があり、続編第一部の作者と目される出羽弁に伊勢歌を踏まえた事例も論じられている。(14) 女性歌人たちにとって、伊勢は、女歌の作者として、そして、宮仕女房の先達として尊崇されていたとも考えられよう。『伊勢集』本文の異同の多さは、そうした歌人たちに多様に書写されてきた事情を暗示しているのかも知れない。そうした伊勢を、特に注目していたのが『狭衣物語』の作者であったと言えよう。『伊勢集』からの引用の多さは、六条斎院宣旨の圏内にいる人々の伊勢を重んじていた次第を思わせるのであり、出羽弁もその一人であった。

以上、『伊勢集』引用の指摘に留まったが、六条斎院宣旨圏内における和歌の好尚のありよう、これを明らかにすることも『狭衣物語』研究の課題であることを指摘したことになる。

おわりに

『狭衣物語』を同時代とどうかかわらせるかを考えてきた。社会的文化的な様々な制度が作品に織りこまれることは当然の事態である。また、作品の表現がそうした制度を規定していくこともあろう。貶価が目立った『狭衣物語』を正当に評価し、その面白さを喧伝するためにも、今一度作品の成立したであろう時代に位置付けてみることが、必要なことだと思われる。本来なら、もっと精密な検討が要請されるところだが、蕪雑なままでこの稿をおわりにすることをお許し願いたい。

注

(1) 久下裕利氏「狭衣作者六条斎院宣旨略伝考」(『狭衣物語の人物と方法』新典社、一九九三年一月)。
(2) 坂本賞三氏「村上源氏の性格」(古代学協会編『後期摂関時代史の研究』吉川弘文館、一九九〇年三月)、同『藤原頼通の時代』（平凡社、一九九一年五月）。

（3）拙稿「狭衣物語の皇位継承」（仮称『源氏物語の帝』森話社、二〇〇四年四月刊行予定）。

（4）公季の好々爺ぶりは、孫の公成を鍾愛するあまり、孫が同車しないかぎり参内せず、また、その退出まで待ち、東宮行啓で陪乗した際に、「公成思し召せよ、思し召せよ」（二三六頁）と繰り返し懇願したことなどが語られている。

（5）注(2)の前者に同じ。

（6）高橋秀樹氏「平安貴族の養子と「家」」（『日本中世の家と親族』吉川弘文館、一九九六年七月）。

（7）新しいものに、村田郁恵氏「『源氏物語』の「養い親・養い子」」（『古代中世文学論考』第七集、新典社、二〇〇二年七月）がある。

（8）拙稿「平安時代の養子論」（『狭衣物語論』所収、刊行等未定）。

（9）文学の立場から頼通に言及したものに、和田律子氏の一連の論文がある。最新のものは、「宇治関白藤原頼通の最晩年――「宇治と宮と」の意味――」（『狭衣物語の新研究――頼通の時代を考える――』新典社、二〇〇三年七月）がある。

（10）「和歌六人党」の活躍の場を論じた最新のものに、高重久美氏「西宮邸――和歌六人党の詠歌の場――」（『狭衣物語の新研究――頼通の時代を考える――』新典社、二〇〇三年七月）がある。

（11）「『狭衣物語』冒頭部「花こそ春の」引歌考」（『岐阜大学国語国文学』26、一九九九年三月）、船引和香奈氏「六条斎院文学圏における「表現の共有」について――『狭衣物語』論序説――」（『実践国文学』58、二〇〇〇年一〇月）など。

（12）大系本は「流布本は、傍注してあったものが本文に挿入されたものか」と補註で指摘しているが、もとより即断はできない。

（13）後藤康文氏「『狭衣物語』作中歌の背景（三）」（『文献探究』24、一九八九年九月）。

（14）加藤静子氏「「かけまくも思ひそめてし君なれば…」――『栄花物語』続篇の出羽弁――」（『王朝女流文学の新展望』竹林舎、二〇〇三年五月）。なお、伊勢の家の前を通り過ぎた際に、能因と同車していた兼房には、伊勢歌を引用した出羽弁との贈答歌が、「着るはわびしと嘆く女房」巻（二七七頁）にある。

『夜の寝覚』研究史の課題と展望

――現存『寝覚』は果して〈原本〉なるか――

中川照将

一　はじめに――『寝覚』研究における〈原本〉――

『夜の寝覚』は、『夜半の寝覚』『寝覚』とも称される物語で、成立は平安後期。『源氏』以降に成立したものとしては『狭衣』と並ぶ傑作として知られている。他の物語と同様、この物語に関しても作者自筆の〈原本〉は現存しない。現在確認されている伝本は、全部で七本。[1]それらは三巻本と五巻本の二系統に分類されるが、すべて近世期以降の書写本であり、しかも中間と末尾に共通の欠巻部分を有している。『寝覚』研究における「原作本」とは、欠巻が生じる以前の完全な『寝覚』を指しており、「現存本」はその一部として捉えられている。

本稿で取り上げるのは、今述べた「原作本」、あるいはその一部としてある「現存本」がこれまで如何なるものとして認識されてきたかということにある。「原作本」という言葉には、大きく二つの意味があると考えられる。一つは、「作者自筆の〈原本〉」という意味。もう一つは、「改作本が作られる際にもとになった本」という意味である。周知の通り、『寝覚』には、原作本をもとに新しく作り替えられた改作本『寝覚』（通称中村本。鎌倉～室町期成立）[2]が現存する。当然、『寝覚』研究においても「原作本」という言葉は、「改作本」の対立語として用いられており、その限りにおいては何ら問題はない。しかし、これまでの『寝覚』研究は、時として「原作本」という言葉に「改作本のもとになった本」という限定的な意味としてだけでなく、「作者自筆の〈原本〉」という意味をも含めて用いてはいなかったか。あるいは、現存本を、それがたとえ一部であるとしても作者自身の手による『寝覚』の姿を忠実に伝えるものとして捉えてはいなかったか。(3)

稿者が、「原作本」という言葉について拘る理由は二つある。一つは、そもそも『寝覚』研究において「原作本」という言葉は、「作者自筆の〈原本〉を忠実に伝えるもの」という意味で用いられたものであったということ。もう一つは、【原作本＝作者自筆の〈原本〉を忠実に伝えるもの】という認識に対する、表立った疑義や反論が未だ提出されていないことにある。

『寝覚』研究史上、初めて【原作本＝作者自筆の〈原本〉を忠実に伝えるもの】との説が提出されたのは、昭和初期、橋本佳「現存夜半の寝覚は果して改竄本なるか」(「思想」一九三一・四)(4)によってであった。この橋本論は、当時通説となっていた藤岡作太郎氏による黒川本改作本説の誤りを指摘、(5)更に【原作本＝作者自筆の〈原本〉を忠実に伝えるもの】であることを証明したものとして現在でも高く評価されている。しかし、本当に黒川本改作本説は否定されたといえるのだろうか。また、橋本氏が提唱し、現在も認められているところの【原作本＝作者自筆の〈原本〉を忠実に伝えるもの】という説は、本当に証明されたといえるのであろうか。

そもそも藤岡・橋本両論というのは、結論こそ大きく内容を異にしているものの、その論証の方法に関しては何ら違いは認められない。まずは、藤岡氏の黒川本改作本説から確認してみよう。

藤岡作太郎「夜半の寝覚」(『国文学全史平安朝篇』明治三八　東京開成館)(6)

①既に散逸しまたは残闕せる古物語の面目を今日より窺うに足るべき資料は、拾遺百番歌合、風葉和歌集、無名草子を最とす。……(中略)……②今この三書によりて夜半の寝覚の原本の面影を朧ろ気ながら推測するに、頗る黒川本および中村本に異なるところあるが如し。③そのうち黒川本はやゝ原本に近く、中村本はなお下り

ての世に改竄せるものなるべし。

藤岡氏の論理展開を大まかに押さえていくと、①作者の手による〈原本〉の形姿を知るための資料としては『拾遺百番歌合』『風葉和歌集』『無名草子』の三書があること。②これら三書の記述をもとに〈原本〉の形姿を推測するに、〈原本〉には、黒川本（＝現存本）・中村本（＝改作本）とは内容を異にするところが確認できること。よって③黒川本は、中村本よりも〈原本〉に近いものの、両本は共に後世の改作を経た本であるとの結論に達した、ということになる。

一方、橋本氏は、【原作本＝作者自筆の〈原本〉を忠実に伝えるもの】説の正当性を、次のような論理のもとに主張している。

橋本前掲論文

以上の如く、A前掲の四本（引用者注：天理図書館蔵竹柏園旧蔵本、東北大学狩野文庫蔵本、静嘉堂文庫蔵本、前田家尊経閣文庫蔵本）と拾遺百番、風葉、無名の三者とを比較して、B当該する記載を有するものは完全に（歌の詠まれた時、所、作者等も）一致し、当該する記載を有せざるものは、散逸部分に在つたものと推測して何の矛盾をも感じない。又拾遺百番、風葉、無名との比較を離れ、文章に就いての疑問と云つたやうな其の他の不審も筆者は感じない。

C故に学者《（筆カ）》は前掲四本を「夜半の寝覚」の原本なりと推定する。

と、あるように、A現存伝本四本と『拾遺百番歌合』『風葉和歌集』『無名草子』三書の記述を比較したところ、B両者の記述に矛盾を見いだすことはできない。故にC原作本は作者の手による『寝覚』であると推定できる、という論理展開になっている。

一見して明らかなように、橋本・藤岡両説は、同一の論理によって導き出されている。まず、〈原本〉の形姿を窺い知る資料として『拾遺百番歌合』『風葉和歌集』『無名草子』を取り上げ（①A）、それら三書と原作本の比較（②B）、その考察結果をもとに、それぞれの結論を導き出している（③C）。つまり、両論の差異（③C）とは、原作本と『拾遺百番歌合』・『風葉和歌集』・『無名草子』の記述を同一のものとして認めるか否かという一点（②B）にのみ起因しているのである。

ここで注意しなければならないことがある。それは、両論に共通する『拾遺百番歌合』等の記述と原作本が一致するか否かという議論は、あくまでも『拾遺百番歌合』等と原作本の関係を明らかにするものであって、〈原本〉という概念とは結びつかない、別次元のものであるということである。この事実は、次に引用する『源氏』の例を考え合わせることによって、容易に理解されるであろう。

『風葉和歌集』

匂兵部卿のみこ、白河の院に侍りけるに、花見にまかりてよみ侍りける

薫大将

散り散らず見てこそ行かめ山桜古里人は我を待つとも（巻第二・春下・一〇八）

右の歌は、現在残っている『源氏』には全く見られないもので、散逸「巣守」巻所収歌かとも考えられているものである。この『風葉集』の用例は、〈原本〉に関する如何なる事実を示しているのだろうか。無論、何も示してはいない。この用例に示されているのは、『風葉集』作成者が資料として用いた『源氏』には、当該歌が含まれていたということ。あるいは、当時、現存『源氏』とは明らかに内容を異にする『源氏』が流布・享受されていたということ等々。それらは、あくまでも『風葉集』成立当時における『源氏』の流布・享受の実態に過ぎないのである。

確かに、橋本論は、藤岡氏が犯した決定的な誤り（＝黒川本末尾欠巻部分の存在を認めていない）を正したという点において、十分に意義が認められよう。しかし、橋本論は、従来の評価に見られるような黒川本改作本説を否定

する論としても、【原作本＝作者自筆の〈原本〉を忠実に伝えるもの】説を証明する論としても、実は成り立ち得ていない。その理由は、ただ一つ。橋本論には、それらを主張するに必要な根拠というべきものが、何一つ示されていないことにある。

果たして原作本は、作者自筆の〈原本〉を忠実に伝えるものであるか。その答えは「わからない」。たとえ、どれほど多くの関連資料が残っていようとも、作者自筆の〈原本〉という絶対的な資料が存在しない限り、それを実証することはできないからである。それにも関わらず、これまでの『寝覚』研究は、この「わからない」という事実に対して、あまりにも無関心ではなかったか。

かつて、橋本氏は前掲論文にて、次のように述べていた。――別に確かな根拠を持たずに、夫以上の疑問を抱く事は、結局あらゆる過去の書物を疑ふ事であつて、無駄な事でなければならない――しかし、今はむしろ、橋本氏の述べる「無駄な事」から始めてみよう。そうすることによってしか見えてこない問題が、未だ『寝覚』には残されているからである。

二　失われた可能性――同名異体の『寝覚』の存在――

【原作本＝作者自筆の〈原本〉を忠実に伝えるもの】という認識は、本来ならば考慮すべき『寝覚』の物語としての本性・本質に関わる二つの問題から目を逸らさせてしまった。一つは、流布・享受における問題。もう一つは、原作本における成立過程の問題である。改めて述べるまでもなく、それらは、いずれも橋本論以後、全く省みられることのなかった藤岡氏の黒川本改作本説とも関わる問題である。本節では、まず一つ目の流布・享受における問題について考えていく。

物語というものは、常に同時代または後世の人々による加筆・改変を伴いながら、流布し享受されるものであった。それは、『狭衣物語』や『住吉物語』『平家物語』等々における多様な本文異同、前節で取り上げた現行『源氏物語』と『風葉和歌集』に見られる決定的な差異などが示しているように、すべての物語に共通して認められる現象である。当然『寝覚』においても認められるべきものであろう。

このように述べると、あるいは疑問に感じるかもしれない。なぜなら、原作本・改作本の二つの物語が現存する『寝覚』において「改作」の問題は、主要な研究のテーマの一つとして、むしろ他の物語よりも多く論じられてきたといっても過言ではないからである。[7] しかし、これまでの研究は、改作の問題を原作本から改作本の間のみに限定して論じてはいなかったか。改めて現存『寝覚』並びに『拾遺百番歌合』等の関連資料を辿っていくと、改作本以前の段階において、既に〈原本〉を離れ、様々な形に改変された『寝覚』が流布し享受されていた可能性を示す事例のあることに気づく。この事例は、同時に、従来無批判に踏襲されてきた【原作本＝作者自筆の〈原本〉を忠実に伝えるもの】説の絶対的根拠（＝原作本とその他関連資料との一致）が、多分に危険性を孕んだものであったことを示すものとしてもある。

【事例一】歌の順序に関する差異

『拾遺百番歌合』

院の御気色よろしからで、女宮具したてまつりて、冷泉院に渡らせ給ひにける後、右大将、白河の院に参りて、むなしく立ち返るとて、「わたくしにだに忘れ給ふなよ」と侍りければ

女三宮の中納言

I嵐吹く浅茅が末の白露の消え返りてもいつか忘れむ（十三番右・二二六）

中納言の君、「消え返りてもいつか忘れむ」ときこえる返し

右大将

II吹き払ふ嵐にわびて浅茅生の露残らじと君に伝へよ（十四番右・二二八）

『風葉和歌集』

右大将、冷泉院にかしこまること侍りて出でけるに、「忘るな」など申しければ

同（寝覚の）女三のみこの中納言

I嵐吹く浅茅が末の白露の消え返りてもいつか忘れむ（巻第十七・雑二・一三〇九）

返し

（右大将）

II吹き払ふ嵐につれて浅茅生に露残らじと君に伝へよ（巻第十七・雑二・一三一〇）

右の【事例一】は、原作本では末尾欠巻部分にあたる場面。『拾遺百番歌合』『風葉和歌集』は、同じ場面の、I女三宮付女房中納言君「嵐吹く」歌とII右大将（＝真砂君）「吹き払ふ」歌という同じ贈答歌を引用している。一見すれば明らかなように、『拾遺百番歌合』『風葉和歌集』所収I II歌には、若干の異同が確認できる。しかし、ここで着目したいのは、歌の順序なのである。これら二書に見える歌の贈答は、I中納言君歌→II右大将歌の順序となっており、その限りにおいて差異は一切認められない。しかし、奇妙なことに『無名草子』では、これらの歌の順序が逆になっているのである。

『無名草子』

何事よりもいみじきことは、真砂と女三宮との御あはひとこそ。院の勘当にていとはしたなき折、中納言の君に逢ひて、

II吹きはらふ嵐に侘びて浅茅生に露のこらじと君につたへよ

とのたまへば、中納言の君、

I嵐吹く浅茅が末に置く露の消えかへりてもいつかわすれむ

など言ふほどのこと。（二二八頁）

これら三書は『寝覚』そのものではなく、あくまでも関連資料にすぎない。よって、その差異も、引用者の過失あるいは何らかの意図に基づく改変によって生じたものである可能性は十分に考えられよう。しかし、今、留意すべきは、どちらの順序が本来の形であったかではない。『拾遺百番歌合』等の関連資料の中には、物語内容を異にする記述が見られるという事実なのである。

同様の事例は、もう一つ見いだすことができる。次の引用は、『拾遺百番歌合』一番右（二〇二）、原作本巻一、三年目の場面における寝覚君の独詠歌に関するものである。

【事例二】場面状況に関する差異

『拾遺百番歌合』

八月十五夜、夢のうちに、二年の秋、天つ乙女降り下りて、琵琶を教へけるを、三年といふ年の十五夜、①雨降り空曇りて、②夢も見えず、眺め明かして

寝覚上

③天の原雲の通ひ路閉ぢてけり月の都の人も訪ひ来ず（一番右・二〇二）

『拾遺百番歌合』詞書によれば、一・二年目の八月十五夜、寝覚君の夢の中に、天女が降下して彼女に琵琶を教えたのだが、三年目の八月十五夜には、雨が降り空が曇って、天女の夢を見ることもなく、そのまま眺め明かして、「天の原」歌を詠んだことになる。しかし、実のところ、原作本当該場面には、雨も雲も描かれてはいない。

原作本『寝覚』

またかへる年の十五夜に、（寝覚君は）1月ながめて、琴、琵琶弾きつつ、格子も上げながら寝入りたまへど、2（天人は）夢にも見えず。うちおどろきたまへれば、月も明けがたになりにけり。あはれに口惜しうおぼえ、

琵琶を引き寄せて、

3天の原雲のかよひ路とぢてけり月の都のひとも問ひ来ず

暁の風に合はせて弾きたまへる音の、言ふかぎりなくおもしろきを、大臣もおどろかせたまひて、「めづらかに、ゆゆしくかなし」と聞きたまふ。

（巻一・二〇〜一頁）

原作本においても、先の『拾遺百番歌合』と同様、寝覚君が天人の夢を見ることはなかった（②2）。また、彼女が「天の原」歌を詠んでいる点（③3）に関しても差異は見られない。しかし、この三年目の場面には、『拾遺百番歌合』の記述からは読みとることのできない、1美しい月が描かれているのである。少なくとも、原作本には、『拾遺百番歌合』①にある「雨」や「雲」を想起させるものは一切描かれていない。(8) この原作本と『拾遺百番歌合』に見られる決定的ともいうべき差異は、一体何を意味するものとして捉えるべきなのだろうか。

先の【事例一】と同じく、この天候に関する差異も、『拾遺百番歌合』の過失等によって生じたものである可能性はあるだろう。しかし、同じ可能性というレベルでいえば、『拾遺百番歌合』の典拠とした『寝覚』自体に、原作本との差異が生じていた可能性もあるのではないか。また、この差異について考える場合、どちらが本来の形であったかということも問題にはならない。なぜなら、物語として合理的・効果的なものが〈原本〉であるとは、必ずしもいえないからである。既述の二つの事例から窺い知ることができるのは、ただ一つ。改作本以前の段階において、既に作者自筆の〈原本〉を離れ、様々に加筆・改変された同名異体の『寝覚』が流布し享受されていた可能性があるということなのである。

三―一　原作本における改作の可能性

加筆・改変に関わるとおぼしき差異は、原作本・『拾遺百番歌合』等の関連資料の間のみに見えるものではない。

同様の可能性を示す差異は、原作本内部にも見いだすことができるのである。

現存『寝覚』（全五巻。前田家本は全三巻）は、中間と末尾に大部の欠巻部分を有している。その欠巻がどれほどのものであったかは不明としか言いようがないものの、現在の『寝覚』研究では、原作本は本来、全部で十五巻〜二十巻からなる物語であったのではないかと推定されている。少なくとも、原作本が、かなりの長編であったことだけは間違いないであろう。さて、ここで一つ素朴な疑問が生じてくる。もし原作本が十数巻からなる長編であったとするならば、果たしてそれは一度に書かれたものであったのだろうか。『宇津保』『源氏』等の多くの物語がそうであるように、原作本もまた、現在の形に至るまでの間には、場面や叙述の増幅・成長をはじめとする複雑な生成過程を経てきた可能性は十分に考えられよう。事実、原作本内部には、あたかも場面や叙述の増幅・成長のあったことを示すかのような奇妙な現象が見られるのである。その現象とは、一つの作品内にありながら、基本的な設定のもとに描かれる場面と、その基本的な設定に加え、もう一つ別の設定のもとに描かれる場面という二つの層が存在するというものである。

原作本における奇妙な現象は、真砂君の人物造型において確認できる。真砂君とは、男女両主人公寝覚君と男君の間に生まれた子供でありながら、世間的には寝覚君の夫老関白の子供として認識されている人物である。まずは、真砂君が如何なる人物として設定されているかについて考察しておく。

原作本巻三、母大皇宮の策略によって、帝はようやく寝覚君との対面を果たす。しかし、彼女が帝に心を開くはずもなく、結局、契りを交わすことのできないまま朝を迎えてしまう。次の引用は、今述べた寝覚君との契らずの逢瀬以降、満たされない想いを抱き続ける帝が、彼女の息子真砂君を寵愛するという場面である。

【1】（帝）「ねぶたからむ。ここに寝たれよ」とて、（真砂君の）装束など引き解かせたまひて、（自らの）御衣をうち覆はせたまひて、近うかき寄せさせたまひたるに、我が身（＝真砂君の体）にしめたる母君（＝寝覚君）の

移り香、紛るべうもあらず、さとにほひたる、なつかしさまさりて、(帝は、真砂君を)単衣の隔てだになくて臥させたまひたるに、かたち、身なり、つぶつぶとまろに、うつくしうて、髪の手あたりなど、いとつややかに、あてに、なつかしく、なよよかなるけはひ、手あたり、心のなしにや、いみじと消え入りし(寝覚君の)有様の、ふと思ひわたさるるに、いみじうらうたうならせたまひて、……

(巻四・三二四〜五頁)

真砂君を自分の寝所に召し入れた帝は、彼の衣服を脱がし抱き寄せる。真砂君の体に染みついた母寝覚君の移り香、そして何よりも直接肌で感じる「つぶつぶとまろ」な容姿、髪の手触り等々は、彼女との契らずの逢瀬を交わした帝にとって感慨深く感じられるものであったという。この場面に描き出される「つぶつぶとまろ」な真砂君の姿は、帝と寝覚君の契らずの逢瀬の場面での寝覚君の姿、

【2】(帝は、寝覚君の傍らに)ただうち添ひ臥いたまひて、わざとならねど、(寝覚君の)衣ばかりは引き交はさせたまひたるに、いみじう心強う、引きくくまれたる単衣の関を、引きほころばされたる絶え間より、ほのかなる身なりなど、つぶつぶとまろにうつくしうおぼえて、……

(巻三・二七七頁)

を踏まえたものである。つまり、【1】とは、寝覚君への想いを断ち切れない帝が、その想い故に、あえて彼女と同じ「つぶつぶとまろ」な姿の真砂君を抱くといった趣向の場面になる。この場面に描かれる真砂君が、母寝覚君に似た人物として設定されていることは明らかであろう。また、別の場面においては、次のようにある。

【3】(帝は、真砂君の)髪ざし、髪のかかり、頭つきなど、(以前見ることができた寝覚君の)火影のただそれとおぼゆるに、限りなく御覧ぜられつる。(帝)「顔はただ内の大臣(=男君)に違ふところなからむめり。けはひ、様体こそ母君(=寝覚君)に通ひけれ」と御覧じて、……

(巻四・三二六頁)

【4】(帝は)真砂君の、(寝覚君に)いとよく通へる様体、けはひのうつくしさを、おぼしめしよそへさせたまふかたにても、……

(巻四・三六六頁)

これら二例も、先の【1】と同様、帝が真砂君を抱くという場面である。【3】では、真砂君の顔は父男君に似ており（二重傍線部）、「けはい、様体」は母寝覚君に通っている人物（傍線部）として、【4】では寝覚君に「様体、けはい」において通っている人物（傍線部）として、それぞれ設定されていることがわかる。

以上、原作本において真砂君が、本当の父親である男君に似ている人物（【3】二重傍線部）として、またそれ以上に母寝覚君に似通った人物（【1】【3】【4】傍線部）として設定されていることを確認してきたが、ここで注目すべきことがある。それは、【1】【3】【4】のすべてに共通する［真砂君＝寝覚君］という設定は、一見、真砂君を特徴づける最も主要なものであるかのように見えながら、しかし、原作本における「基本的な設定」とはなっていないということである。その理由は、簡単である。［真砂君＝寝覚君］という設定は、原作本全体に一貫して見られるものではないからである。

原作本巻五、男君が寝覚君の父入道に対して、彼女との関係を初めて告白する場面。

【5】若君（＝真砂君）の、このことども（＝入道と男君の話）をつくづくと聞き入りて、（男君と）のどかにさし並び居たまへる顔つきも、（入道が）今日ぞ目とどめて見たまふに、つゆ違ふところなく、二つに写したるやうなり。（入道）「日ごろも（男君と真砂君の二人は）いとよく似たまへりとは見つれど、なほ、すぐれたるにほひどちはおのづからさるにや、とこそ思ひつれ。すべて紛ふべくもあらぬ」を見たまふに、……

（巻五・四六三頁）

これは、男君から寝覚君との関係を打ち明けられた入道が、改めて真砂君を見て、その男君に酷似する顔つきに、彼がまさに男君の子供であること、ひいては男君の話がすべて真実であることを確信するという内容のもの。この場面から窺えるのは、［真砂君＝男君］という設定（二重傍線部）のみであり、【1】【3】【4】のすべてに見られたはずの［真砂君＝寝覚君］については一切触れられていないのである。それは、なぜか。入道にとって、真砂君と寝覚君の類似は、既に自明なことであったためであろうか。あるいは、男君から聞かされた事実があまりにも衝撃的なものであったために、二人の類似にまで気が回らなかったのだろうか等々、理由はいくつも考えられよう。しかし、例えば、このようにも考えられないだろうか。――真砂君と寝覚君の類似について言及がなされないのは、入道の目に映る真砂君が、父親である男君にしか似ていない人物だったからではないか。――もう一度、［真砂君＝寝覚君］という設定について振り返ってみよう。この設定が見られたのは【1】【3】【4】の全三例。これらは、いずれも帝が真砂君を抱くという場面であった。それに対して、［真砂君＝男君］という設定は、帝が真砂君を抱く場面（【3】）においても、それとは関わらない場面（【5】）においても一貫して現れている。つまり、［真砂君＝寝覚君］という設定は、帝が真砂君を抱く場面にしか現れないものなのである。[9]

　本節冒頭で述べたように、原作本内部には、場面や叙述の増幅・成長のあった可能性を示す現象が見られる。その現象を、これまでの考察を踏まえて説明するならば、次のようになる。――原作本には、［真砂君＝男君］という設定のもとに描かれる場面と、その設定に加え、更に［真砂君＝寝覚君］という別の設定のもとに描かれる場面（＝帝が真砂君を抱く場面。【2】を含めれば、帝と寝覚君の契らずの逢瀬に直結する場面）といった二つの層が存在する――勿論、これは、真砂君の設定という極めて限定的な考察から得られる現象であり、この考察結果を以て、原作本の増幅・成長を証明することはできないであろう。しかし、稿者が、それでもなお原作本の増補・成長という問題にこだわり続ける理由は、もう一つ。それは、原作本には、二種類の寝覚君の存在が認められるという点にある。

三―二　二種類の寝覚君

原作本は、登場人物と言葉の関係において、極めて厳密な法則性を有する物語としてある。例えば、「うつくし」

「うつくしさ」「うつくしげなり」（全四九例）という言葉は、男女両主人公寝覚君と男君、その二人の間に生まれた石山姫君・真砂君・若君の三人の子供、原作本末尾欠巻部分において主要な役割を果たす女三宮といった、主人公格の人物にしか結びつかない。また、「らうたし」「らうたさ」「らうたげなり」「らうたげさ」（全三五例）と「気高し」「気高さ」（全二四例）という言葉に関しても、原作本においては対立する言葉として現れ、しかもこれら対立する二種類の言葉を合わせ持つ登場人物は一人もいない。[10] そうした厳密な法則性の認められる原作本において、いささか疑問に思われる法則性がある。それは、寝覚君に関する言葉の法則性である。

原作本において、寝覚君は、「あえかなり」という言葉と結びつく人物として設定されている。原作本における「あえかなり」の用例は全部で九例。そのうちの七例（三二頁・一〇〇頁・一六〇頁・二五六頁・二九六頁・三五五頁・五〇八頁）が、寝覚君と結びついたものであることからも明らかなように、「あえかなり」は、寝覚君を特徴づける非常に重要な言葉である。[11] この事実のみを見ると、原作本において寝覚君は一貫して「あえか」な女性として描かれているかのように想像されるが、実際はそうではない。なぜなら、[寝覚君＝あえかなり]全七例の中には、次のような用例も見られるからである。

次の引用は、[寝覚君＝あえかなり]の二例目、巻二、男君と寝覚君の二度目の逢瀬の場面での男君の心中語である。物語展開から説明すると、まず男君と寝覚君が九条殿で、互いに相手の素性を誤解したまま契りを交わし別れる。その後、二人の誤解は解消されるが、男君は彼女が自分の子供を身籠もったことを知り、人目を盗んで再び彼女のもとに侵入する。そこで、男君は寝覚君の姿を見た感想を、次のように述べている。

【6】（男君）「……①旅寝の見し夢（＝一度目の逢瀬）には、（寝覚君は）つぶつぶとまろに、うつくしう肥えたりし手あたりの、②《ひきかへたるやうに》細くあえかになりたるに、（妊娠したために）腹いとふくらかなるを、はかなく引き結はれたる手あたりなど、つつむことなし。……」

（巻二・一〇〇頁）

この心中語はポイントは、①旅寝の見し夢の時（＝一度目の逢瀬の時）には、寝覚君は「つぶつぶとまろ」に、うつくしく肥えていた手触りであったのが、②今は、別人のように細く「あえかに」なってしまった、というところにある。確かに、【6】における現在の寝覚君の姿は②「あえか」なものであり、その点においては、原作本全体に描かれる寝覚君の姿と何ら矛盾しないだろう。しかし、【6】の問題点は、この場面において、寝覚君が本来どういった女性として設定されているかという点にある。――寝覚君は、以前①「つぶつぶとまろ」であったが、現在は②「あえか」になってしまった。――この男君の心中語に素直に従うならば、寝覚君は本来、①「つぶつぶとまろ」な女性として設定されていることになりはしないか。少なくとも一度目の逢瀬の場面における寝覚君は「つぶつぶとまろ」な女性であり、「あえかな」印象を感じさせる女性ではなかったことになるはずである。しかし、この場面以前に、「つぶつぶとまろ」な寝覚君の姿を見出すことはできない。それどころか男君が思い出している一度目の逢瀬においても、「つぶつぶとまろ」な寝覚君の姿は描かれていないのである。次の引用は、［寝覚君＝あえかなり］の初出例、巻一、男君と寝覚君の一度目の逢瀬の場面である。

【7】（男君は、寝覚君の）恐ろしくいみじと、怖ぢわななきて、消え入るやうに泣き沈みたるけはひ、手あたり、類なしと見ゆるよそめの月影よりも近勝りして、あえかにらうたげなるに、いよいよあはれにて……

（巻一・三二頁）

一読して明らかなように、寝覚君は一度目の逢瀬の場面において既に「あえか」な印象を感じさせる女性であったのである。

一度目の逢瀬の場面（【7】）と二度目の逢瀬の場面（【6】）では、寝覚君の設定において完全に矛盾している。そして、その矛盾は、結果的に二種類の寝覚君を作り出してしまっているのである。一人は、本来は「つぶつぶとまろ」でありながら、その後やせ細り「あえかな」印象を感じさせる女性へと変化した寝覚君。もう一人は、初めから「あえかな」印象を感じさせる寝覚君である。前節末において、原作本には二種類の寝覚君が存在していると述べたのは、このことを指している。

さて、ここまでの用例を見る限り、「つぶつぶとまろ」な寝覚君が描かれているのは、二度目の逢瀬の場面（【6】）のみである。よって、【6】以外に「つぶつぶとまろ」な寝覚君が描かれていないのであれば、寝覚君の設定における矛盾も単なる〈作者〉のケアレスミスによって生じたものとして処理することも可能であろう。しかし、この矛盾が孕む問題は、それほど簡単なものではない。なぜなら、「つぶつぶとまろなり」は、前節で述べた「真砂君＝寝覚君」という設定に関わる言葉としてあったからである。この事実は、即ち「つぶつぶとまろなり」もまた、先の「あえかなり」と同じく寝覚君を特徴づける非常に重要な言葉としてあることを示していよう。

【1】（帝は、寝覚君の傍らに）ただうち添ひ臥いたまひて、わざとならねど、（寝覚君の）衣ばかりは引き交はさせたまひたるに、いみじう心強う、引きくくまれたる単衣の関を、引きほころばされたる絶え間より、ほのかなる身なりなど、つぶつぶとまろにうつくしうおぼえて、……（巻三・二七七頁）

【2】（帝は、真砂君を）単衣の隔てだになくて臥させたまひたるに、かたち、身なり、つぶつぶとまろに、うつくしうて、髪の手あたりなど、いとつややかに、あてに、なつかしく、なよよかなるけはひ、手あたり、心のなしにや、いみじと消え入りし（寝覚君の）有様の、ふと思ひわたさるるに、……（巻四・三三四〜五頁）

原作本において「つぶつぶとまろなり」の用例は、合計三例。つまり、先の二度目の逢瀬の場面（【6】）、並びに右の【1】【2】は、「つぶつぶとまろなり」の全用例であり、すべて寝覚君と関わるものなのである。

原作本における二種類の寝覚君の混在。これは、決して〈作者〉の過失によるものではない。なぜなら、それらは設定という点において矛盾するものの、いずれも寝覚君を特徴づける重要な言葉と結びついたものとしてあるからである。ならば、二種類の寝覚君という事実は、原作本の何を示すものとしてあるのか。この問題を解き明かす鍵は、既に示してある。思い出すべきは、二度目の逢瀬の場面（【6】）に描かれる「つぶつぶとまろなり」は、［真砂君＝寝覚君］という設定（【1】【2】）に関わる重要な言葉であったこと。そして、その設定は、帝と寝覚君の契らずの逢瀬に直結する場面のみに現れ、その他の場面には一切現れないものであったということである。

三―三 孤立する二度目の逢瀬の場面

一度目の逢瀬の場面（【7】）と二度目の逢瀬の場面（【6】）では、寝覚君の設定において完全に矛盾している。しかし、その矛盾は、他の場面に何ら影響を与えていない。なぜなら、二度目の逢瀬の場面は、原作本に存在する場面でありながら、基本的には存在しない場面としてあるからである。次の引用は、男君が寝覚君の姿を見る三度目の場面、寝覚君の石山での出産の場面である。

【8】（寝覚君の美しい姿は）鬼神、武士といふとも、涙落とさぬはあるまじきを、まいて、（男君は）夢のやうにてただ一目ほのめき寄りて、月ごろを経て、限りなく思ひしめて恋ひおぼす仲の、かかる折をしも見たてまつりたまふ御心地、なのめならむやは。……

（巻二・一三二頁）

「寝覚君の美しい姿は、鬼神・武士といえども涙を落とさぬものはあるまい程であるのに、まして、男君は、先に夢のようにたった一目そばに寄ったきりで、その後は幾月もの時を経て、限りなく思いしみて恋しく思っておられる仲であるのに、よりによってこうした折にお目にかかる男君の御心地は、並一通りではない……」。原作本において、男君と寝覚君は一度目の逢瀬から、その逢瀬によって身籠もった子供を石山で出産するまでの間に、合計二回対面していたはずであった。しかし、この叙述を素直に読む限り、過去に男君が寝覚君の姿を見たのは、たった一回のみになる。この場面が、一度目の逢瀬によって身籠もってしまった子供を出産する場面であること踏まえるならば、そのたった一回の対面が、どの場面におけるそれを指しているかは明白であろう。三度目の逢瀬の場面に意識されているのは、一度目の逢瀬（7）のみ。二度目の逢瀬の場面（6）は、確実に一度目と三度目の逢瀬の間に存在しながら、あたかもはじめから存在しない場面であるかのように完全に無視されているのである。

男君と寝覚君の合計三回の対面を描く場面の内、二度目の逢瀬の場面は、寝覚君の設定、物語の展開のいずれにおいても完全に孤立している。「つぶつぶとまろな」寝覚君という設定は、二度目の逢瀬の場面に現れるのみで、一・三度目の逢瀬の場面には一切入り込んでこない。また、二度目の逢瀬という出来事も、他の場面に入り込んでこないのである。――決して回想されることのない二度目の逢瀬の場面。そして、二度目の逢瀬の場面があるが故に生じてしまった寝覚君の設定における矛盾。――まるで、『源氏物語』における紫上系と玉鬘系の巻々を想起させるような、一・三度目の逢瀬の場面と二度目の逢瀬の場面の関係。これは、即ち二度目の逢瀬の場面が、後に増補されたものであることを示してはいないか。少なくとも、その可能性を否定するものではないだろう。

思えば、この決して回想されることのない二度目の逢瀬の場面の「つぶつぶとまろ」な寝覚君は、[真砂君＝寝覚君]という設定（【1】【2】）においても確認できるものであった。この設定が、帝と寝覚君の契らずの逢瀬に直結する場面のみに現れるものであることを考慮に入れるならば、次のように言いかえることもできるであろう。――「つぶつぶとまろ」な寝覚君の姿は、二度目の逢瀬の場面、そして、帝と寝覚君の契らずの逢瀬に直結する場面にしか現れない。――この事実は、「つぶつぶとまろな」寝覚君という設定、並びに[真砂君＝寝覚君]という設定の見られる、帝と寝覚君の契らずの逢瀬に直結する場面もまた、増補・成長に関わるものとしてある可能性を示しているのである。[12]

四　おわりに

以上、原作本における改作の可能性について考えてきた。無論、本稿が導きだした結論は、あくまでも可能性のレベルのものであり、絶対的な根拠のもとに導き出されたものでは決してない。しかし、それでいいのである。なぜなら、本稿の目的は、絶対的な根拠や結論を導き出すことにあったわけではないからである。本稿が問題としたのは、従来の【原作本＝作者自筆の〈原本〉を忠実に伝えるもの】という認識が、原作本や関連資料に見える現象を、そして、その現象が示さんとする可能性を論じることさえも排除してしまっていたということ。ただ、それだけなのである。

何度も繰り返すように、そもそも物語というものは、常に同時代または後世の人々による加筆・改変を伴いながら、流布し享受されるものであった。これは、物語の本性であり本質である。原作本並びにその関連資料に改作の形跡が認められようとも、何ら不思議ではない。いや、むしろ、改作の形跡が認められることこそが、他の物語と同じく『寝覚』もまた物語としてあったことを示す、何よりの証拠なのではなかろうか。

原作本『寝覚』は、果たして〈原本〉なるか。その答えは「わからない」。今、『寝覚』研究に必要なものがあるとすれば、それは、この「わからない」という事実を真摯に受け止めようとする態度ではないか。少なくとも、『寝覚』研究は、もう一度、〈原本〉とは何か、原作本とは何かという問題について考え直す必要があるだろう。

注

（1）　三巻本―①前田家尊経閣文庫蔵本。五巻本―②島原図書館松平文庫蔵本、③天理図書館蔵竹柏園旧蔵本、④国会図書館蔵本、⑤東北大学狩野文庫蔵本、⑥静嘉堂文庫蔵本、⑦実践女子大学蔵本。その他、⑧安田文庫蔵本の存在が知られているが、焼失。

（2）　現在、知られている伝本は、以下の計三本。①中村秋香・金子武雄旧蔵本（江戸期写・全五巻）、②三条家旧蔵本（室町末期写・現在巻一・三は宮内庁書陵部蔵、巻二は神宮文庫蔵）、③中村浩蔵本（中村秋香書写本・全五巻（永井和子「中村浩氏蔵「夜寝覚物語」」（『寝覚物語の研究』笠間書院　一九六八）に紹介））。

（3）『寝覚』の「作者」「成立」に関する議論は、その最も典型的なものである。「作者」「成立」の問題は、主に、藤原定家自筆『更級日記』（御物本）奥書（「常陸の守菅原孝標の女の日記也〈母倫寧朝臣女〉。伝の殿の母上の姪也。『夜半の寝覚』『御津の浜松』『みづからくゆる』『朝倉』などは、この日記の人の作られるとぞ」）に見られる菅原孝標女作者説の是非をめぐり、『更級』奥書の検討、『寝覚』と『更級』『浜松』の比較検討という二つの方向から論じられてきた。しかし、特に『寝覚』『更級』『浜松』の比較検討に関しては、【現存『寝覚』（『更級』『浜松』も含めて）が、作者自筆の〈原本〉と同一である】という前提条件なくしては何ら意味をなさないものである。つまり、「作者」「成立」の問題に関して、こうした研究方法が用いられてきたという事実は、【原作本＝作者自筆の〈原本〉を忠実に伝えるもの】という認識が、確実に存在していたことを示していよう。

（4）【原作本＝作者自筆の〈原本〉を忠実に伝えるもの】との説は、橋本論以前にも見られるものであった。大野木克豊「寝覚物語解題及考略」（明治四三）がそれである。しかし、同書の存在は、昭和八年「黒川本夜半の寝覚―寝覚に関する隠れたる研究の紹介―」（「文学」一九三三・八）にて紹介されるまで全く知られてはいなかった。大野木「寝覚物語解題及考略」は、「寝覚物語考略」・「寝覚物語校訂」の二つから成り、前掲「文学」に紹介されているのは、「考略」「校訂」のそれぞれ一部。「校訂」は、『寝覚物語全釈』（学燈社　一九六〇（→増訂版　一九七二））に全文翻刻がなされている。

また、橋本論と並ぶ主要な論文としては、増淵恒吉「夜の寝覚物語の研究」（『校注夜半の寝覚』中興館　一九三三（→物語文学研究叢書9　クレス出版　一九九九））がある。論旨は、橋本論とほぼ一致している。

（5）黒川本とは、黒川真道蔵本を指す。大野木克豊「寝覚物語解題及考略」（明治四三）によれば、もとは岸本由豆流蔵本。藤岡前掲書に紹介されて以降、所在不明。形態は、五巻本系統伝本と同一のものと考えられている。五巻本系統伝本の一つ実践女子大学蔵本が、藤岡・大野木両論に見える黒川本であるとの説（野口元大「黒川本の本体」（『夜の寝覚研究』笠間書院・一九九〇））も提出されたが、それに対する否定的な見解（関根慶子「［黒川本］の本文推定と実践女大の黒川真道本について」（『増訂寝覚物語全釈』学燈社　一九七二））も見られ、議論の分かれるところである。現在は［黒川本＝実践女子大学蔵本］との認識で落ち着いている。

（6）引用は、東洋文庫『国文学全史2　平安朝篇』（平凡社　一九七四）による。

（7）『寝覚』研究における改作本（中村本）の位置、並びに改作に関する考察については、鈴木弘道『寝覚物語の基礎的研究』（塙書房　一九六五）、永井和子『寝覚物語の研究』（笠間書院　一九六八）、同『続寝覚物語の研究』（笠間書院　一九九〇）所収の一連の論文、もしくは、河添房江「中村本寝覚物語」（『体系物語文学史三』有精堂　一九八三）、野口元大「『夜の寝覚』の流伝と受容」「作品の性格と問題点」（『夜の寝覚研究』笠間書院　一九九〇）により窺い知ることができる。

（8）ちなみに、原作本では二年目八月十五夜の場面に雨が確認できる。

……、またの年の八月十五夜になりぬ。その年、この君（＝寝覚君）は十四になりたまふ。早朝より雨降り暮らせば、「月もあるまじきなめり」と、口惜しうながめ暮らすに、夕さりつかた風うち吹きて、月、ありし（＝一年目八月十五夜）よりも空澄みて、明くなりぬ。（巻一・十九頁）

しかし、その雨は早朝から夕方にかけて降ったものであり（傍線部）、夜には、昨年の八月十五夜の時よりも空は澄み渡り、美しい月が浮かび上がったとある（二重傍線部）。つまり、原作本一～三年目八月十五夜の場面全体を通して見ても象徴的に描かれているのは「月」であり、「雨」「雲」でないことは明らかである。

（9）同様の現象は女三宮という人物に関しても確認できる。女三宮とは、承香殿女御腹の皇女。原作本末尾散逸部分にあたる第四部で真砂君と恋仲になるなど、後の物語展開において主要な役割を果したと推測される女性である。女三宮が描かれるのは、全部で三箇所。以下の用例は、女三宮に関するすべての用例になる。

A（帝）「（真砂君の）顔はただ内の大臣（＝男君）に違ふところなからむめり。けはひ、様体こそ母君（＝寝覚君）に通ひけれ」と御覧じて、承香殿の女三の宮を限りなく思ひきこえさせたまふを、「（女三宮も）かばかりおはしまさずかし」と、めざましきまで（真砂君を）うちまもらせたまふ。……（巻四・三二六頁）

B（承香卿女御は）いとはなやかに、きよげなれど、（帝）「火影（寝覚君の姿）には、すべてなぞらへに言ひ寄るべきにあらず」と御覧じくらべても、まづうち泣かれたまひぬ。

右の大殿の女御、梅壺と申す御腹に、女一の宮、女二の宮、二所おはします。この御方（＝承香殿女御）に、女三の宮、いとすぐれてうつくしう生ひ出でさせたまふを、……

（巻四・三六四頁）

C母君（=寝覚君）まかでたまひにし後は、（帝は真砂君を）片時も出ださせたまはず、召しまとはして、我が御方（=清涼殿）にては人目もあまりなるべき時々は、ただこの御方（=内侍督居所登花殿）にて御覧じよそへさせたまふに、承香殿の御方の女三の宮をうつくしう思ひきこえさせたまふにも、いたう劣らず、らうたきものに、この御方（=内侍督居所登花殿）にては御覧じ馴れなどするほど……

（巻四・三六六〜七頁）

注目すべきは二つある。一つは、ABCはすべて帝が寝覚君の姿を思い出すという場面であること。もう一つは、ABCのいずれも帝が寝覚君の姿を思い出すという叙述（傍線部）があり、それに関連する形で女三宮のことが語られる（二重傍線部）といった構成になっていることである。つまり、女三宮という人物は、帝が寝覚君の姿を思い出すという場面において初めて描かれる存在として、逆に、それ以外の場面においては基本的に存在しない人物としてあるといえる。

(10) ・「らうたし」「らうたさ」「らうたげなり」「らうたげさ」

→寝覚君、真砂君、若君（男君+寝覚君第三子）、小姫君（男君+大君女子）、内侍督（故老関白長女）、承香殿女御。

・「気高し」「気高さ」

→男君、石山姫君、大君、中宮、帝、女一宮、新中納言（寝覚君次兄）、宰相上（故老関白次女）。

(11) その他の二例は、内侍督（=故老関白長女）に関するもの（二四八頁・五一八頁）。

(12) 原作本における二層性は、偶然にも、原作本と改作本の差異とも一致している。本論で指摘したように原作本には［寝覚君=あえかなり／つぶつぶとまろなり］、［真砂君=男君／寝覚君］という設定が見られる。しかし、改作本には、本論が問題視した［寝覚君=つぶつぶとまろなり］、［真砂君=寝覚君］のいずれの設定も見られない。更にいえば、それらの設定が確認される二度目の逢瀬の場面、帝と寝覚君の契らずの逢瀬の場面、帝が真砂君を抱く場面のすべてが削除、あるいは改変されているのである。例えば、改作本巻五には、本論で触れた帝と寝覚君の契らずの逢瀬の場面（【2】）と、期日や歌の贈答等においていつくもの共通点を有する、帝と寝覚君が物越しの対面をするという

場面（五二六～七頁）がある。しかし、この場面では、

（寝覚君の）さるべきふしぐ〳〵は、ほのかにきこえ給ふけはひ、かぎりなくらうらう〳〵じく、物はづかしげにたぐひなきを、（帝は）かたちもさこそはとをしはかられて、これをみずなりぬる事と、なげかしくおぼしめすまゝに、……（巻五・五二七頁）

とあるように、帝は最後まで彼女の姿を見ることができないというように改変されている。以後、改作本に、帝が真砂君の姿に寝覚君の面影を見る場面、真砂君を抱く場面は見られない。

無論、こうした差異は、あくまでも改作本における改作の実態・方法を示すものであり、原作本の問題とは根本的に関わらないものである。しかし、なぜ、これほどまでに原作本における二層性の問題と原作本と改作本の差異が一致しているのか。興味の引かれるところでもある。

※本文の引用は、以下の通り。ただし、便宜上、私に表記を改めたものもある。引用本文中の（　）内の注記や傍線等は全て私に付したものである。

・原作本『寝覚』……新編日本古典文学全集
・改作本『寝覚』……鎌倉時代物語集成六
・『拾遺百番歌合』『風葉和歌集』……『王朝物語秀歌撰（上・下）』（岩波文庫）
・『無名草子』……新編日本古典文学全集

『中務内侍日記』の寓意性

――中世女流日記文学研究の課題――

阿部真弓

一　はじめに

女流日記文学といえば、大方の場合、平安時代の作品が脳裡に浮かぶことであろう。中世の作品があげられることはまずあるまい。たとえば、『女流日記文学講座』[1]の構成を見てみたい。総論として、第一巻「女流日記文学とは何か」が置かれ、第二巻「蜻蛉日記」、第三巻「和泉式部日記・紫式部日記」、第四巻「更級日記・讃岐典侍日記・成尋阿闍梨母集」と中古作品の論考の後、第五巻「とはずがたり・中世女流日記文学の世界」、第六巻「建礼門院右京大夫集・うたたね・竹むきが記」と中世の作品が続き、本講座刊行記念として「御物本　更級日記」の影印が付されている。第五巻の後半は、「中世女流日記文学の世界」としてあるが、ここには『たまきはる』『十六夜日記』『中務内侍日記』『弁内侍日記』がまとめて収録されており、これらの作品は巻名に表記されてもいないという現実がある。中世女流日記文学はボリュームの点で小品が多いので、単純な比較は無意味だが、作品数の比率やその扱いを考えると、中古の方が優勢という傾向は見て取れよう。本講座は中世女流日記文学を重要視している方ではあるが、それでもなおこうした状況を呈しており、従来の文学研究における軽重が端的に示されているといえる。

中世女流日記文学研究、といっても、右講座の巻名からもわかるように、またさらにその研究状況には偏りがある。国文学研究資料館ホームページの「国文学論文目録データベース」(2)にて、各作品をキーワード検索すると、『とはずがたり』について五二六件、『たまきはる』について五五件、『十六夜日記』について一〇二件、『中務内侍日記』について五六件、『弁内侍日記』について五三件、『建礼門院右京大夫集』について二二八件、『うたたね』について七三件、『竹むきが記』について六七件の論文が検出され、右講座での扱いがおよそ妥当と思われる状況が表示される。私は、この中で研究論文のもっとも少ない、すなわち研究者に等閑視されてきた『弁内侍日記』、そしてそれとほぼ同程度の関心しか持たれてこなかった『中務内侍日記』について、拙論を発表してきた。中世女流日記文学に魅力を感じて、つたなくも論を提出してきたが、これらの作品に取りかかる一つの契機となったのは、「現在の研究者にはほとんど無視されているも同然であるが、本当にそれほどつまらない、興味を引かない作品なのだろうか」という、きわめて単純だが、しかしおそらくはもっとも根本的なところから発する疑念が生じたことであり、いわば、そうした問題を検証しながら、研究を進めている途上である。

本稿では、中世女流日記文学の中から『中務内侍日記』を取り上げ、まずは次節で、この日記が文学性の低い作品として位置づけられてしまった経緯を分析し、問題点をあぶり出してみたい。そして第三節にて、私が現在関心を持つ問題について、考察することとする。なお、本日記の研究状況・課題は、他の中世女流日記文学、とりわけ『弁内侍日記』と共通する部分が多く、固有の問題にとどまらないことをお断りしておく。

二 『中務内侍日記』の研究動向、そして課題

鎌倉後期成立の『中務内侍日記』は、伏見天皇に仕えた内侍、藤原経子の日記である。冒頭に序文ともいえる作者の感懐が述べられた後、前半部では、天皇の春宮時代における富小路御所での観月や御遊等に関する記事等、持

明院統近臣や女房達の交遊が語られる一方、後半部は、伏見天皇即位関連儀式記事など、漢文日記的な行事記録がその大半を占め、むしろ日本史の分野から注目されている程、行事次第がきわめて詳細に記されている。

『中務内侍日記』研究の嚆矢は、池田亀鑑氏の『宮廷女流日記文学』[3]「第八章　中務内侍日記」といってよいであろう。論考内で既出の論文を幾つか引用しておられるが、その内容、また後世に与えた影響力を考えると、本日記研究の始発はここに置いてよいだろう。池田氏は、本日記を、理想（宗教的解脱）への思慕と現実（盲目的に追求、享楽すべき美の楽園）への執着との対立、作者の内面的生活の分裂を表したものと解釈され、両者の間を揺れ動く、個性のいたましい苦悩と焦燥を示した点、「ただそこにのみ、中務内侍日記の文学的価値はある」と論断された。氏は「中務内侍日記は、すぐれた芸術的作品とはいわれまい」、「中務内侍日記の人生観照の深さは、必ずしも天才的であるとはいえない。」とする。しかし、池田氏はこの作品を否定的にとらえるばかりではなく、「この作者でなくてはと思われるものへの見方と表現とがある」、「日本文学の流動を、縦に眺めることによって、個々の作品にあらわれた偶然を、必然に結びつけるであろう無窮の精神あるいは原理を求めんとする立場の人々にとっては、この日記は、決して、さように軽々しく捨て去られてはならないものであろう。」とも述べられている。

その後、佐佐木治綱氏も「中務内侍日記―宮廷女性の黄昏―」[4]で、本日記の主題を歓楽に表裏する人生の哀愁、無常感とみなしており、池田氏の延長線上に位置する説と考えられるが、本論文は、『蜻蛉日記』『紫式部日記』『更級日記』等を参照することから始まり、「王朝女性につづく中世の宮廷に奉仕する女性としての作者個有の人生観照の上より見てゆかねばならぬ」と、まず提言された。

そして一九五八年、玉井幸助氏による『中務内侍日記新注』『辨内侍日記新注』[5]が出版された。テキストの点でも整備の進まない両日記であったが、本注釈書により、基礎研究がようやく一定のレベルに達したといえよう。玉井氏は、『中務内侍日記新注』自序において、「弁内侍日記と中務内侍日記とは、こういう関係から（作者が先祖を同じくし、時代を前後して、ともに内侍であるという点 稿者注)、何となく姉妹編のような感じがする。けれどもこの二つの日記は、それぞれに異なる特色を持っている。(中略)弁内侍日記は明るく無邪気であり、中務内侍日記はやや暗く、しんみりとしている。前者は生の喜びを歌い、後者は死の悲しみを訴える。一は「をかし」の文学であり、一は「あはれ」の文学である」と指摘されたのだった。ここには、二つの対比構造が提示されている。弁内侍日記=陽↔中務内侍日記=陰、そして弁内侍日記=枕草子↔中務内侍日記=源氏物語・紫式部日記、という構図である。この短い文章のうちに、くしくも、その後の『中務内侍日記』の論法が予言のように示されてしまっていた。(6) それまでにも中古女流日記文学や『弁内侍日記』を引く論考は見られるが、比較という方法をとって論じるものが、この頃から顕著になってくる。

永積安明氏は『中世文学の展望』(7)で、『弁内侍日記』と『中務内侍日記』が衰弱した貴族生活にもたれかかった作品であり、古代後期の女流日記の形式的なくりかえし、女房日記文学の衰えはてた最後の姿であると、両日記の文学性をほとんど否定され、大内摩耶子氏も「中務内侍日記考」(8)で、中務内侍の表現力に関する考察の結果、「ある場合は平安朝女房文学のとった形を暗に模そうとし、又場合によっては、男性の日記の記録体に則らんとし、内容的には、日記と銘うちながら自己を語るに少く、自己主張に薄く、極端な表現をすれば、自己喪失に近い文学であるという意味に於て、自照文学としては、まことに下れる地位にあるものと言われねばならない。(中略)平安朝女性日記の、階段的な発展の姿が見られず、ここにその末のおとろえた姿をみなければならない事は、後世にとって淋しい限りである」ときわめて厳しい批判を行われた。また福田秀一氏は「中務内侍日記と人生の哀愁」(9)で、本日記と『弁内侍日記』に見られる「あはれ」「をかし」他一三の形容詞等について、具体的に頻出度を比較することにより、『中務内侍日記』に漂う哀愁感を抽出し、その感情の表現箇所がやや優れていると決論付けられた。松本寧至氏は『中世女流日記文学の研究』(10)で、「事実の記録というのは、男子の官僚の漢文日記の姿にもどることであり、官僚の記録する「公」的なものにかえることであるから、「私」の世界を描く日記文学としては、その表現の意味を失うことになる。（中略）私的な世界を掘り下げることによって文学性を獲得した日記文学は、公的なものをとり込むことによって、その文学性を失うことになるはずである。」、「『中務内侍日記』も、伏見にお仕えする内侍という立場で記録的に記されたもので、弁内侍のように明朗性がなく、かなり憂愁がただよっている点、自己観照の面もあるが、内面の掘り下げや、創造性は希薄である。」と、『弁内侍日記』を例にしつつ、『中務内侍日記』の文学性喪失を指摘された。

一九八〇年代初頭までの論調を整理すると、『中務内侍日記』は中古女流日記文学と比べ、漢文日記調の記録的記事が多く、公的な性質を帯びるようになったため私的世界の描写に乏しくなり、自照性、自己観照の欠如がはなはだしく、文学性の希薄なものに成り果てている、ただ、『弁内侍日記』より陰鬱なため、その点においてやや文学的である、ということになるだろうか。研究の蓄積が進むほど、『中務内侍日記』に対する評価はますます下がる、という悪循環を繰り返していた。

比較という方法は、『中務内侍日記』研究において功罪半ばしたのではないかと、私には思われる。比較対象を設定し、作品を相対化することにより、『中務内侍日記』の特徴を浮き彫りにするという方法に、異論を唱えるつもりはなく、それによって解明できたことも多い。しかし、比較論は一見わかりやすい半面、意外な落とし穴もはらんではいないだろうか。的外れなことをいうようであるが、科学の実験では、AとBを比較する場合、明らかにしたい比較ポイントを一点のみに限定し、あとの条件は全て同様の状態に整えることが基本であり、それを疎かにしてしまっては、決して正しい結果は得られない。この方法をそのまま文学研究に準用すべきだと、乱暴なことをいうつもりではない。比較対象や方法の選択には厳密かつ慎重な態度でのぞむことが肝要なのであり、不適切な設定のもとで論を進めることはかえって、『中務内侍日記』の実像を曇らせてしまうことになりかねないのではないかと危惧を覚えるのである。たとえば「自照性」「自己観照」をポイントにして、平安朝女流日記文学や『弁内侍日記』と比較するという論法は、作品の本質を解明する方法として、やはり限界があるのではないかと考えられる。

ここで、次の文章を紹介したい。

中古女流日記最盛期の円融〜後冷泉朝（九六九—一〇六七）と、中世女流日記の輩出する後深草〜崇光朝（一二四六—一三五一）との間には、二五〇年以上の開きがある。この差は万葉集初期歌群と古今集の年代差に匹敵する。今どき誰が、初期万葉の雄勁率直を持たぬといって、古今歌風を非難するであろうか。作者各自が心中の已むに已まれぬ思いを、自己として表現しうる最善の形で吐露するという、文学の基本に忠実であればある程、表面的な文学形式は同一であっても、そこに盛られる内容は時代により作者によって変貌して行くのは当然の事である。不易流行こそ文学のあるべき姿ではないか。

やや長い引用となったが、これは岩佐美代子氏「中世の女流日記　中務内侍日記—友愛の文学」[11]の一節である。考えれば自明のことであるが、しかし胸をつかれる、鮮烈な文章である。岩佐氏は一九八〇年代初めの頃から、本文研究に取り組まれ、彰考館本の優秀性を明らかにされた後、[12]『狭衣物語』・『源氏物語』の影響、[13]不審箇所の解釈等、[14]語句・表現等の詳細な分析を踏まえた、深く鋭い読みを示され、いよいよ一九九〇年には、彰考館本を底本にした『中務内侍日記』注釈を著されたのである。[15]氏は、『中務内侍日記』に真っ向から取り組み、まずは虚心に読むこと、中世という時代を正しく理解した上で読み解くことを提唱され、自照性という観点や中古女流日記文学の論理を安易に持ち込む、当時の風潮を厳しく批判された。ようやく『中務内侍日記』研究にも転機が訪れ、以降、諸氏により、新しい視点からの見解が提出されるようになってきたのである。[16]藤本勝義氏は、伏見天皇即位前に亡くなった廷臣源具顕への追慕が執筆契機であるとし、[17]寺島恒世氏は、廷臣個々の思いが天皇との関わりの中に収束され表出されているところに叙述の基本姿勢があるとし、さらに、本日記に京極派和歌生成の記録という側面を見出そうとされた。[18]また、岩佐氏は先述の論文において、本日記を「史上稀に見る、君臣男女親睦融和の宮廷から生れた、心深い友愛の文学」とする読みを示された。ようやく、「陰鬱」「無常感」といった印象論的な結論へ帰着するのではなく、作品独自の存在意義を解明し、位置付けていこうという試みがなされ始めたのである。

『中務内侍日記』研究は、今、第二期の段階に進んだと見てよいだろう。しかし、残念ながら、『中務内侍日記』に対する学界の評価は必ずしも改善されたとはいえず、注目度が高まったとも感じられない。一九八〇年代までの印象がいまだ根強く残っているためであろうか。一九九九年発行の『宮廷女流文学読解考　中世編』(笠間書院)にして、岩佐氏があらためて語気強く、本作品に対する深い理解と正当なる評価の必要性を主張されなければならないというのが、偽らざる現状である。

このように、『中務内侍日記』研究は必ずしも実り多き、豊かな状況とはいい切れず、課題は山積しているが、今後、論の方向性は二分されるかと思う。まずは、本日記研究史において、全く手つかずの状態で放置されている分野の研究解明、もう一つは「第一期」の段階でほぼ定着してしまった本日記の評価、先入観をいかに打開していくかという問題である。むろん、両者は不可分の関係にあり、いずれに比重を置くかの違いであって、どちらの問題意識に拠ろうとも、本日記研究に貢献するものであり、ひいては中世女流日記文学の見直しという方向へとつながって行くものである。ここでは紙数の都合もあり、後者の問題についてのみ、二、三、指摘してみたい。

一つは、記録性と文学性の問題である。これは中古日記文学研究においても論点となるが、『中務内侍日記』研究では、文体・叙述法の問題、すなわち漢文日記的、公的ともいわれる記録性の強い記事をいかに読むべきか、またその分量に比して、私的感情の表現が少ない点をどのように解釈するか、という問題に翻訳できる。研究史第一期において、この現象は文学性の欠如とみなされた。その最大公約数的理由は、私的世界を描くことによって文学性を得た日記文学にとって、公的な記録はその対極にあるからということになるが、これはやや短絡的な結論のようにも思われる。漢文日記的とはいえ、それらの記事は女性が書き、文芸の形態をとった作品の中に組み込まれたものである。ならば、もともと「漢文日記＝日々を記録する場」を持たぬ女性が書いた作品から、男性貴族と同様の執筆意識や漢文日記同様の記録性を読み取れるのか否かという点について論じるところから始めねばならないであろう。そして、もし、そこに男性の漢文日記執筆時の論理と同様のものが働いているものとするならば、それが作品内でどのような機能を持つのか、その構造・構成について、より深く考察していく必要がある。また、日記文学の文学性を作者の内面を描くところに置くならば、「事実」の羅列は必ずしも文学性の問題とは抵触しないのではないかとも、私は考えている。人間が記録したものは、事実そのままでは決してありえず、記録者の主観というフィルターを透過したものである。卑近な例でいえば、同じ事件を扱うニュースでも、報道機関によって切り取り方は違う。写真やＶＴＲが使用されても、アングル、編集の違いで全く異なる印象を持つことは周知のことである。題材の取捨選択には、何を重要視するか、という価値判断が働き、よって記録されたものには、記録者のものの見方、それまでの人生、精神世界がおのずから反映される。ならば、『中務内侍日記』の、一見、事実の羅列とも見える記事から、作者の内的世界を掘り起こすのは、厭うことなく我々がせねばならない作業であろう。感情表現の分量の多少が文学性の高低に直接関わるのではないのと同様、記録的記述の多少が文学性の問題に直結するとも思われない。単純な二極論に還元すべきではなく、先に述べた問題と合わせて、作品独自の論理や意識を見出だす必要性があると考える。(19)

また、『弁内侍日記』と『中務内侍日記』を対峙させる論じ方が久しくあったが、私は「対比」ではなく、むしろ、本質的な意味において、両日記は深く関わらせて論じていくべきではないかと考えている。すなわち、持明院統をめぐる「内侍日記」という観点の導入である。すでに、宮崎荘平氏が「女房日記」という視点から論を展開させておられ、[20]それは重要な指摘であると考えるが、しかしその一方、後宮に仕える女房の日記と天皇に仕える内侍の日記とをひとしなみに扱っていいのだろうかという疑問も残る。阿部泰郎氏が、『弁内侍日記』『中務内侍日記』『竹むきが記』について、「内侍たちの眼から観られ、記述された〝王権〟とはいかなるものであったか、それが、右の三つの中世日記には示されている」[21]と述べられ、また、松薗斉氏が、持明院統においては漢文日記がきわめて重要視されていたことを解明されている。[22]皇室が分裂していく両統迭立の始発期において、持明院統の宮廷を記す『中務内侍日記』がどのように位置づけられるのか。本日記を「内侍日記」として捉えた時、表現方法・形態、作品の構造、そこに内在する論理等々について、解明できる事象も少なくないのではないだろうか。

如上に示した点を問題意識として念頭に置きつつ、『中務内侍日記』の本質を解明する方法を模索しているところだが、そうした作業の一つとして、現在取り組んでいるのは、『中務内侍日記』における言葉の機能、寓意性という問題である。次節では、本日記に見られる花の表現について考察を試みることとする。

三　『中務内侍日記』における景物の寓意性

仁治三年（一二四二）、四条天皇崩御後、鎌倉幕府の意向により、承久の乱に関与しなかった土御門天皇皇子邦仁王が八八代後嵯峨天皇として即位した。後嵯峨天皇は、八九代後深草天皇よりその弟である九〇代亀山天皇を鍾愛し、後深草天皇の皇子を差し置いて、亀山天皇の皇子を東宮とした。文永九年（一二七二）に後嵯峨院は次の治天の君を決めることなく崩御し、幕府は後嵯峨院の意向を后の大宮院に問い合わせたところ、故院の素意は亀山天皇側にあったとしたため、亀山天皇の親政となった。当然のことながら、兄後深草院は不快感を示し、文永一一年（一二七四）に後宇多天皇を即位させ、院政を開始した亀山院に対して、一層不満を募らせていった。こうした状況に後深草院は上皇としての尊号を辞退し、落飾し、この世の望みを断つとの意向を表したため、いよいよ幕府は調停に乗り出さざるを得ず、その結果、建治元年（一二七五）一一月、後深草院皇子熙仁親王が東宮に立つこととなった。こうして幕府の介入により、後深草院の子孫（持明院統）と亀山院の子孫（大覚寺統）が交互に帝位に就く両統迭立の萌芽が形成されていった。

『中務内侍日記』は熙仁親王立太子の五年後、弘安三年（一二八〇）から始まる。作者藤原経子はそのころから東宮御所に出仕したものと思われるが、冒頭に作者の感懐が述べられた後、前半部には、弘安三年から九年（一二八六）まで、そして後半部には伏見天皇が即位した弘安一〇年（一二八七）から正応五年（一二九二）までの記事が収録されている。

彰考館本下巻冒頭に、中務内侍は、

新玉の年を重ぬれば、春のみ山の木隠れより、花郭公月雪につけて、心を延ぶる慰みもさすがにありといへども(23)

と記す。右傍線部は、「鎌倉時代定着していた、四季の景物の代表をまとめた慣用表現」（『新日本古典文学大系』注）で、本日記には、右の言に違わず、鳥の音、天象の移り変わり、月に映える草花等々に心を動かす中務内侍や廷臣の姿が見え、こうした事物はしばしば詠歌の契機となっているが、そこには、ある論理が働いていることが窺える。月、郭公については、以前に論じたことがあるが(24)、本節はその続稿として、花について検討した上、前稿での結論を勘案し、あらためてこれらの景物の意味するところを考察したい。

（一）

①弘安七年三月十七日、これも嵯峨殿の御留守なりしに、御遊あり。御供に女房四人、男三人ぞ侍し。対の御

方・大納言殿・冷泉殿。御手水の間の御簾巻き上げて、御所御琵琶、綾小路の三位朗詠、伯の少将笛、土御門少将箏。夜もすがら御遊どもあるに、何時といひながら庁の屋の花の木ずゑ面白く、秋ならねども身にしむばかり風も烈しき花のあたりは、げに行きても恨みまほしき心地して、おぼつかなき程に霞める月は、如く物なく覚えて、折からは物の音も澄み昇り、面白きに、後も又偲ぶばかりの言の葉を御尋ねありしに、面〳〵にあらはすもおかし。定めなく晴れ曇る村雨の空も、作り出でたらんやうなり。「かこちがほなる」とも言ひぬべう眺めたるに、三位、

晴れ曇り花のひま漏る村雨に

とあれど、打紛れつゝ、付くる人もなければ、心の中に、

あやなく袖のぬるゝ物かは

とぞ覚えし。今宵はげに春の宮居もかひある心地して、

月影に幾春経てか花も見し今宵ばかりの思ひ出ぞなき

（弘安七年三月一七日）

②八年三月十七日、夢にいくらもまさらぬ春の夜も明かしかねぬる寝覚に、「まことや、去年の今宵、月と花とに夜を明かし侍しも恋しく、只今のやうなるに、程なくもめぐり逢ひぬる。定めなき世にながらへにけるかな」と思ひ続くるを、いまだ御所は御夜の程に、すべりて、人知れず、外には知らぬ心の中をと思ひて、大納言殿の御局へ、花に付けて、

我ならぬ人もや去年の今宵とて月と花とを思ひ出づらん

かく申て、御所に御人少なりつれば、御昼より先にと急ぎ参りたれば、女官、「土御門の少将殿、参らせよとて候」と言ふ。取りて見れば、散りたる花に付けて、去年の今宵、大やけ私の言葉をこめて、歌どもあまた書きたり。

（弘安八年三月一七日）

①は弘安七年（一二八四）三月一七日の管弦の様子を書いたもので、作者は、二重傍線部「何時といひながら……」と桜の花に興を覚えている。「月影に」歌に示されるように、この夜のことは以降、管弦参加者の共有の思い出としてたびたび想起されていくことになる。②は翌年の同日で、朝早くから、中務内侍は昨年の夜の思い出を歌にして、大納言殿に贈り、また土御門少将源具顕も、散りたる花、すなわち桜の枝につけて、東宮御所に歌を贈って来ている。このように桜花が媒介となり、女房と東宮近臣相互の親愛が深められていく様子が描かれている。

ここで私が注目したいのは、その花の様態である。①では、二重傍線部中「風も烈しき花のあたり」「花のひま漏る村雨」と、強風や雨に耐えるようにして咲く花の様子が書かれ、②でも、土御門少将が送ってきたのは散った後の枝であった。快晴の空に咲く満開の桜ではなく、むしろ寂然とした様態の花に、彼らはしみじみとした情感を覚え、その情感を共有することにより、一体感を得ているのである。

しかし、花に関する描写に突然の変化が見られる。

③三月八日は除目なれば、あか月近く御夜なれど、奏書をもちて明くるまで寝ず。ほのぐ〳〵とするに、「明ぼの花見ん」と言ひて、大納言・権大納言典侍殿・新少将殿、四人釣殿に出でて池の花を見れば、盛りなるもあり、少し散るもあり。「今年は風や吹かぬ。花や盛りと見えて久しくなりぬ」と言へば、

九重は風も避きてや吹き過ぐる盛り久しく見ゆる花かな

（弘安一一年三月八日）

④九日、臨時の祭也。使参る。花も盛りなるに、風少し吹て、散り紛ふ花の下に、舞人ども、絵に画きたらんやうなり。立ち舞ふ袖の気色、神垣も思ひやられて、

待ち得たる御世の始めに咲き匂ふ花の挿頭をいかゞ見るらん

（弘安一一年三月九日）

⑤十六日、夜更け静まりたるに、清涼殿へ月に誘はれて花見に出でたれば、大納言殿、「池の花の面影、月に定かに思えて恋し。九重になる花の色、飽かで昔や恋しかるらんと覚ゆれど、それにつけても旧りにし昔は思ひ

出らるゝを、忘れじと言ひしその世の友は、亡きもあるにこそ」。「引きかへたる雲の上、草の蔭にや思ひやるらん。かゝる情のつゐでには、忘れぬふし多く、偲ばれんとや言ひ置きつらん」など言ふに、舟に乗らんとて池の汀なる花の下に、月の顔のみまぼられて暫しあるに、大納言殿、「あはれに、この世ならでも思出でつらんや」とてあれば、

月に問ひ花に語りて偲ぶるをまたあはれなる人もありけり

つとめて大納言殿、

年を経て今日を必ず契来し人しもなどかとまらざるらむ

御返し、

春を経て変らぬ花の色なればさこそ見し世の友と恋ふらめ

（弘安一一年三月一六日）

⑥三月廿六日、雲井の花みな散り果てたるに、春日殿へ御文の参りたる御返事に花を参らせらるゝに、少将殿、小さき枝を折り具してことづけ侍に、世にありがたき頃なれば初花よりも珍しと思ふに、折り具しぬればとてやらん、召されぬ。やつれぬ花の契りはいみじけれど、頃はしもと覚えて、花の返事、

思ひきや稀なる頃の桜花君が情を添へて見る程

いたづらに散りなん花をあはれ〳〵今一枝と見る由もがな

又返事、

なべて咲く頃にしあらば桜花かゝる言葉の色も添へじな

雨風に花はあとなく散り果てぬ空しき枝をかたみとは見よ

（弘安一一年三月二六日）

③では二重傍線部「池の花を見れば、盛りなるもあり、少し散るもあり」と、また④でも、二重傍線部「花は盛りなるに、風少し吹て、散り紛ふ花」と、ともに散り初めているものの、満開の桜を楽しむ中務内侍らの姿がある。

そして、③では、二重傍線部中「今年は風や吹かぬ。花や盛りと見えて久しくなりぬ」と、今年は風が吹かないのだろうか、花は長き盛りを我々に見せてくれていると、①とは全く逆の状況を指摘しているのである。また⑥は、盛りの時がすぎ、桜が散ってしまった富小路殿に、伏見天皇母玄輝門院の住む春日殿より、いまだに咲く遅桜の小枝がもたらされており、いわば、花の散った後の枝が贈られた②とは逆転した構図となっている。

このように、①②に見られる桜花とは、その様態に歴然たる差異が看取される。この時期、中務内侍の関心を引いたのが満開の桜であったのか。また、東宮近臣らの趣好に変化が生じたためであったのか。

ここで、作者達をめぐる環境が、①②と③との間で劇的に変化していることを指摘しておかねばならない。重大な変化、それは弘安一〇年一〇月二一日の後宇多天皇の退位による、伏見天皇の御代の到来であった。建治元年の立太子より数えて一二年。東宮御所であった富小路殿はいまや皇居として機能し、いよいよ弘安一一年（一二八八）三月一五日、即位式を迎えることとなっていた。

大納言殿の言葉としてであるが、中務内侍は、富小路殿に咲く桜を「九重になる花の色」（⑤二重傍線部）と記した。⑤は、東宮時代やすでに亡くなった廷臣源具顕を偲ぶ、情感あふれるエピソードとして存在するが、逆にいえば、東宮時代を懐しみ、そして故人を悼むことができるのは、伏見天皇が即位したからこそである。眼前に咲く花はこれまでとは違う。いまや九重、皇居に咲く、特別な花である。③以降、中務内侍らの眼に映る桜は全て、待望の伏見天皇の御代に咲き誇る花となったのだ。ここに見る「九重になる花の色」は、中務内侍が意識的に記しつけた文言のはずである。

つまり、『中務内侍日記』に記された花の様相は、伏見天皇、持明院統をめぐる状況に呼応する形で描かれている。いまだ即位の見通しの立たない東宮時代の記事①②に見る、強い風にあおられる、逆風に耐える桜花は、まさに、大覚寺統後宇多朝において閉塞的状況にあった当時の持明院統の姿を、象徴的に表現しているといえよう。それが、長年の切願であった即位式を間近にひかえた③になると、二重傍線部の歌「九重は風も避きてや」と、皇居となった富小路殿は花を散らす風も避けるほどの威光を放ち、「待ち得たる御世の始めに咲き匂ふ花」④二重傍線部和歌）は、恒久なる伏見天皇の御代を祝うかのように、長く美しいものとして示される。

『中務内侍日記』における桜花とは、即位を待ち望む東宮近臣と女房をとり結ぶもの、友愛、仲間意識を媒介する景物であるが、一方、それは、彼らの伺候する伏見天皇の御代、持明院統の状況を映し出す寓意性を持つものとして機能し、東宮時代においては、持明院統の状況を重ねあわせるかの如く、風雨を耐え忍ぶ姿に書かれ、また即位後には、伏見天皇の御代の長久をあらわすものとして、咲き誇る状態で描かれることになる。

『中務内侍日記』には、この他にも一見ありふれた景物でありながら、寓意性を持ったものを見出だすことができる。たとえば、月は、前半部では曇りがちの霞んだ状態が詠歌の対象となるが、次第に、晴れた月が登場し、即位後には清澄に輝く姿が内裏を照らす。月は皇室に対する意識を喚起するモチーフとして、本日記中で、重要な役割を担っている。[25] ここで留意しておきたいのは、中務内侍や伏見天皇近臣にとって大切な夜、弘安七年三月一七日は、「月と花」（②）の思い出として、記憶されていたことである。あの夜の月と花は中務内侍の中で抽象化され、『中務内侍日記』内で、たとえば①②⑤の一重・二重傍線部に見られるように、互いに連動し、持明院統の動向を示すものとして機能していくこととなったのである。

（二）

しかし、本日記を読み進めていくうちに、再び桜の様態に変化が現れる。

⑦皆人の折りて、木ずゑの残りなくと聞けば、

君待ちて散らじと花や思ふらん誰情なく折りやつすらん

大納言殿、桜に付けて、

折りて見る人の心の情より汀の花の色ぞ添ひぬる

（正応三年三月一九日）

⑧明くる日、清涼殿の方に、大納言殿へ、御供に三人出でて見れば、雨風に花はあとかたなく散りて、簀子に白く散りたり。

夜とともの雨と風とにしほられて軒端の桜散り果てにけり

大納言殿、

折しもあれ花散る比の雨風ようたても春の末にふりぬる

（正応三年三月二一日）

⑦では二重傍線部「皆人の折りて」と、散るという自然現象としてではなく、人為的な終焉を迎えてしまった春日殿の桜を登場させており、また⑧では二重傍線部に見られるように、風雨によって、無残に散ってしまった桜に、呆然とする中務内侍と大納言殿がいる。作品前半部でも、このように無残な花の跡を直接に詠んだものはない。まして、この直前の正応三年（一二九〇）二月一一日、後深草院の出家により、いよいよ伏見天皇の親政が始まっており、真に伏見天皇の御代となったこの時期に、かかる叙述が登場してくるのは不審である。花の持つ寓意性に関する試論は誤っているのか、それとも、本質的な変化が生じたのであろうか。

⑦⑧の記事は、その直前に書かれた浅原事件が大きく作用しているものと考えられる。

⑨三月九日夜、清涼殿に武者参りて、常の御所へ参らん道を、蔵人やすよに問ひける程に、逃げて、「かゝる事」と申せば、御所は中宮の御方にぞ渡らせおはします程に、常の御所へ中宮具し参らせて逃げさせおはしましぬ。女法とひしめきのゝしりて、とく女嬬火を消ちて、玄上取りて、「これ」と申せば、手探りに受け取りて、御所に置きつ。夜の御殿へ剣璽取りに参れば、人の取り出し参らせて、道に逢ひたり。世間その後ひしめき、大番の武士、ひしめく。恐しき事ども出で来ぬ。清涼殿穢れて、御所も明くれば春日殿へ成る。取りあへぬ事な

れば、御引直衣にて、腰輿にて成る。供奉の人〳〵、直衣なる姿にて珍しく、事〳〵しき常よりも面白くて。（正応三年三月九日）

この事件については不明な点も多いが、『増鏡』「さしぐし」の記事で補うことにより、およそその全体像が捉えられる。正応三年三月九日夜、富小路内裏に鎧をつけた三人の武士、浅原為頼親子が乱入してきた。武者は女嬬に天皇の寝所を尋ねたが、女嬬は機転を利かせて、反対の方角を示し、その隙に、権大納言典侍、そして中務内侍に急を告げたのである。伏見天皇と中宮は母玄輝門院のいる春日殿へ、東宮は中宮の女房に抱かれ、後深草院の御所常盤井殿に避難した。一方、内侍たちは危険を顧みず、しばらく御所に留まり、剣璽および琵琶玄上・和琴鈴鹿を持ち出した。中宮付きの侍が三人の武士と応戦、駆けつけた篝屋の御家人も加勢し、追い詰めたところ、三人の武者たちは、天皇の褥や御帳の上で自害したのである。ここで問題となったのは、浅原自害に使われた鯰尾という太刀で、それが三条実盛の家に伝わるものであったことだった。三条実盛は、『公卿補任』によれば、後宇多朝に蔵人頭を務めており、弘安九年一月一三日には参議、八月一四日に従三位に叙せられ、順調に出世をしているが、伏見天皇即位後の正応元年（一二八八）には散位として見え、亀山院近臣とみなせる人物である。太刀の伝来が判明したことで、この事件は亀山院が伏見天皇をなきものにせんとして仕組んだこととの噂が立ち、中宮の兄、西園寺公衡は、後深草院に亀山院の身柄を六波羅へ移すよう進言したが、後深草院はそれを受け付けず、一方、事の次第に驚いた亀山院は幕府に、本件に全く関与していない旨、消息を遣わし、ともかくも事件は収束したのである。しかし、こうした処理の仕方は、当然のことながら、伏見天皇の気持ちのおさまるところではなく、『伏見天皇宸記』正応五年正月一九日条には「今暁夢想、自禅林寺殿有被謝申仙洞之旨、其趣、日来之凶害、御後悔之由也、尤可謂吉夢歟」(26)と記され、二年経った後も本件に拘泥していることが窺える。

中務内侍らは、いよいよ我が君の到来と満開の桜をめで、世を謳歌していたが、ここに至り、幸い未遂ではあったが、伏見天皇を直接的に抹殺する形で、その御代を終焉へ追い込まんとする事件が勃発した。伏見天皇が即位したということは、いつの日か退位の日が来るということ、しかもその日は、鎌倉幕府というものがあり、そして一方に対立する亀山院の皇統がある以上、伏見天皇自身の意向によるものではなく、突如として不如意な形で訪れる可能性の方が高いという現実を、衝撃的かつ明確な形で眼前につきつけられたのであった。まさに当事者であった中務内侍の心境はいかばかりであったろうか。

しかし、中務内侍は、持明院統をめぐる不穏な空気を直裁的に紙面上に記録することはできない、そう考えていた。内侍は皇室の象徴たる神鏡を守り、剣璽を扱い、天皇・皇室をことほぐのが職掌である。中務内侍の職掌への厳格な意識は、日記にも反映されており、それは⑨の記事を改めて見てもわかる。浅原為頼の行動、その自害の様子や事後処理などを詳細に述べる『増鏡』の記事に対し、⑨は伏見天皇暗殺未遂事件の当事者の記録であるにもかかわらず、出来事を断片的に羅列するばかりでほとんど要を得ない。しかも記事をしめくくる言葉が、こともあろうに「常よりも面白くて」であり、⑨は作者の文章力の欠如とも解釈されてしまっていた箇所である。しかし、これは、中務内侍が、天皇・中宮の無事、そして天皇を天皇たらしめる剣璽、皇室の宝である玄上の無事を記すことのみに徹したことの表れである。ここに記すべきことは、作者にとってそれ以上でもそれ以下でもなかった。作者が見聞した「事実」を、順を追って「記録」しようと思えばできたであろうが、伏見天皇の御代を乱す出来事は詳細に記すべきではなく、「恐しき事ども出で来ぬ」の一言に集約すれば、それで十分であった。さらに、仕上げには「常よりも面白くて」という、一見場違いな、しかし一種の祝言と考えられる文言を付すことによって、マイナスの時空をプラスの方向へと転化し、伏見天皇の御代はこのような事件があろうとも、決して揺るぐことはない、素晴らしいものだと「記録」しておく。本日記の論理上、こうした作業はきわめて重要なことだったと考えられる。⑦⑧は、浅原事件記事の直後に置かれたものである。これらも右に共通する意識、論理が働いていると思われる。

浅原事件そのものもさることながら、それに付随する、持明院統近臣の抱える感情も、あからさまに記録することは憚られよう。表現するとすれば、何か別のものに仮託することが必要となる。そこで導入されたのが、「花」ではなかろうか。⑨の記事を補うべく、事件の本質、そして内侍たちの衝撃を表現したものが⑦⑧ではなかったかと思われるのである。

伏見天皇は幸い危機を逃れ、事無きを得た。しかし、皇室の動揺、伏見天皇近臣の受けた衝撃、「面白くて」という言葉では、やはりすますことのできぬ中務内侍の心情は、暗喩的に表現することが必要だった。⑦⑧のエピソードは、⑨浅原事件記事の補完として選び取られた題材であり、桜花の寓意性を利用し、その様子を述べることによって、本事件の記録は完結したのである。

以上、『中務内侍日記』の花に関する表現を分析し、本日記における機能について考えた。桜花にこめられた寓意を抽出し、時にその花は、事件の本質を記す手立てともなり、中務内侍らをはじめとする、伏見天皇に近侍する者の根源的な不安感も表現していたこと等を明らかにした。

先に触れたように、この作品には、寓意性を有する景物が諸処に見られる。それらがいかに交錯し、はりめぐらされており、作品をどのように構築しているのか、それについてはまだ論をつくすことができないが、中務内侍は、一般的にいう文章力、表現力とはまた別次元において、文章の彫琢、また題材の選択を行っていることが徐々に見えてきたように思う。今後も、第二節で述べた問題意識に基づき、『中務内侍日記』の実像に迫りたいと考えている。

注

（1）勉誠出版、一九九〇年〜一九九一年。
（2）二〇〇三年九月現在、一九四一年から二〇〇一年までのデータ、及び、一九一二年から一九四〇年までのデータの一部、二〇〇二年のデータ（入力校正中）が公開されている。
（3）至文堂、一九二七年、一九六五年。
（4）『国文学　解釈と鑑賞』一九―一、一九五四年一月。
（5）ともに大修館書店より出版。一九六六年にはそれぞれ増訂版が発行された。発行年次やその構成等から、これらの注釈書自体が「姉妹編」ともいえる。
（6）この呪縛の効力はきわめて強く、『国文学　解釈と鑑賞』六二―五（一九九七年五月）「特集　女流日記文学への誘い」において、寺島恒世氏が担当された論題は「『中務内侍日記』―「あはれ」の日記―」であり、一方、私には「『弁内侍日記』―「をかし」の日記―」という論題が与えられた。
（7）東京大学出版会、一九五六年。
（8）『大阪府立大学紀要』一一、一九六三年三月。
（9）『国文学　解釈と教材の研究』一〇―一四、一九六五年一二月。
（10）明治書院、一九八三年。
（11）『文学』二一―三、一九九一年七月。
（12）「『中務内侍日記』読解考」（『国語国文』五〇―一一、一九八一年一一月）、「彰考館本中務内侍日記について」（『中世文学』二六、一九八一年一二月）。
（13）「中務内侍日記と狭衣物語」（『国文鶴見』一八、一九八三年一二月）、「中世宮廷の源氏物語享受―京極派和歌と中務内侍日記の場合―」（『むらさき』二二、一九八五年七月）、「中務内侍日記と源氏物語」（『国文鶴見』二〇、一九八五年一二月）。
（14）「中務内侍日記の贈答歌」（『国文鶴見』二三、一九八八年一二月）。

(15) 『新日本古典文学大系』第五一巻(岩波書店)所収。なお、玉井幸助氏『中務内侍日記新注』の底本は群書類従本であった。
(16) 紙数の都合により、本文中にて全て紹介できないので、以下に一括して主要な論考をあげておく。
今関敏子氏『中世女流日記文学論考』(和泉書院、一九八七年)
守屋省吾氏「『中務内侍日記』覚書」(『立教大学日本文学』六三、一九八九年一二月)
位藤邦生氏「中世女流日記文学の技法―源氏式場面転換法について―」(『国文学攷』一二六、一九九〇年六月)
寺尾美子氏「『中務内侍日記』注釈小考―丑寅のかたの住吉と神さびたる貴布祢のうら―」(『駒沢国文』二八、一九九一年二月)
寺島恒世氏「『中務内侍日記』―「あはれ」の日記―」(『国文学　解釈と鑑賞』六二―五、一九九七年五月)
なお、岩佐氏の論考の出現以前に、三角洋一氏が「「中務内侍日記」について」(『ミメーシス』三、一九七二年一一月)において、作者の構成意識について言及されたり、宮仕えの記録はその生活に生きがいの場をもった作者の生の証跡であり、「私的なモチーフ」であるという、それまでにない新しい見解を示されている。
本文研究については、小久保崇明氏、若林俊英氏、平林文雄氏の功績も大きい。また一九八〇年代以降、国語学分野の論考も多く発表されている。
(17) 「中務内侍日記論―その世界と執筆契機―」(『青山学院女子短期大学紀要』三八、一九八四年一一月)。
(18) 「『中務内侍日記』の風景―書くことの意味をめぐって―」(『日本文学』四〇―七、一九九一年七月)。
(19) このような問題意識から論を試みたのが、拙稿「『中務内侍日記』攷―弘安十一年二月十三日野上行幸記事をめぐって―」(『古代中世文学研究論集』三、和泉書院、二〇〇一年)である。
(20) 『女房日記の論理と構造』(笠間書院、一九九六年)他。
(21) 「『とはずがたり』と中世王権―院政期の皇統と女流日記をめぐりて―」(『日本文学史を読むIII　中世』、有精堂出版、一九九二年)。
(22) 『日記の家―中世国家の記録組織―』(吉川弘文館、一九九七年)。

(23)『中務内侍日記』の引用は『新日本古典文学大系』第五一巻所収『中務内侍日記』(岩波書店、一九九〇年)による。以下、同じ。
(24)拙稿「『中務内侍日記』論—皇統に対する作者の意識—」(『語文』(大阪大学)七二、一九九九年五月)。
(25)注24前掲論文。
(26)引用は、『花園天皇宸記 二 伏見天皇宸記』(増補史料大成 三、臨川書店、一九六五年)による。

説話・唱導・芸能

中世初頭南都における中世的言説形成に関する研究
――南都再建をめぐる九条兼実と縁起――

近本謙介

一　南都文化研究における研究課題と現状の概観

本論集は、自らの研究領域に関して、先学の研究についてふれつつ、自身のこれまでの取り組みについても位置付けた上で、さらに課題と方法の模索という体裁で論を構成することとなっている。

本稿で取りあげようとするのは、中世文学の研究領域として確かな位置を占めつつある唱導文芸や縁起研究の領域において、院生末期から中世初頭の南都における動向の意義を探るといった課題の下、それが中世における言説を形成する契機と場として機能していたことを確認する点に関する研究である。

唱導文芸に関する研究は、天台宗安居院流、三井寺流、浄土宗、浄土真宗、日蓮宗など、各々の領域について成果が積み重ねられてきており、たとえば『説話の講座』（勉誠社刊　一九九三年二月）においても、「説話の場―唱導・注釈―」として一巻が宛てられており、説話文学の研究においても核を為す分野と認識されるに至っている。そこに付される「参考文献」以降の研究の進展も著しく、本稿はそれらを通覧する任を負うものではないが、積極的に展開されつつある天台安居院流の唱導に比して、南都におけるそれに関しては、未だ充分に楔が打ち込まれているとは言い難いように思われる。

そうした点において、たとえば平岡定海氏『東大寺宗性上人史料之研究並史料』上・中・下（臨川書店刊　一九八八年十二月復刻　一九五八年三月〜一九六〇年三月初版刊）、堀池春峰氏『南都仏教史の研究』（上）東大寺篇・（下）諸寺篇（法藏館刊　一九八〇年九月・一九八二年四月）といった史料と研究が、夙に整えられていたことは、その意義が再確認されなければならないであろう。堀池氏『南都仏教史の研究』に関しては、「遺芳篇」の刊行も予定されている。

納冨常天氏による、神奈川県立金沢文庫に保管される称名寺第三世湛睿の資料についての詳細な研究と資料の紹介「湛睿の唱導資料について（一）・（二）・（三）」（『鶴見大学紀要』第二十九号・第四部　人文・社会・自然科学編　一九九二年三月・一九九三年三月・一九九四年三月）も、南都における唱導や言説を考える上で重要である。そうした成果の発展的研究として、同文庫に保管される、東大寺別当弁暁草のまとまった資料の紹介が、平成十一年度佛教文学会例会（一九九九年十二月　於神奈川県立金沢文庫）でなされ、西岡芳文氏「金沢文庫の唱導資料と調査の概要」（『佛教文学』第二十五号　二〇〇一年三月）、伊藤聡氏「文治二年東大寺衆徒伊勢参宮と弁暁―金沢文庫保管『大神宮大般若供養』をめぐって―」（同上）、渡辺匡一氏「後白河院と四天王寺―金沢文庫蔵唱導資料「弁暁草」から―」（同上）、小峯和明氏「シンポジウム・金沢文庫の唱導資料をめぐる」（同上）の報告が纏められた。さらに調査結果を踏まえた資料の紹介刊行が予告されていることも、南都唱導を考える上で期待される点は多大である。

国文学研究資料館編『真福寺善本叢刊』第八巻「記録部一　古文書一」（臨川書店刊　二〇〇〇年十月）に、『東大寺記録』、『東大寺衆徒参詣伊勢大神宮記』が解題とともに紹介されたことも、東大寺をめぐる縁起研究や南都僧等による伊勢参宮に関する問題を考える上から貴重である。

こうして、南都を離れた場に残される聖教や資料の発掘や紹介が積極的に為されるにつけ、中世における南都が、京都はもちろんのこと、鎌倉や尾張といった文化・学問の拠点と密接に結びついて、その言説が影響を与え、また伝播していった実態が窺われる。

そうした資料の発掘は、南都そのものにおいても進められなければならないが、そうした調査、成果の一端は、以下のように結実している。

奈良国立文化財研究所編『興福寺典籍文書目録』第一巻・第二巻（法蔵館刊　一九八六年十月・一九九六年九月）、稲城信子氏他『奈良市・西大寺所蔵典籍文書の調査研究』（平成七〜九年度科学研究費補助金研究成果報告書　一九九八年三月）、上島享氏他『興福寺旧蔵史料の所在調査・目録作成および研究』（平成十年度〜平成十三年度科学研究費補助金研究成果報告書　二〇〇二年三月）など、南都諸寺院の典籍文書に関する基礎資料が相次いで調えられつつある。

南都をテーマにした学会や企画も、近時いくつかのものが行われた。平成十四年度中世文学会春季大会（於慶應義塾大学）においては、シンポジウム「中世文学と相承―南都における学芸」が企画され、その成果は『中世文学』第四十八号（二〇〇三年五月）に報告されている。唱導や芸能の場としての法会学の領域を志向するものとして企画された三度にわたる講演会「南都の法会」（於奈良女子大学）の内容は、『儀礼にみる日本の仏教　東大寺・興福寺・薬師寺』（奈良女子大学古代学学術研究センター設立準備室編　宝蔵館刊　二〇〇一年三月）として実を結んだ。諸領域から南都を捉えようとするシンポジウムが名古屋大学文学研究科比較人文科学先端研究特別演習「中世南都の諸相―説話・験記・聖教からうかがう―」（二〇〇一年十二月　於名古屋大学）と題して行われ、福島金治氏「真福寺所蔵『八生一生得菩提事』紙背文書について」、横内裕人氏「東大寺『本願聖霊勤行表白』について（中間報告）―覚憲撰『三国伝灯記』全巻の出現」、千本英史氏「『増賀上人行業記』チェスタービーティ本の再検討」、近本「南都関連聖教の伝存に関する点描」の発表があった。

学際的成果の共有に向けて

こうした研究の広がりは、自ずと学際的な研究成果の共有へと展開していく状況を呈している。南都といった中世文化の一大拠点を考える上で、学際的な研究方法が要求されるのは、至極必然的なことでもあると思われる。現在の南都文化研究は、そうした成果の共有へ向けての準備段階のようにも感じられる。

成果を共有すべき研究や、そうした方向性を示すもののいくつかを掲げることにする。

歴史学の方法に絵画資料の読みを加えつつ成された五味文彦氏『春日験記絵と中世』（淡交社刊　一九九八年十一月）は、『春日権現験記絵』全体を総合的に論じた点で、今後参照されなければならない。殊に、所収話に投影された藤原俊盛・盛実父子とその家系の問題を指摘し、『春日権現験記絵』作成の基盤となった解脱房貞慶の法脈を継ぐ良遍・尊遍に焦点を当てる点などに、歴史学からの鋭い提言が見られ、今後諸領域に寄与する点は大である。貞慶とその周辺の問題について論じたものとしては、富村孝文氏「貞慶の同朋と弟子たち」（立正大学史学会創立五十周年記念事業実行委員会編『宗教社会史研究』所収　雄山閣出版刊　一九七七年十月）や上横手雅敬氏「貞慶をめぐる人々」（平松令三先生古稀記念論集『日本の宗教と文化』所収　一九八九年十一月）などがその先駆をなすものといえよう。これらの成果を受けたものとして、野村卓美氏「『春日権現験記絵』と村上源氏」（『国語国文』第六十八巻第七号　一九九九年七月）、「『春日権現験記絵』と丹波入道」（『国語国文』第六十九巻第九号　二〇〇〇年九月）、「『春日権現験記絵』と詞書成立の背景―藤原俊盛説話を中心として―」（『国語国文』第七十巻第十一号　二〇〇一年十一月）が著されている。『春日権現験記絵』所収話に見られる村上源氏との密接な関わりと説話管理者としての姿を指摘し、峰定寺釈迦如来像に貞慶やその門弟と丹波入道浄恵房（藤原盛実）の関わりを見出した上で、『春日権現験記絵』所収の盛実説話の貞慶自らの手による盛実からの採集の構図を考えるなど、丹波入道浄恵房を諸資料を博捜することによって浮かび上がらせ、この一族と『春日権現験記絵』所収話の意味とを関連づける氏の研究は、『春日権現験記絵』研究が、その形成過程を具体的に考える段階に入ったことを示している。調査結果を『春日権現験記絵』本文の問題に還元させる上では、成立とその前段階の問題とを慎重に弁別していく必要があろう。また、内田澪子氏「『春日権現験記絵』巻十九検討」(『説話文学研究』第三十八号　二〇〇三年六月)は、巻十九に記される正安三年(一三〇一)に起こった悪党による春日神鏡奪取事件の記述を、春日若宮神主中臣祐春の記録『祐春記』との比較から読み解き、『春日権現験記絵』成立直前の霊験伝承形成の実態を明らかにしている。

『春日権現験記絵』成立にも影響を与える興福寺や、南都大寺院の中世における姿を考える上で、稲葉伸道氏『中世寺院の権力構造』(岩波書店刊　一九九七年五月)や永村眞氏『中世東大寺の組織と経営』(塙書房刊　一九八九年二月)は常に披見すべきものとなっているし、安田次郎氏『中世の興福寺と大和』(山川出版社刊　二〇〇一年六月)にも教えられるところが多い。

院生末期から中世初頭にかけての南都における教学と文芸との関係については、原田信之氏「『今昔物語集』と『三国伝灯記』—南都法相宗系成立説の一徴証—」(福田晃・廣田哲通編『唱導文学研究』第一集所収　三弥井書店刊　一九九六年三月)が、興福寺覚憲の『三国伝灯記』と『今昔物語集』の構造の類似点から、『今昔物語集』興福寺内成立説を補強する。市川浩史氏『日本中世の光と影　「内なる三国」の思想』(ぺりかん社刊　一九九九年十月)は、三国意識を基軸に、覚憲『三国伝灯記』や『華厳縁起』等を俎上に載せており、南都文化史を考える上で示唆的である。中世前期の南都における文芸生成に関する研究としては、加賀元子氏「興福寺の周辺—『楢葉和歌集』の窓から—」(『中世寺院における文芸生成の研究』所収　汲古書院刊　二〇〇三年一月)、「定円と『法隆寺宝物和歌』付定円和歌一覧」(同上)、「無住と法隆寺僧恵厳」(同上)が、和歌研究や法隆寺と縁を持った定円や無住といった人々と文芸の生成の実態を捉えて有益である。

また、東大寺宗性のもとで書写・集成された、漢文・唱導資料の問題について、石井行雄氏「香山余薫—中世唱導に於ける白居易詩句受容の事例―」（福田晃・廣田哲通編『唱導文学研究』第一集所収　三弥井書店刊　一九九六年三月）や、仁木夏実氏「信阿小考―東大寺図書館蔵『遁世述懐抄』所収漢詩を中心に―」（『国語と国文学』第七十九巻第四号　二〇〇二年四月）、「『遁世述懐抄』所収漢詩について」（『文藝論叢』第六十一号　二〇〇三年九月）などがある。

南都文化研究は、仏教芸術史のうち彫刻史の点からも有益な研究が多く、藤岡穣氏「解脱房貞慶と興福寺の鎌倉復興」（京都国立博物館『学叢』第二十四号　二〇〇二年五月）は、興福寺の鎌倉復興に際して、貞慶が笠置へ隠遁した後も復興勧進を主導していた可能性について指摘する。瀬谷貴之氏「貞慶と重源をめぐる美術作品の調査研究―釈迦・舎利信仰と宋風受容を中心に―」（『鹿島美術研究』年報第十八号　二〇〇一年十一月）は、『讃佛乗鈔』を貞慶起草になるものと見なした上で、貞慶と重源との密接な関わりを釈迦・舎利信仰の上から考えている。

『讃佛乗鈔』については、牧野和夫氏「讃仏乗抄をめぐる新出資料―七寺蔵『大乗毘沙門功徳経』と東寺観智院蔵『貞慶抄物』他」（『金沢文庫研究』第二九六号　一九九六年三月）に、金沢文庫本を補う古写本の存在が報告されており、同氏「貞慶・澄憲の周辺―「笠置上人草」「解脱上人之作」と題した「表白集」類について―」（『佛教文学』第十九号　一九九五年三月）においては、鎌倉から南北朝期において、貞慶と安居院澄憲の撰述唱導文献が混同あるいは関連づけられて伝存してきた実態を具体的に紹介する。諸宗の交流という点では、宇都宮啓吾氏「十二世紀における義天版の書写とその伝持について―訓点資料を手懸かりとした諸宗交流の問題―」（『南都佛教』第八十一号　二〇〇二年二月）が、高麗続蔵経たる義天版の輸入に伴う書写と加点の問題から、南都を含めた諸宗交流の跡を探り、村上源氏の血縁にその交流の契機を窺おうとする。

南都をめぐる言説としては、伊藤聡氏「重源と宝珠」（『佛教文学』第二十六号　二〇〇二年三月）が宝珠・舎利信仰をめぐる神道説と重源との関わりを説き、藤巻和宏氏「『長谷寺縁起文』天照大神・春日明神誓約譚をめぐって―第六天魔王の登場と『長谷寺密奏記』との照応」（『国文学研究』一九九九年三月）、「『長谷寺縁起文』に見る〈東大寺〉—役行者・法起菩薩同体説と伊勢参宮説—」（『説話文学研究』第三十四号　一九九九年五月）「寺院ネットワークと伝承—興福寺と長谷寺」（『国文学　解釈と教材の研究』　学燈社　二〇〇三年九月）その他一連の長谷寺関係の研究も南都を考える上で重要である。興福寺の縁起に関する研究としては、橋本正俊氏「南円堂鎮壇をめぐる説話」（京都大学『国文学論叢』第九号　二〇〇二年十一月）がある。

法会の場における言説を考える上では、山田昭全・清水宥聖編『貞慶講式集』（山喜房佛書林刊　二〇〇〇年八月）によって、貞慶著述講式の翻刻紹介と注釈が施されたことの恩恵は大きい。さらに、ニールス・グュルベルク氏「翻刻・影印されている講式の部類別一覧—付・別名索引—」（『大正大学綜合佛教研究所年報』第十八号　一九九六年三月）による講式の資料整備や、それをもとにした氏による詳細な明恵や貞慶などの講式研究が、この分野を飛躍的に推し進めつつある。

院政期から鎌倉初期の南都における学問と唱導の接点を考える上で重要な、興福寺法相教学の泰斗、菩提院蔵俊に関する研究も、劔持雄二氏「「蔵俊僧都作」『類集抄』について」（『待兼山論叢』文学篇第十六号　一九八二年十二月）、「唱導資料としての『類集抄』について」（『講座　平安文学論究』第四輯　一九八七年六月）によって始められたが、蔵俊の著述と説話唱導に関する問題としては、後藤昭雄氏「『日本感霊録』の佚文断片—撰者のこと、伝流のこと—」（『南都佛教』第八十一号　二〇〇二年二月）が、九世紀成立の仏教説話集『日本感霊録』の佚文を引用する文献と蔵俊との密接な関わりを見出した上で、『日本感霊録』の伝流に蔵俊の関与を想定しようとし、さらにはこの問題が、蔵俊撰述の認否が問われる大谷大学蔵『類集抄』に対する蔵俊撰述とする例証となることを説く。中世前夜の南都教学や唱導の実態を知る上で極めて重要な蔵俊の問題故、示唆に富む指摘であると考えられる。

院生末期から鎌倉初期にかけて起こった、南都における中世的言説形成への移行期は、後の文芸に多大な影響を与えることとなるが、そうした問題を取り上げた壮大な論として、阿部泰郎氏の研究がある。『「入鹿」の成立」

（『藝能史研究』六十九号　一九八〇年四月）、「『大織冠』の成立」（『幸若舞曲研究』第四巻所収　三弥井書店刊　一九八六年二月）は、幸若舞曲『入鹿』・『大織冠』の成立の背景にある中世の豊穣な言説を、縁起・太子伝・神道書・唱導・芸能等あらゆる領域の資料を駆使しつつ描き切る。

ここからは、大織冠鎌足や興福寺創建等、南都について語られる縁起や物語が、国家を語り、あるいは中世における神話を語ることと直結していたことが窺われる。

こうした文芸へと結実していく言説を生み出していく場としての南都の問題は、諸領域の成果を併せ考えた先に、南都文化研究の総体として見えてこようし、たとえば貞慶という南都僧の成し得た営みの大きさもそこから辿り得るように思われる。

それぞれの学問領域の方法に根ざしつつ、他領域の成果を共有することによる学際的な方向への転換・展開が、今後多くを語り始める研究領域であると思われる。

二　これまでの研究内容

こうした諸先学の学恩を忝なくしつつ、南都文化研究において、稿者のこれまで考察を加えてきた点について略述する。

「天理図書館蔵探幽縮図写絵巻　解題と翻刻―『解脱上人明恵上人伝絵巻』・『天狗草紙』―」（『山辺道』第四十二号　一九九八年三月）においては、伝記資料の少ない解脱房貞慶について、狩野探幽が古絵巻を縮図したものの写しとして伝存する、天理図書館に蔵される絵巻を紹介し、貞慶の伝記と、明恵の伝記や『天狗草紙』とが取り合わせられる点について、魔界の問題の介在などから考えた。

「『春日権現験記絵』成立と解脱房貞慶」（『中世文学』第四十三号　一九九八年五月）においては、『春日権現験記絵』と貞慶との関わりについて、それが従来の貞慶「御社験記」を出発点とするといった単純な構図で説明されるべきものではなく、貞慶没後に補入された貞慶仮託の霊験譚をも内包しつつ、一方で「御社験記」の輪郭は、跋文の言説として投影される、『春日権現験記絵』の本質にも関わるものであった点を指摘した。『春日権現験記絵』の貞慶関連話は、東大寺宗性『啓白至要抄』に綴られる南都における伝承などとも関わりつつ、貞慶と貞慶以後の両方の要素を内包しながら一書として成立していることを論じた。

「南都をめぐる能と日本紀―補陀落の南の岸に展開する文芸世界―」(『国文学　解釈と鑑賞』至文堂　一九九九年三月）では、謡曲〈采女〉を取り上げ、采女の補陀落往生の話柄に興福寺南円堂縁起が深く関わり、それが同曲中では、春日第一宮を釈迦如来とする本地説を基とする春日霊山浄土観と取り合わせられていて、それは世阿弥によって南都浄土の言説の、祝言的複合が意図されたものであることを論じた。また、謡曲〈春日龍神〉にも影響を与えるこの本地説の形成に解脱房貞慶が関わっており、後世の文芸への影響の大きさを考えた。

「春日をめぐる因縁と言説―貞慶と『春日権現験記絵』をめぐる新資料―」(『金沢文庫研究』三〇二号　一九九九年三月）では、神奈川県立金沢文庫保管称名寺寄託聖教の春日関連資料を分析し、それらの多くが貞慶草と考えられるものや貞慶と関わりの深いものであって、『春日因縁少々』や『俊盛卿因縁』といった資料に記される内容が、『春日権現験記絵』所収話と極めて密接な関係にあり、『春日権現験記絵』中の一話として均質化されて所収される以前の、生々しい側面を伝えるものであることを確認した。その作業において、『春日権現験記絵』にも投影される藤原俊盛とその係累の問題、さらに俊盛女が、貞慶の跡を襲って海住山寺第二世となった慈心房覚真（藤原長房）であったという婚姻による両者の結びつきについて指摘し、貞慶や春日霊験伝承の形成や伝承に、俊盛の孫で貞慶に師事した良遍・尊遍のみならず覚真が関与している可能性を考えた。金沢文庫保管の春日関連資料は、貞慶に関わる因縁と言説とを同時に伝えており、『春日御社事』に見られる講式の如き漢文体の本文と、それを読み下し和文化した『春日御本地釈』のようなテクストが併存し、それが『春日権現験記絵』跋文に取り込まれる点、『春日因縁少々』や『俊盛卿因縁』が漢文体で綴られるのに対して、『春日権現験記絵』はそれらを読み下した形になっている点など、因縁と言説をめぐる文体の問題にも示唆を与えるものと考えた。

「貞慶伝とその周辺―海住山寺文書をめぐって―」（『佛教文学』第二十四号　二〇〇〇年三月）においては、海住山寺文書の調査に基づいて、貞慶自らが草した文書の内容について検討を加えるとともに、貞慶の伝記資料を紹介し、『元亨釈書』・天理図書館蔵探幽縮図写絵巻『解脱上人伝絵巻』との関係、さらには同寺に蔵される『僧貞慶仏舎利安置状』の文言が用いられる点、入滅の仕儀や覚真・戒如を初めとする後継の者への詳細な言及が見られる点などを指摘して、本貞慶伝が既存の貞慶伝を利用しつつも、海住山寺としてのあるべき伝の体裁を志向して成ったことを確認した。

「廃滅からの再生―南都における中世の到来―」（『日本文学』二〇〇〇年七月）では、南都における中世的言説への移行を促したものとして、治承四年十二月の平重衡による南都焼亡を位置づけ、同じく治承四年九月の蔵俊入滅は、興福寺においては、教学信仰の場の喪失とともに、教学面の支柱を失うという危機的状況をもたらしたことに着目した。そうした状況が、廃滅からの再生として、伽藍再建とともに、中世への言説の転換をも促したと考えた。そうした動きのひとつとして、建久三年（一一九二）の『建久御巡礼記』の作成を、未だ再建の槌音響く中での、縁起物語という体裁を与えられた、文字による南都中世の再建の一環と考えた。続いて、蔵俊に連なる覚憲について分析し、『三国伝灯記』の著述が承安三年（一一七三）という南都焼亡以前であることに着目して、焼亡後の覚憲が菩提山僧正信円のもとで興福寺再建に奔走し、文治元年（一一八五）東大寺大仏開眼供養導師、建久六年（一一九五）東大寺供養導師を初めとする官僧としての重責を担うこととなるのを対比した。そこから、南都中世の論理的再生は、一旦失われた仏法東漸の聖地南都を、濃厚な神祇信仰との融和のもとに南都浄土観として提示する方向へと向かい、それを推し進めた存在として、覚憲に師事した解脱房貞慶の意義について考えた。重要な問題として、建久四年（一一九四）の貞慶の笠置隠遁と、建久六年（一一九五）の笠置での般若台創建を取り上げた。そこには、貞慶の伊勢参宮と天照大神感得の問題、重源からの施入、大般若経安置、魔道の問題等が絡み合っており、春日第四宮を天照大神とする言説もこの時期に形成され、伊勢・春日二神約諾神話の展開として、『春日権現験記絵』の序にあたる叙述がなされることとなる。これらが南都再建のひとつの区切りと重なる建久期にすべて起こっていることから、南都再建と南都における中世的言説への転換期として、建久年間を位置づけるべきことを説いた。

「春日霊験伝承をめぐる縉紳と緇侶―九条兼実と菩提山僧正信円など―」（池上洵一編『論集 説話と説話集』和泉書院刊 二〇〇一年五月）では、まず春日霊験伝承の文字化・筆録行為を諸資料に求め、興福寺・藤原氏双方による春日霊験譚や託宣の収集を確認した。続いて、これらの筆録収集を結びつける具体的な経路として、九条兼実とその弟菩提山僧正信円による春日関連の〝もの〟と情報との往還を兼実の日記『玉葉』から探り、そこに形成される兼実を中心とした先駆的な情報網としての九条家のネットワークを見出した。その情報のネットワークから紡ぎ出されたと考えられるいくつかの事例についても言及し、それが、ひとたび神仏から下された霊験・託宣が、霊験伝承として文字化され、中世を生き続けるメカニズムとなっていることを説いた。

「天理大学附属天理図書館蔵『春日権現講式』本文と解題」（石川透・岡見弘道・西村聡編『徳江元正退職記念 鎌倉室町文學論纂』三弥井書店刊 二〇〇二年五月）においては、天理大学附属天理図書館蔵『春日権現講式』の翻刻・影印本文に解題を付して紹介し、これが貞慶『春日権現講式』として他を遡る古写本であり、伝本との校合から、大覚寺本や学習院大学本と近似した略本系と見なされる点、同系統内でも単純な先後関係の問題に還元できない点を示した。さらに、天理大学附属天理図書館蔵本に付される鳥羽僧正覚猷と恵日房成忍をめぐる奥書・識語についても、それらが記される経緯について考察した。

「唱導と説話―法相宗の法脈を語る『春日権現験記絵』所収話―」（『国文学　解釈と教材の研究』学燈社　二〇〇三年九月）においては、院生末期から中世への法相教学の系譜・法脈そのものを意識して形成されたと思われる説話伝承を『春日権現験記絵』のうちに求め、蔵俊および貞慶について語る伝承の性格を探った。蔵俊関連の伝承には、春日大明神の本地を蔵俊に感得させ、自身の言説として語らせるなど、蔵俊への仮託の跡が窺われ、そうした伝承の形成を、法脈に連なる人々によって要請され形づくられた、先師の言説の刻印と位置づけた。また、貞慶関連伝承として、巻十六第三段を取り上げ、蔵俊の跡を継いで法義を記し留めよとの春日大明神による貞慶への法義述作の託宣が、後世に多大な影響を及ぼした貞慶『成唯識論尋思鈔』の撰述の契機となったこと、すなわち蔵俊の功績に連なるものとして春日大明神の託宣による思し召しに基づいて成ったものとして『成唯識論尋思鈔』を位置づけようとするものであることを指摘した。これらの説話伝承は、あたかも法相教学の法脈を裏側から支える伝承として醸成されたことを示した。

三　南都再建をめぐる九条兼実と縁起

ここに述べ来たった課題と成果を踏まえつつ、九条家と文芸の問題を考える一端として、方法を模索する意味で、南都回禄と再建における兼実と縁起の問題について考えてみたい。

中世初頭における、新たな中世的と言い得る言説の形成に、南都興福寺の動きと藤原氏との連繋のあったことは、拙稿「春日霊験伝承をめぐる縉紳と緇侶―九条兼実と菩提山僧正信円など―」によっても窺えるところであった。殊に九条兼実とその弟である興福寺別当信円との関わりは、種々の情報や言説の形成・伝播に重要な意味を有したと考えられ、さらに推論するに、兼実自らがそうした中世的神道説への移行に積極的に関与したようにも思われるのである。

治承の回禄後の南都再建は、焼亡の翌月、治承五年（一一八一）正月に、信円が興福寺別当に補され、兼実との連繫のもとに始められる。そこに、日本仏教彫刻史を彩る多くの御仏の像が刻まれ、南都再建の槌音に呼応するかのように、『建久御巡礼記』を初めとする南都縁起の再構築も図られていくのである。

実はそうした動きにも、九条兼実は関わっていたのではなかろうか。彼の日記『玉葉』に、その痕跡を辿ることとする。

イ　南都焼亡の報

十二月二十七日の平重衡による南都焼き討ちの翌二十八日、兼実のもとに、「伝聞、去夜、重衡朝臣寄二南都一。其勢依二莫大一、忽不レ能二合戦一云々」（『玉葉』治承四年十二月二十八日条）と、その第一報がもたらされた。二十九日には、「巳刻、人告云、重衡朝臣征二伐南都一、只今帰洛云々。又人云、興福寺、東大寺已下、堂宇房舎、払レ地焼失。於二御社一者免了云々。」（同二十九日条）との情報が入り、兼実は「七大寺已下、悉変二灰燼一之条、為レ世為レ民、仏法王法滅尽了歟。凡、非二言語之所一レ及、非二筆端之可一レ記。余聞二此事一、心神如レ屠」（同日条）と深い歎きに沈む。治承五年（一一八一）は、「興福寺事、氏之大事也」、「抑、南京諸寺焼失事、悲歎之至、取レ喩無レ物。御寺已化二灰燼一、氏人存而無レ益。可レ棄二俗塵一者此時也。猶纏二世路一、未レ交二山林一、悲哉々々」という思いのうちに明け、六日、民部卿資長によって送られた南都焼失の注文を、兼実は「依レ為二希代之珍事一」として書き付けている。

日が経つにつれ、より具体的な情報が兼実のもとに寄せられるようになるが、氏寺興福寺諸堂に安置された仏像の安否についての初めは、二十二日にもたらされた以下の内容である。

申刻、中御門大納言来、無二殊事一。伝聞、山階寺両金堂験仏、奉二取出一了、十一面云々。於二金堂中尊眉間仏一者、未二出来給一云々。若遂失了給者、誠我氏之滅尽也。

氏寺興福寺の東西両金堂の験仏の無事が伝えられる一方で、中金堂本尊釈迦如来像の眉間に籠められた大織冠鎌足ゆかりの銀仏が未だ見出だされぬことに、これが失われるようなことが出来すれば、「誠に我が氏の滅尽也」と兼実は歎いており、南都再建の道程の険しきことが、兼実に次第に実感され始めるのである。

（『玉葉』治承五年正月二十二日条）

ロ　西金堂十一面観音縁起

より詳細な情報がもたらされることとなったのは、数日を経た正月二十六日であった。摂政基通よりの南都焼失についての下問に対する右中弁光雅の返答によれば、仏像・堂塔が悉く灰燼に帰する中で、西金堂十一面観音が、堂衆によって袈裟に裹まれ運び出され、僧坊に安置されたというのである。この像が「高名験仏」であり、何処に安置すべきかが考えられる中で、以下のような縁起が綴られている。

　又、件仏濫觴、如㆓古老伝㆒者、弘仁年中、有㆓寿広和尚㆒実名不覚、奉㆓求出㆒、奉㆑安㆓置寺中金堂㆒之処、御体太重、而敢不㆓動揺給㆒。欲㆑奉㆑居㆓西金堂㆒天、奉㆓抱出㆒之処、更無㆑煩天、奉㆑移了。即輙難㆑奉㆑動。若可㆑及㆓御占㆒歟、如何。

（『玉葉』治承五年正月二十六日条）

安置場所を自ら望んだ験仏の縁起に憚り、安易に安置場所を決定しがたいため、御占を行うべき事が検討されている。

　同じく二十六日条には、

　件二尊安置之所、又如何。報云、先仏者、以㆑堂為㆓所居㆒、縦雖㆑不㆑可㆑奉㆑出㆓寺中㆒、已無㆓堂舎㆒。無㆑止之霊仏等、安㆓置下僧之弊房㆒、付㆓冥顕㆒有㆑恐、縦雖㆓寺外㆒、暫被㆑安㆓仏閣㆒、何難之有哉。其中、至㆓于十一面像㆒、猶

可レ有二思慮一者、重可レ被レ仰二合寺僧等一歟。御占、古来之例也。但、如レ此霊仏之進退、容易難レ決二占卜一歟。

但、残疑者、左右又可レ在二時議一。

と詮議の経過が記され、寺僧とも協議の上、十一面観音像の処遇には思慮あるべきことが述べられ、験仏の進退については占によっても安易に決しがたい旨が記されている。

縁起を記した末尾に、縁起の内容を根拠に「即輒難レ奉レ動」とするあたりに、南都回禄後の縁起の持つ意味合いを感じ取れるように思う。

西金堂十一面観音縁起は、同年正月三十日条にも、興福寺寺家注文として提出された「西金堂十一面観音本縁事」として、以下のように詳細が記し留められる。

件像者、寿広和尚、尾張国人也、住南京、学法相宗、才幹軼人也、徳行超群、僧綱任和尚過二行椦問坂之前、腰谷池辺一之間、暗有レ音喚レ已。寿広令レ驚レ訶、瞻二視四方一、敢無レ人。于レ時、存二鬼喚由一、護身結界、徘徊之間、西田中、又有二此音一。行二彼所一、尋求之処、十一面観音像、額已上自レ土所二出現一也。爰、寿広歓喜堀出、洗二土泥一、自負来、奉レ立二南大門一祈レ之、何堂可レ奉二安置一哉、思惟之間、童子自然出来示云、安二置西金堂一云々。和尚不レ信、欲レ安二金堂一、負レ之如二盤石一。仍、欲レ安二西金堂一之処、挙動如二軽毛一、自二南端戸一奉レ入レ之天長二年乙巳二月五日、別当修円僧都時。自レ爾以降、南扉于レ今無レ開、而今度焼失之刻、本師厳宗、捨レ身入二堂内一、自二炎中一奉二懐出一、奉レ安二置厳宗小房一件小房、在西金堂後松院、寺中所残小房三宇内也。件像、安二置何所一、可レ被レ行二修二月一哉自二月一日、至于七日修之、自貞観十一年、至去年、全無退転。

寺家注文に用いられた縁起は、興福寺において管理された縁起の内容が知られる点において重要である。この縁起内容を、他の西金堂十一面観音縁起と比較することにする。

西金堂安置の十一面観音に関しては、嘉承元年（一一〇六）、大江親通の初度の南都巡礼の記『七大寺日記』に、「霊験之観音宝帳」についての言及はあるが、縁起内容にはふれていない。保延六年（一一四〇）、再度の南都巡礼に際して成った『七大寺巡礼私記』に初めてこの縁起は現れる。

霊験観音宝帳一基

斯殿内安㆓等体十一面観音像㆒。件像者行基菩薩之所㆑造、服寺之像。寿広和尚者、尾張国之生也。出家シテ移㆓興福寺㆒、学㆓法相宗之宗義㆒ヲ、鑚仰無㆑止、柔和禀㆑性、才幹軼㆑人也。慈悲棲㆑タリ群㆓、而為㆓要事㆒。往㆓近隣㆒之間、於㆓持間坂南、越田池ノ北辺㆒、暗有㆑声、呼テ云㆓寿広々々㆒。驚㆑音、瞻㆓視四方㆒、敢無㆑人。于㆑時、存㆓鬼喚之由㆒、護身結界、徘徊之間、彼池西之田中、有㆓此声㆒。行㆑テ彼コニ、尋求之処、等身十一面観音像、自㆑頭以上、従㆓土ノ中㆒所㆓出現㆒也。爰、寿広悦以堀出、洗㆓土泥㆒、負㆓件像㆒、奉㆑立㆓興福寺南大門㆒云々。祈云、何堂仁加可㆑奉㆑安、思惟之間、大童子自然出来、示云、西金堂㆓可㆑奉㆓安置㆒云々。和尚不㆓信用㆒、為㆑安㆓金堂㆒、奉㆑負之処、重コト過㆑テ前㆓如㆓盤石㆒。仍、西金堂安㆓置ス之㆒、自㆓南端戸㆒奉㆑入之故、自㆑爾以降、閉㆓テ件戸㆒敢無㆑開云々。二世之悉地祈請之輩、一人不㆑空。抑、此堂之長講付本仏雖㆑可㆑用㆓釈迦悔過㆒、依㆑安㆓此堂霊像㆒、以㆓十一面悔過㆒所㆓勤修㆒也。件服寺㆓ハ、但残㆓座光㆒、其座光霊験掲焉也。

『玉葉』所収の寺家注文に無い部分に傍線、語句の異なる部分に破線を施した。行基所造の服寺の像であった点や服寺の座光に関する情報は、南都回禄後の被害状況を伝える注文に馴染まない要素として省かれたと考えられるし、逆に、「而今度焼失之刻、本師厳宗、捨㆑身入㆓堂内㆒、自㆓炎中㆒奉㆓懐出㆒、奉㆑安㆓置厳宗小房㆒。件像、安㆓置何所㆒、可㆑被㆑行㆓修二月㆒哉」といった炎上の際の経緯とその後の処置について語り添えることに、寺家注文の意図があったことは明らかである。

両者の縁起を比較するに、『玉葉』所収寺家注文の、西金堂へ入る像について「挙動如㆓軽毛㆒」とする点や、「天長二年乙巳二月五日、別当修円僧都時」という西金堂への安置時期についての記述が、『七大寺巡礼私記』には見られないものの、両者には、用語・展開に極めて近似した性格を認めることができる。これは、保延六年の段階で大江親通が南都において採集した縁起が、興福寺からの注文に用いられるような正統的な縁起として、興福寺内ですでに成文化されていたものに基づくことを証している。

こと西金堂十一面観音縁起に関しては、以後の『建久御巡礼記』が寺家注文の修円僧都の時の事である点を強調する他は、『醍醐寺本諸寺縁起集』、『菅家本諸寺縁起集』ともに、ほぼ同様の縁起を綴っており、後者は「又親通之記云」として、服寺の座光の件を添えているから、中世に至っても『七大寺巡礼私記』が、参看依拠すべき南都諸寺の縁起集であったことを知るのである。

親通の『七大寺巡礼私記』が中世にも参看される縁起であり、それが興福寺の寺家注文と共通する信頼に足るべきものであることを述べたが、『建久御巡礼記』との比較は、この時期に南都興福寺内で、縁起の大幅な加筆展開が為されたことを物語るものである。西金堂を例にとるに、『七大寺巡礼私記』は十一面観音縁起以外に、准胝観音像に「斯観音者霊像也」として小児護持の霊験を略述したり、中尊釈迦像について眉間の珠が無いにもかかわらず照り輝いている奇瑞などを記すが、いずれにしても物語る縁起という方向を指向してはいない。それに比して、『建久御巡礼記』は、西金堂が光明皇后によって亡母の往生菩提のために発願されたものとした上で、本尊として安置される釈迦如来像の作成にまつわる縁起を物語る。すなわち、天竺健達羅国の国王が生身の観音を拝せんと願ったところ、夢中に光明女こそがそれであるとの告げをうけて巧匠を遣わし、その巧匠に彫らしめたものであると。ここには、光明皇后観音説や釈迦如来像の眉間が珠を入れるまでもなく照り輝いた奇瑞などが織り込まれ、まさに物語る縁起の嚆矢としての面目躍如たるものがある。

南都再建のさなかに、興福寺で縁起に対する転換点があったことを、『建久御巡礼記』は示していると思われる。拙稿「南都をめぐる能と日本紀―補陀落の南の岸に展開する文芸世界―」にもふれたが、南円堂縁起と春日大明神の結びつきが『建久御巡礼記』によって顕著となるのも、これと軌を一にするものであろう。

堂塔の中では再建の沙汰の遅れた西金堂であるが、それを補うかのように、建久期に本尊釈迦如来像の縁起が詳細化して物語られ始めることは、注意しておくべきかと思われる。

八　東金堂仏縁起

一方、東金堂諸仏については、いかなる情報がもたらされたであろうか。『玉葉』治承五年正月二十六日条には、

此外、東金堂釈迦三尊、同奉レ出了（当時、右。所不分明）

といった記事が見出せ、さらに同正月三十日条には、寺家注文「東金堂後戸、釈迦三尊像事、（脇士、観音、虚空蔵）」として、以下の記事が記される。

件像、自二新羅国一所レ貢仏也、前々炎上之時、皆以奉二取出一了。而今度、不レ能レ奉二取出一。中尊無レ首、脇士両軀、或全体破損、或半身損壊。当時、奉レ渡二新薬師寺堂一（東大寺。末寺）。

又、同堂正了知大将、希代霊像也。寛仁炎上之時、自踊出、時人号レ之、云二踊大将一。而今度、十大師弁基、纔奉レ取二出御首一、安二置竜花院小房一（寺。外）。件等像、安二置何所一、可レ被レ行二修二月一哉（自二月一日、至于七日修之、万寿四年始行、至去年無退転。）

後戸の釈迦三尊像については、『七大寺日記』に、「本朝第三十代欽明天皇御代ニ、従二百済国一始奉レ渡、本朝仏法最初ノ像也」との所伝が見え、『七大寺巡礼私記』も同様の記事を載せ、『菅家本諸寺縁起集』もそれを引き継いでいる。東金堂は治承の兵火に焼かれる以前にも何度か火災に遭遇しているが、『七大寺巡礼私記』が、「或記云、東金堂一宇、宝塔一基者、寛仁元年為二神火一焼失云々」とするのが、寺家注文に云う「前々炎上之時」に当たるのであろう。

　これらの資料は何れも釈迦像が百済国からもたらされたとしていて、寺家注文と一致しないのに対して、『建久御巡礼記』は、

後戸ニハ、金銅ノ釈迦、観音、虚空蔵三尊ヲハシマス。太子伝云、敏達天皇即位八年己亥冬十月ニ、自二新羅国一、仏像ヲ此ノ朝ヘ奉レリ送。太子申給ハク、西国ノ聖人釈迦牟尼仏ノ遺像ナリ。末世ニ是ヲ貴スレバ、災ヲ消テ幸ヲ蒙ル。是ヲ凌者、則災ヲ招テ、命ヲ促ト申給シカバ、天皇安置供養給ヘリ。今此御堂後戸ニ伝ハリ留マリ給ヘリ。

と、新羅からの伝来を記す点で、興福寺寺家注文と一致する。この所伝は、『興福寺伽藍縁起』にも引き継がれている。『建久御巡礼記』が記す内容は、『聖徳太子伝暦』に拠ったと見られるものである。太子伝を典拠とした所伝が、興福寺寺家の公的な注文に記される縁起となっており、それが『建久御巡礼記』に引かれる点は、興福寺における本朝仏法最初の像の位置づけの共通した伝承として重要であり、南都回禄直後の公的寺家注文と、興福寺における『建久御巡礼記』作成とが連動していることを窺わせる点において興味深い。

正了知大将像については、『七大寺巡礼私記』に、「宮毘羅大将宝殿一基高八尺許」、「或説云正了知大将云々、実説可尋之」としており、『菅家本諸寺縁起集』にも同様の内容が記される。しかしながら、寺家注文の記す、寛仁の炎上の際に自ら踊り出て、時の人に踊大将と称されたとの奇瑞を記すものは管見に入らないので、「希代霊像也」とする根拠として提示されるこの縁起は貴重な情報である。

これらの事例からも、兼実は存外詳細な興福寺諸堂縁起を、把握しているように思われる。

二　中金堂本尊釈迦如来像および眉間の大織冠銀仏縁起

興福寺中金堂本尊釈迦如来像は、昌泰三年（九〇〇）成立の『興福寺縁起』以下、諸縁起集に説かれるように、蘇我入鹿の専横を抑えんが為、その誅罰の成就を祈願して鎌足が発願したものであり、のちに大織冠鎌足所持の銀仏を眉間に込めた本像に纏わる縁起は、藤原北家隆盛の礎として、南円堂不空羂索観音の縁起と共に重視されるものであった。

『玉葉』治承五年正月二十二日条において、「若遂失了給者、誠我氏之滅尽也」と兼実が歎じた金堂中尊眉間仏については、その後いかなる情報がもたらされたであろうか。

正月二十六日の右中弁光雅から摂政基通への興福寺焼亡についての報告には、中金堂本尊釈迦如来像の情報も含まれていた。

又金堂中尊、眉間銀御仏、（大織冠、被付御髪之御仏是也）、不レ知二在否一之処、舞人光近、翌日参上、奉レ求二灰中一、即奉レ見二付之一。

行方が知れなかった、金堂本尊の眉間に込められた大織冠鎌足の御髪に付けていた銀仏は、舞人狛光近によって、灰の中から見つけ出されたのであった。

こうした大織冠の銀仏発見の経緯は、寺家注文として都へ、そして兼実のもとへその詳細がもたらされることとなる。『玉葉』治承五年正月三十日条に記される興福寺寺家注文「金堂釈迦眉間奉レ籠銀釈迦小像事」を掲げる。

旧記云、康平三年庚子五月四日夜、興福寺金堂焼失。翌日求二出釈迦眉間銀仏一、容顔自存、敢無レ損云々。而今度火事之後、正月一日、御寺御監光近、臨二壇上一、奉レ求二件像一之処、丈六烏瑟、雖レ成二灰燼一、其形猶如レ存。自二彼中一、求二出銀像一。仏体沸而無レ形。当時安二置春日宝蔵一、奉レ渡二何処一、常楽会、仏生会等、可二勤行一哉。

狛光近は、「左ノ舞、光近マデハサスガニ伝タリシカドモ、其後タエニタリ」（『続古事談』第五「諸道」第十九話）と認識される者で、『教訓抄』には、藤原忠実に萬歳楽の舞を賞されたり、その命によって蘇合香を十三拍子とした逸話など、摂関家との関わりも記される。治承五年は、光近の没年寿永元年（一一八二）の前年にあたり、六十路も半ばにさしかかった最晩年の光近が、治承五年正月一日に灰燼と化した御堂と中尊丈六の釈迦如来像の焼け跡から、藤氏の重宝、大織冠ゆかりの銀仏を見出したことになる。

寺家注文は、康平三年（一〇六〇）の金堂焼失時にも損ぜられることなく伝わった奇瑞を引きながら、このたびの炎上も免れた銀仏は、春日宝蔵に納められたとしている。

興福寺中金堂釈迦如来像の眉間に籠められるべき仏法の宝の物語として、『讃州志度寺縁起』に語られる、中国より請来した面向不背珠の伝承をわれわれはすでに知っている。謡曲〈海士〉の本説となったことからも著名なこの伝承は、先述の阿部泰郎氏の論に詳述されるように、中世においては、多くの神道説とも絡み合いながら、種々の文芸世界に浸透していくこととなる。

興福寺や春日社といった場との関わりにおいては、「この物語は、舞台となった志度寺の縁起の絵解きだけでなく、興福寺の縁起唱導（『大鏡底容鈔』）としても、春日社の縁起神道説（『春日秘記』）としても行われた。そこからは、この物語が、興福寺周辺でさまざまな場に応じて説話化されている状況が知られる」（阿部氏「『大織冠』の成立」）こととなる。

聖云の手になる南北朝期の太子伝の注釈書『大鏡底容抄』は、『讃州志度寺縁起』と同様の面向不背珠伝承を綴った後、

遂ニ、得二此玉一ヲ上洛シ、如二御願一、眉間ニ入給ハムコト露顕ニ思食ケレハ、銀ノ像トヒトシク御頭《ミクシ》ニ籠ム。是、如意宝珠也。仍、今モ興福寺之珍宝、関白家之氏ノ財也。

と、大織冠の銀仏とともに面向不背珠を本尊釈迦像の御頭に籠めたとしており、ここに釈迦像をめぐるふたつの伝承の交差が見られる。一方、問答体で記される叡山文庫蔵『春日秘記』は、面向不背珠を金堂の釈迦像に籠めたのかとの問いに、「不レ然也。彼眉間ノ仏ハ、大織冠七生ノ御本尊、三寸銀仏ノ釈迦也」と、それを否定しながら、続けて銀仏の由緒を説いている。面向不背珠伝承を取り込むことは、大職冠の銀仏の伝承との摺り合わせが必然的に要求されることでもあった。

『大鏡底容抄』はまた、春日神と関わる神道説を、「口伝云」として、以下のように記している。

海人者、明神ノ変化也。秘蔵々々。興福寺炎上之時、取ニル本仏御頭一ヲ。其後、彼玉ヲ春日社壇之秘所、納レム之蔵レス之ヲ云々。神明化現之海人、替レ命ニ玉也。コレ実ノ神珠ナルヘシ。

海人を春日明神とする神道説は、龍神を春日明神、珠を天照大神とする叡山文庫蔵『春日秘記』に記される所伝へと変奏されていくが、ここで注目したいのは、『大鏡底容抄』が、治承の回禄を指すと思われる興福寺炎上の際、金堂釈迦の御頭から面向不背珠を取り、春日社壇の秘所に納めたとする所伝である。春日神と関わる神道説の一環として説かれる春日社壇の秘所安置伝承は、いかにも秘説めくが、類似の伝承は、『玉葉』治承五年正月三十日条に記される興福寺寺家注文の、発見された銀仏の春日宝蔵への安置といった史実に見えている。

発見された銀仏を「春日宝蔵」に安置したという史実は、後世『大鏡底容抄』に記される面向不背珠の春日社壇安置伝承発生の原点あるいは契機となったのではあるまいか。大織冠の銀仏の伝承にも意を払いつつ、面向不背珠を銀仏とともに本尊釈迦像の御頭に籠めたと語る『大鏡底容抄』である。ふたつの重宝に関する伝承の摺り合わせ乃至は混同が、こうした所伝を生む契機となることはあり得たと思われる。

面向不背珠の行方に関しては、『春日秘記』になると、「不背珠事、安置在所、自レ昔人不レ知レ之。至レテ後、又、弘法大師、結界シ給テ奉ニ納之一給。其ノ在所、又、人不レ知レ之」と、さらに弘法大師安置の伝承へと展開していってしまうが、存外、中世の神道説にも、起点（出処）をたどり得るものが存するのかもしれない。

さて、治承の回禄後に発見された大織冠の銀仏のその後については、建久年間に至り、兼実が興福寺の再建を検分した際の、次の記事によって知られる。

『玉葉』建久五年九月二十一日条

参ニ御寺一、入自西門。入ニ西北門一、巡ニ礼金堂弥勒浄土仏壇一。未レ終レ功、又堂荘厳等未ニ沙汰一。各今夜之中、可ニ修功一之由仰了。公卿等佇ニ立金堂壇上一。余向ニ金堂一、為下捧ニ出銀仏一奉中納眉見上之間也。件事更無レ煩、可レ奉レ納ニ眉

見之底一、其上可レ入レ玉之定、仰定了。此事尤為レ悦不レ少也。次経二廻廊之東南一、為レ礼二中門二天一也。即帰二佐保殿一、公卿猶騎馬。其後、遣二長房於寺門一、堂荘厳事令レ致二沙汰一。今日前大僧正被レ来。今日、余自レ京着二佐保殿一、即招二別当僧正一、授二銀像一、為レ遣二仏所一也。余路之間安二車中一、降レ自レ車之時奉レ入二懐中一、予構二浄机一、奉レ安二其上一。召二覚憲一所レ授也。奉レ渡二仏所一之間、及二殊威儀一之時、無二便宜一。又差別如二家司一。頗事聊爾也。仍召二寺家別当一、為レ使召渡。是今案也。

本尊釈迦像の開眼供養に先立ち、兼実は興福寺を訪れた。金堂の弥勒浄土仏壇を礼し、最終的な堂の荘厳について指示した後、兼実は公卿等の居並ぶ中、新たに刻まれた釈迦如来像の眉間に大織冠の銀仏を手ずから奉納した。その上に珠を入れるべきことを仰せ定めた兼実は、感慨深げである。京より佐保殿への道中、兼実は銀仏を車中に置き、降車の際には懐中に移し、到着後はかねて用意した浄机の上に安置したという。到着するとすぐさま別当僧正覚憲を招じ、銀仏を授けて仏所へと遣わした。実弟の前大僧正信円も訪れ、堂塔再建に奔走してきた別当僧正覚憲の手を経て、銀仏が受け渡されるところに、興福寺と藤原氏九条家にとっての大織冠の銀仏の有する意義が見てとれよう。中金堂本尊釈迦如来像眉間の大織冠銀仏縁起を、まさに生きた縁起として、大織冠の験仏の再生を図った意識を、そこに確認するのである。

同様の意識は、藤氏の隆盛と密接に関わるいまひとつの縁起を有する南円堂修造に関する記事にも窺われる。中金堂の釈迦如来像の眉間に大織冠の銀仏を納める一月ほど前、建久五年閏八月二十四日、兼実は南都へ赴き、まず南円堂へ、そして金堂へと参じている。翌二十五日に再び南円堂を訪れた兼実は、

此日修二造南円堂一之間、依レ有レ所レ思、運レ土築レ壇。

という記事を残している。手ずから土を運び壇を築こうとした兼実の胸中に、かつて、春日大明神ともされる老翁が人夫に交わり、「補陀落の南の岸に堂立てて北の藤波今ぞ栄ゆる」と謳い上げつつ築かれた南円堂の縁起が去来

したことは想像に難くない。

ここに、藤氏繁盛と密接に関わるふたつの縁起を追体験するかのように再建に携わる、氏長者兼実の姿を確認することができるであろう。

こうしたことがらが、いずれも建久年間に集中することは、中世の縁起・言説を考える上でも示唆的である。

ホ　縁起をささえる背景とあらたな縁起の生成

大織冠の験仏である縁起を意識した再建の意識は、〝もの〟の再生へと向かうのみならず、『玉葉』寿永二年（一一八三）九月十一日条のように、女房の夢の文字化にも窺える。

> 此暁、女房夢云、余相共渡二新造宅一。頗以半作云々。見廻之後、相共欲二就寝一之間、人告二女房一云、其殿ハ、指余也、大職冠之後身也云々。女房、夢中ニ思様、極有レ恐事也。年来立二種々大願一、祈二社稷安全、仏法興隆等一、事体不レ似二近代之風一。奇思之処、今聞下為二彼後身一之由上、尤其謂ありけりと思ひて、覚了云々。法成寺入道殿ハ、聖徳太子並弘法大師之後身也。先代も有事也。可二信仰一々々々。

女房が夢で告げられたのは、兼実が大織冠の後身であるというものであった。これが治承の回禄後の「社稷安全、仏法興隆等」を祈請した中での告げであったことに、夢の中で女房は、「尤其謂ありけり」と思ったという。女房の夢が兼実にとって、行動をも規定する重要なものであったことは、拙稿「春日霊験伝承をめぐる縉紳と緇侶―九条兼実と菩提山僧正信円など―」でも確認したところである。

兼実自身もその系譜に連なる法成寺入道殿道長を、聖徳太子や弘法大師といった仏法弘通の聖人の後身と見なす先例が、兼実の頭をよぎったあたりに、今後の南都再建への思いが窺い知れよう。

前節で確認した大織冠の銀仏に対する意識も、こうした夢の告げの内容が、その縁起をささえる背景として作用している点に考慮する必要があろう。中金堂釈迦像の御衣木加持が、建久五年七月二十三日、道長建立の法成寺で執り行われたのも、そうした意識がなさしめたものであったろうか。

南都諸寺院の縁起集として『建久御巡礼記』が著され、そこに前代には見られなかった様々な物語が挿入されることにも端的に示される、南都焼亡からその再建にかけての、興福寺と九条兼実とによる興福寺諸堂縁起の再認識の動きは、興福寺の諸堂縁起にとどまったわけではない。南都再建にまつわる新たな霊験奇瑞をも記し留めようとする意識を、『玉葉』の記事に確認することができる。

『玉葉』文治二年（一一八六）閏七月二十七日条には、藤原行隆から大仏が光を放ち給うたことが注送され、「実可㆑謂㆓奇異㆒、仍続㆓加之㆒」として、その注文が記されている。

文治二年七月十六日、参㆓詣東大寺拝殿㆒之者多。戌刻許、日暮天陰、山月未㆑出。常聞房叡俊、北面礼胆之処、大仏眉間聊有㆓光明㆒。譬如㆓星芒㆒。若疑㆓灯楼之高懸歟、将又眼精之眩転歟㆒、旁依㆓不審㆒不㆑言之処、西院紀伊公、勝恵、同候㆓拝殿㆒、密語而曰、奉㆑見㆓彼光㆒乎云々。其時成㆑奇、少時之後、蔡然不㆑見。余人少少或以見㆑之、或又不㆑知。

閏七月八日、寅時許、同有㆓光明㆒。如㆓星芒㆒。至㆓于灯楼下㆒、有㆓其筋㆒而所㆑照也。谷尼公、礼㆑之。

同十五日夜、伊賀国住人八郎房覚俊、帰㆓依大仏㆒信者也。通夜祈請之際、卯時許有㆓光明㆒。尊顔鳥瑟、忽以皎然。又同夜、八幡宮籠常住巫女、拝殿行道之間、夜漏過半之程、又有㆓光明㆒。其色更赤。依㆑成㆓不審㆒、参㆓進庭前㆒、猶有㆓其光㆒。漸及㆓数刻㆒、忽然而止。一両人僧同以礼㆑之。巫女不㆑堪㆓悲感涕泣㆒云々。

同廿一日夕、一乗房観乗、昇㆓大仏壇㆒之処、両眼之下眉間之程、聊有㆓光明㆒。是、似㆓蛍飛番㆒。直童国頼、同奉㆑見㆑之。然而、若是、灯楼之火眩耀歟之由、疑殆之間、下㆑壇之後、以㆓堂童子㆒令㆑掩㆓灯楼㆒、猶見㆓其光粲爛㆒、如㆑本。其体相㆓同敲㆑石之火㆒。少時之後、漸以不㆑見。

已上、廿四日、紀伊公勝恵、本覚房蓮覚、常聞房叡俊、一乗房観乗、常住巫女、堂童子国頼等、於二拝殿一以二令レ申之詞一記レ之。

前年の文治元年八月に開眼供養の営まれた東大寺大仏に起こった放光の奇瑞が、複数の証言をもとに、各々の事例にしたがって、詳細に記されている。大仏体内に納入する舎利の願文を草した兼実にとって、この奇瑞は特別の意味を有して受け止められたのではなかろうか。

南都再建の営みは、縁起をささえる背景と、南都再建に際してのあらたな奇瑞や縁起の生成のもとに推し進められ、それが従来の縁起の中世的言説への再構築をも促したように思われる。

四、むすび――建久期文化論構築に向けて――

およそ興福寺ほど、そのすべての堂塔が縁起に彩られた寺院はないであろう。南都再建に携わる九条兼実のもとには、回禄によって失われることで、あるいは難を免れることによって、多くの縁起が想起され、伝わり、記し留められることとなる。図らずもそれは、古の霊験あらたかな像や堂塔に纏わる縁起としてではなく、その縁起を基に氏寺を再生させ蘇らせるべきものとして、眼前に提示されることとなった。南都再建が、縁起と無関係ではあり得ない所以である。

昌泰三年成立の『興福寺縁起』以来、それに依拠しつつ諸縁起集に綴られる興福寺中金堂本尊釈迦如来像の縁起の中で、『建久御巡礼記』所収のそれは、やや異質である。蘇我入鹿誅罰のための発願を説きつつも、鎌足と中大兄皇子（天智天皇）との多武峰での謀と、それに依拠した語源説、さらに、意を遂げた暁には藤原姓を賜ることを藤の栄えた下で契ったことなど、他の縁起類には見出せない藤原氏繁盛と関わる話柄が物語られている。南円堂築壇をめぐる縁起においても、老翁が直接春日大明神に結びつけられるのは、『建久御巡礼記』を初めとしており、『建久御巡礼記』において、縁起の性格に転換点が訪れたことを、これらの事象が象徴的に物語っているように思われる。

この縁起が興福寺で作成され、その再建に兼実の命が行き届いていることを考えあわせるとき、その縁起説の構築にまで、兼実とそこに連繫する興福寺の動きが介在していたと考えるのは、あながち不自然とは言えないのではなかろうか。

さきに確認した、中金堂釈迦像眉間の銀仏と南円堂の縁起に関わった再建の営みは、共に建久五年閏八月と九月という近接した時期のことがらであったが、同時期にはさらに看過すべきことがらが重なっている。

拙稿「廃滅からの再生—南都における中世の到来—」でも論じたように、他ならぬ兼実が『玉葉』建久五年七月八日条において、

春日五所御本地、年来奉レ造二顕之一。今日預僧五口令レ始二修行法一也。（中略）第四十一面伊勢内宮、隆聖阿闍梨。

と、春日第四宮を天照大神と考える新たな神道説を記すように、中世初頭に起こった南都における新たな言説と兼実は無関係ではない。これもまた、建久五年七月という、さきの事例に極めて近接した時期に認められることがらなのである。

さらに、こうした言説の生成に深く関わったと思われる解脱房貞慶の建久五年の笠置般若台上棟や、翌建久六年の伊勢参宮等が、何らの脈絡なしに、これほど近接して起こった事象であったとは考え難いのである。この建久五年を二年ほど遡ったところに、興福寺を基盤として、中世初頭を飾る南都諸寺院の縁起集、『建久御巡礼記』が作成されたことも、偶然ではなかろう。

建久期は、兼実とそこに連繫する興福寺にとって、南都再生における重要な中世的縁起・神道説への意識的な移行期として特筆すべき時期なのである。まさにこの中で生み出された言説こそが、中世の言説へと展開していくの

であって、建久年間の意義は誠に大きいといわなければならない。

この問題は、ひいては九条家と文芸の問題を考えていく課題に直結していると考えている。

なお、引用本文は、『玉葉』は国書双書刊行会編（名著刊行会発行）、『七大寺巡礼私記』・『建久御巡礼記』は藤田経世『校刊美術史料　寺院篇上巻』（中央公論美術出版）に拠るが、句読点や返り点は私に施した。

（本稿は、平成十五年度天理大学学術研究助成費による成果の一部である。）

『続古事談』作者論の視界

――勧修寺流藤原定経とその周辺――

荒木　浩

はじめに――問題の所在

その題号からも知られるように、(1)『続古事談』という小品は、出典や形式他多くの点で『古事談』を強く意識し、影響されて成立している。(2)ただし、『古事談』が『本朝書籍目録』に「古事談　六巻　顕兼卿抄」と、編者名を明記して「雑抄部」に部類されるのとは異なり、『続古事談』の方は、「仮名部」に部類され、「続古事談　六巻」と記されるのみ。「この書の著者明ならず。巻六の末尾に、「建保七トセ（＝一二一九）ノ卯月ノ下ノ三日コレヲシルス、」とありて、古事談の著者顕兼薨去の後五年に、何人か顕兼の志を継いで、撰びたるものなるべし」（和田英松『本朝書籍目録考証』）というのが、要を得た本書の解題である。

しかし、近代以前から本書の作者についての伝承も存在し、さらに近年の本書に対する注釈的研究の進展により、内部徴証による推論の精度は急速にあがっている。またその推定の行論は、『続古事談』一作品にとどまらず、十三世紀初頭の文学状況への示唆をも含むだろう。

そこで本稿では、それらの学説史について一覧と補足を行い（第一章）、またそれら作者説の驥尾に付してかつて考察した『続古事談』作者論をめぐる拙稿の概観と訂正・補説を行った上で（第二章）、本論に入る（第三章以降）。なお本稿は作者比定の論ではなく、『続古事談』の注釈的研究の一環である。旧稿で浮かび上がった藤原定経という人物の周辺と、『続古事談』作品世界との関連を探ることで、本作品世界の分析に資すことを目途とする。

一、『続古事談』とその作者説について

一・一、源顕兼説

近代以前には、『古事談』作者源顕兼作者説があった。

現在写本として残されているものの多くが『古事談』と一セットであるという、『古事談』との関連の深さに見られるように、かつては『古事談』の編者源顕兼を、『続古事談』の編者としても当てる見方もあったようであるが、建保三年（一二一五）に亡くなった顕兼を、『続古事談』の編者と考えるのは無理であろう。（田村憲治『言談と説話の研究』第五章『続古事談』四『続古事談』編者考、一九九五）

具体的には、たとえば次のような説がある。

古事談攷証〈天保三年七月〉…続古事談　狩谷棭斎云、建保七年源顕兼入道著〈見多紀安叔時還読我書〉…（岡本保考『古事談攷証』、『況斎叢書』五二。「未刊国文古注釈大系」に拠る）

棭斎の注記はやや意を通じがたいが、ここに見える多紀安叔は「安叔元堅（あんしゅくもとかた）、号茝庭（さいてい）」。「棭斎とその知友」が「求古楼、すなわち棭斎宅を会場として、各自所蔵の漢籍の古版本・古鈔本等を展観し、あわせて書誌学的な調査・検討を行なった研究会」「求古楼展観」のメンバーの一人（梅谷文夫『狩谷棭斎』）。そうした場での見解であろう。しかしこの説には、夙に藤岡作太郎の反駁があり、ほぼその要するところを満たす。

続古事談は…本朝書籍目録には六巻とありて著者の名なし。況斎叢書に「狩谷棭斎云、建保七年源顕兼入道著

〈見二多紀安叔時還読我書一〉」とあり。その著作の年代を建保七年とせるは、続古事談の末に「建保七年の卯月の下の三日之をしるす」とあれば、これによりたるなるべし。（建保七年四月十二日承久元年と改元す。さればこゝにも承久元年とありたき所なり。但し前の年号を守りしものならずともいふべからざれば、この故を以て疑を挟むべきにあらず。）さればその著作の年代はしばらくこれを許すとすとも、その著者が顕兼なることは信ずべからず。これを顕兼の作なりとは、古事談がこの人の作なりといはるゝによりて、漫然しかいへるなるべけれど、この人すでに建保三年に歿したれば、かかる説は一顧にだにも値せず。（藤岡作太郎『鎌倉室町時代文学史』一九一五、岩波版、一九四九）。

一・二、源通方説

村上源氏通方（一一八九～一二三八）に本書の作者を比定する説もあった。

徳川斉昭編の『八洲文藻』には、和文の序跋が多く収められており、『続古事談』の跋文もその後編第六冊にあるが、管見に入った彰考館蔵『八洲文藻』（国文学研究資料館の紙焼による）の当該個所には、『続古事談』跋文の前に次の如き記載が存している。

後葉集所載　源通方　可考　校了
　続古事談跋　　　一本通方
　　　　　　　（作者不知

これによると、『続古事談』の編者を源通方とする一本があったことが知られるのである。（田村憲治「『続古事談』編者源通方説をめぐって」『芸文東海』一〇号、一九八七）

田村説は、「後葉集」が同定できないことを述べ[3]、通方が、「『続古事談』が成立したと考えられる建保七年には、三十一歳で参議正三位、左中将、丹波権守であり、更にこの年の四月八日には右衛門督、検非違使別当ともなっている…編者である可能性は、十分に考えられることになる」としつつも「跋文の記述に従うならば、『続古事談』の編者はこの跋文を記した時、「イホリ」に於て「クラシカネタル」状態であったと考えられる。即ち隠遁生活に近い状態、或いは宮廷に出仕しながらも暇ある生活といった編者の様子」が、通方の当時の地位と合わず、その前後の「ほぼ順調な昇進ぶり」などを勘案すると、「通方を『続古事談』の編者と考えることには躊躇される」、と述べる。(4)

若干の補いをすると、右は『八洲文藻　後編草稿　六』にあるもので、同冊「八洲文藻跋類一」とある目次相当部にも「続古事談　通方」とあるが、清書本ではこれが「作者不知」へと改められている（書陵部本他）。

さて、源通方説であるが、さらに資料を付加することが出来る。『八洲文藻』が「一本通方」というように、『続古事談』写本の識語に、通方作者説をいうものがある。

・「建保七〈己卯〉年〈順徳院御宇／年号〉宝永五〈戊子〉年迄四百九十年ニ成也／源通親男／中院通方作歟」（東大総合図書館蔵『続古事談』（G29/198）同館所蔵『古事談』（G29/197）と本来は連れだったと思われる。現在は別に配架）。

・「建保七〈己卯〉年〈順徳院御宇／年号〉宝永五〈戊子〉年迄四百九十年〈ニ〉成也／源通親男／中院通方作歟／宗養一閲」東京都立中央図書館加賀文庫蔵『続古事談』（1509/1〜5）加賀文庫目録には「續故事談５巻　中院道方写　建保7　5冊中　入江昌熹校合」とある。(5)

ただしこれらが、格別良質な本文を伝えているというわけではない。

一・三、勧修寺流藤原氏への着目

以上が、近世以前の伝承を含んだ作者説であるが、いずれも、内部徴証に就くに、無理がある。そこで、近年、内部徴証から、次のような説が提出されてきた。

志村有弘氏は、説話内容の分析から、勧修寺一門との近さ、学問への関心の強さ、諫言説話の多いのは天皇の侍読といった立場の人ではなかったか、などの点から、菅原家一門の人物を想定されている。（田村憲治前掲「編者考」）

志村氏は、本書総体の考察を踏まえて、その中に現れる勧修寺流藤原氏の人物説話を丹念に分析した上で、「本書には勧修寺一門の説話が多いところから編者と勧修寺一門との交流も推測されるのではあるが、巻第一「後三条院……」の説話で「勧修寺氏ノ腹ノ悪シサハ…」と記し、あるいは巻第二「泰賢《ママ》民部卿……」の説話に「泰賢《ママ》民部卿、勧修寺氏ノ人ナリ」と「氏」を使用している点から、編者は明らかに勧修寺一門の人物ではない」とし、「本書には、巻第一の道真配流説話、巻第二の菅原登宣の夢枕に成佐が地獄に堕ちたことを告げる話、巻第四の北野天神託宣説話、同じく巻第四の在良説話と、合計四話の菅原一門に関する説話が掲載されている。その意味で、勧修寺・菅原という二流は、本書において一つの世界を形成しているといえるのであるが、…勧修寺一門の人物ではなく、しかも重代の学問の家に生まれ、儒者・侍読と限定してくると、当然、編者としては菅原家一門の人物ではないかということ」を「想像」する（志村有弘「中世説話集と編者」『説話文学の構想と伝承』、一九八二）という。

だが、志村氏自ら挙例するように、「本書に登載された勧修寺一門十二人、十六説話というものは、全体（説話総数一七九）から見ると、およそ一割に相当する」（「『続古事談』研究序説」『中世説話文学研究序説』、一九七四）[6]多さは、代案として氏の挙げる菅原一門に比すべくもない[7]。そして氏が勧修寺流作者説に逡巡する根拠の一つ「氏」の使用については、勧修寺家の人々がむしろ自ら一門を積極的に「氏人」と称し、「門流的結合を形成」する点（橋本義彦「勧修寺流藤原氏の形成とその性格」『平安貴族社会の研究』、一九七六）から、反対の結論への傍証ともなる。さらに、「勧修寺ノ腹ノ悪シサハ…」に代表される、勧修寺流藤原氏への批判的な言辞もまた、「言いにくいことをはっきり言う直言の同族に対する屈折した自讃とも取れなくはない」（木下資一「『続古事談』と承久の変前夜」『国語と国文学』六五・五、一九八八）とすれば、『続古事談』における勧修寺流藤原氏の描き方のスタンスを見極めておく必要がある。たとえば次の説話。

一条摂政は、みめいみじくよくおはしけり（中略、その逸話と子息義孝の往生など）。

（A）この大臣と朝成中納言とは、うらみをむすびて怨霊になるとぞ。さてその子孫は、三条西洞院の朝成が家に不入とぞ申す。彼摂政と朝成と同参議を申ける時、朝成、伊尹なるまじきよしをやう〳〵に申けり。其後朝成摂政のもとに向て、「大納言にならん」と申けるを、やゝ久しくありて日くれて後に、「君につかうまつるみち有興事也。昔参議を望しとき、伊尹無用之由申されき。今大納言の用否我心にあらずや」といはれたりければ、朝成恥て車に乗とて、まづ笏をなげいれければ、その笏中よりおれにけり。さて病つきてうせて霊に成たりとぞ。

（B）この朝成はあさましく肥て、みめ人にことなりけるにや。はじめて殿上してまいりたりけるを、村上の聖主御覧じて、おどろき給て、「かれはたぞ」とこのかみの朝忠に問給ければ、「朝忠が弟に候」と申ければ、「能やある」と問給ければ、「かたのごとく学問し侍れども、ことのたらふにをよばずや侍らん。又笙をぞつかうまつる。よしあしはしり侍らず」と申ければ、帝御笙をたびてふかしむるに、その声雲にとをりて妙に目出かりければ、それより恩寵ありて、御遊のおりごとに必めされけり。（二・六）

朝忠・朝成は、定方の息男。定方は勧修寺流藤原氏の呼称の所以となる遠忌祭祀（勧修寺西堂八講、後述）の対象故、二人も重要な遠祖である。しかし、『続古事談』で重要な為房父子（後述）の直系の先祖ではない。（A）朝忠怨霊譚は、確かに、おだやかではないが、この説話が単独で一話を為してすでに記されてしまっている先蹤の『古事談』二・二（引用本文と説話番号は国史大系に準拠）に比して、『続古事談』は、『古事談』の別所（六・一一）にある説話（B）を連結することで、[8] 朝忠の印象を随分優雅なものと変える。のみならず、その注釈的配列は、（A）の逸話の意味づけを、たとえば、本当に朝忠に非があったか、とも読めるように、変えてはいないだろうか。

『続古事談』は、『古事談』が重要な前提とする「一条摂政与二朝成卿一共競二望参議一之時〈天暦〉、多陳二伊尹不レ中レ用之由一」という、いわば朝成の非の部分を描かず、「…朝成旧宅、三条西洞院也〈所謂鬼殿歟〉」とする「鬼殿」を削除し、説話末尾に付加される「朝成卿為二一条摂政一発二悪心一之時、其足忽大ニ成テ、不レ能レ着レ沓。仍足ノサキニ懸テ退出云云」という「悪心」も描かない。また『古事談』では死ぬのは一条摂政であり、それは朝成の「生霊」によるとする（「其後摂政受レ病遂薨逝。是朝成生霊云云」）が、本書は朝成が死後霊になった（ゆえに「生霊」ではない）ことのみを伝え、一条摂政への生前のたたりを直接には言わない。伊尹の死（九七二年）は朝成の死（九七四年）に先行するという史実を逆手にとった朝成擁護（朝成は伊尹を霊として殺すことはない）ではないか。如上、読解の仕方によって、本書のスタンスは相応に違って見えてくるのである。[9]

一・四、木下資一氏による、藤原長兼説

そこで、『続古事談』作者を勧修寺流藤原氏内部に見る説が提出される。木下資一氏は、『続古事談』編者の輪郭として、「勧修寺家に関わりがあり、九条家に近く、相当の学識を持ち、後鳥羽院に批判的な人で、跋文の建保七年という記載から、承久元年以前に遁世してかなり年月を経ている者」（田村氏「編者考」）を描き、一つの試案として藤原長兼を候補者に挙げる。

木下氏の説は前掲「『続古事談』と承久の変前夜」に始めて提出され、『続古事談注解』解説に位置づけられ、そ

の後長兼説の問題点を含めた再検討を試みている（木下資一「『続古事談』長兼編者説再論――任子説話の位置のことなど――」池上洵一編『論集説話と説話集』、二〇〇一）。勧修寺流藤原氏に本書生成の磁場を見る、重要な指摘が多くなされている。

勧修寺流藤原氏には「一門記」を始め多くの記録を継承していく様相が知られ[10]、本書執筆の素材論からも十全な要素がある。

一・五、本書の聖徳太子信仰と作者の人物像

具体的な作者名と呼応するものではないが、木下氏は上記とは別稿で、本書の重要な要素として、全編に窺える聖徳太子信仰（「『続古事談』と聖徳太子伝」『近代』七三、一九九二、および『注解』解説）に着眼する。

また田村氏は、本書の中に「大弁の職にあったものの話が極めて多」く、「いずれも編者に好意的に受け止められている」こと、また「陣の定文かくと云事は、きはめたる大事也。大弁の宰相のする事也」と始まる巻二・一四に着目し、作者が「大弁の宰相」（参議大弁）を経た人物ではないか（前掲書同章三「『続古事談』編者の説話意識」）云々と推定する。ただし巻二・一四に列挙される「ちかごろ当座にあげたる人は、俊憲宰相、長方中納言、実守中納言」と挙例されている人物の内、長方以外は参議大弁経験者ではない。藤原俊憲は、権左中弁蔵人頭から保元四年四月任参議で同職を去る。藤原実守は嘉応二年十二月蔵人頭右中将から任参議。弁官の経験自体がない。ここは本書の弁官・参議両職への着目をのみしておけばよいだろう。勧修寺流藤原氏はいわば「弁官系」（橋本義彦前掲論文）の家柄であった。

以上、粗々研究史を概観した。もちろん如上は、私見の視点に基づく整理である。この他にも作者考察上の問題は数多いが、それは全編の注釈的考察を前提とする部分もある。田村・木下両氏の前掲諸論考のすぐれた見通しの

参照を乞い、今は措く。

二、『続古事談』作者説についての私見

二・一、旧稿について

第一章で概観した『続古事談』作者説に導かれて、近時拙稿「為隆と顕隆――勧修寺流藤原氏と『続古事談』――」(『語文』七九、二〇〇三)を発表した[11]。その旧稿では、勧修寺流藤原氏の中興の祖、為房の、参議昇進・申慶説話(二・三七)の読解を発端とする。その申慶に追従する子息の列挙が、顕隆を先行させる出典の『中右記』とは異なり、『続古事談』では為隆・顕隆の兄弟順になっている。しかし実は彼ら二人の間には、「父為房卿以二顕隆一為二家嫡一之間、父卿永久三年四月死、重服内、(顕隆は)同年八月十三日補二蔵人頭一畢。為隆卿ハ保安三年正月補二貫首一。雖二舎兄一後進也」(『尊卑分脈』顕隆)という逆転現象がある。為隆は父の死後、一旦勧修寺流藤原氏長者(後述)となった後、弟より下﨟であり、今後もそうであると予想されるという理由で自ら長者を辞退、弟顕隆に譲っている。その為隆が再び長者になるのは、弟顕隆の早い死によってであった。故に列挙順としては『中右記』が正しいにもかかわらず、『続古事談』は為隆を先行して列挙している、という事実への着目を発端とする。『続古事談』は、その他の説話形象においても、為隆に重く、顕隆は対照的にやや低く描かれている。このことは、『続古事談』と勧修寺流藤原氏の関係を、為隆流と顕隆流との差異に注意して考察する必要があることを示す、ということを拙論の問題提起の一つとした。

ただし、もちろん問題はそう簡単ではない。たとえば二・一八での顕隆孫、顕頼卿男の光頼の説話。頼長が内覧の時、「入道大納言光頼卿職事にて、院(=鳥羽)より御使に参てものを申されけるに、あまりに題目おほくかさなりければ」、頼長が「目録やありぬべき」とて、御簾の内より硯紙を取出、給たりければ、かみをし折て、すこ

しもうち案ぜずかゝれけるが、あまりにたやす」く、しかも立派に書いた様子を「しきりに御感ありて返し給」い、
光頼、座をたちて後、仰られけるは、「あはれ職事や。又世にかゝるものいできなんや、ゆゝしき君の御たからかな」と仰られて、「但、一の人などの御前にて、御硯給てつかうやうぞ、いまだならはざりける」と仰られけり[12]…

代々摂関家に仕えることの多かった勧修寺流藤原氏は、「顕隆、顕頼、光頼等」の三代において、「偏寓㆓員仙洞㆒（＝院）、疎㆓遠一所㆒（＝一の人、摂関）…」と兼実は言う（『玉葉』文治二（一一八六）年正月廿七日条、「国書刊行会本」）。頭の弁だった光頼の能力を褒めながら、「一の人」の前の作法が行き届かない、と批判する本話の意味は、顕隆流が勧修寺流の中では摂関家に遠く、院に近侍したことを非顕隆流の立場から揶揄するか、とめるようにも見える。しかしその一方で、本書で丹念に描かれる為隆は、むしろ白河院との関わりが強調される（一・一一、一三）という逆転がある。

如上、為隆と顕隆とに対する描写の差異を、その後の子孫すべてに等しく及ぼされている、と考えるべきではない。その象徴的な存在が顕隆孫の長方（一一三九〜九一）である。本書は、長方に多くの筆を割き、しかもその叙述には本書作者の、長方への敬意が窺われるのである（後述）。その長方の息男が、木下氏が本書作者に比定する、長兼であった。

二・二、勧修寺流藤原氏長者と『続古事談』

旧稿で見た如く、『続古事談』は、勧修寺流氏長者となった「氏人」を多く採録する。ここで勧修寺流とその長者について、旧稿により概観する。

勧修寺流と呼ばれる一門は、醍醐外祖高藤流であるが、醍醐が母胤子のために建立した勧修寺の中に、高藤男

定方が建立した西堂が「氏寺」的存在となり、定方の忌日（八月四日）に合わせて勧修寺八講という法会が行われ、「氏人」は多くこの法会に参集し、また参加することで、この親族集団に所属することを確認する。「京楽（＝真帆子）氏によれば…この親族長者の長である勧修寺長者は①仏事（勧修寺八講）の主催、②家門のこと（政治的な機能か）、③共有財産（勧修寺文書）の管理を権能とし、一門中の最高官位者がその地位を継承した」（高橋秀樹「祖先祭祀に見る一門と「家」——勧修寺流藤原氏を例として——」『日本中世の家と親族』、一九九六）。その親族長者を「「西堂長者」あるいは単に「長者」と呼」ぶ（京楽真帆子「平安時代の「家」と寺——藤原氏の極楽寺・勧修寺を中心として——」『日本史研究』三四六、一九九一・六）が、その「長者は高藤流の「長」としての性格を有していたのである」（京都大学文学部博物館図録第五冊『公家と儀式』「勧修寺家の一千年」、京楽氏執筆、一九九一）。

ところが、今問題となった長方は、勧修寺長者に成っていない。しかし、その子宗隆・長兼がともに勧修寺長者となっているように、長方にも、氏長者の最有力後補であった時期がある。その事情は、為隆流経房の日記『吉記』文治元（一一八五）年七月十一日条に説かれている。今勧修寺一門にいる「経㆓顕官㆒人六人」のうちすべての点で勧修寺家氏長者筆頭の候補だった長方は、「年不㆑老、身無㆑病、昇㆓納言㆒為㆓上﨟㆒。□忽然受㆓頓病㆒出家」と直前の病との出家（同年六月二十五日）によりその資格を放棄した。当時の長者朝方から長者になることを慫慂されたらしい経房は、自分は長方に次ぐ「第二」候補に過ぎない、と語る（『史料大成』及び高橋秀樹前掲論文）。こうした二番手の長者就任は、泰憲と為房、顕隆と為隆の状況に驚くほど似る。しかし異なっているのは、経房の父光房（為隆子）は長者になっていないこと、そしてこの時、彼が結局長者相承を容れなかったことである。

右の『吉記』の記事は「経㆓顕官㆒人」が勧修寺家長者の資格になったことを伝える重要な発言であるとされる（高橋秀樹前掲論文）が、朝方からの長者移譲のすすめを、この時経房は辞退。八年後の建久四（一一九三）年まで長者就任はずれ込む。長方没（建久二年三月十一日、『玉葉』）後のこと。

長方は、本書において突出して多く登場し、顕彰され、詳述される（一・三一、二・一四、二・二一、二・二四、六・五）。ところが、ほぼ同時期に対比的な有能官人であった為隆流のこの経房については、勧修寺長者と成っているにも拘わらず、本書は、なぜか全く触れるところがないのである。特に次の二話の長方説話には、経房の存在が強く想起される事件でありながら、言及さえない。

まず、清盛による福原遷都後のありようについて。

六波羅の太政入道福原の京たてゝ、みなわたりゐて後、事の外に程へて、古京と新京といづれかまされるといひさだめをせむとて、古京にのこり居たるさもある人どもみなよびくだしけるに、人みな入道の心におそれて、思ばかりもいひひらかざりけり。長方卿ひとりすこしも所をゝかず、この京をそしりて、ことばもおしまずさんぐ〳〵にいひけり。さてもとの京のよきやうをいひて、つゐにその日の事、彼人のさだめによりて、古京へかへるべき儀になりにけり。（以下、後日「其座に有ける上達部」が長方卿に会ってその真意を質し、長方が、深い人間観察の末、清盛の意を汲んで巧みに議論を導いたことを説明し、清盛のより高い評価を得たことを伝える逸話。略す）梅小路中納言の両京の定とて、其時、人の口に有けり。（二・二四）

この論議は治承四（一一八〇）年十一月のこととされ（古典大系『愚管抄』補注）、そのころ長方四十二歳。治承三年十月右大弁から左大弁に転じ、正三位、参議の大弁であった。しかし、同時期に左中弁蔵人頭であった経房（三十八歳）も、これに先立ち、福原遷都の後、大嘗祭開催の是非をめぐって、延暦の遷都の時と比較して、福原が都としてふさわしからぬ事について三点に渉る堂々たる正論を開示し、高倉院の感心と採択を得ている（『玉葉』治承四（一一八〇）年八月二十九日）。

もう一話は「或人」の発言中に見える、「地頭」について。

或人云、「諸国の地頭と云名心得ず。いかにつけたるやらんと年来思ひしほどに、或唐書の中にいはく、「世に俄に謀反のものいできたるをうたんとて、卒爾に兵をあつむるとき、兵粮米の為に国王郡々をせめてあつめたるを、地頭銭と云」といふ文あり。これいまの地頭の儀にかなへり。この文を見たりける人つけそめたるか。又星などの童謡していひいでたるか。不思議の事也」。（二・二二）

この地頭を巡る逸話の持つ意味には、木下資一氏の興味深い分析がある（「『続古事談』と承久の変前夜」）が、今注目したいのは、この「諸国の地頭」布置に関して、史上、経房の働きを欠くことが出来ないことである。『吾妻鏡』文治元（一一八五）年十一月十二日、同二十八日、翌二十九日条などに載る文治の勅許(13)についての一連は『平家物語』諸本に語られるが、『源平盛衰記』四六には、次のようにある。

> 時政、源二位（＝頼朝）の依二下知一、諸国に守護を置、庄園に地頭を可レ成由、吉田藤中納言経房卿を以奏し申す。又二十六箇国を相分て、庄領園領をいはず、段別兵粮米を充。義経行家追討のためとぞ聞えし。（中略）当時の威応に恐て任二申請旨一、諸国の守護人、段別の兵粮米、平家知行の跡に地頭職を被レ許けり。吉田中納言経房卿をば、其比は勧解由小路中納言と云き。廉直の姓世に顕れ、忠貞の誉無レ隠ければ、源二位今度院奏しけるは、大小事、向後以二経房卿一可二奏聞一之由被レ申たり。平家時も大事をば此卿に被二申合一き。故太政入道の法皇を鳥羽殿に籠奉りし後、院伝奏おかれし時は、八條中納言長方と此大納言と二人をぞ別当には被レ成ける。(14)今度源氏の世に成りても、角憑まれるこそ難レ有けれ。（下略）（時政實平上洛附吉田経房卿御廉直事、「有朋堂文庫」）

如上、本話の文脈では、経房はこの問題で、北条時政と院との重要な伝奏役を果たし、成功させ、そのことが経房の「誉」を描く契機となっている。しかし地頭の命名や地頭そのものについて皮肉で否定的な「或人」(15)の談話を『続古事談』は載せながら、肝心の経房については、やはり全く触れるところがないのである。

二・三、勧修寺長者と為隆流経房・定経父子

先の『盛衰記』後半の逸話でも、経房は長方と併称して語られているが、前掲『吉記』には、経房自らが、長方の勧修寺長者の資格をめぐって、自らに上回る資質と地歩を語っていた。その経房が長者となるか否か、それは為隆孫経房にとって、本当は、とても重要なことであった。というのは、為隆の二度目の長者以降、勧修寺長者は再び顕隆一流を軸に推移し、九代ほど為隆流を離れていた。長方の引退によって、経房は、為隆以来の氏長者の地位を手にしつつあったのである。

しかし先走っていえば、より大きな問題はさらにその後にある。経房没後、長者は再び顕隆流に移ってしまうからである。そしてそこには、嫡男定経の出家という、明確な理由があった。

経房が勧修寺長者を勤めるのは、あの辞退から八年後の建久四（一一九三）年。さらに五年後建久九年十一月十八日、新大納言経房は、あたかも為房任参議の盛儀に倣い、嫡子定経ほか同族を率いて拝賀（『百練抄』、平山敏治郎『日本中世家族の研究』）。しかし、その翌年、嫡子定経の突然の出家と「義絶」（正治元年、『尊卑分脈』）があった。翌正治二年、経房自身の出家と死を経て、勧修寺長者は再び顕隆流に移り、少なくとも『続古事談』成立周辺に、長者が経房流に戻ることはなかった(16)。

こうした一連の葛藤と、『続古事談』の勧修寺流藤原氏へのスタンスに関わりを見出し、『続古事談』を読むための一つのパースペクティブとして、藤原定経という人物に焦点を当てようとしたのが旧稿であった。この視点を、改めて以下の本論で考察してみたい。

三、藤原定経と『続古事談』

三・一、宝剣の喪失譚

『続古事談』跋文に「ふるき人のさま〴〵のものがたりを、おのづから廃忘にそなへんがために、かきあつめ侍りし。わすれてとしをへて、箱の底にくちのこれり…」というように、『続古事談』は、「き」という助動詞を基本的に自らに関わる体験の叙述として使用する。(17)「けり」を叙述の基調とする説話集として、本来あまり使用されない「き」が、はじめて現れる次の説話は、内容的にも重要である。

神璽宝剣、神の代よりつたはりて、帝の御まもりにてさらにあけぬく事なし。冷泉院うつし心なくおはしましければにや、しるしのはこのからげ緒をときてあけんとし給ければ、筥より白雲たちのぼりけり。をそれすて給たりければ、紀氏の内侍、もとのごとくからげけり。宝剣をもぬかむとし給ければ、夜御殿ひら〳〵とひかりければ、をぢてぬき給はざりけり。かゝるめでたきおほやけの御たから物、目の前にうせにき。(一・二)

「おほやけの御たから物」たる神器をめぐる、本書作者のきわめて重要な嘆息、「目の前にうせにき」、この発言の分析が作者を強く照らし出すことは間違いないだろう。

この「出来事」を「その存在自体の喪失とは考えられず、寧ろ編者の目前からそれらが離れていた期間」「神璽宝剣は、都から消失していた」「寿永二年の平氏の都落ちから、寿永四年(=元暦二年)の滅亡までの期間」と考える田村憲治氏の見解(前掲書同章一「『続古事談』試考」)もあるが、本話から始まる一連の宝物喪失譚を「かやうの累代の宝物、今はひとつものこるものなし」(一・六)と閉じる巻一の構成の中では、やはり「末尾の「目ノ前ニウセニキ」という表現は、元暦二年(一一八五)に三種の神器が安徳天皇とともに海没し、宝剣のみは遂に発見されなかったという事実を踏まえたもの」(『続古事談注解』田中宗博執筆分)とする解釈が妥当であろう。以下そのこ

とを確認・考証すれば、田村氏も言及する『愚管抄』には、

元暦二年三月廿四日ニ船イクサノ支度ニテ、イヨイヨカクト聞テ、頼朝ガ武士等カサナリキタリテ西国ニヲモムキテ、長門ノ門司関ダンノ浦ト云フ所ニテ船ノイクサシテ、主上ヲバムバノ二位宗盛母イダキマイラセテ、神璽・宝剣トリグシテ海ニ入リニケリ。ユ、シカリケル女房也。内大臣宗盛以下カズヲツクシテ入海シテケル程ニ、宗盛ハ水練ヲスル者ニテ、ウキアガリウキアガリシテ、イカント思フ心ツキニケリ。サテイケドリニセラレヌ。主上ノ母后建礼門院ヲバ海ヨリトリアゲテ、トカクシテイケタテマツリテケリ。神璽・内侍所ハ同キ四月廿五日ニカヘリイラセ給ニケリ。宝剣ハ海ニシヅミヌ。（中略）宝剣ノ沙汰ヤウヤウニアリシカド、終ニヱアマモカヅキシカネテ出デコズ。其間ノ次第ハイカニトモカキツクスベキ事ナラズ。タヾヲシハカリツベシ（中略）抑コノ宝剣ウセハテヌル事コソ、王法ニハ心ウキコトニテ侍ベレ。（巻五、「古典大系」）

と語り、神璽・宝剣の入海から、宝剣の喪失、宝剣の捜索（「宝剣ノ沙汰ヤウヤウニアリシカド」）と失敗を語って、最後に「宝剣ウセハテヌル事」を語る。(18)

また、失われた宝剣の由来に、冷泉抜刀説話の類話の陽成帝の抜刀説話に触れるのは、延慶本以下『平家物語』の常套である。さらに、『続古事談』同時代の『禁秘抄』は、「宝剣神璽」の表題のもと、「御剣」の話題から語り始め、「寿永入レ海紛失。後、院（後鳥羽）御時以後、二十余年。被レ用二清涼殿御剣一。仍以レ璽為レ先。（中略）神璽自二神代一于レ今不レ替。寿永自二海底一求出」云々以下詳述し、末尾に付記して「抑壺切、代々東宮宝物也…」と壺切に言及する。その流れは次話第三に壺切の伝承に関する説話を詳述し、「神璽宝剣えうなりしかども、二十余年すぎにき、なにかくるしからん」という後三条帝の発言を引用する(19)『続古事談』にも共通するのである。(20)

如上から、あの発言は、やはり実際の宝剣の埋没をめぐる「ヤウヤウニア」った「宝剣ノ沙汰」の一連の後の、真の喪失に対する実感ととるべきである。元暦二（一一八五）年三月二十四日壇ノ浦で失われた宝剣（『醍醐雑事記』

『吾妻鏡』）は、その後、五月にはじめて「可レ奉レ尋二宝剣一之由、以二雑色一為二飛脚一」（『吾妻鏡』五月五日条「国史大系」）があり、翌六日「被レ発二遣廿二社奉幣一」（『玉葉』）、三月ほど後、八月三日「光長（＝経房弟）申云、経房卿并定長（＝経房弟）等告送云、宝剣自二海底一奉二求出一了云々。但未レ進二飛脚一。然而定説之由云々。余聞二此事一、不覚之涙数行。聖君在世之由風聞。当二此時一又有二霊剣出来之告一。非二直也事一歟」と、兼実をぬか喜びさせる誤報が、経房とその兄弟の人々により告げられたこともあった。

以下、たびたび宝剣を求める奉幣など行われたが、特に、文治三（一一八七）年「雖レ被二捜求一、于レ今不二出来一」宝剣に、「猶被レ凝二御祈禱一」のみならず「仰二厳島神主安芸介景弘一、以二海人一依レ可レ被レ索レ之」こと、そしてその「糧米」の供出を「早可レ召二仰西海地頭等一之旨」の院宣が頼朝に下っている。（『吾妻鏡』六月三日条）。そして七月二十日には、「奉二幣七社一。依二宝剣御祈一也。今日被レ遣二勅使於長門国一。且被二祈謝一、為レ令二捜索一也。神祇大祐卜部兼衡・大蔵少輔阿部泰成（『玉葉』は茂）等為レ使。前安芸守佐伯景弘、去比下向。景弘合戦之時在二彼国一。存二知宝剣沈没之所一云々」（『百練抄』「国史大系」）となる。

そうした一連の祈禱と宝剣捜索に関わって、当時の摂政兼実と、後白河院以下貴顕の間を足繁く往来する伝奏者が、他ならぬ定経なのであった。(21)

『玉葉』によれば、それまで宝剣のことを申しつけていた藤原親雅（為房孫、親隆子）に替わって、文治三年三月十二日条「定経来申二条々事一。余仰二宝剣之間事一」を初出として、翌日も「定経召二具陰陽師等〈宣憲、在宣、泰茂等〉一、参来、内々問二宝剣在所占事一」等、以下数日おきの頻繁な往来が『玉葉』に記される。奉幣直前の七月の様相は「大日本史料」七月二十日条にも摘記されるが、定経は常に参仕して連絡に勤めている。二十日当日も「是日、宝剣御祈、七社奉幣也〈伊勢、石清水、賀茂、松尾、平野、春日、石上〉、巳一点、相二具内府一参内〈先有二沐浴解除一、陰陽師泰茂〉、奉行職事未レ参。然而且可レ始二陣事一之由、仰二内府一。仍則以着レ陣。相次定経参入…小時定経持二来日時定文一〈当日定也〉。見訖返給。良久、持二来宣命草状一云、遣二密宗僧都一、祈二請仏法一云々。…次手水陪膳宗雅朝臣、役（送脱カ）定経、定家等也。五位蔵人役之先例也〈先レ是解レ剣〉」などとある。しかしついに宝剣は出現しない。九月二十七日未刻に定経がやって来て、「宝剣使之中、神祇官兼衡帰来申旨等、副二進卜形等一」として、八月二十五日付けの「神祇官、卜、　宝剣御在所事」（神祇大祐卜部兼衡）、また同日付けの「陰陽寮」（大蔵少輔安倍泰茂）の「占」（海人が探しても出てこないのは、龍宮に納められたのか、それとも他州に流れたのか、について、卦の示すところは「不レ納二龍宮一、不レ移二他州一歟。奉レ投二海底一、従二在処一五町内被レ覓レ之者、必定可二出来給一歟」云々）、さらに「勅使景弘申状云、次第御祈等、各始行了云々」などの報告を受けて兼実は「又於レ事者、有二其馮之体一所レ申也。尤為レ悦。神霊不レ棄レ国者。宝剣蓋出来給哉。仰下可二奏聞一之由上了」と定経に命じている。この後も宝剣探索の動きはあるが、この時を境に一区切り付いたことはまちがいなく、以後定経と宝剣の関わりも、『玉葉』には見えないようだ。

神鏡神璽は戻ってきても宝剣が喪失したことを深くなげき（『玉葉』元暦二年四月二十一日条に「但宝剣不レ御、頗似遺恨」など）、捜索に熱心であった兼実の(22)、弟慈円の慨嘆と、『続古事談』の嘆息とが共通した部分を含むのは、如上の一連との関わりからも注目すべきであろう。

三・二、定経と経房・長方

このように、「き」の分析(23)からも浮かび上がる、定経という存在と、またその父経房の、『続古事談』での不在。そして対照的な長方の存在。それは、勧修寺長者継承を巡るこの三人の交差と、あたかも相似的ではないだろうか。

ここで藤原定経（一一五八〜一二三一）の概歴を示しておこう。父は権大納言経房、母は従三位平範家女。母方は「日記の家」（『今鏡』）と呼ばれる高棟流平氏の出自、さらに範家孫、親範娘を妻とする。同様に「日記の家」

と認識される（松薗斉前掲論文）こともある勧修寺家の出身であることとともに重要な要素である。[24]『千載集』他勅撰歌人。仁安二年（一一六七）閏七月、六位蔵人。同年九月叙爵。元暦（一一八五）二年正月、五位蔵人。その後文治四年右少弁となり衛門佐を兼ねた三事兼帯。右中弁を経て、建久六年（一一九五）十一月蔵人頭となる。この時、右中弁を止めて蔵人頭に抜擢されたため、定家が悪例を作ったとして酷評（後述）。この間安元二（一一七六）年に院分国の美濃守（『公卿補任』）、院司（『玉葉』安元二年三月六日）を経ており、後白河院近臣でもあり、治承三年のクーデターで基房失脚の折、解官を経験する（寿永二年にも解官の経験あり）。[25]

その後、建久八（一一九七）年正月、四十歳で参議となるなど順調な出世であった。翌九年正月後鳥羽譲位、土御門即位、十一月十八日には「新大納言〈経房〉。拝賀儀」に「参議〈定経〉」は「駕車扈従」（『百練抄』）している。

ところが、建久十年（一一九九）定経正月従三位、同年四月正治と改元されたその年が、彼と父にとって激動の年となった。八月四日定方忌日勧修寺八講の日、「大納言〈経房〉—後初入レ寺。扈従人新宰相。〈定経〉。宮内少輔能元同者。右中弁長房朝臣。蔵人勘解由次官清長。左衛門権佐光親。参河守資経八人。後騎左兵衛尉重継。共侍三十二人。左佐随兵三騎」（『百練抄』）。八講入寺においては、長者の近親者が扈従する（平山前掲書）が、経房にとって、この折に従三位に昇進し筆頭で扈従した定経が、順当にいずれ勧修寺長者を継承するものと考えたであろうし、期待は、定経にも重々感じられたはずである。ところが定経は同年十一月十五日、突然「依二菩提心一」（『公卿補任』『尊卑分脈』）、「天王寺」で出家（『公卿補任』）してしまう（法名は蓮位（『尊卑分脈』は、「或住蓮」とも）。

それは、少なくとも父経房の側には悔恨が残るプロセスだった。

十一月十六日、甲辰、去夕参議定経卿俄入道、有二遁世之聞一云々。春秋四十二。厳考大納言経房殊愁歎云々。（『業資王記』、「大日本史料」）。

嫡子を失った父の愁嘆は怒りに変わり、「此時父卿〈于時権大納言〉義絶。以二孫資経一為レ子令レ譲二与家門一云々」と『尊卑分脈』は伝える。

その記述は、孫資経を養子とした上での「家領の処分」をめぐる、処分状の存在（『御遺言条々』[26]第一所載、正治二年二月二十八日付）で裏付けられる。「経房はこの定経を義絶し、孫の資経を以て子となし、ここに家領の処分を決定し…まもなく自分も出家した」（中村直勝所掲「勧修寺家領について」）。出家は三十日、同閏二月十一日経房没。

結果、正治元年の八講長者が彼にとって最後のそれとなった。同年の時点で、経房に次ぐ一門の現任上臈は、従二位権中納言光雅（顕隆曾孫、顕頼孫、光頼子。四十七歳）、ついで従三位権中納言宗頼（光雅弟。四十六歳）、そして正四位下定経が四十四歳、宗隆（長方男）が同位同官の次席（三十四歳）で続いている。こうした客観情勢からも、結果論的に翌年訪れる経房の死をも視野に入れても、すぐではなくともいずれ、という意味で、定経への長者継承が、経房と定経との間の共通認識であった可能性は高い。

事実、経房出家後、唐突に継承された長者は光雅（堀川中納言、以下呼称は『勧修寺古事』[27]による）、しかし、彼は八講を勤めることなく、経房出家・没（閏二月十一日）の直後三月六日に権中納言を辞職、同八日出家、九日没。次代長者は、これも上臈の順に沿い光雅弟宗頼（二条大納言）。彼が建仁元（正治三）年八講の長者入寺（「長者納言」『三長記』）。しかし彼も二年後建仁三年正月没。普通に公卿を続けていれば、遅くともこの時点での定経が長者になるはずであったろうが、定経出家後、次席だった宗隆（梅小路中納言）が継ぎ、元久二（一二〇五）年三月没後は親雅（為隆・顕隆弟の親隆男、五条宰相）、続いて長房（二条宰相）、長兼（三条中納言）、光親（按察）と続く（平山注10所掲書）。

現在残っている経房の処分状案は、経房と定経と「父子意見を異にしたということ」を「原因」として書かれた（中村直勝「勧修寺家領について」）と考えられている。次に引用する経房の処分状案が併せ語る「長者」の条件は、子孫之中〈雖レ称二予子孫一、非二尼上（＝平範家女）子孫一者、不レ可レ入二此中一〉、以継二家風一者、可レ為二長者一。縦雖二位高一、不レ歴二可レ歴之顕要一、自二閑官一纔加二爵級於上臈一輩者、不レ可レ用。世之所レ許、天之所レ授、定無レ隠歟。縦又一旦雖レ誇二朝恩一、無二左右一不レ可レ奪。（『御遺言条々』第一）

直接的に右は勧修寺一門の「長者」ではなく、経房の「家」のそれを指すようだが（高橋秀樹前掲論文）、経房に「抑見二其器量一、必歴二顕要一、可レ為二一門長一。況於二予流一哉」（『御遺言条々』第一）との論法があるごとく[28]、その「長者」は「一門」の長者に相同する。あたかも定経にはその器量と官歴とが備わっていた以上、定経を義絶することで吐露された父の思いはやはり、もはや跡継ぎではなくなってしまった定経にあり、彼を念頭から振り払うように描かれた氏長者の条件であったと、これを読んで差し支えないだろう。

「顕官」を経た人であることこそが氏長者の最優先要件であると誰よりもよく知っていた経房（前掲『吉記』）は、如上、繰り返し〈顕要を歴る〉という語を使っている。実は定経にも、先例となる抜擢の経歴があった。彼は、従四上右中弁だった、建久六年（一一九五）十一月、蔵人頭に任ぜられている。この時右大弁藤原宗頼が既に弁官として蔵人頭であり（その上位には参議左大弁藤原定長）、また正四下で上位の左中弁には藤原親経がいた。そこで定経は弁官を止めて、蔵人頭に昇進したのである。

後年、この人事が悪例として回顧された。嘉禄二（一二二六）年十二月十四日、定家は「雑人説」として、不出仕だった参議藤原公雅の解官、その後任としての平範輔（当時蔵人頭右大弁）の任参議、蔵人頭左中将の正四下藤原宣経が三位を望んでいること、範輔の後任に右中弁藤原頼隆が蔵人頭に補せられること「一定」だろうこと、またそのことを嘆いた上官の左中弁平親長が北白川院に泣きつき、兄親国がそうだったように、自分も弁官を止めて、蔵人頭に補してほしい、と望んだので、院も御書を禁裏に献じ、その弁官の後任には藤原光俊が任ぜられるだろう、云々の情報を握る。定家は「近衛中将失二前途一之時歟。自二定経一以来尾籠。弁官去レ弁、超レ人之道出来。近将之恥、自レ是始。毎レ聞レ之摧二心肝一。難レ堪事歟」として、定経以降相次いで六人の同様の昇進があったことを実名で示し、「六人、習二于定経一之故」と言い、宣経の「三位」が僻案であること、またそれがまかり通るようであればきわめて遺憾、末代の沙汰であると嘆いている（『明月記』「国書刊行会本」。『職事補任』『蔵人補任』（「群書類従」）、『公卿補任』ほかを参照）。かつての昇進の時、定経がどう考えたかはむろん、今日では不明である。しかし、そうした超越の出世の背後に、父経房の威勢があったのは間違いない。そして、俗世の出世を上り詰める父と、併称されながら、病を契機に出家して、出世からも、そしてなにより勧修寺長者の位置から離脱した長方の才気が、「義絶」を招くほどの不孝の行為をなす定経にどのように対比的に映っていたか。『続古事談』の両者の対比的な扱いは、示唆的であろう。また旧稿で考察したように、『続古事談』には、弁官説話が多いのみ成らず、二・三六（源道方と説孝）、三七（為隆・顕隆）の配列では勧修寺流の中弁の出世をめぐる因縁譚が採録され、また潜在していたことにも注意を喚起しておく。

　こうして、定経にとって、あの時出家することで放棄しようとしたものがあったとすれば、それは、如上の、長者の地位であろう。長者を嫌悪する先達には泰憲がおり（京楽真帆子前掲論文また荒木旧稿）、出家することで長者候補から離脱することについては、父との関わりで、きわめて象徴的な先達、長方がいた。それらはいずれも『続古事談』が逸話を採録するところ（泰憲は「泰賢」として二・一一に。旧稿参照）。「一門記」を継承していく勧修寺家の一員であった定経にとって、それら先蹤は周知の所であったはずである。特に長方という有力な候補者が、父の人生とは対比的にそのすぐれた才をそのまま出家の身となし（「依二俄中風一」と『公卿補任』はいう）、卓越した学識を発揮し続けた（六・五に「故入道〈長方〉」の発言あり）。定経出家後まもない父の死から推すに、あるいは定経自身、自分に時間がなさそうだ、とも気づいていたのかもしれない。

三・三、晩年の定経とその子

父から「義絶」され家督・財産の相続を許されなかったはず（三浦周行『法制史の研究』）の定経自身、一通の処分状案を残している（『御遺言条々』第十四、中村直勝前掲論文の比定）。晩年の寛喜元（一二二九）十二月、子の経賢が定経の文書を「抑留」するという「背二亡祖遺誡一、不レ用二父所命一」ざる所行を行うこと、またおそらくは『明月記』嘉禄二（一二二六）年二月一日・二日条に記す仮死と蘇生に関するだろう病気（同月十九日には吉田で逆修を行う、『明月記』）を四年も見舞うことがない（「病已及二四年一、又渡二住此亭一、已四廻也。然而一度未レ尋二存否一」）、などという親不孝を繰り返すことを訴え、しかし、それでもその後心改めて親に従うのであれば、「父之慈悲強又不レ可二訴申一之処」、こともあろうに殺人の挙に出た（「以レ父為二敵人一、去年以二毒物一欲レ殺。其上勿レ論歟」）、という。怒りを強めた定経は、長子資経に対しての処分状として、文書の横領を計る経賢に対しては、「文書事、違二背父一之上、雖二一巻之書一」とも譲らないことを激しく述べ、経賢が「亡祖幷先親大納言（＝経房）御契状、、、、立券文等、経賢称二紛失之由一、不レ被レ出。未曾有次第也」、という事情を批判し、「兼又文書可レ分二給遺孫一之由先人（＝経房）雖二示給一」、として経房が『御遺言条々』で孫に分給するように遺言した文書類も、「経賢者不孝者也」、経賢から取り上げ、「その弟為定は既に夭死し、また光経も出家して居るから、一切の文書をすべて資経に譲与するという意味が認められて居る」（中村直勝前掲論文）。

経房から資経ら孫への処分状（前掲『御遺言条々』第一）には、大原則として「抑近代処分、或称二紛失一、或号二焼失一、不レ及二施行一云々。尤不便事也」とうたっている。その意味で、定経の言う如くならば経賢はたしかに祖父の「遺誡」に背く。

経賢（経兼を改名）は歌道の才あり（『明月記』建保六（一二〇八）年七月二十九日条）、祖父経房の期待も高かった（注28参照）。その経賢の所行について定経は「父令レ不二孝子一者、常法也。子不二孝父一、未レ聞二其例一候」という。

父からの「不孝」とは勘当・義絶の意であろう。かつて自らが父になした行為を、定経は才気をうたわれた子経賢から、全く異なったかたちで、しかし言葉の上では「不孝」という相似形で果たされていることの自覚が、ここにある。

しかし重要なことは、その言葉が「御子孫（＝経房流）[29]一向可レ為二堂長者一也。兼又文書可レ分二給遺孫一之由先人雖二示給一、経賢者不孝者也」という文脈で語られている事実だろう。定経は、自らの放棄したはずの「堂長者」（西堂長者、すなわち勧修寺長者の意であろう）の地位が「御子孫一向可レ為」きものであると、この期に及んで語っている。子の不孝を経験し、定経はおよそ三十年の時を隔てて、父経房の思いに、ようやく呼応しようとしていたのである。死はこの処分状の二年後。定経は、寛喜三年二月十三日、七十四歳で没す。

三・四、定経の地平

定経の出家前と晩年と、その父子関係の感情の曲線の始点と終点をこのように描いて、定経という人の『続古事談』作者らしさを、描いてみた。父の義絶から三十年、その後半、自らの処分状のちょうど十年前に、『続古事談』の成立時期は当たっている。「不孝」であった彼が父を客体化するまでの年表を、たとえば如上に当てはめてみる。

一方、よく話題にされる「今も昔も勧修寺氏のはらのあしさは」（一・三二）という言述を「「近頃」、勧修寺家の者が短気直情によって引き起こした何かの事件を思い浮かべていることはないだろうか。編者がもし勧修寺家の者とすれば、それが自身に関わる事件である可能性もあるのではないだろうか」（『注解』木下氏担当）と読んでみる。そこにたとえば父の「義絶」という激しい怒りから逆算される父子関係と感情、またそこから派生するさまざまな影響が出家後の定経にもたらしたもの、勧修寺一門からの何らかの風当たり（出家前からのそれを含めて）を想定したり、あるいは処分状に結実する以前からの息男との不和を想定したりすることもできるだろう。その時、『古事談』三・八三にも触れる勧修寺八講と長者のことを『続古事談』が明示的には語らず、一方で類似した構造を有する日野流藤原氏長者と薬師仏（平山前掲書）の話柄を記述すること（二・二二）の意味もまた暗示的である。もちろんそれらは想像以上のものではないが、『続古事談』という作品の勧修寺流との接近と距離とを説明するのに、定経という地平は、きわめて興味深いところには、あるのである。

四、『続古事談』に見える定経的状況

以下は、定経という人物のもつ側面と『続古事談』の作品世界がいかに交錯するか、メモを兼ねた想定である。

四・一、四天王寺と定経

定経出家の状況についてはは明確ではないが、「天王寺」で出家した、ということは重要である。『続古事談』で重要な為隆には早くより四天王信仰があったといい、またその終わりは、病を得て出家、念仏し安住正念、「弥陀嶺上奇雲聳、極楽界中片月迎」と讃えられる極楽浄土往生であった（『後拾遺往生伝』下・二「思想大系」）。あたかも四天王寺を具現したような信仰形態である。

そのことは、木下氏が指摘する本書の聖徳太子信仰とも符合する。また、六角堂の縁起を語る次の説話は、聖徳太子、四天王寺と、そして為隆の名が登場する点で重要である。

六角堂の如意輪観音は、淡路国いはやの海に、辛櫃に入て鎖子さしてうちよせられたりけるを、聖徳太子あけて御らんじて本尊とし給けり。これは思禅師六代の本尊とぞ。太子、守屋大臣とたゝかひ給ける時、「心のごとくかちたらば、四天王寺をつくらん」とちかひ給けるに、思のごとく勝給ければ、材木とらんとて、山城国愛宕の杣におはしける時、この本尊をしばらくたらの木のうつぼにすへたてまつりて水あみ給て、もとのごと

くとらんとし給に、このほとけあへてはなれ給はず。（この地を「六角の小堂」とする。のち平安遷都の時、六角小路を通すとき、霊験あって移動）。其後五百余歳を経て、天治二年十二月五日京中大焼亡に、この堂はやけにけり。左大弁為隆の侍、としごろつかうまつりける。この本尊を取出したてまつりけり。其後しきりに火事あり。（四・二五）

本話でことさらに為隆侍が描かれるのは、注目される。為隆は六角坊城の地に邸宅を持ち、阿弥陀堂を始めとする「風流絶妙」の堂舎を構え（『中右記』大治二（一一二七）年十月十七日条）て、臨終もこの地であった（『長秋記』大治五年九月十四日条）。またその父の為房は『為房卿記』承暦三（一〇七九）年五月二十七日条に「今日於㆓六角㆒奉㆑為先考㆒（＝父隆方）始行㆓八講㆒」、同永保元（一〇八一）年十二月八日、「今日限㆓五ヶ日㆒於㆓六角㆒供㆓養仏経㆒。遠忌之間、修㆓此善根㆒也」という[30]ことも重要な情報である。

またその次話で巻四最終話（四・二六）は『石間寺縁起』によって、「巌間寺」の「誓源と云常住、難行苦行す。天王寺の海にて身を投」げおそらくは「遥指㆑西漸々入㆑海命終。往生極楽誰貽㆑疑」（『石間寺縁起』『注解』、該当部『続古事談』は略す）という逸話を載せて巻が閉じられる。

また五・二四には、

白川院天王寺の舞人公貞をめして、この舞を近方にをしへしめて、朝覲行幸にまはせられけり。此事、時の人うけざりけり。「公貞が舞をもちゐられれば、公貞舞べし。公貞舞まじくば、舞を習まじ」とぞかたぶきける。たゞし後冷泉院の御時、蘇莫者をめして御覧じけり。この舞は天王寺の舞人のほかにはまはぬ舞也。宇治殿きゝ給ひて、「近衛官人・雅楽のものならずして、めさるゝ事いかゞあるべからん」と仰られけり。もしこの儀にて公貞にはまはせられざりけるにや。近方が採桑老、多の氏の流にはあらず。天王寺の流也。

という、本書が多く載せる音楽説話の一つに、四天王寺楽所独自の逸話も取られている。

四・二、仏教的話柄と定経的人物

本書には巻三を欠くが、『古事談』との対応からすれば、そこには仏教の巻が想定される。その相補的な意味合いからか、前掲巻四がそうであったように、諸巻、末尾数話に仏教的話柄を持つ逸話が取られることが本書の特徴であると思う。

四・二・一、巻二

巻二もその傾向が顕著だが、特に最終話（二・五九）が、「権中将成信、光少将重家と云わかき有職の殿上人」の三井寺での出家を載せ、「父の大臣各おどろきさはぎて、三井寺にはせむかひ給」うと、出家を知らなかった父を描く。それは基本的に『権記』の「左府今朝退出給、只今向二三井寺一給。中将於二此寺一入道云々。即候二御車後一、入レ夜帰レ京。右府又同向給。少将共入道之故也」（長保三年二月四日条、「史料大成」）によるが、父の驚きは『続古事談』の付加である。また「出で給ひける夜半、重家の少将、御親の大臣殿に暇申し給ひける」（『今鏡』）、「親ニイトマコハヌハ不孝之由承ハ、伺侍シニ」（『古事談』）というプロットを捨て、『続古事談』は、あえて貴公子が父に背いて密かに出家する伝承を選んだ(31)。

巻六は、一三、一四話が、朝に仕え、市にいる隠者を讃える逸話が「き」を交えた作者自らの評論として描かれ、続く一五話は還俗して活躍し、「内典のかたにも召仕はれ」る徐孝克を描いて、

又還俗のとがをゆるして、内外の才智をもちゐ給けん君の御心も、いとやむごとなし。おほよそ漢土には、在俗の法門をさとる僧にまじはりて、論説する事つねの事也。日域には聖徳太子そのたぐひにおはします。

と閉じる。そして最終話一六は「在俗の法のしるしある」陸法化の説話で、過去七仏にも言及されるのである。

巻五も巻末は冥界訪問譚である。巻一のみ仏教的話柄で終わらず、例外となっている。

四・三、検非違使譚

本書には巻二・四二〜四四、そして巻五の四三〜四七の一連に、検非違使関連説話（『注解』池上洵一）が多く取られている。定経は文治二年から五年まで衛門権佐として検非違使。そして宮崎康允氏によれば、十二世紀になると、検非違使佐となる家柄は、「勧修寺流藤原氏（為房以降）、内麻呂流藤原氏（資業流、広業流）、高棟流桓武平氏（時範以降）」の三流に固定されていくといい、その傾向は十一世紀後半から見られ始めるという。(32) 勧修寺流に生まれ、高棟流平氏の女性を母に持つ定経もまた高棟流平氏の女性と姻戚関係を結んだが、「検非違使佐を世襲し始めたころ勧修寺流と高棟流平氏は姻戚関係を結び、そのことによって日記に蓄積された情報が桓武平氏から勧修寺流藤原氏に流れていた」といい、隆方が行親女を妻として為房が生まれて以来の両家の関係を基礎にして、経房は高棟流藤原氏と「深いむすびつき」を持っていたという（鈴木理恵注24所掲論文）。『今鏡』「すべらぎ」はあたかも「日記の家」高棟流平氏の栄えに続き、勧修寺高藤流の繁栄を述べ、「君に仕へ奉り給ふ家の、かたがた然るべくかさな」ることの言及を以て閉じられる（巻三「全書」）。

終わりに

以上、粗々『続古事談』作者論の周辺を定経という人物をキーワードに探ってみた。『続古事談』は日記を中心とする言説世界を素材とするために、近年急速に研究の進みつつある勧修寺流藤原氏や高棟流平氏など「日記の家」や「名家」と呼ばれる家格の家の貴族達の、知のネットワークにも視点を向けつつ検討されなければならないようだ。その問題提起になれば幸いである。

注

(1) ただし、跋文にはその書名を直接的には記さない。

(2) その具体は『続古事談注解』の注解、解説、参考文献を参照。

(3) 「『後葉集』が『後葉和歌集』のことだとすると、藤原為経撰の『後葉和歌集』では通方と年時が合わ」ず、「室町時代初期成立の別本『後葉和歌集』」「には、源通方の名も歌も見えていない」(田村論文)。「後葉集」とはあるいは古筆手鑑の類か。

(4) 田村氏は「『続古事談』跋文の「フルキ人の」の「ノ」を主格の助詞ととる立場に立って、二人の作者による二段階成立を前提を《ママ》考え、源通方の若すぎる年齢の問題を説明して」(木下資一『続古事談注解』解説) いく案を提出するが、「編者考」では「跋文の記事内容と通方の経歴は一致せず、確かなことは分からない」と述べる。跋文を私見ではそう読まないが、解釈の問題はいま留保しておく。

(5) 類似した識語「建保七巳卯年　順徳院御年／年号　元禄辛戌年迄四百七十二年ニ成也」を持つ伝本に東大国文(中世33・2-2)本(『古事談』と合)などがある。

(6) 説話数等、今日の数え方と異なる部分もある。

(7) たとえば四・二四で「奈良には小島真興僧都、清海上人已下七大寺こぞりてあつまる」と南都七大寺の中で二人の興福寺僧の名のみを挙げる点ほか、本書が藤原氏の著述であることを示唆する徴証も多い。

(8) 前半部は『大鏡』三、『宝物集』七巻本、『愚管抄』七、『十訓抄』九・三に同話があり、後半部は『十訓抄』一〇・五七他にあるが、両話を接合して一話とするのは『続古事談』のみ。

(9) 為隆への形容「をしがら」(一・一三)は、朝成にも用いられる(『宇治拾遺』九四)。ただし登場する勧修寺流藤原氏のすべてを対象にして、本書作者のスタンスを読み解こうとすべきではなかろう。たとえば一・二二には「殿上の一種物」に参加するメンバーに為房息男の朝隆・親隆の二人のこと、四・三の「兵庫頭知定と云陪従」(説孝曾孫。定輔孫、利定子)など。ただし後者は、八幡と神楽にまつわる逸話であり、その両事に関心を持つ本書、という視点からは、注意してよい。

（10）松薗斉『日記の家』第二部第九章「勧修寺流藤原氏」、一九九七。
（11）同論には現在訂正と修正を施すべき所少なしとせず、本稿本文他にこの場を借りて訂補する。同論で経房後の「為隆流」長者を経房曾孫までないとしたが、「経房流」の誤解。為隆流では経房甥の長房が建永元（一二〇六）年に長者を勤めているらしく（平山敏治郎『日本中世家族の研究』、一九八〇、なお本稿注16参照）、その子定高も長者。また問題意識と紙面の都合もあるが、勧修寺藤原氏の説話として二・六の朝忠・朝成、四・三の知定に言及がないこと。一・二二の親隆（朝隆弟）が系図から落ちていること。二・一八の光頼について系図から傍線が落ちていることとその説話への言及など。
（12）本説話の末尾、諸本欠脱あり。
（13）この文治地頭の実体については議論がある（安田元久『守護地頭』など参照）。
（14）延慶本は一連をより詳細に描くが、この部分は「…院別当ヲ被置之時ハ八条中納言長方卿ト此経房卿ト二人ヲゾ別当ニハ被成タリケル」とする（六末、『延慶本平家物語本文編』）。経房と長方の働きは、延慶本が正しく『盛衰記』の記述に問題があること、美川圭『院政の研究』第七章「関東申次と院伝奏の成立と展開」（一九九六）参照。
（15）木下氏は本書の「或人」という匿名性と作者との関わりに注意を喚起する（「『続古事談』と承久の変前夜」）。
（16）長者継承の具体は後述。『続古事談』成立時でいえば、長房のみ為隆流。注11参照。『山槐記』の長房元服記事に光長嫡男、経房猶子とあり、元服も経房亭で行っている（治承三年正月十日）。が、長房のその後の活動に「彼を世に出すため力をつくした父光長を無視できない」（黒田彰子「覚真覚書」『俊成論のために』、二〇〇三）と考えられるように、経房の影は薄く、伯父甥の関係であるこの猶子を重要視するには及ばないだろう。「大日本史料」寛元元（一二四三）年正月十六日所掲長房関係資料にも猶子の注記はないようである。
（17）明確に自己の体験ではない「き」は、二・五九「左大臣殿…なやみ給ひし時」、四・二六「法花経を六千部よみ講じき」など。一・二三「世の人いひわらひし。まことにや」は自己体験とも伝承とも取れ、或いは慣用的用法か。四・一「御門の御夢に…と御覧じき」は先行文献に比するに帝の自敬表現あるいはその崩れか。本稿とは重ならないが、田村憲治氏に本書の「き」に着目した論述がある（「『続古事談』試考」）。

（18） 慈円夢想記にも「抑末代悲哉。彼三種宝物等…於二宝剣一者、終以没二海底一。不レ求レ得レ之失了」（赤松俊秀「慈鎮和尚夢想記について」『鎌倉仏教の研究』、阿部泰郎「中世王権と中世日本紀――即位法と三種神器説をめぐりて――」『日本文学』一九八五・五）。

（19） 二十余年の強調は、『禁秘抄』にいう、後鳥羽院の太刀未継承での即位の二十余年と交錯する。

（20） 『続古事談』で「延喜の御門、儲君におはしましけるに、たてまつられたりけるよりつたはりて、代々の御まもりとなるなり」とある部分、『禁秘抄』には「延喜以少将定方被渡東宮（保明）。是始歟」と、「西堂」八講の起源となった高藤流定方が関わっている。

（21） この時定経は五位蔵人、右衛門権佐、三十歳。

（22） 宝剣の喪失によって後鳥羽は宝剣なしで践祚。そのことをめぐる兼実の神器と即位をめぐる大義論については龍粛「寿永の践祚」（『鎌倉時代』下）参照。

（23） 他重要な「き」は、二・四九「松殿御時」の和歌会（重家、清輔等）の逸話（「けり」を基調）での草子地「此重家の朝臣物おかしく云て、かやうの座にていみじかりし人也」。なお『続古事談』の中で帝（中国を含む）、院、東宮以外で「御時」が用いられるのはこの例のみ（一・六「寮御時」は、間接的に帝を指す）。また二・五〇は、「六条摂政に、甲斐権守なにがしとかやいふなま君達ありき」以下、この生君達の東三条殿での失敗の目撃譚。主人家における幼い日の、驚嘆の見聞譚の風情がある。因みに基実が亡くなった時、定経は八歳。

（24） 勧修寺流藤原氏と高棟流平氏の関わりについては、鈴木理恵「名家の形成と公事情報の交換」（『日本歴史』二〇〇三・三）に詳しい。同論には勧修寺流藤原氏研究の現在もまとめられている。

（25） 『公卿補任』『尊卑分脈』「大日本史料」『玉葉』『明月記』『平安時代史事典』、中村文「文治二年十月経房家歌合をめぐって」（『和歌文学の伝統』、一九九七）などによる。基房の失脚と解官との関わりは「き」の使用とも関わって注意してよい。

（26） 京都大学勧修寺家文書。東大史料編纂所写真帳による。『中村直勝著作集』第四巻「勧修寺家領に就いて」に翻刻あり。

（27）京都大学勧修寺家文書。東大史料編纂所写真帳による。

（28）「二、紀伊前司経兼　下野国大内庄」の条文で定経子経兼（のち経賢）についての言説。先行部については、「この顕要を歴した器量の者が長となる「一門」とは為房流に再編された勧修寺一門を指す。その中の「予流」、すなわち経房の流れこそが、同じ継承原理に基づく経房の「家」にほかならない。「家長者」が継承する、経房に始まる「家」とは、為房を始祖とし勧修寺を精神的紐帯とする親族集団の一分節であった」（高橋秀樹前掲論文）という。

（29）同条は「背二亡祖遺誡一、不レ用二父所一レ命」と繰り返し述べるが、父は経賢にとっての父で自分（定経）。亡祖（祖父）は経房。文脈上「又於二背レ父者一、以二何因縁一、可レ存二先人御子孫一由歟。亡祖幷先親大納言御契状、、、、、立件文等…」とある先人も経房となり、「先人雖被被《ママ》載二御契状一、於二兵部一（＝経賢）者、違二背父一了。其上更不レ可レ存二先人御子孫之由一歟」とあるから「御子孫」は「先人御子孫」に同じ。亡祖は経賢にとっての祖父経房。「亡祖幷先親大納言」とは経賢祖父であり自らの父で大納言だった経房の意。「御契状」は『御遺言条々』相当を指すのであろう。

（30）京都大学勧修寺家文書。東大史料編纂所写真帳による。前者は古写、後者は自筆。この六角が六角堂のことかは未詳。高橋秀樹前掲論文は「六角の小堂」「六角の堂舎」「隆方の六角堂は…」と記す。

（31）前掲二・六では『古事談』にない、一条摂政息男の義孝という貴公子の若き往生を付加している。二・一九に出典の『古事談』等にはない「父子の契」の強調があることなど、本書総体に描く父と子、その相承と葛藤の逸話（巻五他）、また若き貴公子などの政治と仏教の関わりの叙述などにも注意したい。

（32）引用は宮崎康允「三事兼帯と名家の輩」（『日本歴史』二〇〇〇・七）。関連の論考として同氏、「白河・鳥羽院政期の検非違使佐」（『中世日本の諸相』上、一九八九）、「十一世紀の検非違使佐――『二中歴』靫負佐一覧の検証を通して――」（『後期摂関時代史の研究』、一九九〇）参照。

※『続古事談』の引用は名大小林文庫本（国文学研究資料館紙焼）を底本に諸本により改訂を加えた。説話番号は『続古事談注解』に依拠。

『金玉要集』と類話

山崎　淳

一、『金玉要集』の可能性と研究の課題

『金玉要集』は、多くの可能性を孕んだ作品である。その一端は、伊藤正義氏による謡曲の本説研究や、(1)黒田彰氏の孝子説話研究に垣間見ることができる。(2)また、唱導における説話という観点からの言及も多く、阿部泰郎氏「唱導における説話―私案抄―」(『説話と儀礼　説話・伝承学'85』所収　桜楓社　昭和61)では、唱導の名文句が既存の説話と結び付くことで、説法の際の因縁譚が再創造される例として、本書の「犬子因縁之事」を取り上げる。(3)「施主段」を始めとする各章段に記された数多くの唱導句、まとまった分量の唱導法則、そして多種多様な説話を内包する『金玉要集』は、様々な角度からメスを入れることのできる材料として我々の前に横たわっているのである。

近時、『磯馴帖』村雨篇(和泉書院　平成14)に全文翻刻が収録されたこともあり、(4)『金玉要集』は今後さらに多くの研究に利用されていくことになるだろう。説話研究、唱導研究においては、例えば、類話・類似句の発掘は不断になされる必要があり、本書は大いに活用されるべきである。(5)

しかし、同時に『金玉要集』そのものに向き合う研究も進められなければならない。従来、本書を中心に据えた

研究はほとんどなかったといってよい。管見の限り、翻刻公刊前では、わずかに黒田彰氏「金玉要集と仲文章―所引「白居易詞」をめぐって―」(『中世説話の文学史的環境　続』和泉書院　平成7　初出は平成2)や同氏「唱導における天神―金玉要集の場合―」(同書　初出は平成元)を数えたくらいであろう(後者は〔第七〕「北野天神御事」の全文翻刻を含む)。また、本書が重要な唱導資料であることは、多くの研究者の認めるところではあるが、その編者、成立時期、成立圏など、基本的なことはほとんどわかっていない。(6)『言泉集』や『澄憲作文集』などとの重なり(7)から は、明らかに安居院唱導との関わりを想定できるのだが、時代や地域を特定できるほどの情報はいまだ見出せていないのが現状である。

さらに、先にも触れたことがあるが(8)、現存本(内閣文庫本)の書写は良好とは言い難く、意味の通じにくい箇所、句読点を施すのが困難な箇所も少なくない。全体を通して対校できる伝本もなく、その読解自体が極めて骨の折れる作品なのである。ある意味便利な資料であるだけに、本文に対しては慎重な態度で接することが要求されよう。当然のことだが、『金玉要集』自体の研究と『金玉要集』を活用した研究との相互の働きかけが必要であり、そこから『金玉要集』という作品の把握と、説話・唱導文学研究における位置づけが進んでいくことが望まれる。

二、類話の検討について

『金玉要集』について直接言及する外部資料などが発見されていない現在、やはりこの作品を捉えるためには、その内部に分け入っていかねばならない。結論を急ぐことなく、少しずつそのベールを剝がしていくことも地味ではあるが必要ではないだろうか。

そのような点からすると、類話の検討は、『金玉要集』の性格を探るために有効な方法であると思われる。『金玉要集』は類話の宝庫であり、中には他作品に収められた説話と対校可能なものも存在するからである。

例えば、次に挙げるのは、〔第九〕冒頭の目録に「三井寺智円阿闍梨歌」「権現御返歌有之」「譬喩坊阿闍梨歌」「権現之御事有之」と並ぶ、一続きの部分である（引用末尾の（　）は『磯馴帖』の頁・段・行）。

古ヘ薗城寺ノ智円坊ノ阿闍梨（白山に）参詣シ侍リケルカ、権現ノ本地大聖観音ノ三十三身ノ利益、随縁之水ニ浮影ヲ、無刹不現身ノ済度利生ノ余ニ、彼出蓮花九品之都ヲ、則、難化之娑婆世界ノ乱漫ノ境ニトシシテレ居ヲ一給事、忝ク覚テ、

等覚ノ住（位）ヲステ、此峯ニイツコ、マテハコシノシラ山

権現生身新ニシテ、如シテ三響ノ応カレ音ニ一、取不敢玉ハ、御返歌アリ、

優曇花ノツホミシヨリソ此峯ニ花サク世ニモ三度相ケル

依此御歌ニ一、阿闍梨不審シテ思ハク、抑釈尊ハ、後五百才示現大明神ト説置給ヘハ、一切ノ仏菩薩和光垂迹之利益ハ、如来滅後ニ顕レ給ヘキト思ヘハ、三千年ニ三ヒ逢ヒ給ケル当山権現御事、不審無極被レ思ハ一ケル間、カクコソ、

釈迦ノ世ハクレテ春秋二一タチトセイカニ花ニハ三度アヒケル

利益無窮之故ニ、始八相成道有トレ之一知レトモ、誠ニハ久遠実成之如来、三世常住ノ薩埵ナレハ、日本開闢之当初ナリ。利生ノ機縁、我朝ニ殊更深ク御ハセリ。実ニハ一万三千七百余才也。其程利生、堪ル心長サノハルケサヲ思ヤルコソ久レ。雷電神トル事ヲ、凡謂触耳目、実ニ生身ノ仏土也。名ハ高ク五天之雲一、誉レハ満ルニ大虚之霞ニ、理ナル哉云々。（217上1〜下5）

不審なのは、〔第九〕冒頭の目録から三首目の詠者と予想される「譬喩坊阿闍梨（未詳）」は本文に登場せず、一、三首目がともに「智円坊阿闍梨（未詳）」の作ととれる叙述になっていることである。(9)

ここで注目されるのは、『白山之記』の次の部分である。

譬喩房阿闍梨、白山禅頂参詣云〈三井寺人也〉、

補陀落ノ本ノ栖ヲ振リ捨テ、如何《イカテ》茲マテ越ノ白山
権現御返事、
仏滅ノ長夜ニ迷フ以来《コノコロ》ノ輪廻ノ類 導《ヤカラミチヒカントテ》
又阿闍梨云、
等覚ノ位ヲ捨テ此峯ニ跡ヲ垂テハ幾《イクラ》 久キ
権現御返事、
優曇花ノツホミシ日ヨリ此峯ニ花ノ散《チル》世ニ三度相ヌル
又阿闍梨云、
牟尼ノ日ハクレテ春秋二千歳如何曇花ニ三度相ヘルソ
権現御返事、
尺迦已後ト限テセハク思ヨ三世《ヨ》ノ仏ニ相ヘル我身ヲ
（岩波日本思想大系『寺社縁起』368下）

分量こそ違え、僧の詠歌に対して白山権現が返歌する形、あるいは傍線部や波線部から、これを『金玉要集』前掲部分の類話と認定することに問題はないだろう。(10)『金玉要集』目録の「譬喩坊阿闍梨」は、右のような形のものに基づいていると考えることができる。(11)『金玉要集』の目録自体が本文と同時に成立したか否かなどの問題はあるにしても、『白山之記』における類話は、和歌の異同などを含め、『金玉要集』本文を相対化することになる。そして、譬喩坊と智円坊との関係など、さらなる課題が浮かび上がってきたといえる。

このような類話関係にある説話を含む作品のうち、本稿では主に『沙石集』を取り上げ考察してみることにしたい。前掲阿部氏論文は、前世の因縁によって母犬が五匹の子犬のうちの一匹を世話しないという説話が、『沙石集』と『金玉要集』に収められていることを報告している。確かに両書には同文的一致が見られ、極めて関係の深いこ

とが推測される。また、同氏論文は、『金玉要集』には『沙石集』と関係する説話が十指に余ることも指摘している。ただし、これ以降、『金玉要集』と『沙石集』との関わりについて、特に言及する論考はほとんど見当たらないようである。(12)

かなりの数が共通するとしても、それらの説話は果たして『沙石集』以外の資料とは関係はしないのか、『沙石集』との直接的な関係が認められるとしたら、諸本の多い『沙石集』の中でも（抜書本も視野に入れて）どの系統の本文に属するか特定は可能なのか、など検討すべき点は多々あると思われる。そして、そこから新たにどのような課題が見えてくるのかということにも、絶えず言及していかねばなるまい。方法としては新しいものではないが、これらを一つ一つ明らめていくことが、結局は『金玉要集』という作品の傾向や独自性を抽出していく確実な道といえるのではないだろうか。

三、『沙石集』、あるいは他の作品との関係

『金玉要集』と『沙石集』との関係をまとめたものが、次の表である。

『金玉要集』目録	『磯馴帖』頁段	『沙石集』（梵舜本）巻・話・題	備考
犬子因縁之事	〔第一〕148下～149下	七9・前業ノ酬タル事	同文（阿部氏論文参照）
同悲母事（五）〔寂照説話〕	〔第三〕163下～165上	五末2・和歌ノ人ノ感アル事	部分的に重なるのみ。
同悲母事（五）	〔第三〕165上～166下	九10・祈請シテ母ノ生所ヲ知事	同文
為師終南山道宣言事〔阿難与善思-問答〕	〔第六〕185下	三3・厳融房ト妹女房ト問答事	内容同じ。表現は著しく相違。

事〕			
貧女詠歌蒙神徳事	〈第八〉204下～205上	五末1・神明ノ歌ヲ感ジテ人ヲ助給ヘル事	『十訓抄』『古今著聞集』に近似。
栂尾上人祈度天志事	〈第八〉208下～210下	一5・神明慈悲ト智恵ト有人ヲ貴給事	別の資料を重ねて大幅な増補か。
魔道僧語大明神利生事	〈第八〉210下～211下	一6・和光ノ利益甚深ナル事	同文
大明神無道心悲給事	〈第八〉211下～212上	一7・神明道心ヲ貴ビ給フ事	同文
新羅明神悦道心人事	〈第八〉212上～下	一7・神明道心ヲ貴ビ給フ事（前話と連続）	同文
笠置上人与給明神御歌事	〈第八〉212下	一5・神明慈悲ト智恵ト有人ヲ貴給事（栂尾上人説話の次）	同文
天照大神御事	〈第九〉217下～220上	一1・太神宮御事巻 一3・出離ヲ神明ニ祈事	同文だが、途中の山王の託宣以降は違う内容になり（218下6～219上3）、また『沙石集』と同文になる。
慈恵寛朝変身事	〈第九〉220上	一3・出離ヲ神明ニ祈事（前話と連続）	同文
桓舜僧都貧事	〈第九〉222上～223上	一7・神明道心ヲ貴ビ給フ事（後掲の二条院讃岐の歌の次）	同内容だが、表現は相違。桓舜説話の次に「加之」で続く宝地房説話は『沙石集』と同文。
利軍比丘因果事	〈第九〉224上	一7・神明道心ヲ貴ビ給フ事（後掲の二条院讃岐の歌の前）	『沙石集』における説話の前半と同文。
安然和尚一期貧事	〈第九〉224下	一7・神明道心ヲ貴ビ給フ事	安然説話は『沙石集』になし。

		（後掲の二条院讃岐の歌の前）	安然説話の後は、『沙石集』の利軍支比丘説話の後半と同文。
二条院讃岐歌之事	〈第九〉224下	一7・神明道心ヲ貴ビ給フ事（前話と連続）	同文
山王成通卿上童事	〈第九〉224下～225下	一1・太神宮御事	成通説話は『沙石集』になし。途中の文言が『沙石集』にあり。
依権現方便止妄念事	〈第十〉228上～230上	一9・和光ノ方便ニヨリテ妄念ヲ止事	同文
依和歌本付一心源事	〈第十〉230上～下	五本12・和歌ノ道フカキ理アル事 五末9・哀傷歌ノ事	五本12の方は一部のみ重なる。
大師疑魚膳事	〈第十〉232上～233上	一8・生類ヲ神明ニ供ズル不審ノ事	『沙石集』では熊野ではなく厳島が舞台であり、弘法大師は途中で別の人になる。
金峰山御事	〈第十〉233下～234上	一3・出離ヲ神明ニ祈事（慈恵寛朝説話の次）	後半は同文。前半は別の資料を使ったか。
三輪上人吉野参詣事	〈第十〉234上～235上	一4・神明慈悲ヲ貴給事（前話の次）	同文だが、最後が違う。

〈第八〉～〈第十〉は、特に『沙石集』一と多く重なるが、それ以外にも関係の認められる部分がある。また、〈第九〉の桓舜説話から二条院讃岐の和歌までは、『沙石集』一7（巻第一第七話を示す。以下同じ）「神明道心ヲ貴ビ給フ事」と組織的に重なっており注目される。全てが同文ではないにしても、『金玉要集』にとって『沙石集』は無視できない存在であることが窺える。

では、『金玉要集』は『沙石集』とどのように重なるのか、具体的に検討してみることにしよう。以下に挙げるのは、〔第十〕「依権現方便止妄念事」の一部であり、「ある僧が熊野詣での途次、同宿した上総国高滝の地頭の娘に恋をする。僧は彼女のことが忘れられず、上総国へ行く。二人の間には息子ができる。地頭は怒るが、後に二人を許し、僧を鎌倉への代官とする。僧が息子の元服のため鎌倉へ船で向かったところ、嵐に遭い船が沈んでしまう。しかし、目が覚め、今までのことは実は夢であったことが判明する」という説話の後に記された説法の部分である。

昔、①荘周カ片時ノ眠ノ間、成ニ胡蝶《テウ》トー、…皆是、無明ノ眠ノ中ノ妄想ノ夢也。サレハ、②円覚経ニハ、始知衆生本来成仏、…本覚不生ノ心地ノミコソ、眠モナク夢モ実ノ心也。③──古釈云、昨日ノ覚《ウツヽ》、今日ノ夢、無シ異ナルコトー。…夢幻ノ世上ノ事、有心ノ人、不可疑一。栄ヘ枯ルモ、事過ヌレハ都成夢トー。憂喜心モ、忘レハ便是深ト文。…諸法寂静ナレハ、自然ニ空門ニ相応スヘキニヤ。夢ノ中ノ事ハ、喜モ憂モ心留ヘキ事ナシ。…口ニ之(云)ヲ禅トセス、心ニ諸念ヲ忘テ、寂静ナルヲ禅ト知レト也。④荘子カ云、狗ハ不下以善ク吠一号食(良)ト上、人ハ不下以善言ヲ一号質(賢)ト上云々。サレハ、法門ヲ吉云人モ、心ニ名利五欲ノ思ヲ不忘レ一、空門ニ遠シ。⑤梵網云、口ニ説空トニ行在有中ニ一云々。…サレハ、夢ノ中ノ事ヲ実ト、ノミ思テ、執心深ク、愛執厚シ。⑥唯識論云、未タレ得ニ真ノ覚ヲ一、恒処ス夢ノ中ニ一。故ニ仏説玉フレ為ストニ生死長夜トー云々。⑦慈恩大師云、有レハ心外法ニ一、輪廻生死ニ一、覚知スレハ一心ヲ一、生死永(弃)菩提ト尺玉ヘリ。生死長夜不明一、心ノ外ニ法ヲ見テハ、為妄境ノ一被縛故也。心ノ外ニ法ヲ不見一、法即心、々即法ニシテ、生死ヲ可出ニ云ヘリ。有心ノ人ハ、一心ノ源ヲ覚テ、三有ノ眠ヲ覚スヘシ。是ヲノミ、和光同塵ノ本意、利生ノ至極ト説ク。権現ハ雖隔トニ山海江河ヲ一、一心ノ本性、片時ノ間モ寂静ニシテ、奉ハ観シ一、忽ニ此心ヲ顕シ玉ヘシ。

（229上15〜230上10）

以上に対応するのは、『沙石集』一9「和光ノ方便ニヨリテ妄念ヲ止事」である。

（『金玉要集』と同文の説話）昔①荘周ガ片時ノ眠《ネムリ》ノ内ニ、胡蝶ト成テ、…皆是無明ノ眠ノ内ノ妄相ノ夢也。サレバ②円覚経ニハ、「始知衆生、本来成仏、…」…本覚不生ノ心地ノミコソ、眠モナク夢モナキ実ノ心ナレ。

③古人云、「昨日ノ現《ウツヽ》今日《ケフ》ノ夢、別事《コトヽ》ナルコトナシ。…」…夢幻ノ世上ノ事、心アラン人疑フベカラズ。※楽天云ク、「栄枯事過ヌレバ、都テ夢ト成リ、憂喜心ニ忘ル、便是源」ト。…諸法ヲ実ニ夢ト知テ、喜モナク、憂モナク、心地寂静ナラバ、自然ニ空門ニ相応スベキニヤ。又云ク、「禅ノ功ハ、自見無ニ人覚一。合ニ是愁一時亦不レ愁云云」。文ノ意ニ云ク、「夢ノ中ノ事ハ、喜モ憂ヘモ心ヲ止《トヾム》ベキ事ナシ。…口ニ云ヲ禅トセズ、心ニ諸念ヲ忘レテ、寂静ナルヲ禅トイフベシ」ト也。④荘子云、「狗不下以ニ善吠一為上良、人不下以ニ善言一為上賢云云」。サレバ法門ヲヨク云人モ、心ニ名利五欲ノ思ワスレズハ、空門ニ遠シ。⑤梵網ニ云ク、「口ニハ便チ説レ空ヲ、行ハ在ニ有ノ中ニ一云云」。…サレバ夢ノ中ノ事ヲ、実トノミ思テ、執心深ク愛執アツシ。⑥唯識論ニ云ク、「未レ得ニ真ノ覚一、恒ニ処ニ夢中ニ一。故ニ仏説テ為ニ生死長夜一」。⑦慈恩大師ハ、「有ニ心外法一輪ニ廻生死ニ一、覚ニ知一心一生死永ク弃《スツ》」ト釈シ給ヘリ。生死ノ長夜明《アケ》ザル事、心外ニ法ヲ見テ、妄境ノ為ニ転ゼラル、故《ユ》也。心外ニ法ヲ見ズハ、法即チ心、心則チ法ニシテ、生死ヲ出ベシト云ヘリ。心アラン人、一心ノ源ヲ悟テ、三有ノ眠ヲサマスベシ。

（梵舜本。引用は岩波古典大系による）

※長享本・内閣文庫本・中央大学本・神宮文庫本・岩瀬文庫本・慶長古活字十二行本等は、この次に梁武帝の説話が入る。

同文の説話からほぼ同文の説法（点線部は『金玉要集』にないが、脱落か省略があったと見てよいだろう）が続き、標題も近似する。(13) ①～⑦を見れば、『金玉要集』の構成は、『沙石集』のそれと完全に一致していることもわかる。今の所、『金玉要集』独自の部分と言い得るのは、波線部のみである。『金玉要集』と『沙石集』の本文は、直接的な書承関係を想定してよいほどの近さにあるといえよう。(14)

次の例は、〔第十〕「依和歌本付一心源事」である。

凡、①我朝ノ神ハ、往生ノ如来、久成ノ薩埵也。②素盞烏尊、已ニ出雲八重カキノ三十一字ノ詠ヲ始給ヘリ。③

清水寺ノ観音ノ御詠ニモ、

只タノメシメチカハラノサシモ草我世ノ中ニアランカキリハ

実ニ風俗トシテ、④本地モ垂迹モ、皆以三十一字之詠ヲ㆒、世間出世ノ深理ヲノヘ玉ヘリ。⑤先散乱麁動ノ心ヲ止メ、寂然閑静ナル徳ヲ兼タルハ、歌ノ道ニ有之㆒。垂迹和光ノ本意ハ、只一心ノ本源ニ令ト開示㆒也。万法ノ根源ハ、我等カ一念ノ心ナレハ也。鎮ニ六塵散乱スト云トモ、歌道ニ心ヲ係レハ、一心一境ニ住シテ、自心源空寂ノ理ニ階当スヘシ。⑥此故ニ、花厳ニハ三界無差別ト云、法花ニハ唯有一乗法ト云、起信ニハ一心法界ト云、天台ニハ一念三千ト談ス。又毘尼ハ常尓一心ト云、浄土門ニハ一心不乱ト云、禅宗ハ一心不生ト云、真言ハ唯一金剛ト説。然ハ、流転生死ハ一理ニ背テ、差別ノ諸法ヲ執スルヨリ、寂静涅槃ハ万縁ヲワスレテ、平等ノ一理ニ反ルニアリ。一心ヲ得ウル始ノ浅方便、和歌ニ過タルハ無之㆒。実ニ権現ノ御詠、銘ル心肝ニ㆓者哉。（230上16～下14）

『沙石集』五本12「和歌ノ道フカキ理アル事」では、

⑤和歌ノ一道ヲ思トク〔ニ〕、散乱麁動ノ心ヲヤメ、寂然静閑ナル徳アリ。…①我朝ノ神ハ、仏菩薩ノ垂跡、応身〔ノ〕随一ナリ。②素盞雄尊、スデニ「出雲八重ガキ」ノ、三十一字ノ詠ヲ始メ給ヘリ。…④世間出世ノ道理ヲ、卅一字ノ中ニツヽミテ、仏菩薩ノ応モアリ、神明人類ノ感モアリ。…大聖我国ニアラワレテ、スデニ和歌ヲ詠給フ。③清水ノ御詠ニモ、

タヾタノメシメヂガハラノサセモグサ　我世中ニアランカギリハ

トアリ。

↓④に関しては、五末10「権化ノ和歌ヲ翫給事」に「（良弁・行基説話）天竺ノ菩薩モ、我国ノ大聖モ、和歌ヲ翫給ヘリ。是則境ノ風タルユヘニヤ。道ノタヨリタルヨシニヤ」とあり。

となっており、『金玉要集』①～⑤は、『沙石集』の文言が組み替えられた形である。⑥が『沙石集』に見えないが、

五末9「哀傷歌ノ事」には、

コレラノ歌ハ、ヨノツネニ、人ノ口ニツケタレドモ、シヅカニ詠ズル時ハ、万縁《エン》悉クワスレ、一心漸クシヅマルモノヲヤ。老子云、「天一ヲ得ツレバシヅカナリ。地一ヲ得ツレバヤスシ」ト。仏法ニ入方便区ナレドモ、只一ヲウルニアリ。事ニハ一心ヲ得、理ニハ一性ヲサトル。⑥此故ニ、花厳ニハ、「三界唯一心」ト云、法花ニハ、「唯有一仏乗」ト説キ、起信ニハ、「一心法界」ト云。天台ニハ、「一念三千」ト談ジ、毘尼蔵ニハ、「常爾一心」ト云。浄土経ニハ、「一心不乱」ト説キ、禅宗ニハ、「一心不生」云、密教ニハ、「唯一金剛」ト云フ。然バ流転生死ハ、一理ニソムキテ、差別ノ諸法ヲ執ルニヨリ、寂滅涅槃ハ、万縁《エン》ヲワスレテ、平等ノ〔一〕理ニカ〔ナ〕ヘルニアリ。一心ヲウル始ノアサキ方便、和歌ニシクハナシ。…実ニ塵労ノ苦シキイソギヲワスレ、解脱ノタヘナル境ニ入ル方便、和歌ノ一道勝レ侍リ。我国〔ニ〕跡ヲタレ給ヘル権化、昔ヨリモテ遊ビ給ヘル事モ此故ニヤ。

とあり、前掲の『金玉要集』本文は、二箇所の文言を結合した形になっている。『金玉要集』の『沙石集』利用には、ほぼ引き写しといえる組織的な摂取が目立つが、同時にこのようなフレキシブルな面も認めることができる。

少なくとも、我々が目にすることのできる現行の『金玉要集』が成立するためには、『沙石集』という作品が非常に重要な役割を果たしていたといえよう。近本謙介氏「直談と説話の位相―日光輪王寺天海蔵『直談因縁集』をめぐって―」(「山辺道」41 平成9・3)が論ずるように、直談や唱導の世界で『沙石集』は盛んに利用されていたようである。ここに、『金玉要集』をその一つとして、それも極めてビビッドな例として数えることができるであろう。

なお、数ある『沙石集』諸本のうち、『金玉要集』はどのような系統のものを用いたのかという問題に少し触れておきたい。結論から先に言えば、『金玉要集』の本文は、梵舜本『沙石集』に近い。例えば、〔第八〕「魔道僧語大明神利生事」に「地蔵ハ、本社（春日社）四所ノ中ノ随一也」という文言があるが、これに近いのは梵舜本の「地蔵ハ本社ノ四所ノ中ノ其一也」であり、他の『沙石集』諸本では「地蔵ハ本社鹿島ノ三所ノ中ノ一也」（俊海本）などとなっている。この他にも『金玉要集』と梵舜本が近似すると認められる箇所は多く存在する。(15) 全てが重なるわけではないので、梵舜本を直接の典拠として特定はできないものの、これらの事例は、『金玉要集』が基にした『沙石集』の本文を考える上で貴重である。(16)

このように『沙石集』（特に梵舜本的本文）との関係は、ほぼ決定的と思われるが、『沙石集』を踏まえたと考えられる部分の中には、必ずしもそれだけでは説明のつかない箇所もある。そのような事例をも含めて、以下では、他の資料との関係を検討していくことにしたい。

〔第九〕「利軍比丘因果事」「安然和尚一期貧事」は、

①如来在世ニ、利軍比丘（支脱カ）ト云ケル人ハ、羅漢ノ聖者也ケレ共、余ニ貧ニシテ、乞食スレトモ不叶、七日マテ不食一、々シ砂ヲ一飲水ヲ、終ニハ餓死シキ。②我朝ノ安然上人ハ、忝クモ第七地ノ菩薩ニテ御座シケレトモ、福分闕テ一生貧者ニテ送一期ヲ一、終ニ東寺ノ南大門ニシテ、土クレヲ食シテ餓死シ給キ。実ニハ、権者実者モ先世ノ善悪ノ業因、貧福ノ種因、難知一者哉。③彼利軍比丘ノ貧ナル因縁ヲ、仏説給キ。過去ニ、為母ノ二不孝也。母ノ、食ニ飢テ物ヲ乞ケレハ、砂ヲモ食シ、水ヲモメセカシトテ、七日ノ間、食ヲ母ニ不与一、ウヤシ殺セシ業因也、ト説給キ。貧モ賤モ、難ニ相、苦ニ逢モ、皆是我昔ノ咎也。世ヲモ人ヲモ不可恨一、只我心ヲ恥チシメテ、可願浄土ヲ一也。（224上17〜10）

と、①利軍支比丘説話に続き②安然説話が記され、再び③利軍支比丘説話が現れる。『沙石集』では、

①利軍支比丘ト云ケルハ、羅漢ノ聖者ナリケレドモ余《アマリ》ニ貧シテ、乞食スレドモ食ヲ得ズ。仏教テ塔ノ塵《チリ》ヲハカセ給ケレバ、其日ハ乞食シヱケリ。或時朝ネヲシテヲソクハキケルヲ、舎利弗、是レヲハキ給テケリ。其後乞食スルニ得ズシテ、七日ガ間食セズシテ、沙ヲ食シ水ヲ呑《ノミ》テ餓死シヌ。③仏因縁ヲ説給ケルハ、「過去ニ母ノ

為ニ不孝ニシテ、母ガ餓テ物ヲ乞ケル時、「沙ヲモ〔クヒ〕水ヲモメセカシ」トテ、七日食ヲ与《アタヘ》ズシテ、終ニ母ヲ亡《ホロボ》シ殺《コロシ》タル業因ナリ。聖者ナレドモ猶酬《ムクフ》ナリ」トゾ、説給ケル。斯ル因縁ナレバ、貧賤モ、難ニ逢《アヒ》、苦アル事モ、皆我《ワ》ガ昔ノ咎也。世ヲモ人ヲモ恨ベカラズ。只我心ヲ恥《ハジ》シメテ、今ヨリ後、咎ナク罪ナキ身トナリテ、浄土菩提ヲコヒ願フベシ。

（一7・神明道心ヲ貴ビ給フ事）

と、②の安然説話がなく、『金玉要集』では、利軍支比丘説話に安然説話が挿まれた形になっていることがわかる。(17)

では、②の安然説話は何に基づいているのだろうか。安然が貧困により飢え死にしたという説話は『宝物集』を始めとする諸書に見えるが、「東寺ノ南大門」という要素に着目すると、『渓嵐拾葉集』五十七「五大院虚名事」に、

其山僧不覚ト者、五大院貧道与二犯戒僧一知ル不覚也。此事ハ弘法大師ヲ安然和尚難破シ給ヘルヲ、東寺法師腹立シテ虚誕ヲ搆出シテ、五大院ハ弘法大師ヲ難破ノ罪障ニ酬ヘテ成テ二貧窮ニ一、終焉ノ時ハ東寺ノ門ノ側ニテ土ヲ堀食テ餓死シ給ヘリト云云。此虚言ヲ聞テ山僧等皆以如レ此申合ヘリ。是山門第一ノ不覚也云云。

（大正蔵七六・692下）

という記事を見出すことができる。(18) 直ちに典拠を確定することはできないにしても、『金玉要集』が右の如き伝承を用いているのは間違いないだろう。

さて、先述したように、〔第九〕「桓舜僧都貧事」以下は、特に『沙石集』一7「神明道心ヲ貴ビ給フ事」と組織的に重なっている。桓舜説話の後に「加之」で続く宝地房の説話が、『沙石集』でも連続しており、なおかつ同文であることも、両書の強い関係を証明して余りあるといえる。

ところが、〔第九〕の桓舜説話には、『沙石集』との相違も多々認められる。まず、『沙石集』は次の如くである。

※1 桓舜僧都ト申ケル山僧アリ。貧クシテ日吉ニ参籠シテ祈請シケレドモ、示現モ蒙ラズシテ空ク過ケレバ、山王大師ヲモ恨奉テ、離山シテ稲荷ニ詣デ申ケル。幾程モナクシテ、千石トイフ札ヲ額ニヲサセ給フト見テ悦ビ思フ程ニ、又夢ニ稲荷ノ仰ラレケルハ、「日吉大明神ノ御制止アレバ、サキノ札ヲ召返スゾ」ト仰ラル。夢

〔ノ〕中ニ申ケルハ、「我レコソ御計ヒナカラメ、ヨソノ御恵ヲサヘ御制止アルコソ心ヱ難ケレ」ト申セバ、重而御返事ニ、「我ハ小神ニテ思ヒ分ズ。カレハ大神ニテマシマスガ、『桓舜ハ今度生死ハナルベキ者ナリ。若栄花アラバ、障ト成テ出離シガタカルベシ。此故ニイカニ申セドモ、聞《キヽ》モ入ザリツルニナシニタブゾ』ト仰ラルレバトリ返ス也」ト仰ラレケリ。「サテハ深キ御慈悲ニコソ」ト覚テ、夢ノ中ニモ忝ク覚ヘテ、驚キテ聽而本山ニ帰リ、一筋ニ※2後世菩提ノ勤ヲノミ営《イトナ》ミテ往生シタリトナン申侍レバ、神ニモ仏ニモ申ス事ハ、示現ナクトモ空シカラジ。イカニモ御計ヒアルベキニコソ。只信ヲイタシ功ヲ入テ冥ノ益ヲ頼ベシ。〔以下、宝地房説話〕

一方、『金玉要集』では、

古ヘ、※1桓舜僧都ト申ケル山僧ナリ(ア)。余リニ貧者ニテ、世路ノ叶ハン事ヲ愁テ、詣山王ニ、泣々祈申ケレトモ、更無其験。宿業ノ拙キ事ヲ思ヤウ、叶ハンマテモ一分ノ利生無キ事ヲ恨ミテ、詣稲荷ニ、七日ノ間籠居シテ、様々ノ法施ヲ奉テ、無他事祈申ケレハ、七日満ル夜夢ニ見様、御殿ノ御戸ヲ押開キ、唐装束シ玉ヘル女房ノケタカク目出カ出玉テ、我カ胸ヲ引開ケテ、二寸計ナル紙切レヲ押付テ返リ玉ヌ。是ヲ見ハ、千石ト云文字アリ。「イミシキ神徳ヲ蒙ヌ」ト思テ居タル程ニ、鳥居ノ方ヨリ多ノ人ニ囲繞セラレテ、上藹トヲホシキ主人、入給ヌ。恠ク思テ、「誰カハ、角ハカリ粧《ヨソヲイ》ナラン」ト見ル程ニ、御殿ヨリ、以前ノ女房自急キ出玉テ、「何事ニテ度リ給ニヤ。イト思ヒ懸ヌ」ト宣《ノ》玉ヘハ、客人ノ云、「若桓舜ト申ス法師ノ望申ス事ヤ侍ル」ト奉問。「サル事侍リ。七日ノ間、区々ノ法施ナントヲタヒテ、苦ロニ申ツレハ、只今望ミ申ツル事、叶ヒ侍リヌ」ト申給。客人ノ言ク、「奴々不有《マシキ》事也。我ニモ年来歎キ侍テ、其勤不浅侍リツレ共、態ト聞入侍ヌ也。既ニタヒタラハ、取帰シ給ヘ」ト宣《ノ》給フ。此女房、驚キ、「サル故ノ侍リケルヲモ不存知、イミシキアヤマリ仕テ侍リケリ。但シ此僧ハ、未帰候、取返スヘシ」トテ、紙切ヲヘキテ返リ給ヌ。此ノ僧思様、「此客人ハ、定テ山王ニテ御座スニヤ。年来功ヲ積、徳ヲ重ネ申セシニ、我ヲ恵ミ給フ事コソ難カラヌ。適、外ノ徳ヲ蒙サヘ妨玉フ事、無㆑情㆓」。弥恨《ウラミ》深ク、涙ヲ押ツ、居ル程ニ、女房、「サテモ如何ナル故ニテ、是《コレ》マテ態ト渡リテ、カク妨給」ト奉問㆒玉ヘハ、客人答云、「左候、此僧ハ順次ニ必離㆓生死ヲ㆒、可往生極楽ニ㆒者也。若、世間モ豊ニテ侍ラハ、定テ人ノ習トシテ、執心深ク成テ、尚穢土ニ可留哉候スラン。如何ニトシテモ、往生ヲ遂サセン為ナリ」ト宣ノ給ト見テ、夢覚ニケリ。此僧、哀忝ク覚テ、急キ山ニ帰リテ、其後ハ此世ノ望、永ク絶テ、※2後世菩提ノ勤メ営《イトナミ》テ、終ニ遂往生ノ素懐ヲ㆒ケリ。仏神ノ御計リコト、忝キ物ヲヤ。貧即是善知識也。有心㆒人ハ、敢テ不可貧キ事ヲ歎ク㆒。（222上11～223上17）

［以下、宝地房説話］

とある。話の筋は似ているものの、四角囲みで示した具体的な数字などは、『沙石集』に見えない。『沙石集』との重なりは、初めと終わりの二つの傍線部（※1 2）にとどまる程度である。

この点に注目した時、『沙石集』以上に重なりが認められる資料が存在する。それは異本『発心集』（神宮文庫本）である。以下に異本『発心集』三7「桓舜僧都依㆑貧ニ往生シタル事（32話）」の本文を挙げてみよう。

中比ノ事ニヤ、※1山ニ貧シキ法師有ケリ。世路叶ヌ事ヲ愁テ、年来朝夕ト言ハカリ无ク山王ニ詣テツヽ、泣ク々祈リ申ケレド、更ニ其験无ク、最口惜覚テ、「宿業限リ有ラハ、叶フマジキゾトモ示シ給ヘカシ。フツト聞入給ハヌ物哉」トウラメシク思ヒテ、「サテ如何様ニセン」ト思フ程ニ、ヲリシモ相知ル人ノ稲荷《イナリ》ニ籠リケレハ、其レト伴ナヒツヽ、七日参籠シテ、又此ノ事ヲ一心ロ无ク祈リ申ス。カクテ七日ニ満ツル夜、夢ニ見ル様、社ノ御戸ヲヲシアケテ、唐装束シタル女房ノケ高ク目出度キ様シタルガ出給ヒテ、我カ胸ヲ引アケテ二寸計ナル紙切ヲオシ付テ帰リ給ヌ。是ヲ見レハ、千石ト云文字有。「イミシキ神徳ヲ蒙リヌ」ト思テ居タル程ニ、鳥居ノ方ヨリヤゴトナキ人ノ、コヽラノ使人ニ囲繞セラレテ入給フ有。（この間、『金玉要集』とほぼ同文）女房、「サテモ如何ナル故ニテ、態ト渡リテカク妨ケ給ゾ」ト問奉リ給フ。客人答ヘ給フ様ハ、「此ノ僧、順次ニ必生死ヲ離ルヘキ者ニテ侍ルヲ、若シ豊カニテ世ニ侍ラハ、必余執深ク成テ猶穢土ニ留ルベキ也。是ニ依リテ、自《ヲ》ラヨキ様ナル事ヲハ、我カ兎角違ヘテ往生ヲ遂ケサセント構ヘ侍ル也」ト宣ヘ玉フト見テ、夢覚ニケリ。哀ニ忝ク覚ヘケレバ、山ニ帰リ登リテ、其後ハ此世ノ望ミフツト思絶テ、ヒタスラニ後世ノ勤ヲシテ、※2終ニ目出度キ往生ヲシテゲリ。月蔵房ノ僧都ト云是也。カヽル時ハ、トニカクニ仏神ノ御構ヘホドニ有リカタク目出度事ハ无カリケリ。又貧シキモ善知識也。愚カニシテ三宝ヲソシリ給フベカラズ。

（引用は古典文庫による）

四角囲みに象徴されるように、『金玉要集』の桓舜説話は、異本『発心集』と非常に近い(19)。先述した如く、『沙石集』一7との関わりが濃厚であるだけに、突如として現れる異本『発心集』との重なりを看過するわけにはいかないだろう（なお、三書に付した波線については後述）。

当該説話が、流布本『発心集』にはない、異本の独自説話であることは、夙に知られている。実は、『金玉要集』では、流布本の独自説話、あるいは流布本・異本に共通する説話との重なりは見出せず、逆に異本の独自説話である四話の収録が確認できるのである(20)。

すなわち、『金玉要集』〔第八〕「新羅明神悦道心人事」が異本『発心集』三6「新羅大明神僧ノ発心ヲ悦ヒ給フ事（31話）」に、〔第九〕「光明山託尼之事」が四2「或禅尼ニ山王ノ御詫宣ノ事（36話）」に、〔第九〕「桓舜僧都貧事」が三7「桓舜僧都依レ貧ニ往生シタル事（32話）」に、〔第九〕「山王成通卿上童事」が四3「侍従大納言ノ家ニ山王不浄ノ咎メノ事（37話）」に、それぞれ対応する。このうち、〔第八〕「新羅明神悦道心人事」は、『沙石集』と同文（前掲表備考欄参照）なのだが、〔第九〕の「光明山託尼之事」と「山王成通卿上童事」は、『沙石集』に収録されておらず、〔第九〕「桓舜僧都貧事」は、先ほども見たように異本『発心集』の方が『沙石集』よりも近い。従って、『金玉要集』を考察する際には、異本『発心集』も視野に入れねばならないのである。

〔第九〕「光明山託尼之事」に関しては、異本『発心集』だけでなく、『十訓抄』六39、『日吉山王利生記』六4、

『山王絵詞』九6なども類話である。それらをも合わせて比較した場合、最も異なるのは『金玉要集』なのだが、おおよそは異本『発心集』、『十訓抄』に近い。さらに当該説話最後の「維摩経云、直心是浄土ト説」という部分は、異本『発心集』では「然レハ則チ、維摩経ニハ直心是浄土ト説キ給フ」であり、『十訓抄』では「故ニ維摩経ニハ質直是浄土ト説」となっている。(21) このわずかな違いを以て、異本『発心集』が『金玉要集』の典拠であるなどと言うつもりはないが、より近い本文を持っているとはいえよう。

残る〔第九〕「山王成通卿上童事」では、少々事情が複雑である。

抑、神明ノ物忌ミ給事、深ク神慮ヲ計見レハ、忝クシテ又哀也。古ノ事ナト思ヘハ、間近程ノ事也。侍従ノ大納言成通卿ノ上童、所営(労)有リケル程ニ、為其ノ祈禱一、山法師ニ湛秀已講ト云僧ヲ請シテ、大般若ヲ読セラレケル。サテモ、日ニ添テ病重成ケレハ、重テ立願セントテ、「可申合二事ノ候」トテ、簾中ヘ近ク呼ヒヨセテ物語シケレハ、三尺ノ帆(几)帳ヲ立タル上ヨリ、少キ上童ヲ取リ越テ、已講カ前ニ居タリ。驚恠ミテ、「此ハ誰ニテ御座スソ」ト奉問一、答云、「我ハ十禅師也」ト名乗リ給フ。已講アサワラウテ、「何ノ故ニ、角ハ渡ラセ給ソ」ト奉問一、「不浄ナル事ノ有ハ、其咎メソ」トノ給ヲ、又已講アサケリテ云ク、「其事コソ心得ヘ侍ラネ。誠ニ十禅師ニテ御座サハ、聖教ノ理ヲハ鏡(鑑)ミ給ラン。何ノ経文ニ物忌セヨト説レタルソ。諸法ハ浄不浄無ト説レタルニ、角無由二事ヲ咎メテ、人ヲ悩ミ給事、甚タアタラヌ事共也」ト申給。上童云、「和僧カ学匠トテナマサカシキ事ヲハ云カ。我ハ諸ノ聖教ニハ、皆文字コトニ物忌セヨトノミ説レタリト見ルソトヨ。和僧カ学文ハ、フミノ裏ヲ見ケルカトテ、貴ク目出ケナル文ヲ、半枚計リ読ミ給ケレハ、何《ナニ》ト説トモ不知ラレ。サテ、深人ノ荒キ心ヲ和ケ、仏法ヲ信スル方便トシ給ヘリ。本地ノ深キ利益ヲ仰キ、和光ノ近キ方便ヲ信セハ、現世ニハ息災安穏ノ望ヲ遂テ、当来ニハ無為常住ノ悟リヲ可開一。我朝ニ受生一人、誰カ不弁此意ヲ一。①為助人ヲ一垂跡二我身ナレトモ、生死ヲハ忌メト戒ルナリ。②諸ノ衆生愚ニシテ、徒ニ生テ徒ニ死シ、行キ反ルヲ見ハ、生モ悪ク死モ悪シ。和僧学生(匠歟)ナラハ、生死ナ厭ソト云文ヲ出セ。然ハ、我モ物忌ハセシ」トノ給フ。其時已講、流涙ヲ一、「極タル道理ナリケレハ、角マテハ思ヒ分ケ不ス侍二」トテ、様々ニヲコタリ申テ、「今ヨリハ我モ物忌仕覧」ナント云ケレハ、「角コソ云タレ、此度ハ許《ユルシ》ナン」トテ、権現立離レ給ケレハ、寝《ネ》入タルカ如クシテ、上童成ケリニ本心一。凡夫ノ身ニスラ片時ノ間ナレトモ、人ノ心ハ難和(知)リ一、況ヤ神慮難計事ヲヤ。難有リ一、忝ナシ。

（224下18～225下11）

本話の内容は、「侍従大納言成通の上童が病気になった時、叡山僧の湛秀に大般若経を読ませる。日に日に病気が重くなるので、成通が立願をしようと湛秀を近くに呼ぶと、上童が、自分は十禅師であり、不浄を咎めるためにここに現れた、と湛秀に告げる。湛秀は、経文に物忌みをせよなどとは説かれていないのだから、ここに来る理由として不浄を咎めるのは的外れだ、と嘲る。しかし、上童の反論を聞いた湛秀は涙を流し、自分も物忌みすると上童に告げる。湛秀は許され、十禅師は上童から離れた」というものである。

例によって、異本『発心集』四3「侍従大納言ノ家ニ山王不浄ノ咎メノ事（37話）」を挙げる。

侍従大納言成通ノ卿ノ煩ヒ給ヒケル時キ、祈ノ為ニ湛秀已講ト言フ人、大般若読テ日来彼ニ居タリケリ。病ヒ日ニ添テ重ク成ケレハ、重テ願ナド立テントテ、此ノ已講ヲ近ク喚テ其事ヲゾ言ヒ合セケル。爰ニ三尺ノキ帳ヲ立テタル上ヨリ、ヲサナキ上童ヲトリ越テ已講ノ前ニ居タリ。驚キ恠シミテ、「誰カハヲハスルソ」ト問フ。女ナ、「我レハ是レ十禅師也」ト名乗ル。已講此ノ言ヲ聞テ言フ様フ、「ウレシクモ見参ニ入リ侍リヌ。但シ何ノ故ニカクハ渡リ給ヘルソ」ト問フ。「不浄ナル事ノ有レハ、其ヲ咎メテ」ト宣フ。已講哢リテ言ク、「其事コソ心得侍ラネ。実ノ十禅師ニテ御座ハ、定テ聖教ノ理ヲハ鑒ミ給ラム。何ノ経文ニカ物忌セヨト説レタル。諸法ハ浄不浄无トコソ侍ルニ、カク由シ无キ事ヲ咎メテ人ヲ悩給フ事、太タアタラヌ事也」ト言。女ノ言様、「ワ僧ハ学生トシテ、カクナマザカシキ事ヲハ言フカ。我ハ諸ノ聖教ニ皆ナ文字毎ニ物忌セヨトノミ説レタルト見ルハ。ワ僧ノ学文ハ文ノ内ヲハ見ヌカ」トテ、目出度キ文ヲ半枚計リ講シ給ヒケレト、何レノ説トモ不スレ知ラ。「深キ事マテハ言ヘカラス。先ツ小児トモノ文習ヒ初ルニ、倶舎ノ頌ト言物ヲ読ソカシナ。其ノ初メニ、諸一切種諸冥滅抜衆生出生死泥ト言ヘリ。生死ノ泥ヲハ厭フヘシトコソ見ヘタレ。五時ノ教義ニ随テ趣キ異ナレトモ、生死ヲ厭フ教ヘニ至テハ、一切ノ経論皆同シ心也。然ルニ、②諸ノ衆生愚ニシテ、空ク往キ反リスルヲ見レハ、生ル、モ悪ク死スルモ悪キ也。是ニ依テ、①衆生ヲ助ケンガ為ニ跡ヲ垂タレトモ、猶ヲ生死ヲハ忌メト禁メタル也。ワ僧ハ学生也。サラバヨシ、生死ナ厭ヒソト言文ヲ出セ。サラハ、我レ物忌セシ」ト宣フ。其ノ《ヒ》時、已講涙ヲ流テ、「極メタル理ニテ侍ヘリ。カクマデハ思ヒ極メ不レ侍ヘラ」トテ、サテ様々怠リ申テ、「今マヨリハ我レ物忌仕ラン」ナント聞ヘケレハ、「サコソ有ルヘケレ。サラバ此ヨリ後ノ事ヲ、能々汝チ彼ニ教ヘヨ。此ノ度ハ免サン」トテ寝入ルカ如クアカリ給ヒニケリ。凡夫タニモ、我ヨリ上タル人ノ思フ事ヲハ知ル事无シ。イワンヤ、垂跡ノ御構ヘ、我等カ浅キ心ロニテ惣ジテ思ヒガタキ事也。人ニ依リ縁ニ随フヘキ事ニコソ。物忌无シト言ハ、仏ノ内証文ノ内ヲ極メヌ人ノ申シ事也。深ク可ニ得意。南无阿弥陀仏。

異本『発心集』では、病気の人物が成通本人であること、湛秀が初めから嘲らないこと、上童を「女」とすることなど、細かな違いはあるものの、これまでと同様、『金玉要集』に近似した本文である。

ところが、二重傍線部は、『金玉要集』と異本『発心集』とでは全く違う。『私聚百因縁集』九23、『日吉山王利生記』六3などにも類話があるが、それらは異本『発心集』とほぼ同じ文言になっており、『金玉要集』は孤立しているのである。また、内容的にも、湛秀の、経文には物を忌めと説いてあるのかという問への答としては、『倶舎頌』の「生死の泥を厭ふべし」を引用する異本『発心集』などの方がわかりやすいのに対して、『金玉要集』では、方便や本地のことが主張されており、唐突の感を免れない。

実は、『金玉要集』の二重傍線部は、『沙石集』に見出すことができる。『沙石集』一―1「太神宮御事」には、

又当社（伊勢大神宮）ニ物ヲ忌給フ事、余社ニ少シ替侍リ。…其故ハ死ハ生ヨリ来ル。生ハ是レ死ノ始ナリ。

サレバ生死ヲ共ニ忌ベシトコソ申伝ヘ侍レト云キ。誠ニ不生不滅ノ毘盧遮那、法身ノ内証ヲ出テ、愚癡顚倒ノ四生ノ群類ヲ助《タスケ》ント跡ヲ垂レ給フ本意ハ、生死ノ流転ヲ止テ、常住ノ仏道ニ入レントナリ。サレバ、生ヲモ死ヲモ忌トイフハ、愚ニ苦キ流転生死ノ妄業ヲ造ズシテ、賢《カ》ク妙ナル仏法ヲ修行シ、浄土菩提ヲ願ヘト也。誠シク仏道ヲ信ジ行ゼンコソ、太神宮ノ御心ニモ叶ベキニ、只今《タヾコン》生ノ栄花ヲノミ思ヒ、福徳寿命ヲ祈、執心深《フカク》シテ物ヲ忌、都《スベテ》道念ナカラン〔ハ〕、神意ニモ叶ベカラズ。然レバ本地垂跡ソノ御形異ナレドモ、其意カワラジカシ。…我朝ニハ、和光〔ノ〕神明マヅ跡ヲ垂テ、人ノ荒キ心ヲ和ゲテ、仏法ヲ信ズル方便トシタマヘリ。本地ノ深キ利益ヲ仰テ、和光ノ近キ方便ヲ信ゼバ、現生ニハ息災安穏ノ望ヲ解《トゲ》、当来ニハ無為常住ノ悟ヲ開クベシ。我国ニ生ヲ受人、尤此意ヲ弁フベキヲヤ。

とあり、二重傍線部が同文である。どうやら『金玉要集』の当該箇所は、『沙石集』の文言に差し替えられたらしい。四角囲みで示したように、当該文言を含む箇所が「生死を忌む」に関連していることは、『金玉要集』において二重傍線部が湛秀の問に対する答として成り立つ一つの証になろう。『金玉要集』の傍線部①と②の順序が、異本『発心集』のものと逆転しているのは、文言の差し替えの際に生じたと推測することも可能であろう。あるいは、『金玉要集』二重傍線部の最初に意味不明な「深」があるのも、異本『発心集』の「深キ事マテハ言ヘカラス」の一部が残ってしまったと解することはできないだろうか。

成通説話は『沙石集』には見えないが、右の箇所は、『金玉要集』が『沙石集』の文言を補足的にも使うことを示す興味深い例といえる。〔第九〕「桓舜僧都貧事」の初めと終りの二箇所（傍線部※1 2）のみが、なぜか『沙石集』と重なっていたのも[22]、同様のケースとして説明できるかもしれない（『沙石集』の説話に類話を重ね合わせた可能性もあるが）。『金玉要集』にとって、『沙石集』が大きな情報源であったことが改めて認識できるだろう。

もっとも、このようなケースが存在しても、〔第九〕の「光明山託尼之事」「桓舜僧都貧事」「山王成通卿上童事」

の計三話が、異本『発心集』に近い本文を持つことはおおむね認められよう。さらに検討しなければならないのは、これらが異本『発心集』から直接に摂取されたか否かということである。『発心集』に関しては、同内容の説話を記した唱導資料が数例報告されている。(23)『金玉要集』の三話をそれらに追加できるとしたら、唱導と『発心集』との関係を補強する格好の資料となるだろうし、異本独自の説話と関係する点においても貴重な例ということになる。

しかしながら、『沙石集』の時とは異なり、直接関係があると判断できる材料はほとんどないといってよい。まず、なぜこの三話を選び取ったのかという問題がある。もちろん、山王関係という大きな共通点を持ち、異本『発心集』では近い場所に配列されているということを指摘はできるものの、それでは、「侍従大納言ノ家ニ山王不浄ノ咎メノ事(37話)」に続く四4「日吉ノ社ヘ詣ル僧、死人ヲ取リ棄ル事(38話、流布本四10)」が十禅師権現の託宣を記す説話でありながら、なぜ『金玉要集』には取られていないのか、という疑問も逆に出てくる。

本文上の問題もある。先に桓舜説話を考察した際、各資料に波線を付しておいた。再度の引用になるが、『沙石集』では「神ニモ仏ニモ申ス事ハ示現ナクトモ空シカラジ。イカニモ御計ヒアルベキニコソ。只信ヲイタシ功ヲ入テ冥ノ益ヲ頼ベシ」、『金玉要集』では「仏神ノ御計リコト、忝キ物ヲヤ。貧即是善知識也。有心レ人ハ、敢テ不可貧キ事ヲ歎ク二」、異本『発心集』では「カヽル時ハ、トニカクニ仏神ノ御構ヘホドニ有リカタク目出度事ハ无カリケリ。又貧シキモ善知識也。愚カニシテ三宝ヲソシリ給フベカラズ」となっている。前半は三書とも同内容であり、後半は『金玉要集』と異本『発心集』が近いといえようか。ともかく内容的に三書に大差はないだろう。

ところが、この部分に限れば、『私聚百因縁集』の存在がクローズアップされてくるのである。同書九24「桓舜僧都依レ貧往生事付神明大悲」は、『発心集』が典拠とされているが、その末尾の表現は異本『発心集』とはやや異なり、「カヽレハ仏神ノ御構《カマヘ》哀《アハレニ》忝ナキ事也。又貧《マツシキモ》可シ二善知識ナル一。有シレ心人ハ強《アナカチニ》貧シキヲ不レ可レ歎《ナゲク》一。今生ハ夢幻《マホロシ》也」となっている。二重傍線部に明らかなように、これは類話の中では、『金玉要集』に最も近い。

再び新たな作品の登場となったわけだが、『私聚百因縁集』には、〈第九〉「光明山託尼之事」に相当する説話はなく、残る二話についても、『私聚百因縁集』の方が特に近いというわけでもない。むしろ異本『発心集』に近い箇所もあれば、『私聚百因縁集』に近い箇所もある、といった具合である。少なくとも現存する異本『発心集』や『私聚百因縁集』を、『金玉要集』の典拠であると結論付けるわけにはいかないだろう。

『私聚百因縁集』と『発心集』に共通する説話には、流布本『発心集』だけでなく、異本独自のものも含まれることから、『私聚百因縁集』が基にしたのは、流布本と異本に別れる前の段階のもの、「原『発心集』」であったと想定されている。(24)『金玉要集』が、異本『発心集』の独自説話中、三話と極めて近い本文を持ち、かつ『私聚百因縁集』とも部分的に重なることから考えると、『金玉要集』が利用したのも、そのようなものだった可能性がある。

ただし、短絡的にこのような推測をすることは、多分に危険でもある。第一に当該の三話以外には、同文的一致を見せる説話が流布本にも異本にも見当たらない、第二に、本文は『発心集』ほど重ならないにしても、〈第九〉の「光明山託尼之事」「桓舜僧都貧事」「山王成通卿上童事」に相当する説話を、同一の巻の中に含む『日吉山王利生記』（巻第六の四段・七段・三段）のような作品も存在するからである。『日吉山王利生記』に関していえば、〈第九〉「秀叡《(宗)》供奉恨神事」に相当する説話が、巻第一の五〜七段であることなども注意しておかねばならないだろうし、ごくまれに異本『発心集』などよりも近い文言が見出されることもある（例えば、「山王成通卿上童事」の末尾に見える「神慮」は、異本『発心集』『私聚百因縁集』では「垂迹」であるのに対し、『日吉山王利生記』では「神慮」）。

あるいは、異本『発心集』と重なる説話は、原『発心集』よりもさらに前の段階、すなわち山口眞琴氏が推定しているような山王関係の資料(25)を基にしていた可能性もあるだろう。そのような資料の上に、『発心集』や『沙石集』などのようなものがさらに重ねられていったと考えることもできよう。『沙石集』とは異なり、異本『発心集』との関係は一筋縄ではいかないと言わざるを得ない。

全てについてそう言えるわけではないが、『金玉要集』は、既存の作品を引き写しに近い形で利用することが多いようである。となると、問題は『金玉要集』の独自性をどこに見出せばよいのか、ということになる。この点に関しては、『沙石集』と重なる説話だけを検討するだけでは解決するものではないだろうし、他作品から類話や類似句をさらに発掘していく必要がある。また、『発心集』や『私聚百因縁集』については、稿者一人の手に負えるものではない。それらの方面からも、『金玉要集』に対する発言がなされることを切に願う次第である。

注

（1） 新潮日本古典集成『謡曲集』上（昭和58）「春日龍神」解題に〔第八〕「栂尾上人祈度天志事」、『同』中（昭和61）「誓願寺」解題に〔第八〕「泉式部祈往生正業事」、『同』下（昭和63）「白楽天」解題に〔第二〕末丁裏書き込みについての言及あり。なお、〔第二〕～〔第十〕は、『磯馴帖』村雨篇（和泉書院　平成14）で施した、『金玉要集』の十のブロックに対する符号である。

（2） 黒田彰氏「静嘉堂文庫蔵孝行集について」（『中世説話の文学史的環境　続』和泉書院　平成7　初出は平成3）。

（3） この他、後藤昭雄氏「仲文章・注好撰」（説話の講座4『説話集の世界I―古代―』所収　勉誠社　平成4）、黒田彰氏「注釈」（説話の講座3『説話集の場―唱導・注釈―』所収　勉誠社　平成5）、牧野和夫氏「中世天台と文学⑩「因縁」などをめぐる諸相」（「春秋」329　平成3・6）、同氏「二系列の絵師の交点―いわゆる横型奈良絵本の一つの場合―」（「実践国文学」53　平成10・3）、牧野淳司氏「延慶本『平家物語』「法皇御灌頂事」の論理―道宣律師と韋茶天の〈物語〉とその〈釈〉を手掛かりに―」（「軍記と語り物」34　平成10・3）にも、『金玉要集』への簡単な言及がある（後二論文には部分翻刻も備わる）。

（4） この翻刻は、同書解題も記すようにいくつかの処置を施した校訂本文である。

（5） 利用の一例として、『日光天海蔵　直談因縁集　翻刻と索引』（和泉書院　平成10）の「類話一覧」が挙げられる。

（6） 成立時期については、牧野和夫氏「熊野信仰の周辺をめぐる二、三の資料―鎌倉末期を中心に―」（『中世の説話と学問』和泉書院　平成3）に言及がある。

（7）〔第二〕「兄弟契之事」末尾の「彼剋木ヲ菜共ニ居同学之親一、難忘之故也。成子ハ施テ身ヲ一擬死ニ、兄弟ノ昵厚故也」は、『澄憲作文集』「兄弟等恩」における「抑朱恵刻《キサンテ》水ヲ一共ニ居リキ、同学ノ親ミ難キレ忘故也。成子施テレ身ヲ擬ス死ニ、兄弟昵ヒ厚シカ故也」とほぼ同一の句。なお、『言泉集』『澄憲作文集』との重なりは、近本謙介氏「唱導の文の集成―内閣文庫蔵『金玉要集』をめぐって―」（伝承文学研究会平成十四年度大会資料　平成14・8）でも触れられている。

（8）山崎淳「『金玉要集』覚書―その本文を中心に―」（『詞林』32　平成14・10）。

（9）江戸時代の文献になるが、『通用抄』の作者として、『本朝台祖撰述密部書目』（大日本仏教全書2・目録部二）では「横川智円坊」、『山家祖徳撰述篇目集』（同）巻下では「智円坊闍梨」を挙げる。『金玉要集』の智円坊と同一人物であるかは不明。

（10）これによって、『金玉要集』の一首目の初句に（位）と傍注を付した。ただし、「等覚のすみか」などという例が別に見出されれば、この傍注には見直しが必要となる。

（11）『白山之記』は、長寛元年（一一六三）には成立していたと推定されているが、譬喩房阿闍梨の和歌を含む後半三分の一は、後の付加ではないかとも考えられている（由谷裕哉氏「白山修験道の展開」〔『白山―自然と文化―』所収　北国新聞社　平成4〕など）。従って、『白山之記』の当該説話が『金玉要集』のそれよりも先行するかどうかは即断できない。

（12）近時発表された注7近本氏資料では、『沙石集』との関係に触れている。

（13）俊海本『沙石集』では「或僧解夢覚全一息妄念事」となっている。他の諸本はおおむね梵舜本に同じ。

（14）『金玉要集』③「古釈」は、古人→古尺→古釈、と変化した可能性もある。つまり、もともとは『沙石集』の形であったとも考えられるのである。西田正宏氏の御教示による。

（15）梵舜本との近さについては、注7近本氏資料にも指摘がある。

（16）なお、『沙石集』の抜書本には、『金撰集』（西尾光一・美濃部重克氏編『金撰集』〔古典文庫　昭和48〕）、『金玉集』

（安田孝子・奥村啓子氏「翻刻　金玉集（「沙石集」抜書）」〔「椙山女学園大学研究論集」5　昭和49・3〕）、『砂石集抜要』（徳永圭紀氏「『砂石集抜要』解説」〔熊本大学「国語国文研究」30　平成6・12〕）、『沙石集』抜書（上野陽子氏「仙台市民図書館蔵『沙石集』抜書本　翻刻・上、下」〔「三田国文」30、31　平成11・9、平成12・3〕）などがあるが、これらを含めても、現時点で梵舜本以上に『金玉要集』に一致するものは見出していない。

(17)　『金玉要集』〔第九〕冒頭の目録では、「山王権現之御事→光明山託尼之事→桓舜僧都貧事→秀叡供奉恨神事→託少女給事→安然和尚一期貧事→利軍比丘因果事→二条院讃岐歌之事→山王成通卿上童事」の順で標題が並べられているが、『磯馴帖』の総目録では、「利軍比丘因果事→安然和尚一期貧事」に訂正している。本文で利軍支比丘説話が先に記されているために取られた処置だが、〔第九〕目録からも明らかなように、この辺りは山王関係でまとめられており、その点からは、利軍支比丘説話は安然説話（彼は比叡山の僧）を補足するものとして捉えることもできる。従って、〔第九〕目録で「安然和尚一期貧事」が「利軍比丘因果事」の先に挙げられているのも故なきことではない。

(18)　杲宝の『我慢抄』（延文三年〔一三五八〕成立）にも、「世伝云、安然依奉謗大師於東寺之門前現恥辱及餓死云云」（続群書類従28下・279下）とあることから、安然が東寺の門の辺りで餓死したという伝承は広く流布していたものと思われる。

(19)　『日吉山王利生記』にも類話。同書では、山王に祈る前に伊豆権現のもとで夢告を受ける、山王の真意を知った後に大位に至る（ともに『続本朝往生伝』『僧綱補任』『元亨釈書』にもあり）という、『金玉要集』や異本『発心集』にない要素がある。播摩光寿氏「巻九第二十四話「桓舜僧都依レ貧往生事付神明大悲」」（『私聚百因縁集の研究　本朝篇〔上〕』所収　和泉書院　平成2）参照。

(20)　〔第二〕「師匠之事」の、証空が師の身代わりとなる泣不動説話は、流布本『発心集』に収録されている（六1。異本は三1）が、細部にわたる同文的一致は認められない。なお、中前正志氏「埋もれた縁起・埋もれた地蔵―近世改編広隆寺縁起と同寺十輪院埋木地蔵縁起をめぐって―」（京都女子大学「女子大国文」132　平成14・12）には『金玉要集』の当該説話への言及がある。

(21)　この箇所、泉基博氏『校本十訓抄』（右文書院　平成7）に挙げられている諸本には異同なし。

（22）『沙石集』諸本において、傍線※1は「桓舜僧都ト云ケル山僧モ余ニ貧ナリケルカ」（俊海本）や「桓舜僧都ト申ケル山僧モ余リ貧クシテ」（内閣文庫本）、傍線※2は「後世菩提ノ勤メヲコタラスシテ」（俊海本）のような形が普通で、梵舜本は特殊な本文といえる。この箇所も、『金玉要集』が梵舜本的本文を持つことを示す例に加えることができよう。

（23）永井義憲氏「『発心集』と唱導」（「説話文学研究」10〔昭和50・6〕、新典社研究叢書12『日本仏教文学研究』第三集〔昭和60〕に再録）では三10と五15、今村みゑ子氏「『発心集』と唱導―津軽家本『中納言顕基事』など」（「国語と国文学」75-8　平成10・8）では五8、柴佳代乃氏「金沢文庫保管『堀河院御事』と『発心集』」（「金沢文庫研究」306　平成13・3）では六3、と計四話と関係する資料（いわゆる「説草」）が確認されている。また、説草の形態ではないが、唱導資料『説経才学抄』には、二7と六11に関係する説話の収録されていることが、山崎誠氏『説経才学抄』解題（真福寺善本叢刊3『説経才学抄』臨川書店　平成11）で指摘されている。これらは、いずれも『発心集』からの抄出と推定されている。兼築信行氏「『発心集』の古写断簡をめぐって」（「中世文学」46　平成13・6）では、本文が三4、六12と近い関係にある断簡が紹介されている。この断簡も形態は説草ではないが、同氏論文では、唱導と関係する可能性を指摘する。

（24）例えば、山口眞琴氏「異本発心集神明説話をめぐる諸問題」（広島大学「国文学攷」92　昭和56・12）など。なお、湯谷祐三氏「『私聚百因縁集』と檀王法林寺蔵『枕中書』について」（名古屋大学「国語国文学」84　平成11・7）では、現存する承応二年（一六五三）刊『私聚百因縁集』を無批判に利用することの危険性が指摘されているが、『金玉要集』の類話は、承応二年刊本にも古い本文が残っている箇所のあることを示唆しているようである。『金玉要集』は、異本『発心集』や『私聚百因縁集』の本文を相対化する位置にある本文を有していると見てよいだろう。

（25）注24山口氏論文。

日本文学流通機構論の構想
――『塵荊抄』を中心として――

松原一義

本稿は、『塵荊抄』を中心として、自らの日本文学史における課題（I）と、その方法（II）、及び、その具体的な論（III）について提示したものである。

I　読者が作者になる時

作者が作品を生み出すシステムとは、どのようなものだろうか。

例えば、中世の源氏物語の読者には、その読書体験をもとにいわゆる擬古物語などと称されるものを生み出した者もいる。『とりかへばや』のように作者不明のもの、『夜半の寝覚』のように菅原孝標女作かとされるものなど、その読者は様々であるが、その作品成立にはいずれも源氏物語の読書体験が深く影を落としている。日本古典文学作品の読者が新たな作品の作者にもなっているのである。『塵荊抄』の作品成立には、どのような作品の受容があったのか。まず、その一、二例をあげてみたい。

1　吉備真備説話

遣唐使として入唐した吉備真備は、高楼に幽閉され、帝王より種々の難題を出される。だが、高楼に現れた鬼が真備を助けて、真備は次々と難題を解決する。この「鬼」は、阿倍仲麻呂の化身であり、日本の仲麻呂の子孫のことを語る真備に感謝してのことであった。

これに対して唐の帝王は、高名な密法の僧宝志に命じて、結界を張って鬼を入らせぬようにして、乱文を作って真備に読ませようとした。いわゆる野馬台の詩である。真備はどの字から読み始めてよいかわからず、本朝の方に向かって仏神（住吉大明神と長谷寺観音）に祈った。すると、蜘蛛が一匹、文の上に落ちて糸を引いていった。その後を読み続けると、さしもの野馬台の詩も、最後まで読み明かすことができたというのである。これは、『江談抄』に語られる吉備大臣の物語である。

大東急記念文庫本『吉備大臣物語』でも、住吉明神と長谷寺観音とが祈念されており、吉備真備は落ちてきた蜘蛛に救われる。大東急記念文庫本『吉備大臣物語』の作者は、『江談抄』の吉備大臣の物語のようなものを読み、それをもとにこの物語をまとめたのであろうか。

これらに対して、『塵荊抄』の吉備真備説話は、次のようなものである。

又梁ノ宝誌和尚野馬台ノ讖《シン》ヲ作給。是ハ天照太神遠ク宝誌和尚ニ見《マミ》ヘテ本朝ノ始終ヲ語ル。和尚其語ヲ記。一十二韻ヲ作テ以テ将来ニ貽《ノコ》ス。是レ吾朝ノ未来記之四十五代聖武皇帝ノ御宇、吉備公遣唐使トシテ入唐ス。々人其ノ本国ノ讖ナルヲ以テ、野馬台ノ詩ヲ出シテ読シメ、其ノ智力ヲ試ントス。文字交錯《ケウシャク》シ平直ニ書セズ、神助ニ非ンバ読ベカラズ。公仏天及ビ本国ノ諸神ニ黙禱ス。俄ニ蜘蛛在テ其ノ紙ノ上ニ堕ヲチ歩《アユ》ンデ糸《イト》ノ曳《ヒ》ク、公其ノ跡ヲ認《ト》メ読ニレ之ヲ一字ヲ謬《アヤマ》ラズ、唐人是ヲ称ス。(1)　（下、一三頁）

天照太神が梁の宝誌和尚にまみえて本朝の始終を語った。和尚はそれを十二韻の野馬台の識に作って、将来に遺した。聖武天皇の御代に遣唐使として入唐した吉備真備は、唐人によりその漢文の讖を読むことを試され、神の助けにより現れた蜘蛛の導きで、その讖を完璧に読むことができたという。

『江談抄』では、結界を張って吉備真備を試問する存在として記された宝志（宝誌）に対して、『塵荊抄』では、真備を試問をするのは唐人となっており、宝誌和尚は、天照太神が語る本朝の始終を十二韻の野馬台の讖に作る存在に変容しているのである。

この記事と関連深いものに、北野天満宮史料『神記』神変霊応記・吉備大臣の条がある。

日本暦ノウラニ文選ヲ書テ、……中略……其頃曇摩枷羅三蔵トテ天竺ヨリ渡リ給ヘリ。宝誌和尚ト申テ、戒ノ祖師也。……中略……其時彼三蔵ハ十一面ノ化来ナリケレバ、日本ノ未来記ヲ一紙ニ注シテ乱句ニ書給ヘリ。……中略……野馬トイヘルハ蛛ノ事也。此蛛ハ住吉ノ明神ニテ御座アリケルト申伝ヘリ。(2)

ここでは、宝誌和尚とは、天竺より渡来した「曇摩枷羅三蔵」であり、十一面観音の化来であり、蜘蛛は住吉明神の化現であったとする。『神記』では、『塵荊抄』独自のものをさらに具体的に説明することになる。宝誌和尚が長谷寺観音として化来したとすれば、それは日本を守護する仏になったということであろう。本地垂迹思想による宝誌和尚の変容と見なされる。これらの変容は、鎌倉中期の日本的思想の洗礼を受けてのものといえよう。

2　飢人説話

蕭梁武帝の普通元年、南インドの香至王の第三皇子の達磨和尚は、月氏国より一葦に乗って東土にやって来た。通量した仏法を伝えるためであった。だが、武帝は仏法に契らず、達磨和尚は江を渡り、魏に入った。嵩山少林寺で九年面壁し、魏の大和十八年、入寂した。

これは、『元亨釈書』巻第一、菩提達磨の条より詳細な記事であり、「九白」が「九年」となっているが、主な点は重なっている。

『塵荊抄』には、「科照耶《シナテルヤ》片岡山爾飯《イヽ》爾《ニ》飢而《ウヘテ》」の太子の歌と、「斑鳩耶《イカルガヤ》冨《トミ》乃《ノ》小《ヲ》河乃《ノ》絶《ヘ》者《バ》古《コ》曽《ソ》」の飢人の歌との贈答を含む記事もある。その点、『元亨釈書』では、和歌の贈答は省略され、「其歌詞共在二国史之推古紀一」と記す。それは、『日本書紀』を指しており、そこには、この歌の贈答が見える。しかしながら、その飢人は「田人」（農夫）とされており、太子がその飢人を「真人」（神仙になった人）とはいうが、「達磨」だということはない。『日本書紀』と『元亨釈書』との間には、大きな変容が認められる。しかも、この『元亨釈書』と『塵荊抄』では、それを達磨だとし、「眼有二異光一。其体甚香」（眼ニ異光在テ其体甚香シ）とし、その墓を、「俗呼二其地一。号二達磨墳一」（俗呼デ達磨墳ト云）とする。「葱嶺逢二宋雲一」というところも共通しているのである。

他方、『塵荊抄』には、『元亨釈書』が触れない記事もある。例えば、次のようなものである。

又滅度ノ後、陳宣帝太建四年壬辰ニ西域ヨリ化来而、南岳衡山般若ガ峯ニ至リ、恵思禅師ヲ勧而云ク、海東ニ国アリ、貪欲ヲ業トシ、殺生ヲ食トス。汝彼ノ国ニ託生而、正法ヲ宣揚シ、殺生ヲ勇メ留ヨト。恵思云、禅定ハ厭易、濁世ハ離レ難シ。予素交ニ逢而、塵劫之重罪ヲ滅シ、暫ク清友ニ随テ来生之勝因ヲ植ト云ヘリ。

然而達磨恵思ト談ズル事了而、白雲ニ乗ジ酉ノ尅ニ南岳ヲ出、同日亥刻ニ吾朝大和国平郡冨生馬山ニ飛付、乃日本国中ヲ一見シ奥州松嶋ニテ、輪々トシテ松ノ枝垂レ、浩々トシテ蒼波碧ナリト吟詠シ、此ノ朝ニ思禅師来生ノ施レ因給。然者恵思滅ヲ衡山ニ示シ、翌年癸巳正月一日、吾朝人王卅二代用明天皇、橘豊日尊之太子ニ生レ給。聖徳太子、豊聡是也。吾朝之仏法ヲ興隆シ玉事、偏ニ達磨和尚之勧化也。達磨ハ文殊、恵思ハ観音也。般若之妙恵、弘誓之恩慈ナレバ、悲智冥令而日本之衆生ヲ利益シ、穢土之生死ヲ済度シ、浄土之菩提ヲ引導セントト也。

（上、一四六～一四七頁）

『沙石集』には、この『塵荊抄』独自の記事に類似したものがあり、「彼の飢人ハ達磨大師ナリ」ともあり、『元亨釈書』とともに、『塵荊抄』にもっとも近接した先行テキストになっている。特に、『塵荊抄』には、達磨に「海東の国」（日本カ）へ行き、衆生を済度することを勧められた「恵思禅師」が登場する。本朝の仏法の興隆は、従って、達磨和尚の勧化によるというのである。「恵思滅ヲ衡山ニ示シ、翌年癸巳正月一日、吾朝人王卅二代用明天皇、橘豊日尊之太子ニ生レ給。聖徳太子、豊聡是也」とあり、「達磨ハ文殊、恵思ハ観音也」とあるところを見ると、聖徳太子は恵思禅師の生まれ変わりであり、観音の化現ともなり、聖徳太子・恵思禅師・観音の三身を一体とする『塵荊抄』独自の論理が展開されることになる。これも本地垂迹思想によるものである。

宝誌和尚といい、達磨和尚といい、これらの作品の彼方には、中国古典の影が見える。さらにはその中国古典の彼方には、天竺の仏典の影も透けて見えるのである。

各時代にわたって続けられる継続的な先行文学作品の受容と新たな文学作品の制作活動は、作者と作品と読者との三者を軸とした一連の文学流通機構《システム》として捉え得る。そういう作品の流通現象の中に普遍性と特殊相とを見出し、そこに日本文学史を構築しようというわけである。

II　陰陽道と『塵荊抄』

仏教の本地垂迹思想は、日本の風土や文化に深く溶け込んで広まっていったものであり、中世的な思想の代表とされるものになっている。だが、陰陽道はそれとは違い、むしろ、学問として日本の文化に取り込まれ、影響を及ぼしてきたもののように見える。その伝来は古く、『日本書紀』の推古天皇の十年（六〇二）冬十月の記事に始まると言われる。

平安時代、鎌倉時代には、安倍家、賀茂家という陰陽道を専門とする家もあり、古典文学には、阿倍清明や阿倍泰親などに関わる説話も多い。そういう陰陽道が『塵荊抄』において、どのように取り込まれていたかが注目されるのである。

1　和歌と陰陽道

さて、『塵荊抄』では、「青柳ノ糸打施《ハヘ》テ黄鳥の縫《ヌ》ウテフ笠ハ梅ノ花笠」の歌について、第一句から第五句までの各句の性質を説明する。その一部をあげると、次のようなものである。

第一ノ五文字ハ先春ニテ木ノ句也。春ハ東ヲ司《ツカサド》ル故ニ万物ヲ始ル義也。五常ノ時ハ仁ニ当ル。仁ハ万物ヲ翕《ハゴク》ム義也。故ニ一首ノ頂上ニシテ三十一字ヲ司ルハ仁之句ト云ヘリ。是ハ発心ノ方ニ向テ、日神ニ法楽シ、阿閦仏ニ回向シ成仏スベキト也。

第二ノ七文字ハ夏南方ニテ火之句トス。五常ニハ礼ニ当ル。是ハ物ヲ敬義トシテ第一ノ句ヲ尊敬スル也。若此句金句ヨリ勝《ル》レバ作者謬アリ。火増レバ悪也。人ヲ呪詛スルニハ此句ニ歌之魂ヲ置テ読バ必階也。

（上、二三八～二三九頁）

これに対して、阿倍清明の陰陽道の書『占事略決』(3)によれば、次のような記事が見える。

五行相生相尅法第十一

木生火　火生土　土生金　金生水　水生木

木尅土　土尅水　水尅火　火尅金　金尅木

この五行の説明は、前半は生み出す関係を示しており、後半は勝る関係を説明しているといわれる。これは、『集七十二家相書解題』(4)にも、中世に成立した『三国相伝陰陽輨轄簠簋内伝金烏玉兎集』巻第三、十二、「五宝日沙汰事」にも見えており、その源流をたどると、『五行大義』巻第二の第四「論二相生一」にたどりつく。それによれば、次のような説明が見える。

河間献王、問㆓温城薫君㆒曰、孝者天之経地之義也何謂也。対曰、天有㆓五行㆒、木火土金水是也。木生㆑火、火生㆑土、土生㆑金、金生㆑水、水生㆑木。木為㆑春。春主㆑生、夏主㆓長養㆒、秋主㆑収、冬主㆑蔵。蔵者冬之所㆑成也。是故父之所㆑生、其子長㆑之、父之所㆑長、其子養㆑之、父之所㆑養、其子成㆑之。不㆑敢不㆛致㆓如㆑父之意㆒、尽㆚為㆑人之道㆙也。故五行者五常也。(5)

この関係から「青柳ノ糸」の歌の説明を見ると、第一句が「春ニテ木ノ句也」とあり、第二句が「夏南方ニテ火之句トス」とあるのは、春から夏へという生み出す関係を示しており、「木生火」という記事に合う。第二句に「若此句金句ヨリ勝《ル》レバ作者謬アリ。火増レバ悪也」とあるのは、火が金に勝るという関係を示しており、「火尅金」という記事に合う。『五行大義』が、『塵荊抄』と同じ問答形式になっている点も注目しておいてよかろう。

また、『塵荊抄』の「青柳ノ糸」の歌の第三句の説明「秋西方ニテ金之句トス。五常ニハ義ニ准ズ」、第四句の説明「中央土用ニテ土ノ句也。五常ニハ信ニ当ル」は、五行説の説明に合わず、第三句と第四句の説明内容には、何らかの混乱があるものと見なされる。

なお、五常については、『五行大義』巻第三の第五、「論㆑配㆓五常㆒」として、まず「五常者、仁義礼智信也」と述べ、鄭玄説を引き、「注㆓礼記中庸篇㆒云、木神則仁、金神則義、火神則礼、水神則信、土神則智」と説明する。以下は省略するが、先の『五行大義』上では、このあたりを次の表のように示す。

五行	木	火	土	金	水
五常（鄭玄・詩緯）	仁	礼	智	義	信
五常（漢書天文志・毛公・京房）	仁	礼	信	義	智

土の句の説明に関していえば、『塵荊抄』は、「漢書天文志」側にあるといえよう。

そもそも、この『五行大義』の著者は、「蕭吉」といい、彼は、梁の武帝の治世に梁の王室の後裔として生まれ、隋の文帝、煬帝に仕えた人物である。その著は多くが散逸したが、『五行大義』ははやく日本に将来され、各方面に深い影響を与えている。『続日本紀』には、天平宝字元年（七五七）十一月癸未の勅で、この書が陰陽生の教科書とされたことが記されている。

先の「青柳の歌」の説明は、陰陽五行説と五常との考え方によっているると見なされるのである。

2　五音と陰陽道

次に、『塵荊抄』音楽呂律之事には、「五音ハ宮商角徴羽是也」として、次のような記事が見える。

五音則五臓ヨリ出、此息五色ノ雲ノ如ニシテ、其響五行ノ声ヲ司ル。是ヲ呂律之二ニ分ク。呂ハ喜声、律ハ悲声也。五音又五仏、五部、五印、五臓、五行、五季、五色、五味、五根、五方、五穀等ニ当ル。

角、一名経ト名付ノ双調也。木ノ音、木ハ東方性付而、一切物ヲ生ズルヲ以喜トシ、呂ヲ司ル。春ノ気青色、眼根肝ノ臓。胆ノ腑酸キ味ヒ、悪風大円鏡智、薬師金剛部、独胋ノ印、空輪、胡麻穀、三生八難、角ノ音乱ルヽ則ンバ、兆民ノ慎アル也。

徴トハ一名迭ト名付ク。黄鐘調也。火ノ音、火ハ南方性付イテ一切ノ物時ニ住シテ感ナルヲ以喜トシ、呂ヲ司ル。夏ノ気赤色、舌根心ノ臓、小腸ノ腑苦味、悪熱平等性智、宝生印、宝部宝形印、麦穀火輪二儀七陽等也。此徴ノ音乱ルヽ則ンバ、草木万物不熟セル也。……以下略……　（下、三二五〜三二六頁）

これに対して、『体源抄』(6)十の下によれば、五音・五音別名について、次の記事が見える。

蕭吉ニ曰、夫独リ発スル者コレヲ声ト云、合和者コレヲ音ト云、大戴礼観人篇詞同之蔡伯背ニ曰ク、耳ニ通ル物ヲ声トス、青ヲハ角ノ声トス。白ハ商ノ声トス、黒ハ羽声トス、赤ハ徴声トス、黄ハ宮声トス。（一二七九頁）

禹雅楽云《ニク》。宮謂之重《ト》　商謂之敏《ト》　角謂之経《ト》　徴謂之造《ト》　羽謂之抑《ト》。郭璞注云《ニク》、皆五音《ノ》名也。其義未詳。（一二八六頁）

徴の別名が、「造」であり、『塵荊抄』の「迭」と合わない点を除けば、これは『塵荊抄』の説明と一致している。同「主五行　漢書ニ云ク」の条にも、「角為《ヲ》レ木《ト》　商為《ヲ》レ金《ト》　徴為《ヲ》レ火《ト》　羽為《ヲ》レ水《ト》　宮為《ヲ》レ土《ト》」とあり、『塵荊抄』に合う。この角・徴の説明だけでなく、その前置きをも含めて、『壒嚢抄』巻十一の十五、「十二調子事」に関係深い記事がある。

その説明は、五音に五仏、五臓、五行、五季、五色、五味、五根、五方、五穀などを配当したものであるが、徴では、ともに五仏については記さないなど、一部を除いてかなり細部まで照応している。ただし、説明は、『壒嚢抄』より『塵荊抄』の方が詳細になっている。

先の『占事略決』などの「相生・相剋」の論とも関係深いが、その『占事略決』のもとになったといわれる『五行大義』巻第三、第十四には、

第一、論レ配二五色一　第二、論レ配二声音一　第三、論レ配二気味一　第四、論レ配二蔵府一

についての説明がある。先の第五「論レ配二五常二」などと併せて見ると、『塵荊抄』の「青柳ノ糸」の歌の説明、この「音楽呂律之事」の説明の源流は、このあたりに認められそうなのであり、『塵荊抄』には、陰陽道と仏教、儒教との融合も認められるのである。

日本文学流通機構論とは、作品を成立させた作者（読者から転じた）の個別の、また普遍的な時代の精神思想を踏まえ、その流通現象を説明することによって、そこに日本文学史を構築しようという仮説なのである。

III　悪女伝説と「犬追物」

作品が読者の手に渡り受容されるシステムには、その作品の作者の文化・思想と、読者の文化・思想とのせめぎ合いが生じる。本稿は、その流通現象の具体相を、『塵荊抄』の「犬追物」の記事に注目しつつ明らかにしようとした一報告である。

はじめに　塚神伝説のこと

『塵荊抄』は、「犬追物」の由来として、「神功皇后三韓征伐」の記事を引き解説した後、老狐伝説を語る。その老孤が天竺や中国古来の悪女となったとするのである。この悪女は日本では、第七十六代近衛院の御代に玉藻前となって、鳥羽院の御悩の因となり、それを見顕すのは、陰陽師、安倍保成である。この伝説は、日本文学史の中に深く根を下ろし、お伽草紙、謡曲、さらには、『曾我物語』などの軍記物語などにも引かれることになる。

まず、『塵荊抄』には、次の記事が見える。

昔《シ》天羅国ノ斑足王外道羅陀ガ教化ニ依テ千人ノ王ヲ殺シ、塚ノ神ヲ祭トセシ時、普明王一人之僧ヲ請ジ仁王経ヲ講ゼシムル時、劫焼終訖、乾坤烔然（洞燃）、須弥巨海、都為灰颺《ヤウ》ノ文ヲ聞而、普明王四諦十二縁ヲ悟ル。其時彼《ノ》班足王忽翻《シ》二悪心《ヲ》一、千人之王ヲ許シ、則無生法忍ヲ得タリ。彼斑足王者師子之子也。故ニ血肉ヲ好テ、朝饌ニ皐ノ鵰《サワ》鴨、暮厨ニ嶺ノ塵麋ヲ食ス。サレバ走獣ノ腐《ハダヘ》盃盤ニ聚リ、飛鳥ノ脂、鈿盞ニ満テリ。

其時ノ塚神ト云ハ、此玉藻前也。震旦ニテ、殷代ニ妲己《タツキ》ト化生而、紂王ヲ亡シ、周時褒姒ト化シテ、幽王ヲ傾ヌト、保成ニ見露サレテ、化女玉藻前忽ニ失ヌ。

（下、二九三〜二九四頁）

昔、天羅国の班足王は、外道羅陀の教化により、千人の王を殺して塚神を祀ろうとした。その千人目の王、普明王は仁王経の偈を聞き、「四諦十二縁」(7)の悟りをひらき、その時、班足王も一切が空であると悟り、悪心を翻して塚神に祀る予定の千人の王を許した。班足王は獅子の子であり、それ故、血肉を好んだ。その塚神が玉藻前であり、震旦では、殷代には妲己と化して、紂王を亡ぼし、周の時代には、褒姒と化して幽王を傾けた。化女玉藻前は、阿倍保成にその正体を見破られて、たちまち姿を眩ましたというのである。

一　悪女伝説の源流―祀られた「塚神」―

『仏説仁王般若波羅蜜経』巻下　護国品第五に、次の記事がある。

昔有二天羅国王一。有二一太子一欲レ登二王位一。一名二班足一。太子為二外道羅陀師一受レ教。応下取二千王頭一以祭二家神一自登中其位上。已得二九百九十九王一少二一王一。即北行二万里一。即得二一王一名二普明王一。其普明王白二班足王一言。願聴二一日一飯二食沙門一頂二礼三宝一。其班足王許レ之一日。時普明王即依二過去七仏法一。請二百法師一敷二百高座一。一日二時講二般若波羅蜜八千億偈一竟。其第一法師。為二普明王一而説レ偈言。(8)

天羅国王の太子班足王は、王位に登ろうとして九百九十九王を捉え、あと一人として普明王を捉えた。沙門との約束を守るために、一日の猶予を許された普明王に、第一法師が「却焼終訖　乾坤洞燃　須弥巨海　都為レ灰煬……以下略……」という偈を説いた。法眼空を悟った普明王は、班足王に上偈を説き、班足王も、雑念を離れて空三昧を悟ることを得たという。

詳細・簡略の別はあるが、これは、『塵荊抄』の「天羅国の班足王が祭った塚神」の記事とほぼ応じ合う。が、「普明王四諦十二縁ヲ悟ル」及び、「彼斑足王者師子之子也。故ニ血肉ヲ好テ、朝饌ニ皐《サワ》ノ鵜鴨、暮厨ニ嶺ノ麏麚ヲ食ス。サレバ走獣ノ腐《ハダヘ》盃盤ニ聚リ、飛鳥ノ脂、鈿盞ニ満テリ」という記事は、『仏説仁王般若波羅蜜経』には見えず、『塵荊抄』のそれが何に依ったのかが疑問になる。

その点、『賢愚教』巻十一の記事が注目される。そこにも、『仏説仁王般若波羅蜜経』とほぼ同じ九百九十九王の話があるが、「班足王」が「駁足王」に、「普明王」が「須陀素彌」に変じ、一日の猶予が七日になるなど、微妙な相違が認められる。この『賢愚経』巻十一には、本偈を説く須陀素彌に駁足王が歓喜して悟りを開き、四諦を得たことが語られている。この『賢愚教』には、さらに、「師子。従㆑是懐胎。日月満足。便生㆓一子㆒。形尽似㆑人。唯足斑駁」とあり、駁足王が獅子の子であったこと、「令㆔王是後十二年中恒食㆓人肉㆒」と、駁足王が人肉を好むようになったことも語られ、先の『仏説仁王般若波羅蜜経』に見えなかった『塵荊抄』の記事が補えるのである。

つまり、先の『塵荊抄』の「犬追物之事」の記事は、直接、間接の別はさておき、この『仏説仁王般若波羅蜜経』と『賢愚教』巻十一の記事とを受容したものと見なされるのである。

この班足王説話は、『曾我物語』の「斑足王が事」にも見え、『宝物集』にも、『賢愚教』巻十一の記事を受容したものが見える。

『壒嚢鈔』巻第七、二七にも、その記事が見えるが、ここでは、「外道ノ師」が、「羅陀師」から「善施」に変わる。『賢愚教』と同様、王について、「獅子ノ生タル子也トナン。サレハ血肉ヲ好ミ食スル」とする記事もあり、すでに両者が混同した形が見えている。『塵荊抄』とは異なるように見えながら、『仏説仁王般若波羅蜜経』と『賢愚教』との二書が融合する点、『塵荊抄』に近い内容となっているのである。

二　悪女伝説の展開—中国古典の悪女—

先にも触れたが、『塵荊抄』の記事によれば、外道羅陀の教化により祀った塚神とは、震旦では、殷代に妲己として化生して紂王を滅ぼし、周代には褒姒と化して幽王を傾け、日本では、「玉藻前」として化現したという。

そもそも、震旦の話に限定していえば、これらの悪女については、古くは『国語』や『史記』などにも見えており、『史記』によれば、妲己を愛した帝紂は、妲己の言に従い、酒池肉林の淫楽を極め、人民を苦しめ、背く者には炮烙之法を定めて重く罰した。忠臣の比干が忠言すると、「聖人心有二七竅一」といって、その胸を裂き開き、心臓を取り出してみたという。

『史記』は、さらに次のようにいう。

殷之太師・少師、乃持二其〔祭〕楽器一奔レ周。

周武王於レ是遂率二諸侯一伐レ紂。紂亦発レ兵距二之牧野一。甲子日紂兵敗。紂走入登二鹿台一、衣二其宝玉衣一、赴レ火而死。周武王遂斬二紂頭一、縣二之白旗一。殺二妲己一、釈二箕子之囚一、封二比干之墓一、[9]

こうして殷の祭祀の楽器を得た周の武王は、諸侯を率いて紂を討伐した。武王は紂の頭を斬り、これを白旗にかけ、妲己を殺した。

他方、昔、褒の神龍の残した漦《あわ》は、「玄黿《げんげん》」（蜥蜴《とかげ》）となり、それにより孕んで生まれた妖子が褒姒の正体であるという。『史記』は、褒姒の出生について、妖気あふれる説明をする。

その褒姒を嬖愛した幽王は、太子を廃し、褒姒を后とし、その子を太子とした。褒姒の笑顔を見るために外敵（寇）の侵攻もないのに烽火をあげる幽王は、寇の侵攻に対し、兵を徴集することができず、驪山の麓で殺され、褒姒も虜となる。この話は、『古注千字文』にも受容されている。

さて、このあたり、司馬遷が「盲史」と称した『国語』巻第七の「晋語」では、史蘇が語る昔話に、「女戎」（女の兵）のことが語られており、その「女戎」として、妹喜・妲己・褒姒の三人をあげる。このうち、妹喜は、『荀子』には「末喜」の名で、妲己とともに見えており、『史記』には見えないが、『列女伝』では、表記に差違はあるが、『国語』と同様に、末喜・妲己・褒姒の三人をあげる。いずれも帝王の寵愛を得て、国を滅ぼしており、特に、『列女伝』では、末喜・妲己の死が語られる。

『塵荊抄』で「殷代ニ妲己《タツキ》ト化生而、紂王ヲ亡シ、周時褒姒ト化シテ」と、褒姒が妲己の生まれ変わりとするところ、『史記』では、妲己と褒姒とを個別の存在として論じている。彼女たちをそれぞれの生まれ変わりとはしていない。『国語』においても、妹喜をも含めて、それらの特性を王を滅ぼす「女戎」とはするが、彼女たちをそれぞれの生まれ変わりとはしていない。褒姒を説話化するところはあるが、いずれも彼女たちを個別の存在として論じているのである。

　これらに対し、杜甫の『北征詩』には、「不聞夏殷衰　中自誅褒妲」[10]という記事が見える。この「褒妲」についていえば、「褒」は「周の幽王の寵姫褒姒」、「妲」は「殷の紂王の寵妃妲己」のことと見なされ、どちらも王朝滅亡の原因となった女性と伝えられるが、「周殷」とするところを、これは「夏殷」としており、時代が一致しない。この『北征詩』では、すでに悪女名と国名との関係に混乱が生じているのである。

『北征詩』においては、悪女の名の出し方が『塵荊抄』とは逆で、「褒妲」となっているが、ここでも彼女たちがそれぞれの生まれ変わりとはされていない。ましてや、「玉藻の前」に生まれ変わったとはなっていない。中国古典においては、もちろん阿倍保成も登場しないのである。

　ただ、これらが日本古典に取り入れられると、覚一本『平家物語』では、褒姒が野干に化し、長門本では、褒氏が復讐のために「千年経たる狐の子」を美女に化して幽王に送ったという因縁が語られ、『源平盛衰記』では、褒姒を亀の子とする異説を載せ、延慶本では、褒姒が後に三尾の狐となる。また、『十訓抄』では、「褒姒、妲己とて、二人ながら化物にてありけるを」[11]とあり、『榻鴫暁筆』第十一でも、「幽王后褒姒」については、幽王の没後、「其後彼后は狐となり走うせけるぞおそろしき」[12]という末尾の付加記事があり、日本的変化の兆しを見せている。

　だが、それにしても、『史記』などに記された褒姒が、どのようにして日本文学で狐の化生とされるようになったのか。そこで注目されるのが、次の白楽天の新楽譜の詩である。

古塚狐　戒二艶色一也

古塚狐。妖且老。化為二婦人一顔色好。頭変二雲鬢一面変レ粧。大尾曳作二長紅裳一。徐徐行傍二荒村路一。日欲レ暮時人静処。或歌或舞或悲啼。翠眉不レ挙花顔低。忽然一笑千万態。見者十人八九迷。仮色迷レ人猶若レ是。真色迷レ人応レ過レ此。彼真此仮倶迷レ人。人心悪レ仮貴二重真一。狐暇二女妖一害猶浅。一朝一夕迷二人眼一。女為二狐媚一害却深。日増月長溺二人心一。何況褒妲之色善蠱惑。能喪二人家一覆二人国一。君看為レ害浅深間。豈将二仮色一同二真色一。(13)

古塚に老孤がいて、化して美女になる。一度媚態を示せば、それを見る男は十人中八、九人は、その容色に迷ってしまう。仮の美人（狐）でさえ、そうなのだから、褒姒や妲妃のような本物の美人は、人の心を惑わすことがうまく、国家をも覆すほどである。

白楽天は、本物の美人の害が深いことを戒めるが、ここには、美女に化す老孤と、『史記』などに見えた褒姒・妲妃の名が見える。

これが『河海抄』巻第二十、手習巻の、「きつねの人にへんくゑするはむかしよりきけと(14)」に引用されているのである。『平家物語』ですでに、褒姒が野干に化すことが記されるところをみると、『河海抄』より前にすでに、この白楽天の新楽譜のごときものをもとに、「古塚狐」（塚神）が「褒姒」に化すというすり替えがなされていたと考えられるのである。

三　悪女伝説の変転―化女玉藻の前―

『塵荊抄』には、先の記事の前に、次の記事が見える。

七十六代近衛院ノ御宇、久寿元年甲戌ニ、上皇鳥羽院御悩之時、陰陽博士《ハカセ》安倍保成《アベノヤス》ガ占文ニ、宮女玉藻前《モノ》ガ所行也。此ハ化女也。　　（下、二九三頁）

久寿元年（一一五四）、七十六代近衛院の御代に、上皇の鳥羽院が病気になることがあった。さっそく、陰陽博士の阿倍保成が召され、泰山府君祭が行われ、その病気の原因が化女玉藻の前であることが明らかにされる。『玉藻の草子』（承応二年刊本）でも、「泰成信心をして、祭文をよむ中ばとみえし時、御幣を打ふるとみえて、玉もの前、かきけすやうにうせにけり。泰成が申処、たな心をさすよりも、けんでう也。御悩、次第に、御平癒あり[15]」とあり、玉藻の前の正体が明かされる。だが、この「安倍保成」（阿辺の泰成）とは何者だったのだろうか。

1　化女「玉藻の前」―『玉藻の草子』と「安倍保成」―

泰成は、御悩の因を「化女玉もの前」の仕業とし、その正体を「下野国、那須野と申所の野に、八百歳を経たる狐あり。かの狐は、たけ七ひろ、尾二つ有べし[16]」と見顕す。この老狐の塚神が、震旦では幽王の后の褒姒となって幽王の命を奪い、それが日本に化現し、玉藻の前となったという。

『玉藻の草子』は、この後の「犬追物」・「殺生石」の記事をも含めて、『壒嚢抄』と詳細に重なっており、両書の緊密な関係が注目されるのである。

『玉藻の草子』には、謡曲『殺生石』と重なる記事も多い。例えば、両書には、次のような記事が見える。

謡曲『殺生石』

〈名ノリグリ〉シテ〽今は何をか包むべき、天竺にては班足太子の塚の神、大唐にては幽王の后褒姒と現じ、我朝にては鳥羽院の、玉藻の前とは成たるなり。

【九】

〈語リ〉シテ「我王法を傾けんと、仮に遊女の形とな

『玉藻の草子』

今はなにをか、つゝみ侍べき。てんぢくにては、はんぞくわうの、つかのかみ、大たうにては、ゆうわうのきさき、ほうじとげんじ、わがてうにては、とばのゐんの、たまもの前となり、わうぼうを、かたむけんため、遊女とあらはれ、御なふとなしける

り、玉体に近づき奉れば御悩となる、すでに御命を取らむと、喜びをなしし処に、〽安倍の泰成、「調伏の祭を始め、壇に五色の幣帛を立て、〽玉藻にィ
ロ御幣を持せつつ、
カヽル〽肝胆を砕き祈りしかば。
〈中ノリ地〉〽やがて五体を苦しめて、やがて五体を苦しめて、幣帛ををつ取り飛ぶ空の、雲居を翔り海山を、越えてこの野に隠れ棲む。(17)

を、あべのやすなり、うらなつて、かんじやうに申ける。

『玉藻の草子』の付加部分の「今はなにをか、つゝみ侍べき」というところは、謡曲独特の言い回しであり、謡曲『殺生石』を受容したものと見なされる。その後に続く班足王説話の塚神が大唐では幽王の后、褒姒と現じ、我が朝では玉藻の前となり、阿辺泰成に正体を見顕されるという点も一致している。

『玉藻の草子』と謡曲『殺生石』とでは、玉藻の前が、才色兼備であり、暗闇で光り輝いたこと、三浦介、上総介が犬追物で百日訓練し、耶須野で野干（狐）を射伏せたことなどにおいても類似している。『玉藻の草子』と謡曲『殺生石』との影響関係は否定しがたいのである。

ただし、この両書では、塚神は中国においては褒姒として化現したとするのみであるが、『壒荊抄』では、褒姒以外に妲己としても化現しており、その点は異なる。すなわち、老狐（塚神）と褒姒、玉藻の前を同体とするところには、仏教の本地垂迹説による解釈があり、『壒荊抄』の発想法もこれに似ている。が、こちらは、それに妲己を加えて、四者同体とする悪女の系譜が語られるのである。

ちなみに、老狐の化身を褒姒だとする場合、褒姒（BC四〇三以前）であれば、近衛院の久寿元年（一一五四）当時、

八百歳どころではない。『塵荊抄』の「八百歳」は、この『玉藻の草子』の「生々世々を、ふる」老狐の不死の謂いではなかっただろうか。

他方、『簠簋内伝抄』(18)（『三国相伝簠簋金烏玉兎集之由来』）にも、玉藻の前の記事が見えるが、そこには、「鳥羽院」の名は見えない。また、安辺泰成に替わって、こちらでは、「五方博士阿部光栄」が「智恵論申セシ不思議至極ノ博士」である清明を、問題解決のための切り札として紹介する形をとる。ただし、清明は、はるか昔の人（平安朝中期の人）であり、化来の者故に存命しているというのである。化来の女人玉藻の前と化来の陰陽師清明の対決という図式になる。

『簠簋内伝抄』で注目すべきは、褒姒の由来を語るところである。すなわち、昔、周の幽王に破れた褒姒国で、千人の貴僧を集め、古老を経た狐を生きたまま祭壇上に置き祈ったところ、その狐が、「無双ノ美女」となった。それが人質として幽王に渡された褒姒であったという。また、「夏ノ梁王ニテハ、旦嬉ト云」とあり、「天竺ニテハ旦嬉、大唐ニテハ未嬉ト云」などとあり、『簠簋内伝抄』内部でも混乱が認められるが、『国語』の「夏の桀王の妹喜、殷の紂王の妲己、周の幽王の褒姒(19)」という説に対しても、国名、王名、美女名において混乱が生じており、大きく変容しているのである。

さて、「陰陽博士《ハカセ》安倍保成《アベノヤス》」についてだが、「阿倍保成」を「阿辺泰成」などとする相違はあるが、その他の事跡の一致、同じく「あべのやすなり」と訓むことなどから、両者は同一人物と見なされる。そして、『尊卑分脈』によれば、阿倍清明の五代の孫に「泰親」がおり、その第四番目の子に「泰成」の名が見える。泰成が「陰陽博士」になったという記事は管見に入らないが、泰親は、『平家物語』などでもよく活躍しており、藤原頼長や九条兼実から信頼厚い人物として登場し、「推条掌をさすが如し」と評される。『源平盛衰記』巻第十二、「一院鳥羽籠居事」に至っては、次のように記される。

去んぬる七日の大地震、かかるあさましき事のあるべくて、十六洛叉の底までも答へつつ、堅牢地祇・龍神八部も驚き騒ぎ給ひけるにこそと覚えたれ。陰陽頭泰親が馳せ参りて、泣く泣く奏聞しけるも、今こそ思ひ知られけれ。かの泰親は清明六代の跡を伝へて、天文の淵源を尽し、占文の秘枢を極めたり。推条は掌をさすが如く、卜筮は眼に見るに似たり。一事も違ふ事なければ、異名には指神子とぞ言ひける。されば雷落ち懸りたりけれども少しも恙なかりけり。十二神将をも進退し、三十六禽をも相従へけり。いか様にも正身の神か仏か、直人に非ずとぞ申しける。(20)

「清明六代の跡」とするところを、諸本「五代」に作り、『尊卑分脈』も同様である。が、「阿倍氏系図」(群書類従)では、「泰親」に子孫はなく、正確にはわからない。どちらが正しいかは不明である。が、それはともかく、ここでは泰親は、「推条は掌をさすが如く」とも「十二神将をも進退し、三十六禽をも相従へけり」とも言われており、普通の人間でなく、神仏の化身かとされている。泰親の陰陽道における実力が卓越していたことを示す記事といえよう。

『続古事談』第五、第一七話には、鳥羽院がおっしゃた話として、「本文ニ云ク、『ウラハ十ニシテ七アタルヲ神トス』泰親ガウラ七アタル。上古ニハヂズ」という。(21)『玉藻の草子』や『壒嚢抄』に見える、鳥羽院の御悩の因を見破った泰成は、「泰成が申処、たな心をさすよりも、けんでう也」とも言われており、あるいは、この泰親を念頭においての創作だったのかもしれない。

安倍泰親であれば、陰陽師としての力量は十分であるが、彼の事跡はあまりに知られ過ぎている。清明であれば、力量には問題がないが、時代が合わない。そこで登場したのが、その泰親の秘伝を受けうる位置にいた泰成であったということであろうか。

『簠簋内伝抄』では、「五方博士随一阿部光栄」が登場し、化来の人「阿部清明」を連れて来るという語りになっている。だが、「阿部光栄」という人物は『尊卑分脈』の「阿倍氏系図」には見えず、替わりに、「賀茂氏系図」によれば、同時代の人物として「賀茂光栄」が見える。この場合も、「阿倍光栄」は、あるいは「賀茂光栄」を念頭においての虚構の人物だったかもしれないのである。(22)

2　犬追物の事

『塵荊抄』には、この後、次の記事が見える。

公卿僉《セン》議在而、東之武士ニ勅シテ三浦介、上総介ニ彼狐ヲ狩セラル。両介那須野ニ発向スレバ、彼狐遁《ニゲ》失ケリ。（下、二九四頁）

『玉藻の草子』と比較すると、「勅」が「院宣」になることを除けば、詳細、簡略の別はともかく、上総介、三浦介に命じて、二尾の狐を追わせ、遁走されるところが、『塵荊抄』の記事と一致する。

ただし、『玉藻の草子』の方では、仏力・法力によっても退治できない老狐を、東国の名誉の弓取りによって退治させようということに決着しており、その記事が詳細に語られている点が注目される。これに対して、『塵荊抄』では、三浦介は百日の間、犬を射て訓練をし、上総介は早馬に鞠を付けて訓練をした。それから、再度出発して狐を退治したというのであり、両書は細部まで応じ合っているのである。

この後、『塵荊抄』には、次の記事が続く。

仙洞ニ奉進ス。此狐ヲ宝蔵ニ収給フ。両眼ニ金壺アリ、仏舎利ヲ収ム。宮中ニ安置セラル。頭ニ白キ玉在、三浦介ニ給。尾先ニ二之針アリ、白ヲバ上総介ニ賜、赤ヲバ清隆寺ニ収ラル。（下、二五九頁）

老狐は院に献上され、宝蔵に納められた。両眼にあった金壺からは仏舎利が出てきた。それも宮中に納められた。また、頭に白い玉があり、それは三浦介がもらった。尾の先に白赤二本の針があった。白は上総介に与え、赤は清隆寺に納められたという。

このあたり、『玉藻の草子』は、次のようにいう。

> 狐の腹に、金《こがね》のつぼあり。中に仏舎利おはします。是をば院に進上す。ひたひに、しろき玉あり。夜ひる照す玉也。是をば、三浦介取也。尾さきに、二つの針有。壱つは白し壱つはあかし。是をば、上総介取て、赤《あかき》針《はり》をば、氏寺、清隥寺《せいりうじ》に納《おさむ》る。

『玉藻の草子』では、「両眼」が「腹」となり、「頭」が「ひたひ」となる。赤木文庫蔵『玉藻前物語』や国会図書館蔵『玉藻の前』などでは、「頭」となっており、その点は『塵荊抄』と一致している。『玉藻の草子』では、「清隆寺」が「清隥寺《せいりうじ》」となっているが、赤木文庫蔵『玉藻前物語』では「きよすみてら」、山岸本『たまも』では「清龍寺」、国会図書館蔵『玉藻の前』では「せいりうし」となり、京都大学本『たま藻のまへ』に至っては「しやうりうし」(23)となる。誤写の過程が透けて見えるようであるが、なお詳細な調査が必要であろう。

白針、赤針の帰趨は、『塵荊抄』と同じであり、ここまでは微妙な差違であるが、『玉藻の草子』の諸本の場合は、かなり異なる。すなわち、山岸本であれば、二本の針を得た上総介は、白針を氏寺の清龍寺に納め、赤針は兵衛佐源頼朝に奉ったという。白針と赤針の帰趨するところが逆となり、『塵荊抄』に見えない頼朝への相伝が語られることになる。また、先の京都大学本『たま藻のまへ』では、針が「けん」に変わっており、「白いけん」が頼朝に献上されたことになっている。

さて、『塵荊抄』では、三浦介の報告を聞き、院は、宮中でその狐狩りを再現させる。駆けさせたのは狐ならぬ赤犬であったが、それを狩装束の三浦介が染羽の鏑矢で射る。その行事は「一騎犬追物」として、三浦の地で引き継がれることになる。『玉藻の草子』では、那須野での狐狩りを再現し、それが「一騎犬追物」の濫觴になったという。

他方、『燕居雑話』犬追物濫觴の条では、『匡房記』の例を犬追物の先例とし、「犬追物は玉藻前のことに起らざる事明らけし」(24)という。だが、これは「犬狩」のことであり、「狐狩り」を発祥とする「犬追物」とは異なる。その点、『沙石集』に見える、次の記事が注目される。

故鎌倉右大将家ノ狩ノ時狐ノ野ニ走ケルヲ
　シラケテミユル昼キツ子カナ
トノ給テ梶原付ヨト仰ケレハ
　チキリアラハ夜コソコウトイフヘキニ(25)

「鎌倉右大将」とは、源頼朝のことであり、狐狩りのことが記されている。景季の付句は、「コウ」に狐の鳴き声と「来う」とを掛けて、「あの美女に変じる狐なら、夜に来いというべきだろうが」という。この狐が『任氏伝』(26)のそれか、『玉藻の草子』のそれかは不明であるが、すでに狐が人間と契りを結ぶ異類婚の片端がここに見えているのである。この後、『吾妻鏡』第廿六、貞応元年（一二二二）二月六日には、「於㆓南庭㆒有㆓犬追物㆒。若君御入興」(27)という犬追物の記事が見える。この「若君」は征夷将軍頼経公であり、この犬追物が記録に残る最初のものであるという。(28)

つまり、頼経公以前、狐狩りに頼朝が登場し、赤針を継承した兵衛佐源頼朝のことを記す山岸本『たまも』などが注目されることになる。『玉藻の草子』も『塵荊抄』もこの玉藻の前の事件に関わる事例を、「一騎犬追物」の始まりとして語るのは、そういう理由によるのかもしれない。

ちなみに、『塵荊抄』と『玉藻の草子』とには、文体上の大きな差違もある。『塵荊抄』で、「三浦介ニ給」、「上総介ニ賜」とあるところが、『玉藻の草子』では、「三浦介取也」、「上総介取て」とあり、前者は院が両介に与えた形をとり、後者は両介が自ら取ったことになっているのである。白針が源頼朝に与えられたことを考え合わせると、前者が院の権威を前提とするのに対し、後者は武家社会に権威を認めた語り口といえよう。

3　「殺生石」のこと―「亡魂」と「鎮魂」―

『塵荊抄』には、さらに次の記事が見える。

　彼狐ノ執着、猶石ト成り、彼野ニ在テ禍《イ》ヲ成。故ニ飛鳥地ニ落、走獣死ヲ不レ免。或時玄翁和尚、彼殺生石ノ石ノ上ニ登テ垂示シテ云、儞元来謂二殺生石頭一、霊従レ何来作二如レ是業報《ヲ》一、去々自今以後勿レ闇二仏性真如《ノ》全躰一、会取《ヨ》々々。以二柱杖一叩之、石頭忽分裂云々。（一行余白）　（下、二九六頁）

この狐の「執着」は、「執心」とも「亡魂」（『犬追物大形』）ともいわれ、それが「殺生石」という霊力（殺生能力）をもつ石になったという。ところが、ある時、玄翁和尚が殺生石に立ち寄って、仏法により、引導を渡し、殺生石の頭部を打つと、それは即座に砕けたというのである。玄翁和尚が用いた仏力とはどのようなものだったのだろうか。『塵荊抄』は、その引導を渡す言葉を、「儞元来謂二殺生石頭一、霊従レ何来作二如レ是業報《ヲ》一、去々自今以後勿レ闇二仏性真如《ノ》全躰一、会取《ヨ》々々」という。

　これに対して、『玉藻の草子』には、巻末に、玄翁（源翁）和尚の記事がある伝本[29]とそれがなく、三浦介、上総介の狐狩の条で終わっている諸本がある。この版本は、その前者であるが、これによると、那須野の狐の執心が殺生石となり、それに対して玄翁和尚が仏事供養を営むと、その大石は即座に微塵に砕けて、狐は成仏したというのである。「以二柱杖一叩之」とはないが、『塵荊抄』は、この前者のテキストと関係が深く、精細に応じ合っている。

　さて、この『玉藻の草子』では、その仏事を、「なんぢ、ぐはんらい、せつしやう石、とふ、せきれい、何れの所よりきたり、かくのごとく、こつほうをなす。きう〳〵にされ。じこんいこ、なんぢをじやうぶつせしめ、ぶつたひしんによの、ぜんあくぜんしんとならん。せつしやうせよ《(マヽ)》」という。この末尾のあたりの「ぜんあくぜんしんとならん。せつしやうせよ《マヽ》」の意味はよく分からないが、『源翁能照大和尚行状之記(30)』では、末尾が、「為㆓仏性真如全体㆒」とあり、『那須野殺生石付源翁位階之事(31)』でも同様である。『塵荊抄』も「仏性真如全躰」とあり、こちら側である。

殺生石が分裂する場面も、謡曲『殺生石』で、「大石が即座に二つに割れて」というところは、「大石すなはち、みぢんにくだけて」（『玉藻の草子』）、「石頭忽分裂」（『塵荊抄』）などと微妙に相違しているが、玄翁和尚が仏事供養を営むと、玉藻の前の執心の殺生石が成仏するという点では、これらは、細部まで応じ合っている。

また、村上文庫蔵『犬追物大形』には、「犬追物来暦《マヽ》の事」が記されている。その冒頭には、「右の殺生石と云物は、天竺にても、せうまん夫人と云悪女なり」という記事がある。筆者は、この「殺生石」を「悪女」だというのである。

扨、彼玉藻前、三浦之助、手にかゝりて相果候へ共、悪女なるに依て、其亡魂、残て石と成て、死後にも悪事なす事やます。有時、玄翁法師祭しにて、彼石われしよりこのかた、二度と悪事なし(32)。

さて、悪女の亡魂は石となり、死後も悪事をなしたが、玄翁法師により、その石は割れて、二度と悪事をすることはなかったという。

「亡魂」は「執心」と同意にとれる場合もあるが、玄翁法師がした「仏事」とは、どのようなものだったのか。『沙石集』巻第二の八には、次のような記事が見える。

醍醐ノ竹谷ノ乗願坊ノ上人ハ、浄土宗ノ明匠ト聞ヘキ。「亡魂ノ菩提ヲ弔ニハ何レノ法カ勝レタル」ト、勅宣ノ下ケルニハ、宝篋印陀羅尼、光明真言スグレタル由奏シ申サル。……中略……「亡魂ノ墓所ニテ、此真言ヲ四十九反誦シテ廻向スレバ、無量寿如来、此聖霊ヲ荷負シテ、極楽世界ヘ引導シ給フ」ト説。又、不空羂索廿七巻経ノ中ニハ、「此陀羅尼ヲ満テ、土沙ヲ加持スル事一百八反シテ、此土沙ヲ墓所ニ散シ、死骸ニ散バ、

土沙ヨリ光ヲ放チ、霊魂ヲ救テ、極楽ニ送」ト説レタリ。(33)

『渓嵐拾葉集』や『徒然草』にも、同様な記事が見えるが、「宝篋印陀羅尼」とは、『一切如来心秘密全身舎利宝篋印陀羅尼経』のことであろうが、これは、「有二其子孫一称二亡者名一」とあり、この場合、ふさわしくない。「光明真言」とは、次の『不空羂索毘盧遮那仏大灌頂光真言経』のことと見なされる。そこには、「応レ時即得下光明及レ身、除二諸罪報一、捨レ所レ苦レ身、往二於西方極楽国土一、蓮華化生乃至菩提更不中堕落上」(34)という記事がある。これなら、亡魂が極楽の蓮華に化生できようと思われる。

この他、『神明鏡』には、次の記事が見える。

狐ヲハ宇治宝蔵ニ納メラレケリ。那須ノ殺生石ハ此霊也。此御時佐藤兵衛憲清遁世。西行号。修行ト廻密事有ントナン。(35)

狐の霊が殺生石になったという点は、『玉藻の草子』と同じであるが、西行についての話題を提示するものを知らない。ただ、『浄瑠璃十二段草紙』には、后の浄瑠璃姫の侍女に「玉藻」の名が見え、西行が后を恋して、その恋故に出家する記事が見えるのが注目される。

おわりに―遊女「玉藻の前」―

『更級日記』の足柄山の条には、次の記事が見える。

いとおそろしげなり。麓に宿りたるに、月もなく暗き夜の、闇にまどふやうなるに、遊女三人、いづくよりともなく出で来たり。五十ばかりなる一人、二十ばかりなる、十四五なるとあり。庵の前にからかさをささせて据ゑたり。をのこども、火をともして見れば、昔、こはたと言ひけむが孫といふ、髪いと長く、額いとよくかかりて、色白く……以下略……(36)

東国から都へ上る菅原孝標の娘が、今の神奈川にある足柄山の麓で遊女に出会う場面である。遊女の家は女系相続であり、仕事は母から娘に受け継がれるという。ここには、二十歳ばかりの娘と十四、五の娘、それに母親がいづこからともなく現れる。彼女たちは、昔、「こはた」といったとかいう遊女の孫であったという。『今昔物語集』巻第二十七の「民部大夫頼清家女子語」第三十二に、民部大夫頼清が、「木幡卜云フ所」に所領をもっており、その「中間ニ仕ケル女」が何者かに謀られる話があり、その正体を「狐ナドノ所為ニコソ有メレ」という。室町物語の『木幡狐』も木幡に棲む狐の物語であり、「木幡は一種の異界にして墓所であり、その塚穴には狐が多かったであろう(37)」ともいわれる。

この「木幡」と『更級日記』の「こはた」は別の意味で使われてはいるが、『任氏伝』の白衣の美女のように、あるいは闇の中で輝く玉藻の前のように、孝標の娘が出会った遊女たちも、幻想的な姿を示すのである。

実は、これまで眺めてきた『玉藻の草子』や謡曲『殺生石』によれば、玉藻の前も「遊女」といわれる。その遊女について、田中貴子氏は、次のようにいわれる。

女性の性は出産と快楽との二極に分裂していくが、遊女の性は、男性の快楽をもたらす機能のみが期待される女性の性の代表である。しかし、もし女性の性が男性の統制を離れて自己主張し始めたとき、それは男性を「誘惑」し「破滅」に導く恐ろしいもの、という認識に転ずる傾向があることは疑いない(38)。

もし玉藻の前に遊女の面影が投影されていたならば、こうした遊女の性格を当然彼女も背負っていることになる。謡曲『殺生石』や『玉藻の草子』、『塵荊抄』などが語る玉藻の前は、仏教の本地垂迹思想により変容されており、遠く天竺に前身を持つ塚神であったといわれるその化身の妲己は紂王を滅ぼし、褒姒は幽王を傾けている。陰陽博士である阿倍保成に正体を見顕される玉藻の前も二尾の狐となり、那須野へ逃れる。異類でかつ鳥羽院を誘惑し、病に悩ませるのが玉藻の前であった。

小説『浮島』で、中上健次は次のようにいう。

　恋しくばたずね来てみよ和泉なる信田の森のうらみ葛の葉、とこの浮島の森の、おいのみたけりゃ、蘭之戸においで、おいの井之戸の淵にある、と似ていると思うのは、哀しい口調とその裏にある、ここまでこれるか？　という自嘲とも他嘲ともつかぬひびきもさることながら、野干と人間（男）……中略……の異類婚ともいうべき型である。(39)

「恋しくばたずね来てみよ」と言われても、「蘭之戸においで」と言われても、信田の森にも浮島の森（遊女の所）にも、尋ねて行くにはかなりの心理的な飛躍が必要である。信田狐が悪女でなかったとしても、その森が異類のもとであり、「蘭之戸」が遊女のもとである以上、そこには哀調が漂うのである。

『大蔵経』や『史記』などに発した悪女伝説は、日本に流入すると、古代に渡来した陰陽道や当時流行した仏教的本地垂迹思想などの洗礼を受けた『玉藻の草子』の作者により、玉藻の前という中世日本的に変容した悪女を登場させることになるのである。

注

　本論文の引用本文については、全体として、常用漢字はほぼ新字体に改めた。また引用本文のルビを省略し、句点を読点に改めたところがある。また、『塵荊抄』第九の「犬追物」の条の「殷代ニ妲己《タツキ》ト化生而、紂王ヲ亡シ、周時褒似ト化シテ」の部分を引用したが、『塵荊抄』第一の「玉若殿花若殿美人喩《タトヘ》之事」の条には、「褒似《姒》傾《カシ》ニ幽王《ヲ》一艶色」ともあり、「褒」と「似」の字に異同が認められる。さらに『史記』では、「褒姒」と表記するが、本論文では、この二字を、他の引用書をも含めて、「褒姒」の字に統一して用いた。

（1）　市古貞次編『塵荊抄』下、古典文庫、昭和五九年三月。一三頁。以下、書名は省略し、上下の別、頁数のみを記す。

(2) 小峯和明「中世の未来記と注釈」中世文学会秋季大会資料集、平成一〇年一〇月。
(3) 村山修一『日本陰陽道史総説』塙書房、一九九一年四月。
(4) 特別展図録『うらない・まじない・いのり』神奈川県立金沢文庫、平成九年五月。
(5) 中村璋八・藤井友子『五行大義全釈』上、明治書院、昭和六一年六月。
(6) 日本古典全集、同刊行会、昭和八年七月。
(7) 「四諦」とは、四つの神聖な真理の意。苦・集・滅・道の四者をいう。それを聞き手の能力別に三種に分け、「四諦」それぞれに配して説いたものという。『仏教大事典』(小学館、一九八八年七月)など参照。
(8) 中華民国七十四年五月修訂版『大正新修大蔵経』同刊行会。
(9) 吉田賢抗、新釈漢文大系『史記』本紀一、明治書院、昭和四八年二月。
(10) 目加田誠、漢詩大系第九巻『杜甫』集英社、昭和四〇年三月。
(11) 浅見和彦校注・訳『十訓抄』小学館、一九九七年一二月。
(12) 市古貞次校注『榻鴫暁筆』三弥井書店、平成四年一月。
(13) 続国訳漢文大成『白楽天詩集』巻四、国民文庫刊行会編、昭和三年八月。
(14) 天理大学出版部、天理図書館善本叢書和書之部第七十一巻『河海抄』二、八木書店、昭和六〇年五月。ただし、「舞」を「歎」とする。
(15) 横山重・松本隆信編、室町時代物語大成、第九、角川書店、昭和五六年二月。
(16) 注(15)の『玉藻の草子』。以下、本書の場合は、特に出典を記さない。
(17) 西野春雄校注、新日本古典文学大系『謡曲百番』岩波書店、一九九八年二月。
(18) 『簠簋内伝抄』弥谷寺、イ5。
(19) 天野峻、新釈漢文大系『国語』上、明治書院、昭和五〇年一二月。
(20) 水原一『新定源平盛衰記』第二巻、新人物往来社、一九八八年一二月。
(21) 神戸説話研究会編『続古事談注解』和泉書院、一九九四年六月。

(22) 渡辺守邦「清明伝承の成立―『簠簋抄』の「由来」の章を中心に―」国語と国文学、昭和五九年二月。
(23) 京都大学文学部国語学国文学研究室編『京都大学蔵むろまちものがたり』第十巻、臨川書店、平成一三年三月。
(24) 日本随筆大成編輯部編、日本随筆大成、第一期15、『燕居雑話』犬追物濫觴、吉川弘文館、昭和五一年一月。改訂増補故実叢書『禁秘抄考注』一九九三年六月参照。
(25) 深井一郎編『慶長十年古活字本沙石集総索引』―影印篇―十二行本、勉誠社、昭和五五年三月。
(26)『唐代伝奇集』所収。沈既済作。
(27) 黒板勝美編『吾妻鏡』第三、吉川弘文館、昭和五四年六月。
(28) 故実叢書編集部編、改訂増補故実叢書『貞丈雑記』明治図書、一九九三年六月。
(29) 矢野利雄氏旧蔵慶長十一年絵巻　三軸、彰考館蔵写本残欠　二軸。
(30)『続曹洞宗全書』曹洞宗全書刊行会、一九七三年～一九七六年。
(31) 同『続曹洞宗全書』。
(32) 美濃部重克・田中文雅編『室町期物語』二、三弥井書店、昭和六〇年八月。
(33) 渡辺綱也校注、日本古典文学大系『沙石集』岩波書店、一九九六年五月。田中貴子《『渓嵐拾葉集』の世界》名古屋大学出版会、二〇〇三年一一月、一五二～一五三頁参照。
(34) 同(8)。
(35) 続群書類従巻第八百五十二所収。
(36) 秋山虔校注、新潮日本古典集成『更級日記』新潮社、昭和五五年七月。平成三年四月、五刷。
(37) 森正人校注、新日本古典文学大系『今昔物語集』五、岩波書店、一九九六年一月。
(38)『〈悪女〉論』紀伊国屋書店、一九九二年六月。
(39) 中上健次全集3『浮島』集英社、一九九五年五月。

『體源鈔』の構成

――楽書研究の現状をふまえて――

中原香苗

一　楽書研究の現状――『教訓抄』『続教訓抄』『體源鈔』――

古代・中世の社会では、宮中における種々の年中行事や寺社で行われる法会において音楽は欠くことのできないものであった。貴族たちの器楽合奏である御遊にあっても高い音楽能力が要求されるなど、「詩歌管絃」は、貴族に必須の教養であるのみならず、宮中で行われる行事や御遊に参加する者として必要不可欠の才能でもあったのである。(1)こうしたことからすれば、古代・中世の社会の中で音楽は大きな意味をもっていたといえ、そこに音楽に関する書物としての楽書研究の意義も見出せよう。

これまでさほど研究の進展をみなかった分野であるが、近年、『伏見宮旧蔵楽書集成　一〜三』が完結し、(2)『日本音楽史研究　一〜四』(3)をはじめ、『中世音楽史論叢』(4)、磯水絵氏『説話と音楽伝承』(5)『院政期音楽説話の研究』(6)が相次いで刊行され、楽書を含めた音楽史に関わる研究は、活況を呈しつつある。

楽書の多くは、音楽を家業とする地下の楽人や音楽に堪能な貴族によって著されたが、そうしたものは、『群書類従』『続群書類従』管絃部、『日本古典全集』『日本楽道叢書』などに翻刻され、陽明叢書『古楽古歌謡集』(7)天理図書館善本叢書『古楽書遺珠』(8)などに影印が存する。そのほかいくつかの楽書に複製が存し、『伏見宮旧蔵楽書集成』には琵琶を家業とした伏見宮家の貴重な楽書の翻刻が収められている。また『中世音楽史論叢』『日本音楽史研究』『梁塵　研究と資料』にも重要な資料の影印・翻刻がなされており、徐々に研究の基盤が整いつつある。

これら楽書のうち、注釈の存するのは、『教訓抄』(9)『文机談』(10)などわずかであり、若干の楽書について本文研究などの基礎研究が存するほかは(11)、例えば、後の楽書に多大な影響を与えた平安時代末期成立の妙音院師長撰の琵琶譜集成『三五要録』、同じく箏譜集成『仁智要録』等の重要な楽書であっても、いまだ翻刻が存在しないという状況である。楽書をめぐる研究は活況を呈しつつあるとはいえ、多くの楽書にあっては、本文の翻刻・校訂や注釈といった基礎研究を行うことが急務である。

楽書には、しばしば説話集と重なり合う伝承が記されている。そのため、国文学においては、楽書は主として説話研究の側面から取り上げられることが多かったが、先に述べた音楽の重要性を改めて認識するならば、広く中世文化との関わりを視野に入れた上で楽書に取り組む必要がある。その際まず取り上げられるべきは、総合的楽書と称される狛近真『教訓抄』(天福元年〈一二三三〉頃成立)、近真の孫朝葛の手になる『続教訓抄』(文永七年〈一二七〇〉頃から元弘三年〈一三三三〉頃の撰述か)、二書をうけて成立した豊原統秋『體源鈔』(永正九年〈一五一二〉成立)の三書であろう。これらには、説話集と重なる伝承のほか、漢籍をはじめとした多方面にわたる書物の引用が見られる。こうした引書の検討により、楽書が当時の文学や文化と共通の基盤を有することが明らかになるといえ、ひいては、楽書を通して、中世の文学・文化を照らし出すことが可能になろう。

まず、『教訓抄』については、今野達氏が『教訓抄』に引用される「或記」と説話集などとの関係から「楽家による説話伝承」に注目する必要性を説き(12)、志村有弘氏は『教訓抄』の往生説話について述べ(13)、磯水絵氏は『教訓抄』と『古今著聞集』の同類話について詳細に考証している(14)。石黒吉次郎氏は、『教訓抄』中の説話から芸能観を読み取り(15)、宮崎和廣氏は、『教訓抄』の典拠や引用文献について論じている(16)。中原は、『教訓抄』の一異本かとされる内閣文庫蔵『舞楽雑録』と『教訓抄』との関係を述べ、[17]近真筆と推定される舞楽譜『陵王荒序』と『教訓抄』との関連を指摘している。[18]

ついで、『続教訓抄』については、稲垣泰一氏が『続教訓抄』所収説話と中世説話集の関係について考証し、[19]今野達氏は、『続教訓抄』と『童子教』『宝物集』の連関について述べ、[20]内田澪子氏は『続教訓抄』所収の説話に説話生成の過程をみる。[21]さらには朗詠注との関わりについて論じた黒田彰氏、[22]『続教訓抄』に講式と共通の文辞が見られることを指摘した菅野扶美氏の論考があり、[23]太田次男氏は本書と『五常内義抄』との類似性を述べている。[24]牧野和夫氏は、『続教訓抄』に釈信救撰の『白氏文集』「新楽府」の注釈書『白氏新楽府略意』及び南都の成唯識論の論抄『鏡水抄』が引かれることを指摘し、本書が南都という学問の場と深く関わっていたことを論じる。[25]

また、磯氏前掲二著には、ここにあげたもののほかにも両楽書に関しての論考が収められている。

さて、三書のうち十三巻二十冊にも及ぶ中世最大の楽書である『體源鈔』には、楽道のみにとどまらず、和歌や仏道・兵法・入木道・香道など種々の分野にわたる記述が見え、『源氏物語』をはじめとした古典作品や日蓮の遺文なども引用されている。本書は、「室町文化の縮図」とも評されるように、[26]当該期の文化を考える上で重要なものといえる。編者豊原統秋は、天皇や将軍の笙の師範であり、[27]三条西実隆より和歌を学び、姉小路基綱・山科言国・綾小路有俊といった貴族、[28]連歌師宗長などとの交友があったことが知られる。[29]彼は歌集『松下抄』を編み、『體源鈔』の各巻末に「南無妙法蓮華経」と記す熱心な日蓮宗の信者であった。これらのことからすれば、『體源鈔』に豊富な引書がみられることも理解されよう。

本書に関しては、「体源鈔は楽道のみでなく、仏道・歌道をも包摂するものとして述作された」と看破した伊藤敬氏、[30]また曼殊院所蔵佚名楽書と『體源鈔』の関係を指摘した青木千代子氏、[31]『體源鈔』所引の『十訓抄』本文の価値について述べた福島尚氏の論考がある。[32]そのほか、統秋自身が作成した目録の書き入れから『體源鈔』の増補を指摘し[33]、引用書の一つ『至要抄』について述べ[34]、また統秋撰の楽書『舞曲之口伝』と『教訓抄』『體源鈔』の関係について考察した中原の論[35]もあるが、『體源鈔』それ自体に関する研究は、進んでいるとは言い難い。

そこで、本稿では、その重要性に比して研究の遅れている感のある『體源鈔』を取り上げることとする。楽書を通して、その背後に広がる世界を考えようとするとき、『體源鈔』は格好の素材たり得るからである。しかしながら、本書は大部なものであるうえ、随所に重複記事が存し、また、後に増補された記事も混在するなど、全容をとらえることは容易ではない。さらには、『體源鈔』の価値を高めている多様な引用文献の存在が、かえって『體源鈔』の全体像を見えにくくしている一面があることも否めない。『體源鈔』について考究しようとするならば、まずはその構造をときほぐし、全体像を把握することが必要であろう。本稿は、『體源鈔』研究の一段階として、その構成について考察するものである。

二　『體源鈔』の構成

『體源鈔』の構成を考えるにあたり、まず考えねばならないのは、増補記事の存在である。こうした記事を除くことにより、『體源鈔』成立時の姿を推定することができるからである。『體源鈔』の増補に関しては、拙稿に述べたので[36]、詳細はそちらに譲り、ここでは簡単に述べるにとどめておく。

跋文によれば、『體源鈔』は、永正九年（一五一二）六月に成立したという。ところが、本文中には跋文以後、永正十三年十月に至るまでの年記をもった記事が存在する。これらは、いったん『體源鈔』が成立した後に書き加えられたものと思われる。

また、『體源鈔』には、「永正九年七月四日　豊原朝臣統秋[37]」との奥書をもつ、『體源鈔』成立の約半月後に統秋自身によって作られたと推される目録が存する。『日本古典全集』本の底本となった東北大学附属図書館狩野文庫蔵本のように目録をもたない伝本もあり、また伝本によりその形態も様々である。古態を残すと思われる京都大学附属図書館菊亭家旧蔵本の目録には、行間に朱筆で書き入れられた項目が存在し、それらのうちには跋文以降の年記をもつ記事と一致するものがある。

すると、こうした書入項目は、『體源鈔』成立後に本文中に追記したものを目録に書き加えたものと推察される。したがって、目録に書き入れられた項目は、増補された可能性が高いと考えられる。巻ごとの書入項目の数は、巻三末に三条、巻五・巻八本・巻十上に各一条、巻十下に四条、巻十一本に八条、巻十一末に二条、巻十二本に五条、巻十二末に二条の計二十九条であり、これらのほとんどが増補されたものと推測される。ほかにも増補記事の存する可能性はあるが、ひとまずこれらの項目と跋文以降の年記をもった記事、また各巻末の統秋自署より後に記されたものを増補と認定し、本稿末尾に付した構成表では四角で囲んで示した。なお、書入項目が偏在していることに留意されるが、これは、後述するように、『體源鈔』の構成と関連していると思われる。

さて、以上により、例えば『入木抄』（巻十一本）や統秋の随想である「虫之記」（巻三末）などは増補されたものと推測される。こうした増補記事を除くと、跋文が記された時点での『體源鈔』の姿を知ることができる。

構成表によると、例えば、「方磬」の記事が巻四と巻六に存し、巻十一末にこれに関する記事が増補されているなど、諸所で重複記事が見られることから、巻の構成を把握しがたい面もあるが、増補と認定した記事を除いた各巻の内容を概観しておこう。

巻一は、序に続き、豊原氏の家業である笙について述べ、続いて調子や五音など音楽の総論的な記述があり、その後平調など各楽曲が属する調ごとにその由来や奏法などを記し、以降、巻三末までが楽曲に関するものとなっている。巻四は大部分が笙についての叙述であり、末尾近くで「打物ノ下ニ雖載之、大概ナレハ重而書之」として方磬の記事が載せられる。巻五では笛・篳篥・尺八などの吹物、巻六では打物、巻七には打物のうち、太鼓と鉦鼓が記され、巻八本では琵琶や箏などの弾き物と、日本に伝わらなかった「無用楽器」[38]について述べられ、巻八末の一巻もこの「無用楽器」についての記述で占められている。巻九は舞楽に関するもの、巻十上は御遊や神楽の事が記され、『神楽註秘抄』が引用される。巻十中には、巻十上から引き続いて『神楽註秘抄』の引用がなされ、続いて神楽に関する事柄が記された後、催馬楽について述べ、『催馬楽註秘抄』を引いて、巻を終える。巻十下は風俗、今様などをはじめとした謡い物に関する種々の記事や音楽一般に関する記述からなる。

巻十一本には、御遊の作法や天皇と将軍の笙始・秘曲伝授・御遊での所作の記録、また石清水八幡宮の神事次第、「楽道古語諸記」として音楽にまつわる種々の事柄が載せられている。巻十一末にも様々な事柄が記されるが、音楽に関していえば、「音律事」「参音声楽」などの記事があり、そのほか仏道に関わる記述がなされ、「天竺唐土国名数人之名已下事」として、天竺・唐土での楽曲や楽器の作者を中心とした人々の略伝や逸話がある。巻十二本では、楽曲に関する口伝が多く記される。加えて、「舞装束之事」など舞楽関係の記事や、統秋の四代前の祖先にあたる英秋の灌頂に至るまでの記録である「英秋当道相伝事」、英秋の父成秋が笙の奏法について勅問に答えたという「康安元年五月十一日、被召成秋条々…」に始まる記事、豊原氏の太鼓の所作を中心に記録した「代々大鼓所作」といった豊原氏関係の記事、永正八年十二月三日の御遊や「明徳五年常楽会日記」という記録が載せられる。巻十二末では、巻十一末にも同様のものが記されていた、中国の人物に関しての略伝や逸話にはじまり、楽曲に関する口伝が述べられるほか、楽曲の簡単な解説を付した「楽之略頌」がある。

なお、巻十一・十二には、引用文献が多いという特徴がある。他の巻にも引かれるものとしては、日蓮の遺文、『源氏物語』『十訓抄』、鎌倉時代後期成立の楽書『愚聞記』があるが、いずれもこの箇所に集中して引用されている。ことに『十訓抄』は『體源鈔』中に引かれる八十一話のうち、六十話までが巻十一・十二に存する。[39]日蓮の遺文も、『體源鈔』中に引用される九篇のうち、巻十一末に三篇（『妙法曼陀羅供養御書』『本尊供養御書』『四条金吾釈迦仏供養事』)、巻十二末に二篇(『松野殿後家尼御前御返事』『立正安国論』)の合わせて五篇が見られる。

古典関係のものでは、巻十二本に『六百番歌合』『弁内侍日記』『歌林良材集』、巻十二末に『井蛙抄』が引用されている。そのほかには、巻十二本にいわゆる聖徳太子未来記である「聖徳太子瑪瑙記」、兵法書『義貞軍記』、藤原孝道撰の楽書『木師抄』、巻十二末に教訓書『至要抄』[40]、円頓止観を述べた「円頓者」、梁の宝誌和尚作とされる「野馬台詩」、『本朝書籍目録』などが引かれる。実は、『體源鈔』を特徴づける多種多様な引用文献は、このあたりに集中しているのである。ことに、巻十二では、音楽関係の記事やその他の記事とこうした引用文献とが、入り交じって記されている。

最終巻である巻十三には、楽家の系図と笙の相承血脈、笙の秘曲である「羅陵王荒序」の所作記録、笛の秘曲である「師子」の演奏記録[41]、跋文が記されている。

これをまとめると、巻一~三が音楽全般に関わる総説、巻四~八が楽器に関する叙述、巻九が舞楽、巻十が神楽・催馬楽などの謡い物となっており、音楽の基本的な知識に関しては、巻十下までにほとんど記されているといえ、巻十までで、一応のまとまりをもったものとなっていることがわかる。それに対して巻十一・十二は、種々の内容を含み、それ以前の巻ほど性格を明確にしがたく、雑纂とでもよぶべき性質をもっている。巻十三は、豊原氏の正統性を示す系図や血脈、記録などが載せられ、最終巻にふさわしい内容となっている。

ところで、巻十二には、巻序に混乱がみられる。巻十一末は、「天竺唐土国名数人々名已下事」で終わっているが、それに続く記述は次の巻十二本ではなく、巻十二末に存する。また、巻十二本には「万秋楽相伝」の第三~第五があるが、その前半にあたる第一・第二は、巻十二末に存在するのである。これは、巻十二で本末の順序が入れ替わっていると考えると納得がいく。つまり、現在の「巻十二本」は、本来は「巻十二末」とあるべきで、「巻十二末」は「巻十二本」とあるべきなのである。本末の巻序を取り違えた結果、このような形になったものと思われるが、跋文直後に統秋自身が作成した目録においても巻十二の本末はすでに現在のような形になっており、管見の限りでは、巻十二の本末が逆になっている伝本は見出していない。すると、『體源鈔』成立の当初からこうした錯誤は存在し、それは、おそらくは統秋自身によるものと推測される。統秋が巻の本末を逆にしたのは、意図的なものだったのか、それとも単なる誤りだったのかは明らかではないが、現在のところ、こうした誤りが生じた理由については判然としない。

この推定にしたがって、巻十二の記述を本来の形にもどし、巻全体の流れをごく簡単になぞってみると、以下のようになる。巻十二は、巻十一末から続く上巻（現在の巻十二末）での中国の人物に関する叙述にはじまり、「蘇合香相伝」第一～第五、「万秋楽相伝」第一・第二が記され、その第三からが下巻（現在の巻十二本）となる。下巻では、「万秋楽相伝」の第三～第五、その他の口伝などが述べられて、末尾で統秋の口伝が記され、その後に「永正第九暦二月廿一日」という日付[42]をもつ統秋の述懐が付され、巻全体の叙述が終わる。

さて、各巻の内容は、一応右のように解することができるが、『體源鈔』を通覧すると、例えば巻一から巻三末にいたる楽曲についての記述が中心の部分に、『源氏物語』や『古今著聞集』の本文が引かれ、あるいは連歌や統秋自身の和歌などが記されている。また、随所で長文の統秋の感想や述懐が述べられており、全体として雑駁な印象を受ける。『體源鈔』内部の構成を考える際には、こうした記事のあり方が問題となろう。

次に、「蘇合香」（巻二本）という楽曲に関しての記事を掲げ、その点について検討しておきたい。ここでは、楽曲の来歴や奏法、故実、口伝などを記した①に続いて、②から⑨のような記述が続く。

①……大納言従二位兼中宮権大夫源時中横笛譜之裏書云、寛和二年十月十三日、大上天皇大井河ノ辺ニ御遊覧アリケルニ、古唐妙音楽ノ急ヲ奏ケル。様々数返ニヲヨツテ、殊楽水音ニ応テ面白カリケレハ、摂政守ニ倫言ノ趣、時中朝臣ニ被仰付ケルニ、紅葉ヲヽリテ挿ニサシテ、船軸ニ立出テ、飜廻雪之襟、撋燕姫周郎曲舞姿、好

茂躬高トイフトモ時中ノ一曲ニハスキシ。仍仰勧賞、八座烈シ畢。昔ハ上臈ノ中ニモ如此目出人ノ御ケルナリ。[43]
（以下略）

②此四帖ノ只拍子ニ疫病消除ノ説ト云事在之。何ノ所ヲサシテ謂ニヤ、口伝在之哉。唯一反ヲ吹ハヲノツカラ其所ニアタルヘシト云。

③或云、白梅《私詞》ヲ旅ノ門出軍陣ナントニ用。又消諸毒ト云、一核ノ内ニ所アリト云。コレヲ知スハアルヘカラスト思。所詮一ヲ丸ナカラ食ハ、クイアタルヘシト云。同ハ所ヲキ、度ト云、尤也。此疫病消除ノ句ノ事、可似之。不知者一返可吹。当家ニハ伝之。荒序已後ノ口伝也。

④御堂関白、大井川ニ逍遙シ給時、作文管絃和歌船アリ。公任卿ハ和歌ノ船ニ被乗侍るトナン。遅参アリケレハ、「イツレノ舟ヲヨスヘキ」、ト尋侍ニ、「イツレノ舟成トモ」、トアリ。詩歌管絃ノ達者也。後代ニハアリカタシ。殊勝ナリ。而ニ和歌ノ舟ヲヨセ侍ニ、被乗侍テノ歌ニ、

　朝またき嵐の山のさむけれはもみちのにしききぬ人そなき

拾遺の秋部に入侍。勝事也。

⑤此心を、

　　思ひを三の河やわたらんと云句に
　　おそくくる大井のさとの舟あそひ

専順句也。かやうの事まてしられ侍事と思ひ侍る、載之。楽道の者も、このやうに万にわたりて物を覚て、上より御不審事、何事をも能々申上度子細也。

⑥又黄河一清トいふことを匡房よまれし歌、

　大井河千代に一たひすむ水のけふのみゆきにあひにける哉

⑦先年、名所の百首を五十番にわけて御判を三條前内府《于時侍従大納言》家へ申入侍に、勝字被付之。

よしのかは千代に一たひすむはあれと濁時なき御代を知哉

⑧一、蘇合トマリ盤渉タルヘキニ、壹越ニテ留事、不審ノ由各尋給ニ……

（以下略、「蘇合香」に関する口伝が他に五条あり）

⑨一、鴨長明作ニ無明抄と云一札あり。是まことに歌道に妙なる故実ともを書載たるものと覚侍るにとりて、

……爰に此抄にきとくなる事をしるし侍る。

抑楽の中に蘇合といふ曲あり。

（以下略、『無名抄』「蘇合姿事」の引用）

各部分の内容についてみておくと、まず、①では楽曲に関する説明がなされており、該当部分を掲出したように、大井河行幸の際の「蘇合香」演奏の故事が記されている。②には、「蘇合香」中の「疫病消除ノ説」が曲のどの部分に存在するかについての疑問、③は、これと類したものとして白梅の「消諸毒」のことを持ち出し、またこの説が、豊原氏では「荒序已後ノ口伝」つまり灌頂とされる「羅陵王荒序」伝授後の口伝であることを記す。

④から⑦の記事は、一見「蘇合香」とは無関係な記事のように思われる。しかしながら、これらは前の記事との関連で付されている。まず、④は、『大鏡』など諸書に見えて著名な藤原公任の三舟の才の説話で、①の大井河行幸からの連想によって記されたものであり、⑤はその公任三舟の才を付合にした連歌、⑥は大井河行幸を詠み込んだ和歌で、⑦は⑥の和歌中の語句「千代に一たひすむ」との一致によって導き出された統秋自身の和歌である。⑧には、「蘇合香」に関する口伝が載せられ、⑨には、『無名抄』「蘇合姿事」が引用される。このように、単に記事を羅列したのみに思われるものも、実は、その近辺の記事との関連で記されているのである。

また、楽道には直接関わらない記事を引用する場合には、ある種の言葉——キーワード——による記事の意味づけがなされている。まず、仏道に関しては、傍線を付したように、

無用ことに人はおもはれ侍らんなれとも、以事次経文に被載所を書付侍、普賢菩薩勧発品に……（巻二末）

「無用」であり「事次」とことわったうえで、『法華経』普賢品の語句が引かれている。また、『源氏物語』を引用する際には、

正月中旬なれとも、はや永日の心ありてくらしかたきに、雨さへふりて閑窓の幽居冷然のあまりに、座右にある源氏物語を取てみるに、いまめかしくうちおとろかれぬる程に面白侍は、筆のつゐへをもわすれて載之、比興々々。（巻十上）

とあって、『源氏物語』を記すことが「筆のつゐへ」とされる。「長恨歌」を引くにあたっては、

然者、貴妃ノ作ニツイテ其ノ身体別ニ不及注。道ノ外事ナレトモ、専世ニ人翫モノナレハ、常可見哉。仍書之。猶儒者ニ問尋テ可知之。（巻三本）

と、これを「道ノ外事」としている。これに類した表現としては、「無用の紙のつへ（潰）」（巻十上）「筆のすさみ」（巻九）「無用の筆のすさみ」（巻三本）などが見られる。このように、直接音楽に関わらないものを引用する際には、「無用」「筆のつゐへ」などの言葉を用いることで、それらの記事を楽道の周縁に位置づけているといえよう。こうしたことからは、あくまでも楽道を中心に体系づけようとの統秩の意識をうかがうことができる。

そのほか、楽道に直接関わらない記事の中には、前後の記事との関連もなく、キーワードも持たない記事も多数存在するが、それらの中にはあるまとまりの後や巻の末尾に記されるものがある。例えば、巻二本の「和風楽」の次には、『十訓抄』十―19話と十―40話の後半部が載せられているのであるが、二話ともに「和風楽」との関連は見出せず、「無用」などの言葉も見えない。その位置を確認すると、この二話は、「双調」というまとまりの末尾に位置していることがわかる。

また、巻一末尾には、以下のように種々の記述が見られる。

①一、随テレ風ニ強《シイテ》学ニ楊花ノ舞一ヲ　便《スナハチ》向ニ檐《エン》間ニ一作ル雨声ト

一、春水船如シニ天上座スル一カ　老季《ネン》花ハ似タリニ霧中看一ニ　杜甫

②一、いつれの比の事にか……　（以下略、『古今著聞集』二四三話）[44]

③一、博雅卿は上古にすくれたる管絃者也けり。　（以下略、『古今著聞集』二四四話）

④一、やよひのつこもりなれは……　（以下略、『源氏物語』若紫の一部）

⑤一、絃管変テ成リ山鳥哢《ロウ》一ト　綺羅留テ作スニ野花開一ヲ　同

⑥一、あけゆく空はいとたかうかすみて……　（『三体詩』か）

（以下略、『源氏物語』「若紫」の一部）

⑦一、雪後園林纔半樹　水辺籬落忽横枝　林和清

疎影横斜水清浅　暗香浮動月黄昏　同

⑧恋といふ事は、むかしもいまもわりなきみちなれは……　（以下略、統秋の随想）

⑨中御門の内大臣宗能公息宗家大納言とて、神楽催馬楽うたひて……　（以下略、『十訓抄』十―49話）

⑩又徳大寺のきみのおとゝ、うちまかせてはいひいてかたかりける女房のもとへ……　（以下略、『十訓抄』十―50話）[45]

⑪惣而楽道の家にうまれて、朝夕の振舞をよく心にかけて、心体いやしからす詞つき以下をたしなむへし。　（以下略、統秋の言葉）

これらは、「地久急」という曲の解説の後に記されているが、①に「此事ハ右舞地久ノ所ニ書之間、此所ニハ不可書之」との注記がなされ、②の説話中で「地久」の破・急が舞われている以外は、前の記事との関連は薄く、キーワードによって意味づけられているわけでもない。

また、巻三末や巻十下の末尾にも意味づけのしがたい記事が載せられているが、巻三末は巻一から続く楽曲解説

という大きなまとまりの末尾であり、巻十下は、楽道に関わる基礎知識全体の末尾にあたる。さらにいえば、巻三末・巻十下には増補記事も多いが、これも巻三末・巻十下があるまとまりの末尾に位置するため、そこに記事が加えられやすかったのだと推察される。

このように、楽道以外の記事をあるまとまりや巻末に記し、枠組のもっとも外側に配置することで、楽道を中心とする世界の構築が目指されていると考えられる。

以上、述べきたったように、『體源鈔』に記される楽道以外の記事は、何らかの方法で『體源鈔』の楽道を中心とした枠組の中に組み込まれているということができよう。ただし、こうした傾向は、先に音楽に関して基本的な知識を記したとした巻十までで確認できるものの、巻十一・十二では、構成表で「＊」を付したように、前後の記事との脈絡を見出せず、巻末などにあるわけでもなく、意味づけもなされない記事が多く見られるようになる。

そこで、巻十一・十二で、先に楽道に直接関わらない記事を『體源鈔』中に意味づける機能をもつとした「無用」についてみると、「孝道口伝、他家事ニテ無用ナレトモ載之」（巻十二本）のように、琵琶について記した藤原孝道著の楽書『木師抄』を引く際に、「他家」つまり琵琶の家のものであるので「無用」とする例を見出すものの、ほとんどの記事にはこうした語句は用いられていない。この箇所に楽道以外の記事がないわけではなく、前述のように、『體源鈔』を特徴づける多岐にわたる引用文献は、ここに集中しているのである。巻十までと同様の方針で記述がなされているのであれば、ここには「無用」や「筆のつゐへ」などの言葉が頻出するはずであるが、実際はそうではない。巻十一・十二にあっては、そうした意識に変化が見えるのである。

その変化は、「本意」[46]という言葉の用法からうかがわれるようである。そこで、「本意」という言葉に留意して、統秋が執心した歌道・仏道に関する叙述をみてみよう。まず、巻十以前では、歌道について、

惣而楽道の家にうまれて、朝夕の振舞をよく心にかけて、心体いやしからす詞つき以下をたしなむへし。非道

なれとも道のかたはらには時々心にかけてまなふへき事は詩歌也。三の遊これなり。先祖も歌道をはこれをゆるす。（巻一）

と、歌道は、時々心にかけて学ぶべき事であり、先祖も歌道を学ぶことを許した、とある。また、

如此の事にも歌道の事は諸道に可通事也。先祖もゆるしたる道なれは、我道のかたはらには又よみならふへき事也。されはといひて、いさゝかも我道をさしをくへきにはあらす。能々覚悟あるへし。（巻九）

として、許された道であるからといっても、「我道」つまり楽道をおろそかにしてはならない、とし、歌道よりも楽道を優先すべき事を主張している。

ところが、巻十二本では、

殊更此帖のはしに注したる事とも、一大事の説ともなり。外見あるましきことゝとも也。そのつゝきに、ゆへなきよの道、又は歌道の事なと交書入侍、詮なきににたれとも、始より此抄物の本意なるへし。

と、歌道を含めた「ゆへなきよの道」のことを書き交えることは、はじめよりこの抄物の「本意」であった、とするのである。

仏道についても、次の傍線部のように、巻十一以降で、「第一の本意」「抄物の本意」としている。

①此抄物之内に後世をねかはんことを第一の本意と思たちて、其たより先道を又第一と思故に、始終家の口伝相承撰たてゝ載之。（巻十一末）

②中にも仏法のありかたきことを所々に教訓をいたす、これ末世の機をすゝめ、善因をむすはしめむ為なり。もし楽道に心さしあさからぬ仁ありて、少々披見をゆるされは、をのつから法文の所を拝見有へし。然者善知識にあへるにひとしからむ。しかしなから此抄物の本意只この事をふくむなり。可貴可憐而已。（巻十三・跋）

特に、①で、後世を願うことは、『體源鈔』の「第一の本意」であり、同時に道（楽道）のこともまた「第一」

であるとして、仏道と楽道とが同等の価値を与えられていることが注目される。

ところが、仏道に関しては、巻十下の終わり近くから意識の変化がうかがえる。

③此抄物ニ、仏法所々ニ書入事ハ予本意也。

④所詮此抄物の中に、所々に当世相応の法華経修本一衆の心、日蓮大菩薩ひろめ給一すちのかたはしとも書入侍
　事、尤専一ナリ、本意也。

右に掲げたように、すでに巻十下において、仏法について述べ、日蓮の遺文を収載することを「本意」としている。巻十下は、それまでの音楽知識の叙述が一段落する箇所で、④は、その末尾にある「音事」の記述の直後に位置している。そこで仏道への意識が前面に押し出されているのである。[47] ただし、巻末の『法華玄義』序には、「道ノ外ナル事ナレトモ、此旨ヲ後人ニシラセン為ニ且者撰之ト思ヘシ」とあって、仏教的叙述を「道ノ外」とする認識も同時に有しており、仏道を「本意」とするものへと完全に移行しているわけではないようである。その点で、巻十下は、これ以前での仏道を「無用」とする意識と以降の巻でのものとの両方の性格を有しているといえる。引用書をみても、巻十下には『十訓抄』がまとめて十一話も引かれ、日蓮の遺文も見えるなど、巻十一・十二と同様の傾向がうかがえる。

ところで、先に、巻十一以降の仏道に対する意識をあらわすものとして、①で巻十一末を取り上げたが、実は、巻十一本の末尾にある統秋の述懐に、これと矛盾するかに思われる表現が見られる。以下に該当箇所を掲げて検討しておく。

ア此抄物思ひたち侍る愚意は、道の事は中々不及申事也。且者末代子孫二世をむなしくせむする事、あさましくかなしきまゝに、つきもなき所々にかたくなる事可書付事をもはゝからす、思ひいつるにしたかひて載之。……イ諸事はしかしなから法華経の有かたき事、当時可信事の子細をかたのことくしらしめむか為に思ひたつ

つゐてと思ふへし。道の故実、千か一にも上さまより御不審の時、しるしてまいらすへきたつきもなくは、このまゝ辱存といへとも、進上之者、道のつゐてに法理の有かたき事をもあはれおほしめし分て、南無妙法蓮華経とかきまいらせたる所を御覧する事もや、との願をおこして抄出之（以下略）。

問題になるのは傍線部で、「法理」すなわち仏法の真理を「道のつゐて」とする、巻十以前の態度と同様かと思えるものが存することである。しかしながら、二重傍線部アで、『體源鈔』著述のきっかけは、「道の事」は言うに及ばず、子孫の「二世」のためであると述べ、イでは、「諸事」は『法華経』のありがたさを知らせるための「つゐて」としている。ここには、仏道を楽道より低い位置にとどめおくのではなく、むしろ、イで表出されるような、『法華経』に代表される仏法をすべてに優越させるという、巻十一以降での意識があらわれている。

では、これと矛盾するかに思える傍線部は、どう理解すべきであろうか。この箇所は、貴人から楽道の故実に関して不審を尋ねられた際、それを明らかにするために『體源鈔』を進覧に供し、その「つゐて」に「法理の有かたき事」を認識してもらい、そこに記された題目をもご覧に入れる、といった状況を記したものと思われる。これは、楽の故実をめぐっての貴人との応対の中で、実際に行われるであろうことを具体的に叙述したもので、②の波線部と類似した状況であると考えられよう。②で「本意」という語句が用いられていることを考慮すると、傍線部は、「つゐて」とはいいながら、必ずしも、楽道よりも仏道に低い評価を下したものではないと推察される。そう考えれば、結局、巻十一本においても、巻十一末以降と同様、仏道重視の態度が示されているといえる。

さて、以上により、巻十一以降では、楽道以外の歌道・仏道をも重視する姿勢があることが明らかになった。巻十以前でも、「無用」や「筆のすさみ」などとしながら、歌道や仏道に関する事柄は記されていた。実際は、楽道に関わらないものであっても『體源鈔』に載せる必要を感じているからこそ、和歌や仏道に関する記事を記していたものと判断される。ことに仏道に関しては、いそき仏法修行に心を取かへして、このふみの在々所々にすゝめ侍る踊出の菩薩の御門弟につらなり、日蓮大士を師と仰たてまつりて、朝暮に南無妙法蓮華経と唱たてまつりて、過去せし六親父母に回向し、自身も次生に仏になり侍らんそ思ひ出なるへし。（巻九）

などと、多く「私云」ではじまる統秋自身の述懐の中で、日蓮及び法華経への帰依を説いており、これが『體源鈔』著述の主題の一つであったことをうかがわせる。ただ、巻十以前では、「無用」や「筆のつゐへ」などのキーワードを用いることによって、表面上はあくまでも楽道を主とし、楽道に関わらないものはそれよりも低い位置にとどめようとしていたのである。それに対して、巻十一・十二においては――仏道に関しては巻十下の末尾から――、仏道及び歌道を含めた「ゆへなき道々」を「本意」として楽道との優劣をつけず、同等の価値を与え、それらを積極的に取り込もうとする意識がうかがえる。(48)

ともあれ、こうして、楽道を中心とする枠組の末尾に位置する巻十下の終わりから楽道外のものを「本意」とする認識が見え始め、その付近から種々の文献が引用されることになった。巻十一・十二では、楽道を中心とする枠組に縛られず、楽道・仏道・歌道その他の道々について語ることを「本意」とすることで、あらゆるものを受け容れることが可能になったといえる。その結果、巻十一・十二では、現在見られるようなある種雑多な世界が形成されることになったのである。

三　巻十一・十二の性格

では、このようにそれ以前とは性格の異なる巻十一・十二は、いったいどのような巻であるのだろうか。

巻十一本は増補記事の多さが特徴であるが、この巻にはそれ以前の巻と関連する記事が多数あることに気付かされる。例えば、「舞番」は「前撰ト相替之間記之」(49)と注されるが、「前撰」とあるように、巻九にこれと同様の内容を記した『教訓抄』よりの引用である「舞番様」がある。巻十一本では、三十二の楽曲について、舞楽演奏の際に行われる左右の舞の組み合わせである舞の番《つがい》が記されるが、これを巻九のものと比較すると、二曲で組み合わせが異なり、八曲については、巻九で「無答舞」つまりペアとなるべき曲がないとされているなどの相違がある。

同様に、「御遊作法」にも「前ニ載大略同、替所侍アヒタ重テ書之」との注記が存する。これは、巻十上で二箇所に記される「御遊儀」と関連し、全く同じではないものの、類似した内容であることがみてとれる。

また、石清水八幡宮の神事関係の記事である「宮寺恒例神事」「八幡宮放生会式」に関しては、巻三末に「八幡宮正月神事」がある。巻三末のものは、正月のみの神事であるのに対し、巻十一本ではより広い範囲にわたる年間を通じての神事、及び放生会というより限定した儀式について記している。

ほかには、統秋の祖先にあたる人物が、天皇や将軍の師となって笙始や秘曲伝授を行った記録である「禁裏御笙始代々御例」「将軍家御笙沙汰記」がある。これは、巻三本に「当家面目」として掲出される「羅陵王荒序」の伝授奥書と関わって、家の名誉になるものとして記されたものといえる。

以上のことからすると、巻十一本は、「楽道古語諸記」を除けば、以前の巻と重なりつつも若干異なる内容のものや、それを補足するものなどから成り立っており、それらの補完的あるいは拾遺的な意味合いをもつ巻と位置づけられよう。ここに増補記事が多いのも、この巻の拾遺的性格によるものと考えられる。

巻十一本ほど顕著ではないものの、こうした傾向は、以降の巻にも見られる。巻十一末では、「参音声楽」に「此事第一楽ト云部ニ書之、雖然一部之記抜書。仍書之」とあって、巻一「参音声楽」の内容とほぼ重なるものが記される。

一方で、天竺・唐土の人物に関する叙述は、

惣テ楽道之外ナル事モ、此道之者ニ生レ来テハ、不知之者アルヘカラス。……便ニシタカイテ道習時分ノサマ

タケニナラスハ、モロコシノ文ヲモウカヽイ見テ、儒家ニ近テ物ヲ習ヘシ。

との注記をともなって載せられている。これは、以前の巻の枠組には収まりきらなかったものを、「楽道之外」ではあっても、楽道を学ぶ上で必要なものとして取り込んだものと思われる。

巻十二に目を転じると、巻十二本には、巻五の『五重十操記』の引用中で「音楽七体」として記される叙述と類似した内容をもつ「七体三差口耎笛之所ニ有之。少々相違之間又載之」がある。また、巻十二末には、巻一～巻三末でなされる各調ごとの楽曲解説をより簡略にした「楽之略頌」が存する。その末尾に「常ニ此段ヲ見テ注残タル処ヲ見ント思テ、本所コトニ載旨ヲ披見シテ」とあることから、これは「本所」すなわち巻一～巻三末の楽曲解説と合わせ参照されることを意識して書かれたものといえる。

このように、巻十一・十二では、以前の巻と関連する内容のものやそれまでの枠組には当てはまらなかったものが記され、これらの巻では、巻十までの拾遺なり補遺がなされているといえる。特に巻十一本は巻全体がそうした傾向をもっている。

ここで注目したいのは、巻十二である。巻十二は、跋文での「次第のみたれかはしきをもいとはす、思ひいつるにしたかひ、見いたすにまかせて載之」という文辞が決して謙辞でないことをうかがわせる、音楽関係の記事とその他のものとが入り交じって記された、『體源鈔』中でももっとも雑多な内容をもった巻である。だが、ここには、単なる雑纂や補遺とするには見過ごせない内容が含まれているのである。

音楽関係記事について見ると、巻十二には、「蘇合香相伝」「万秋楽相伝」を始めとした秘伝に関する叙述が多く、「最秘事」「秘中秘」「秘中ノ深秘」などの表現も散見し、この巻では秘事を記すことに重点がおかれていると考えられる。「蘇合香」については「蘇合香相伝」第一～第五、「蘇合香秘説日記」「又秘説日記」「蘇合香事」「蘇合香説日記口伝」「蘇合説日記伝」が収載されており、「万秋楽」についても多くの口伝が見られる。これらには、内容の重なるものや、次にふれる「疫病消除ノ説」のように異説を記すものなどがあり、統秋が目にした秘説を網羅した感がある。

ここでの秘伝と他巻での秘伝の内容を、もっとも多くの説が記されている「蘇合香」についてみてみると、前節で引用した巻二本「蘇合香」②③では、「疫病消除ノ説」に関して、これが「蘇合香」のどの箇所に存するかということと、「荒序已後ノ口伝」であることが述べられるのみであった。それに対し、巻十二本では、巻二本ではふれられていなかった「疫病消除ノ説」の由来が、「蘇合香相伝第三」及び「蘇合香説日記口伝」において、安倍晴明に関わって語られている。ちなみに、前者では住吉明神、後者では熱田明神の霊験が記される。

また、多くの異名が存する「万秋楽」については、巻二末「万秋楽」では「当家ニハ廿五異名在之」としてその存在が指摘されるのみであった「廿五異名」が、巻十二末では「廿五万秋楽次第　極テ他人不可見也」として、具体的に記されている。さらに、巻十二末「蘇合万秋楽譜渡ノ様」以下には、秘曲である「蘇合香」「万秋楽」に加え、「春鶯囀」「桃李花」などの各曲を伝授する際の作法が説かれている。巻十二本の巻末には「予記之」として統秋自身による笙に関しての具体的な口伝が述べられている。

こうしたことからすれば、巻十二では、以前の巻ではふれられていなかった事柄に言及し、家に伝わる説を具体的に記すなど、ことに秘説に関しての拾遺が図られているといえる。加えて、楽曲の伝授作法や統秋自らの口伝も収められている。前節でも引いたが、巻十二本の巻末に、

殊更此帖のはしに注したる事とも、一大事の説ともなり。外見あるましきこととも也。そのつゝきに、ゆへなきよの道又は歌道の事なと交書入侍、詮なきににたれとも、始より此抄物の本意なるへし。

とあるように、ここに記されるのは、「一大事の説」すなわち重要な口伝・秘伝であったという。すると、もっとも雑多な内容をもつ巻に、「一大事の説」が含まれていることになる。そして、そうした大事な口伝とともに、歌

道を含めた「ゆへなきよの道」を記すことは『體源鈔』の「本意」であったというのである。つまり、種々雑多な事柄と秘伝とが混在する巻十二は、『體源鈔』における「本意」を体現した巻ともいえるのである。

　では、最終巻である巻十三は、どうであろうか。

跋文には、先にあげたように、巻十一・十二同様、仏道に関して「本意」という言葉が用いられている。このことから、楽道以外のものに対する意識は、巻十一・十二と通じているといえるが、明確な構成の方針のうかがえない巻十一・十二とは異なり、巻十三は、系図と跋とからなる整然とした構成をとっている。ここには、統秋の家である豊原氏の正統性を支える系図と笙の相承血脈、及び灌頂とされる「羅陵王荒序」の所作記録が載せられ、統秋にとってはきわめて重要な意味をもつ巻であったと思われる。

　ところで、目録の巻十三の部分には、「此一巻者景範筆也。相承血脈　系図」との注記が存する。これによると、巻十三は、大神景範によって書かれたことになる。景範は、笛を伝えた家である大神氏で、『地下家伝』によれば、景益男、文明九年（一四七七）生、永正十三年叙正五位下、天文十年（一五四一）叙従四位上、天文十一年に六十六才で没している。宝徳二年（一四五〇）生まれの統秋よりは三十才ほど年下であり、「当時堪能者」[52]といわれる人物である。

　景範は、禁裏の月次御楽等でしばしば統秋と同席し、『體源鈔』にも「根元集〈大神景範記也。仍笛之所ニ加書之〉」（巻五）「又一説此記者大神景範家記也」（巻二）「右之一説大神景範家記如此」（巻十中）などと、景範の著作や彼の家に伝えた書物が引かれている。このことからすれば、巻十三も景範の手になった可能性も考えられるが、統秋が自らの家の正統性を示す系図などを他家の景範に任せたとも考えにくい。

　この部分の「系図」に関しては、『體源鈔』執筆中の永正八年（一五一一）十月十八日[53]、統秋が、述懐の長歌・系図及び英秋日記等を携えて実隆のもとを訪れ、これを見せていることが注目される[54]。この系図がいかなるものかは不明だが、統秋の祖先にあたる英秋に関わる「英秋日記」とともに持参しているところからすると、豊原氏の系図であったと考えても差し支えあるまい[55]。目録の「此一巻者」という書きぶりからは、巻十三全体が景範筆であるとの印象を受けるが、少なくとも系図は統秋が所持していた可能性がある。すると、巻全体を景範の執筆とは考えにくく、統秋が楽の家として様々の書物を所持していた景範より書物の借用をしたか、あるいは大神氏系図など巻の一部に景範の手が入っているのではないかと解しておきたい。

ともあれ、巻十三は全体の最終巻として重要な意味をもつ巻であり、跋文に「本意」という語句を用いているものの、巻十一・十二の両巻とは異なり、豊原氏の正統性を主張するという、もともと明確な構想のもとに記された巻であると推定される。

以上、一読すると、雑駁でその全容をとらえがたく思われる『體源鈔』は、楽道を中心とした意識のもとに構成される巻一〜巻十、楽道のみならず、歌道・仏道ほかの道々を記すことを「本意」としてあらゆるものを取り込んだ結果、雑纂的な性格をもつことになった巻十一・十二、家の正統性を示す系図や血脈などを記す巻十三から成っていることが明らかになったと思う。そして、ある種雑多な世界の中で、『體源鈔』を特徴づける多種多様な引用文献が存在し、また家に伝わる重要な秘伝もともに語られていたのである。

注

（1）福島和夫氏「中世における管絃歌舞」（『中世音楽史論叢』和泉書院、平成一三年）「礼楽は斯須も身を去る可からず」（『日本音楽史研究』四、平成一五年）など。

（2）宮内庁書陵部、平成元年〜平成一〇年。

（3）平成七年～平成一五年。
（4）和泉書院、平成一三年。
（5）和泉書院、平成一二年。
（6）和泉書院、平成一五年。
（7）思文閣、昭和五三年。
（8）八木書店、昭和四九年。
（9）日本思想大系『古代中世芸術論』所収。
（10）岩佐美代子氏『校注文机談』（笠間書院、平成元年）。
（11）福島和夫氏「五重十操記　校異並びに伝本考」（『上野学園創立七〇周年記念論文集』、昭和四九年）「新撰横笛譜序文並びに貞保親王　私考」（『東洋音楽研究』三九・四〇、昭和五一年）、李知宣氏「『三五要録』の伝本に関する一考察―巻第三と巻第四（催馬楽）を中心に―」（『人間文化研究年報』二二、平成一一年）、森下要治氏「内閣文庫蔵『胡琴教録』（荻生徂徠校正本、乾坤二冊）について―伝本研究・本文校訂に向けての覚書―」（『国文学攷』一四七、平成七年）「『胡琴教録』真名本の伝来―岩瀬文庫蔵本をめぐって―」（『古代中世国文学』九、平成九年）「岩瀬文庫蔵『胡琴教録』片仮名本について―真名本の伝来・続考」（『文教国文学』三八・三九、平成一〇年）、相馬万里子氏「『文机談』成立攷―伏見宮本を中心に―」（『書陵部紀要』二二、昭和四五年）、齋藤徹也氏「伏見宮本『文机談』成立論」（『東洋大学大学院研究紀要』三六、平成一二年）。寺内直子氏『雅楽のリズム構造―平安時代末における唐楽曲について―』（第一書房、平成八年）は、『三五要録』『仁智要録』『類箏治要』等の伝本について述べている。
（12）「教訓抄の提起する説話文学的諸問題」（『専修国文』一三、昭和四八年）。
（13）「『教訓抄』と往生説話」（『梅光女学院大学』日本文学研究』一一、昭和五〇年）。
（14）「『古今著聞集』管絃歌舞篇の性質―『教訓抄』と『文机談』と―」「『古今著聞集』巻第六、管絃歌舞第七、第二七話をめぐって」（ともに『説話と音楽伝承』所収）。
（15）「『教訓抄』における舞楽説話と芸能観」（『専修国文』五七、平成七年）。

(16)「『教訓抄』の撰述資料に就いて—『楽記』を巡って—」(『大学院研究年報（文学研究科篇）』二〇、平成三年)「教訓抄を通してみた平安朝の舶載楽書に就いて—『酔郷日月』・『律書楽図』を中心にして—」(『和漢比較文学の周辺』汲古書院、平成六年)。

(17)「内閣文庫蔵『舞楽雑録』と『教訓抄』」(『語文』六四、平成七年)。

(18)「宮内庁書陵部蔵『陵王荒序』考—『教訓抄』との関連について—」(『論集　説話と説話集』和泉書院、平成一三年)。

(19)「『続教訓鈔』と中世説話集」(『説話』七、昭和五八年)。

(20)「童子教の成立と注好選集—古教訓から説話集への一パターン—」(『説話文学研究』一五、昭和五五年)。「続教訓鈔と宝物集—宝物集伝流考補遺—」(『馬淵和夫博士退官記念説話文学論集』大修館書店、昭和五六年)。

(21)「『時秋物語』生成過程考—類似説話の検討を通して—」(『国文論叢』二九、平成一二年)。

(22)「長谷雄草紙考—草子と朗詠注—」(『中世説話の文学史的環境』和泉書院、昭和六二年)。

(23)「音楽講式について」(『国語と国文学』六四—八、昭和六二年八月)。

(24)「『五常内義抄』解題」(古典文庫『五常内義抄』下、昭和五四年)。

(25)「中世の学問（注釈）の一隅」「中世における仏典注疏類受容の一形態—『鏡水抄』のこと—」(『中世の説話と学問』和泉書院、平成三年)。

(26)伊井春樹氏執筆「永正8年～永正17年」の項(『編年体古典文学1300年史』(平成九年八月、学燈社)。

(27)統秋が後柏原天皇の師であったことは、伊藤敬氏「『松下抄』解題・翻刻」(『藤女子大学藤女子短期大学『紀要』七、昭和四四年)、及び福島和夫氏「文亀元年四月四日後柏原天皇女房奉書と豊原家の人々」(『東洋音楽研究』四六、昭和五六年)。九代将軍義尚の師であったことは、三島暁子氏「豊原縁秋考—室町中・後期の地下楽人の一断面—」(『武蔵大学人文学会雑誌』二九—一・二、平成九年)、また十一代将軍義植（義尹）の師であったことは、拙稿「豊原統秋撰『舞曲之口伝』考」(『古代中世文学研究論集　二』和泉書院、平成一一年)参照。

(28)これらの人々との交友は、『體源鈔』『再昌草』などに散見する。注27伊藤論文、井上宗雄氏『中世歌壇史の研究　室町前期〔改訂新版〕』(風間書房、昭和五九年)『中世歌壇史の研究　室町後期〔改訂新版〕』(明治書院、昭和六二年）参照。
(29)　『宗長手記』及び注27伊藤氏論文。
(30)　前掲注27伊藤論文。
(31)　「曼殊院所蔵佚名楽書と體源鈔」（『国語国文』五二―九、昭和五八年九月）。
(32)　「『体源抄』所引の『十訓抄』について―受容の様相とその本文研究上の価値―」（『国語国文』五七―九、昭和六三年九月）。
(33)　「『體源鈔』の生成」（『古代中世文学研究論集　三』和泉書院、平成一三年）。
(34)　「楽書と偽書―『體源鈔』所引『至要抄』をめぐって―」（『「偽書」の生成―中世的思考と表現―』森話社、平成一五年）。
(35)　前掲注27論文。
(36)　前掲注33論文。
(37)　目録の引用は、拙稿注33論文掲載の翻刻に拠る。
(38)　「是ヨリ下所載楽器ヲ無用楽器トシテ我朝ヘ不渡、雖然載之」とある。
(39)　『十訓抄』の説話数は、古典文庫によって数えた。
(40)　『至要抄』に関しては、拙稿注34論文参照。
(41)　なお、「師子」の演奏記録である「代々師子日記」は、「当時大方絶侍歟之間、前ニ不載。雖然、為存子細記之」との注記とともに跋文の後に記されており、増補かとも疑われる。しかし、この後に各巻末に記される「南無妙法蓮華経」が存在するので、これは巻十三を書き終える前に記されていたものと考えておく。
(42)　ちなみに、この年記は、『體源鈔』にみられるもののうち、跋文にもっとも近いもので、巻十二が『體源鈔』執筆の最末期に記されたものである可能性を示唆している。
(43)　『體源鈔』の本文は、京都大学附属図書館菊亭家旧蔵本により、該本に欠く巻四・十三は、静嘉堂文庫蔵本による。翻刻に際して、句読点を私に施し、割注は〈　〉に入れて示し、適宜改行位置を変更した。傍線等筆者。
(44)　『古今著聞集』の説話数は、『日本古典文学大系』によった。

(45) この説話の後の行間に「此事千載集に入。後に書入侍也。返事　なけきつゝかはさぬ夜半のつもるには枕もうとくならぬものかは　よみ人しらす」との書き入れがある。
(46) 統秋が歌道・仏道を重視したことは、前掲注27伊藤論文及び拙稿注33論文参照。
(47) この箇所には、「無用の墨筆のついへをもかへりみす、一生の間かきをきしことは、一字も仏道修行の用にあらす」、また「此功徳にて一期生の紙筆のとかはゆるし給へと申侍」との表現が見える。ここでは、「一生の間かきをきしこと」すなわち『體源鈔』の著述が、「無用の墨筆のついへ」であり、「紙筆のとか」とされている。仏道を主体とする認識によって、楽道を「無用」とする、これ以前での「無用」とはまったく逆の用法が見られる。
(48) 「本意」に関しては、巻二末で『持妙法華問答抄』『秋元御書』などの引用の後に、「右書所諸事、無用ト思ワン人者、予カ非本意」とあるのが注意される。『持妙法華問答抄』以下の楽道からみれば「無用」に思えるものを「本意」とする意識が顔を出しているわけだが、こうしたものは、巻十以前にあっては、例外的な用法である。
(49) ただし、これには「同絃管要抄之載所也」との注記がある。この注は、増補記事と認定した前項の「大法会」と同じく「舞番」も『絃管要抄』よりの抄出であることを示唆している。すると、「舞番」も増補されたことになるが、この記事が増補されたか否かについては判断を留保しておく。
(50) 統秋より六代前の龍秋が後光厳天皇、その子信秋は後円融天皇、統秋の曾祖父量秋とその実父英秋は後小松天皇の師であり、信秋・英秋は三代将軍義満の師でもあった。
(51) 信秋から義満への伝授、義満から信秋の孫量秋への伝授、後小松院から統秋の父治秋への伝授。なお、後小松院から治秋への「平調幷太食調入調」の伝授奥書もある。
(52) 『二水記』永正十六年四月二十四日条。ただし、ここでは尺八の技量について賞している。
(53) 巻十上に「けふは永正第八暦正月十一日なり。……此抄物も思ひたちて既に及数年侍れとも、大やけわたくしのひまをうかゝひ、老眼無術をしのきて撰之間、はかもゆかすそ有ける」とある。拙稿注33論文参照。
(54) 『実隆公記』同日条。ちなみに「英秋日記」は、巻十二本の「英秋当道相伝事」と関連があるか。
(55) 宮川葉子氏『三条西実隆と古典学』(風間書房、平成七年)も、豊原家系図と解している。

『體源鈔』構成表

一、『體源鈔』中の主要な項目を掲出した。巻ごとの概要を知るためのものであるので、全ての項目を網羅したものではないが、巻の性格上、多くの項目をあげた巻もある。また、「私云」などとして記される統秋の言葉については、比較的長文で特に意味があると思われるもののみ載せた。

一、項目のうち、「　」は本文の表現を用いたものである。

一、楽道に直接関わらない記事で、前の記事からの連想によって記されたと判断されるものは無印、○は何らかのキーワードによって前後の記事と連接するもの、・は巻末や何らかのまとまりの末尾に位置するもの、＊は意味づけのなされていない記事をあらわす。

一、増補記事は、□で囲んだ。

一、典拠の明らかなものには、出典名を記した。なお、『古今著聞集』の説話数は『日本古典文学大系』、『十訓抄』は『古典文庫』によった。

巻一
序
笙の事
「調子姿事」
「第一楽事」
楽曲の事
平調
（「万歳楽」の後）
＊『十訓抄』十―75
（「慶雲楽」の後）
統秋の和歌
（「王昭君」の後）
定家の和歌
統秋の和歌
『和漢朗詠集』王昭君
（「林歌」の後）
無常に関する言説、和歌
双調
（巻末）
・杜甫の詩
・『古今著聞集』二四三・二四四
・『源氏物語』若紫
・漢詩句
・『源氏物語』若紫
・林和靖の詩
・恋に関する随想
・『十訓抄』十―49・50
（『古今著聞集』一九五・一九六）
・統秋の言葉
巻二本
（「双調」の末尾）
・『十訓抄』十―19・40
黄鐘調
（「桃李花」の後）
『和漢朗詠集』三月三日

（「清（海）青楽」の後）
為家の和歌
正徹の和歌
（「黄鐘調」の末尾）
・『十訓抄』一―15
・漢詩句
・専順の発句
・催馬楽「夏引」「青馬」「山城」
「葛城」「葦垣」「鷹山」に関する注

太食調

（「秦王破陣楽」の後）
○遺龍・烏龍の事
（「秦王ノ事、重テ注之」の後）
○「私記」

盤渉調

（「蘇合香」の後）
公任三舟の才の事
専順の句
匡房の和歌
統秋の和歌
「蘇合香」の口伝
『無名抄』蘇合姿事及び私詞

巻二末

（「万秋楽」の後）
○「私云」
○「持法華問答抄」
○「秋元抄」
「私ニ云」
宗祇の付句
『小夜寝覚』
（「輪台」の後）
頓阿の付句（『続草庵集』六五一）
（巻末）
・『源氏物語』紅葉賀

巻三本

壱越調

（「皇帝破陣楽」の後）
○『編年通論』
（「団乱旋」の後）
○長恨歌
統秋の述懐
○本能寺日与上人の付句
○統秋の和歌
（「羅陵王」の記事中）
「羅陵王荒序」「両入調」伝授奥書
「兼秋記号十三帖」
統秋十九才の折の妙音天の夢
正和五年二月十六日、兼秋の「羅陵王荒序」の所作、その際の贈答歌
統秋の和歌
唐より伝来の図の事
（「春鶯囀」の後）
・『和漢朗詠集』鶯
・『源氏物語』花宴・少女・胡蝶

巻三末

（「承和楽」の後）
彭祖、菊を服する事
魏文帝の事
菊に関する漢詩と和歌
（『和漢朗詠集』菊など）
（「壱越調」の末尾）
・『古今著聞集』四九九
「鳳笙調子安譜注」
七歩の才の故事
「虫之記」
統秋の和歌
（巻末）
・『愚聞記』抜書
・統秋の和歌

・「八幡宮正月神事」
「永正第十二暦正月佳例十首」

統秋の述懐
・「観心本（尊）抄」
・『十訓抄』四―19、五―序・2、一―12
・「逍遥臺《セウヨウタイ》」

巻四
「答笙之事」
「方磬」

巻五
「笛之事」
「懐竹抄抜書」
「代々御門御師」
『五重十操記』
「根元集」
（「笛」条の末尾）
・「嶰谷漢律暦志云、…」
・「笛《テキ》滌《スヽク》也…」
「篳篥」

「尺八」 尺八音律図

巻六
「打物事」
「鞨鼓口伝」
（「鞨鼓口伝」の末尾）
・「私云」
「揩鼓」…（鼓・拍子類）…**「方磬」**

「打物部」

（「教訓抄載之打物部目録重テ書之。同前ヲバ略之所而ナリ」と注記）

「鶏婁」「腰鼓」

「打物案譜法」

永正九年七月十一日夜の夢

巻七
「大鼓付鉦鼓**」**
「鉦鼓事」
（「打物事」の末尾）
・「永正第六暦神無月中の五日の比…」
「大鼓、鉦鼓重テ載之」

「鉦鼓重テ載之」

巻八本
「琵琶」
「琵琶行」

「石菖之記」
「箏」
斎宮女御の和歌二首（琴のことを詠んだ和歌）
「ことはら」の和歌
「うちの憂婆塞宮のひわの撥にて月をまねき給ふことを花鳥余情に被載侍る…」
「和琴」
『無名抄』和琴起事
○『無名抄』近代歌体事
「播磨国高砂…」（「高砂とたかくないひそ」の和歌）
「琴」
○**「無用楽器」の事**
「箜篌」「臥箜篌」（以下、種々の楽器の事）

巻八末
「簫者」（以下、種々の楽器の事）
（「鍾」の記事中）
「私詞」
○統秋の和歌

巻九

「舞之事」

「高麗曲」の事

（「納蘇利」の後）

○『源氏物語』蛍

「六日武徳殿の騎射はてゝ打毬のことあり。…」（「花鳥余情」と傍書）

「納蘇利も六日の競馬の日…」（「同」と傍書）

（「地久」の記事中）

『古今著聞集』二四三

（「高麗曲」の末尾）

○統秋が今上の師範となった際の和歌

「絲管要抄　右舞作法」

（巻末）

・統秋の述懐

巻十上

『愚聞記』抜書

＊「王代記」（神武～後土御門）

「御遊儀」

「歌楽例」

「御遊儀」

「唱歌事」

『源氏物語』若菜上

「神楽」

「口談諸方之家之記載之**」**

（「口談」の後）

・統秋の述懐

○『源氏物語』賢木・初音

「神代神楽事」

「神楽註秘抄」

巻十中

「神楽註秘抄」**奥書**

「古語拾遺抄云」（他四条）

「内侍所御神楽略次第」

（「神楽」の末尾）

・「右文釈者一乗の法を説給と侍事…」

（統秋の記）

・「仏世に出させ給て…」

・「住吉四所御託宣」

「竹名ノ声之事」

「催馬楽」

『無名抄』榎葉井事

○統秋の和歌

「催馬楽註秘抄」

「催馬楽註秘抄」**奥書**

巻十下

「風俗」

「風俗事」

『古今著聞集』二四五

「葦柄事」　「今様事」　「神歌事」

『古今著聞集』二六六

「伽陀事」　「聞練磨事」

「練習事」　「習物有骨法事」

「聡敏事」　「秘物事」

「弁聞事」　「楽面白事」

「楽失錯事」　「自嫌事」

「音曲事」

「音事」

「律呂弁天地四方声」

「五音別名」　「主五行」

「主五常」　「五常」

「六調子事」　「六調子枝調子」

「略頌曰…」　「呂律事」

「当調子知様」　「八音ト云…」

・「私云」

○「法華経初心成仏鈔」

「置物事」

「香炉口伝事」

・「天台大師云…」

・「日蓮上人御誕生日…」
・「玄義一…」
・「此土如独鈷頭…」
『古今著聞集』管絃歌舞篇序
「私云」
「図鍾之移事」
○「建保五年卯月十四日院にて庚申五首の事…」
「昼夜之時打口伝事」
・「化城之事」
・「日像上人五段式之内…」
・「座右ニ続草庵集侍ヲ見侍に…」
・『十訓抄』十—4〜9・15、七—序、十—序・1
・「文句一云…」(他十五条)
・『十訓抄』六—17
・『法華玄義』序

巻十一本

「代々中殿作文御遊伶人歌楽等事」
「御遊作法」
「管絃作法」
「管絃講作法」
「法事講次第」
「如法経十種供養」
「大法会」
「舞番」
「禁裏御笙始代々御例」
「将軍家御笙沙汰記」
『入木抄』
「秋風楽之事」
「一子伝ニ云」
「宮寺恒例神事八幡宮次第略記」
「八幡宮放生会式」
「楽道古語諸記 雑々次第不同載之」
(巻末)
・統秋の述懐
「梨原集記云…」
「後冷泉院 永承七年ヨリ末法ニ入ルナリ」

巻十一末

「愚聞記之抜書少々」
「根元抄之中 古楽新楽差別者…」
「十二調子」
＊「相通事」(他三条)
＊宗祇、日与上人の連歌
＊「有漏トハ…」(以下、仏教関係記事)
＊「妙法曼陀羅供養事」
＊「本尊供養御書」
＊「四条金吾釈迦仏供養事」
「当世人の音曲とて習伝次第…」
五音の事
「新撰髄脳云…」
「盤渉調」「四ヶ法用」「第八識…」
「本院左府…」
「延喜四年三月廿四日御覧舞楽…」
『愚聞記』抜書
「方磬之事」
＊「菩薩処胎経云…」
＊『源氏物語』梅枝・藤裏葉
「音律事、在々所々ニ載之といへとも更以口伝…」
＊『十訓抄』十—71・72
＊仏法修行の事
＊「蓮祖師云…」
「参音声楽」(以下、音楽関係記事七条)
「雑々之記随見出書之**」**
「天竺唐土国名数人之名已下事」

巻十二本

「万秋楽相伝」第三　第四　第五

「皇帝之事」

「団乱旋之事」

「五常楽ニ付テ云ク…」

「カントリノ明神ハ…」

「蘇合香秘説日記」

「又秘説日記」

「皇帝之事」

「団乱旋事」

「久寿三季四月廿五日夜…」

「陵王答舞納曾利」

「春鶯囀之事」

「七体三差口要」

万秋楽の事

「蘇合香事」

＊「聖徳太子瑪瑙記文」

＊「義貞軍記云」

「湖満乾」

＊「当家ニ伝テ可発音律習之事」（以下、兵法関係の記事）

「八幡社例事」

「舞装束之事」

○「明徳五年常楽会日記」

「左之舞伝来レハ…」

「楽吹号序事」「舞曲古今相替事」

「英秋当道相伝事」

成秋、召されて勅問に答える事

「七調子渡韓神」

「六調子姿」

「蘇合香説日記口伝」

「蘇合香説日記伝云…」

万秋楽の字の事

＊『十訓抄』十―55～59・65・69～72・74・75・78・81・跋

＊統秋の和歌

「音楽吉日事」

＊「無行経云…」

「舞楽相伝事」

「切々断絶舞事」

永正八年十二月三日御遊の記

「孝道口伝」（『木師抄』）

＊『十訓抄』二―序・1・2、四―17

＊『弁内侍日記』

＊『六百番歌合』旅恋

「代々大鼓所作」

「師延カ作シ靡《ヒ》々楽」

＊統秋の和歌

＊『十訓抄』十―76・51、七―36、十―63・64、六―1・2、五―12・13・14、六―32

「蘇合之留リ所…」

＊『十訓抄』六―26・27

＊漢詩句

＊『歌林良材集』

「葛城《カツラキ》王《ヲホキミ》　賜レ橘ノ姓ヲ事」

「葛木久米路《クメチ》の橋事」

『十訓抄』六―29・30

「只拍子之譜見様…」

伏見翁の事

釈菩提の事

＊『十訓抄』五―9

＊漢詩句

＊『十訓抄』一―序・1

＊『源氏物語』澪標・蓬生・朝顔

「楽の遊声は…」（「予記之。但亡父之口伝ナリ」と傍書）

（巻末）

・統秋の述懐

巻十二末

「班婕妤」～**「昭于山」**

＊『十訓抄』一―6・20～24・26・35・36・38・45・47～49・51・53・57
＊「或文云、其職ニヰテハ其事ヲツトムヘシ。…」（以下、種々の教訓）
＊『至要抄』
＊「浄名経云…」
＊「一年強半在城中…」
＊日蓮の和歌二首、他一首
＊八相八苦の事
＊鏡の事
＊「䟽記十云…」
「カヘリ声ニ青柳ウタフト云ハ…」
「妓楽十二菩薩所作事」
万秋楽の事
「蘇合万秋楽譜渡ノ様」（以下、諸曲伝授の作法）
「廿五万秋楽次第」
「十二万秋楽次第」
「蘇合香相伝」第一　第二　第三
第四　第五
「万秋楽相伝」第一　第二
＊
「円頓者」
「南宮者…」（以下、音楽関係記事九条）
＊「本朝書籍目録」
＊「松野後家尼御前御返事」
＊『源氏物語』幻・柏木
＊「立正安国論」
＊漢詩句
「楽之略頌」
＊須弥山の事
＊『井蛙抄』
＊野馬台詩
＊「玄一云…」
＊「竹一云…」
十二調子の事
＊『十訓抄』七―17、九―7・8・10

巻十三
楽家系図
豊原氏「相承次第」「代々公私荒序所作事」
狛氏　多氏　大神氏　戸部氏　阿倍氏
跋「代々師子日記」

談義と室町物語

――真宗の談義を中心に――

箕浦尚美

一　説話・物語と談義

寺院の唱導・談義・学問が、中世の文芸活動に深く関わることが論じられるようになって久しい。永井義憲氏「講経談義と説話―『鷲林拾葉鈔』に見えたるさゝやき竹物語―」（『大妻国文』四、一九七二年三月）、岡見正雄氏「小さな説話本―寺庵の文学・桃華因縁―」（『国語と国文学』一九七七年五月）などの先駆的研究に、廣田哲通氏『中世法華経注釈書の研究』（笠間書院、一九九三年）、黒田彰氏『中世説話の文学史的環境　続』（和泉書院、一九九五年）、本田義憲氏他編『説話の講座第三巻　説話の場―唱導・注釈―』（勉誠社、一九九三年）などの研究が積み重ねられ、更に、近年は、全国各地の寺院の聖教調査・唱導文献調査が進んで寺院の談義活動ネットワークの具体的様相も明らかになってきた（曾根原理氏「天台寺院における思想の体系―成菩提院貞舜をめぐって―」（『説話文学研究』三六、二〇〇一年六月）、阿部泰郎氏「中世寺院における知的体系の探求―仁和寺・称名寺・真福寺・天台諸寺―」（同））。これらの研究の中で、室町物語に関しても、談義との関わりが多数指摘されてきたが、談義が物語草子として制作されるに至る過程については、まだ明らかでない部分が多いように思われる。また、談義において種々の因縁譚が語られるのは、どの宗派においても言えることであるが、談義の実態は宗派や時期に応じて違いがあり、全てを同じ平面で捉えることはできない。従って、物語との関係もそれぞれの談義に応じて考える必要があるだろう。本稿では、真宗の談義について考察したい。

真宗の談義に関しては、宮崎圓遵氏『真宗書誌学の研究』（永田文昌堂、一九四九年）、北西弘氏『一向一揆の研究』（春秋社、一九八一年）、千葉乗隆氏『真宗史料集成五　談義本』（同朋舎、一九八三年）などによって夙に体系的な研究がなされている。思想的な面に関しては、今堀太逸氏『神祇信仰の展開と仏教』（吉川弘文館、一九九〇年）、深川宣暢氏「真宗伝道における教義解釈の問題――中世～江戸初期の「談義本」をめぐって」（『真宗学』八八、一九九三年三月）、満井秀城氏「談義本と蓮如教学」（『蓮如教学の思想史』法蔵館、一九九六年）等があり、談義本のテキストは、『真宗史料集成五』の他、『室町時代物語大成』『室町時代物語集』にも数点所収されている。しかし、真宗学からの研究が中心であるため、物語的な要素の強い談義[1]は、教義を扱う談義よりも軽視されがちで、物語との関係についての研究はあまり進んでいない。しかし、『為盛発心因縁』や『慈巧上人神子問答』のように出版されて広く読まれた談義本もあり、近世の教義問答体の仮名草子や真宗勧化本への影響などについても考察する必要があると思われる。また、地方道場という真宗の伝道事情も含めて物語との関わりも考察すべきであろう。

室町物語は、物語構造そのものにも、談義と共通する部分が多い。一つの物語に幾つもの話を内包したり（『雀さうし』『火桶の草子』『鳥獣戯歌合物語』等）、登場人物によって物語内で長く語らせたり（『胡蝶物語』『三人法師』等）、登場人物が問答をする形式を取ったりする（『ぼろぼろの草子』『天狗の内裏』等）のは、室町物語の典型的構造である[2]。宗教に限らず、広く好まれた方法であるが、このような構造は、談義そのものが物語に近接していることを示していると言えるだろう。

二　文学研究のための真宗談義研究の課題

（1）真宗の談義と物語草子

前掲の岡見氏論文で「小さな説話本」と呼ばれた談義僧の手控え的な説話本は、宗派が限定されるものではなく、談義僧自身が説法のために作って懐中する本であり、真宗の僧侶の持物としても存在する。例えば、九州真宗の祖と言われる大分県専想寺の天然浄祐が文明三年（一四七一年）に書写した『女人往生聞書』『大唐幷州男女因縁』『恵心僧都事』の三作を合冊した懐中本は、縦一四・三糎、横二〇・〇糎の大きさで、天然自身の手控えだったと思われ、書写態度はやや拙速で、内容に誤脱もある（宮崎圓遵氏「九州真宗の源流」（『宮崎圓遵著作集七　仏教文化史の研究』（思文閣出版、一九九〇年）、初出一九五〇年）、『愛知県立大学文学部論集（国文学科編）』三七（一九八八年）に黒田彰氏による影印、略解題）。

これに対し、室町中期以降に多く見られる真宗の談義本は、後述するように丁寧な表記形態に特徴があり、初めて手にした者でも正確に読むことができる。テキストの異同も比較的少なく、一個人の手控えではない。恐らくこのような事情を踏まえてであろう、真宗の談義本には、談義そのものが草子化した例が見られる。

例えば、『大仏供養物語』の一伝本である大阪青山短期大学蔵『大仏供養』（『室町時代物語大成』所収赤木文庫旧蔵本）は、平仮名漢字交じりで書かれた絵入り本であり、談義の物語が真宗を離れて享受されていたと言える。真宗の談義本は一般に片仮名漢字混交文であるが、平仮名漢字書きの本もある。『大仏供養物語』では、前掲本の他に天理図書館蔵享禄四年（一五三一）写本がある。恋田知子氏は、『慈巧聖人極楽往生問答』の平仮名書きの伝本である尊経閣文庫本の本奥書「本云／鳴滝殿の御本にてうつしおはりぬ／此本は後崇光院御筆／永享元年十月七日」について、「伏見宮家周辺の比丘尼御所での信仰生活と絵巻文化を背景にしていたからこそ、尊経閣本のような、物語性豊かな、女人教導のための平仮名書きのテキストが求められたのだろう。」と指摘している。[3]今後は、このように、真宗の談義本と言われるものが、真宗を離れた場でどのように享受されていたかについても目を向ける必要があるだろう。

また、教義に関する記述そのものが室町物語に摂取された例もある。猿の遁世発心譚の奈良絵本『ゑんがく』には、存覚『女人往生聞書』の詞章が、ほぼそのまま使われている。[4]『女人往生聞書』は、法然の『無量寿経釈』を敷衍して作られた談義本で、『曽我物語』巻十二「少将法門の事」などにも類似した詞章が語られているが、『ゑんがく』の詞章は、他の物語の場合と比べて『女人往生聞書』により近く、この談義が強く意識されていると考えられる。また、高山市歓喜寺蔵の一本のみが伝わる、花の精の物語『花情物語』は、伝本の多い『胡蝶物語』と内容的に似た物語であるが、その女人往生の説法の部分は、『胡蝶物語』の場合よりも、女人往生の談義に近い。『花情物語』の末尾には、「ぬし　とやま」と所有者の女性と思われる名前があり、同寺所蔵の『常盤物語』『秋月物語』の奥書には、歓喜寺を開いた明了（一六一九～一六九五）の父、飛驒国の真宗の拠点となった高山市照蓮寺の等安（一五六五～一六四二）の名がある。『ゑんがく』も『花情物語』も現存伝本は一本のみである。伝本が散逸した可能性も考えられるが、個人的に作られてあまり流布しなかったテキストではないだろうか。このような本が要請される事情についても考えていく必要があるだろう。

（2）真宗談義本の形

真宗の談義本の特徴の一つは、その形態と表記法にある。物語的要素の強い談義本も、教義を説いた談義本と同様の形をとっており、聖教類と等価の物として扱われたと思われる。その形態とは、例えば、室町末期写の慶應義塾図書館蔵『有善女物語』の場合、縦二三・四糎、横一六・一糎の粘葉装で、一面五行、一行二〇字程度、漢字片仮名交じりの分かち書きでほぼ全体に亘って読み仮名が振られており、各文字は楷書で一画ごとにやや太くで丁寧に書かれている。最終丁に「江州／栗本出庭／西光寺」とあり、滋賀県栗太郡栗東町の真宗大谷派寺院の所蔵であったことが分かる。(5) 談義本の形態には、このような一定の基準はあるが、「本堅田北浦道場常住祐朔」の奥書を持つ神宮文庫本『大仏供養物語』が、縦二五・一糎、横二一・七糎と、御文章を思わせるような大型の本であるなど、実際には、文字配りや紙質、押界の有無など、異なる点はある。真宗談義本に独特な厳謹でやや太めの書体は、鎌倉末期の仏光寺蔵「絵系図」序題などにも見ることができるが、(6) 談義本にこの書体が多く見られるのは、室町中期以降のようである。宮崎圓遵氏は、前掲「九州真宗の源流」において、専想寺所蔵の宗典の文字について次のように述べている。

粘葉綴で、筆格においては室町中期のものはなお個性的なものを存するものもあるが、末期のものはほとんどすべて御堂衆の筆と考えられ、証如から顕如の時代のものである。従ってこうした宗典が当寺（＝専想寺）に伝来していることは、当時の本願寺の教化が西国にまで深く浸潤していたことを物語るものである

また、小山正文氏は、蓮如が宝徳二年に福田寺宗俊の所望で染筆した『御伝鈔』について、「紙数・改行・字体にいたるまで蓮如の原本に忠実であろうとする」が「筆の異なる」のは、「室町中期から末期にかけて、これらの『御伝鈔』が本願寺より下付されるにさいし複数の書き手がいた事実を示しており、（略）本願寺に（略）書所とでもいうべき機関があったことを意味する。」と述べられ、(7) これを踏まえ、黒田佳世氏は、『阿弥陀の本地』の二つの伝本について、その書体を真宗の聖教類と比較し、これらが、真宗内部で書写されたことを示された。(8)『阿弥陀の本地』は、従来、真宗の談義本としての側面は論じられてこなかった作品である。真宗での物語や談義のあり方を考える際には、このような事例があることも念頭に置く必要があるだろう。

(3) 真宗道場における物語

真宗内部で読まれた談義本にどのような作品があったかを知るには、寺院の現存伝本以外には、真宗の聖教目録によることができる。「聖教」の目録であるから、そこに物語的な談義本が載ることは少ないが、実悟（蓮如第二十三子）が永正十七年（一五二〇年）に集記した『聖教目録聞書』（山上正尊氏「実悟兼俊筆「聖教目録聞書」解説」〔『真宗学報』二、一九二七年〕）には、「善光寺如来伝〈真名二巻仮名十二巻〉」「秘伝抄〈法然事也上中下隆寛作〉」「釈尊出世伝記〈起〉」などが見られる。また、宝暦年間になると、相次いで聖教目録が作られるが、この時期の目録の目的の一つは、真宗正義の書とそうでない書を区別することであり(9)、否定される作品の中に、物語的な談義本が見られる。それを特に多く示すのは、先啓（〜一七九七年）『浄土真宗聖教目録』（『真宗全書』七四、蔵経書院、一九一六年）である。その末尾に、「七十九部九十四巻」の書を揚げ、「大抵其書不可為学者之利病。読者可識其是非。」と非難するのだが、逆に言えば列挙される作品は、当時真宗で享受されていたということでもある。六十一番目「大仏供養」（＝『大仏供養物語』）以下末尾までは以下の通りである。「大仏供養　二尊出家発心事　釈尊八相記　同出世本懐記　信濃国生身如来御事　善光寺如来本懐　聖徳太子御逸文　太子伝抜書　往生要集因縁　恵心縁起　源空上人御因縁　解脱上人御因縁　真仏源海御因縁　類聚伝〈或称善導類聚〉　須達長者因縁　神子問答　堅羅国貧女事　開山聖人御臨終事　奥州十二門徒系図」。なお、「親鸞聖人御因縁」「為盛発心因縁」「平太郎縁起」「法然上人秘伝」などは、この部の前にあり、これらは、「二十五部廿六巻。文中有不審。未必足適従。」と評されている。

しかし、このように物語類の名を連ねる目録は稀であり、近現代の調査においても、真宗寺院の聖教類の目録に物語的な談義本はほとんど収録されていないので、実際にどれだけの物語が真宗で読まれていたのかを知ることは難しいが、目録には載らずとも真宗道場で読まれていた物語は存在する。

例えば、米谷隆史氏蔵『大仏供養物語』は、「宝暦十二壬午年八月日　寒水村鷲原道場修善坊　歳六十三才此書」

という奥書を持ち、［富士の人穴草子］（題名欠）を合冊している。[10] また、石川透氏蔵『南都東大寺大仏殿縁起之巻』（＝『大仏の御縁起』）には、「越前加賀白山麓丸山村　王生了永　本　住物[11]」と、奥書に真宗の道場主の名がある。両書とも当て字の多い近世の伝本であり、前に示したような謹厳な表記ではないが、聖教目録に載らない物語が地方の真宗道場で享受されていた例である。

真宗道場の談義について、宮崎圓遵氏は、「真宗伝道史雑想」（前掲『宮崎圓遵著作集七』、初出一九七二年）において、

> 本書（＝『他力信心聞書』）の古写本がかなり多く存在しているのは、本書がまた道場主によって広く利用されたことを示している。もともと地方の道場主には仏教的に無学なものが多かったから、法談のためには適宜参考の書が必要であった。（略）初期真宗では毎月の法談のためのいわば台本が必要であったので、本書の如きはそれに多く利用されたのである。かくて俗耳に入り易い内容の平易な談義本が多く流布するにいたったと思われる。

と述べている。真宗の談義本が読めばそのまま談義となるのは、このような真宗道場の事情を踏まえているからであろう。また、親鸞に仮託された『一宗行儀抄』には、「此一宗ノ行儀ヲ毎日ニモ一道場ノ衆ニ読ミキカスベキ也」とあり、真宗の談義が直接本を読むものであったことが示されているし、『本福寺跡書』には、読み聞かす技術が具体的に示されている。[12] このような方法は、教義を説く談義ばかりでなく、物語についても言えるのではないだろうか。道場での物語享受は、地域の集会所における物語享受とも言え、その実態の解明は文学研究にも益すると思われる。

三　『大仏供養物語』と真宗――資料紹介――

（1）真宗と法然

『大仏供養物語』は、法然が東大寺大仏供養の導師として説法をする物語である。絵入り本も存在するが、真宗では談義本としてある。以前、『大仏供養物語』を論じ、伝本整理を行った。[13]『大仏供養物語』の現存伝本は、大きく三つの系統に分けられるが、ほとんどの伝本は、拙稿で【一類本】と名付けた分類に属す。【一類本】は、本願寺覚如の書いた法然伝『拾遺古徳伝』と共通する詞章を持ち、伝本の形態も真宗談義本の特徴を備えた本が多く、特に、真宗との関わりが深いが、全系統に共通する女人往生の説法を大きく扱う内容には、『拾遺古徳伝』における女人往生に焦点を当てた説法も想起され、この物語は本質的に真宗に関わりが深いものと思われる。

『大仏供養物語』の伝本のうち最も古い識語は、大正大学蔵本の「于時文明十七年巳五月十五日依岩淵之定久所望染筆訖／右筆慶宣阿闍梨／天文六丁酉歴時正夏林鐘上旬十日　大原　法印恵項／理覚院」に見られる文明十七年（一四八五）であるが、真宗における法然の扱いを考慮すると、蓮如（一四一五―九九）によって宗祖「親鸞」の概念が確立する以前の法然重視の伝道の中で成立したと考えられる。[14]真宗においては、法然の絵巻や掛幅の絵伝の遺品は室町初中期頃迄、『拾遺古徳伝』古写本も室町初期頃迄であり、[15]蓮如の活躍する室町後末期には、法然を宣揚する態度は減退してゆく。

本稿では、前稿で気付かなかった二本の伝本を紹介し、考察する。

（2）正福寺蔵『大仏供養聞書』

石川県珠洲市若山町大坊の真宗大谷派正福寺には、「大仏供養聞書」という内題を持つ『大仏供養物語』がある。[16]

書誌については、既に、『珠洲市史』(17)に紹介されているが、改めて記すと次の通りである。

室町末期写。粘葉装、一帖。共表紙（墨散らし）。本文料紙厚手楮紙雲母引、縦二二・七糎、横一四・五糎。五三丁。一面五行、一行一五字程度。内題・尾題「大仏供養聞書」。外題、表紙左肩題箋（後補）「南都大仏供養」。漢字片仮名交じり。ほとんどの漢字に振り仮名がある。

文字は、太く丁寧に書かれており、典型的な真宗談義本の形態である。正福寺には、蓮如筆の御文草稿や六字名号、実如（一四五八〜一五二五年。本願寺九世）証判の御文をはじめ、『三帖和讃』『浄土見聞集』『持名鈔』『選擇本願念佛集』『十王裁断』『正源明義抄』『八大地獄聞書』などの宗典の延書本や談義本が二十点以上伝わる。写本以外にも、初期真宗史料として稀少な永正十八年（一五二一年）の裏書きを有する絹本着色方便法身尊像や絹本着色十二光明名号本尊、中世から近世の古文書など、貴重な品が多数伝わる。談義本のうち、物語的な作品としては、『大仏供養聞書』『法然上人松虫』(18)等がある。談義本は全て実如筆と伝えられているが、比較すると、新旧混ざっていると思われ、『大仏供養聞書』よりも『法然上人松虫』の方が新しいように思われる（近世初期か）。『大仏供養聞書』は、料紙に雲母引の跡が僅かながら残っている。『末燈鈔』や『口傳鈔』（中巻を除く）も、雲母引料紙で、文字の感じも『大仏供養聞書』に近く、これらは、丁寧に書かれている。真宗の談義本は、文節ごとに分かち書きがなされているが、丁寧でない本は、行移りの箇所にあまり気を遣わなかったと思われ、例えば、『法然上人松虫』では、「マヌ／カレ」「ナカ／ラス」「コ、／ロ」「ツカマツ／リテ」のように改行した例（「／」の位置で改行）が目立つが、それに対し、『大仏供養聞書』では、漢字が熟語の途中で「導／師」「不思／議」のように改行されることがあっても、仮名部分で一語が分断されることは少ない。

正福寺蔵『大仏供養聞書』の本文系統は、伝本の最も多い【一類本】であり、同系統の他本との異同は、題名以外は目立つものではないので、翻刻は行わず、異同箇所のうち数例を示すに留める。比較して示す本文は、神宮文庫蔵本（室町時代物語集成）、大正大学蔵本（石井教道氏編『昭和新修法然上人全集』（平楽寺書店、一九五五年））、天理図書館蔵本（室町時代物語大成）で、それぞれ、「神宮」「大正」「天理」と略称する。

・選擇集ノ形木ヲウチハリキサミ黒谷ヲ追出セラレ当時ハ大原ニスミサフラフ（４ウ）「集」…三本ともなし。「ウチハリキサミ」…神宮「ウチハリシキサミニ」大正「打ワリアマサヘ」天理「うちわりし刻に」

・南都ハ二番ニトリアタルイカニイキスミケレトモ寺ハ三番ニサタメケリ（15オ）「イカニイキスミケレトモ」…神宮・天理なし、大正「ツフメキ申セ共」。「寺」…大正「三井寺」。「サタメケリ」…大正「定マリケリ」神宮「サタマリヌ」天理「定ける」

・ツクシノ聖光房ヲハシメトシテ御弟子＊ソマヒラレケル（19ウ）

＊の箇所に、三本とも「十二人」。正福寺本における脱落と思われる。

・コレハモトヨリノ貧僧カナント、詮議セラレケレハ北面ノ下﨟ニイタルマテサ、ヤキワラフ事カキリナシ（20オ）「貧僧カナント、詮議セラレケレハ北面ノ下﨟ニイタルマテ」…神宮「貧僧カナント」大正「貧僧ソナント詮議セラレケレハ北面ノ下﨟ニ至マテ」天理「貧僧かなんとゝ」。なお、「詮議セラレケレハ北面ノ下﨟ニイタルマテ」の部分を持つ伝本は、大正大学本、戸川浜男氏旧蔵本（古典文庫）、名古屋市祐誓寺蓬戸山房文庫蔵本（真宗史料集成）であり、「カキリナシ」の部分を持つ伝本は、神宮文庫本、米谷隆史氏蔵本、大谷大学図書館楠丘文庫蔵本（二本あるが両書とも）であり、両者をともに持つのは、正福寺本のみ。

・碩学達ノ御説法ノアトニ源空カマヒリサフラヘハ＊施物ニコソコ、ロヲカケテマヒリタルトソオホシメシサフラフラン（21オ）

＊の箇所に、神宮「何条法ヲトキノフヘキイカサマ」とあり、他本も同様。正福寺本における脱落か。

なお、正福寺には、法然の伝記を内容とする談義本『正源明義抄』の写本が、巻四の一帖のみ存在する。冒頭に、「正源明義抄巻第四／南都供養之事」とある。承応二年版本や元禄五年版本（全九巻。井川定慶氏『法然上人伝全集』法然上人伝全集刊行会、一九五二年）の巻四第三節に相当する部分であるが[19]、正福寺では、この部分だけが一帖として存在する。この部分は、『大仏供養物語』と共通する場面を描いており、恰も『大仏供養物語』の異本を見ているかのようで興味深い。

（3）静嘉堂文庫蔵『大仏供養御縁起』

静嘉堂文庫に蔵される永禄八年（一五六五）書写の『大仏供養御縁起』は、『大仏供養物語』の未紹介伝本である。まず、書誌を記す。

袋綴、一冊。写本。茶色表紙（後補）。縦二四・一糎、横一六・九糎。三二丁。一面六行、一行一八字程度。内題「大仏供養御縁起」。外題、表紙左肩題箋「大仏供養御縁起塙本完」。尾題「大仏供養之御縁起」。奥書「永禄八年乙丑十二月吉日」。漢字片仮名交じり。ほとんどの漢字に振り仮名がある。一丁目表に、「宮嶋本」「温故堂文庫」「静嘉堂蔵書」の印記あり。静嘉堂文庫整理番号八七―四三。

本書も、正福寺本と同じく、【一類本】に分類される。【一類本】は、真宗寺院に多く伝わる系統の本文であり、同類伝本間では本文異同はほとんど見られないが、本書には、他本とは異なる部分がやや多くあり、末尾には独自の話を含む。表記は、漢字片仮名交じりであるが、一画一画を丁寧に書くものではない。また、真宗では法然のことを、「上人」ではなく「聖人」と書くのが一般的であり、『大仏供養物語』でも、多くの伝本がそのように書いているが、本書は、「聖人」が二箇所、「上人」が十三箇所使われている。全てが「上人」ではなく一部に「聖人」が用いられているのは、もともと「聖人」という表記されていたためかと思われ、真宗内部の談義本であったものが、外部へ持ち出され、新たに話が加えられたと考えられる。

以下、異同箇所を摘記し、本伝本の性格を検討する。比較して示す本文は神宮文庫本である。静嘉堂文庫本以外の【一類本】の本文はいずれも神宮文庫本とほぼ同様の記述である。静嘉堂文庫本を「静」、神宮文庫本を「神」とする。

1静　供養ノ御導師・源空ヲメサル・ベキ由・ヲ承・・・・・・・・・・・・・・・・候へ共・某ハ浄土門・取立テ（2ウ）

神　供養ノ御導師ニ源空ヲメサレ候へキヨシ・ウケタマハリ候最導師ニメサレン事面目ト存シ候へトモ・・浄土門ヲトリタテ、

2静　故ニ・・・・・・・・・・・・・・・・・・法華経ト申・スハ（13ウ）

神　故ニ法華経ヲソシランモノハタ、我身ノ体ヲ破ルニニタリ抑法華経トマフスハ

3静　御カウシノ内・ヘハ・・・事・・・・・・・・・ナシサレバ涅槃経ニハ（21オ）

神　ミカウシノウチへハマイルコトナシアサマシトモ云ハカリナシサレハ涅槃経ニハ

これらの異同箇所は、神宮文庫本で傍線部のように語句が重複していることから、静嘉堂文庫本において、本来あった本文が書写時の目移りなどによって脱落したと考えられる。また、『大仏供養物語』において、誤字や宛字はどの伝本にも見られることではあるが、静嘉堂文庫本には、「淡海公」を「壇戒公」（7ウ）、「籤」を「公事」（8ウ）などとする例が見られる。また、音の通じる「得」と「徳」を区別しておらず、「徳《エ》テ」（24ウ）と書いた箇所もある。静「始メ奉リテ」（1ウ）―神「始メマイラセ」、静「奏聞有ケレバ」（3ウ）―神「申シタレバ」などの違いもある。静嘉堂文庫本には、意味のわかりにくい語句を改変したと思われる箇所もある。

1静　下ラウノ物サヘ富貴ノ家ニ生レタルニハ（7オ）

神　ツキサマノ者サヘ富貴ノ家ニムマレタルニハ
2静　清僧達我ヲトラジト出立ケレバ（9ウ）
神　清僧トモワレヲトラシトイキスミケレハ
3静　達摩以下ノ智人達ノ樹下石上ニコモリ（16オ）
神　達磨イシ〳〵ノ智人達ノ樹下石上ニコモリ
4静　念仏ヲバ貴賤上下ニ至迄南無阿弥陀仏ト申スハ安キ事也（18ウ）
神　念仏ヲハタツコハウコヲヲサナキモノモ南無阿弥陀仏ト申スハヤスキ事ニテ候ヘトモ

これらの例はいずれも静嘉堂文庫本の語句の方が意味がわかりやすい。対応する表現は、字形が似ているわけではないので、誤写によって変じた表記ではなく、静嘉堂文庫本で平易な言葉に置き換えられたと考えられる。他に、冒頭は次のように比較的大きく異なっている。

静　夫南都東大寺修乗坊重源大仏建立ノ為ニ、日本ノ事ハ申ニ不レ及入唐シテ、自レ進御堂ヲ如レ本作立トイヘ共未半作也。然共法然聖人御導師トテ定メ入レ被置候。然間建久六年…

神　修乗房重源東大寺ヤウヤクスヽメツクリテ入唐ス。帰朝ノトキ極楽ノ曼陀羅五祖ノ真影ヲワタシタテマツリ東大寺半作ノ軒ノシタニシテ法然聖人御道師トシテ供養アルヘキヨシ風聞アリ。シカルアヒタ建久六年

…

神宮文庫本など、静嘉堂文庫本以外の【一類本】のこの箇所は、真宗で享受された法然伝『拾遺古徳伝』の詞章に一致する。『拾遺古徳伝』では以下のようにある。

やうやく東大寺すゝめつくりて俊乗房入唐す。帰朝の時、極楽の曼陀羅五祖の真影をわたしたてまつりて東大寺半作の簷の下にて、聖人を導師として供養あるべきよしきこえければ、

静嘉堂文庫本が別文である理由は不明だが、静嘉堂文庫本にも真宗の要素が残っていることから、もとは神宮文庫のような記述であったと思われる。【二類本】【三類本】も『拾遺古徳伝』の詞章とは異なるが、静嘉堂文庫本と共通するわけではない。

静嘉堂文庫本のみに見られる物語末尾（29ウ）の挿話は、説法の典拠を南都の悪僧に尋ねられた法然が「大仏頂経」にあると言って悪僧を帰依させた話に続く、以下の部分である。

口ニ任テ弁舌ハ誰モヲトルマシ。当座ヲヒテ支証在カ、ハ、カリナガラヲガミ申度由ヲ申ス。上人支証ヲ、ヲヨソミセントテ、帝王ヨリノ御車ニ数ノ宝ヲツマセラレ牛ニヒカセテ玉ハルト、一紙念仏六字アソバシテハカリニカケテミセ玉ヘハ、車ハ牛トモニハネケレハ、一紙ノ念仏ハ未タ地モトヨリアガリ玉ハス。悪僧キモヲケシテ合掌シ、「後生タスケ玉ヘ」トテ、ソレヨリ御弟子ニ罷成。

車に積まれた大量の宝と法然が書いた「一紙念仏六字」とを秤にかけて比べたところ、「一紙ノ念仏」の方が重くて車と牛が跳ね上がってしまったという話である。この話の典拠は不明だが、類似した話は、京都府相楽郡木津町市坂安養寺（浄土宗）に伝わる『念仏石略縁起』[20]にも、法然が大仏殿から帰る際に、追いかけ来た大衆徒人に対して、六字名号を紙に書き、石の重さと比べてその尊さを示した話として見られる。

信を生せしめむとおほして御手つから書したまひし六字の宝号を傍なる大石とかけ合せてはかりくらへさせたまひしに一幅の御名号はおもく石はかろくあかりけり

これは、享和元年（一八〇一）に人々の寄進を募り屋形を立て直した時にまとめられた縁起であるが、ここでは、その時の石が念仏石と名付けられ、永正五年（一五〇八）に安養寺に飛び来たり、年々大きくなって覆い屋からはみ出すほどになったという。

法然と悪僧との問答が増補されている例は、【三類本】にも見られるが、静嘉堂文庫本の話との関係はない。本文の系統が異なるにも関わらず、共に問答部分を増補するのは、問答部分の増減が容易な談義の基盤があったためであろう。静嘉堂文庫蔵本は、真宗から出て改作され享受されたと思われるが、永禄八年（一五六五）という比較的古い写本である点は注目されると思う。

以下に、静嘉堂文庫蔵本の翻刻を掲載する。破損・摩耗による判読不能箇所は、□で示した。紙端下方には、破損したために後に書き加えられた部分があるが、それらはやや小さめの太字で示した。本文には小書きの仮名もあるが、一部を除いて他の文字と同じ大きさにした。「〆」（シテ）などの合字は仮名で表記し、それに振られた読み仮名は省略した。私に句読点と鍵括弧を施した。濁点は原本によるものであるが、後補と思われる。［　］内は翻刻者による注記である。

本書の閲覧・翻刻掲載をご許可いただいた静嘉堂文庫に厚く御礼申し上げます。

大佛供養御縁起

夫南《ソレナント》東《トウ》大寺修乗坊重 源《シュテウハウチヤウケン》、大佛建立《フツコンリウ》ノ為《タメ》ニ日本《ホン》ノ事《コト》ハ申ニ不レ及《ヨハス》、入唐《ニツタウ》シテ、自《ヨリ》レ進《ス、メ》ニ御《ミ》堂《タウ》ヲ如《コトク》レ本《モトノ》 作《ツクリ》立《タツ》トイヘ共未《イマタ》 半作《ハンサク》也。然共《シカレトモ》、法然聖《ハウネンシヤウ》 人御導師《ヲントウシ》トテ定《サタ》メ被《レ》置《ヲカ》候。然 間《シカルアヒタ》 建久《ケンキウ》六年乙巳《キノトノミ》 十一月廿八日ト定《サタ》メヲカレシ□【1オ】事《コト》ナレバ、東国《トウコク》大将 殿《シヤウトノ》ヲ始メ奉《タテマツ》 リテ~~ムネ~~トノ□□大名《ミヤウ》 ニハ、千葉《チハ》北条《ホウテウ》和田《ワタ》畠 山《ハタケヤマ》宇都《ウツ》ノ宮《ミヤ》ヲ始《ハシメ》トシテ、ムネトノ大名《ミヤウ》 三百八十余《ヨ》人其《ソノ》外数《ホカカス》ヲシラズ。亦鎌倉殿《マタカマクラトノ》ノ北《キタ》ノ御方《ヲンカタ》ヲ始《ハシ》メ奉《タテマツ》 リテ畠《ハタケ》山《ヤマ》ノ内《ナイ》室~~サヤ~~宇都《ウツ》ノ宮《ミヤ》ノ内方《ナイハウ》ハ鎌倉殿《カマクラトノ》ノ北《キタ》ノ御方《ヲンカタ》ニハイモウト【1ウ】御前《コ》ニテ御座《マシ》〳〵ケレハ申ニ不レ及《ヨハス》、大名《ミヤウ》 小名ノ女 房達《ニヤウハウタチ》、法然《ハウネン》上人ノ御説法聴 聞《セツハウチヤウモン》セントテ六百人トゾ聞《キコ》ヘケリ。京上《キヤウシヤウ》﨟達《ラウタチ》ニハ、帝王《テイワウ》ヲ始《ハシ》メ奉《タテマツ》リ、関白殿下《クハンハクテンカ》臣下《シンカ》卿上《ケイシヤウ》雲客《ウンカク》籠居《コモリイ》日《ヒ》ミズタチヲ始《ハシメ》メ奉《タテマツ》リテ、南都《ナント》ヘコシ車《クルマ》ヲヤリツヽクル事《コト》ヲビタヽシ。【2オ】其外《ソノホカ》、大和山城和泉河内近江《ヤマトヤマシロイツミカワチアウミ》越《エチ》□ヨリ参《マイリ》ツドウ聴聞衆《チヤウモンシユウ》、イカホト、云《イウ》フ数《カス》ヲシラズ。懸《カヽ》ル所《トコロ》ニ法然《ハウネン》上人、鎌倉殿《カマクラトノ》ヘ案内《アンナイヲ》エサセラレケル。「承《ウケタマワリ》候ヘハ、供養《クヤウ》ノ御導師《ヲンタウシ》源空《ケンクウ》ヲメサルベキ由《ヨシ》ヲ承《ウケタマワリ》候ヘ共《トモ》、某《ソレカシ》ハ浄土門取立《シヤウトモンヲトリタテ》テ愚痴闇鈍《クチアントン》ノ衆生《シユシヤウ》ヲ仏道成《フツタウナサン》ト【2ウ】イトナミサムラヘバ、山ノ大衆《シユウ》不思儀《フシキ》ノ法然房外《ハウネンハウケ》道《タウ》ノ法《ハウ》ヲ取立《トリタテ》テ衆生《シユシヤウ》ヲ地獄《チコク》ヘ落《ヲトサン》トセラル、不思議《フシキ》サヨトテ、選択《センチヤク》ノ形木《カタキ》ヲウチハリシキザミニ黒谷《クロタニ》ヲ追出《ヲイイタ》セラレ、當寺《トウシ》ハ大原《ヲウハラ》ニ住《スミ》サムラウ。マシテ導師《タウシ》仕《ツカマツラン》《ツイシユツ》　ト聞《キコ》ヘテハ廣座《クワウ□》トモ、ハヽカル事《コト》サウラハシ、狼藉《ラウセキ》【3オ】仕《ツカマツリ》サウラウナン。カヽル大《タヒ》事《シ》ノ御供養《ヲクヤウ》ニ妨□ゲヲ成《ナサン》事口惜《コトクチヲシ》カルベキ事《コト》ニ候《ソウロフ》。餘《ヨノ》ノ導師《トウシ》ヲ被レ召《メサレ》候ヘ。源空《ケンクウ》ニ置候《ヲキソウラフ》テハカナヒ候間敷《マシキ》」由《ヨシ》ヲ奏聞有《ソウモンアリ》ケレバ、鎌倉殿《カマクラトノ》、「頼朝《ヨリトモ》ガハカラヒタルベカラズ」トテ、当帝《トウテヒ》ヘ奏聞有《ソウモンアリ》ケル。帝王《テイハウ》ヲ始《ハシ》メ奉《タテマツ》リ公卿殿上《クケウテンシヤウ》、「サテイカヽ有《アル》ベキ」ト【3ウ】詮義《センキ》シ玉フ。大宮《ミヤ》ノ左《サ》大将《シヤウ》忠光《タヽミツ》公《コウ》ノ被レ申ケルハ、「白河《シラカワ》ノ院《イン》ノ仰《ヲホセ》ニモ、「何事《ナニコト》モ丸《マル》ガ意《コヽロ》ニ背事《ソムケルコト》ハナケレ共《トモ》、カモ川《カワ》ノ水《ミツ》ト雙六《スコロク》ノサイ山法師《ヤマハウシ》ノ心ロ、是《コレ》三ツハ丸《マル》ガ心ロニ叶物《カナハヌモノ》ゾ」トインゼンアル。然者《シカレハ》、各々《ヲノ〳〵》ノ詮義《センキ》ニハ、天台《テンタヒ》ノ座主《サス》ヲ被レ召《メサレ》候ヘ」ト被レ申《モウサレ》ケレハ、「**可然**□□」【4オ】トテ、天台《テンタイ》ノ座主《サス》ヲ被《サル》レ召《メ》ベキトゾ定《サタマリ》ケリ。其《ソノ》**後**□奈良法師《ナラハウシ》此事《コノコト》ヲ承《ウケタマワ》リ、「左様《サヤウ》ノ御事《ヲンコト》ナラバ我《ワカ》カ寺《テラ》ノ徳業《トクコウ》コソ御導師《ヲンタウシ》ハセラルベケレ。故何《ユヘイカン》ト成《ナル》ニ、聖武皇帝《シヤウムクワウテイ》ノ御チギリアサカラサリシ三臺女御《サンタイニヨコ》ニスギヲクレ奉《タテマツ》リ御ナゲキフカヽリシニ、死出《シテ》ノ山《ヤマ》ヨリホトヽギスニ女御《ニヨカウ》ノ御歌《ヲンウタ》ヲヨミテ【4ウ】娑婆《シヤハ》ヘコトツテ玉《タマ》ヒシ事有《コトアリ》。歌《ウタ》ニ云《イワ》ク、「ワクラハニ問《トウ》人在《アラ》ハホトヽギス死出《シテ》ノ山《ヤマ》ヲバヒトリコソユケ」ト、カナニカキテホトヽギスノ足《アシ》ニユイツケテツカワサレケレバ、卯月《ウツキ》八日ニ内裏《タイリ》ノ上《ウヘ》ヲナキ廻《メクル》也。公卿殿《クケウテン》上人鞠《マリ》ノ會《クワヒ》アリケルガ、ハツネメヅラシク聞《キコ》ユル物《モノ》カナトテ、雲《クモ》井《イ》ヲ御ラン□【5オ】レバ、文《フミ》ヲクヒキリテ落《ヲトシタリ》　。大臣達不《シンタチフ》思《シ》□事《コト》ニヲボシメシ、是《コレ》ヲ取上《トリアケ》テ帝王《テイワウ》ニ奏《ソウ》シ申サレケレバ、則《スナワチ》ヒラキ御覧《ラン》アレバ、女御《ニヨカウ》ノ御手跡《シユセキ》ニテヨミ玉ヒシウタ也。御ランシテ御ナミダニムセバセ玉ヒテ、「アナムサンヤ御《コ》存生《ソンシヤウ》ノ時《トキ》ハ万乗《ハンセウ》ノ位《クラヒ》ニソナハリ国母《コクホ》女院《ニヨイン》トカシヅカレテ、サコソ目出《メテタク》【5ウ】御《マシ》座《マシ》カトモ死出《シテ》ノ山《ヤマ》ヲハ只《タヽ》ヒトリコヘユキ玉ヒゴサンナレ」トテ、キサキノ御為《ヲンタメ》ニトテ金銅《コントウ》十六丈《シヤウ》ノ恒《ル》舎那《シヤナ》仏《フツ》ヲヰタテマツリ行基菩薩《キヤウキホサツ》ヲ御《ヲン》ツカヒトシテ中天竺《チウテンシク》ヨリ婆羅門尊者《ハラモンソンシヤ》ヲ請《シヤウ》シ下　奉《クタシタテマツ》リ供養《クヤウ》ヲトゲサセ玉ヒシ也《ナリ》。我《ワカ》カ寺《テラ》ノ本願《ホンクワン》　徳業《トクコウ》コソ導師《トウシ》ヲバセラル□【6オ】べケレ」ト申《マウシ》ケレバ、寺《ロラ》ノ僧綱《ソウコウ》是《コレ》ヲ聞《キヽ》テ、左「□左様ニ候ハ、、我《ワカ》カ寺《テラ》ノ誦源法印《シユケンハウイン》コソ顕密《ケンミツ》ノ家《イヘ》ニテ御座《マシマセ》バ御導師《ヲントウシ》ハセラルベキ」ト申上《アケ》ケル。帝王《テイワウ》ヲ始　奉《ハシメタテマツ》リ田舎《テンシヤ》ノ武士《フシ》等《トウ》ニ至　迄《イタルマテ》、何《イツレ》ヲ導師《トウシ》ニ定《サタム》ヘシトモヲボヘス。カヽル所《トコロ》ニカヂハラ鎌倉殿《カマクラトノ》ノ御前《マエ》ニ参《マヒリ》リテ、「地《チ》躰御心《タイヲンコヽ》ロセバキ御事《ヲンコト》ニテ御座《コサ》サ【6ウ】ムラウ。下ラウノ物サヘ富貴《フツキ》ノ家《イヘ》ニ生《ウマ》レタルニハ、堂《タウ》ヲ作《ツク》リ塔《タウ》ヲクミテ二座三座《ニササンサ》ノ説法《セツハウ》ヲハセサスル事《コト》ニテ候《サムラウ》ゾカシ。イハンヤ大日本《タヒニツホン》一番《ハン》ノ大仏《タヒフツ》ノ御供養《ヲンクヤウ》ニ一座《サ》ノ御説法《コセツハウ》ハスゲナキ御事《ヲンコト》ニテ御座《コサ》サムラウ。只《タヽ》三人ナガラ被レ召《メサレ》サムラヘ。」ト被申《モウサレ》ケレバ、「可レ然《シカ□ヘシ》」トテ三坐《サ》ノ説法《セツハウ》

ニ定《サタマリヌ》□。【7オ】御布施《ヲンフセ》ニハ千《セン》物千《セン》ニ定《サタマ》リヌ。又《マタ》一二番《ハン》ヲゾアラ□ソヒケル。サテ「タレカ一番《ハン》ノ御導師《ヲントウシ》ヲセラルベキ」ト被レ申ケレハ、山《ヤマ》ノ大衆《タヒシユウ》「我《ワカ》カ山《ヤマ》ノウヘヲバコスベキ。座主《サス》一番《ハン》」トゾ申ケル。又奈良法《マタナラハウ》師《シ》ノ申ケルハ、「過族《クハシヨク》ヲタテンスル方《カタ》ハ誰　山《タレカヤマ》ニヲトルヘキ。東大《トウ》寺《シ》ハ聖武《シヤウム》天王□御願《コクワン》　所興福寺《シヨカウフクシ》ハ檀戒公《タンカイカウ》ノ【7ウ】氏寺《ウチテラ》也。過族《クワシヨク》エ□ウモ南都《ナント》ヲハ誰《タレ》カコスベキ。徳業《トクコウ》一番《ハン》」トゾ申ケル。又寺《マタテラ》ノ僧綱《ソウコウ》申ケルハ、「其義《ソノキ》ナラバ我《ワカ》カ寺《テラ》ノ法印《ハウイン》コソ九条殿《クテウトノ》ノ御子息《コシソク》ニ寿楽院《シユラクイン》ノ寛　明僧正《クワンメイソウシヤウ》ノ御弟子《テシ》也《ナリ》。法印御導師《ハウインヲントウシ》ヲセラルベシ」トゾ被レ申ケル。何《イツレ》モ〳〵論《ロン》シ玉フ何《イツレ》ヲ一番《ハン》ト定《サタ》ムベシトモヲボシメサス。又《マタ》カカヂ□【8オ】ハラ申ケルハ、「左様《サヤウ》ニ候ハヽ、公事《クシ》ヲトラセサムラヘシ□。クジノハカリ事《コト》ハカタウラミサウラハシ」トテ井八「井八」の左側に「三人ノ」とある。」御代官《タイクワン》ノ召《メシ》テ、安達　藤九《アンタチノトウク》郎《ラウ》クジヲ以《モツ》テトラス。𦬇「𦬇」の右側に「実ニ」とある。」山王権現《サンワウコンケン》ノ御ハカラヒニテサフラヒケン。山ハ一番《ハン》ニ取当《トリアタル》。南都《ナント》ハ二番《ハン》、寺《テラ》ハ三番《ハン》ニ定《サタマ》リケリ。サテ法會《ハウヱ》ノ儀式《キシキ》山《ヤマ》ノ大衆《タヒシユフ》　一千人【8ウ】奈良《ナラ》法師《ハウシ》一

千人寺《テラ》ノ僧綱《ソウコウ》一千人ノ始テ、三千人大行《タヒキヤウ》道《タウ》ニ立廻《タチメクル》。錫杖《シヤクシヤウ》ノ役《ヤク》ハ山《ヤマ》ヨリ圓入房《エンニウハウ》、伽陀《カタ》ノ役《ヤク》ハ南都《ナント》ヨリ率《ソツ》ノ法印《ハウイン》、但馬《タシマ》ノ阿闍梨《アシヤリ》、戒壇院《カイタンイン》ノ大夫《タヒフ》房《ハウ》、円明院《エンメイイン》ノ式部《シキフ》ノ阿闍梨《アシヤリ》ヲ始《ハシメ》トシテ、十二人トゾ聞《キコ》ヘケル。鐃鉢《ネウハチ》ノ役《ヤク》ハ、寺《テラ》ヨリ学乗《カクチヤウ》房《ハウ》、道永《タウエイ》房《ハウ》、各□《ヲノ〳〵》【9オ】清僧達我《セウソウタチワレ》ヲトラジト出立《イテタチ》ケレバ、天《テン》人モ影《ヤウ》□シ堅牢地《ケンラウシ》神梵天四《シンホンテンシ》王龍神《ワウリウシン》八部《フ》モ御《コ》納受《ノウシユフ》御座《マシマス》ラントゾヲボヘケル。サル程《ホト》ニ上臈《シヤウラウ》タチ輿車《コシクルマ》ニノリツラナリテ御聴《ヲンチヤウ》聞《モン》セラル。座主《サス》ノ御《コ》説法《セツハウ》始《ハシマ》リ、近《チカキ》モトヲキモ一文《モン》一句《ク》モ御《コ》聴《チヤウ》聞《モン》事《コト》モナカリケリ。是《コレ》ヲ始《ハシメ》トシテ三座《サ》ノ御《コ》説法《セツハウ》タレ【9ウ】コソ耳《ミヽ》ニ入《イリ》御聴聞ノ事モナカリケリ。鎌倉殿《カマクラトノ》ノ北《キタ》ノ御方《ヲンカタ》大将殿《シヤウトノ》ヘ御使《ヲンツカヒ》ヲ以《モツ》テ申サセ玉ヒケルハ、「東国《トウコク》ヨリ仏《ホトケ》ノ御《コ》説法聴聞《セツハウチヤウモン》ノ為《タメ》ニ上《ノホリ》リテサムラヘドモ、何事《ナニコト》ノ聴聞事《チヤウモンコト》モサムラハネバ法然《ハウネン》上人ノ御《コ》説法聴聞申《セツハウチヤウモンマウシ》サムラハバヤ」ト申サセ玉ヒケレバ、頼朝《ヨリトモ》モ、「サコソト存《ソシ》サムラヘ」トテ御使《ヲンツカヒ》【10オ】被ㇾ参。上人モ今《イマ》コソ心ロヤスク存《ソ□》サムラヘトテ「参《マヒ》リサムラウベシ」ト御返事《ヲンヘンシ》有《アリ》。サル程《ホト》ニ山《ヤマ》ノ大衆《シユフ》是《コレ》ヲ聞《キヽ》テ、「不思義《フシキ》ノ法然房《ハウネンハウ》ノ振舞《フルマヒ》カナ。碩学達《セキカクタチ》ノ御《コ》説法《セツハウ》ノ後《ノチ》ニナニテウ法《ハウ》ヲ延《ノフ》ベキ。イカサマニモ浄土門《シヤウトモン》ヲホメテ餘宗《ヨシユフ》ヲソシラントゾ思《ヲモフ》ラン。若《モシ》サモアラバユスヨリ引落《ヒキヲロシ》ハヂヲ【10ウ】アタエン。」トテ、大衆《シユフ》一二百人スガタヲヤツシテ聴聞衆《チヤウモンシユ》ニマジハリケリ。上人是《コレ》ヲシロシ被ㇾ召《メサレ》タレ共《トモ》、六青《シヤウ》色小《イロコ》袖《ソテ》ノサル躰《テイ》ナルヲ二ツハガリニウス、ミゾメノ衣《コロモ》ヲ召《メシ》テ高野《カウヤ》ヒガサヲメシ、ドコトモナゲナル躰《テイ》ニテ入堂《ニウタウ》ス。御トモニハ小坂《コサカ》ノ善恵房《センエハウ》、長楽《チヤウラ》ノ隆《リウ》寛《クワン》、引接房《インセウハウ》、ツクシノ聖光房《シヤウクワウハウ》□【11オ】始トシテ、御弟子《テシ》十二人御トモ也。上人ノユスチ□カクツラナリ玉フ。若殿上《ワカテンシヤウ》ヒト、「アライヤシゲノ御《ヲン》房ヤコシ車《クルマ》ニテコソ被ㇾ参《マイラル》ベキニ、カチハダシニテ見苦《ミクルシ》サヨ。是《コレ》ハ本《モト》ヨリノ貧僧《ヒンソウ》カ」ナンド、、サ、ヤキワラヒケリ。聖《シヤウ》人東西《ニントウサヒ》ヲ御ランシテ、イク千万《センマン》トモナキ聴聞衆《チヤウモンシユ》ハ皆《ミナ》死人《シニン》ゾカシト【11ウ】ヲボシメシ、御泪《ナミタ》ヲ流《ナカ》サセ玉ヒケレバ、北面《ホク□□》ノ下臈共《ケラウトモ》、「説法《セツハウ》スベキ様《ヤウ》ナクテナキ玉《タマフ》フニコソ」トテワラヰ相《アイ》ケリ。上人金打《カネウチ》ナラシ鼻打《ハナウチ》カミ玉ヒ、東西《トウサイ》ヲ御ランジ廻《マワシ》、「人ノ身《ミ》ノ欲身《ヨクシン》ハヲソロシキ物ニテサムラウ。碩学達《セキカクタチ》ノアトニ源空《ケンクウ》ガ参リサムラヘハ、ナニ《ナニ》条法《テウハウ》ヲトキ延ベキ。イ如何様□【12オ】

施物《セモツ》ニコソ意《コヽロ》ヲ懸《カケ》テ参リタルラメトゾヲ□□メシサムラウラン。夫尤《ソレモツトモ》コトハリ也。亦タ御聴《コチヤウモンシ□》聞衆ノ御聞《ヲンキコヘ》ハヅカシカルベキ御事《コト》ニテサムラウ。才学口財博覧《サイカクコウサイハクラン》ノ人多《アマタ》御度《ワタリ》サムラヘバ、ハツカシクコソサムラヘ共《トモ》、一座《サ》ノ説法《セツハウ》ハ可レ仕サムラウ。定《サタメ》テ山《ヤマ》ノ大衆《シユフ》、イカ様《サマ》ニ【12ウ】浄土門《シヤウトモン》ヲホメテ余宗《ヨシユウ》ヲソシラバハヂヲ當《アタエン》トヲボシメシサムラウラン。八万四千ノ法皆衆生《ハウミナシユシヤウ》ノキコムニ随《シタカヒ》テ説《トキ》ヲキ玉ヘル法《ハウ》ナレハ、何《イツレ》ヲソシリ何《イツレ》ヲ正《シヤウ》トスベキ共《トモ》、不《ス》レ覚《ヲホヘ》サムラウ。中《ナカ》ニモ我《ワカ》カ身《ミ》ノ躰《タイ》ハ妙法《メウハウ》蓮華経《レンケキヤウ》ノ五字《ジ》ヲ以《モツ》テ建立《コンリウ》シ玉フ事也《コトナリ》。ムネニハ□□【13オ】八葉《ヨウ》ノ蓮華《レンケ》有《アリ》。佛皆是《ホトケミナコレ》ニ座《サ》シ玉□ヘリ。カルガユヘニ悪業《アクコウ》モトヨリツネニナシ、妄想顛倒《マウサウテンタウ》ヨリヲコル。心蔵《シンノサウ》ニテキヨケレバ衆生《シユシヤウ》モトヨリ佛《ホトケ》也。故《カルカユヘ》ニ法華経《ホツケキヤウ》ト申スハ、中天竺《シク》ノアルジ浄飯《シヤウホン》大王ノ御子《ヲンコ》悉達太子《シツタタヒシ》十九歳《サイ》ニテ大道心《トウシン》ヲコサセ玉フ御チギリ深《フカ》【13ウ】カリシ耶《ヤ》修多《シユタ》羅《ラ》夫《フ》人《ニン》ヲ背《ソムキ》、ヒ［「イ」に重ねて書いてある。］トブシン［「ミ」に重ねて書いてある。］ノ御子《ヲンコ》羅《ラ》睺羅《コラ》ヲフリステヽ、檀徳仙《タントクセン》ニ被《ラセ》レ至《イタ》玉フ。阿私《シ》仙《セン》人ニ仕《ツカ》ヘテ難行《ナンキヤウ》六年苦行《ネンクキヤウ》六年シ、并《ナラヒ》ニ卅成道御《シヤウタウヲン》

頭《カシラ》剃除《タイシヨ》シ玉ヒテ、釋尊《シヤクソン》ト顕《アラワレ》玉ヒシガ、一字《シ》一點《テン》成共《ナリトモ》、此御経《コノヲンキヤウ》ヲアダニ可《ヘキ》レ申《ス》事ナシ。サレバ書写《シヨ》□【14オ】供養《クヤウ》シテ筒《ツヽ》ニ奉納《ホウノウ》仕奉《タテマツ》ルハ、クサキイ□御《ヲン》経《キヤウ》ニ當《アテ》シトテ口ニフクメンヲ仕《シ》奉納《ハウノウ》シ奉《タテマツ》ル御経也。懸《カヽ》ル目出《メテタキ》御経《キヤウ》ヲバ末代悪世《マツタヒアクセ》ノ衆生《シユシヤウラ》等争《イカテ》カ持《タモチヘキ》可レ奉《タテマツル》。亦真言教《マタシンコンケ》ト申ハ、人ト成事《ナルコト》ハ、父《チチ》ノ隠《イン》、母《ハハ》ノ隠《イン》ヲ以《モツ》テ人《ヒト》ト成物《ナルモノ》也。北斗《ホクト》七星延命《シヤウエンメイ》経ニハ九曜《クヤウ》【14ウ】七曜ノ星《ホシ》ノ集《アツマリテ》 造《ツクリ》コシラヘラル事ナレバ、大骨小《タイコツシヤウ》骨肉肝《コツニクカン》目口鼻《メクチハナ》六根《コン》佛《ホト》ケナラズト云事ナシ。出入《シユツニウ》ノ息氣《イキ》ワ金《コン》剛界胎蔵界動《カウカイタヒサウカヒウコキ》ハタラク事インケイナラズト云事ナシ。就《ナカンツク》レ中ニ、北斗《ホクト》七星《シヤウ》ハ人ヲ作《ツク》リテ頂《イタヽキ》ヲ座《サ》トセリ。最後《サイコ》臨終《リンシユウ》ノ時迄《トキマテモ》死霊《シリヤウ》ヲ定《サタ》メ時《トキ》ニ随《シタカヒ》テ衆生《シユシヤウ》ヲ□【15オ】守《シユ》護《コ》シ玉フ。九曜《ヨウ》七曜《ヨウ》ハ酒《サケ》ト也飯《ナルハン》トナリ□衆生《シユシヤウ》ヲ守護《シユコ》シ玉フ。衆生終《シユシヤウヲワラン》トスルトキ北斗《ホクト》前立座《サキタチサ》ヲハナレテ出《イテ》玉フヲ、ヒカリ物出《モノイツ》ルトイヘドモ、是《コレ》スナワチ人玉《タマ》也。懸目出法《カヽルメテタキハウ》ナレバ、七年ノ兼行《ケンキヤウ》五年《ネン》三年百日ノ精進《シヤウシン》潔済《ケツサイ》シテコソ傳法灌頂《テンハウクワンチヤウ》ハ仕《ツカマツリ》【15ウ】サムラヘ。如レ是サムラウ間、下界《ケ》ノ衆生此法《コノハウ》ヲバ争《イカテ》カ可《ヘキ》レ持《タモツ》。亦《マ》タ坐禅《サセン》修行《シユキヤウ》ト申ハ、達摩《タルマ》以下《イケ》ノ智《チ》人達《ニンタチ》ノ樹下《シユケ》石上《セキシヤウ》ニコモ

リ岩《イワ》ヲ坐《サ》ト定《サタメ》メヒザヲクミ手《テ》ヲ結《ムスヒ》テ三業《サンコ》ヲシヅメ身ヲハタラカサデ七年五年トシテ徳法《トクハウ》ナンドハ仕《ツカマツリ》サフラヘ。末世《マツセ》ノ□【16オ】衆生ハ風《カセ》ノ木《コ》ズヘヲナラスガ如ク海《ウミ》ノナミノ□荒《アレ》タルガ如ク散乱《サンラン》凍動《ソトウ》ノ意《コヽロ》ナレハ、争《イカテ》カタヤスク懸《カヽル》坐《サ》禅《セン》ヲバ可レ仕《ツカマツル》。懸《カヽル》事《コト》ヲ存知《ソンチ》仕《シ》玉ヒテ、釋尊世《シヤクソンヨ》ニ出《イテ》サセ玉ヒテ八万四千ノ教法《ケウハウ》ヲ説《トキ》玉フ中ニ、大无量寿経《ムリヤウシユキヤウ》ニ曰《イワ》ク、「末法《マツハウ》万年、余経悉滅《ヨキヤウシチメツ》、弥《ミ》陀《タ》一教《ケウ》、利物偏増《リモツヘンソウ》」ト【16ウ】説玉ヘリ。此経ヲ善導《センタウ》釋《シヤク》シテノ玉ハク、「万年三寶滅《ハウメツ》、此経《シキヤウ》住《シユフ》百年、尓時《ニシ》聞《モン》一念《ネン》、皆当徳生《カイトウトクシヤウ》彼《ヒ》」ト説《トキ》玉ヘリ。懸《カヽ》ル御事ニテサムラヘハ、源空浄土門《ケンクウシヤウトモン》ヲ取立《トリタテ》サムラヘバ、外道《ケトウ》ノ法《ハウ》ヲ取立《トリタテ》テ衆生ヲ地獄《チコク》ヘ落《ヲトサン》ト仕《ツカマツル》トテ山中《サンチウ》ヲオヒ被レ出テサムラヘバ、争《イカテ》カ聖教所判《シヤウケウシヨハン》ヲハ背《ソムキ》候ヘキニ【17オ】諸佛《シヨフツ》ハ十方佛土《フツト》ヲ建立《コンリウ》シテ衆生《シユシヤウ》ヲ導《ミチ》□ビカントチカヒ御座共餘《マシマセトモヨ》佛《フツ》ハ顕密兼学浄行持律《ケンミツケンカクシヤウキヤウシリツ》ノ物ヲコソ迎《ムカエ》ントハチカヒ御座《マシマセ》。西方極楽《サイハウコクラク》ノ阿弥陀仏ハ十悪五逆《アクコキヤク》ノ衆生《シユシヤウ》ハ永《ナカ》ク三途《ツ》ニシヅミテ浮《ウカムマ》間敷《シキ》カトナゲカセ玉ヒテ、五劫思惟《コウシユイ》ノ間結跏《アヒタケツカ》趺座《フサ》仕《シ》玉ヒテ四十八願《クワン》ヲ越《ヲコサ》セ玉《タマ》ヒテ【17ウ】第《タイ》十八ノ願《クワン》ニ六字名号《シミヤウ》ヲ造《ツクラ》セ玉ヒテ乃至《ナイシ》十念《ネン》ノ願《クワン》ヲ越《ヲコシ》玉ヘリ。抑《ソモ》〱五劫思惟《カウシユイ》ト申スハ、一劫《カウ》ノ深《フカ》キ事高《タカ》サ八十里《リ》ノ般若《ハンシヤク》ヲ天人ノハ衣《コロモ》ヲキテ三年ニ一度遍下《トアマクタリ》玉ヒテ、此岩《イワ》ヲナデ、ハ上《ノホ》リ〱皆《ミナ》ナデツクセルヲ一劫《カウ》ト申ス也。亦タ八十里《リ》ノ箱《ハコ》ニケシ満《ミチ》タランヲ天《テン》人三年ニ一度《ト》ツ、下《クタ》リテ一ツ、取《トリ》ツクセルヲ一□《コウ》【18オ】ト申ス也。如レ是《カクノコトク》ノ方《ハウ》八十里《リ》ノ岩《イワ》ヲナテツクシ□□里《リ》ノ箱《ハコ》ノケシヲ取《トリ》ツクス事五《コトイツ》ツ取《トリ》ツクスヲ五劫思惟《コウシユイ》トハ申シタル事ニテ候。是程久敷安《コレホトヒサシクアン》シ御座《マシマス》功能《クノウ》イカ程《ホト》カオボシメシ候。念仏《ネンフツ》ヲバ貴賤《キセン》上下ニ至《イタル》迄《マテ》南無阿弥陀仏ト申スハ安《ヤス》キ事《コト》也。佛《ホトケ》ノ兆載永《テウサイヤウ》劫ノ間タニ衆生ヲ仏《ホトケ》ニナサントテ案《アン》シ御座《マシマシ》ケルアリカタサヨトテ【18ウ】南無阿弥陀仏ト申コソ八十億劫《ヲクコウ》ノ罪《ツミ》ノ重罪《チウサイ》ノ消滅《シヤウメツ》スルコト疑《ウタカヒナシ》。一念《ネン》十念《ネン》ノ功能《クノウ》ノ深《フカキ》キ事タトユルニ、高限樹《カウケンシユ》ト云木ヲヒ上《ノホル》事一日ニ百丈《シヤウ》ツ、百年ヲヒ上《ノホ》ル、此木《コノキ》ノ高《タカサ》ニ金銀《コンコン》七寶《ハウ》ノ塔《タウ》ヲクミタラント一念《ネン》ノ功能《クノウ》ト對《タヒ》シ候《サウラ》ヘハ、高限樹《カウケンシユ》ノ高《タカ》サノ塔《タウ》ノ十分《フン》一モ一念ニハ及《ヲヨ》フ不レ可《ヘカラス》ト見《ミヘ》テ候。亦毘《マタヒ》蘭□《ランフウ》【19オ】ト云風《イウカセ》ハ大力《リキ》ノ矢《ヤ》ヲ射《イ》タシタラン事東西《トウサイ□》南北《ホク》ヲ廻《メクラ》テヲコタラズ百千年フキ行《ユキ》タラントヲサノ間《アヒタ》ニ金銀《コンコン》七寶《ハウ》ノ堂塔《タウトウ》ヲヒツシト造《ツクリ》タラント念仏《ネンフツ》一返ノ功徳《クトク》ト對《タヒ》スレバ、毘蘭《ヒラン》風《フウ》ノ吹行《フキユキ》タランアトノ堂塔《トウタウ》ハ十分《フン》一モ一念《ネン》ノ功徳《クトク》ニハヨリツク不レ可《ヘカラス》ト見《ミヘ》テ候。サテ又《マタ》十念《ネン》ノ功《ク》徳ハ天竺恒《テンチクコウ》河《カ》ト云【19ウ】河有《カワアリ》。無熱《ムネツ》ノ池《イケ》ヨリ流《ナカレ》タル河也《カワナリ》。廣《ヒロ》サ四千里《リ》フカサ四千里《リ》ナリ。ミナ上《カミ》ヨリミナツ迄《マテ》百万三千六百里《リ》流《ナカレ》タル河《カワ》ナリ。川《カワ》ノ砂《イサコ》ノ数程《カスホト》金銀《コンコン》七寶《ハウ》ノ堂塔《タウタウ》ヲ造立《サウリウ》仕《シ》タラン功徳《クトク》ト念仏十念ノ功徳《クトク》ト對《タイ》スレバ、千分《フン》一モ十念ノ功徳《クトク》ニハ不レ可レ及《ヘカラスヲヨフ》見《ミヘ》テ候。亦《マタ》一大三千世界《セカヒ》ノ草木《サウモク》ヲ集《アツメ》テ灰《ハイ》ニヤキ、是《コレ》ハソノ山《ヤマ》ノ木《キ》ノ灰彼《ハイカレ》ハ此□《コノヤマノ》【20オ】草《クサ》ノ灰《ハイ》ト仏《ホトケ》ハシロシメセドモ、一念十念ノ功□《クトロ》ヲバ説《トキ》ツクシガタシト佛《ホトケ》ハ説《トキ》玉ヒテ候。中ニモ此法ハ女人《ニヨ》ノ為《タメ》ニ發《ヲコシ》玉ヒタル願《クワン》ニテ候。三古《コ》ヲシヅメテ耳《ミヽ》ヲソバダテ、能々聞《ヨク〳〵キヽ》候ヘ。女人ハ三世ノ諸仏《ショフツ》ニステラレテ仏《ホトケ》ニ可レ成《ナルヘキ》事ナシ。我《ワカ》カ朝《テウ》ハ少国《ショウコク》タリト雖《イヘトモ》、女人参《マイラ》ヌ所《トコロ》ハ多《ヲヽ》ク候。吉野《ヨシノ》ノ奥《ヲク》ハ不動院《フタウイン》、比叡《ヒエイ》山《サン》ニハ【20ウ】坂本《サカモト》ヲ限《カキル》。高野山《カウヤサン》ニハ不動坂《フタウサカ》、天王寺《テンワウシ》ニハ寶塔《ハウタウ》、善光寺《センクワウシ》ニハ堂之内《タウノウチ》ヘハ参共御《マイレトモミ》カウシノ内《ウチ》ヘハ参《マイル》事ナシ。サレバ涅槃経《ネハンキヤウ》ニハ「女人地獄使《シコクシ》、永断仏種子《ヤウタンフツシユシ》、外面似菩薩《ケメンシホサツ》、内心如夜叉《ナイシンニヨヤシヤ》」トノ玉ヘリ。

此文ノ意《コヽロ》ハ、「女人ハ地獄《シコク》ノ使《ツカヒ》也、永《ナカク》仏子《フツシ》ノ種《タネ》ヲ断《タツ》。外面《ホカノヲモテ》ハ菩薩《ホサツ》ニ似《ニタリ》トイヘトモ内心《ナイシン》ハ夜叉《ヤシヤ》ノコトシ」。同《ヲナシ》経《キヤウ》ノ廿一巻《クワン》ノ【21オ】文ニ云ク、「諸有三千界《ショウセンカイ》、男子《ナンシ》諸煩悩《ショホンノウ》、含集《カンシユウ》以□一人、女人之業障《ニヨシコウシヤウ》」トノ玉ヘリ。「諸有《アラユル》三千界《カヒ》ノ男子《ナンシ》ノ諸々《モロ〳〵》ノ煩悩《ホンノウ》ヲ含集《カンシウ》《アツメ》シテ以《モツテ》女人一人ノ業障《コツシヤウ》トス」トノ玉ヘリ。亦同経《マタヲナシキキヤウ》ノ廿三巻《クワン》ノ文ニ云ク、「女人大广王《タヒマワウ》、能食一切人《ノウシキサイニン》、現世作纏縛《ケンセサテンハク》、後生《コシヤウ》為怨敵《イヲンテキ》」トノ玉ヘリ。此文《モン》ノ意《コヽロ》ハ、「女人ハ大广王《タヒマワウ》、能《ヨク》一切《サイ》ノ人《ヒト》ヲ【21ウ】食《クラウ》、現世《ケンセ》ニハ纏縛《テンハク》ト成《ナリ》、後生《コシヤウ》ニハ怨敵《ヲンテキ》ト成《ナル》」トノ玉ヘリ。心地観経《シンシクワンキヤウ》ノ一ノ巻《マキ》ノ四条《テウ》メニノ玉ハク、「三世諸仏眼《セショフツケン》、堕落於大地《タラクヲシ》、法界諸女人《ハウカヒショ》、永成仏願《エイシヤウフツクワン》」トノ玉ヘリ。此文《モン》ノ意《コヽロ》ハ、「三世諸仏《ショフツ》ノ御《ヲン》眼《マナコ》ハ、大地《シ》ニ随《シタカウ》レ落《ヲチ》トモ、法界《ハウカヒ》ノ女人ハ、永《ナカ》ク成仏《シヤウフツ》ノ願《クワン》ナシ」トノ玉ヘリ。亦《マ》タ阿含経《アコンキヤウ》ノ一巻ノ廿一条《テウ》ニノ玉ハク、「一見於女人《ケンヲ》、永結三途業《ヤウケツツカウ》、何□《カキヤウ》【22オ】於《ヲ》一犯《ホン》、定堕無間獄《シヤウタムケンコク》」トノ玉ヘリ。此文ノ意《コヽロ》ハ、「一《ヒトタヒ》□ヲ見《ミレハ》、永《ナカク》三途《ツ》ノ難《ナン》ヲ結《ムスフ》、況《イハンヤ》一《ヒトタヒモ》犯《ヲカシ》ヌレハ、定《サタメ》テ无間獄《ムケンコク》ニ堕《ヲツ》」ト云《イヘ》リ。法華経《ホツケキヤウ》ノ五ノ巻《マキ》ニノ玉ハク、「一者不徳作梵天王《シヤフトクサホンテンワウ》、二者帝尺《シヤタヒシヤク》、三者广王《マワウ》、四者転輪《シヤテンリン》聖王《シヤウワウ》、五者仏身《シヤフツシン》」トノ玉ヘリ。此文ノ意《コヽロ》ハ、「女人ハ、一ニ梵天王《ホンテンワウ》ト成《ナル》コトヲ不《ス》レ得《エ》、二《ツ》ニハ帝尺《タヒシヤク》ト成《ナル》コトヲ不《エス》レ徳、三《ツ》ニハ广《マ》王《ワウ》トナラス、【22ウ】四《ツ》ニ者転輪聖《テンリンシヤウ》王《ワウ》トモナラス、五ニハ仏《ホトケ》ニナルミニテモナシ」トノ玉ヘリ。三世《セ》ノ諸仏《シヨフツ》ニステラレタリ。女ノ頂《イタヽキ》ニハクツチノカナヘアリ。カタニハ火毒《クワトク》ノホムラ有《アリ》。ハラニハ釼《ケン》ホコノツルギノ山有《アリ》。如《ノ》レ是不浄悪業《フシヤウアクカウ》ノ科《トカ》ヲ身《ミ》ノ中《ウチ》ニツヽメルニ仍《ヨツテ》、女人ヲバトコシナヘニイミ深《フカク》忌《イマレ》タル物《モノ》ト説《トキ》玉ヘルナレハ、女帝《タヒ》ノ御門《ミカト》ハ此涅槃経《コノネツハンキヤウ》ヲ御覧《コランシ》【23オ】テ、「ブタウノ仏《ホトケ》ノ御有様《ヲンアリサマ》カナ。サナガラ女人ノ悪《アク》□ヲタテ玉フ口惜《クチヲシ》サヨ」トテ、涅槃経《ネツハンキヤウ》四千巻ヲ皆《ミナ》ヤキハラハセ玉ヒシヲ、御子《ヲンコ》徳一大師《トクイチタイシ》碩学《セキカク》ニミナワタラセ玉ヒシカバ、ソラニオボヘテ書留《カキトヽメ》、日本《ニツホン》ニハ廣《ヒロメ》玉ヒシ御事也。女人ノ業障《コツシヤウ》ノ事、如《カクノコトク》レ是アサマシキ事カキリナシトイヘトモ、阿弥陀如来《アミタニヨライ》廣大无《クワウタヒム》邊《ヘン》ノ【23ウ】御慈悲《ヲシヒニ》テ四十八願《クワン》ノ中ニ第《タヒ》卅五ノ願《クワン》ニ曰ク、「説《セツ》我徳《カトク》仏、十方无量《ムリヤウ》、不可思議《フカシキ》、諸仏世《シヨフツセ》界《カイ》、其有《コウ》女人、聞我《モンカ》名号《ミヤウコウ》、歓喜信楽《クワンキシンケウ》、發菩提心《ホツホタヒシン》、厭悪《エンヲ》如身、寿終之《シユシユウシ》業《コウ》、復《フ》為《イ》女像者《ニヨサウシヤ》、不取《シユ》正覚《カク》」ト説《トキ》玉ヘリ。此願《クワン》ノ意《コヽロ》ハ、「タトヒ佛《ホトケ》ヲ徳《エ》タランニ、十方无量不可思議《ハウムリヤウフカシキ》諸仏世界《カイ》ニ、ソレ女人有《アリ》テ我カ《ワカ》名号《ミヤウカウヲ》【24オ】聞《キヽ》テ、歓喜《クワンキ》信楽《シンケウ》《テマコトニタノシンテ》シテ菩提心《ホタヒシン》ヲ発《ヲコシ》テ、女身《ニヨシン》□悪厭《ニクミイトヒ》寿終《イノチヲワリテ》《ヨロコヒヨロコテン》後《ノチ》、マタ女像《サウ》トナラハ正覚《カク》ヲトラシ」トチカヒ玉ヘリ。正《マサ》ニシルベシ。亦タ女人成仏《シヤウフツ》ノ願成就《クワンシヤウシユ》ノ文ニ曰ク、「即《スナワチ》弥陀《ミタ》ノ本願力《ホンクワンリキ》ニヨルガ故《ユヘニ》、女人仏《ホトケ》ノ名号《カウ》ヲ称《シヤウ》シテ正《マサシ》ク命終《ミヤウシユウ》《イノチヲハル》ノトキ女身《ニヨシン》ヲ転《テン》シテ男子ト成《ナル》事ヲ徳《エ》テ、弥陀《ミタ》手《テ》ヲサヅケ菩薩身《ホサツシン》ヲ【24ウ】タスケテ寳華《ホウケ》ノ中《ウチ》ニ座《サ》シ、仏ニ随《シタカヒ》テ往生《ワウシヤウ》シ仏ノ大會《エ》ニ入《イリ》テ无生忍《ムシヤウニン》ヲ證悟《シヤウコ》ス。」亦《マタ》、一切ノ女人若弥陀《モシミタ》ノ各願《クワン》ニヨラズハ、千劫《センカウ》万劫恒河沙劫《カウカウカシヤカウ》ニモツヰニ女身ヲ轉《テン》スル事ヲ徳《ウ》ベカラズ。正《マサロ》シルベシ。今或《イマアルイ》ハ道俗有《タウソクアリ》テ云ク、女人浄土《シヤウト》ニ生《ウマル》ル事ヲ不《ス》レ徳《エ》トイハヽ、妄悪《マウアク》ナリ。信《シン》スヘカラス。正覚《シヤウカク》【25オ】トラシトチカヒ玉フ。関東《クワントウ》ノ女生達《シヤウタチ》、能々《ヨク〳〵》比□聞持《キヽタモチ》テ念仏申《ネンフツマウサ》セ可レ玉フ。油断《ユタン》シテ地獄《チコク》ヘ落《ヲチ》サセ玉フナ。女人ハ男《ヲトコ》ニマシテ取分《トリワケ》念仏申サセ可レ玉フ。亦タ天《テン》女成仏経《シヤウフツキヤウ》ニハ女人ノ方人《カトウト》セラレテ候也。天無《テンナク》シテハ雨《アメ》フラズ、地無《チナク》シテハ草木生《ソウモクヲヒ》ス。天ト地《チ》トノメグミニテ草木《ソウモク》ハ出生《シツシヤウ》シ候ヘバ【25ウ】夫《ソレ》ニ違《タカハ》ス女人ハ三千世界《カイ》ノ仏《ホトケ》ノ蔵《クラ》トコソ説《トキ》玉ヒテ候へ。女人ナカンニハ争《イカテカ》仏ノタネヲバツグベキ。サレハ文ニハ、「女人誹《ヒ》謗《ハウ》、諸仏誹謗断《ショフツヒハウタン》」トテ、女人一人ノ謗《ハウ》ヅレバ諸仏《ショフツ》ヲ謗《ソシル》也ト説《トキ》玉フ。タノモシキカナヤ。サリナカラ是《コレ》ヲタノミテ油断《ユタン》シ地獄《コク》ニ落《ヲチ》サセ玉フナ。亦観《マタクワン》【26オ】无量寿経《ムリヤウロ》ニ、三輩《ハイ》ヲ分《ワケ》ラレタリ。上輩《ハイ》□念仏ハ読誦大《トクシユタイ》セウケ○タヒ一義《キ》如説《セツ》ニ勇猛精進《ユミヤウシヤウシン》ニシテ一日七日一心不乱《ラン》ニシテ申ス念仏ハ大乗《シヤウ》ノ念仏ト聞《キコヘ》タリ。中ハイノ念仏ハ、戒《カイ》ヲタモチ時《トキ》ヲシテ申ス念仏ニテ候。下輩《ハイ》ノ念仏《ヒヒ》「ミセケチ」念仏ハ、阿弥如来ノ仰ニ抑々《ソモ〱》人《ヒト》ト成《ナル》【26ウ】者ハ、身ノツタナキ事大海ヲカタムケテス、グトモ、イカテカ清《キヨ》クナルベキナレ共阿弥陀如来ノ御チカヒニハ、「不論不浄《ロンフシヤウ》、不論心乱《フロンシンラン》、但念弥陀《タンネミタ》、即得《ソクトク》往生《ワウシヤウ》」ト説《トキ》玉フ。サレバ汚穢《ワエ》不浄《フシヤウ》ヲモキラワズ、行住《シユウサ》座臥《クワシ》時所諸縁《シヨシヨエン》トテ、ネテモサメテモ他事無《タシナ》ク念□【27オ】タニ申サバ上輩《ハイ》中輩《ハイ》ヲコヘテ浄土《シヤウト》ノ□生《ワロシヤウ》ヲトゲン事、又何《ナニ》ノ疑《ウタカヒ》カ候ベキ。念仏誹謗《ヒハウ》ノ者《モノ》ハ阿鼻《アヒ》大城《シヤウ》ニヲチテ長時《チヤウチ》ニ苦悩受也《クノウウクルナリ》。若其地獄破《モシソノチコクヤフレ》ナバ他方《タハウ》《ヨノカタ》ノ阿鼻地獄《ヒチコク》ニ落《ヲツ》。如《カクノコトク》レ是、展轉《テンテン》シテ出ル其期《ソノコ》ヲ仏《ホトケ》ハシリ玉ハスト説《トキ》玉ヘリ。返々《カヘス〱》モ諸法《シヨハウ》ヲ謗《ハウス》ル事ナカレ」ト、【27ウ】迦陵頻《カレウヒン》ノ御音《ヲンコヘ》ニテ午《ムマ》ノ時《トキ》ヨリ説《セツ》法始《ハシマリ》テ酉《トリ》ノ時《トキ》迄《マテ》説《トキ》玉フ。近《チカ》キモトヲキモ御音《コヘ》ノ不《ヲヨハス》レ及ト云《イフ》事ナシ。聴聞《チヤウモン》ノ輩《トモカラ》袖《ソテ》ヲヌラサヌハナカリケリ。ハヤ廻向《エカウ》ノ丁《カネ》ウチナラシテ、ユスヨリヲリサセ玉ヘハ、公卿殿《クキヤウテン》上人《シヤウヒト》御車《クルマ》ヨリヲリ、カリギヌソクタヒノ袖《ソテ》ヲ合《アワセ》テ各々《ヲノ》礼拝《ライハイシ》仕奉《タテマツル》。コ、ニ悪僧《アクソウ》一人【28オ】上人ニ立《タチ》向《ムカヒ》テ「謗《ハウ》《ヒホウスル》法ノ罪《サイ》人ハ、アビ地獄《チコク》ニ落《ヲロ》、長時《チヤウシク》苦悩《ノウ》ヲ請《ウクル》ト説《トキ》玉ヘルハ何ノ経《キヤウ》ノ文《モン》ソヤ」上人取《トリ》アヘス「大仏頂《チヤウ》《イタヽク》経《キヤウ》文也」ト答《コタヘ》玉フ。此僧《コノソウ》ケサヲシノケテ合掌《カツシヤウ》シテ、「後生《コシヤウ》タスケ玉へ」トテ礼《ライ》シ奉《タテマツ》リテ足《アシ》ハヤニソノキケル。サテ御布施《フセ》ニハ大将殿《シヤウトノ》ヨリ御馬《ムマ》六百ヒキ北《キタ》ノ御方《ヲンカタ》ヨリ長《ナカ》モチ三百エタ【28ウ】其外《ソノホカ》大名《ミヤウ》タチ御馬《ヲンムマ》十二ヒキ長《ナカ》へ十エタ廿エタ、イカホト、云フ数《カス》ヲシラス参《マイラセ》テ、皆悉《ミナコト〱》クナラベヲキ玉フ。亦《マタ》タ帝王《テイワウ》ヨリ御車《クルマ》ニ数《カス》ノ寶《タカラ》ヲツマセラレテ牛《ウシ》ニヒカセテ御マイラセ有《アリ》ケリ。サテ亦《マ》タ悪僧《アクソウ》一人出来《イテキタリ》テ云ク、「高限樹《カウケンシユ》ノ木《キ》一日ニ百丈《テウ》ツ、ヲヒ上《ノホル》ヲ百年ヲヒ上高《ノホルタカ》サホト金銀《カンコン》七寶《ハウ》【29オ】塔《タウ》ヲクミタラント、念仏《フツ》一返《ヘン》ノ功徳《クトク》ト對《タヒ》スレ

□、十分《フン》一モ念仏一返ノ功徳《クトク》ニハ不レ可レ及ト説《トキ》玉フ。上○支證《シシヤウ》在《アル》カ［「在《アル》カ」は、「ハ」に重ねて書いてある。］、ハ、カリナガラヲガミ申度由《タキヨシ》ヲ申ス。［「上○支證《シシヤウ》ハ〜申ス」の行の右側に、「○口ニ任《マカセ》テ弁舌《ヘンセツ》ハ誰《タレ》モヲトルマシ当《タウ》座《サ》ヲヒテ 上」とある。］上人支證《シシヤウ》ヲ○ヲヨソミセントテ、帝王《テイワウ》ヨリノ御車《クル》ニ数《カス》ノ寳《タカラ》ヲツマセラレ牛《ウシ》ニヒカセテ玉ハルト一紙《シ》念仏六字《シ》アソバシテハカリニカケテ【29ウ】ミセ玉ヘハ、車《クルマ》ハ牛《ウシ》トモニハネケレハ、一紙《シ》ノ念仏ハ未《イマ》タ地《チ》モトヨリアガリ玉ハス。悪僧《アクソウ》キモヲケシテ、合掌《カツシヤウ》シ、「後生《コシヤウ》タスケ玉ヘ」トテ、ソレヨリ御弟子《テシ》ニ罷成《マカリナル》。大往生《ワウシヤウ》ヲトゲ玉フ。善悪《センアク》ノ二ツトテ悪《アク》ニツヨキニヨリ如レ是《カクノコトク》ノ徳《トク》ヲ得《エ》テ往生《ワウシヤウ》ヲトグル也。何《イツレ》モ〱シラザル【30オ】事ハフシン申クルシカラヌト申タトヘハ此事也。能々《ヨク〱》心得《ココロエ》テネテモサメテモワスレス念仏可レ申斗肝要也《カンヤウナリ》。サテ御布施《フセ》ハ悉《コト〱》ク修理《シユリ》レウニヲキ玉ヒテ上人ハ只《タヽ》ソノマヽニ御帰《コキ》ラク也ウン〱。大仏供養之御縁起【30ウ】永禄八年乙丑十二月吉日【31オ】

注

（1）『大仏供養物語』『有善女物語』『松虫鈴虫物語』『為盛発心因縁』『源海上人伝記』など。本稿で扱った談義本の一部は、後掲注（4）（5）（10）の拙稿においても論じた。

（2）このような物語の構造については、森正人氏「〈物語の場〉と〈場の物語〉・序説」（『説話論集』第一集、清文堂、一九九一年）、阿部泰郎氏「対話様式作品論序説―『聞持記』をめぐりて―」（『日本文学』三七―六、一九八八年六月）、同氏「対話様式作品論再説―〝語り〟を〝書くこと〟をめぐりて―」（『名古屋大学国語国文学』七五、一九九四年十二月）など参照。

（3）恋田知子氏「『慈巧聖人極楽往生問答』にみる女人説話―談義・唱導と物語草子―」（『国語国文』七二―六、二〇〇三年六月）。

（4）拙稿「お伽草子と女人往生の説法―『ゐんがく』『花情物語』『胡蝶物語』を中心に―」（『詞林』二三、一九九八年四月）参照。
（5）拙稿「『有善女物語』考」（『語文』七四、二〇〇〇年五月）、石川透氏「慶応義塾図書館蔵『有善女物語』解題・翻刻」（『三田国文』三五、二〇〇二年三月）。
（6）仏光寺蔵「絵系図」序題は存覚の筆と考えられており、後続の絵系図にもその書体を真似た物が多い。信仰の造形的表現研究委員会編『真宗重宝聚英』十（同朋舎、一九八八年）参照。
（7）小山正文氏「蓮如と真宗聖教―宝徳二年宗俊本『御伝鈔』をめぐって―」（『親鸞と真宗絵伝』（法蔵館、二〇〇〇年）、初出一九九七年）。
（8）黒田佳世氏「『阿弥陀の本地』と浄土真宗―仏教大学図書館蔵本と新出慈願寺本をめぐって―」（『説話文学研究』三六、二〇〇一年六月）。
（9）引野亨輔氏「真宗談義本の近世的展開」（『日本歴史』六三五、二〇〇一年四月）参照。
（10）本書の途中、『大仏供養物語』本文末尾（三三丁表）には、「圓了六十三歳／此書之」とある。本書については、拙稿「『大仏供養物語』考」（伊井春樹編『古代中世文学研究論集』第三集、和泉書院、二〇〇一年）で紹介したが、その後、和田清美氏より、「圓了」が、真宗大谷派金龍山本光寺（岐阜県郡上郡明宝村寒水）の第十三世であり、「修善坊」がその坊号であること、「鷲原」については、宝暦十三年十二月九日修善坊宛の「売渡シ申御田地山之事」に「鷲原田地」と見える（金子貞二氏『明方村史　史料編　上』（一九八三年）一三八頁）ことなどを御教示いただいた。
（11）拙稿「『大仏の御縁起』考」（『待兼山論叢』三五、二〇〇一年十二月）参照。
（12）北西弘氏『一向一揆の研究』第一編第一章第三節「知識と談義本」参照。
（13）前掲注(10)拙稿。なお、拙稿発表後、慶應義塾図書館蔵本は、石川透氏「慶応義塾図書館蔵『大仏供養物語』解題・翻刻」（『三田国文』三四、二〇〇一年九月）において翻刻紹介されている。
（14）岸部武利氏「真宗聖教に就いて」（『真宗研究』一七　一九七二年十二月）に『拾遺古徳伝』との同文関係についての指摘があることを黒田佳世氏より御教示いただいた。岸部氏は本稿でいう【一類本】のみを取り上げて同文関係を箇略に指摘されているが、「初期の真宗教学」の「法然＝親鸞と言う立場」、「源空を強く意識した」「様な雰囲気の中で出来たもの」との指摘が参考になった。

(15) 小山正文氏「法然絵伝と真宗」（注(7)前掲書、初出一九八八年）。

(16) 本書の所在について、小山正文氏より御教示いただいた。また、本書の閲覧にあたり、正福寺御住職篠原映之師には、多大な御親切を賜った。深く御礼申し上げます。

(17) 珠洲市史編さん専門委員会編、第二巻＝資料編　中世・寺院・歴史考古、一九七八年。本書には、正福寺の他、正院町西村家、蛸島町光行寺に伝存する真宗聖教も紹介されている。

(18) 『法然上人松虫』（後補外題）は、『松虫鈴虫物語』（『真宗史料集成五』に専想寺蔵本所収）の一伝本である。この物語は、隆寛作とされる『法然上人秘伝』の一部でもある。

(19) 室町期の写本については未調査。『法然上人伝全集』と大きく異なるのは以下の部分である。八五二頁下段一〇行目「上人の御意」以下八五三頁下段一二行目「往生すべきむね」までを欠き、「入御アリシカレバ女人ノ念仏ニ帰シ往生決定スヘキムネヲ五箇日ノアヒタ」と続く。同八五六頁下段七行目「辰の一点より終日に」が「辰ノ一点ヨリ晩ニオヨフマテ七百余人ノ碩徳ヒメモスニ」となっている。なお、『法然上人伝全集』における平仮名箇所は、底本では片仮名である。

(20) 京都府立山城郷土資料館編『南山城の寺社縁起』（京都府立山城郷土資料館特別展展示図録一三、一九九三年）所収の写真資料及び解説による。

「奇談」史の一齣

飯倉洋一

一　「奇談」史に関わる従来の研究

本稿は、近世中期における仮名読物史（漢字仮名交じりで書かれた読物全般を指す呼称。現行の「小説史」という言い方に抵抗があるので、仮にこの語を用いる）構想の端緒として、当時の書籍目録に「奇談」として挙げられた読物群について考察するものである。書籍目録における「奇談」は、宝暦四年刊行の『新増書籍目録』（京、永田調兵衛。以下宝暦目録と称する）において初めて登場し、次の明和九年刊行の『大増書籍目録』（京、武村新兵衛。以下明和目録と称する）にも継続して挙げられた（これ以後は、出版点数多数のため総合的な目録は刊行されていない）。ここでは、この二つの目録に搭載された、享保から明和にいたる約五十年の間に刊行された「奇談」書（その数は優に百を超える）の文学史的意味について、具体的な問題に限定して考えたいと思う。ちなみに、従来「奇談」という切り口で、一群の書物を一括して考えたのは、拙稿「奇談から読本へ」（中野三敏編『日本の近世12　文学と美術の成熟』、中央公論社、一九九三年）、同「「奇談」の場」（『語文』第七十八輯、大阪大学国語国文学会、二〇〇二年）、同『明和九年刊書籍目録所載「奇談」書の研究』（一九九九～二〇〇一年度科学研究費補助金基盤研究(C)(2)研究成果報告書、二〇〇二年）のみだろうと思う。もちろんこれらの「奇談」書は、部分的には別の観点（たとえば「読本」史であり、「談義本」史である）からは、三田村鳶魚・水谷不倒・中村幸彦・野田壽雄・中野三敏らによって、古くから言及されてきた。しかし、先学が全く言及しなかった本も「奇談」書群の中には存在する。取り上げられるか否かは、作品としての完成度の問題よりも、それぞれの構想する文学観・文学史の枠組みに収まるかどうかの問題だったと思われる。私は先に挙げた一連の拙稿で「奇談」書の出版を、文学史上のひとつの「運動」と見ることが可能であるかどうかを検証してきたが、本稿もその一環である。書籍目録の概念によるジャンル把握がどこまで可能であるか、またかかる視角からする文学史が従来と異なる相貌を示すかどうかを問題意識としている。

「奇談」書の中で、現行の近世文学史の教科書に出てくるような書目を挙げれば、例えば次のようなものがある。教訓「談義本」作者佚斎樗山の『六道士会録』『英雄軍談』などの諸作品。「初期読本」の祖といわれる都賀庭鐘の『英草紙』と『繁野話』。狭義の「談義本」ブームの火付け役である、静観房好阿の『当世下手談義』『教訓続下手談義』『諸州奇事談』などの諸作品。粋談義・色談義と言われ、『洒落本大成』に収められている『当世花街談義』。百物語怪談の『太平百物語』『古今百物語』『新説百物語』などの短編説話集。水滸伝の影響を受けた最初の「読本」と言われる『湘中八雄伝』。秋成の浮世草子『諸道聴聞世間猿』。他に噺本『百物語』の改題本『世説雑話』や仮名草子『浮世物語』の改題本『続可笑記』などの改題本も少なくない。現在の「奇談」の語感では到底捉えられない書物が多く入っていることが、むしろ考察の手がかりになるようである。

「奇談」書が従来の文学史研究における問題意識と重なるとすれば、第一に「読本」前史（「初期読本」成立論）の問題であり、第二に「談義本」史の問題があげられよう。

「読本」前史とは、すなわち「読本」の成立基盤を考えていくものである。「読本」の成立に、山口剛「読本の発生」（「文学思想研究」4、一九二六年。のち『江戸文学研究』、『山口剛著作集〈第二巻〉』所収）が指摘した白話小説の影響が決定的であったことはいまや周知の文学史的事実である。中国語の学習のために利用されていた白話小説が、むしろ娯楽読み物として知識人の間で楽しまれるようになるには、同時代の日本の読物（説話・物語）に対する物足りなさがあったためだろう。「読本」の黎明期でもある宝暦明和期間の「奇談」書の輩出は、白話小説が脚光を浴び始めるころの読書界の、混沌とした状況を反映した風景――一方では仮名草子の安易な焼き直し、一方では果敢な試行錯誤の軌跡が見られるなど――でもあったのである。

中村幸彦「読本発生に関する諸問題」（『国語・国文』第十六巻第六号、一九四八年。のち『近世小説史の研究』、『中村幸彦著述集〈第五巻〉』所収）は、山口の慧眼に敬意を表しながらも、「読本」が中国白話小説の模倣によってのみ成立したわけではないことを説き、「従来の小説年表類を見るに、この初期読本の部分は、甚だ蕪雑の様態を呈する。中国白話小説の翻案もあれば、日本古今の世事俗談もあり、仏教説話の長編あれば、短編怪奇の談話集もあり、さては仮名草子の改題本すらも混ずる。（中略）この初期読本の混沌の中から、叙上の読本の諸特徴の萌芽と、その成長と、それの環境をなす該界の潮流を見きわめること、即ち読本発生の検討である」と述べる。そして実録物・怪談物・仏教勧化物という三傾向を「初期読本」の潮流として析出し、三傾向を併せ持つ白話小説の影響力の必然を解説する。また、「読本」の長編構成については史書・古典・軍記などからの取材や、雅俗論への拘泥、仏教長編説話の借用などに触れている。中村の周到な論は、現在もなお輝きを失わない。

中村の論に加えて、日野龍夫「読本前史」（『文学』一九八〇年六・七月号。のち『宣長と秋成』、筑摩書房、一九八四年所収）は、「読本」述作に「歴史を読む行為が先行している」点を重視して、文人の歴史趣味の顕われとしての、漢文による擬文・記事・論などの文章が「読本」の源流の一要素であると指摘した。また白石良夫は「読本前史管見」（『読本研究』一輯、一九八六年。のち『江戸時代学芸史論考』三弥生書店、二〇〇〇年所収）で、説話集に考証を加えた新しい形の読物の中でも、俗説をあげて博引傍証をもってこれを正すという形式をもって読書界に歓迎された井沢蟠龍の『俗説弁』シリーズを「読本」前史を考える上で重要だとする。

いずれの考察も、『英草紙』『雨月物語』など庭鐘・秋成の作品に「初期読本」を代表させて、そこへ至る「読本」前史を論じているように思われる。しかし、いうまでもなく寛延から明和にかけての「初期読本」の作者達の中でも、庭鐘・秋成は突出した存在であった。白話小説の影響も、歴史意識も、考証癖も看取できない「初期読本」が少なからず存在したこともまた確かである。篠原進は「『英草紙』以後—初期読本論序説」（『青山語文』第三十三号、二〇〇三年）で、それらの従来あまり検討が進んでいない「初期読本」の一群を検討し、宝暦期の「読本」における演劇離れ、八文字屋本離れは、まだ不十分であったとする。ここで篠原は、「初期読本」がほとんど収載されるところの、宝暦・明和目録所載の「奇談」を手がかりに、そこから「初期読本」の性格を絞っていこうとしているようである。これは前掲拙稿の方法に一部重なるが、「初期読本」のタームを捨ててしまうところまでには至っていない。しかし、より素朴に、当時の書籍目録の分類概念である「奇談」書だけで一度文学史を考えてみる試みがあってもよいのではないか。

実は「奇談」書は、これら「初期読本」の「蕪雑」「混沌」を飲み込んだ上に、さらに談義本やそれ以外の雑多な書物を含む。中でも従来「談義本」にジャンル分類されている書物のほとんどが「奇談」に収められるということは、この時代における「談義本」と「初期読本」の未分化を示すと言ってよいだろう。半紙本五冊の書型も共通している。とくに宝暦四年に出版された目録に同年出版の「談義本」が、数多く搭載されていることは、「奇談」イコール「談義本」という認識をうかがわせる。「奇談」書の考察に「談義本」の検討が必須であり、逆に「談義本」というジャンル設定、「談義本」の範囲認定に、「奇談」書の分析が関わってくるだろうと予想されるのである。

「談義本」の研究は水谷不倒・三田村鳶魚の先駆的研究に始まる。不倒は、『草双紙と読本の研究』（奥川書房、一九三四年）で「過渡期の読本」として増穂残口・静観房好阿・伊藤単朴を「談義物」作者として、佚斎樗山・大江文坡らを「寓意小説」作者として言及し、『選択古書解題』（奥川書房、一九三七年）で多数の「談義本」を紹介した。とくに後者は、「奇談」書の中のいくつかについては、その概要を知るのに今もってこれしか頼るものがないという貴重な存在である。鳶魚は、「滑稽本概説」（『江戸文学叢書　滑稽本名作集』、一九三六年、のち『三田村鳶魚全集』第廿二巻）で、「談義物」の成立背景を享保の庶民教化政策、学芸界における三教一致の風潮、談義説法の流行などから説き、「談義物」の特徴は、勧善懲悪の教訓を旨としながら滑稽の要素を持ち、穴の指摘や諷諫を行うこと、洒落本や滑稽本に影響を与えたこと、文運東漸の始まりに位置することなどの重要な指摘をした。

戦後、野田壽雄は「談義本について」（『国語と国文学』一九五〇年一月号）、「談義本の発展」（『国語国文研究』第六号、一九五二年）を発表、安永九年刊『風姿戯言』序文に「談義本」の呼称のあるところから「談義本」というジャンルを提唱、その範囲を『当世下手談義』（宝暦二年刊）から『風姿戯言』までとした。野田によれば、「談義本」とは実際の談義を元にしているものであり、樗山の『田舎荘子』系のものとは一線を画すべきだという。野田の研究は『日本近世小説史　談義本編』（勉誠社、一九九五年）に集大成されている。中野三敏は野田の定義した「談義本」を「狭義の談義本」とし、残口樗山ら静観房以前の談義物を含めて「広義の談義本」とした。中野の一連の研究は『戯作研究』（中央公論社、一九七三年）に、「談義本」の史的展望については『〈新日本古典文学大系81〉田舎荘子・当世下手談義・当世穴さがし』解題（岩波書店、一九九〇年。のち『十八世紀の江戸文芸』岩波書店、一九九九年）の「談義本略史」に書かれている。

先述したように、「奇談」書の中に「談義本」はかなり含まれてくるが、完全に重なっているわけではない。「談義本」が取りこぼし、かつ「初期読本」にも入れられないような書物が存在する。「読本」史にも「談義本」史にも登場しない、それらの書物は、「奇談」史というものを仮設したときに、初めて史的位置づけを得ることができるだろう。たとえば現在望みうる、近世「小説」全体を見渡した通史で、個人の執筆にかかるものといえば、中村幸彦『近世小説史』（『中村幸彦著述集〈第四巻〉』、中央公論社、一九八七年）が思い浮かぶのだが、そこでも「談義本」と「初期読本」の間にあるような本の扱いには苦慮の跡が窺える。もちろん、「奇談」というジャンルを安易に認めることはできないし、従来の評価も、「奇談」に奇談以外のものが多く含まれているゆえに、あまり信用がおかれていないというのが実情である（前掲野田壽雄・中村幸彦論文等）。しかし、宝暦明和期の混沌とした読書界の状況については、さまざまなアプローチがあってもよいだろうと考える。

二　「奇談」史の仮設および「奇談」書年表の試み

「古今奇談」という角書をもつ『英草紙』（半紙本五冊、寛延二年刊）は「読本の祖」とされ、近世仮名読物史において重要な存在であることは言うまでもない。かつて私は、『英草紙』が、宝暦目録において「奇談」書の中に分類されていたことに着目し、「奇談」書の中で「奇談」書を超える方法を獲得したところに「読本」成立の一要素があったという観点から、『英草紙』の文学史的位置を再考しようと試みたことがあった。『英草紙』を「奇談」書の中に還元し、そこからの突出性に読本の萌芽を見ようとしたのである（前掲拙稿「奇談から読本へ」）。

宝暦目録と明和目録の分類項目「奇談」には、各々五十七点、七十六点の書物が搭載される（ただし重複するもの五点）。それらは、現在の文学史用語でいう「談義本」、「奇談系読本」（「初期読本」）、「前期滑稽本」、「浮世草子」などであり、加えて教訓書、俳諧書、地理書、農業書、遊戯書なども含まれ、内容的には雑多なものである。そして、書籍目録の分類からみると、隣接分類項目に「教訓」と「風流読本」（現在の「浮世草子」に相当）さらに「雑書」（随筆類が多い）があった。

享保十四年刊の『新書籍目録』（京、永田調兵衛刊）以後の、分類目録の形態をとる書籍目録における仮名読物の主な分類項目とその点数を表にすると、次のようである【表1】（なお明和書目以後は刊行点数が多いため、総合書籍目録は姿を消す）。

【表1】

	仮名物並草紙類	教訓	奇談	風流読本	雑書	計
享保目録（一七二九）	141				50	191
宝暦目録（一七五四）		19	57	95	69	240
明和目録（一七七二）		20	76	33	110	239

享保目録の「仮名物草紙類」は、浮世草子が中心である。浮世草子は宝暦目録では「風流読本」に概ね載っている。「教訓」「奇談」の登場は、享保末期ごろからの浮世草子の漸減に代って、新傾向の読物が現れてきたと考えてよいだろう。「風流読本」には分類できないし、「雑書」と一括りにもできない書物群が登場してきたのである。「教訓」とは書名に「教訓」が付くなど、一見して教訓書であろうと見当がつくものが多い。徳川吉宗の庶民強化政策に応じた教訓書ブームの顕れと見てよい。しかし「奇談」は、先述したように、内容的には、教訓から滑稽まで、あるいは故事説話から怪談巷説まで、幅広く収載されており、明和目録では、点数も「風流読本」を上回るまでになる。宝暦四年以後明和年間にわたって「奇談」の時代が到来したと言ってよいだろう。

もっとも「教訓」「奇談」「風流読本」の区別は一部可換的であって、この三つに区分する明確な指標があるわけではない。たとえば、宝暦目録で「風流読本」に分類されていた『非人敵討実録』は、明和目録で「奇談」に入れられたし、逆に宝暦目録で「奇談」に分類されていた『当世花街談義』は、明和目録では「風流読本」に収められている。このように隣接領域に重なりを持ちながらも、しかし確実に「奇談」の特徴はつかめる。それは、①半紙本四冊または五冊の形態、②青色系の表紙。③漢字平仮名交じりの本文、④一冊十数丁から二十丁の丁数。⑤各冊に挿絵一、二図という外形的特徴と、⑥短編説話の集成という枠組み、そして⑦問答・談義・咄などの〈語り〉の多用である。

これらの「奇談」書を刊行年代順に、版元のデータも併せて並べてみたのが次の表である【表2】。可能な限り原本の諸本を探索し、初版と思われるもののデータを挙げているが、原本が不明のものもいくつかある。そういうものは、『享保以後大阪出版書籍目録』『江戸出版書目（割印帳）』の記述で補ったが、それでも不明なものは後ろに回した。また刊記に複数の書肆が連記されている場合も、この二書に従って、できるだけ一肆に絞って記述した。もとより遺漏や錯誤もあろうが、「奇談」年表の叩き台として掲げることにする。「備考」欄は筆者の覚書程度のものであり、不備が多いことを許されたい。なお、宝暦目録、明和目録ともに、もともと刊行順には並んでいない。それらは冊数、書名、著者を記すのみである。

【表2】

刊年	書名	書型冊数	著者	刊行地	版元	備考
宝永六（一七〇九）	大和怪異記	半7		京都	柳枝軒	出所付の説話集
享保十四（一七二九）	三獣演談	半3	神田白竜子	江戸	松会堂	動物問答の談義
享保十四（一七二九）	六道士会録	半5	佚斎樗山	江戸	西村源六	武家教訓談義
享保十六（一七三一）	続一休噺	半4	也来	大坂	河内屋喜兵衛	咄本
享保十六（一七三一）	昔男時世妝	半5	也来	大坂	瀬戸物屋伝兵衛	古典俗解
享保十七（一七三二）	太平百物語	半5	祐佐	大坂	河内屋宇兵衛	奇談説話集
享保十七（一七三二）	都荘子	半4	信更生	京都	野田屋弥兵衛	『田舎荘子』系教訓談義
享保十八（一七三三）	野総茗話	半4	常盤潭北	江戸	西村源六	教訓書

享保十九（一七三四）	造化問答	半4	安居斎宗伯	江戸	小川彦九郎	教訓談義。改題本に『夢中老子』。
享保十九（一七三四）	御伽厚化粧	半5	筆天斎	大坂	本屋長右衛門	奇談説話集・浮世草子
享保十九（一七三四）	近代世事談	半5	菊岡沾涼	江戸	西村源六・万屋清兵衛	百科全書
享保二十（一七三五）	英雄軍談	半5	佚斎樗山	京都	西村市郎衛門・江戸西村源六	地獄物。教訓談義。改題本に『奇談戯草』。
元文二（一七三七）	渡世伝授車	半5	都塵舎	京都	菊屋利兵衛	浮世草子
寛保二（一七四二）	夢中一休	半4	田中友水子	大坂	大野木市兵衛	教訓談義
寛保二（一七四二）	雑編田舎荘子	半3	佚斎樗山	江戸	和泉屋吉兵衛	教訓談義
寛保二（一七四二）	雑編田舎荘子右編	半3	佚斎樗山	江戸	和泉屋吉兵衛	教訓談義
寛保三（一七四三）	面影荘子	半4	田中友水子	大坂	渋川清右衛門	教訓談義
寛保三（一七四三）	諸国里人談	半5	菊岡沾涼	江戸	池田屋源助・須原屋清右衛門	奇談異聞集
寛保三（一七四三）	藻塩袋	半5	菊岡沾涼	江戸	若菜屋小兵衛	俳諧注釈（故事考証）
延享四（一七四七）	本朝俗諺志	半5	菊岡沾涼	江戸	須原屋平左衛門	諸国記事集
延享四（一七四七）	世説児談	半5	壄雅亮	江戸	須原屋茂兵衛	説話集
延享四（一七四七）	夢中老子	半4	燕志堂	江戸	須原屋平左衛門	『造化問答』改題本
寛延二（一七四九）	虚実雑談集	半5	恕翁	江戸	須原屋茂兵衛	奇談説話
寛延二（一七四九）	英草紙	半5	都賀庭鐘	大坂	柏原屋清右衛門	国字小説（初期読本）
寛延二（一七四九）	児戯笑談	半4	中村三近子	京都	西村市郎衛門	教訓談義。改題本に安永五年『浮世ごうし』。

寛延三（一七五〇）	諸州奇事談	半5	静観房好阿	江戸	須原屋平左衛門	奇談説話集
寛延三（一七五〇）	怪談登志男	半5	素汲子	江戸	須原屋太兵衛	奇談説話集
寛延三（一七五〇）	万世百物語	半5	鳥有庵	江戸	和泉屋吉兵衛	奇談説話集
寛延三（一七五〇）	朝鮮物語	半5	木村理右衛門	江戸	山城屋茂左衛門・藤木久市	朝鮮についての啓蒙書
寛延四（一七五一）	古今百物語	半5		大坂	吉文字屋市兵衛	奇談説話
寛延四（一七五一）	古事談	半6	雲水子	大坂	田原屋平兵衛	『御伽座頭』改題本。宇治拾遺・古今著聞抜粋。
寛延四（一七五一）	続古事談	半6	雲水子	大坂	田原屋平兵衛	『御伽座頭』改題本。宇治拾遺・古今著聞抜粋。
宝暦二（一七五二）	都老子	半4	後藤梨春	江戸	鶴本平蔵	教訓談義（宝暦奇談・明和奇談）
宝暦二（一七五二）	当世下手談義	半5	静観房好阿	江戸	大和屋安兵衛	「談義本」の典型。模倣作続出。
宝暦二（一七五二）	古今実物語	半4	北尾雪坑斎	大坂	和泉屋卯兵衛	奇談弁惑（古今弁惑実物語）
宝暦二（一七五二）	著聞雑々集	半5	酔雅子	大坂	吉文字屋市兵衛	奇談説話
宝暦三（一七五三）	教訓続下手談義	半5	静観房好阿	江戸	大和屋安兵衛	滑稽談義
宝暦三（一七五三）	老子形気	半4	新井祐登	大坂	吹田屋多四郎	教訓談義
宝暦三（一七五三）	桃太郎物語	半5	布袋室主人	江戸	小沢伊兵衛	長編物語
宝暦三（一七五三）	花間笑語	半4	大進	江戸	大坂屋平三郎	教訓談義
宝暦三（一七五三）	当風辻談義	半5	嫌阿	江戸	須原屋茂兵衛	滑稽談義
宝暦四（一七五四）	西播怪談実記	半5	春名忠成	大坂	吉文字屋市兵衛	西播の説話集
宝暦四（一七五四）	世説雑話	大4	鳥有道人	大坂	田原屋平兵衛	『百物語』改題本

宝暦四（一七五四）	非人敵討実録	半5	多田一芳	江戸	泉屋平三郎	宝暦目録では「風流読本」。改題本に「絵本襤褸錦」。
宝暦四（一七五四）	龍宮船	半4	張朱鱗	江戸	鶴本平蔵	奇談弁惑
宝暦四（一七五四）	下手談義聴聞集	半5	臥竹軒	江戸	出雲寺和泉	滑稽談義
宝暦四（一七五四）	当世花街談義	半5	孤舟	江戸	伏見屋吉兵衛他	色談義
宝暦四（一七五四）	返答下手談義	半5	儲酔	江戸	和泉屋仁兵衛	下手談義批判
宝暦四（一七五四）	無而七癖	半3	車尋・桴遊	江戸	小沢伊兵衛	説話集
宝暦四（一七五四）	銭湯新話	半5	伊藤単朴	江戸	梅村宗五郎	説話集
宝暦四（一七五四）	諺種初庚申	半5	紀逸	江戸	浅倉屋久兵衛	説話集
宝暦四（一七五四）	教訓不弁舌	半5	一応亭染子	江戸	吉文字屋次郎兵衛	滑稽談義
宝暦四（一七五四）	八景聞取法問	半5	梅牖	江戸	西村源六	改題本に『時勢世話談義』（安永八年）
宝暦五（一七五五）	雉鼎会談	半5	藤原陸	江戸	藤木久市	角書「中古雑話」
宝暦五（一七五五）	たのしみ草	半5	梅翁	江戸	吉文字屋次郎兵衛	たばこについての本。国書は「農業」。
宝暦五（一七五五）	繋下雑談	半5	陳珍斎	江戸	藤木久市	説話集
宝暦五（一七五五）	茅屋夜話	半5	隠几子	江戸	大和田安兵衛	説話集
宝暦五（一七五五）	舌耕夜話	半4	自楽軒	江戸	伏見屋善六	四日間の舌耕を写す。
宝暦五（一七五五）	地獄楽日記	半5	自楽	江戸	太田庄右衛門	地獄物。浮世草子のスタイル。
宝暦五（一七五五）	大進夜話	半4	大進	江戸	大阪屋又衛門	明和元年版・安永五年版あり。

宝暦五（一七五五）	不埒物語	半7	梅翁	江戸	吉文字屋次郎兵衛	地獄物。『根無草』に影響与える。
宝暦六（一七五六）	武人訓	半5	（不記）	大阪	吉文字屋市兵衛	『武家拾要』を改題刊行。
宝暦六（一七五六）	松実雑話	半5	玉真堂	江戸	竹川藤兵衛	内題「即功丸一名松実雑話」
宝暦七（一七五七）	続可笑記	大5	（不記）	大阪	吉文字屋市兵衛	『浮世物語』の改題本。宝暦二年丹波屋理兵衛版あり。
宝暦七（一七五七）	鷺水閑談	半4	鷺水	京都	白木屋半衛門	安永九年求版本あり。
宝暦七（一七五七）	道楽庵夜話	大2	金龍道人	京都	植村藤三郎	漢字片仮名交じり。
宝暦八（一七五八）	斎階俗談	半5	東華	江戸	太田庄右衛門	和漢奇談集成
宝暦八（一七五八）	見外白得瑠璃	半5	捨楽斎鈍草子	京都	銭屋七兵衛	滑稽文学全集7所収
宝暦九（一七五九）	金集談	半4	田保里	大坂	大野木市兵衛	角書「太平弁惑」
宝暦十〇（一七六〇）	豊年珍話	半5	静観房	江戸	辻村五兵衛	『諸州奇事談』の改題本。再改題本に『夭怪奇変』
宝暦十〇（一七六〇）	名なし草	半5	伴寵岳	江戸	川村源左衛門	問答形式による教訓書
宝暦十〇（一七六〇）	世説麒麟談	半5	春名忠成	大坂	吉文字屋市兵衛	『西播怪談実記』の後編
宝暦十一（一七六一）	当世百物かたり	5	（不記）	大坂	柏原屋五兵衛	『和漢乗合船』→『当世両面鏡』改題。原本不明。
宝暦十一（一七六一）	諸国古寺談	大5	（不記）	大坂	平瀬新右衛門	『諸国因えん物語』を改題刊行（大坂書目）。
宝暦十一（一七六一）	艶道微言	半4	長慶	江戸	辻村五兵衛	『艶道通鑑』に影響を受けた恋愛談義

宝暦十二(一七六二)	普世俗談	半5	残笑子	京都	蓍屋仁兵衛	世俗の諺を面白く説いたもの
宝暦十二(一七六二)	小差出双紙	5		大坂	正本屋仁兵衛	原本不明。大阪書目による。
宝暦十二(一七六二)	常盤八景	半4	馬世章	江戸	近江屋源七	芝居風景を八景に見立てた狂文
宝暦十二(一七六二)	本朝国語	半5	矢島酋甫	大坂	吉文字屋市兵衛	
宝暦十三(一七六三)	今昔雑冥談	半5	清涼井蘇来	江戸	吉文字屋次郎兵衛	改題本に『怪異夜話』
宝暦十三(一七六三)	今昔諸国咄	6	(不明)	大坂	升屋大蔵	原本不明。大阪書目による。『当世はつ鑑』の改題本。
宝暦十三(一七六三)	俗談唐詩選	半5	風物	江戸	大坂平三郎	唐詩選の詩題に由来する説話集
明和元(一七六四)	庭虫群談	4	(不明)	大坂	秋田屋太右衛門	『蜘蛍夜話』の改題本『御伽夜話』の改題本。
明和元(一七六四)	市井雑談集	半3	林自見正森	京都	野田弥兵衛	異聞集成
明和二(一七六五)	胡徒然	5	白梅山人	江戸	野田七兵衛	原本不明。割印帳による。
明和二(一七六五)	平かな談義帖	5	(不明)	大坂	柏原屋佐兵衛	原本不明。大阪書目による。
明和二(一七六五)	水の行衛	半5	平秩東作	江戸	須原屋市兵衛	教訓談義
明和三(一七六六)	怪談実録	半5	浪花亭紀常因	江戸	須原屋茂兵衛	怪談集
明和三(一七六六)	復讐奇譚	半6	西向庵	江戸	竹川藤兵衛	漢字片仮名交じり。仏教長編説話。
明和三(一七六六)	諸道聴聞世間猿	半5	損徳叟	大坂	正本屋清兵衛	浮世草子
明和三(一七六六)	繁野話	半6	都賀庭鐘	大坂	柏原屋清衛門	『英草紙』の後編に当たる初期読本
明和四(一七六七)	新説百物語	半5	高古堂主人	京都	小幡宗右衛門	怪談説話集

明和四(一七六七)	浮世荘子	半4	雪翁	京都	河南四郎右衛門	『田舎荘子』系の動植物の問答。
明和五(一七六八)	怪談御伽猿	半4	大江文坡	京都	秋田屋伊兵衛	奇談集
明和五(一七六八)	新選百物語	半5	鳥飼酔雅	大坂	吉文字屋市兵衛	奇談説話集
明和五(一七六八)	怪談笈日記	半5	大江文坡	京都	菊屋長兵衛	『宿直草』に新たに説話を加える。
明和五(一七六八)	怪談宿直袋	半5	大江文坡	京都	菊屋長兵衛	『宿直草』から採話。
明和五(一七六八)	花実御伽硯	半5	半月庵	江戸	山崎金兵衛	怪談説話集
明和五(一七六八)	怪談国土産	半5	禿帚子	江戸	山崎金兵衛	怪談説話集
明和五(一七六八)	秘事枕親子車	半5	丹青	江戸	雁金屋儀助	浮世草子
明和五(一七六八)	湘中八雄伝	半5	根本八左衛門	江戸	前川六左衛門	朝比奈義秀もの。水滸伝の影響。
明和五(一七六八)	そこらさがし	半5	単朴	江戸	竹川藤兵衛	残口の『小社探』にならう書名。
明和五(一七六八)	世間常張鏡	半3	則志	京都	河南四郎衛門	地獄物
明和五(一七六八)	白講戯和解	半1	樗庵屈長	京都	林伊兵衛	南京将棋の教本。
明和六(一七六九)	両空譚	半5	雷梭	京都	小幡宗右衛門	長編の敵討物
明和六(一七六九)	風流座敷法談	半3	文海堂	京都	山田宇兵衛	禅宗・浄土宗・日蓮宗各宗の法談。
明和六(一七六九)	当世穴さがし	半5	顯斎主人	江戸	雁金屋儀助	風俗の穴さがし。
明和六(一七六九)	童問答間似合講尺	大5	秀谷	京都	銭屋七郎兵衛	少年の問答の聞き書き。教訓談義。
明和七(一七七〇)	近代百物語	半5	鳥飼酔雅	大坂	吉文字屋市兵衛	怪談説話集
明和七(一七七〇)	怪談三鞆絵	半5	茶話堂	江戸	雁金屋伊兵衛	怪談説話集。管見は中野三敏氏

						所蔵の巻四のみ。
明和七（一七七〇）	垣根草	半5	菅翁	京都	梅村三郎兵衛	『英草紙』・『繁野話』に倣った短編小説集。
明和七（一七七〇）	一子相伝極秘巻	半5	半田主人	江戸	大和屋安兵衛	秘伝秘事の滑稽な解釈。
明和七（一七七〇）	興談浮世袋	半5	青二斎能楽	江戸	大阪屋平三郎	浮世咄を集めたもの。
明和七（一七七〇）	龍都朧夜話	半5	大道寺宣布	江戸	和泉屋金七	龍宮に因む咄を吹き寄せ。
明和七（一七七〇）	山家一休	半4	花洛散人	京都	菊屋七郎兵衛	『田舎荘子』風の教訓談義。
明和七（一七七〇）	とわし草	大2	建部綾足	京都	菊屋安兵衛	片歌説を主張した俳論書。
明和九（一七七二）	怪談御伽童	半5	静観房好阿	京都	梅村判兵衛	北の方に侍る女童たちの話。
安永三（一七七四）	本朝奇跡談	半4	梅村政勝	京都	村上治兵衛	明和九年以前版未見
？	花実百物語	5	玉花堂太世	？	？	原本不明。宝暦目録所載。
？	近代変化物語	5	（不明）	？	？	原本不明。宝暦目録所載。
？	弁慶物語	5	白水	？	？	原本不明。宝暦目録所載。
？	怪談百千鳥	5	静活	？	？	原本不明。宝暦目録所載。
？	怪談三本筆	5	（不明）	？	？	原本不明。宝暦目録所載。『新怪談三本筆』あり。
？	犬徒然月見友	3	（不明）	？	？	原本不明。宝暦目録所載。
？	青葉物がたり	5	未達	？	？	原本不明。明和目録所載。
？	席上怪談	4	嘯松子	？	？	原本不明。明和目録所載。
？	實説百物語	5	幡氏	？	？	原本不明。明和目録所載。

この表から何が見えてくるだろうか。既に述べたとおり、これらの書目を一括して扱う共通要素は、不思議な話、珍しい話としての「奇談」ではない。当時の用例に徴しても、「奇談」は、談話の場を前提とした面白い〈語り〉というニュアンスでとらえた方がよく（前掲拙稿「奇談から読本へ」）、教訓・啓蒙・異聞・怪談などのバラエティに富む内容を伝える、テクストの枠組を示すと考えるべきであろう。この年表からは、わずか五十年ほどの短期間ではあるが、浮世草子から本格読本の時代へと徐々に移行する様子が窺える。そしてこの年表の初期に属する『英草紙』が、いかに突出した存在であったかも容易に読み取れるだろう。

また「奇談」史として読み取れることを言えば、次のようなことが指摘できようか。

一、上方と江戸では内容の傾向が違う。江戸は教訓・啓蒙に比重がおかれているが、上方は怪談・説話を収集したものが多い。しかし明和頃から江戸でも読物系が目立ってくる。明和になるにつれ、「奇談」＝「怪談」という認識が強くなってくるようである。

二、宝暦四年と五年は、江戸で出版点数が多い。「談義本」史においては既に宝暦四年の状況については説かれて久しいのだが、この状況は宝暦五年まで続いており、「奇談」史としては注目すべき事象である。これを私は半紙本型「奇談」の多様な試みの時期と位置づけたいと思っている。

三、明和四、五年ごろに上方を中心に怪談ブームと称すべき現象が起こる。「怪談」の書名も明和に入って『怪談実録』（明和三年）、『怪談御伽猿』（明和五年）、『怪談笈日記』（同）、『怪談宿直袋』（同）、『怪談国土産』（同）、『怪談三鞆絵』（明和七年）、『怪談御伽童』（明和九年）と、急に目立ってくる。「奇談」書に搭載されていない『雨月物語』（明和五年序、安永五年刊行）の角書にも「恠談」とあったことが思い出される。

本稿は二の問題を中心に、一、三にも波及的に触れていきたい。

三 「奇談」史の一齣——宝暦四・五年——

宝暦二年刊の『当世下手談義』が後続の「談義本」を輩出し、江戸出版界の活性化を齎したことは周知の文学史的トピックである。特に宝暦三年から四年にかけては十三部の「談義本」が刊行され、同年二月に出た『作者評判千石篩』によってそれらが早速評判されたのである。その十三部の書名・著者・書型・巻冊を挙げれば次の通り。そのうち「奇談」書に搭載されているものに○を付ける。表と重複するが版元も記しておく。

宝暦三年刊行のもの四種。

1 『水灌論』 服陳貞著。半紙本四巻四冊。江戸西村甚介・加賀屋喜兵衛刊。

② 『花間笑語』 大進著。半紙本四巻四冊。京都梅村市兵衛刊・江戸西村半兵衛刊（『千石篩』惣巻軸）。

③ 『当風辻談義』 嫌阿著。半紙本五巻五冊。江戸竹河藤兵衛刊。

4 『風姿紀文』 竹径蜷局著。半紙本三冊。江戸藤木久市刊。

宝暦四年刊行のもの九種

⑤ 『龍宮船』 後藤梨春著。半紙本四巻四冊。 江戸鶴本平蔵刊行（『千石篩』巻頭）。

⑥ 『非人敵討実録』 多田一芳著。半紙本五巻五冊。江戸泉屋平三郎刊。

⑦ 『諺種初庚申』 慶紀逸著。半紙本五巻五冊。江戸浅倉屋久兵衛刊。

⑧ 『教訓不弁舌』 一応亭染子著。半紙本五巻五冊。江戸吉文字屋次郎兵衛刊。

⑨ 『無而七癖』 車尋・桴遊著。半紙本三巻三冊。江戸小沢伊兵衛刊。

⑩『銭湯新話』伊藤単朴著。半紙本五巻五冊。江戸奥村治助・梅村宗五郎刊。
⑪『当世花街談義』孤舟著。半紙本五巻五冊。江戸伏見屋吉兵衛他刊
⑫『下手談義聴聞集』臥竹軒猪十著。半紙本五巻五冊。江戸出雲寺和泉刊。
⑬『返答下手談義』儲酔著。半紙本五巻五冊。江戸和泉屋仁兵衛刊。

「談義本」といえば『当世下手談義』に影響されたこれらの作品を指してほぼ足れりとし、次いで源内の『根無草』（宝暦十三年刊）『風流志道軒伝』（宝暦十三年刊）への展開が叙されるのが「談義本」史の常であった。かくいう私もそれに連なる（『時代別日本文学史事典近世編』（東京堂出版、一九九七年）第三章「談義本」）。しかし、その翌年の宝暦五年に刊行された八点の「奇談」書は、ほとんど既存の「談義本」史には記述されないのである。その書目を挙げれば次の通りである。

○『地獄楽日記』半紙本五巻五冊。江戸太田庄右衛門刊。自楽著。地獄物。閻魔王宮の御家騒動を戯曲的に描いたもの。体裁は浮世草子。
○『不埒物語』半紙本七巻七冊。江戸吉文字屋次郎兵衛刊。梅翁著。地獄物。江戸の風刺でもある。源内『根無草』への影響が指摘される。
○『たのしみ草』半紙本三巻三冊。江戸吉文字屋次郎兵衛・横田屋半治郎刊。梅翁著。煙草の効能を述べた本。『国書総目録』では「農業」に分類する。
○『雉鼎会談』半紙本五巻五冊。江戸三河屋半兵衛・藤木久市（割印帳）刊。藤貞陸著。奇談十話。二十六夜待の夜話で、鼎談（順話）の体裁をとる。柱は「中古雑話」とあり。
○『槃下雑談』半紙本五巻五冊。江戸藤木久市（割印帳）・中川小兵衛・丸屋庄兵衛刊。陳珍斎著。すべて四

字熟語の章題。全二十四話。老僧・老医・座頭・六十六部などの話を盗み聞きしてかき集めたという体裁。

○『茅屋夜話』半紙本五巻五冊。江戸大和田(須原屋)安兵衛刊。隠几子(山本格庵)著。水谷不倒『選択古書解題』に立項。順咄的構成。

○『舌耕夜話』半紙本四巻四冊。江戸伏見屋源六刊。自楽軒著。自楽軒なる講釈師の四日間にわたる舌耕を書きとどめたという形式をもつ。

○『大進夜話』半紙本四巻四冊 宝暦五年十二月割印。江戸大阪屋又衛門刊。大進著。大進和尚の講説を集めたもので全四十五話から成る。

そしてこれらは、従来、(『地獄楽日記』を除いて)翻刻がないばかりか、言及されることもきわめてまれであった。わずかに『雉鼎会談』『椠下雑談』『茅屋夜話』が水谷不倒『選択古書解題』で、『不埒物語』が野田寿雄『日本小説史論考』『日本近世小説史 談義本篇』で、『たのしみ草』『舌耕夜話』が『近世小説史』(『中村幸彦著述集〈第四巻〉』)において簡単に取り上げられてきたに過ぎない。宝暦四年刊の仮名読物評判記の『千石篩』刊行の後に出た本なので、注目されなかったというのがその理由だろう。

しかし、「奇談」史の観点から言えば、当然宝暦五年の諸作品は無視できない。宝暦四年刊の作品群の中には、既に『当世下手談義』の保守的教訓性を脱却し、新しい展開を見せるものもあった。宝暦五年刊のものは、それをさらに進めて、滑稽本を準備する基盤を作っている。

宝暦五年刊本の書名に着目すると、「夜話」という語が入るのが三点あり、「雑談」「会談」もあることは留意すべきことがらである。宝暦三・四年の「奇談」(「談義本」)の書名が『当世下手談義』を意識して『当風辻談義』『返答下手談義』『下手談義聴聞集』『当世花街談義』というように「談義」を銘打つ書が多かったのに対し、宝暦五年はそれがひとつもなく、変わって「夜話」が台頭してきたのである。

もちろん、宝暦五年を境に、「奇談」の場が〈談義〉から〈咄〉に変わってゆくという都合のいい見取り図を描くことは出来ない。宝暦四年にも『銭湯新話』という、銭湯という咄の場を設定した作品があるし、宝暦五年の『舌耕夜話』『大進夜話』は講釈・談義の場が用意されているからである。むしろ、宝暦四・五年を「奇談」の最盛期として一束にとらえ、その内実を検討することで、この時期の「奇談」書の可能性が見えてくるのではないだろうか。

享保以後、『当世下手談義』に至る「奇談」史を振り返ると、佚斎樗山『田舎荘子』の系統を引く問答物と、『太平百物語』『御伽厚化粧』などの説話物の二つの柱がある。いずれも教訓・啓蒙・弁惑を趣旨として、面白い〈語り〉を目指すという態度が共通している。しかし、狭義の「談義本」の祖である『当世下手談義』は、そこに〈語り〉の場を意識的に持ち込んできた。その序文で、自らの著述を、「予が此草紙は、新米所化が田舎歩きの稽古談義、舌もまわらぬ則《すなはち》だらけ、智者の笑は覚悟のまへなり」と談義に准え、「開闢の磬をチンチン」と終わる。つまり著述全体の枠組みを談義の場に見立てたのでる。また作品中にも、「八王子の臍翁」の「座敷談義」や「鵜殿退卜」の「徒然草講談」を取り入れ、臨場感溢れる叙述を展開する。このように〈語り〉の場を持ち込むとは、作品全体の枠（短編説話集の枠）にある場を設定する方法と、作品中に場を設定する方法の二つがある。『当世下手談義』は両方を採用したが、以後の「奇談」の多くも、どちらかの方法を意識的に採用したと思われるのである。

宝暦四年刊『当世花街談義』は、『洒落本大成』第一巻に所収される色談義と呼ばれる類のもの。ここでは軍書講釈師の止蔵軒（志道軒）と草上本無と称する僧の対話という形の場が設定される。内題にも「問答花街談義」（傍点飯倉）とそのことを強調する。ところが、中野三敏によれば、本書は『白増譜言経』（寛保四年写）という五巻一冊の写本を種に改作したものであった（『洒落本大成』第一巻解題）。『白増譜言経』には講釈師も僧も登場しないし、問答の趣向などはない。作者孤舟は、これを抜粋したものに、巻一・巻五を新たに創作して付したが、それは止蔵軒と本無和尚の問答という場を設定することでもあった。場を設定することが「奇談」として出版するのに必要な措置であったとみることが出来る。

宝暦四年刊行『銭湯新話』は伊藤単朴の著述。単朴は宝暦二年に『当世下手談義』の影響を強く受けた『教訓雑長持』を刊行しているが、本作では無類の咄好きが銭湯の場で次々と展開する咄を書き留めたという形式をとる。以下、序文を引用する。

人毎《ごと》に一つの癖《くせ》は有るものを、われにはゆるせと詫《わび》させたまひしは吉水和尚《よしみずくわしよう》なりとかや。実諺《げに》のごとく、なくて七癖にて、己がさま〴〵好む方に偏《かたよら》ざるはなし。予は唯他《ひと》の談話《はなし》を好て、晨《あした》には隣家の茶話《ちやのみばなし》に食を忘れて、悍婦《やまのかみ》の機嫌を損《そこなひ》、昏《ゆふべ》には遠く夜話《よばなし》に遊びて黒犬《くろいぬ》に咬《かま》れしも餘多度《あまたたび》なり。渡船《わたしぶね》の乗合咄《のりあいはなし》も、風静《しづか》なる折りこそあれ、浪《なみ》の起居《たちゐ》の騒《さは》がしければ、一向《つや〳〵》聞《きゝ》もさだめず。いかゞしてと思ひわづらふ中に、ふと心づきて、旅宿《りよしゆく》のあたり近き銭湯《せんとう》の亭主《あるじ》に親《ちか》づき終日《ひねもす》入来《く》る人の雑談《はなし》を聞《きく》に、誠《まこと》に日々《ひゞ》に新《あらた》にして、又日々にあらたなる仏神《ふつじん》の利生《りしやう》噺、証拠《しやうこ》ただしく、語《かたる》も有れば、亦其時所も朧《おぼろ》月夜に、己《をの》が影《かげ》に驚《をどろ》いて、気《き》を失《うしない》し臆病談《おくびやうはなし》、悋《りん》気《き》の角《つの》ぐむ、あしき女の身の上物語《はなし》、毎日《ひごとに》一つ事聞《きか》ぬたのしさを、我《われ》に等《ひと》しき人しあらば、下配《すそわけ》せんと、書留《とどめ》しも、今は昔《むかし》宇治《うぢ》拾遺《しうい》の高貴《たかくたつと》き跡《あと》にならへる僭諭《せんゆ》の罪の逃処《にげどころ》なく、赤裸《あかはだか》にせられても、露《つゆ》うらむべきかたなき、湯屋盗《ゆやぬすびと》の、あつかましくも、人の誹笑《ひしやう》をかえり見ず、則《すなはち》こゝに序文《じよぶん》の真似《まね》を

銭湯は巻頭近くに挿絵にも描かれる（巻一三ウ・四オ）ことによって、咄の場としての機能を読者に印象付ける。これは役者評判記の行きかたと同じである。本書においては、銭湯という場は話し手と聞き手の存在を必然のものとする展開に寄与し、単なる枠にとどまるものではない。春夏秋冬の時間の軸も用意されていて周到な構成である。単朴その人を想起させる七十三歳の人物を聞き役に、「咄上手」の「菱屋太郎次」の長話を受けて「初湯から教訓する」「湯屋の大屋」（巻二）、「咄仲間の頭取、丹波屋の善息」に促されて正直者の成功譚を「さら〳〵」と語る材

木屋「信濃やの木曾次郎」（巻二）、「暮方迄噺続け、亭主を慰」めようとする人々（巻三）など、話し手が次々に変わる「順咄」の形式がとられている（「順咄」については前掲拙稿「「奇談」の場」参照）。明らかに意識的に導入された咄の場であろう。

宝暦五年刊『舌耕夜話』は、序文に「講師自楽軒といへる人、五日の会読せられしを、聞溜て、五つの巻に綴り、予に清書を乞て、梓に行ひ、永く耕舌の跡を、とゞめむ」とあるように、五日（実際は四日分しかない）にわたる講釈を場として設定したものである。その番組は、各日前座後座の二部構成で、それぞれに附けたりがある。たとえば、一日目は「前座」が「酒の濫觴ならびに故実」に「五節句の故事」が附けたり、後座が「小栗実記ならびに毒酒の根元」で「班女ものぐるひの考え」が附けたりである（二日目以降については前掲拙稿「「奇談」の場」を参照されたい）。講釈の始まりは臨場感ある会話体である。初日と四日目はすでに拙稿で紹介したので、二日めと三日めの口上から。二日目は、「今ばんは、雨も降まするに、御聴衆もおびたゝしく、私におゐて忝う存まする。こよひは、雨中でもござれば、しつほりと、茶談に仕りませう。」とはじまり、三日目は、「今夕は余程冷気の趣、誠に夜長かにも御座候へは、緩々と、各様にも、御煙草《たばこ》又は御茶にても、あがられ被下《（くださる）》べし。例の通、へたの長談義《ながだんぎ》とやら、御退屈《たいくつ》も、不省《かへりみず》しやべりませう」と述べられる。ただし、全編にリアルな舌耕調が貫かれているわけではない。あくまで場の設定という趣向があればよかったのである。なお同年刊行『地獄楽日記』は浮世草子風の体裁で、「自楽」なる人物の著書である。本来「風流読本」の項に入るべきものだが、『舌耕夜話』の「自楽軒」に引かれて、「奇談」に入ったのだろう。明和目録では並んで掲載される。

宝暦五年刊の『繋下雑談』は、作者陳珍斎が子供の頃、東隣の隠者の家にたむろする老僧・老医・座頭・六十六部らがかたる「古きはなし」を壁越しに盗み聞いたものを書き留めたという枠組みを持つ、二十四話から成る短編説話集である。「はなし」の場と盗み聞きの趣向は序文だけであり、編集の際に説話集として集成するための仕掛けであるか、それ以上の意味は持たない。

同年刊の『雉鼎会談』は、貞享年中、江戸の東北誓願寺の残智坊の寮に、武士三人が鼎に座し、二十六夜待とて物語に興じる。三人は南朝遺臣の子孫で名和氏・河野氏・菊池氏、それぞれ珍事を語らんとして言葉巧みに物語ること百話に及ぶ。これもまた「順咄」の形式を採っている。

同年刊の『茅屋夜話』は、序で次のように言う。

(前略)愚《ぐ》翁《おう》既《すで》に六旬《ろくじゆん》に余《あま》り八ツの年《とし》をかさねたるいへども眼耳丈夫《めみみじやうぶ》にして物《もの》として見聞《けんもん》するの不自由《ふじゆう》を知《し》らず。たゞ恨《うらむ》らくは若《わか》かりしより肝膽《かんたん》の紀律《きりつ》うすく、其見聞《そのけんもん》せしこと毎《ごと》一つとして肺腑《はいふ》に次《やど》す事能《ことあた》はず。されば昨日《きのふ》はけふのむかし物《もの》がたりも覚《おぼ》へねば跡《あと》もなく、雪《ゆき》に白髪《しらが》の落毛《をちけ》を尋《たづぬ》るに同じかるべし。師曠《しくわう》が「年老《としをい》て学《まなぶ》ものは燭《ともしび》を秉《とり》て夜行《よるゆく》なり。闇夜《あんや》を躙《たどる》には勝《まさ》れり」と云へるに本《もと》づきて荊棘《ひばら》生《をひ》たる茅《かや》が軒端《のきば》をも訪《と》ふ人あれば、俄《にはか》にうす縁《へり》をはたき、茶《ちや》の下をさしくべて一ツか二ツの噺《はなし》を所望《しよもう》し侍《はべ》りぬれば、一日一銭《いちにちいつせん》にして千日千銭《せんせん》にて、つるに等《ひと》しくきゝ貯《たくは》へし奇談《きだん》異説《せつ》、沈氏《さんし》が反故《ほんご》の裏《うら》を汚《よご》し、温舒《うんじよ》が蒲《がま》を截《きる》の貧しきに習《なら》ひて、覚束《おぼつか》なくも五ツの巻〳〵を備《そな》えぬ。実《げに》や宇治《うぢ》の亜相《あしやう》の物語の世々のかゞみと成たる事の跡《あと》も、野翁《やおう》が茅屋《ぼうをく》に胡座《あぐら》かきての夜ばなしも志《こころざし》す処一《いつ》に帰《き》するものなり。

六十八歳の「愚翁」が茅屋を訪ねた人々に「咄を所望」して蓄えた奇談異説を集めたという。これは源隆国が往来者に昔物語をさせ、それを書き付けて行ったという『宇治拾遺物語』序文と志は同じだと述べるところは、『銭湯新話』序文の「宇治拾遺の高《たかく》貴《たつと》き跡にならへる」の言を思い起こさせる。いずれも咄し手が次々に変わる「順咄」の方法が採られている。

宝暦五年刊の『不埒物語』は、閻魔王が色に迷って政治を怠り、地獄の風景が江戸世相のうがちになっているもので『根無草』の先蹤とされているが、全体の枠にはやはり夜咄の場を設定する。

侘しかりき賤が臥家の破れ窓より、凍行月《さへゆく》をながめて仮寝かねし折から、是もひとり竈のほそき煙りをさへたてかねし同匹のあり。野辺の露ふかく、むしの声〳〵に枕をはなれて、予が宿りに来り、夜もすがらの物語を書集、前後のふつゝかなるを其儘に、不埒物語と題して、拙き筆をとりて七巻となしぬ。誠に古知の作書術数は言説の当理むべなるべし。是はまた身の甲に似せての愚文なれば広才の人々譏る事なかれ。

同年刊の『たのしみ草』は煙草の効用を説いた啓蒙教訓書というべき本で、場の設定は見られない。『不埒物語』の梅翁の著述で、明和目録には並んで掲載される。

同年刊の『大進夜話』は、「大進和尚の夜話を書集めて四ツの巻きと」した講話集である。講釈の語調をどこか残しているが『舌耕夜話』のような臨場感を感じさせる具体的な設定はしていない。しかし、話材が豊富で、教えを説くのに適切であり、飽きの来ない巧みな文章である。これもまた「奇談」のひとつの形なのだろう。やや古臭い感は否めないが、新しい試みの中でこのようなものが存在するのは、当然のバランスであるし、文章は中々の出来である。巻三「箒の伝」の冒頭を引用してみよう。

惣じて、仏の教《をしへ》も、神の道《みち》も、老子《らうし》孔子《かうし》も、唯箒《ただほうき》壱本を教《をし》へ給ふと、見出したは、予が大言なり。怪《あやし》むことなかれ。笑《わら》ふことなかれ。能心を定《しづめ》て聞《きゝ》給へ。一切諸法の根元は、清浄《しやう〴〵》なり。先に本来清浄をいへるが如し。

やはり談義の調子を彷彿とさせるものではある。大進といえば、宝暦三年『花間笑語』が、『千石篩』の番付で惣巻軸におかれており、「奇談」の変革期に活躍した作者として記憶すべきである。

おわりに

宝暦四・五年に輩出した「奇談」書の試みの中で、特に目立つのは、以上述べてきたような、咄の場の前景化であり、咄の場のテキスト化であった。それは話材を単に紹介するのではなく、いかに面白く表現して伝えるかという、後期戯作の特徴でもある〈表現主義〉を準備する母胎になった。江戸が滑稽な材料を主に用い、上方が異説怪談を主に用いたという違いはあるが、「奇談」史を通して、主題主義から表現主義へと次第に変わってゆくための要因として、枠組みとしての語りの場の準備というのが挙げられるのではないであろうか。

※付記。本稿は拙論「「奇談」の場」(「語文」第七十八輯、二〇〇二年)と相補うものであり、引用などで一部重複しているところがある。

国語学史

引用研究前史

藤田保幸

一、はじめに

1　このところ、文法論としての引用研究の展開を跡づける試みを続けてきた。本稿では、そのような引用研究史の記述の一環として、近世以前に目を向け、文法論としての引用研究につながる前史的な段階を俯瞰してみたい。研究という営みの前提としては、何より研究すべき対象が意識され認識されなければならない。そして、文法論の問題として論じられるべき「引用」、すなわち引用されたコトバを引用されたものとして文の構成要素に組み込む表現は、次のように助詞「ト」による引用句「〜ト」の形を用いるのが最も一般的であるから、

(1)　「をちかた人に物申す」とひとりごち給ふを、御随身つい居て、「かの白く咲きけるをなん夕顔と申し侍る。花の名は人めきて、かうあやしき垣根になん咲き侍りける」と申す。（「源氏物語」夕顔）

(2)　和博は、「ごめん下さい」と言った。

(3)　智子は、「困ったな」と思った。

文法的な「引用」の表現は、助詞「ト」を手掛りに意識され、問題にされはじめることになる。しかし、それに先立って、まず引用の助詞「ト」そのものが認識され、その表現性に注意が払われていく段階がある。本稿で試みよ

うとするのも、もっぱら、そうした引用研究の前史的段階としての、引用の助詞「ト」をめぐる昔の人達の認識・考察の跡づけである。

従来、国語学史の方面で、このような引用研究に関する前史的な記述がなされたことは、全くない。そもそも文法論としての引用研究自体が著しく立ち遅れていたのだから、こうした事柄が問題にならなかったのも当然かもしれないが、それだけに、以下の記述は手さぐりの試論とならざるを得ない。けれども、手さぐりの試みであっても、ここで全体的な概観をいったんまとめてみることは、引用研究史の記述にとって意味のあることと考える。

なお、本稿の視野に入れる範囲は、上代から近世の本居宣長の所論までである。宣長と同時代の富士谷成章には、助詞「ト」について「五つの『と』」と称する注目すべき分類も見られるが、成章については別稿を期したい。また、キリシタン宣教師など外国人の日本語研究における「ト」や引用に関する記述についても、いささか次元の異なるものと思えるので、今回はとり上げないことにする。

二、上代の「ト」の認識

2 日本人が漢字と出会い、全く異質な言語を書き表わすためのこの文字を用いて、日本語を書き表わす努力を重ねる中で、次第に自らの言語への観察を深め、品詞認識の萌芽にあたる意識が育ってきたということは、よく知られている。それを物語る端的な事実としてあげられるのが、いわゆる「宣命書き」である。

宣命とは、周知のように、六国史などの史書に見られる天皇の公的発言を記した一種の和文体の文章で、特に「続日本紀」所収の六十余の宣命がその代表的なものとして知られている。これらの宣命では、次のような、「宣命書き」と呼ばれる付属語や活用語尾の部分を小さく書き添える独特の表記法が用いられる。

(4) 是乎以天汝等乎教導久。（続紀宣命・第四六詔）

(5)　何乎怨志岐所止志弖加然将為。（同右・第一八詔）

これは、宣命が口頭で読み上げられるものであったため、正しく読まれるための一つの工夫なのだが、また、言葉の実質的な意味を担う部分を漢字で大書し、文法的な意味を表わす部分を万葉仮名で小書きして書き添えるという表記の仕方には、言葉を自立語（実質語）的なものと付属語（関係語）的なものとに区別してとらえる、日本語における語の最も基本的な類別の意識（品詞認識）の萌芽を見てとることができるとされる。

本稿で問題にしている引用の助詞「ト」についても、宣命では小書きで書き添えられるのがふつうである。もっとも、付属語や語尾の部分が明示的に表記されず読み添えに委ねられることもあり、「ト」も読み添えられるものとして表記されないこともある。ただ、注目すべきは、『「と」は上に動詞が来る場合にその動詞の活用語尾が万葉仮名で小書きされているときには、読添えにはなり得ず必ず表記される』[1]という事実である。すなわち、関係表現（付属語）的な語尾の部分が万葉仮名小書きで明示される場合、「ト」も必ず明示的に書かれるということは、「ト」が活用語尾等と区別のない同質の関係表現（付属語）的なものとしてはっきり意識されていたことを物語るものだといえるだろう。

助詞「ト」は、上代において、付属語（関係語）的なものの側に属するものとして明確に認識はされていたわけである。ただ、それ以上、「引用」ということについての何らか立ち入った理解があったかどうかについては、はっきりしたことは言えない。

三、歌学の世界において

3―1　次いで、中古以降に目を向けてみたい。和歌の表現に対する研鑽と考察の積み重ねの中から、日本語に対する語学的認識が芽生えてくるということは、よく知られているところである。とりわけ中古以降における歌合の場においてなされた詠歌に対する批判的な論議には、和歌の言語表現をめぐる多角的な観察・思索を見てとることができるし、そのような思索の中から、やがて日本語に対する語学的な認識、殊に日本語の表現を支える付属語的な要素についての認識・理解も育ってくる。そして、そのような認識は、やがて歌学書における語学的言説へと集成もされることになる。

ただ、概して言えば、中古の歌合の場での論議や歌学書の記述を見る限り、引用の助詞「ト」や「ト」による引用表現についての言及自体が稀であり、見るべきものも乏しい。

試みに、『平安朝歌合大成』所収の歌合の判詞や方人の難陳をずっとたどって見ても、「ト」や「〜ト」形式の部分への言及は極めて少なく、例えば、

(6) 五番　左勝　前大進

行く年にことづけやらむいつしかとまつ人ありと人に告げなむ

右　俊恵

ゆくとしにたちかはらむと春霞いづくに今夜まちあかすらむ

左歌、「との字おほかり」と申さるる人もありしかど、おほくは心をかしと侍りしは。まことに同じ文字おほかる歌みな勝ちたる例あれば、「人人の御心なり。」と申してき。就中、右歌はらむの字二あり。病なるべし。

（嘉応二年（一一七〇）五月二九日左衛門督実国歌合）

のような例が見出される程度であるが、右の場合、「との字おほかり」という難陳があった程度のことで、同字（同語句）の繰り返しが耳について宜しくないといった批判は何も「ト」に限ったことではなく、「ト」の性格についての特段の認識が見られるわけではない。

同様に、次例は少し下って鎌倉期の歌学書（13C末頃成立）の記述で、「（……）だにとおもへども」という引用

形式の部分について言及があるが、

(7)　続古新撰者

うき世ををばはなみてだにとおもへどもなほすぎがたく春風ぞふく

だにとおもへどもといへるかゝり不ㇾ宣

（源承「和歌口伝」）

「花見てだに」などという言いさしの形についての異和感の表明にとどまっていて、「ト」による形式そのものの表現性とのかかわりについてまで踏み込むものではない。

既に述べたように、和歌の表現研究の積み重ねの中からは、日本語の表現の微妙な陰翳を司る付属語的要素（あるいは、実質的意味の乏しい語句）の働きについての認識が、次第に明確な形をとるようになってくる。その結果、鎌倉初頭の順徳院「八雲御抄」では、その種の語句を「テニヲハ」と呼んで問題にする早い例が見られるし、前後して「やすめ字」「やすめ詞」「助字」といった用語も用いられるようになる。更に、下って鎌倉末から南北朝期にかけて成立したかと見られる基俊仮託の歌論書「悦目抄」には、この種の付属語的要素（あるいは語尾的要素）のいろいろについての言及が見られて興味深い。けれども、そういったところでも「ト」に関する言及はやはり特に見られないのである。もとよりまだ精査する余地はあろうが、少なくとも『日本歌学大系』所収の中古・中世の歌論書の記述をたどってみた限りでは、鎌倉末頃までの歌学の世界において、助詞「ト」や「ト」による引用表現は、和歌の表現を考える場で、とりたてて問題されるものでなかったといえよう。

3―2　こうした状況は、しかし、鎌倉末から南北朝・室町期へと入ってくると、いささか変わってくる。

付属語的要素についての認識・観察を深めていった歌学の表現研究を母胎として、テニヲハ書などと称される一種の文法研究書が生まれるようになるが、こうした著述の中では、助詞「ト」についての言及が見出されるようになってくる。詳しくは、次の四節でとり上げたい（3―3でも少しふれる）。

また、個別の歌についての注釈的記述の中にも、助詞「ト」についての認識とかかわって注意しておきたいものがある。

古今集の二〇四番歌として、次のような歌がある。[2]

(8)　日ぐらしのなきつるなへに日はくれぬと思ふは山のかげにぞありける

右の場合、第三句は「日はくれぬ」までで切るのが正しい読み方である。従って、第四句は「と思ふは山の」となって、助詞「ト」で句がはじまることになる。ところで、このように、「と思ふは……」のような形式が句頭にくる場合、その句自体が字余りになる場合が多い（右も第四句は8字）。それ故、一見すると「ト」をどちらの句につけて読むべきか、疑問に感じられたとしても無理のないところであろう。そもそもどちらにつけても字余りなのだから、前につけて読んでいいのではないかというわけである。それに、和歌において助詞的な語で句がはじまるのは、「ト」の場合だけだと言ってよい。そのような語学的な一般化はできないにせよ、テニヲハ的な「ト」で句がはじまるよりは「ト」を前の句の方につけて読むのが自然ではないかとの印象が持たれることがあっても、おかしくはなかっただろう。それだけに、時代が下ってくると、こうした「ト」が正しくは句頭に立つものとして読まれなければならないということは、説明しておく必要も出てきた。歌は、何といっても読み上げられ継承されるものであるから、正しい句読の知識は重要なのである。この「日ぐらしの」の歌についての室町期の注釈には、そのような句読の仕方が説かれたものが見られる。

(9)　日ぐらしのなきつるなへに

日晩は、蟬の一名也。体も少かはる也。声もかはれども蟬也。なゑにと読也。なへとは、なくからにと也。日はくれぬにてよみきりて、と思へば山のとよむ也。此類あり。

（「蓮心院殿説古今集注」・傍線藤田）

(10)　ひくらしのなきつるなへに日は暮ぬと思ふは山のかけにそありける

此哥日ハクレヌノカナニテヨミキリテトノ字ヲ下ノ句ニ付テヨム也　此哥ノ類何モ同　ナヘニト云ルハナキツル度ニナド同心ナリ　只ナキツルニト云心ニテ可レ足ヌ　ナヘニト云ニサノミ心ヲカクヘカラス　サテ日クラシト云ルニカヽリテ日ハクレケルカト思哥ノ姿也　哥ノ心アハレニサヒシ

（「古今集延五記」・同）

「日ぐらしの」の歌は、このような句読が問題になるものとしてよく知られた歌であったようである。そしてまた、こうした歌の句読に関し問題となる部分として、「ト」もしくは「ト思フハ」といった形式に対して注意が向けられていったはずである。あるいは、ふつうのテニヲハの類と違って「ト」は、歌の句頭にも出てくる、ちょっと変わった語句だといった印象も持たれていたかもしれない。ともあれ、こうしたところにも、助詞「ト」や引用形式的なものに対する、一つの語学的考察の芽生えがあることを見ておいてよいように思う。

3―3　このような「ト」に関する句読の問題についての言及は、近世の文法研究にまで引き継がれていく。次例は、有賀長伯（一六六一～一七三七）の「春樹顕秘増抄」の一節であるが、長伯は、江戸初期の歌人・和学者で、中世以来の伝統的な歌学を継承・集成した。「顕秘増抄」は、室町末頃成立かとされるテニヲハ書「春樹顕秘抄」を長伯が大幅に増補・整理したものである。ここでも、「と文字の事」という項目のもとに、「と思へど……」のような例について、字余りになる「ト」は次の句の句頭に置いて読むということが口伝だと説かれている。

(11)　第三　〇ともしの事

一、字余りにそへたるともしは皆下へつけてよむこと口伝也。たとへは

いせ物語　我はかり物思ふ人は又もあらしとおもへは水の下にもありけり

又もあらしとよみ切て、と思へはと下へつけて読む也。

続古　旅ころもいかで立らんと思ふよりとまる袖こそ露けかりけれ

（有賀長伯「春樹顕秘増抄」）

「ト」というテニヲハに関して、こうした句読に関する特記すべき性質が大切な理解事項とされているのである。

更に、中世のテニヲハ研究の伝統のもとにある近世の文法研究は、本居宣長・富士谷成章の登場によって新時代を画することになるが、宣長には、こうした句読の問題について言及するところがあり、また、成章にも関連する発言のあることは、注目される。

宣長の場合、語法・表現を論じた「玉あられ」において、「もじあまりの句」としてさまざまな字余り句を論じた最後に、次のような形でこの問題をとり上げる。

(12) 又古今集に、〽日ぐらしの鳴きつるなへに日はくれぬ句とおもふは山の陰にぞ有ける、これらは、ともじ下なる句につく故に、四の句もじあまりにて、三の句は然らず、すべて〽云々と思ふ、とつゞく所には、此例多し、かやうなるともじは、次の句へつくこと也、大かたもじあまりは、右の如くあいうおの四つの内のもじの、なからにある句にあらずは、よむまじき也、（本居宣長「玉あられ」の「もじあまりの句」より）

何より注目されるのは、こうした句読の問題に関する考察を一歩深めて、「と思ふは山の」のような字余り句の成立する条件を説いている点である。つまり「口伝」のような形で継承されてきた経験則的な事実認識を一歩深めて、そのような言語事実が成り立つ条件を形に即して客観的におさえられる一般則として提示しているのである。宣長によって、近世における言語研究が科学的・客観的なものとして面目を一新したとされることが、ここでも十分実感できる。

しかしながら、一方では、こうした句読の問題が「ト」という助詞（テニヲハ）の問題として論ぜられてきたという一面が宣長においては捨象されて、字余りが成り立つ形態的条件として、形態的な問題に一般化する方向でとらえ直されている点は注意すべきであろう。つまり、こうした句読の問題は、「ト」や引用形式についての認識・理解という形では、宣長において継承されなかったということである。この点、本稿では多くはふれないでおくが、富士谷成章が「あゆひ抄」の「と家」の項において、「『と』の字は、歌の勢によりて、あゆひ〔注・＝付属語的な語〕なから、次の句のかしらにするゑてかすをさためたるもおほし」[3]と述べていることと対照的である。

宣長における革新は、旧来の言説とのいったんの断絶のうえに、飛躍的な水準の向上がもたらされているといった印象を受けることがあるが、この場合もそのような感が強い。

四、テニヲハ書における呼応の認識

4―1　先を急いだ形になったので、もう一度中世に立ち戻ることにしたい。

既述のように、中世も鎌倉末から南北朝・室町期へと時代が下ってくると、和歌の表現研究における観察の蓄積を母胎として、テニヲハ（もしくはテニハ）と一括される付属語的要素をとり上げて、その働きを論ずる書物が著わされるようになる。テニヲハ書などと呼ばれるこの種の書物は、もっぱら和歌の表現を念頭において記されているが、日本語における自覚的な文法研究の始まりと評価されてもいい。そして、その種の著述としてまず現われるのが「手爾波大概抄」であり、また、「姉小路式」の名で総称される一群の伝書である。

このうち、「手爾波大概抄」は、鎌倉末から室町初め頃成立かとされる。漢字で六百五十字足らずの小冊で、変体漢文的な文章で書かれ、自立語的な語を「詞」、付属語的な語を「テニハ」と呼んで、前者に対する後者の機能を比喩的な言い回しによって的確に説いていることは有名である。そして、個々の付属語的な語（テニハ）について、その用法を分類し、また、主として呼応などの面からそれらの用法を説明している。

その「大概抄」の短い記述の中に、「ト」についての次のような言及が出てくることは興味深い。

(13)　物遠《ヲト》者《イフハ》残《ル》詞之手爾葉以二登《ト》之《ノ》字《ヲ》一押留《ル》也。

この場合の「詞」とは、自立語的な語をいうものではなく、一般に〝ことば〟という意味だろうと思えるので、大意は「『モノヲ』というのは〝残ることば〟のテニハであって、『ト』を先において、これと呼応させて文を終えるものである」といったことになるだろうが、記述が簡略にすぎて、これだけではよくわからない。

ただ、「大概抄」については、宗祇（一四二一～一五〇二）が注釈を加えた「手爾波大概抄之抄」という書物が残されており、その記述が理解の助けにはなる。それによると、宗祇は、この箇所について、例歌をあげて次のように注している。

⒁　古今　淀川のよとむと人は見るらめと流れてふかき心あるものを

同　住吉のきしの姫松人ならはいくよか経しととはまし物を

如此、物をと下にをけは残詞のてにはとていひつくさす。中にをく時はいひつくすなり。いひつくす時は詞まてなり。筆したまふには不及。

古今　ちると見てあるへき物を梅の花うたてにほひの袖にやとれる

（宗祇「手爾波大概抄之抄」）

宗祇の注から考えると、〝残ることば〟のテニハとは、言い尽くさずに言いさして余情を残す言い方の助詞的表現ということだと解せられる。そして、「以登之字押留」についての直接の説明はないが、例歌からすると、「モノヲ」という文末の言いさし・余情の表現の余情が生まれる機縁となるものとして、逆接的に提示される事態や心の中の思いが「～ト」の形（「ト」も「ド」も清濁区別なく考えるようである）で「モノヲ」と呼応していると考えるのだろう。もちろん、このような理解だとすれば、これは文法的な事実理解として妥当ではない。一首の鑑賞の次元でならともかくも、文法的な一般則としてこのような「～ト（ド）」が文末の「モノヲ」と呼応関係をもつなどということは決して言えないのである。その意味で、「大概抄」のこうした「ト」についての言及は、宗祇の注を参照しても、なお不審の残るものと言わざるをえない（実際、こうしたよくわからない考え方は、後に継承されていかない。例えば「大概抄」は「姉小路式」にも影響を与えているが、「モノヲ」に関して「姉小路式」にはこうした呼応の記述はない)。

ただ、こうした文法的把握として十分一般化に堪えない未成熟な記述が見られるところに、文学的表現の解釈・研究から文法的な認識・研究が育ってくる草創期の様相を見ることができるのかもしれないし、また、従来あまりとり上げられてこなかった「ト」についてともかくも言及がなされていることも、文法的研究が育っていく中で「ト」のような助詞も視野に入れられ問題にされはじめたのだという意味では、注目しておいてよいだろう。

4—2　次に「姉小路式」であるが、本書は室町初め成立かとされる。「歌道秘蔵録」「手爾尾葉抄」など多くの別名のある伝書が残されており、一般には「姉小路式」の名で総称される(本稿では、『国語学大系』所収の「姉小路家手似葉伝」のテキストによる)。多くの伝本があることでも知られるように、中世のテニヲハ書としては影響の大きいものであったし、後出の「春樹顕秘抄」などのテニヲハ書の内容の基盤ともなり、その考え方の枠組みは近世にまで継承された。

引用の助詞「ト」や「ト」による引用形式の認識の問題に関して、「姉小路式」で注目されるのは、大事の口伝として書き添えられている次の歌である。

(15)　そるこそれ思ひきやとははりやらんこれそいつゝのとまりなりける

これだけでは何のことかわからないが、この後に添えられた例歌からも、これは、要するに「花ゾ咲キケル」「花コソ咲キケレ」「花ハ咲キケリ」「花ヤ咲クラン」のように、「ゾ」とくれば「ル」、「コソ」とくれば「レ」といった係り結び的な呼応のパタンを教えるものであることが知られている。テニヲハ研究史においては大変に有名な歌である。

そして、そのようなパタンの一つとして、「思ヒキヤ」とくれば「トハ」と結ぶ呼応がとり上げられている点が注目される。これは、もちろんいわゆる「係り結び」とは違うが、「思ヒキヤ」という誘導的な句に対して、予想外の事柄内容が導かれ、末尾に「トハ」と結ぶパタンは、和歌の表現においてはよく用いられるものであり、係り結びなどと同様重要な呼応パタンとして注意されたものであろう。「ト」にかかわる呼応関係への注目といっても、「大概抄」の場合とは違い、「思ヒキヤ」とくれば「トハ」で結ぶという関係把握は文法的な一般則として提示できるものであり、その意味で「姉小路式」の事実認識は、少なくとも「ト」に関する部分では文法的理解として一段進んだものになってきているということができるだろう。

4―3　この「姉小路式」が後世のテニヲハ書の基盤ともなり、その考え方が継承されたので、近世に至っても引用の助詞「ト」に関しての文法的認識として語られる主要な事項は、この種の関係のことであった。(16)は、先にもとり上げた「顕秘増抄」から、「トハ」の言い切りに言及した記述である。

(16)　第四　○とはと留る事

一、結句にとはと留るには必上へかへりて初五もし第三句に　思ひきや　思はすよ　しらさりき　など置てかへる也。其中に思ひきやと置てとはと留ること今はきらふ也。以上不及證歌。又上に治定してとむる有。たとへは

千　載　かねてより思ひし事そふし柴のこるはかりなるなけきせんとは

金　葉　君か代はあまつこやねのみことよりいはひそ初し久しかれとは

（有賀長伯「春樹顕秘増抄」）

「思ヒキヤ～トハ」は、倒置のパタンとも言えるから、その点が「上へかへ」るものという言い方で指摘されて、注意が払われるようになってきている。むしろ、倒置というとらえ方が中心となっていくようで、「トハ」ばかりでなく「ト」の形での言い切りについても、そうした観点からの言及が見られる。(17)は、「氐邇乎波義慣抄」の「止（と）」の項の記述だが、最初にその種の指摘がある。ちなみに、雀部信頼は伝不詳、この「義慣抄」は18C半ば過ぎの成立（一七六〇）だが、なお中世以来のテニヲハ研究の伝統のもとにある書である。

⒄

止ととまるは上にかへる低邇乎波也。

春上　東三條左のおほいまうち君

うくひすのかさにぬふてふ梅花をりてかさゝん老かくるやと

羈　在原業平朝臣

名にしおはゝいさことゝはんみやこ鳥我おもふ人は有やなしやと（以下例歌略）

止に濁音のとまりあり。是は雖の字にて、いへとものの意なり。五句わたりておなし。（例歌略）

やすめたる止あり。

仁

木々のこのはのちりとまかふに

乃

おもひきやなそとあしかきの

利

秋風のふきとふきぬる

（雀部信頰「氐邇乎波義慣抄」）

以上のように、室町期から近世にかけての伝統的なテニヲハ研究の文脈において、引用の助詞「ト」に関連しては、「思ヒキヤ〜トハ」のようなパタンについて、呼応・倒置の関係に注意が払われたということである。[4] それは、一つの素朴な文法的認識ではあったかもしれないが、それだけでは結局限定された事柄に目を向けているにとどまることであり、引用の助詞「ト」や「ト」による引用形式の機能・表現性を広く深くとらえる方向性を持てなかったと言っていいだろう。実際、⒄にも見るように、伝統的なテニヲハ研究では、近世後期に至っても助詞「ト」についての記述はいろいろな用法例が雑然と並ぶ形のままであり、いろいろな用法がむしろ一まとめにとらえられている部分もあって、引用の用法の「ト」（そして引用表現）が必ずしも明確にとり出され認識されていない状況であったわけである。

五、「正徹物語」の一記述

5―1 再び中世に戻って、今一つ、室町期の一事例を付け加えておきたい。

中世、とりわけ室町期においては、仏典・漢籍（あるいは漢文体国書）について禅林の学僧や儒者・公家などの知識人が知見と研鑽を深め、彼らの学問は、講義の形で師匠から弟子へと継承された。周知のいわゆる「抄物」は、そのような講義にかかわる記録であるが、そのような学問世界においても、文学的表現の考究から言語そのものへの省察の眼が育っていったであろうことは想像に難くない。

今そうした言説を「抄物」の記述の中に博捜することは到底できないのだが、そのような学問世界の口吻を感じさせる一資料がある。引用の助詞「ト」による表現の表現性を格助詞「ヲ」との比較において正面から論じたもので、本稿の問題意識からしても、見落とすことのできない興味深い記述だといえる。

(18) 杜子美が詩に、「聞雨寒更尽、開門落葉深」と云ふ詩の有るを、我等が法眷の老僧の有りしが、点じ直したる也。昔から「雨と聞く」と点したるを見て、「此点悪し」とて「雨を聞く」と只一字始めて直したり。只一字の違ひにて、天地別也。「雨と」と読みては、始めから落葉と知りたるにて、その心狭し、「雨を」と読みつれば、夜はたゞまことの雨と聞きつれば五更既に尽きて朝に門を開きてみれば、雨にはあらず、落葉ふかく砌に散りたり。此時始めておどろきたるこそ面白けれ。されば歌もたゞ文字一にてあらぬものに聞ゆる也。

（「正徹物語」）

「正徹物語」は、室町前期の歌人であり禅僧として京都・東福寺で書記も勤めた正徹（一三八一～一四五九）の歌論書であるが、右の一節は、和歌においても微妙な表現の相違が大変に重要な意味を持つものだという議論の文脈で、そうした主張を補強する参考として、漢詩の訓読の仕方についての一事例をとり上げたものである。すなわち、「我等が法眷の老僧」、つまり自分達と同門のある老僧が、漢詩の訓法をたった一字改めたことで、その訓み方が詩の内容の核心をとらえたものとなったということが述べられている。漢籍の訓読にかかわって日本語の助詞の微妙な表現性が論じられている点は、当時の学問・講義の場を思わせるものがあり、また、こうした逸話を歌人でもある正徹がとり上げている点も興味深い。

ところで、右の「聞雨……」の詩句はこの文章では「杜子美が詩」つまり杜甫の詩の一節として示されているが、これは誤伝のようで、この詩句は唐代の無可という詩人の次の詩の一節である。

(19)—a　秋寄従兄賈島　　無可

瞑蟲喧暮色　黙思坐西林
聴雨寒更盡　開門落葉深
昔因京邑病　併起洞庭心
亦是吾兄事　遅迴共至今

この詩は、清の時代に唐代三百年の間のすべての詩を網羅すべく編まれた「全唐詩」に収められている。無可は、唐の時代の僧であり、詩人賈島の従弟にあたるという。題から、この五律も賈島に寄せて作られたものであることが知られる。念のため、書き下し文を示しておく。(5)

(19)—b　秋、従兄賈島に寄す　　無可

瞑蟲、暮色に喧《かまび》すしく、黙思して西林に坐す。

雨を聴きて寒更盡き、門を開けば落葉深し。
昔、京邑の病《うれへ》に因り、併《なら》びて洞庭の心起こる。
亦た是れ吾が兄の事、遅迴して共に今に至る。

5—2 さて、問題は結局右の詩の第二連の「聴（or聞）雨」の部分の訓法である（なお、「正徹物語」の記述の検討であるので、以下「聞雨」の形として考える）。正徹の説明によれば、これを「雨ト聞ク」と読めば、初めから（落葉の降る音を）落葉だと知っていることになって内容が乏しい（つまり感興が薄い）。それに対して、「雨ヲ聞ク」と読めば、夜のうちは（その音を）雨と思って聞いていたことになる。そして、夜が明けて門をあけた時、深く落葉が積もっているのを目にしてはじめて落葉だったかと気づき驚くところに興趣があるというわけである。けれども、

「雨ト聞ク」……落葉だと知って聞く（本当の雨と思っていない）
「雨ヲ聞ク」……本当の雨と思って聞く

というような意味の相違が本当に出てくるのか。また、どうしてそのような判断がなされるのだろうか。

この点について考えるためには、まず「聞ク」を述語とする「AヲBト聞ク」のような引用構文について検討してみることが必要だろう。「雨ト聞ク」も「ソノ音ヲ」のような目的語が伏せられた形であるから、この構文の表現なのである。なお、基本的な用法において同じと思えるので、現代語の例で考える。

「AヲBト聞ク」には、大別して二つの意味・用法がある。一つは、Aという音等をBという音として聴き取るといった意味で使う場合がある。

(20) 確かだとは言い切れませんが、私は、さっきの不審な声らしき音を「助ケテクレ」と聞きました。

もう一つは、次のようにAという物音等をBだと考えるという用法である。

(21)—a 智子は、その音を風と聞いた。

(21)―b　智子は、その音を風だと聞いた。
(21)―c　智子は、その音を美しいと聞いた。
(20)のような〝聴き取り〟などという用法は、特別な場面でなければ出てこないだろうから、この構文に関しては(21)のような用法がふつうといえる。「雨ト聞ク」もこの用法ということになる。

ところで、Aという物音等をBだと考えるという用法だとしたが、この「考える」ということには幅がある。つまり(21)―abのような対象同定的な言い方の場合、「その音」が本当に風であり、それが聞いてそうだとわかったといった意味で解することもできれば、「その音」が何だったかはわからないが、智子は聞いて風だと考えたともとれようし、更には、智子は「その音」が風でないとわかっているが、風のように思って聞いたという理解も可能だろう。つまり、風ならぬものを風に見たてて（?）聞くという意味にもなり得るのである。こうした点については、この構文自体からは一義的に決まらないことであって、結局その時々に事実に即して決まってくることだといえる。

だから、「雨ト聞ク」という表現についても、雨でないものを雨でないと知りながら雨と聞きなすというような意味理解が出て来得るのである（ただ、そういう意味解釈にしかならないわけではないという点も一応おさえておきたい）。

これに対し、「雨ヲ聞ク」という表現は、どう考えても文字どおり雨なるものの音を聞くという理解にしかならない。従って、「聞雨……」の詩句について、まず「雨を聞きて寒更尽き」と読むと、ここは「雨音を聞いて一夜が明けた」といった主体（この詩の事実の体験者）の目から見た事実報告となり、主体は確かにこの時は本当に雨だと思っているのだということになる。そして、「門を開けば落葉深し」と次の時点での主体の目からの事実叙述が続く形になり、読み手は、主体の視点に立ってその意識の推移を追っていくことで、その感興が実感できるというわけである。

以上見てきたように、「雨ヲ聞ク」と読んだ場合は、確かに本当に雨だと思ってい聞いているのだという解釈にしかならない。一方、「雨ト聞ク」と読んだ場合、雨ならざるもの、すなわち落葉の降る音を、ちゃんと落葉だと知っていて、それを雨と聞きなしているといった解釈も出て来得る。そのようにしか解せないものではないのだが、絶対にそのような解釈が出て来ない「雨ヲ聞ク」に対して、そのような解釈も生じ得る「雨ト聞ク」を、そのような意味の言い方として相対的に割り切って考えるようである。そうした表現性の相違の押さえの上に立って、「雨ト聞ク」でなく「雨ヲ聞ク」と訓ずることをよしとする説明がなされている――「正徹物語」のこの一節はそのようなことであると理解できるだろう。

ここには、一部割り切ったところもあるが、引用の助詞「ト」による引用構文のある一つの表現の意味について、格助詞「ヲ」による類義表現と比較してかなり微妙なところにまで踏み込んだ洞察がなされていることが見てとれる。一つの個別的事実の解釈をめぐってのことではあるが、引用の助詞「ト」による表現の表現性について、このようにかなり深い考察がなされることもあったということは、ここで特に注目しておきたい。

六、栂井道敏「てには網引綱」の記述について

6―1　右のように、引用の助詞「ト」に関する興味深い言説も見出せるにせよ、概して言えば、中世・室町期から近世に入っても、「ト」についての認識・理解は、まだまだ不十分なものであった。中世以来のテニヲハ研究において、テニヲハ書の「ト」にかかわる記述を見る限り、近世の半ばを過ぎても、引用の用法の「ト」そのものが必ずしも明確に認識されていないという状況であったことは、既に四節で見たとおりである。しかし、近世後期には、文法研究に大きな変革期が訪れ、「ト」についての認識・理解もぐっと深まることになる。

そのような方向性を示す著作として、ここではまず近世後期のテニヲハ書である栂井道敏の「てには網引綱」（一七七〇刊）を見てみたい。栂井道敏（一七二五〜一七八五）は、時代的には宣長・成章らと重なる頃の人物で、中世以来の伝統的な学問の流れの中にある人ではあったが、その中では革新的な立場をとり、中世以来の旧流のテニヲハ研究と宣長・成章らの新しい文法研究をつなぐ位置にあるとされている。(22)は、同書の「と」についての一節である。

(22)　○と

とは唯《たゞ》詞につきて〽けふのみと〽花みんとなとやうにいへるとの字は至て軽し又與の字の義に叶ふありたとへは〽君とわれ〽夏と秋となといへるは我與《ト》レ汝花與《ト》レ月といへるに同し　此との字は重きかたにて急成へし　又との字にごるは、雖《いへども》の字義にてとのてにはの例《れい》にあらす〽春たてと〽見れとあかぬの類也（例歌略）

古今　春霞み色のちくさにみえつるは棚引山の花のかけかも

同　ちらねともかねてそおしきもみち葉は今は限の色とみつれは

右歌の〽色のちくさにを〽色のちくさとゝいひても大旨通せり〽色とみつれはを色にみつれはとかへても通すへししかれともにはさしつけていひとは少うたかふ心有たとへは〽野とならはうつらと成てなきおらむの歌にて知へしこれを野にならはうつらに成てといはゝ誠《まこと》に野に成うつらに成てなくになる也　野とならはうつらと成てといふにて譬喩《ひゆ》する心有へしかやうの類よく〳〵分別してよむへき事也。（以下略）

（栂井道敏「てには網引綱」）

右の記述では、従来のテニヲハ研究でとり上げられてきた倒置の「ト」「トハ」や句頭の「ト」といった特定の個別的な事柄はとり上げられず、むしろ、「ト」の主要な用法を意味・形に基づいておさえ整理する方向が見られる。この点は、文法的研究としては進歩だといえる。また、注目すべきは、「唯詞につきて〽けふのみと〽花みんとなとやうにいへると」というとらへ方である。「網引綱」では「詞」とは言語表現を一般的に言う用語であるが、「唯詞につ」くというのは、(特定の類の単語などでなく)一般的な言語表現、つまりいろいろな文や語句につくというようなことを言おうとしたものと考えられ、このような規定の仕方で、他の用法と区別して引用の用法の「ト」にあたるものを特立しようとしたものと見られる。ようやくこの段階になって、引用の助詞「ト」が認識されはじめていると言ってよい。

もっとも、このように進んだ見方もうかがわれるが、全体にまだ大雑把で言語事実の整理が尽くされていないという印象は否めない。言語事実の徹底した整理は、次の宣長の研究に俟たなければならない。

6―2　今一点、関連して付け加えておきたい。(22)の記述の後段には、今日の理解からすると、いささか意外な指摘がある。すなわち、「ト」と「ニ」は通用されるとしたうえで、しかし「にはさしつけていひとは少うたかふ心有」と述べる点である。そして、「伊勢物語」第一二三段の有名な歌を引いて、「野にならばうづらになりて」と「ニ」を使うと、本当になってしまう意味になるが、「野とならばうづらとなりて」と「ト」を使うと、喩えであって本当になるわけではないと述べている点も興味深い[6]。

確かに、助詞「ト」と「ニ」の用法は今日でも相通うところが大きいが、類義的な表現において用いられて、微妙に違いが出てくることがある。例えば、

(23)―a　その子供は、授業となると騒ぎ出す。

(23)―b　その子供は、授業になると騒ぎ出す。

bの場合、「実際に授業が始まると騒ぐ」という意味になるが、aでは、「授業が実際はまだ始まっていなくても、今から授業だという事態に直面した時に騒ぐ」というように解することが十分可能だろう。「ニ」は「結果的」などと説明されるが、帰着点を表わす用法があることからも了解されるように、結果として行き着いた、つまり実現

した段階を指し出すものととられる傾向がある。これに対して、「ト」は「過程的」などと言われるが、「〜ト」の形で連用修飾句となって、動作・状態が今まさにどうなのかの様相をとり出す表現となる。そうした用法の延長上で、必ずしも実際にその段階に入り込んでいなくても今まさに直面しているものを指し出すという意味で用いられるのである。

こうした基本的な意味の違いに基づく表現性の相違は、現代語・古典語を通じて一貫しているものと思われる。そして、こうした「ト」と「ニ」の微妙なずれを一面から見ていると、確かに、「とは少うたがふ心有」とか「本当にそうなるわけではない」といった説明を与えたくなるように思えるのではなかろうか。もちろん、このような説明は一面的であるが、「ト」についての一つの理解のあり方ではあったと言えるだろう。

そして、敢えて言うなら、こうした「ト」は「うたがふ心有」とか「〜トナル」が本当にそうなるのでないといった解釈は、先の五節で見た「正徹物語」の、「雨ト聞ク」を本当に雨と思って聞くのではないとするとらえ方と通じ合うところがあるように、筆者には思える。中世から近世にかけて、「ト」の表現性に関して「本当ではないことを持ち出す」とでもいった理解が、あるいは一部に存在したのかもしれない。

七、「ト」についての本居宣長の記述

7−1　おしまいに、近世の文法研究の一つの頂点をなす本居宣長（一七三〇〜一八〇一）の「ト」についての記述を見てみることにしたい。

宣長の「ト」についての言及は、「詞の玉緒」（一七七九刊）巻五に「と」の項があり、十ヶ条にわたるその記述が最もまとまったものである。併せて、「とも」について二ヶ条の記述もある。また、「玉あられ」（一七九二刊）には、歌の部に「とと受る上の格」、文の部に「と」という項がある。このうち、「玉あられ」の「とと受る上の格」

は「玉緒」の記述の一番のポイントを要約したといった内容であり、また、同じく「玉あられ」の「と」では「イハク」のような言い方に対しては「ト」でなく「トイヘリ」のように繰り返す形で受けるのが本来であるということが説かれている。以下、「玉緒」の「と」の項について見てみることにしたい。

宣長の語学研究の方法論的特色は、何より形としておさえられる言語事実をきちんとおさえ、徹底して整理・記述することを通して、明確な認識を導き出すという点にあると思えるが、この点は、「玉緒」の「と」の項の記述についても実感される。

まず、冒頭には次のようにあるが、

(24) ○とはすべて切るゝ語をつゞくるてにをは也。さる故に。上のてにをはのとゝのひは。大かたとより下へは及ばざる也。猶それに種々の格あり。左にしるすが如し。（「詞の玉緒」）

最初の「とはすべて切るゝ語をつゞくるてにをは」であるという指摘は、（文末の）言い切りの語を受けて続ける助詞であるという意であり、引用の用法の「ト」の例を念頭に置いた言い方である。実はこの項では、引用以外の用法の「ト」もとり上げられるのだが、宣長の関心は、もっぱら引用の「ト」の用法の例にあり、十ヶ条としてあげられるものの過半は、引用の「ト」にあたるものなのである。そもそも「玉緒」は、係り結び的関係（疑問語と文末の呼応なども含む）の形態的なパタンを一覧した「てにをは紐鏡」の解説書として書かれたものであり、地の文の部分と引用されたコトバの部分との間で、係り結び的な呼応関係がどうなるのか、いろいろ問題になってくるという点で、引用されたコトバを導く引用の用法の「ト」の例に注目が向けられるということは自然なことであったといえる。が、その結果、「玉緒」の記述では、引用の「ト」の表現がこれまでに例がなかったほどにクローズ・アップされることになる。

更に続けて、「上のてにをはのとゝのひは、大かたとより下へは及ばざる也」として、引用句「〜ト」内の係り結び的な関係の力は「ト」を越えて下の地の文には及ばないという原則を述べるが、このことは、引用句内の引用されたコトバの部分と地の文の部分との文法的秩序が異なり次元が違うものであることを指摘することにつながる、本質的な観察だといえる。

そして、⑷に続けて、十ヶ条に及ぶ「ト」の表現の諸タイプの具体的な記述が、例歌をあげて行なわれる。その概要がわかるように、それぞれ簡略にまとめて示しておく（便宜上記載順に番号を付ける）。

①　⑷の原則に従った正格の例
②　「今やあけぬと」のような、引用句内の結びの部分が破格になる例
③　「世の中にあらましかばと」のような、省略の語句を受ける例
④　「いづこと」のような、疑問語を受ける例
⑤　引用句の中と地の文とが係り結び的に呼応する、原則にはずれた例
⑥　引用の「ト」（引用句「～ト」）が複数ある例

以上の六ヶ条は、引用の「ト」の例にあたるものである。次いで、⑦⑧は、逆接接続助詞的な用法の「ト」である。

⑦　「トテ」の意味になる「ト」の例
⑧　「トモ」の意味になる「ト」の例

もっとも、⑦の「トテ」に通じる例など、「トテ」自体が引用表現とも連続する形式であろうから、引用の用法とかかわりの深いものと言ってよい。

⑨　意味・機能の希薄な「ト」の例（もっとも、ここは、今一つとらえどころのない、いろいろな問題例を集めているようで、未整理という印象がある。）

⑩「AトBト」のような並列の「ト」の例

⑩については「此とはつゞく格〔注・＝連体形〕の辞より受る定まりなり」と、接続の仕方の違いに注記がなされている点も周到である。この他、関連して「トモ」についての二ヶ条の記述もある。

以上のように、「玉緒」としての係り結び的な呼応関係への関心に導かれつつ、かなり徹底した例証がなされており、これまでのテニヲハ書などの「ト」についての記述と比べ、飛躍的に記述の水準と精度が上がっていると評していいだろう。

7—2 「ト」の用法の記述・整理という形でのこうした宣長の研究については、従来の引用研究の文脈ではほとんどとり上げられることがなかったと思われるが、今日の引用研究の目で見て先駆的ともいえる興味深い観察も指摘できる。例えば、⑤の引用句の中と地の文とが呼応を持つ例とは、次のようなものであるが、

(25) たれ見よと花さけるらんしら雲のたつ野と早く成にし物を　（「古今集」巻十六）

このような、引用句内の疑問詞と地の文の文末が呼応する例は、現代語でも見られる。

(26) 何が起こったと思うか。

(27) だが、明浩はあの時、何を告げようと電話をかけてきたのだろうか。

引用句内と地の文とは本来秩序を異にするものであるが、この種の表現は、それが一続きの文の中で関係あるものとして組み立て直されたものと言うことができよう（筆者は、こうした例を「統合的関係に基づく改編」と呼んでいる）。このような表現については、筆者以前にもいくらか問題にされてきた。けれども、この宣長の段階でこうした事柄が既におさえられていたことは特筆すべきであり、宣長の観察の幅広さ・適切さをうかがうに足るものと思えるのである。[7]

7—3 宣長の研究は、その達成度からして前史的段階に位置づけるべきものではないのかもしれない。しかし、

確かに「ト」による引用形式と呼ぶべき事実を形の上からおさえて記述しているにせよ、問題としている言語事実がどこかからコトバを引いてきてとり込んだと見なされる「引用」の表現なのだという認識は必ずしもまだ明確ではなく、あくまで「ト」の用法を記述する姿勢での研究であるので、前史の一環として本稿でとり上げることにした。

ただ、率直に言って、それまでの「ト」にかかわる断片的な研究の流れと宣長の仕事を見比べてみると、あたかもそれまでの流れがいったん消去され、リセットされて新たなものが立ち上がったといった印象を受ける。中世以来の不十分である種不合理さも含んだ言説といったん断つことで、新たな高い水準に到達できたということかもしれない。一方また、係り結び的な呼応関係に注目し、そうした例を列記・整理していく宣長の「ト」についての研究が、形の面で係り結びとしての特別な呼応など見出しにくい現代語をもっぱらとり上げるようになる後の引用研究で、ほとんど参照されなくなったこともやむを得ないことかもしれない。

八、まとめ

8 本稿で見てきたことをまとめると、次のようなことである。

(1) 引用の助詞「ト」は、上代において既に付属語的な要素としては認識されていた。しかし、中古以降鎌倉末頃まで、歌学の世界でも「ト」にはほとんど関心が払われなかった。

(2) 鎌倉末頃から、歌学・テニヲハ研究の世界でも、引用的用法の「ト」への言及が見られるようになるが、「思ヒキヤ〜トハ」のような呼応・倒置のパタンや「ト思フハ……」のように「ト」が歌の句頭にくる例など、限られた事柄がとり上げられるにとどまっていた。

(3) 室町期には、引用の「ト」の表現性についてそれなりに深い洞察も見られるが、それは例外的で、ほぼ近世後半に至るまで「ト」について引用の用法を他の用法と特に区別して問題にすることもなかった。

(4) 近世後期には、文法研究に大きな変革期が訪れ、本居宣長において、助詞「ト」の引用の用法が大きくクローズ・アップされて記述されることになる。しかし、宣長においても、引用表現を問題にしているという意識が必ずしもまだはっきりしているわけではない。

以上、事柄自体が断片的なものであり、それを寄せ集めてながめたといった体《てい》の記述となったが、明治以降の文法論における「引用」の研究史をまとめる一つの基盤整備として、一度このような稿を書いてみる必要もあろうかと考えた次第である。

(二〇〇三、八、二五 稿)

注

(1) 池田幸恵(一九九七)「宣命の助詞表示」(『語文』(大阪大学)六八)四〇頁

(2) なお、こうした「ト思フハ……」のような表現は、和歌では、前の内容を承け、以下にそれと反する意外な事実があったことを述べる表現と了解されていたらしく、歌合の場でもこれに関する論議がある。この種の和歌の表現については、吉井健(一九九九)「『と思ふ』を句頭にもつ歌」(『大阪市立大学文学部創立五十周年記念国語国文学論集』和泉書院)が詳しい。

(3) 厳密に言うと、成章の場合、「と」を「次の句のかしらにするゐかすをさためたる」とあり、「ト」を句頭にもってきて字数調整をした例のことを言っていると解される。つまり、次のような場合を言うのであって、字余りのものを問題にしているのではないと考えられる。

今はただ思ひたえなむとばかりを人づてならで言ふよしもがな　(「後拾遺集」巻十三)

成章は、字余りの問題ではなく、「ト」が助詞的要素ながら句頭に立つという文法的に特異な性格に注目している。その点、宣長と一層対照的である。

(4) ちなみに、宣長では、この種の表現は、「ト」に関するものとしてではなく、「とまりより上へかへるてにをは」

（『詞の玉緒』巻二）として倒置一般の例の一つとしてとり上げられている。この点でもやはり継承の一面の断絶が見られる。

（5）一応の大意も示しておく。

夜鳴く虫が、夕暮れの景色のもと、盛んに声を立て、私は黙って物思いにふけりながら、西林寺（無可の寄寓した寺）に坐っていた。

（その夜は）雨音を聴いて寒い夜を明かし、（朝になって）門を開けると落ち葉が深く積もっていた。

昔、都が嫌になったこともあり、それとともに、地方に隠遁したいとの思いも起こった。

それはまた、わが賈島兄よ、あなたも同じことであって、（それで我々は）あちこちと歩き回って同じように今に至っているのだ。

原詩が紹介されることがないので、ここで特にとり上げた次第である。

（6）ちなみに、室町期の「伊勢物語」の注釈を見てみると、本当に鶉になるのではなく比喩であるという趣旨の注のあるものが、どちらかというと傍流の人の手に成った注釈書の中に見られる（一華堂切臨「伊勢物語集注」、「伊勢物語永閑聞書」、鉄心斎文庫蔵「伊勢物語聞書」）。

（7）また、宣長のあげた例からすると、一見こうした表現は、古典語の場合の方が現代語よりいろいろ自由に作れたのではないかとも感じられ、示唆的でもある。

《付記》本稿で引用した資料の主要なものについて、依拠した本文を、次に（　　）を付して示しておく。

・「続日本紀（続紀宣命）」（『新日本古典文学大系』一四・一五（岩波書店））
・「嘉応二年五月二九日左衛門督実国歌合」（『平安朝歌合大成』七（同朋舎））
・「和歌口伝」（『日本歌学大系』四（風間書房））
・「蓮心院殿説古今集註」（『中世古今集注釈書解題』四（赤尾昭文堂））
・「古今集延五記」（秋永・田辺『古今集延五記　天理図書館蔵』（笠間書院））

・「正徹物語」（『日本古典文学大系』六五（岩波書店））
・テニヲハ書（『国語学大系』七・八（国書刊行会））
・「詞の玉緒」「玉あられ」（『本居宣長全集』五（筑摩書房））
・「秋寄従兄賈島」（『全唐詩　附全唐詩逸』（復興書房（台湾）））

あとがき

伊井春樹先生は、二〇〇四年三月をもって、大阪大学大学院文学研究科を定年退官なさいます。国文学研究資料館との併任を経て、一九八四年四月の御着任以来、二十年の長きにわたり、多くの学生をお導き下さいました。先生は益々ご壮健で、現在も国内外で幅広くご活躍されており、退官なさるという実感が湧かないほどですが、これをひとつの機会として、先生の御退官を記念する論文集を刊行したいという声が、先生にお教えを受けた者たちの間から起こりました。

先生にご相談申し上げますと、ご快諾いただいたばかりではなく、単なる論文集ではなく、各自の研究テーマについて、現在までの研究や問題提起に言及しつつ、振り返り位置づけた上で、今後のあり方や方法を模索するものを作成してはどうかというご提案も戴きました。本書の題名『日本古典文学史の課題と方法―漢詩 和歌 物語から説話 唱導へ―』も、先生から戴いたものです。

こうした経緯と趣旨にご賛同いただき、大阪大学大学院文学研究科の古典文学関係の教官、後藤昭雄先生、荒木浩先生、飯倉洋一先生の玉稿を頂戴することができました。さらには、社会人入試学生として学ばれた伊藤鉄也氏、松原一義氏、内地留学研修で大阪大学にお出でになった倉田実氏にも御執筆いただけたことにより、本書はより充実したものとなりました。

伊井先生は、常に幅広い研究領域から日本古典文学史を照射しようとなさいますが、そうしたお教えのなにがしかが本書に投影され、今後の文学研究に寄与するところのあらんことを願います。それをもって、先生の学恩に些かでも報いることができましたら、長年お導きいただいた私たち一同のこの上ない幸せでございます。
最後に、『詞林』（大阪大学古代中世文学研究会）や『古代中世文学論集』の刊行など、浅からぬご縁もあり、本書の刊行を快くお引き受け下さった和泉書院社主廣橋研三氏に、深く御礼申し上げます。

二〇〇四年正月吉日

伊井春樹先生御退官記念論集刊行会

【執筆者一覧】（執筆順）

滝川幸司　奈良大学助教授
後藤昭雄　大阪大学大学院教授
田島智子　四天王寺国際仏教大学助教授
佐藤明浩　都留文科大学教授
中本　大　立命館大学助教授
海野圭介　大阪大学大学院助手
川崎佐知子　大阪大学大学院研究生
堤　和博　徳島大学助教授
加藤昌嘉　国文学研究資料館助教授
伊藤鉄也　国文学研究資料館助教授
胡　秀敏　昭和女子大学助教授
藤井由紀子　大阪大学研究員（COE）

岩坪　健　同志社大学教授
倉田　実　大妻女子大学教授
中川照将　大阪大学大学院研究生
阿部真弓　法政大学助教授
近本謙介　天理大学助教授
荒木　浩　大阪大学大学院助教授
山崎　淳　大阪工業大学非常勤講師
松原一義　鳴門教育大学教授
中原香苗　神戸学院大学非常勤講師
箕浦尚美　大阪工業大学非常勤講師
飯倉洋一　大阪大学大学院助教授
藤田保幸　滋賀大学教授

研究叢書 310

日本古典文学史の課題と方法

―漢詩 和歌 物語から説話 唱導へ―

二〇〇四年三月一三日初版第一刷発行

（検印省略）

編　者　伊井春樹先生御退官記念論集刊行会

発行者　廣橋研三

印刷所　太洋社

製本所　免手製本

発行所　有限会社 和泉書院

大阪市天王寺区上汐五-三-八

〒五四三-〇〇〇二

電話　〇六-六七七一-一四六七

振替　〇〇九七〇-八-一五〇四三

ISBN4-7576-0250-2　C3395